EL PRÍNCIPE LESTAT

CRÓNICAS VAMPÍRICAS

EL PRÍNCIPE LESTAT
CRÓNICAS VAMPÍRICAS

Anne Rice

Traducción de Santiago del Rey

GRUPO ZETA

Barcelona • Madrid • Bogotá • Buenos Aires • Caracas • México D.F. • Miami • Montevideo • Santiago de Chile

Título original: *Prince Lestat*
Traducción: Santiago del Rey
1.ª edición: marzo 2015

© 2014 by Anne O'Brien Rice
© Ediciones B, S. A., 2015
    Consell de Cent, 425-427 - 08009 Barcelona (España)
    www.edicionesb.com

Printed in Spain
ISBN: 978-84-666-5641-2
DL B 1476-2015

Impreso por LIBERDÚPLEX, S.L.
Ctra. BV 2249, km 7,4
Polígono Torrentfondo
08791 Sant Llorenç d'Hortons

Recostada sobre mi almohada de piedra, he tenido sueños sobre el mundo mortal de ahí arriba. He oído sus voces y sus nuevas músicas como si fueran canciones de cuna escuchadas desde mi tumba. He vislumbrado sus fantásticos descubrimientos, he conocido su valentía en el sanctasanctórum intemporal de mis pensamientos. Y aunque ese mundo me excluye con sus formas deslumbrantes, anhelo la existencia de alguien con la fuerza necesaria para vagar por él intrépidamente, para atravesarlo de parte a parte por la Senda del Diablo.

ALLESANDRA,
que aparecía sin nombre en Lestat el vampiro

Viejas verdades y magias antiguas, revoluciones e inventos, todo conspira para distraernos de la pasión que, de un modo u otro, nos vence a todos.

Y cansados finalmente de esta complejidad, soñamos con aquel tiempo lejano de nuestra existencia, cuando nos sentábamos en el regazo de nuestra madre y cada beso era la consumación perfecta del deseo. ¿Qué podemos hacer sino tender las manos para el abrazo que ahora debe contener el cielo y el infierno: nuestro funesto destino, repetido una y otra vez?

LESTAT,
en Lestat el vampiro

En la carne empieza toda la sabiduría. Cuidado con lo que no tiene carne. Cuidado con los dioses, cuidado con la *idea*, cuidado con el demonio.

MAHARET A JESSE,
en La reina de los condenados

La Génesis de la Sangre

En el principio existían los espíritus. Eran seres invisibles que solo podían ver u oír los hechiceros y brujas más poderosos. A algunos se los consideraba malvados; a otros se los ensalzaba como a dioses. Eran capaces de hallar objetos perdidos, de espiar al enemigo e incluso, a veces, de modificar el clima.

Dos grandes hechiceras, las hermanas gemelas Mekare y Maharet, vivían en un precioso valle, junto al monte Carmelo, en comunidad con los espíritus. Uno de esos espíritus, el grande y poderoso Amel, era capaz con sus malas artes de extraer sangre de los seres humanos. En pequeñas cantidades, la sangre formaba parte del misterio alquímico del espíritu, aunque nadie sabía de qué modo exactamente. Amel amaba a la bruja Mekare y siempre estaba ansioso por servirla. Ella lo veía como ninguna hechicera lo había visto; por eso la amaba.

Un día llegaron tropas enemigas: soldados de la poderosa reina Akasha de Egipto. La Reina deseaba apresar a las hechiceras; quería sus conocimientos, sus secretos.

La perversa soberana destruyó el valle y las aldeas de Mekare y Maharet, y se las llevó por la fuerza a su reino.

Amel, el furioso espíritu familiar de la bruja Mekare, buscó el modo de castigar a la Reina.

Cuando Akasha agonizaba, apuñalada repetidas veces por unos conspiradores de su propia corte, el espíritu Amel entró en ella, fundiéndose con su cuerpo y su sangre, y confiriéndole una nueva y terrorífica vitalidad.

Esta fusión provocó el nacimiento de un nuevo ser en el mundo: el vampiro, el bebedor de sangre.

De la sangre de esta gran reina vampiro, Akasha, nacieron a lo largo de los milenios los demás vampiros de todo el mundo. Se procreaban mediante el intercambio de sangre.

Para castigar a las gemelas, que se oponían a ella y a su nuevo poder, Akasha cegó a Maharet y le cortó la lengua a Mekare. Antes de que ambas fueran ejecutadas, sin embargo, el mayordomo de la Reina, Jayman, que acababa de ser convertido también en bebedor de sangre, les transmitió a las hermanas la poderosa Sangre.

Jayman y las gemelas encabezaron una rebelión contra Akasha, pero no lograron acabar con el culto de los dioses bebedores de sangre que ella había creado. Al final, las gemelas fueron capturadas y separadas, y abandonadas en el mar: Maharet en el mar Rojo y Mekare en el gran océano del oeste.

Maharet llegó a costas conocidas y consiguió rehacerse. Pero el rastro de Mekare, llevada a través del océano a unas tierras aún por descubrir y nombrar, desapareció de la historia.

Esto sucedió hace seis mil años.

La gran reina Akasha y su esposo, el rey Enkil, enmudecieron tras dos mil años y fueron conservados como estatuas en un santuario por ancianos y sacerdotes que creían que Akasha contenía el Germen Sagrado, y que, si era destruida, todos los bebedores de sangre del mundo perecerían con ella.

Al llegar la Era Común, la historia de la Génesis de la Sangre quedó completamente olvidada. Solo unos pocos viejos inmortales la transmitían, aunque ni siquiera ellos mismos la creían realmente mientras la contaban. Sin embargo, los dioses de sangre, los vampiros entregados a la antigua religión, todavía reinaban en santuarios dispersos por todo el mundo.

Apresados en árboles huecos o celdas de ladrillo, esos dioses de sangre aguardaban sedientos a que llegaran las fiestas sagradas en las que recibían ofrendas: malhechores a los que juzgar y condenar, y con los que darse un festín.

En los albores de la Era Común, un anciano, un guardián de los Padres Divinos, abandonó a Akasha y Enkil en el desierto para que el sol los destruyera. En todos los rincones el mundo, muchos jóvenes bebedores de sangre perecieron abrasados en sus ataúdes y sus santuarios mientras el sol del desierto arreciaba sobre la Madre y el Padre Divinos. Pero la Madre y el Padre mismos eran demasiado fuertes para perecer. Y muchos de los vampiros más ancianos sobrevivieron también, aunque con graves quemaduras y terribles dolores.

Un bebedor de sangre reciente y sabio erudito romano llamado Marius viajó a Egipto para encontrar al Rey y la Reina y ponerlos a buen recaudo, con el fin de que no volviera a producirse en el mundo de los no-muertos un holocausto que causara tales estragos. Y a partir de entonces, Marius convirtió esta misión en su sagrada responsabilidad. La leyenda de Marius y de Los Que Deben Ser Guardados se prolongó durante casi dos milenios.

En 1985, la historia de la Génesis de la Sangre llegó al conocimiento de los no-muertos del mundo entero. La Reina vivía, ella contenía el Germen Sagrado, decía entre otras cosas que había un libro escrito por el vampiro Lestat, quien explicó también la historia con sus canciones y vídeos musicales, y en el escenario donde actuó como cantante de rock, clamando para que el mundo supiera la verdad y destruyera a los de su estirpe.

La voz de Lestat despertó a la Reina de un silencio de miles de años. La Madre Divina se alzó con un sueño: ella dominaría el mundo de los seres humanos mediante crueles matanzas y se convertiría para ellos en la Reina del Cielo.

Pero las ancianas gemelas se apresuraron a intervenir para detener a Akasha. También ellas habían oído las canciones de Lestat. Maharet le pidió a la Reina que pusiera fin a su supersticiosa tiranía de sangre. Y la desaparecida Mekare, alzándose de la tierra tras un número incalculable de eones, decapitó a la gran Reina, devoró su cerebro e incorporó dentro de sí el Germen Sagrado. De este modo, Mekare, bajo la protección de su hermana, se convirtió en la nueva Reina de los Condenados.

Lestat escribió una vez más la historia. Él había sido testigo. Había presenciado la transmisión de poder con sus propios ojos y ofreció su testimonio a todo el mundo. Los mortales no hicieron caso de sus «fantasías»; los no-muertos, en cambio, quedaron consternados ante su relato.

Y así, la historia de los orígenes y de las antiguas batallas, de los poderes y las debilidades de los vampiros, de las guerras para hacerse con el control de la Sangre Oscura, se volvió del dominio público entre la estirpe de los no-muertos de todo el mundo. Pasó a manos de los viejos vampiros que habían permanecido en coma durante siglos en cuevas o sepulcros; de los jóvenes iniciados de forma ilegítima en junglas, ciénagas o suburbios, y que jamás habían soñado con tener tales antecedentes. Pasó a manos de los sabios y herméticos supervivientes que habían vivido recluidos a lo largo de eras enteras.

Gracias a aquel legado, todos los bebedores de sangre del mundo supieron que compartían un vínculo, un pasado común, unas raíces idénticas.

Esta es la historia de cómo ese conocimiento transformó para siempre la tribu de los vampiros y cambió su destino.

Jerga de Sangre

Cuando Lestat el vampiro escribió sus libros, empleó una serie de términos que había aprendido de los vampiros que había conocido a lo largo su vida. Y los vampiros que completaron la obra de Lestat poniendo por escrito sus memorias y experiencias añadieron otros términos de su propia cosecha: algunos, mucho más antiguos que los que Lestat había revelado.

He aquí una lista de esos términos, que ahora son de uso corriente entre todos los no-muertos de todo el mundo.

La Sangre. Cuando la palabra aparece en mayúsculas se refiere a la sangre vampírica, transmitida del maestro al neófito en el curso de un intercambio profundo y con frecuencia peligroso. «En la Sangre» significa que uno es un vampiro. Lestat el vampiro llevaba más de doscientos años «en la Sangre» cuando escribió sus libros. El gran vampiro Marius lleva en la Sangre más de dos mil años. Etcétera.

Bebedor de sangre. El término más antiguo para designar a un vampiro. Era el que utilizaba Akasha, aunque ella más tarde intentó reemplazarlo por el término «dios de sangre» para los que seguían su camino espiritual y su religión.

Esposa o esposo de Sangre. La pareja de un vampiro.

Hijos de los Milenios. Término para los inmortales que han vivido más de mil años y, más propiamente, para aquellos que han sobrevivido durante más de dos mil.

Hijos de la Noche. Término común para todos los vampiros, para todos aquellos que son de la Sangre.

Hijos de Satán. Término que designa a los vampiros de la antigüedad y de períodos posteriores que creían que eran literalmente hijos del Diablo y que, alimentándose de sangre humana, servían a Dios sirviendo a Satán. Llevaban una vida de penitencia y puritanismo. Se negaban a sí mismos todos los placeres, salvo beber sangre y celebrar algunos *sabat* (grandes reuniones) en los que bailaban; vivían bajo tierra, con frecuencia en lúgubres catacumbas y sótanos mugrientos. Desde el siglo XVIII nadie ha tenido noticias de los Hijos de Satán, y lo más probable es que la secta haya desaparecido.

La asamblea de los Eruditos. Un término moderno muy corriente entre los no-muertos para referirse a los vampiros cuyas historias aparecen en las Crónicas Vampíricas: en especial, a Louis, Lestat, Pandora, Marius y Armand.

El Don Oscuro. Término para designar el poder vampírico. Cuando un maestro le otorga la Sangre a un neófito, lo que le está otorgando es el Don Oscuro.

El Truco Oscuro. Se refiere al acto de crear un nuevo vampiro. Sacarle sangre al neófito y reemplazarla con la propia Sangre cargada de poder, es llevar a cabo el Truco Oscuro.

La Senda del Diablo. Término medieval de los vampiros para referirse al camino que toma cada uno de ellos en este mundo. Un término muy popular entre los Hijos de Satán, que consideraban que servían a Dios sirviendo al Diablo. Recorrer la Senda del Diablo era vivir la propia vida como inmortal.

La Primera Generación. Son los vampiros descendientes de Jayman que se rebelaron contra la reina Akasha.

Sangre de la Reina. Son los vampiros creados por la reina Akasha para que siguieran su camino en la Sangre y combatieran a los rebeldes de la Primera Generación.

El Germen Sagrado. Se refiere al centro cerebral o fuerza vital rectora del espíritu Amel, que se encuentra dentro del cuerpo de la vampira Mekare. Antes había estado dentro de la vampira Akasha. Se cree que todos los vampiros están conectados al Germen Sagrado mediante una especie de red de tentáculos invisible. Si el vampiro que contiene el Germen Sagrado fuese destruido, morirían todos los vampiros del planeta.

El Don del Fuego. Es la capacidad que tienen los vampiros ancianos de emplear sus poderes telequinéticos para quemar la materia. Con el poder de su mente, pueden quemar madera, papel o cualquier otra sustancia inflamable. Y también pueden quemar a otros vampiros y reducirlos a cenizas. Solo los vampiros ancianos poseen este poder, pero nadie sabe cómo y cuándo se adquiere. Un vampiro muy joven creado por uno anciano puede poseer el Don de inmediato. Para que el vampiro pueda quemar algo, es necesario que sea capaz de verlo. Es decir, un vampiro no puede quemar a otro si no lo ve, si no está lo bastante cerca como para enfocar su poder.

El Don de la Nube. Es la capacidad de los vampiros ancianos para desafiar la gravedad, para elevarse y moverse por las capas altas de la atmósfera, para cubrir fácilmente largas distancias aprovechando los vientos, sin ser vistos desde la tierra. Tampoco en este caso se sabe cuándo adquiere este poder un vampiro. Tal vez sea decisivo el deseo de poseerlo. Todos los vampiros verdaderamente ancianos lo poseen, tanto si son conscientes de ello como si no. Algunos vampiros desdeñan este Don y no lo utilizan salvo en caso de fuerza mayor.

El Don de la Mente. Este es un término vago e impreciso que alude a los poderes sobrenaturales que posee la mente vampírica a muchos niveles. Mediante el Don de la Mente, un vampiro puede aprender cosas del mundo incluso mientras está durmiendo bajo tierra. Y empleando el Don de modo consciente, puede oír telepáticamente los pensamientos de los mortales y de los inmortales. Puede usar el Don de la Mente para captar imágenes, y no solo palabras, en los demás. Puede usar el Don de la Mente para proyectar imágenes en los demás. Y puede usar el Don de la Mente para abrir por telequinesis una cerradura o una puerta, o para detener un motor. También en este caso los vampiros desarrollan el Don lentamente, con el transcurso del tiempo, y solo los más ancianos pueden violar las mentes y extraer la información que los otros se niegan a entregar, o lanzar una ráfaga telequinética capaz de causar daños en las células cerebrales y sanguíneas de un humano o de otro vampiro. Los vampiros pueden escuchar a mucha distancia, y ver u oír lo que ven u oyen los demás. Pero para destruir telequinéticamente, es preciso que vean a la víctima.

El Don de la Seducción. Este término designa el poder de los vampiros para confundir, engatusar o seducir a los mortales y, a veces, a otros vampiros. Todos los vampiros, incluso los neófitos, poseen este don hasta cierto punto, aunque muchos no saben emplearlo. Requiere una voluntad consciente de «persuadir» a la víctima, de convencerla de la realidad que el vampiro quiere que acepte. Este poder no esclaviza a la víctima, pero la engaña y la confunde. Requiere una mirada directa a los ojos. No se puede seducir a nadie a distancia. De hecho, es frecuente que requiera la palabra, además de la mirada, y desde luego exige la intervención del Don de la Mente.

Neófito. Un nuevo vampiro muy joven en la Sangre. También, los descendientes en la Sangre de uno. Por ejemplo, Louis es el neófito de Lestat; Armand, el neófito de Marius; la anciana Maharet, la neófita de su hermana gemela Mekare; Mekare, la neófita del anciano Jayman; Jayman, el neófito de Akasha.

El Pequeño Sorbo. Extraerle sangre a una víctima mortal sin que esta lo note ni lo advierta, y sin que deba morir.

Hacedor. Este término designa al vampiro que lo inició a uno en la Sangre. Ha sido reemplazado lentamente por «mentor». Al hacedor a veces también se le llama «maestro», pero este término ha ido cayendo en desuso. En muchas partes del mundo, se considera un grave pecado sublevarse contra el propio hacedor o tratar de destruirlo. Un hacedor no puede oír los pensamientos de su neófito, y viceversa.

La Reina de los Condenados. Término aplicado a la vampira Mekare por su hermana Maharet cuando la primera incorporó en sí el Germen Sagrado. Irónicamente, Akasha, la reina caída que había tratado de dominar el mundo, se había llamado a sí misma la Reina de los Cielos.

El Jardín Salvaje. Término utilizado por Lestat para referirse al mundo, en consonancia con su convicción de que las únicas leyes verdaderas del universo son las leyes estéticas, las leyes que gobiernan la belleza natural que vemos a nuestro alrededor en el planeta.

Los no-muertos. Término corriente para designar a los vampiros de todas las edades.

Primera parte

El vampiro Lestat

1

La Voz

Empecé a oírlo hace años. Farfullando.

Esto fue después de que la reina Akasha hubiera sido destruida y de que la gemela muda y pelirroja, Mekare, se hubiera convertido en la «Reina de los Condenados». Yo lo presencié todo: la muerte brutal de Akasha en aquel momento espantoso, cuando todos creíamos que moriríamos con ella.

También fue después de que yo intercambiara mi cuerpo con un mortal y regresara a mi propio y poderoso cuerpo vampírico, una vez desechado el viejo sueño de volver a ser humano.

Y fue después de haber estado en el cielo y en el infierno con un espíritu llamado Memnoch, después de haber regresado a la tierra convertido en un explorador herido, ya sin hambre de conocimiento, de verdad y de belleza.

Derrotado, yací durante años en el suelo de una capilla de Nueva Orleáns, dentro de un antiguo convento, ajeno al incesante trasiego de inmortales que me rodeaba. Yo los oía y deseaba responderles, pero había algo que me impedía devolver una mirada, contestar una pregunta, reaccionar ante un beso o un murmullo de afecto.

Y fue entonces cuando oí la Voz por primera vez. Masculina, insistente, resonando en mi cerebro.

Farfullando, como he dicho. Y pensé, bueno, quizá nosotros, los bebedores de sangre, también podemos volvernos locos como los mortales, ¿no?, y esto debe de ser un producto de mi mente deformada. O acaso es un bebedor de sangre anciano y tremendamente decrépito que dormita por aquí cerca y cuyas desdichas capto telepáticamente.

En nuestro mundo hay límites físicos para la telepatía. Por supuesto. Pero, por otro lado, las voces, las súplicas, los mensajes, los pensamientos, pueden transmitirse a través de otras mentes, y bien podría ser que este pobre miserable estuviera musitando para sí mismo en la otra punta del planeta.

Como digo, aquel ser farfullaba mezclando lenguas antiguas y modernas, a veces encadenando una frase entera en latín o en griego, luego cayendo en una repetición de expresiones modernas... frases de películas e incluso de canciones. Una y otra vez pedía socorro de un modo que recordaba a aquel diminuto humano con cabeza de mosca, al final de aquella obra maestra de la serie B. «Ayúdame, ayúdame», decía, como si también estuviera atrapado en una telaraña y una gigantesca araña se acercara hacia él. «De acuerdo, está bien, qué puedo hacer por ti», le preguntaba yo, y él me respondía de inmediato. (¿Estaba tan cerca? ¿O se trataba solo del mejor sistema de transmisión en el mundo de los no-muertos?)

—Escúchame, ven a mí —decía. Y lo repetía sin parar: una y otra vez, noche tras noche, hasta que ya solo era un ruido.

Yo siempre he sido capaz de desconectar. Sin problemas. Si eres un vampiro, una de dos: o aprendes a desconectar de las voces telepáticas o te vuelves loco de remate. Con la misma facilidad puedo desconectarme de los gritos de los vivos. He de hacerlo. No hay otro modo de sobrevivir. Incluso los vampiros muy ancianos pueden desconectar de las voces. Yo llevo en la Sangre más de doscientos años; ellos, seis milenios.

A veces, aquel ser sencillamente desaparecía.

A principios del siglo XXI, empezó a hablar en inglés.

—¿Por qué? —pregunté.

—Porque a ti te gusta —dijo él, con ese tono masculino tan nítido. Sonaron unas risas. Sus risas—. A todo el mundo le gusta el inglés. Debes venir a mí cuando te llamo —dijo. Y luego se puso a farfullar de nuevo en un batiburrillo de lenguas, siempre sobre lo mismo: ceguera, ahogo, parálisis, impotencia. Y acabó recayendo en la letanía de «Ayúdame, ayúdame», con fragmentos de poesía en latín y griego, en francés e inglés.

Lo cual es interesante quizá durante tres cuartos de hora. Después, resulta repetitivo y molesto.

Naturalmente, yo ni me molesté en decir que no.

En un momento dado, gritó: «¡Belleza!», y siguió farfullando sin cesar, pero volviendo siempre a «¡Belleza!», y siempre con unos signos de admiración que yo sentía que se me clavaban en la sien como un dedo insistente.

—De acuerdo, «belleza». ¿Y qué? —dije.

Él gimió, sollozó, entró en un delirio mareante, incoherente. Desconecté durante un año, me parece, pero seguía sintiendo su vibración bajo la superficie. Luego, dos años más tarde, calculo, empezó a dirigirse a mí por mi nombre.

—¡Lestat, príncipe malcriado!

—Ay, déjalo ya.

—No, tú, príncipe malcriado, mi príncipe, muchacho, ay, muchacho, Lestat... —Luego repitió estas palabras en diez lenguas modernas y seis o siete antiguas. Me dejó impresionado.

—Dime quién eres, si acaso —le dije con tono sombrío. Tenía que confesar que, cuando me sentía extremadamente solo, me alegraba contar con su compañía.

Y ese no era un buen año para mí. No paraba de vagar sin rumbo. Estaba harto de todo. Me sentía furioso conmigo mismo porque la «belleza» de la vida no me saciaba, no contribuía a hacer más soportable mi soledad. De noche, andaba por las selvas y los bosques alzando las manos para tocar las hojas de las ramas bajas, llorando en silencio, farfullando también mucho. Vagué por Centroamérica, visitando las ruinas mayas; me adentré en Egipto para recorrer los desiertos y contemplar los antiguos dibujos grabados en las rocas, de camino a los puertos del mar Rojo.

Los jóvenes vampiros rebeldes e inadaptados no paraban de invadir las ciudades por las que rondaba —El Cairo, Jerusalén, Bombay, Honolulu, San Francisco—, y yo me hartaba de escarmentarlos, de castigarlos por matar a inocentes en su avidez desenfrenada. Acababan detenidos, encerrados en cárceles humanas, donde morían quemados al llegar el alba. A veces caían en manos de científicos forenses. Una terrible molestia.

No sacaban nada en claro. Pero ya hablaré de eso después.

Al multiplicarse por todas partes, los inadaptados terminaban enfrentándose unos con otros. La verdad es que las peleas y reyertas entre sus bandas han logrado hacernos la vida más desagradable a todos los demás. A ellos les parece normal tratar de decapitar o de quemar a cualquier otro bebedor de sangre que se cruce en su camino.

Es un auténtico caos.

Pero ¿quién soy yo, al fin y al cabo, para vigilar a esos idiotas sobrenaturales?

¿Cuándo he estado yo del lado de la ley y el orden? Se supone que el rebelde, que *l'enfant terrible*, soy yo. Así pues, dejé que me ahuyentaran de las ciudades, incluso de Nueva Orleáns. Dejé que me ahuyentasen. Mi estimado Louis de Pointe du Lac se fue de allí poco después, y desde entonces vivió con Armand en Nueva York.

Armand mantiene la isla de Manhattan a salvo para ellos solos: para Louis, para él, para dos jóvenes bebedores de sangre, Benjamin y Sybelle, y para cualquier otro que se junte con ellos en su palaciega morada del Upper East Side.

No es nada sorprendente. A Armand siempre se le ha dado bien destruir a los que lo ofenden. Al fin y al cabo, él fue durante cientos de años el líder de la asamblea de los antiguos Hijos de Satán, en París, y redujo a cenizas a cualquier bebedor de sangre que no obedeciera las antiguas y crueles normas de aquellos miserables fanáticos religiosos. Es autocrático, despiadado. Así que es capaz de desempeñar esa misión.

Pero permitidme añadir ahora que no es el negado moral que yo creía que era. Muchas de las cosas que yo pensaba sobre nosotros, sobre nuestras mentes, nuestras almas, nuestra evolución o degeneración moral, eran un error tal como las dejé reflejadas en mis libros. Armand no carece de piedad, ni puede decirse que no tenga corazón. En muchos aspectos, se está encontrando a sí mismo ahora, después de quinientos años. Y, además, ¿qué voy a saber yo lo que es ser inmortal? Yo llevo en la Sangre desde... ¿cuándo?, ¿1780? No es mucho tiempo. En absoluto.

He estado en Nueva York, por cierto, para espiar a mis viejos amigos.

En las noches cálidas, me he plantado frente a su preciosa

casa del Upper East Side y he escuchado a la joven vampira Sybelle tocando el piano y a Benjamin y Armand charlando durante horas.

Una casa impresionante: tres edificios adosados convertidos en un gran *palazzo*, cada uno con su propio pórtico de estilo griego, su escalera de entrada y una verja de hierro decorativa. En realidad, solo se utiliza la entrada central, donde figura el nombre grabado en bronce sobre la puerta: TRINITY GATE.

Benji es el vampiro responsable del programa de radio que se emite noche tras noche desde Nueva York. Al principio, la emisión se hacía del modo corriente, pero ahora es un programa de radio por Internet y llega a todos los no-muertos del mundo. Benji muestra una inteligencia que nadie habría podido prever: beduino de nacimiento, se convirtió en hijo de la Sangre a los doce años quizá, así que medirá un metro cincuenta y siete para siempre. Pero es uno de esos niños inmortales que los mortales toman por un adulto diminuto.

No puedo «oír» a Louis cuando estoy espiando, claro, pues yo lo creé, y ya se sabe que hacedores y neófitos son sordos mutuamente. Pero mis oídos sobrenaturales nunca han funcionado mejor, y desde el exterior de la casa captaba fácilmente en las mentes de los demás su voz suave y nítida, y también imágenes de él. A través de las ondeantes cortinas de encaje, atisbaba los barrocos murales de vívidos colores que decoraban los techos. Una gran cantidad de azul: cielos azules con grandes nubes teñidas de color dorado. Incluso podía oler el aroma de la leña que chisporroteaba en las chimeneas.

El conjunto del edificio, de cinco pisos y estilo *belle époque*, resultaba majestuoso. Abajo había varios sótanos y, arriba, un inmenso salón de baile con un techo de cristal abierto a las estrellas. Realmente habían convertido el conjunto en un palacio. A Armand siempre se le han dado bien estas cosas, y recurrió a sus inauditas reservas para pavimentar su despampanante cuartel general con mármol y planchas de madera antigua, y para decorar las habitaciones con los diseños más exquisitos. Y siempre se ocupaba de mantener el lugar bien protegido.

El pequeño y triste pintor de iconos de Rusia, secuestrado y llevado al oeste por la fuerza, había abrazado hacía mucho la visión humanista del arte occidental. Marius, su hacedor, debía de haber contemplado este cambio con satisfacción, siglos atrás.

A mí me apetecía vivir con ellos. Siempre me apetece vivir con ellos y nunca lo hago. De hecho, me fascinaba su modo de vida, siempre bajándose de limusinas Rolls-Royce para asistir a la ópera, escuchar una sinfonía o ver un ballet; o acudiendo juntos a la inauguración de las exposiciones. Y totalmente integrados en el mundo humano que los rodeaba; incluso invitaban a los mortales a aquellos salones dorados a tomar una copa de vino y un refrigerio. O contrataban a músicos mortales para que tocasen allí. Qué espléndidamente se hacían pasar por humanos. Me asombraba pensar que yo mismo había vivido así, que había llevado una vida tan refinada hacía un siglo o más. Los observaba con los ojos de un fantasma hambriento.

La Voz musitaba, rezongaba, rugía siempre que yo estaba allí, barajando los nombres de todos ellos en una letanía de invectivas, soliloquios y peticiones.

—Fue la belleza la que lo provocó, ¿entiendes? —dijo una noche—. El misterio de la belleza.

Un año más tarde, mientras caminaba por la arena de Sand Beach, en Miami, volvió a soltarme lo mismo. Hasta el momento, los rebeldes e inadaptados me habían dejado en paz. Me tenían miedo; los viejos les daban miedo. Pero no lo suficiente.

—¿La que provocó... qué, estimada Voz? —pregunté. Me pareció justo darle unos minutos antes de desconectar.

—No puedes concebir la magnitud de este misterio. —Me lo dijo con un susurro confidencial—. No puedes concebir semejante complejidad. —Repetía estas palabras como si las acabara de descubrir. Lloraba. Lo juro. Lloraba.

El sonido era espantoso. No me gusta regodearme con el dolor de ningún ser, ni siquiera con el dolor de mis enemigos más sádicos. Y ahora la Voz se me ponía a llorar.

Yo andaba de caza; estaba sediento, aunque no necesitara beber, totalmente a merced de ese deseo, de ese profundo anhelo de sangre humana cálida y palpitante. Encontré a una joven víctima, una mujer, un ser irresistible por la combinación de un alma inmunda y un cuerpo espléndido, con una blanca y tierna garganta. La tenía en la habitación fragante y oscura de su propio alojamiento, con las luces de la ciudad tras los ventanales. Había llegado sobrevolando los tejados y me había encontrado a esta mujer pálida de gloriosos ojos castaños y piel bronceada, con una cabellera negra de mechones semejantes a las serpientes de la Medusa: una mujer que forcejeaba conmigo, desnuda entre las sábanas blancas, mientras yo hundía mis colmillos justo en la arteria carótida. Estaba demasiado sediento para cualquier otra cosa. Dame el latido de tu corazón. Dame la sal. Dame el viático. Llena mi boca.

Y entonces la sangre surgió a borbotones, rugiendo. ¡No tan deprisa! Yo era de repente la víctima arrasada como por un dios fálico, aplastada contra el suelo del universo por el empuje poderoso de la sangre. Y el corazón seguía palpitando, vaciando la frágil forma que pretendía proteger. Y de pronto, ella estaba muerta. Ay, demasiado pronto. Como un lirio aplastado sobre la almohada. Solo que ella no había sido ningún lirio: yo había visto sus sucios y triviales crímenes mientras la sangre me enloquecía, me devastaba, dejándome todo enardecido, completamente excitado, relamiéndome los labios.

No soporto permanecer junto a un humano muerto. Volví a elevarme sobre los tejados.

—¿Te ha gustado eso, Voz? —pregunté. Estiré mis miembros como un gato bajo la luna.

—Hummm —respondió él—. Siempre me ha gustado, claro.

—Entonces deja de lloriquear.

Él enmudeció. Eso era una novedad. Me abandonó. Le lancé una pregunta tras otra. Pero no hubo respuesta. Nada.

Todo esto ocurrió hace tres años.

Yo me hallaba en un estado deplorable, me sentía deprimido, asqueado, abatido. Las cosas iban mal en todo el mundo vampírico, de eso no cabía duda. Benji, en sus incesantes emisiones, me instaba a regresar de mi exilio. Y otros se sumaban a su petición. «Lestat, te necesitamos.» Abundaban las historias de desgracias. Y yo no conseguía encontrar a muchos de mis amigos: ni a Marius, ni a David Talbot, ni tan siquiera a las ancianas gemelas. En otra época conseguía localizar a cualquiera de ellos con relativa facilidad. Pero ya no.

—¡Somos una tribu huérfana! —clamaba Benji por la emisora de radio online—. Jóvenes, sed prudentes. Huid de los ancianos cuando los veáis. No son nuestros mayores, por muchos años que lleven en la Sangre. Han rechazado toda responsabilidad sobre sus hermanos y hermanas. Sed prudentes.

Una noche deprimente y fría, me había vuelto a sentir sediento, mucho más sediento de lo que podía soportar. Es decir, técnicamente yo ya no necesito sangre. Tengo en mis venas tanta sangre de Akasha —la sangre primordial de la antigua Madre— que podría subsistir toda la eternidad sin alimentarme. Pero me sentía sediento, y la necesitaba para aplacar mi tristeza, o eso me había dicho a mí mismo en el transcurso de una pequeña correría de madrugada por la ciudad de Ámsterdam, mientras me alimentaba de todos los depravados y asesinos que hallaba en mi camino. Había ocultado los cuerpos. Había sido cuidadoso. Pero la experiencia había resultado deprimente: la sangre caliente y deliciosa entraba en mí a borbotones, pero también las visiones que acarreaba consigo de mentes inmundas y degeneradas: toda esa intimidad emocional deplorable. Ah, siempre lo mismo, siempre lo mismo. Me sentía profundamente desgraciado. Cuando me encuentro así, constituyo una amenaza para los inocentes, lo sé de sobras.

Hacia las cuatro de la mañana, me entró una tristeza espantosa. Estaba en un pequeño parque, sentado en un banco de hierro, doblado sobre mí mismo bajo el aire helado y húmedo. Aquella era una de las zonas más sórdidas de la ciudad; a través de la niebla, las luces de la madrugada tenían un aspecto chillón y tiznado. Estaba completamente aterido y empezaba a temerme que no iba a poder resistir. Que no iba a poder subsistir en la Sangre. Que no iba a ser un verdadero inmortal como el gran Marius, o Mekare, o Maharet, o Jayman. O incluso como Armand. Esto, lo que yo hacía, no era vida. En un momento dado, el dolor se hizo tan agudo que parecía como un puñal retorciéndose en mi corazón y mi cerebro. Volví a doblarme sobre mí mismo en el banco, agarrándome la nuca con las manos. Lo que más deseaba del mundo era morir, cerrar los ojos a la vida y morirme.

Entonces apareció la Voz, y dijo:

—¡Pero yo te amo!

Me llevé un sobresalto. No había oído a la Voz desde hacía mucho, y ahora ahí estaba: ese tono íntimo, suave, de infinita ternura. Como unos dedos que me acariciaran la cabeza.

—¿Por qué? —pregunté.

—Eres el que más amo de todos —dijo la Voz—. Estoy contigo, aquí, amándote.

—¿Qué eres tú? ¿Otro supuesto ángel? —dije—. ¿Otro espíritu que se hace pasar por un dios, o algo así?

—No —dijo él.

A decir verdad, en cuanto él me había empezado a hablar, yo había sentido un calor dentro de mí, ese calor repentino que describen los adictos cuando la sustancia que ansían los inunda, esa calidez sedante y maravillosa que yo había hallado tan fugazmente en la Sangre; y entonces empecé a oír la lluvia, a oírla de otro modo, no como una deprimente llovizna, sino como una preciosa y dulce sinfonía de sonidos sobre las superficies que me rodeaban.

—Te amo —dijo la Voz—. Y ahora levanta. Abandona este lugar. Tienes que hacerlo. Levántate. Empieza a andar. Esta lluvia no es demasiado fría para ti. Tú eres demasiado fuerte para esta lluvia, demasiado fuerte para este dolor. Vamos, haz lo que te digo...

Y yo obedecí.

Me levanté, eché a andar y regresé al viejo y elegante Hotel de l'Europe donde me alojaba. Entré en la espaciosa habitación, exquisitamente empapelada, y corrí con cuidado los cortinajes de terciopelo para tapar el sol naciente. La luz del cielo blanquecino sobre el río Amstel. Los ruidos de la mañana.

—Escucha, yo te amo —dijo la Voz—. No estás solo. Nunca lo has estado. —Yo sentía la Voz dentro de mí, alrededor de mí, envolviéndome, abrazándome.

Finalmente, me eché a dormir. Él me cantaba ahora. Cantaba en francés una letra añadida al hermoso estudio de Chopin *Tristesse*...

—Lestat, regresa a tu hogar. Vuelve a Francia, a la Auvernia donde naciste —susurró, como si estuviera a mi lado—. Al viejo castillo de tu padre. Debes ir allí. Todos los seres humanos necesitáis un hogar.

Sonaba tan tierno, tan sincero.

Era extraño que me dijera aquello. Yo poseía el viejo y ruinoso castillo. Años atrás, había encargado a un grupo de arquitectos y canteros que lo reconstruyeran, aunque yo mismo no sabía por qué. Ahora lo vi de nuevo, los antiguos torreones redondos alzándose de aquel risco sobre los campos y valles: allí donde antaño habían perecido tantos de hambre, donde la vida había sido tan amarga, donde yo mismo había sufrido amargamente cuando era un muchacho, un muchacho decidido a huir a París y ver mundo.

—Vuelve a casa —susurró él.

—¿Por qué no estás durmiendo como yo, Voz? —pregunté—. Está saliendo el sol.

—Porque donde yo estoy no es de día, amado Lestat.

—Ah, entonces eres un bebedor de sangre, ¿no? —pregunté. Sentí que lo había pillado. Empecé a reír, a soltar carcajadas—. Claro que lo eres.

Él se puso furioso.

—¡Ah, miserable, ingrato y degenerado! ¡Príncipe malcriado! —masculló. Y volvió a abandonarme. Bueno, qué más daba. Pero yo no había resuelto el misterio de la Voz, ni mucho menos. ¿Era simplemente un viejo y poderoso inmortal que se comunicaba conmigo desde otra parte del globo haciendo rebotar su mensaje telepático a través de las mentes vampíricas situadas entre ambos, tal como la luz se va reflejando de un espejo a otro? No, no era posible. Su voz resultaba demasiado próxima y nítida. Es posible enviar un mensaje telepático a otro inmortal con ese sistema, desde luego. Pero no puedes comunicarte directamente como él había venido haciendo conmigo durante todo este tiempo.

Cuando desperté, ya empezaba a oscurecer, claro, y Ámsterdam bullía con el rumor del tráfico, con el zumbido de las bicicletas y una miríada de voces. Un aroma de sangre bombeada por los corazones palpitantes.

—¿Aún sigues ahí, Voz? —pregunté.

Silencio. Y, no obstante, tenía la sensación, sí, la clara sensación de que estaba allí. Me sentía desdichado; me daba miedo a mí mismo, me asombraba mi propia debilidad, mi incapacidad para amar.

Y entonces ocurrió esto.

Fui al espejo de cuerpo entero que había en la puerta del baño para ajustarme la corbata. Ya sabéis que soy todo un dandi. Aunque estuviera deprimido, llevaba una chaqueta Armani de corte impecable y una camisa de vestir, y, bueno, quería ajustarme bien aquella reluciente corbata de seda, bellamente pintada a mano y... ¡ese no era mi reflejo!

Yo estaba allí, pero ese no era mi reflejo. Era otro yo el que me sonreía triunfal con unos ojos relucientes, con las dos manos contra el cristal, como si estuviera encerrado ahí detrás, en la celda de una prisión. Llevaba la misma ropa, sí, y era igual que yo hasta el último detalle: el largo pelo rubio rizado, los ojos de un gris azulado. Pero no era un reflejo en absoluto.

Me quedé petrificado. Pensé vagamente en un *doppelgänger* y, sentí todo el horror que ese concepto lleva aparejado. No sé si soy capaz de describir lo escalofriante que resultaba la situación: esa figura de mí mismo habitada por otro, que me sonreía de un modo impúdico y deliberadamente amenazador.

Me mantuve impasible, aun así, y seguí ajustándome la corbata, aunque no veía el reflejo de lo que iba haciendo. Él siguió sonriendo con aquella expresión gélida y burlona, mientras la Voz estallaba en carcajadas en el interior de mi cerebro.

—¿Acaso deberías gustarme por esto, Voz? —pregunté—. Yo creía que me amabas.

Él se quedó consternado. Su rostro —mi rostro— se contrajo como el de un niño a punto de llorar. Alzó las manos como para cubrirse, con los dedos trémulos y los párpados estremecidos. La imagen se desvaneció y fue reemplazada por mi verdadero reflejo, plantado allí de pie, desconcertado, ligeramente horrorizado, irritado en grado sumo. Me enderecé la corbata con un último tirón.

—Yo te amo —dijo la Voz con un tono triste, casi lúgubre—. ¡Te amo! —Y empezó a farfullar, a rugir, a discursear, con todos aquellos vocabularios bruscamente enredados: ruso, alemán, francés, latín...

Aquella noche Benji empezó su emisión desde Nueva York y dijo que las cosas no podían continuar así. Instó a los jóvenes a huir de inmediato de las ciudades. Suplicó una vez más a los ancianos de la tribu que intervinieran.

Yo me fui a Anatolia para huir de todo. Quería volver a ver Santa Sofía, caminar bajo aquellos arcos. Quería vagar por las ruinas de Göbekli Tepe, el asentamiento neolítico más antiguo jamás descubierto. Al diablo los problemas de la tribu. ¿De dónde había sacado Benji la idea de que éramos una tribu?

2

Benji Mahmoud

Yo suponía que Benji Mahmoud tenía unos doce años cuando Marius lo convirtió en vampiro, pero nadie lo sabía con certeza, ni siquiera el propio Benji. Nacido en Israel, en el seno de una familia de beduinos, había sido contratado y trasladado a Estados Unidos por la familia de una joven pianista llamada Sybelle —quien a todas luces estaba loca— con el fin de que le hiciera compañía. Los dos jóvenes conocieron al vampiro Armand en Nueva York a mediados de los años noventa, pero no fueron iniciados en la Sangre hasta algo después, cuando Marius efectuó en ambos el Truco Oscuro, como un regalo para Armand. Naturalmente, Armand se puso furioso, se sintió traicionado, deploró que las vidas humanas de sus protegidos hubieran sido truncadas, etcétera. Pero Marius había hecho lo único que podía hacerse con dos humanos que, a efectos prácticos, estaban viviendo entre vampiros y perdiendo rápidamente el gusto por cualquier otro mundo. Los protegidos humanos de ese tipo están expuestos a cualquier desgracia. Y Armand tendría que haber sido consciente de ello. Debería haber comprendido que tarde o temprano algún vampiro enemigo acabaría con uno de esos dos jóvenes con el fin de llegar a él. Es lo que suele ocurrir en estos casos.

Así que Marius los convirtió en vampiros.

Yo andaba muy trastornado en esa época. Mis aventuras con Memnoch, un espíritu que afirmaba haber sido «el Diablo» de la religión cristiana, me habían dejado hecho polvo, y apenas me enteré de todo este proceso; sabía únicamente que me encantaba la música de Sybelle y poco más.

Cuando me fijé realmente en Benji Mahmoud, él ya estaba viviendo con Armand, Louis y Sybelle, y se había inventado la emisora de radio. Como ya he dicho, al principio emitía con el sistema tradicional, pero Benji era demasiado ingenioso para resignarse mucho tiempo a las limitaciones del mundo mortal, y pronto empezó a emitir el programa a través de Internet desde la mansión del Upper East Side, dirigiéndose a los Hijos de la Oscuridad casi todas las noches e invitándolos a que hicieran llamadas desde cualquier parte del mundo.

Cuando emitía, Benji ponía de fondo la música de Sybelle y hablaba en voz muy baja: una voz que, sin amplificarse, no podían captar los oídos humanos. Esperaba que así los vampiros de todo el mundo recibieran el mensaje. El problema era que muchos vampiros tampoco lo oían. Así pues, cuando Benji empezó a emitir por la radio de Internet, desechó ese truco. Él hablaba normalmente, nos hablaba a Nosotros, y no hacía caso de los fanáticos de los vampiros o los adeptos del rollo gótico que llamaban al programa. Los descartaba con facilidad por el timbre de sus voces para poder dedicar el tiempo de emisión a los verdaderos Hijos de la Oscuridad.

La exquisita música de piano de Sybelle era una parte fundamental del programa, que a veces duraba cinco o seis horas por noche, y otras, en cambio, no se emitía. Pero el mensaje de Benji pronto se propagó de un extremo a otro de la tierra:

«Somos una tribu, queremos sobrevivir y los ancianos no nos están ayudando.»

Ahora bien, cuando empezó a hablar de todo esto, de los huérfanos y los indefensos que poblaban cada ciudad de la tierra y de la negligencia y el egoísmo de los «ancianos», yo pensé que alguien iba a sentirse ofendido, que lo silenciarían o al menos le pararían los pies de un modo expeditivo.

Pero Benji había diagnosticado bien la situación. Y yo no. Nadie se molestó en detenerlo porque, en realidad, a nadie le importaba. Y Benji siguió explicando a los rebeldes, a los inadaptados y a los huérfanos que llamaban al programa por las noches que debían andar con cuidado, que debían resistir, alimentarse de malhechores y ocultar los cuerpos, y recordar siempre que el mundo pertenecía a los humanos.

Benji les brindó también un argot a los no-muertos de todo el mundo, pues salpicaba sus comentarios con términos sacados de las Crónicas Vampíricas (incluyendo algunos que yo nunca había empleado, o que ni siquiera conocía) y estableciendo un lenguaje común para todos. Un gesto interesante. O, al menos, a mí me lo pareció.

Fui un par de veces a Nueva York solo para espiar a Benji. Él había desarrollado para entonces todo un estilo personal. Lucía ternos a rayas de corte impecable, normalmente de lana de estambre gris o marrón, preciosas camisas de colores pastel y deslumbrantes corbatas de seda Brooks Brothers; y siempre llevaba un sombrero flexible de fieltro negro, fabricado en Italia —el sombrero perfecto de gánster—, y unos impecables zapatos de cordones con costura inglesa.

Por ello, pese a su reducida complexión, su carita alegre y redondeada y sus relucientes ojos negros, no parecía en absoluto un niño, sino un hombrecito, y ese había pasado a ser el mote favorito con el que se refería a sí mismo. «Hombrecito.» Benji poseía más de cinco galerías de arte en Chelsea y el SoHo, un restaurante en Greenwich Village, justo al lado de Washington Square, y una anticuada mercería en la que compraba sus sombreros. Tenía un montón de documentos legítimos, lo cual incluía un permiso de conducir auténtico, además de tarjetas de crédito, teléfonos móviles y una o dos bicicletas. Con frecuencia, sobre todo en las noches de verano, conducía él mismo por Nueva York su deportivo MG TD restaurado, pero la mayor parte de las veces se desplazaba en una gran limusina negra Lincoln con chófer. Pasaba mucho tiempo en los cafés y restaurantes, donde fingía cenar en compañía de mortales que lo encontraban fascinante. Él y Sybelle cazaban con destreza en los callejones. Pero ambos conocían bien el arte del Pequeño Sorbo, y podían satisfacerse con una serie de discretos mordiscos en las discotecas y bailes de beneficencia sin cercenar una vida ni inutilizar a una víctima inocente.

Y mientras que Sybelle era una especie de presencia misteriosa y distante a su lado —espectacular con sus vestidos de diseño y sus gemas suntuosas—, Benji tenía montones de amigos humanos que lo veían como un tipo excéntrico, divertido y delicioso gracias a su «programa de vampiros», que ellos consideraban una «*performance* artística» de lo más ingeniosa. Daban por supuesto que era él quien ponía todas las voces que aparecían en antena, incluidas las de los Hijos de la Noche japoneses y chinos que llamaban y hablaban durante horas en su propia lengua, poniendo a prueba hasta el límite los poderes sobrenaturales de Benji, que hacía todo lo posible para seguirlos sin perder el hilo.

En suma, Benji constituía un éxito brutal como vampiro. Tenía una página web como complemento del programa de radio y una dirección de e-mail para los oyentes, y a veces leía algunos mensajes en directo, pero todo se reducía siempre a lo mismo: «Somos miembros de una tribu y, como tales, debemos mantenernos unidos, guardarnos lealtad, preocuparnos unos por otros y procurar perdurar en este mundo, donde los inmortales podrían ser abrasados o decapitados como cualquiera. ¡Los ancianos nos han traicionado!»

Benji continuamente les advertía lo mismo a los no-muertos: «No vengáis a Nueva York. No intentéis localizarme. Estoy aquí, a vuestra disposición, por teléfono y por e-mail, pero no pongáis los pies en esta ciudad o tendréis que véroslas con Armand, cosa que no le deseo a nadie.» Siempre les decía que ninguna ciudad podría mantener a la cantidad de vampiros que nacían ahora a la Oscuridad en Nueva York, y les recordaba que los neófitos debían ser inteligentes y buscar nuevos territorios, y que habían de aprender a vivir en paz con los demás.

En las llamadas, los oyentes se explayaban sobre sus desgracias. Estaban asustados y angustiados; deploraban las reyertas que se producían por todas partes, y sentían auténtico pavor por los ancianos, capaces de quemarte si te ponían los ojos encima. Habían buscado al gran Lestat, al gran Marius, a la gran Pandora, pero inútilmente... Y así seguían y seguían.

Benji los consolaba cada vez y les daba consejo. En ocasiones se sumaba simplemente a su dolor.

—Ellos no nos ayudan, ¿verdad? —decía—. ¿Para qué escribió Lestat sus libros? ¿Y dónde esta el gran erudito David Talbot? ¿Y la gran Jesse Reeves, nacida a la Oscuridad en los brazos de la anciana Maharet? ¡Menuda pandilla de egoístas, ególatras y narcisistas!

Y entonces empezaba con su cantinela: «Lestat, ¿dónde estás?»

Como si yo fuera uno de los ancianos. Venga ya, ¡por favor!

Bueno, en cuanto a influencia, sí. Claro. Yo escribí mi autobiografía. Me convertí en una célebre estrella de rock durante... ¡unos cinco minutos! Conté toda la historia: cómo fue destruida Akasha y cómo la fuente del poder fue extraída de su interior e incorporada a la vampira Mekare. Sí, lo reconozco. Yo hice todo eso. Escribí y publiqué mi propio relato sobre el Ladrón de Cuerpos y sobre Memnoch. Está bien, de acuerdo. Y en efecto: si mi música y mis vídeos rock no hubieran sido lanzados en todo el mundo, tal vez la vieja reina Akasha no se habría alzado de su trono ni habría desatado la Gran Quema, en la cual infinidad de vampiros de todo el planeta fueron reducidos a cenizas. Culpa mía, lo reconozco.

Pero yo llevo... ¿cuántos?, ¿doscientos treinta y tres años en la Sangre? Algo así. Y como ya he dicho, soy un malcriado según el criterio de todo el mundo, ¡un crío temerario!

Los auténticos ancianos, aquellos a los que Benji no paraba de insultar, denigrar y ridiculizar, eran los Hijos de los Milenios, los grandes inmortales: Marius y Pandora, y las ancianas gemelas, claro, Mekare y Maharet, y su compañero Jayman. Benji eso lo dejaba bien claro.

—¿Cómo puede ser esa Mekare la Reina de los Condenados si no gobierna? —preguntaba—. ¿Y qué hay de su gemela?, ¿es que nosotros, la gran familia vampírica, no le importamos? ¿Y dónde está Jayman, tan anciano como las gemelas?, ¿por qué no se cuida de nosotros ahora, mientras nos abrimos paso por el mundo buscando respuestas? ¿Cómo es que Jesse, la joven Jesse de nuestro mundo, no conmina a esos ancianos a escuchar nuestra voz?

Todo esto me asombraba y me atemorizaba, como ya he dicho. Y aun cuando nadie fuese a mover un dedo para silenciar a Benjamin, ¿sus arengas iban a dar algún resultado? ¿Iban a servir para que sucediera algo?

Y mientras, estaban sucediendo otras cosas. Cosas malas. Rematadamente malas. Y también, quizás, algunas buenas.

Benji no era el único vampiro bajo el cielo que estaba haciendo algo completamente nuevo.

También estaba Fareed, que había aparecido mucho antes que Benji. Y yo tampoco había creído que Fareed fuera a durar.

3

Fareed y Seth

Conocí a Fareed y Seth seis años antes del final del pasado siglo. Eso fue después de que conociera al Ladrón de Cuerpos pero antes de conocer a Memnoch. Y aunque yo creí entonces que nuestro encuentro se había producido por casualidad, luego comprendí sin asomo de duda que no había sido así, puesto que ellos me habían estado buscando.

Fue en la ciudad de Los Ángeles, una noche templada y deliciosa, cuando accedí a hablar con ellos en un café-jardín situado no lejos de la zona de Sunset Boulevard donde ellos me habían abordado: dos vampiros poderosos, uno anciano y otro joven, este último estimulado por la potente sangre del otro.

Seth era el anciano y, como ocurre siempre con estos grandes supervivientes, lo identifiqué por el latido de su corazón mucho antes de verlo siquiera. Esos monstruos antiguos, por viejos que sean, pueden embozar sus mentes y hacerse pasar por humanos, pero no pueden impedir que un inmortal como yo oiga el latido de su corazón y, al mismo tiempo, un vago sonido como de respiración. Solo que, cuando procede de ellos, suena como el ronroneo de un motor. Y esa es la señal, desde luego, para salir corriendo, a menos que quieras acabar quemado y convertido en un montoncito de finísimo polvo negro o en una pequeña mancha de grasa en el pavimento.

Pero yo no huyo ante nada, y tampoco estaba muy seguro de querer seguir vivo en aquel entonces. Hacía poco que me había quemado la piel hasta dejármela de color marrón oscuro en el desierto de Gobi, en un fallido intento de acabar con todo, y si dijera que adoptaba de forma general una actitud temeraria me quedaría corto.

Además, había sobrevivido a muchos peligros; así que, bueno, ¿no iba a sobrevivir a un tropiezo con otro anciano? Yo conocía personalmente a las gemelas. Conocía a la Reina de los Condenados actual. ¿Acaso no contaba con su protección?

Pero también sabía algo más en aquel entonces. Y era que mis canciones y mis vídeos rock, y el haber despertado a la Reina, habían provocado también el despertar de una serie de inmortales por todo el planeta: seres que nadie sabía con certeza quiénes eran. Yo solo sabía que andaban sueltos por ahí.

Allí estaba, pues, caminando por Sunset Boulevard entre una densa multitud, disfrutando del momento, olvidando que yo era un monstruo, olvidando que ya no era una estrella de rock y fingiendo ser como el hermoso Jon Bon Jovi.

Justo unos meses antes había asistido a un concierto de Jon Bon Jovi, y ahora ponía sus canciones obsesivamente en mi pequeño walkman. Allí estaba, digo, pavoneándome, flirteando a ratos, sonriendo a los bellos mortales que se cruzaban conmigo, alzando a veces mis gafas de sol tintadas de rosa para lanzar un guiño, dejando que el viento siempre helado de la Costa Oeste me alborotara el pelo y, en fin, pasándolo bien y pasándolo mal, cuando de repente voy y percibo esa palpitación, ese latido fatal.

Como Maharet y Mekare no habían desaparecido totalmente del mundo en aquel entonces, me dije: «¿Qué habré hecho ahora? ¿Quién va a venir a pedirme cuentas?» Y entonces detecto que vienen hacia mí dos bebedores de sangre realmente notables. El más bajo, de un metro ochenta, con una magnífica piel dorada, un pelo ensortijado de un negro azulado alrededor de una cara hermosa e inquisitiva; unos enormes ojos verdes y unos labios bien formados, distendidos en una sonrisa abierta; y vestido con una ropa elegantona, supongo: un traje inglés a medida, si no me equivoco, y unos preciosos zapatos estrechos, también hechos a medida. El más alto, un gigante flaco de piel oscura, también, aunque la suya requemada por el sol, y anciano, sin lugar a dudas, con el pelo negro corto en torno a un cráneo regular y unos ojos almendrados, y con una ropa más bien excéntrica para las calles de West Hollywood, aunque tal vez no en la ciudad de El Cairo: un *zaub* blanco hasta los tobillos y unos pantalones blancos con sandalias.

Vaya par, pensé; y antes de tenerlos a un metro y medio, el más bajo, el joven, un neófito de la Sangre, extendió la mano a modo de saludo, y empezó a hablar con un fluido y resonante acento indio, diciendo que él era el doctor Fareed Bhansali y el otro su «mentor», Seth, y que les encantaría contar con el placer de mi compañía en su café favorito.

Sentí en mi interior una ligera oleada de excitación que me puso al borde de las lágrimas, pero eso se lo oculté a ellos. Yo mismo había elegido la soledad, ¿no? La había buscado desde hacía mucho. ¿A qué venía tanta emoción?

El café era precioso. Todas las mesas estaban cubiertas con manteles azules: casi de ese color que tiene el cielo nocturno cuando la miríada de luces de la gran metrópolis reverbera en la capa de nubes llenas de humedad. Sonaba una leve y dulce música de sitar, cuyas líneas melódicas se entrelazaban con mis pensamientos mientras permanecíamos sentados, mientras cada uno jugueteaba con su comida y se acercaba de vez en cuando un bocado de curry para saborear el aroma. El vino relucía en las copas de cristal fino.

Y entonces ellos consiguieron dejarme boquiabierto.

«¿Ves ese edificio de enfrente? No, no, el otro...» Bueno, aquel edificio era suyo y albergaba su laboratorio. Y ambos se sentirían muy agradecidos si dejaba que me practicaran unas biopsias que no habrían de causarme ningún dolor: tejido cutáneo, pelo, sangre, ese tipo de cosas.

Entonces salió a relucir toda la historia. El año anterior, en Bombay, Seth había encontrado a Fareed, un brillante médico e investigador, agonizando en la habitación de un hospital, a resultas de un complot perpetrado por su esposa y un médico colega suyo. Fareed, paralizado pero consciente, había creído que Seth era un producto de su imaginación torturada.

—Y fíjate —me dijo con aquel exquisito acento anglo-indio—, yo pensaba que lo primero que haría sería vengarme de mi esposa y su amante. Ellos me lo habían arrebatado todo, incluida mi vida. Pero esas cosas las olvidé casi al instante.

Seth había sido sanador en la antigüedad. También él hablaba con un acento peculiar, aunque yo no era capaz de situarlo. ¿Cómo iba a poder, si él había entrado en la Sangre en los albores de la historia?

Era un hombre huesudo, con una estructura ósea extraordinariamente simétrica en la cara. Incluso sus manos, con aquellas muñecas y falanges enormes, me resultaban interesantes, lo mismo que sus uñas, que parecían de cristal. Su frío rostro, además, se iluminaba y cobraba expresión al hablar, borrando la tersura de máscara impuesta por la Sangre.

—Inicié a Fareed en la Sangre para que ejerciera como médico —explicó Seth—. Yo no consigo comprender la ciencia de estos tiempos. Y no comprendo por qué no hay ningún médico o investigador científico entre nosotros.

Ahora contaban con un laboratorio equipado con todas las máquinas imaginables que la ciencia médica ha inventado.

Y pronto me encontré yo mismo en las plantas superiores de aquel edificio, siguiéndolos por una serie de estancias profusamente iluminadas, maravillándome ante el personal integrado por jóvenes bebedores de sangre, capaces de efectuar una resonancia magnética o una tomografía computarizada, o de practicarme una extracción de sangre.

—Pero ¿qué vais a hacer con todos estos datos? —pregunté—. ¿Y cómo os las arregláis? Quiero decir, ¿estáis iniciando en la Sangre a otros científicos?

—¿Nunca se te había ocurrido algo así? —dijo Fareed.

Después de que me practicaran las biopsias y me sacaran sangre, nos habíamos sentado en el jardín de la azotea, protegidos del viento helado del Pacífico por grandes planchas de vidrio templado, con todas las luces del centro de Los Ángeles destellando entre la niebla.

—No consigo entender —dijo Fareed— por qué los bebedores de sangre más destacados son en su mayoría románticos y poetas que solo inician, a su vez, en la Sangre a seres a los que aman por motivos emocionales. Yo valoro mucho tus escritos, entiéndeme, los valoro de principio a fin. Tus libros son las Sagradas Escrituras de los no-muertos. Seth me los dio de entrada, me dijo que me los aprendiera. Pero ¿nunca se te había ocurrido iniciar a aquellos a los que necesitas?

Reconocí que me daba miedo la idea misma, tanto miedo como habría sentido un mortal ante la posibilidad de diseñar genéticamente una descendencia destinada a ciertas ramas de las artes o a determinadas profesiones.

—Pero nosotros no somos humanos —dijo Fareed, que inmediatamente se sintió avergonzado por lo obvia y estúpida que sonaba la frase. De hecho, se ruborizó y todo.

—¿Y si aparece otro tirano sangriento? —pregunté—. ¿Alguien capaz de hacer que Akasha parezca una simple colegiala con sus fantasías de dominio? ¿Eres consciente de que todo lo que escribí era cierto, no? Ella habría transformado el mundo, si no la hubiéramos detenido. Se habría convertido en una diosa.

Fareed se quedó sin habla y le echó a Seth un vistazo con una expresión tremendamente angustiada. Pero Seth se limitó a estudiarme con gran interés. Alzó una de sus manos enormes y la posó suavemente sobre la de Fareed.

—No te apures —le dijo—. Continúa, Lestat, por favor.

—Bueno, suponed que un tirano semejante se alzara de nuevo entre nosotros —dije— y suponed que ese tirano iniciara en la Sangre a los técnicos y soldados necesarios para llevar a cabo un auténtico golpe de mano. Con Akasha era todo muy primitivo: ese plan suyo, presidido por una «religión revelada», que habría devuelto el mundo al pasado... Pero imaginaos con laboratorios como este: un tirano podría crear una raza de vampiros productores de armas, de drogas alucinógenas, de bombas, de aviones, de todo lo necesario para causar estragos en este mundo tecnológico. ¿Y entonces, qué? Sí, tienes razón: los más conocidos de entre nosotros son unos románticos. Lo somos. Somos poetas. Pero también somos individuos con una inmensa fe en el individuo, con un gran amor al individuo.

Me interrumpí. Empezaba a sonar demasiado como si creyera en algo. Lestat, el soñador. ¿Qué creía yo, en realidad? Que éramos una raza maldita, que debíamos ser exterminados.

Seth tomó al vuelo la idea y me replicó en el acto. Su voz,

grave y pausada, quedaba realzada por aquel indefinible acento oriental.

—¿Por qué piensas estas cosas de nosotros, tú que has rechazado tan radicalmente las religiones reveladas del mundo? ¿Qué somos nosotros? Somos mutaciones. Pero toda evolución avanza indudablemente a base de mutaciones. No digo que lo comprenda del todo, pero ¿no era cierto lo que escribiste sobre cómo fue destruida Akasha y cómo el Germen Sagrado, o la fuente, o como quieras llamar a la raíz que nos anima a todos, pasó al cuerpo y al cerebro de Mekare?

—Sí, era todo cierto —dije—. Y aún andan por ahí esas dos gemelas. Son seres más bien reservados, te lo aseguro, y suponiendo que piensen que tenemos derecho a existir como especie, nunca nos lo han comunicado a los demás. Si se enteran de la existencia de este laboratorio... quizá lo destruyan.

Me apresuré a añadir que no estaba seguro de esto último.

—¿Por qué iban a destruirlo cuando nosotros podemos ofrecerles tanto? —dijo Fareed—. Yo puedo modelar unos ojos inmortales para la hermana ciega, para Maharet, de manera que ya no tenga que usar ojos humanos y estar continuamente cambiándolos a medida que mueren en sus órbitas oculares. Para mí es algo muy sencillo fabricar esos ojos inmortales con los protocolos de sangre adecuados. En cuanto a la muda Mekare, podría comprobar si queda alguna parte intacta en su cerebro capaz de despertar por completo algún día.

No pude por menos de sonreír amargamente.

—Vaya visión.

—Lestat, ¿no quieres saber de qué están hechas tus células? —preguntó—. ¿No quieres saber cuáles son las sustancias químicas de tu sangre que mantienen a raya la senescencia de tu cuerpo?

—¿La senescencia? —No sabía bien lo que significaba esa palabra—. Nosotros somos cosas muertas, estaba pensando. Tú eres un médico de muertos.

—Ah, no, Lestat —dijo Fareed—. No somos cosas muertas. Eso es poesía, poesía de la vieja, y no perdurará. Solo perdura la buena poesía. Nosotros estamos muy vivos. Tu cuerpo es un organismo complejo que alberga a su vez otro organismo devorador que se va transformando poco a poco, año tras año, con algún fin evolutivo definido. ¿No quieres saber qué es?

Estas palabras lo cambiaron todo para mí. Fueron como los albores de una nueva luz, porque en ese momento vislumbré todo un mundo de posibilidades que no había imaginado hasta entonces. Claro que él sería capaz de hacer tales cosas. Claro.

Fareed siguió hablando y hablando en esa vena científica, supongo que con brillantez, aunque su terminología se volvió cada vez más enrevesada y extraña. Por mucho que lo intentara, yo nunca había sido capaz de entender la ciencia moderna, en absoluto. Ni siquiera la inteligencia sobrenatural me había permitido asimilar los textos de medicina. Solo tenía los conocimientos superficiales de un profano sobre los términos que él usaba: ADN, mitocondria, virus, tejido celular eucariota, senescencia, genoma, átomos, quarks y demás. Por mucho que estudiara los libros de los autores divulgativos, no sacaba nada o casi nada en claro, salvo una sensación de respeto y humildad, y una conciencia creciente de mi propia desgracia por el hecho de estar excluido de la vida, cuando esta entrañaba unas revelaciones tan espléndidas.

Él notó que no valía la pena seguir.

—Ven, voy a enseñarte una pequeña parte de lo que podemos hacer —dijo.

Volvimos a bajar a los laboratorios. Casi todos los bebedores de sangre se habían marchado, pero capté el vago aroma de un humano. O de más de uno, tal vez.

Fareed me ofreció una posibilidad tentadora. ¿Deseaba sentir la pasión erótica tal como la había sentido cuando era un joven de veinte años en París, es decir, antes de morir? Bueno, él podía ayudarme a lograrlo. Si tenía éxito, yo produciría semen; y a él le gustaría tomar una muestra del mismo.

Me quedé atónito. Por supuesto, no iba a rechazar su oferta.

—Bueno, ¿cómo recogeremos el semen? —dije, riendo y hasta ruborizándome, a pesar de mí mismo—. Incluso cuando estaba vivo, prefería realizar mis experimentos eróticos con otros.

Él me dio a elegir. Detrás de una pared de cristal, en un sofá grande y mullido, se hallaba sentada una joven humana, que llevaba únicamente una camisa blanca de dormir y estaba leyendo un grueso volumen de tapa dura bajo la débil luz de una lamparilla. Ella no nos veía a través del cristal polarizado, ni tampoco podía oírnos. Le calculé unos treinta y cinco o treinta seis años, lo cual era bastante joven para esta época, aunque no lo habría sido doscientos años atrás. Sentí vagamente que me resultaba conocida. Tenía una larga, espesa y ondulada cabellera rubia, aunque de un rubio más bien oscuro; unos ojos azules hundidos y tal vez un poco demasiado claros para resultar hermosos, unos rasgos equilibrados y una boca turgente aunque de aspecto más bien inocente.

La habitación era como un escenario, con un estampado azul en las paredes y en la ropa de cama, y varias lamparillas con flecos, e incluso con un cuadro colgado que uno podría encontrar en cualquier dormitorio corriente: la calle de un pueblo inglés del siglo XIX, con gansos, un riachuelo y un puente. Solo los textos de Medicina en la mesita de noche y el pesado volumen que tenía la mujer en las manos parecían fuera de lugar.

En conjunto, tenía un aspecto tremendamente atractivo con su camisa de dormir blanca, sus altos y firmes senos y sus largas piernas torneadas. Ajena a nuestras miradas, ella estaba subrayando con bolígrafo un pasaje del libro.

—Puedes copular con ella, en cuyo caso sacaré la muestra de su cuerpo —me explicó Fareed—. O puedes sacarte la muestra tú mismo, si lo prefieres, con el viejo sistema solitario. —Hizo un gesto con la mano derecha, separando los dedos.

Yo no me entretuve demasiado. En el pasado, cuando me introduje en un cuerpo humano gracias a las maquinaciones del Ladrón de Cuerpos, disfruté de la compañía de dos bellas mujeres. Pero eso no había sido en este cuerpo, en mi cuerpo de ahora, mi cuerpo vampírico.

—Esta mujer está bien pagada, se siente respetada y cómoda aquí —dijo Seth—. Ella misma es médica. No le causarás sorpresa ni horror. Nunca ha participado en un experimento similar, pero está preparada. Y será bien recompensada, después.

«Bueno, si no ha de sufrir ningún daño», pensé. Qué impecable y qué guapa se la veía, con ese aspecto aseado tan americano y esos relucientes ojos azules, y con ese pelo de color trigueño. Casi podía oler su pelo. De hecho, lo olía: era una maravillosa fragancia a jabón o champú, y a luz solar. Resultaba deliciosa e irresistible. Ya deseaba cada gota de su sangre. ¿Podría la atracción erótica superar ese deseo?

—De acuerdo, lo voy a hacer.

Pero ¿cómo iban a lograr aquellos caballeros que un cuerpo muerto como el mío produjera su simiente de verdad, como si estuviera vivo?

La respuesta llegó rápidamente con una serie de inyecciones y con una vía intravenosa que seguiría liberando en mi sangre, durante el experimento, un potente elixir de hormonas humanas, anulando temporalmente la tendencia del cuerpo vampírico a resistir la senescencia, para que el deseo se desarrollase y para que el esperma se produjera y pudiera ser eyaculado.

Aquello me pareció tremendamente divertido.

Ahora podría escribir un ensayo de quinientas páginas sobre el desarrollo del experimento, porque, en efecto, volví a sentir un deseo erótico biológico y me lancé sobre la joven como cualquier implacable y lujurioso aristócrata de mi época se habría lanzado sobre una lechera de su aldea. Pero fue exactamente tal como mi estimado Louis había dicho mucho tiempo atrás, como «la pálida sombra del asesinato», es decir, como el placer fugaz de beber sangre; y casi enseguida se terminó, o eso pareció: el ardor de la pasión se extinguió, volvió otra vez a las profundidades de la memoria, como si nunca hubiera surgido, y el apogeo de la eyaculación quedó olvidado.

Después, me sentí extrañamente incómodo. Estaba sentado en la cama junto a aquella hembra de cabellera rubia y piel clara, con la espalda apoyada en varios almohadones de exquisito olor, y sentí que debía hablar con ella, preguntarle cómo era que estaba allí, y por qué.

Y, entonces, de repente, cuando yo aún seguía preguntándome si era una idea apropiada o prudente, ella me lo contó.

Se llamaba Flannery Gilman, me dijo. Con un nítido acento de la Costa Oeste, me explicó que «nos» había estado estudiando desde aquella noche en la que yo salí al escenario como estrella de rock en las afueras de San Francisco, y en la que tantos de nuestra estirpe perecieron a causa de mi gran idea de convertirme en un artista mortal. Esa noche ella había visto vampiros con sus propios ojos y ya no había dudado más de su existencia. Los había visto inmolados en el aparcamiento, después del concierto. Más aún: había raspado del asfalto muestras de sus restos abrasados y rezumantes. Había recogido huesos vampíricos en bolsas de plástico y había tomado centenares de fotografías de todo lo que había presenciado. Se había pasado cinco años estudiando y describiendo las diversas muestras, y había preparado un documento de un millar de páginas para demostrar nuestra existencia y rebatir cualquier objeción que pudieran plantearle sus colegas. Había acabado sin blanca a causa de su obsesión.

¿Cuál había sido el resultado? Una completa ruina.

Aunque contactó con al menos dos docenas de médicos que también afirmaban haber visto vampiros y experimentado con ellos —examinando las muestras, evaluando los materiales y citándolos en su trabajo—, todas las asociaciones médicas respetables le habían dado con la puerta en las narices.

Se mofaron de ella, la ridiculizaron, le denegaron cualquier subvención y, finalmente, le prohibieron el acceso a las convenciones y conferencias profesionales. Y además de condenarla al ostracismo y aconsejarle que «buscara ayuda psicológica», la convirtieron en el hazmerreír general.

—Me destruyeron —me dijo con calma—. Me hicieron pedazos. Nos hicieron pedazos a todos. Nos metieron en el mismo saco que a los fanáticos de los astronautas prehistóricos, del poder de las pirámides, del ectoplasma y de la ciudad perdida de la Atlántida. Me desterraron a las páginas web de chiflados, a las convenciones de New Age y a las reuniones alternativas, donde nos recibían entusiastas capaces de creer en cualquier cosa, desde la ouija hasta el Yeti. Mi licencia para ejercer la Medicina fue revocada en California. Mi familia se volvió contra mí. A efectos prácticos, era como si me hubiera muerto.

—Entiendo —dije con tono sombrío.

—Dudo que lo entiendas —dijo ella—. La ciencia tiene en sus manos, en todo el mundo, pruebas abundantes de que existís, ¿sabes?, pero nadie piensa obrar en consecuencia. Al menos, tal como están ahora las cosas.

Me quedé estupefacto. Debería habérmelo imaginado.

—Yo siempre había creído que una vez que un vampiro cayera en las manos de los médicos todo habría terminado.

Ella se echó a reír.

—Es algo que ha ocurrido muchas veces —dijo—. Y puedo explicarte con toda exactitud lo que sucede. El vampiro, después de ser capturado y llevado durante el día a un lugar vigilado, se despierta al anochecer dispuesto a destruir a sus captores y a destrozar la cárcel, el laboratorio o la morgue donde lo tienen en observación. Si se encuentra demasiado débil para hacerlo, seduce y engatusa a sus captores para que lo suelten y muy pronto llega la venganza: todas las pruebas médicas y fotográficas, así como los propios testigos, son destruidos. A veces, otros bebedores de sangre acuden a liberar al cautivo. Otras, un laboratorio entero arde en llamas y casi todo el personal muere en el incendio. Yo he documentado al menos dos docenas de casos que encajan en este esquema. Cada uno contaba con toda una serie oficial de explicaciones «racionales» de lo sucedido, y también con algunos supervivientes marginados, ridiculizados y, en último término, ignorados. Algunos de esos supervivientes han acabado en una clínica mental. Así que no debes preocuparte en absoluto.

—Por eso ahora trabajas para Fareed.

—Aquí tengo un puesto —dijo con una dulce sonrisa—. Aquí me respetan por lo que sé. Es como si hubiera vuelto a nacer, por así decirlo. Ah, no puedes imaginarte lo ingenua que fui aquella noche cuando te vi en el escenario: estaba convencida de que iba a arrasar en el mundo de la Medicina con todas las fotografías que había sacado.

—¿Qué querías que ocurriera? Quiero decir, ¿qué querías que nos ocurriera a nosotros?

—Quería que me creyeran, ante todo; y luego quería que os estudiaran. Justamente lo que Fareed está haciendo aquí. No hay la menor lógica en las cosas que se estudian «ahí fuera». —Hizo un gesto, como si el mundo mortal estuviera al otro lado de la pared—. Pero a mí ya no me importa —añadió—. Ahora trabajo para Fareed.

Me reí suavemente.

El cálido sentimiento erótico había desaparecido hacía rato.

Lo que yo ahora deseaba, por supuesto, era extraer hasta la última gota de sangre de su precioso, adorable y voluptuoso cuerpecito. Pero me conformé con besarla, con apretujarme contra ella, con pegar los labios a su cálida garganta y escuchar el rugido de la sangre en la arteria.

—Te han prometido iniciarte, ¿verdad? —le pregunté.

—Sí —dijo—. Y son gente honrada. Lo cual es más de lo que podría decir de mis colegas de la Medicina americana. —Se volvió y se acercó para besarme rápidamente una vez más en la mejilla. Yo no la detuve. Luego alzó sus dedos hacia mi rostro y me tocó suavemente los párpados—. Gracias —dijo—. Gracias por estos momentos inestimables. Ya sé que no lo has hecho por mí, sino por ellos. Pero gracias.

Asentí, sonriendo. Sujeté su rostro entre mis manos mientras la besaba, ahora con un fervor que procedía de la Sangre. Noté cómo se caldeaba su cuerpo, abriéndose como una flor, pero el momento ya había pasado y me despedí.

Fareed y Seth me dijeron después que pensaban cumplir la promesa que le habían hecho. Ella no era la única médica o científica obsesionada con los vampiros a la que habían invitado a trabajar en el laboratorio. De hecho, se habían tomado la molestia de reclutar a todos aquellos pobres «chiflados» condenados al ostracismo. A fin de cuentas, resultaba más fácil invitar a participar de nuestro milagro a los humanos cuyas vidas habían quedado arruinadas.

Mucho antes del amanecer, salimos los tres juntos de caza. En la zona de Sunset Boulevard había un ajetreo obsceno a aquella hora y las víctimas para practicar el Pequeño Sorbo se encontraban por todas partes; como los dos despreciables inadaptados con los que me alimenté desenfrenada y cruelmente en unos callejones apartados.

Creo que los experimentos médicos me habían dejado una sed desesperada, porque yo dejaba que la sangre me llenara la boca y la mantenía allí mucho rato antes de tragarla, antes de sentir esa gran oleada caliente recorriendo mis miembros.

Seth era un asesino despiadado. Los ancianos casi siempre lo son. Lo estuve observando mientras vaciaba las arterias de un joven. Vi cómo el cuerpo de la víctima se marchitaba a medida que Seth le iba extrayendo el fluido vital. Mientras lo hacía, sujetaba la cabeza del chico contra su pecho. Yo sabía que quería aplastarle el cráneo; y así lo hizo, en efecto, desgarrándolo, arrancando el envoltorio peludo y sorbiendo la sangre del cerebro. Después depositó el cadáver casi con mimo sobre los montones de basura del callejón, colocándole los brazos cruzados sobre el pecho y cerrándole los ojos. Incluso le arregló el cráneo y le alisó por encima el cuero cabelludo desgarrado, para apartarse a continuación y observar el conjunto, como un sacerdote inspeccionando un sacrificio, mientras murmuraba algo entre dientes.

Al acercarse el alba, Seth y yo nos sentamos en el jardín de la azotea. Los pájaros habían empezado a cantar, y yo ya sentía el sol, percibía el aroma de los árboles dando la bienvenida a sus rayos, así como la fragancia de las flores de Jacarandá abriéndose allá abajo, en los parterres de la avenida.

—Pero ¿qué piensas hacer, amigo mío —le pregunté—, si vienen las gemelas?, ¿si ellas no quieren que prosiga este maravilloso experimento?

—Yo soy tan anciano como ellas —respondió Seth tranquilamente. Alzó las cejas. Su largo *zaub* blanco, con su cuello impecable, le daba un aire elegante, casi sacerdotal, de hecho—. Y puedo proteger a Fareed de sus ataques.

Parecía completamente seguro.

—Hace muchos siglos —dijo— había dos bandos enfrentados, como la Reina te explicó. Las gemelas y su amigo Jayman eran conocidos como la Primera Generación y combatían el culto de la Madre. Pero yo fui creado por esta para combatir a la Primera Generación, y tengo en mí más sangre de la Reina de la que ellos han tenido jamás. Sangre de la Reina, así nos llamaron acertadamente. Y ella me inició en la Sangre por una razón muy importante: yo era su hijo, nacido de ella cuando todavía era humana.

Me recorrió un oscuro escalofrío. Durante largo rato no pude hablar, no pude pensar siquiera.

—¿Su hijo? —susurré al fin.

—Yo no las odio —dijo—. Ni siquiera en aquellos tiempos quería combatir contra ellas, en realidad. Yo era sanador. No pedí ser iniciado en la Sangre. Es más, le supliqué a mi madre que me ahorrara ese destino. Pero ya sabes cómo era. Ya sabes cómo se hacía obedecer. Tú conoces estas cosas tan bien como cualquiera de aquella época. Así que ella me inició en la Sangre. Y como te he dicho, no temo a quienes la combatieron. Soy tan fuerte como ellos.

Yo seguía consternado. Ahora notaba en él un cierto parecido con la Reina; lo veía en la simetría de sus rasgos, en la peculiar curvatura de sus labios. Pero no lograba percibirla a ella en su persona. En absoluto.

—Como sanador, yo había recorrido el mundo durante mi vida humana —dijo, respondiendo a mis pensamientos. La expresión de sus ojos era amable—. Procuré aprender todo lo que pude en las ciudades de los dos ríos; me adentré profundamente en los bosques del norte. Quería aprender, saber, comprender: llevar conmigo a Egipto a grandes sanadores. Pero mi madre desdeñaba estas cosas. Ella estaba convencida de su divinidad y totalmente ciega a las maravillas de la naturaleza.

¡Qué bien podía entenderle!

Ya iba siendo hora de despedirme. No sabía cuánto tiempo podría resistir él el alba inminente, pero yo ya estaba casi exhausto y debía buscar refugio.

—Te doy las gracias por recibirme aquí —dije.

—Ven a vernos siempre que lo desees —dijo, tendiéndome la mano. Lo miré a los ojos y volví a percibir intensamente su parecido con Akasha, aunque ella había tenido un aspecto mucho más delicado, mucho más bello en el sentido convencional. Seth tenía en sus ojos una luz fría y temible.

Me sonrió.

—Ojalá tuviera algo que darte —le dije—. Algo que ofrecerte a cambio.

—Ah, ya nos has dado mucho.

—¿El qué? ¿Esas muestras? —dije, burlón—. Yo quería decir hospitalidad, calor, algo así. Pero estoy aquí de paso. Llevo mucho tiempo de paso.

—Nos has dado a ambos algo más —dijo—. Aunque tú no seas consciente de ello.

—¿Qué?

—Hemos captado en tu mente que todo lo que escribiste sobre la Reina de los Condenados era cierto. Teníamos que saber si habías descrito con veracidad lo que viste cuando murió mi madre. Nosotros no habíamos podido desentrañarlo del todo. No es tan fácil decapitar a un ser tan poderoso. Somos extraordinariamente fuertes. Eso sin duda lo sabes.

—Sí, pero hasta la carne más anciana puede ser atravesada y seccionada. —Me interrumpí. Tragué saliva.

No era capaz de hablar de aquello de un modo tan brutal e insensible. No era capaz de rememorar aquel espectáculo de nuevo: su cabeza seccionada, y la visión de su cuerpo forcejeando para alcanzar la cabeza con los brazos extendidos.

—Ahora ya lo sabes —dije. Inspiré hondo y aparté todo aquello de mi mente—. Lo describí fielmente.

Él asintió. Una sombra cruzó su rostro.

—Todos podemos ser despachados así —dijo. Entornó los párpados, como reflexionando—. Por decapitación. Es más seguro que la inmolación, sobre todo cuando estamos hablando de los ancianos, de los más ancianos...

Se abrió un silencio entre nosotros.

—Yo la amaba, ¿sabes? —dije—. La amaba.

—Sí, lo sé —dijo—. Y yo no, fíjate. Así que eso no importa demasiado. Lo que importa mucho más es que te amo a ti.

Me sentí profundamente conmovido, pero no encontré las palabras para decir lo que tanto deseaba decir. Lo rodeé con mis brazos y lo besé.

—Volveremos a vernos —dije.

—Sí, es mi más ferviente deseo —susurró.

Años más tarde, cuando volví en su busca, cuando los necesitaba y deseaba saber con desesperación si estaban bien, no conseguí encontrarlos.

No me atreví a enviar una llamada telepática para localizarlos. Yo me había guardado el secreto de que los había conocido en el fondo de mi corazón, pues temía por ellos.

Y durante largo tiempo viví bajo el terror de que Maharet y Mekare los hubieran destruido a los dos.

Algo más tarde, transcurridos unos años del nuevo siglo, hice algo más bien insólito en mí. Había estado reflexionando en la manera de morir de Akasha, en ese misterio por el cual podíamos ser destruidos tan fácilmente por decapitación. Entré en la tienda de un especialista en armaduras y armas antiguas y le encargué que me fabricara un arma. Esto ocurrió en París.

El arma la había diseñado yo mismo. Sobre el papel parecía el hacha medieval de un jinete, con un estrecho mango de sesenta centímetros y una hoja en forma de media luna de unos treinta centímetros. Quería que el mango fuera pesado, tan pesado como pudiera hacerlo el artesano. Y que la hoja fuera pesada también, pero que estuviera mortalmente afilada. Quería el metal más cortante de la tierra, fuera cual fuese. Al final del mango tenía que haber un gancho y una correa de cuero, exactamente igual que en los tiempos medievales, para poder colocarme la correa en la muñeca, o para llevar el hacha colgada bajo una de mis largas levitas.

El artesano fabricó una auténtica maravilla. Me advirtió que era demasiado pesada para que un hombre pudiera blandirla con comodidad. En ese sentido, no iba a gustarme. Yo me reí. Era perfecta. La hoja relumbrante en forma de luna creciente podía partir en dos una fruta madura o un pañuelo de seda ondeando al viento. Y era lo bastante pesada para destrozar un árbol joven de un solo y vigoroso mandoble.

Desde entonces, tuve siempre a mano mi pequeña hacha de guerra, y con frecuencia, cuando salía a rondar por ahí, la llevaba encima, colgada de un botón interior del abrigo. Su peso era poca cosa para mí.

Sabía que no tendría muchas posibilidades frente al Don del Fuego de un inmortal como Seth, Maharet o Mekare. Pero yo podía recurrir al Don de la Nube para escapar. Y en un enfrentamiento cara a cara con otros inmortales, aquella hacha me proporcionaba una ventaja enorme. Junto con el elemento sorpresa, podría servir para acabar con cualquiera. Claro que, por otro lado, ¿cómo te las arreglas para sorprender a los más ancianos? En fin, debía tratar de protegerme, ¿no?

No me gusta estar a merced de los demás. Ni estar a merced de Dios. De vez en cuando, pulía y afilaba el hacha.

Me tenía muy inquieto la suerte de Seth y Fareed.

Oí hablar de ellos una vez en Nueva York y otra vez en Nuevo México. Pero no conseguí encontrarlos. Al menos estaban vivos. Al menos las gemelas no los habían destruido. Bueno, quizá no los iban destruir.

Y a medida que transcurrían los años, había cada vez más signos de que Maharet y Mekare pensaban poco o nada en el mundo de los no-muertos. Lo cual me lleva ahora a mi encuentro de hace dos años con Jesse y David.

4

Problemas en la Talamasca y en la Gran Familia

Benji llevaba bastante tiempo emitiendo su programa cuando me encontré por fin en París con Jesse Reeves y David Talbot.

Yo había escuchado la petición telepática que David le había dirigido a la vampira Jesse Reeves para que acudiera a su encuentro. Era una especie de mensaje cifrado. Solo alguien que supiera que ambos bebedores de sangre habían sido miembros de la antigua Orden de la Talamasca lo habría entendido: David llamando a su pelirroja colega para que hiciera el favor de reunirse con él, con su viejo mentor, si era tan amable, pues la había estado buscando en vano y tenía que darle noticias sobre sus antiguos compatriotas. David había llegado al extremo de mencionar un café de la *Rive Gauche* como punto de encuentro —un local que ambos habían conocido en otra época, «en aquellos tiempos de esplendor»— y se comprometía a permanecer allí de guardia por las noches hasta que se encontraran por fin o recibiera noticias suyas.

Me quedé estupefacto al escuchar todo esto. Durante esa época de vagabundeo, siempre había dado por supuesto que Jesse y David eran compañeros inseparables y que seguían estudiando juntos en los antiguos archivos del complejo secreto de Maharet en la selva: el complejo donde esta vivía con su hermana gemela en Indonesia. Habían pasado bastantes años desde que yo lo había visitado, pero hacía tiempo que me rondaba la idea de volver pronto por allí, debido a todos los problemas que me atormentaban últimamente, así como a las dudas que sentía sobre mi capacidad para sobrevivir a la desdicha que estaba soportando. Además, me inquietaba mucho la posibilidad de que los insistentes mensajes de Benji al «mundo vampírico» acabaran sulfurando a Maharet y la empujaran a salir de su retiro para imponerle un castigo. No era difícil provocar a Maharet, eso lo sabía de primera mano. Después de mi encuentro con Memnoch, yo la había provocado y había conseguido que saliera de su encierro. Esta posibilidad me inquietaba mucho más de lo que estaba dispuesto a reconocer. Benji, el muy pesado.

Y ahora, por si fuera poco, resultaba que David andaba buscando a Jesse como si llevara años sin verla, como si él ya no supiera dónde localizar a Maharet y Mekare.

Estaba casi decidido a salir primero en busca de las gemelas. Y eso fue lo que hice finalmente.

Ascendí a los cielos con relativa facilidad y me dirigí hacia el sur. Cuando encontré el complejo, descubrí que llevaba mucho tiempo abandonado.

Era escalofriante caminar por las ruinas. Maharet había tenido aquí en su momento muchas habitaciones de piedra, además de jardines vallados y zonas parapetadas por donde su hermana y ella podían vagar en completa soledad. Entonces había un grupo de sirvientes mortales nativos; había generadores, antenas parabólicas, incluso frigoríficos y todas las comodidades que podía proporcionar el mundo moderno en un lugar tan remoto. Y David me había hablado de las bibliotecas, de los anaqueles llenos de rollos y tabletas antiquísimos, de las horas que había pasado hablando con Maharet acerca de los mundos que ella había conocido.

Bueno, ahora estaba todo en ruinas y cubierto de malas hierbas. Varias habitaciones habían sido derribadas a propósito; algunos de los antiguos túneles estaban desmoronados, llenos de rocas y de tierra, y la selva se había tragado un amasijo de equipos eléctricos herrumbrosos. Todo rastro de vida humana o vampírica había quedado borrado.

Lo cual significaba que las gemelas se habían desvanecido y que ni siquiera David Talbot sabía dónde estaban: ni siquiera él, que tan fascinado y tan poco intimidado estaba por ellas, y que tanto deseaba aprender cuanto pudieran enseñarle.

Y ahora David estaba llamando a Jesse Reeves y suplicándole que se reunieran en París.

«Confidente pelirroja, necesito verte; tengo que averiguar por qué no consigo encontrarte.»

Hay que tener presente que fui yo quien convirtió a David en vampiro, por lo cual no puedo escuchar sus mensajes telepáticos directamente, aunque sí puedo captarlos a través de otras mentes, como sucede con harta frecuencia.

En cuanto a Jesse, ella era una vampira neófita, sí, una neófita iniciada la noche de mi parodia de concierto de rock en San Francisco, unas décadas atrás. Pero la habían iniciado su estimada tía Maharet, antepasada de Jesse, y un guardián vampírico que, como ya he explicado, tenía en sus venas una buena dosis de la Sangre más antigua y más potente del mundo. Así pues, Jesse no era una neófita cualquiera.

La llamada de David no dejaba de circular una y otra vez, con la indicación de que él rondaría por la *Rive Gauche* hasta que Jesse se presentara.

Bueno, decidí que yo también iría a merodear por allí hasta que encontrara a David o a ambos.

Me dirigí a París, a una *suite* que había mantenido durante años en el magnífico hotel Plaza Athénée, de la Avenue Montaigne, y cuyos armarios se hallaban provistos de un espléndido guardarropa (como si eso fuera a disimular la decrépita ruina en la que me había convertido), y me dispuse a residir allí y a buscar hasta que aparecieran. La caja fuerte de la *suite* contenía los documentos, las tarjetas de crédito y el dinero en metálico que necesitaría para una estancia confortable en la ciudad. También llevaba encima un teléfono móvil que había hecho recientemente que mis abogados me procurasen. No deseaba encontrarme a Jesse y a David con el aspecto de un vagabundo andrajoso y desgreñado con tendencias suicidas. En realidad ya no me sentía en ese estado de ánimo y, aunque tenía escaso interés en las cosas materiales, en aquella ciudad me sentía más a gusto como miembro de la sociedad humana.

Resultaba agradable estar otra vez en París, mejor de lo que había esperado, con toda esa vida vertiginosa alrededor, con las magníficas luces de los Champs-Élysées y la perspectiva de volver a recorrer las galerías del Louvre de madrugada, de merodear por el Pompidou o de pasear simplemente por las callecitas del Marais. Me pasaba horas en la Sainte-Chapelle, en el museo de Cluny, cuyos viejos muros medievales adoraba porque me recordaban enormemente los edificios que yo había conocido, de joven, cuando era un ser viviente.

Una y otra vez oí de cerca, casi a mi lado, a los bebedores de sangre bastardos peleando entre sí, jugando al gato y al ratón en los callejones, acosando y torturando a sus víctimas mortales con una crueldad que me dejaba atónito.

Pero eran una pandilla de cobardes. Y ellos no detectaban mi presencia. Bueno, a veces presentían que un anciano andaba por las inmediaciones. Pero nunca llegaban a aproximarse lo bastante para confirmar sus sospechas. Es más, huían despavoridos en cuanto captaban los latidos de mi corazón.

Una y otra vez me llegaban flashes desconcertantes del pasado, de aquellos viejos tiempos en los que se celebraban sangrientas ejecuciones en la Place de Grève. Hasta las avenidas más populares habían estado cubiertas de barro e inmundicia en su día, y las ratas habían sido tan dueñas de la capital como los seres humanos. Ahora los que se habían adueñado de las calles eran los gases de los coches.

Pero en general tenía que reconocer que me sentía bien. Incluso fui al imponente Palais Garnier para asistir a una representación del *Apollo* de Balanchine, y deambulé por el lujoso vestíbulo y la escalinata, disfrutando de los mármoles, de las columnas, los dorados y los altos techos tanto como de la música. Mi París, mi capital, la ciudad donde yo había muerto y renacido, estaba enterrada bajo los grandes monumentos del siglo XIX que contemplaba a mi alrededor, pero este aún seguía siendo el París donde había sufrido la peor derrota de mi vida inmortal. Y podía llegar a ser también la ciudad donde volviera a vivir cada noche, si lograba vencer mi tediosa tristeza.

No tuve que esperar mucho a Jesse y David.

La cacofonía telepática de los neófitos me permitió saber que David había sido visto por las calles de la *Rive Gauche* y, a las pocas horas, todos se habían puesto a cotorrear también sobre Jesse.

Sentí la tentación de lanzarles a los neófitos una ráfaga de advertencia para que los dejaran en paz, pero no quería romper el silencio que había mantenido tanto tiempo.

Era una gélida noche de septiembre. Pronto divisé a David y Jesse tras los cristales de una ruidosa y abarrotada *brasserie*, llamada Café Cassette, en la Rue de Rennes. El encuentro acababa de producirse: Jesse se había aproximado a la mesa de David solo unos momentos antes. Yo los espiaba desde un oscuro portal de la acera de enfrente, confiando en que ellos intuyeran que había alguien fuera, aunque no yo justamente.

Entretanto, los neófitos se acercaban corriendo al local; los fotografiaban con unos teléfonos móviles parecidos al pedazo de vidrio que me habían entregado mis abogados y se alejaban a toda prisa, sin que David o Jesse les prestaran atención.

Lo cual me provocó un escalofrío, pues comprendí que también me fotografiarían a mí en cuanto intentara aproximarme. Así es como van las cosas ahora. Era de esto de lo que Benji venía hablando en sus emisiones. Esto era lo que estaba sucediendo con los no-muertos. No había modo de evitarlo.

Seguí escuchando y observando.

David no es un vampiro con el mismo cuerpo con el que nació. El famoso Ladrón de Cuerpos con el que me tropecé años atrás era el culpable de ello, y, cuando yo inicié a David en la Oscuridad, tal como decimos nosotros, él ya era un hombre de setenta y cuatro años en el interior de un joven y robusto cuerpo masculino, con el pelo y los ojos oscuros. De manera que ese es el aspecto que tiene ahora y que siempre tendrá. Pero en el fondo de mi corazón, él sigue siendo David: mi viejo amigo mortal, el amable y entrecano Superior General de la Talamasca, mi compañero de crímenes, mi fiel aliado en la batalla contra el Ladrón de Cuerpos, mi indulgente neófito.

En cuanto a Jesse Reeves, la sangre prácticamente incomparable de Maharet la había convertido en un monstruo formidable. Era una mujer alta, muy delgada, con una osamenta de pájaro, un pelo rojizo y ondulado hasta los hombros y unos ojos intensos que siempre observaban el mundo desde una distancia imparcial y un profundo aislamiento. De cara ovalada, parecía demasiado casta y etérea para que nadie pudiera considerarla bella. De hecho, tenía el aire asexuado de un ángel.

Había acudido al encuentro con un refinado atuendo de estilo safari —chaqueta y pantalón caqui— y David le sonrió con expresión radiante en cuanto la vio. Él, todo un *gentleman* inglés, lucía un traje de *tweed* gris con chaleco y coderas de ante marrón. Se levantó para darle un abrazo y enseguida se sentaron y entraron en confidencias, hablando entre leves susurros que yo escuchaba fácilmente desde mi oscuro portal.

Bueno, pude resistir así tal vez tres minutos. Luego el dolor resultó excesivo. A punto estuve de huir. Al fin y al cabo, yo ya había renunciado a todo esto, ¿no?

Pero, por otro lado, sabía que debía verlos, que debía estrecharlos entre mis brazos y abrirles mi corazón. Así que crucé la calle bajo la lluvia y entré en el café.

Hubo un revuelo repentino entre los bebedores de sangre *paparazzi* que acechaban en la entrada, y al final se agolparon todos tras el cristal para sacar las inevitables fotografías: «¡Es Lestat!» Luego se retiraron.

David y Jesse me habían visto cruzar la calle, y él se apresuró a recibirme, a rodearme con sus brazos. Jesse nos abrazó a los dos. Me quedé un momento paralizado, absorto en el palpitar de sus corazones, en la sutil fragancia del pelo y la piel de ambos, en el mullido y profundo afecto que emanaba de aquel firme abrazo. «*Mon Dieu*, ¿cómo se me habrá ocurrido pensar que esto era una buena idea?»

Inmediatamente llegaron las lágrimas, las recriminaciones y más abrazos, claro, y los besos tiernos y fragantes, y la maravillosa caricia del pelo de Jesse en mi mejilla, y los ojos severos de David fijos en mí, implacables y cargados de reproche, pese a las lágrimas de sangre que había en su rostro y que tuvo que limpiarse con uno de sus impecables pañuelos.

—Muy bien, salgamos de aquí —dije, yendo hacia la puerta. Los dos se levantaron y se apresuraron a seguirme.

Los vampiros-*paparazzi* se dispersaron en todas direcciones, salvo una intrépida joven armada con una cámara de verdad, que no paraba de disparar fotos con *flash* mientras caminaba hacia atrás a unos pasos de nosotros.

Yo tenía un coche esperando para llevarnos al hotel Plaza Athénée. Permanecimos en silencio durante el breve trayecto, aunque era una experiencia tremendamente extraña y sensual estar con ellos, tenerlos tan cerca en el asiento trasero del coche, que avanzaba con las luces de los faros emborronadas por la lluvia y con una estela de *paparazzi* detrás. Me causaba dolor estar tan cerca de ellos, y también una gran alegría. No quería que notaran cómo me sentía; de hecho, no quería que nadie supiera cómo sentía; yo mismo no quería saber cómo me sentía. Así que permanecí rígido y callado, mirando por las ventanillas cómo iban desfilando las calles de París, con esa energía incesante e imperecedera de la gran capital.

A medio camino, amenacé a los *paparazzi* que corrían a ambos lados con inmolarlos de modo fulminante si no se dispersaban de una vez. Y la amenaza surtió efecto.

La sala suntuosamente empapelada de mi *suite* constituía un santuario perfecto.

Enseguida estuvimos instalados bajo las suaves luces eléctricas en el conjunto —mullido pero confortable— de sofás y sillones del siglo XVIII. A mí me encantaba la comodidad de ese sólido mobiliario, y me procuraban un gran deleite las formas de las patas cabriolé, los detalles de bronce dorado y el brillo satinado de las mesas y aparadores de maderas finas.

—Escuchad, no voy a excusarme por haberme exiliado —dije de entrada, utilizando mi tosco y vulgar inglés habitual—. Ahora estoy aquí, y con eso basta. Si deseo contaros qué he estado haciendo estos años, ya escribiré un maldito libro sobre el tema. —Pero lo cierto era que me alegraba muchísimo de verlos. Incluso gritarles era un placer sublime. Era mucho mejor, desde luego, que pasarse el tiempo pensando en ellos, echándolos de menos, añorándolos y preguntándome cómo estaban.

—Por supuesto —dijo David con sinceridad, y los ojos repentinamente enrojecidos—. Yo me alegro de verte, simplemente. El mundo entero se alegrará cuando sepa que estás vivo. Eso lo descubrirás enseguida.

Iba a replicar de un modo cortante y desagradable cuando caí en la cuenta de que, en efecto, «el mundo entero» se habría de enterar de inmediato, pues todos aquellos revoltosos ya debían de estar difundiendo las fotos y los vídeos de sus iPhone.

Solamente la oleada telepática inicial debía de haber sido tan espectacular como un meteorito estrellándose en el mar.

—No subestiméis vuestra propia fama —musité entre dientes.

Bueno, de todos modos, pronto nos habríamos ido de allí. O quizá yo aguantaría el tipo y seguiría disfrutando de París pese a aquellos pequeños pelmazos. Pero Jesse había empezado a hablar ahora con ese tono entre británico y americano característico suyo, lo cual me devolvió de nuevo al presente.

—Lestat —me dijo—, nunca ha tenido tanta importancia que nos unamos. —Parecía una monja con un velo de pelo rojizo.

—¿Y eso por qué? —pregunté—. ¿Cómo vamos a poder cambiar nosotros lo que está ocurriendo? ¿No ha sido siempre así, más o menos? Quiero decir, ¿qué ha cambiado, en realidad? Todo esto ya debe de haber sucedido en el pasado.

—Muchas cosas han cambiado —respondió, aunque sin ánimo de discutir—. Pero hay algunas que he de confiaros a ti y a David, porque no sé a quién acudir ni qué debo hacer. Me alegré mucho cuando supe que David estaba buscándome. Yo quizá no habría tenido el valor de recurrir a vosotros por mi propia iniciativa: a ninguno de los dos. David, déjame hablar primero, mientras aún conservo el valor. Luego podrás explicar lo que querías contarme. Es sobre la Talamasca, ya lo entiendo. Pero la Talamasca no es nuestro mayor problema ahora.

—¿Y cuál es, entonces, querida? —preguntó David.

—Me siento desgarrada —dijo ella— porque no tengo autorización para hablar de estas cosas, pero si no...

—Confía en mí —dijo David, tranquilizador. Le cogió la mano.

Ella estaba en el borde del sillón. Tenía los hombros encorvados y el pelo caído alrededor la cara, ese velo ondeante.

—Como ambos sabéis —dijo—, Maharet y Mekare han decidido esconderse. Todo esto empezó hace cuatro años con la destrucción de nuestro santuario de Java. Bueno, Jayman continúa con nosotros, y yo voy y vengo a mi antojo. Y nadie me ha prohibido expresamente que recurra a vosotros. Pero hay algo que va mal, terriblemente mal. Tengo miedo. Temo que nuestro mundo no vaya a perdurar... a menos que hagamos algo.

Nuestro mundo. Estaba bien claro lo que quería decir. Mekare albergaba en su interior el espíritu que nos animaba a todos. Si ella era destruida, todos seríamos destruidos. Todos los bebedores de sangre del mundo serían destruidos, incluida aquella chusma que rodeaba ahora el hotel.

—Hubo algunos signos iniciales —dijo Jesse, titubeando—, pero yo no los capté. Solo retrospectivamente llegué a darme cuenta de lo que estaba ocurriendo. Ambos sabéis lo mucho que la Gran Familia significaba para Maharet. Tú, Lestat, no estabas con nosotros cuando ella contó la historia, pero ya la conocías y escribiste el relato completo con toda exactitud. Tú, David, también conoces todo esto. Los descendientes humanos de mi tía la han mantenido viva a lo largo de los milenios. Ella inventaba en cada generación un personaje humano para sí misma, y así podía cuidar de la Gran Familia, ocuparse de los archivos genealógicos, distribuir las donaciones y los fondos y mantener los distintos clanes y ramas familiares en contacto. Yo crecí en esa familia. Mucho antes de imaginar siquiera que había un secreto en torno a mi tía Maharet, supe lo que era formar parte de aquel clan, aprecié la belleza y la riqueza de semejante herencia. Y ya entonces percibía lo mucho que significaba para ella. Ahora sé que fue esa ocupación la que mantuvo su cordura cuando todo lo demás empezó a fallar.

»Bueno, un tiempo antes de que abandonáramos el complejo de Java, Maharet consiguió que la Gran Familia fuese totalmente independiente de ella. A mí me confesó que el proceso le había llevado años. La familia es enorme; hay ramas prácticamente en cada país del mundo. La mayor parte de la primera década de este milenio se la pasó en despachos legales y oficinas bancarias, en archivos y bibliotecas públicas, con el fin de que la familia pudiera sobrevivir sin ella.

—Pero todo esto es bastante comprensible —dijo David—. Tal vez esté cansada. Tal vez quiera descansar. Y el mundo, Jesse, ha cambiado tan radicalmente en los últimos treinta años... Vamos, con los ordenadores actuales es posible mantener unida la Gran Familia, e incluso reforzar sus lazos, de un modo que no era factible hasta ahora.

—Todo eso es cierto, David, pero no olvidemos lo que significaba para ella la Gran Familia. A mí no me gustaba notar su cansancio. No me gustaba detectarlo en su voz. Le pregunté muchas veces si mantendría su vigilancia, como siempre había hecho, aunque ya no tuviera que desempeñar un papel oficial.

—Claro que lo hará —aventuró David.

—Ella me dijo que no —replicó Jesse—. Me dijo que su tiempo con la Gran Familia había terminado. Y me recordó que había sido su «interferencia» en mi vida, así dijo, el hecho de haberse presentado ante mí como mi querida tía Maharet, lo que desembocó finalmente en mi iniciación en nuestro mundo.

Todo eso era cierto, obviamente. Maharet solía visitar a muchos de sus descendientes mortales. Y se había sentido particularmente atraída por la joven Jesse. Y la joven Jesse había estado demasiado tiempo expuesta a la compañía de los bebedores de sangre como para no advertir que algo profundamente misterioso mantenía a toda aquella «gente» aparte de los demás. Así que Maharet tenía razón.

—No me gustaba aquello —prosiguió Jesse—. Me daba miedo. Pero cuando la presioné, me dijo que así tenía que ser. Dijo que estábamos viviendo en la era de Internet, cuando el escrutinio general volvía imposible el secretismo del pasado.

—Bueno, creo que también en eso tiene razón —dijo David.

—Dijo que la era de la información estaba generando una crisis de incalculables dimensiones para cualquier raza, grupo o entidad que hubiera dependido del secreto. Dijo que la gente de ahora no se daba cuenta de lo grave que era esa crisis.

—Una vez más, tiene razón —dijo David.

Yo no quería admitirlo, pero estaba de acuerdo. Internet o la era de la información estaba poniendo de rodillas a la gran estructura internacional de la Iglesia católica y romana. Y esa era solo una de las grandes instituciones mundiales.

Las emisiones de Benji, las páginas web y los blogs; los bebedores de sangre rebeldes con sus iPhone con cámara incorporada; los móviles por satélite, más eficaces que la telepatía para localizar a un individuo a cualquier hora del día y en cualquier parte del mundo: todo ello era revolucionario hasta extremos inimaginables.

—Dijo que ya habían pasado los tiempos en los que un inmortal podía guiar a toda una red de seres humanos, tal como ella había hecho con la Gran Familia. Dijo que los antiguos archivos no habrían sobrevivido a la investigación moderna si ella no hubiera hecho lo que hizo. Me dijo que nadie llegaría nunca a entender siquiera quién era ella y qué había hecho con la Gran Familia. Esa era una historia que solo nosotros podíamos comprender; los seres humanos, aunque la leyeran en los libros de Lestat, siempre creerían que era todo un disparate ficticio. Pero tarde o temprano habría nuevos miembros de la familia con espíritu emprendedor que empezarían a investigar en profundidad. Si ella no se hubiera retirado y no hubiera borrado sus huellas, todo el esfuerzo habría naufragado en un sinfín de preguntas sin respuesta. La Gran Familia en sí misma habría salido perjudicada. Bueno, dijo, ella se había cuidado de evitarlo. Le había costado seis años, pero lo había conseguido y ahora estaba todo terminado y podía quedarse en paz.

—En paz —repitió David respetuosamente.

—Sí, bueno, yo percibía una tristeza cada vez más profunda en ella, una gran melancolía.

—Y al mismo tiempo —apuntó David— mostraba muy poco interés en todo lo demás.

—En efecto —dijo Jesse—. Es exactamente así. Durante horas y horas, escuchaba los programas que Benji emitía desde Nueva York; esos lamentos continuos: que la tribu no tenía padres, que los bebedores de sangre se habían quedado huérfanos. Y ella repetía una y otra vez que Benji tenía razón.

—O sea que no estaba enfadada con él —dije.

—No —dijo Jesse—. Aunque la verdad es que yo nunca la he visto enfadarse con nadie. Solo la he visto entristecerse.

—¿Y qué papel desempeña en todo esto Mekare? —le pregunté—. ¿Cómo le ha ido desde que Akasha fue asesinada? Esa es la pregunta que me atormenta la mayor parte del tiempo, aunque no quiera reconocerlo. ¿Cómo le van las cosas a la auténtica Reina de los Condenados?

Yo sabía bien que Mekare, desde el principio, había parecido inmutable, encerrada en sí misma, tan muda de alma como de cuerpo, un hecho misterioso que obviamente le encantaba a una sola persona: a su hermana gemela, Maharet.

—¿No ha habido cambios en ella con los años? —insistí.

Jesse no contestó. Me miró en silencio unos instantes y luego se le descompuso la cara. Pensé que iba a desmoronarse por completo, pero enseguida se recobró.

Miró a David. Este, arrellanado en el sofá, inspiró hondo.

—Mekare nunca ha dado la menor muestra de comprender lo que de hecho le sucedió —dijo David—. Bueno, al principio Maharet albergaba esperanzas.

—Si hay en su interior una mente de verdad —dijo Jesse— nadie es capaz de llegar a ella. No sabría decirte el tiempo que le costó a mi tía resignarse y aceptarlo.

No me sorprendió, pero me quedé horrorizado. Cada vez que había estado en contacto con Mekare a lo largo de mi vida, me había sentido incómodo, como si estuviera tratando con algo que parecía humano, pero ya no lo era en modo alguno. Ahora bien, todos los bebedores de sangre son realmente humanos; nunca dejan de ser humanos. Podrá decirse que lo son en mayor o menor medida, pero la verdad es que son seres humanos, con deseos humanos, con lenguaje humano. La cara de Mekare nunca había sido más expresiva que la de un animal; siempre había resultado tan misteriosa e inalcanzable como la cara de un animal: un ser que parece inteligente pero en modo alguno como lo somos nosotros.

—Bueno, ella sabe que está con su hermana, y le demuestra amor a Maharet —dijo David—, pero dejando esto aparte, si alguna vez ha salido de Mekare alguna idea, algún pensamiento formulado verbalmente de un modo coherente, yo no lo he visto, ni Jesse tampoco. Ni Maharet, que nosotros sepamos.

—Pero sigue siendo dócil y manejable —dije yo—. Siempre ha dado esa impresión de ser totalmente sumisa. ¿No es así?

Ninguno de los dos contestó. Jesse miró a David, incómoda; luego se volvió hacia mí como si acabara de oír la pregunta.

—Sin duda daba esa impresión —dijo—. Al principio Maharet se pasaba noches, incluso semanas, hablando con ella, paseando con ella, llevándola de aquí para allá por el complejo de la selva. Le cantaba, tocaba música para ella, la sentaba ante la pantalla de la televisión, le ponía películas: películas llenas de luz y de colorido. No sé si recuerdas lo grande que era el complejo, con todos aquellos salones, y la cantidad de zonas valladas que ofrecía para dar paseos solitarios. Estaban siempre las dos juntas. Maharet hacía obviamente todo lo que podía para arrancar a Mekare de su ensimismamiento.

Yo recordaba, efectivamente, aquellos inmensos recintos vallados, con la jungla exuberante apretujándose contra la malla de acero. Orquídeas salvajes y estridentes pájaros de Sudamérica con largas plumas verdes y azules, parras con flores de color rosa y amarillo colgando. ¿Acaso no había habido incluso monitos brasileños parloteando en las ramas más altas? Maharet había importado todas las criaturas y plantas tropicales imaginables. Era una maravilla vagar por los senderos descubriendo grutas secretas y pintorescas, arroyos, pequeñas cascadas: encontrarse en medio de la naturaleza salvaje y, al mismo tiempo, a salvo de sus peligros.

—Pero yo noté enseguida —dijo Jesse— que Maharet estaba decepcionada, casi brutalmente decepcionada. Solo que, por supuesto, no lo decía. Tantos siglos buscando a Mekare, convencida de que Mekare podía estar viva en alguna parte, y, al final, Mekare había aparecido para cumplir su maldición contra Akasha y para acabar en semejante estado.

—Ya me lo imagino —dije. Recordé la cara de Mekare, inexpresiva como una máscara; aquellos ojos tan vacíos como los ojos de cristal de una muñeca francesa.

Jesse prosiguió, ceñuda, arrugando la tersa piel de su frente. La luz destellaba en las hebras rojizo-doradas de sus cejas.

—Nunca se habló abiertamente de ello. No hubo una declaración ni una decisión explícita de parte de Maharet. Pero las largas horas hablándole a su hermana llegaron a su fin. Se acabó la lectura en voz alta, la música, las películas. Quedó el simple afecto físico: las dos paseando del brazo, o Maharet concentrada en su lectura mientras Mekare permanecía sentada a su lado, completamente inmóvil.

Y, naturalmente, reflexioné para mis adentros, lo espantoso era pensar que aquella cosa, aquel ser inmóvil y desprovisto de pensamiento, contenía en su interior el Germen Sagrado. Aunque, por otro lado, ¿tan malo era? ¿Tan terrible era para la depositaria del Germen Sagrado estar sin pensamientos, sin sueños, sin ambición, sin proyectos?

Akasha, cuando se había alzado de su trono, había sido un monstruo. «Yo seré la Reina de los Cielos», me había dicho mientras mataba a docenas de mortales y me incitaba a hacer lo mismo. Y yo, su consorte, había cumplido aquel mandato con demasiada facilidad, para mi eterna vergüenza. ¡Qué alto precio había pagado por la poderosa Sangre que ella me había dado y por todas sus lecciones! No era de extrañar que ahora permaneciera enclaustrado. Cuando echaba la miraba atrás y repasaba la infinidad de aventuras que había vivido, lo único que sentía era vergüenza.

Maharet había descrito con razón a su hermana como la Reina de los Condenados.

Me levanté y me acerqué a la ventana. Tuve que detenerme en seco. Demasiadas voces ahí fuera, en la noche. Benji, desde la lejana Nueva York, ya estaba informando sobre la aparición de Lestat en París, junto a David Talbot y Jesse Reeves. Su voz amplificada salía a borbotones de innumerables dispositivos esparcidos por todas partes, advirtiendo a los neófitos: «Hijos de la Noche, dejadlos en paz. Por vuestra propia seguridad, dejadlos en paz. Ellos oirán mi voz. Ellos oirán mi súplica de que se dirijan a nosotros y nos hablen. Dadles tiempo. Por vuestra propia seguridad, dejadlos en paz.»

Volví al sofá. David aguardaba pacientemente, al igual que Jesse. Ambos tenían sin duda un oído sobrenatural tan agudo como el mío.

Le hice una seña a ella para que prosiguiera.

—Estas cosas ya las sabes. Marius vino a pedirle permiso a Maharet para terminar con Santino, el vampiro que tanto había hecho para perjudicarle a lo largo de los siglos, el vampiro que había azuzado contra él a los Hijos de Satán en Venecia.

David asintió, y yo hice lo mismo. Me encogí de hombros.

—A Maharet no pudo sentarle peor que le pidieran que dictase sentencia; que Marius pretendiera que ella convocara una especie de tribunal y le diera permiso para hacer lo que quería. Se negó a darle autorización para matar a Santino, no porque creyera que este no lo merecía, sino porque no quería actuar como juez. Y porque no quería que se cometiera un asesinato bajo su propio techo.

—Eso estaba claro —dijo David.

Marius había relatado la historia en sus memorias. Bueno, o alguien la había relatado, porque el libro tal vez había sido pulido por David. Seguramente había sido así. Pandora y Armand habían acudido para formar parte del tribunal cuando Marius se presentó ante Maharet con su petición, deseoso de vengarse de Santino, pero dispuesto a renunciar si Maharet no le daba su bendición. Y alguien había llevado a Santino allí. Aunque, ¿quién había sido? ¿La misma Maharet?

Fue Marius, en todo caso, el que había dicho entonces que alguien debe gobernar. Fue él quien sacó a colación la cuestión de la autoridad. ¿Qué podíamos esperar de alguien que había sido iniciado en la Sangre durante la época de la gran Pax Romana? Marius había encarnado siempre al romano racional, al firme creyente en la razón, la ley y el orden.

Y entonces había sido otro bebedor de sangre, Thorne (un antiguo neófito de Maharet, un viejo escandinavo pelirrojo y romántico que acababa de emerger de la bendita soledad de la tierra), quien había destruido a Santino por sus propios motivos personales. Había sido en verdad una violenta y desagradable escena la que se había producido cuando Santino fue quemado por Thorne ante los mismísimos ojos de Maharet. Ella había llorado. Su indignación no había sido tanto la de una reina como la de la dueña de un hogar mancillado. Thorne, tras este acto de desobediencia y desafío, le había ofrecido a Maharet un preciado presente: sus ojos sobrenaturales.

Maharet había estado ciega durante toda su vida como bebedora de sangre. Cegada por Akasha antes de ser iniciada en la Sangre, había usado los ojos de sus víctimas mortales; pero esos ojos no le duraban mucho. Thorne le había dado sus ojos vampíricos. Le había pedido a la muda e impasible Mekare que se los sacara y se los entregara a su hermana. Y Mekare lo había hecho. Después, Thorne había permanecido en el complejo, según todas las informaciones, convertido en prisionero de las gemelas, ciego, sufriendo, tal vez satisfecho.

Cuando yo había leído las memorias de Marius, había recordado la promesa de Fareed de conseguir unos ojos sobrenaturales permanentes para Maharet. ¿Habría tenido la oportunidad de cumplirla?

—Aquel horrible juicio la rompió por dentro —dijo Jesse—. No fue la rebelión de Thorne, ¿entiendes? Ella amaba a Thorne y lo perdonó. Lo mantuvo allí con nosotros, después. No: fue el mero hecho de que Marius hubiera apelado a ella, aduciendo que debía haber una ley entre nosotros, que alguien debía ostentar la autoridad. Eso la rompió por dentro. Porque dejaba en evidencia que no era la soberana de los no-muertos.

Aquello nunca se me había ocurrido. Yo había dado por supuesto que ella, una inmortal tan anciana y poderosa, se había limitado a seguir adelante por un camino que quedaba mucho más allá de nuestras disputas.

—Fue a partir de entonces, creo, cuando empezó a cortar todo contacto con la Gran Familia y cuando me pareció que se sumía más y más profundamente en su propio silencio.

—Pero ella convocaba a los jóvenes de vez en cuando, ¿no? —pregunté—. Y tú, David, seguías yendo y viniendo...

—Sí, continuó invitando a otros a visitar los archivos —dijo David—. Conmigo era especialmente tolerante. Pero creo que también la defraudé en aquellos primeros años. Había momentos en los que yo no soportaba los archivos, todo el conocimiento secreto que había allí almacenado y que el mundo exterior nunca llegaría a ver siquiera. Ella sabía cómo me sentía. Sabía que tanta lectura sobre ciudades e imperios perdidos me hacía sentir cada vez menos humano, menos vital, menos entusiasmado. Se daba cuenta. Lo sabía.

—Pero a mí una vez me dijo que todos nosotros atravesamos ciclos —protesté—. Yo estoy atravesando uno malo ahora. Por eso deseaba tanto hablar con ella desde hace tiempo. Creía que ella era una gran experta en ciclos de desesperación y ciclos de seguridad y confianza. Pensaba que tenía que serlo. Que era la más fuerte de todos nosotros.

—Ella es un ser falible en último término —dijo David—, como tú y como yo. Es muy probable que su don para sobrevivir dependa directamente de sus limitaciones. ¿No es así siempre?

—¡Cómo demonios voy a saberlo! —dije con irritación, pero él se limitó a sonreír como si conociera desde siempre mis malos modales. Desechó con un gesto mi reacción y miró a Jesse.

—Sí, es cierto que traía a algunos jóvenes al complejo —dijo

Jesse, retomando el hilo—. Pero solo a unos pocos. Luego, hace cuatro años, sucedió algo totalmente inesperado.

Inspiró hondo y volvió a arrellanarse en el sillón, apoyando la suela de su bota en la mesita de café. Un bota pequeña y delicada de piel marrón.

David aguardó a que continuara. A mí me llegó del exterior la voz de Benji hablando desde Nueva York: «Si no queréis que se produzca una catástrofe, os digo que los dejéis en paz. Difundid mi mensaje. Dejad que sea mi voz la que les suplique que vengan a hablarnos, sí, pero no os acerquéis a ellos. Ya conocéis su poder. Ya sabéis de lo que son capaces.»

Cerré mi mente a todas aquellas voces.

—De acuerdo —dijo Jesse, como si acabara de vencer un debate agotador consigo misma. Volvió a erguirse, cruzando las piernas con elegancia y apoyando el brazo extendido sobre el respaldo del sillón—. Esto sucedió hace cuatro años, como digo. Ella había recibido la visita de un bebedor de sangre muy extraño, quizás el más extraño con el que me he tropezado o del que he oído hablar en toda mi vida, y este personaje la pilló completamente desprevenida. Se llamaba Fareed Banshali, y, aunque no podáis creerlo, era médico e investigador científico. Aquello era algo que Maharet había temido siempre especialmente: un bebedor de sangre científico, un bebedor de sangre que tal vez podría emplear un conocimiento que ella consideraba mágico para adquirir poder.

Me disponía a protestar, a decirle que conocía a Fareed, que lo había conocido bien, aunque solo nos hubiéramos visto una vez, pero noté que ella lo sabía, que lo había captado en mis pensamientos, y percibí que David se apresuraba a señalar que también él conocía bien a Fareed. De acuerdo. La historia de Seth y Fareed ya se había propagado.

—Pero Fareed Bhansali nunca intentaría utilizar el poder de un modo imprudente o equivocado —dijo David—. Yo lo conocí, hablé con él y hablé con Seth, su mentor.

(«Mentor», por lo visto, se había convertido en sinónimo de «hacedor», lo cual me parecía muy bien.)

—Bueno, eso fue lo que ella descubrió muy pronto. Fareed le dijo que él podía reimplantarle sus ojos a Thorne y proporcionarle a ella unos ojos de otro bebedor de sangre que habrían de durarle toda la eternidad. Dijo que podía implantarle esos nuevos ojos con un procedimiento quirúrgico tan delicado que le durarían para siempre. Le explicó que sabía anular los efectos de la Sangre en nosotros y detener su incesante combate contra el cambio durante el tiempo suficiente como para permitir que se produjeran en los tejidos las alteraciones necesarias para un verdadero enlace de los nervios y de los circuitos biológicos. —Jesse soltó un suspiró—. No entendí la mayor parte de lo que dijo. Ni tampoco creo que Maharet lo entendiera. Pero él era un tipo brillante, innegablemente brillante. Nos explicó que era un auténtico médico para los de nuestra estirpe. Dijo que hacía poco le había injertado una pierna vampírica en perfecto funcionamiento a un anciano vampiro llamado Flavius, que había perdido la suya antes de ser iniciado en la Sangre.

—Claro, Flavius —dijo David—. El Flavius de Pandora, su esclavo ateniense. Pero... ¡eso es maravilloso!

Yo también conocía esa historia. Sonreí. Claro, Fareed era capaz de algo así. Pero ¿de qué más sería capaz?

Jesse prosiguió.

—Bueno, Maharet aceptó su propuesta. No le gustaba la idea de que un joven neófito quedara cegado para llevarla a cabo. Pero él soslayó enseguida esta objeción ética, diciéndole que eligiera ella misma una víctima: una víctima de la que ella considerase totalmente justo alimentarse. Él tomaría a esa víctima, la dejaría inconsciente e infundiría en su cuerpo sangre vampírica. Una vez que le hubiera extraído los ojos, la eliminaría. Maharet, dijo, podía estar presente en todas las fases del proceso, si lo deseaba. Y una vez más subrayó que la colocación de los ojos requeriría toda su destreza quirúrgica y más infusiones de sangre vampírica para alcanzar un resultado perfecto. Los nuevos ojos de Maharet serían suyos para siempre. Ella solo debía escoger a la víctima, tal como le había dicho, entre todos aquellos que se hallaban a su alcance, entre aquellos que tuvieran el color de ojos adecuado.

Eso me provocó un escalofrío: «el color de ojos adecuado». Me trajo *flashes* de algo horrible, pero no quería saber exactamente de qué se trataba. Me sacudí aquellos recuerdos y me concentré en las palabras de Jesse.

—Maharet aceptó su propuesta —dijo Jesse—. Y no solo esa propuesta. Fareed quería llevarlas a ella y a Mekare a su laboratorio de Norteamérica. Tenía uno enorme: el sueño de cualquier científico loco, según parece. Creo que en esa época estaba en Nueva York. Habían probado en distintos lugares. Pero Maharet no iba a arriesgarse a llevar a Mekare a ese laboratorio. En lugar de trasladarse, se gastó una fortuna en hacerse traer todos los equipos, así como a todo el personal, de Fareed. Hizo que lo llevaran todo en avión a Yakarta y que lo transportaran en camiones al complejo. Se contrataron electricistas, se compraron e instalaron nuevos generadores. Al final, Fareed tuvo a su disposición lo necesario para practicarle a Mekare todas las pruebas imaginables de la ciencia moderna.

De nuevo, se interrumpió.

—Estás hablando de resonancia magnética —dije—, de tomografía computerizada y demás.

—Sí, exacto —dijo Jesse.

—Debería haberlo imaginado. Y mira que durante todos estos años yo he temido por Fareed... Temía que ella lo hubiera fulminado, a él y a su equipo, borrándolo de la faz de la tierra.

—¿Cómo habría podido hacer tal cosa si Seth se encargaba de proteger a Fareed? —dijo David—. Seguro que cuando conociste a Fareed también conociste a Seth.

—Podría haber socavado seriamente sus actividades —dije—. Podría haberlos quemado a los dos. Pero tú me estás diciendo —añadí, volviéndome hacia Jesse— que eran amigos.

—Aliados —dijo Jesse.

—¿Mekare se sometió a las pruebas?

—Completamente —dijo Jesse—. Con toda docilidad. Mekare nunca se ha resistido a nada, que yo sepa. A nada. Así que le hicieron las pruebas. Había varios neófitos médicos ayudando, y Seth trabajaba siempre con Fareed. A mí me aterraba encontrarme con Seth. También a Jayman le aterraba. Jayman lo había conocido cuando Seth era un niño humano. Cuando era el príncipe coronado de Kemet. Un tiempo después de que la Sangre entrase en ella, Akasha lo había enviado lejos. Jayman nunca había tenido conocimiento de que Seth se hubiera convertido en un bebedor de sangre. Lo temía enormemente. Temía que entre madre e hijo hubiera un viejo lazo de sangre más poderoso tal vez que nuestra Sangre. A Jayman le tenía sin cuidado lo que estaba pasando: todos aquellos científicos que no paraban de sacar muestras de tejido y radiografías, que se quedaban hasta altas horas de la madrugada hablando con Maharet, analizando las propiedades de nuestros cuerpos, las características de la fuerza que nos convierte en lo que somos.

—Yo he renunciado a entender el lenguaje científico —dije—. Nunca creí que fuese a necesitarlo. Y ahora me gustaría haber estado allí y entendido todo lo que decían.

Aunque eso no era del todo cierto. Yo me había alejado de Fareed y Seth por propia voluntad, años atrás, cuando bien podría haberles pedido que me dejaran quedarme indefinidamente. Había huido de la intensidad de ambos y de lo que pudieran descubrir sobre nosotros.

—Bueno, ¿y cuál fue el resultado? —dije bruscamente, incapaz de contenerme—. ¿Qué demonios descubrieron?

—Lo que dijeron fue que Mekare no tenía mente —dijo Jesse—, que el cerebro se le había atrofiado en el interior del cráneo. Dijeron que mostraba tan pocos indicios de actividad cerebral que era como una humana en coma, mantenida con vida solo gracias al tallo cerebral. Al parecer, había permanecido sepultada tanto tiempo (posiblemente en una cueva, nadie lo sabía) que incluso su visión había quedado afectada. La poderosa Sangre, de hecho, ha endurecido con los años el tejido atrofiado. No sé, no lo acabé de entender. Naturalmente, ellos se pasaron cerca de tres noches para decir esto con toda clase de salvedades, matices y evasivas. Pero esto era lo esencial.

—¿Y qué hay de lo otro? —pregunté.

—¿Qué es lo otro? —dijo Jesse.

Miré a David y volví a mirarla a ella. Los dos parecían maravillosamente desconcertados. Lo cual me sorprendió.

—¿Qué hay del Germen Sagrado? —pregunté.

Jesse no contestó.

—¿Estás preguntando —intervino David— si esos instrumentos diagnósticos pudieron detectar el Germen Sagrado?

—Pues claro, eso es lo que pregunto, maldita sea. Fareed tenía a la Madre en sus garras, ¿no? ¿No crees que aprovecharía la ocasión para buscar indicios en su interior de un parásito con algún tipo de actividad cerebral propia?

Ellos siguieron mirándome como si me hubiera vuelto loco.

—Fareed me dijo —continué— que esa cosa, Amel, era una criatura como lo somos nosotros; que tiene vida celular, unos límites físicos, que es cognoscible. Eso me lo dejó muy claro. Yo no comprendí bien todas sus deducciones, pero él me dejó claro que estaba obsesionado con las propiedades físicas del Germen Sagrado.

Ay, ¿por qué no había escuchado con más atención? ¿Por qué había sido tan pesimista sobre el futuro de Fareed? ¿Por qué tengo una actitud tan sombría y apocalíptica?

—Si él detectó algo —dijo Jesse—, yo no me enteré. —Meditó un buen rato; luego preguntó—: ¿Qué me dices de ti?

—¿De mí... cuándo?

—Cuando bebiste de Akasha —dijo con delicadeza—. Cuando la tuviste en tus brazos. ¿Oíste algo?, ¿detectaste algo? Tú estuviste en contacto directo con el Germen Sagrado.

Meneé la cabeza.

—No, nada que pudiera identificar. Ella me mostró cosas, visiones, pero todas procedían de ella, siempre de ella. Al menos, que yo sepa.

Debía reconocer, aun así, que era una pregunta interesante.

—Yo no soy Fareed —rezongué—. Yo solo tenía ideas religiosas y muy vagas, lo confieso, sobre el Germen Sagrado.

Mi mente se remontó hacia atrás en el pasado, hasta mis recuerdos de Maharet describiendo la génesis de los vampiros. Amel había entrado en la Madre y luego Amel dejó de existir. O eso le habían dicho los espíritus a Maharet. Aquella cosa que era Amel, invisible pero enorme, ahora estaba desparramada entre muchos más bebedores de sangre que en toda la historia. Era una raíz plantada en la tierra de la que habían brotado infinidad de plantas, de tal manera que la raíz ya había perdido su forma original, sus límites, su esencia como raíz.

Incluso después de tantos años, a mí no me gustaba hablar de mi relación íntima con Akasha, de la experiencia de haber sido el amante de la Reina, de haber bebido su espesa, viscosa y magnífica sangre. No me gustaba pensar en sus ojos oscuros, en su resplandeciente piel blanca, en su sinuosa sonrisa. Qué rostro el suyo, qué viva imagen de la inocencia en alguien que deseaba conquistar el mundo humano, en alguien que quería ser la Reina de los Cielos.

—¿Y de Mekare? —dije—. ¿Nunca has bebido de ella? —le pregunté a Jesse.

Ella volvió a mirarme largo rato, como si le hubiera dicho algo escandaloso, pero luego se limitó a menear la cabeza.

—Que yo sepa, nadie se le ha acercado nunca para beber su sangre. Nunca he visto a Maharet beber la sangre de Mekare, ni tampoco ofrecerle la suya a Mekare. No estoy segura de si hacen tal cosa, o la hicieron alguna vez. Quiero decir, después del primer encuentro.

—Tengo la profunda sospecha de que si alguien hubiera intentado alguna vez beber su sangre —dijo David—, ella lo habría considerado una vileza y habría destruido a esa persona, tal vez de forma brutal. Como, por ejemplo, con su puño.

Su puño. Ese puño de seis mil años. Un arma considerable. Una inmortal de seis mil años podía destruir aquel hotel con su puño, si concebía el propósito de hacerlo.

Mekare había destruido a Akasha de un modo sencillo y brutal, ciertamente, arrojándola contra un ventanal con tal fuerza que su cuerpo lo hizo añicos. Volví a verlo de nuevo: vi aquella gran lámina dentada descendiendo como la hoja de una guillotina para seccionarle la cabeza. Pero yo no lo había visto todo. Quizá nadie lo había visto, salvo la propia Maharet. ¿Cómo se había partido el cráneo de Akasha? Ah, qué misterio: la combinación de la vulnerabilidad y de la fuerza abrumadora.

—No sé si Mekare llegó a tener nunca conciencia de sus poderes —dijo David—; si sabía que poseía el Don de la Nube, el Don de la Mente o el Don del Fuego. Por lo que tú me has contado, ella se lanzó contra Akasha con la seguridad de un igual, pero nada más.

—Gracias a los dioses —dijo Jesse.

Cuando se había alzado para matar a la Reina, Mekare había caminado noche tras noche a través de selvas y desiertos, de valles y montañas, hasta llegar al complejo de Sonoma donde todos nos habíamos congregado. Qué voces o qué imágenes la guiaron, nunca lo supimos. De qué tumba o cueva había salido, tampoco llegamos a saberlo. Ahora comprendí plenamente las implicaciones de lo que Jesse nos había contado: nunca habría respuestas a nuestras preguntas sobre Mekare. Nunca existiría una biografía de Mekare. Nunca habría una voz que hablara en su nombre. Nunca existiría una Mekare tecleando ante un ordenador para comunicarnos sus pensamientos.

—Ella no sabe que es la Reina de los Condenados, ¿verdad? —pregunté.

Jesse y David me miraron fijamente.

—¿Fareed se ofreció a ponerle una nueva lengua? —dije.

Mi pregunta les escandalizó de nuevo. Obviamente, era extremadamente difícil para todos nosotros afrontar las implicaciones de la existencia y los conocimientos de Fareed. Y del poder y el misterio de Mekare. Pero, bueno, estábamos allí para hablar, ¿no? A mí la pregunta sobre la lengua me parecía obvia. Mekare no tenía lengua. La suya se la habían arrancado antes de ser iniciada en la Sangre. Akasha era la culpable. Había cegado a la una y le había arrancado la lengua a la otra.

—Creo que efectivamente se ofreció a hacerlo —explicó Jesse—, pero no había modo de comunicárselo a Mekare o de inducirla a que colaborase. Es lo que supongo. No estoy segura. Los ancianos, como sabes, son sordos mutuamente, no captan el pensamiento de los otros ancianos. Pero yo no oí que saliera nada de Mekare. Y ya había aceptado la idea de que no tenía mente. Ella estaba dispuesta a someterse pasivamente a las pruebas, eso no constituía ningún problema. Pero, por lo demás, siempre que Fareed se le acercaba o intentaba examinarle la boca, ella lo miraba como quien mira llover.

No me costaba imaginarme lo espeluznante que debía de haber sido la experiencia para el intrépido Fareed.

—¿No podía narcotizarla? —pregunté.

David me miró escandalizado.

—La verdad, llegas a resultar insoportable —masculló.

—¿Por qué?, ¿por no formularlo más poéticamente?

—Solo durante breves intervalos —dijo Jesse—, y solo unas pocas veces. Ella se acabó cansando de las agujas y lo miraba como una estatua que hubiera cobrado vida. Y Fareed no volvió a intentarlo después de las tres primeras veces.

—Pero le sacó sangre —dije.

—Lo hizo antes de que ella se diera cuenta realmente de lo que estaba pasando —dijo Jesse—, y, por supuesto, Maharet estaba a su lado mimándola, acariciándole el pelo, dándole besos y suplicándole su permiso en la antigua lengua. Pero a Mekare aquello no le gustaba. Miraba los frascos con una especie de repugnancia, como si mirase un insecto asqueroso que le estuviera chupando la sangre. Fareed consiguió sacarle raspaduras de piel, muestras de pelo. No sé qué más. Él lo quería todo. A nosotras nos lo pidió todo. Saliva, biopsias —las que podía practicar con agujas— de médula ósea, hígado, páncreas. Todo lo que pudo. Yo accedí, y lo mismo Maharet.

—Ella lo apreciaba, lo respetaba —dije.

—Sí, lo ama —se apresuró a responder Jesse, subrayando el presente de indicativo—, lo respeta. Él le proporcionó, en efecto, los ojos de un bebedor de sangre, y le reimplantó a Thorne sus propios ojos, los que este le había dado a Maharet. Hizo todo esto, y, cuando se fue, tomó a Thorne bajo su protección y se lo llevó con él. Thorne había languidecido durante años en el complejo, pero se había ido restableciendo lentamente. Quería encontrar a Marius y a Daniel Molloy de nuevo, y Fareed se lo llevó con él. Pero, como te digo, Maharet amaba a Fareed, y también a Seth. Todos amábamos a Seth.

Ahora estaba divagando, repitiéndose, reviviéndolo todo.

—Seth había estado presente aquella noche remota, en la antigua Kemet, cuando Akasha condenó a muerte a Mekare y Maharet —dijo Jesse, imaginando la escena. Yo también me la estaba imaginando—. Era solo un chico, y vio cómo le arrancaban la lengua a Mekare y cómo cegaban a Maharet. Pero Seth y Maharet hablaban como si esa vieja historia no les afectara. En lo más mínimo. Coincidían en muchas cosas.

—¿En qué, por ejemplo? —la pinché.

—¿No podrías ser un poco más educado? ¡O al menos intentarlo! —susurró David.

Pero Jesse respondió sin interrumpirse.

—Los dos consideraban que, fuera lo que fuese lo que descubrieran sobre nosotros, no debían tratar nunca de interferir con la vida humana. Pensaban que lo que lograran para nuestra estirpe no debían ofrecérselo al mundo humano. Tal vez llegara un tiempo, decía Maharet, en el que una ciencia de los vampiros constituyera nuestra mayor defensa frente a la persecución. Aunque ese tiempo se hallaba en un futuro remoto, y probablemente nunca llegara. El mundo humano debía ser respetado. En todo esto estaban de acuerdo. Fareed decía que él ya no tenía ambiciones en el mundo de los seres humanos, que nosotros éramos su pueblo. Nos llamaba así, su pueblo.

—Benji lo amaría, si lo conociera —comenté, irónico. Pero me sentía enormemente aliviado al oír todo aquello. Más aliviado de lo que sería capaz de expresar.

—Sí —dijo Jesse tristemente—. Seguro que Benji lo amaría. Fareed tenía la costumbre de referirse a nosotros como «el pueblo», o el «Pueblo de la Sangre».

—Nuestro pueblo, nuestra tribu —dije, haciéndome eco de la expresión de Benji.

—¿Y qué fue lo que ocurrió, querida —preguntó David—, para que todos tuvierais que abandonar el viejo complejo?

—Bueno, sucedió así. Seth le habló a Maharet de otros ancianos. Le dijo algo que seguro que no os sorprenderá: que por todas partes había ancianos que habían sobrevivido a la Gran Quema de Akasha, que la habían observado pero no la habían temido. Y luego le habló de ancianos, como él, que habían sido despertados a raíz de aquello. Seth llevaba bajo tierra mil años cuando oyó tu música, Lestat, y cuando oyó también la voz de su madre respondiéndote. Seth dijo que Maharet no comprendía lo mucho que la música rock de Lestat y el resurgir de la Madre habían cambiado el mundo vampírico. Que ella no sabía hasta qué punto todos estos acontecimientos no solo habían despertado a los ancianos, sino que habían llevado a otros a adquirir una conciencia global.

—¡*Mon Dieu*, una conciencia global! —exclamé—. ¿Así que, de un modo u otro, voy a ser el culpable de todo?

—Bueno, eso quizá sea lo de menos —dijo David, cogiéndome la mano—. La cuestión aquí no es si eres culpable o no, ¿no te parece? Deja de actuar durante cinco minutos como el príncipe malcriado, por favor, y escuchemos a Jesse.

—Sí, profesor —dije—. ¿Acaso no acabo siempre escuchando?

—No lo bastante, diría yo. —Suspiró y se volvió hacia Jesse.

—Bueno, Maharet quería localizar a uno de esos ancianos: no alguno que acabara de despertar, sino alguno particularmente sabio en opinión de Seth; y ese era el caso de un bebedor de sangre que vivía en Suiza, junto a la orilla del lago de Ginebra, un ser que había dejado una poderosa huella en el mundo humano. Ese ser había mantenido desde la antigüedad una especie de familia vampírica. De hecho, el vampiro Flavius era amigo de confianza y seguidor de este anciano.

—¿Cuál es el nombre que utiliza entre nosotros? —pregunté.

—Ella nunca me lo dijo —respondió Jesse—. Pero sí sé que su vasta fortuna está relacionada con corporaciones farmacéuticas y fondos de inversiones. Recuerdo que Seth confirmó este extremo. Bueno, para continuar con la historia, Maharet se fue a Suiza a buscarlo. Me llamó a menudo mientras estuvo allí.

—¿Por teléfono?

—Ella nunca ha ignorado el uso de teléfonos, ordenadores, móviles y demás —dijo Jesse—. No olvides que era mi tía Maharet en el mundo antes de que yo conociera su secreto. Y que fue la mentora de la Gran Familia durante siglos. Siempre se ha desenvuelto en el mundo sin problemas.

Asentí.

—Al parecer, amó a ese anciano de Ginebra desde el principio; le encantó la vida que se había creado para sí mismo y para quienes estaban a su cargo. Ella no se mostró ante él. Lo espiaba a través de las mentes de sus seres queridos. Pero lo amaba. Cuando hablábamos por teléfono, no lo llamaba por su nombre ni mencionaba el lugar, por razones obvias, pero desbordaba entusiasmo. Ese bebedor de sangre había sido iniciado por Akasha para combatir a rebeldes como Maharet, Mekare y Jayman. Y mientras que a ellos los llamaron la Primera Generación, ese vampiro había sido el capitán de los Sangre de la Reina. Pero a Maharet aquel antiguo odio ya no le importaba, o eso decía. Y me explicó varias veces por teléfono que había aprendido infinidad de cosas observando a ese ser; que el entusiasmo que mostraba por la vida era contagioso. Di por supuesto que todo aquello le estaba haciendo bien.

Yo notaba que tampoco David sabía nada de ese anciano y que estaba fascinado.

—¿Y este es solo uno de toda una serie de inmortales de los que no sabemos nada? —pregunté con cuidado.

Jesse asintió.

—Maharet me dijo también que ese bebedor de sangre de Ginebra estaba perdidamente enamorado de Lestat. —Se volvió hacia mí—. Enamorado de tu música, de tus escritos, de tus reflexiones: absolutamente convencido de que si pudiera explicarte todas las ideas que tenía en la cabeza, hallaría en ti un alma gemela. Al parecer, él ama a su devota familia de bebedores de sangre, pero a ellos les cansa su incesante pasión por la vida y sus interminables especulaciones sobre la tribu y sobre los cambios que estamos sufriendo. En cambio, piensa que tú le entenderías. Maharet no me dijo si estaba de acuerdo con él en este punto. Ella quería presentarse ante él. Estaba considerando seriamente la posibilidad. Me pareció que deseaba que tú te unieras a ellos en algún momento. Pero, finalmente, se fue sin haberlo abordado. En cuanto a lo que había deseado, bueno, todo eso cambió muy pronto.

—¿Qué ocurrió? ¿Por qué no lo hizo? —insistí. Yo nunca había tenido la menor duda de que Maharet era capaz de localizarme allí donde estuviera. Me figuraba que aquel poderoso bebedor de sangre de Ginebra también podía encontrarme. Quiero decir, tampoco soy tan difícil de encontrar, la verdad.

—Oh, sí lo eres —dijo Jesse, respondiendo a mis pensamientos—. Estás muy bien escondido.

—Bueno, ¿y qué?

—Volvamos a la historia, por favor —dijo David.

—Se trata de lo que sucedió en el complejo mientras ella estaba fuera —dijo Jesse—. Yo me había quedado allí con Jayman y Mekare, y con varios jóvenes bebedores de sangre que estaban estudiando en los archivos. No sé muy bien quiénes eran esos jóvenes. Maharet los había traído allí antes de marcharse, y lo único que yo sabía es que ella le había dado a cada uno el visto bueno y el acceso a los antiguos archivos. El caso es que Jayman y yo compartíamos la responsabilidad de cuidar del hogar, por así decirlo. Yo me fui de caza un par de noches a Yakarta, y lo dejé todo en manos de Jayman.

»Al volver, descubrí que la mitad del complejo había quedado arrasado por las llamas. Algunos de los jóvenes —quizá todos— habían sido inmolados, obviamente, y Jayman se encontraba en un estado de profunda confusión. Maharet también había regresado. El instinto la había impulsado a volver. Los destrozos eran espantosos. Muchos de los patios vallados habían ardido; varias de las bibliotecas habían quedado arrasadas hasta los cimientos. Infinidad de antiguos rollos y tablillas se habían perdido para siempre. Pero lo que resultaba más atroz eran los restos de aquellos que habían sido abrasados hasta la muerte.

—¿Quiénes eran? —pregunté.

—Francamente no lo sé —dijo Jesse—. Maharet no me lo dijo.

—Pero ¿tú no habías conocido a esos jóvenes bebedores de sangre? —la presioné—. Seguro que recuerdas algo de ellos.

—Lo lamento, Lestat —dijo—. No los recuerdo. Solo puedo decirte que no los conocía ni por su nombre ni por su apariencia. Eran jóvenes, muy jóvenes. Pero siempre había jóvenes yendo y viniendo. Maharet los invitaba a venir al complejo. No sé quiénes perecieron. No lo sé, sencillamente.

David estaba a todas luces consternado. Él había visto las ruinas, igual que yo, pero escuchar la historia le refrescaba la terrible impresión.

—¿Qué contó Jayman? —preguntó David.

—Esa es la cuestión. No recordaba lo que había sucedido. No recordaba dónde había estado, ni qué había hecho, ni qué había visto durante mi ausencia. Se quejaba de un estado de confusión y de dolor físico, de un dolor en la cabeza, de hecho, y lo que es peor, perdía por momentos el conocimiento ante nuestros propios ojos, a veces hablando en la antigua lengua, a veces hablando en otras lenguas que yo nunca había oído. Farfullaba. En ocasiones parecía estar hablando con alguien dentro de su cabeza.

Capté el detalle y cerré mi mente a cal y canto.

—Obviamente, estaba sufriendo —dijo Jesse—. Le preguntó a Maharet qué podía hacer para librarse del dolor. Recurrió a ella en calidad de bruja como si volvieran a estar en el antiguo

Egipto. Dijo que tenía algo en la cabeza que le hacía daño. Quería que alguien se lo quitara. Preguntó si aquel médico vampiro, Fareed, podía abrirle la cabeza y quitarle aquella cosa. Una y otra vez saltaba a la antigua lengua. Yo captaba una increíble y vívida cascada de imágenes. Y a veces pienso que él creía que habían vuelto a aquellos tiempos. Estaba herido, enloquecido.

—¿Y Mekare?

—Prácticamente como siempre. Aunque no del todo.

Se interrumpió.

—¿Qué quieres decir?

Ella borró las imágenes de su mente antes de que yo pudiera captarlas. Buscó las palabras adecuadas.

—Mekare siempre ha mostrado un comportamiento peculiar —dijo Jesse—. Pero cuando yo entré en el complejo, cuando vi por primera vez toda la madera quemada y los techos derrumbados, me encontré a Mekare de pie en uno de los corredores, y se hallaba tan alterada, tan distinta, que por un momento creí que estaba frente a una extraña. —Hizo otra pausa; desvió la mirada un momento y luego se volvió hacia nosotros—. No sé cómo explicarlo. Estaba allí de pie, con los brazos extendidos a los lados, apoyada en un muro. Y me estaba mirando.

Ahora la imagen se iluminó repentinamente. La vi. Y seguro que David también la vio.

—Ya sé que esto no parece nada extraordinario —dijo Jesse. Su voz se había reducido a un simple murmullo—. Pero os aseguro que nunca la había visto mirarme de ese modo, como si súbitamente me conociera, me reconociera, como si se hubiera encendido en ella una chispa de inteligencia. Fue como encontrarse con una extraña.

Lo vi con toda claridad. Y estoy seguro de que David también. Pero era algo muy sutil.

—Bueno, me dio miedo —dijo Jesse—. Mucho miedo. A mí no me dan miedo los demás bebedores de sangre, por razones obvias. Pero en ese momento, la temí. La expresión de su cara era totalmente inusual. Y al mismo tiempo, solo me estaba mirando. Yo me había quedado petrificada. Pensé: «Esta criatura tiene poderes más que sobrados para haber hecho todo esto, para quemar el complejo, para quemar a esos jóvenes. Esta criatura puede quemarme viva.» Pero, por otro lado, Jayman también tenía ese poder, y yo en ese momento aún no sabía que él no recordaba nada de lo sucedido.

»Entonces apareció Maharet, rodeó a Mekare con el brazo y de repente pareció que Mekare volvía a ser la de siempre: abstraída, con los ojos serenos, casi ciegos, erguida pero aflojándose toda ella, adoptando otra vez su vieja elegancia característica; caminando con movimientos sencillos, las faldas ondeantes, la cabeza un poco gacha. Y cuando volvió a mirarme, sus ojos estaban vacíos. Vacíos. Pero eran sus ojos de siempre, no sé si me explico.

No dije nada. La imagen seguía ocupando mi mente. Sentí que me recorría un escalofrío.

David callaba. Yo también.

—Maharet desmanteló el complejo y nos fuimos de allí —dijo Jesse—. Y después de aquello, ya no volvió a dejar sola a Mekare, al menos durante mucho tiempo. No volvió a invitar a ningún joven a visitarnos. No invitó a nadie más. De hecho, me dijo que debíamos aislarnos por completo del mundo. Y que yo sepa, no llegó a contactar con el bebedor de sangre de Ginebra, aunque tampoco puedo asegurarlo.

»Cuando montamos nuestro nuevo refugio, ella instaló más equipos técnicos que en el pasado y empezó a utilizar los ordenadores regularmente para toda clase de cosas. Yo creí que estaba asumiendo un nuevo grado de implicación con esta era. Pero ahora lo dudo. Quizá simplemente no quería volver a salir y debía comunicarse exclusivamente por ordenador. No lo sé. No puedo leer telepáticamente a mi hacedora. Y Maharet no puede leer a Jayman o Mekare. Los miembros de la Primera Generación no pueden leerse mutuamente. Demasiado próximos. Ella me dijo que tampoco era capaz de leer a ese bebedor de sangre de Ginebra. Entre los Sangre de la Reina y los de la Primera Generación, los más ancianos no pueden leerse unos a otros el pensamiento. Supongo que técnicamente Seth es un Sangre de la Reina. Los Sangre de la Reina fueron los verdaderos herederos de la religión vampírica de Akasha. Los miembros de la Primera Generación siguieron siendo los rebeldes y transmitieron la Sangre sin imponer normas o códigos a los que fueron reclutando a lo largo de los siglos. Si se pudiera trazar el linaje de los bebedores de sangre de esta era, sospecho que la mayoría se remontaría a la Primera Generación.

—Seguramente tienes razón —dije.

—¿Y Jayman? —preguntó David—. ¿Cómo se encuentra?

—Algo grave le sucede —dijo Jesse—. Y le sigue sucediendo aún. Desaparece durante varias noches seguidas. No recuerda a dónde va ni qué hace. La mayor parte del tiempo la pasa sentado en silencio, mirando películas antiguas en las pantallas planas del complejo. A veces se pasa toda la noche escuchando música. Dice que la música le ayuda a aliviar el dolor. Mira tus viejos vídeos de rock, Lestat. Los pone para Mekare y se queda él a mirarlos; supongo que ella también los mira, en cierto modo. Otras veces, no hace nada. Pero siempre vuelve a quejarse del dolor en la cabeza.

—Pero ¿qué hay de Fareed? ¿Qué dice Fareed de ese dolor? —pregunté.

—Esa es la cuestión. Maharet no ha vuelto a invitar a Fareed a visitarnos. No ha vuelto a invitar a nadie, como te he dicho. Si se comunica con Fareed por e-mail, no lo sé. Esa manera de volcarse en el ordenador forma parte de su retraimiento, para que me entiendas. He venido a contaros estas cosas porque creo que debéis saberlas, los dos. Y deberíais comunicárselas a Marius y los demás, a quien vosotros consideréis. —Se recostó en el sillón, suspirando, como diciéndose: «Bueno, ya está, ya se lo has contado todo, ya no hay marcha atrás.»

—Maharet está protegiendo a todos los demás de Mekare —dijo David en voz baja—. Por eso se ha escondido.

—Sí. Y ya no mantiene contacto con su familia humana, como he dicho. Vivimos, noche a noche, en paz y armonía. Ella no pregunta adónde voy cuando salgo; o dónde he estado cuando vuelvo. Me aconseja en una infinidad de cosas menores, como ha hecho siempre. Pero no me hace confidencias sobre las cosas más profundas. A decir verdad, se comporta como una persona a la que están vigilando, observando, espiando.

Ni David ni yo dijimos nada, pero yo entendí perfectamente lo que quería decir. Me detuve a reflexionar. No estaba preparado para compartir con ellos mis vagas e inquietantes sospechas sobre lo que estaba ocurriendo. Nada preparado. Ni siquiera para compartirlas conmigo mismo.

—Pero aun así —dijo David— podría haber sido Jayman quien quemó los archivos y destruyó a los jóvenes.

—Podría haber sido él, sí —dijo Jesse.

—Si ella creyera que fue Jayman, haría algo —dije—. Lo destruiría si sintiera que debía hacerlo. No, ha sido Mekare.

—Pero ¿cómo va a destruir a Jayman? Él es tan fuerte como ella —dijo David.

—Tonterías. Maharet se anticiparía y lo vencería —dije—. Cualquier inmortal puede ser decapitado. Ya lo vimos con Akasha, que fue decapitada con un pesado pedazo de vidrio dentado.

—Cierto —dijo Jesse—. La propia Maharet me lo explicó cuando me inició en la Sangre. Me dijo que yo me volvería tan fuerte en el futuro que el fuego no podría destruirme, ni tampoco el sol; pero que el método infalible de matar a cualquier inmortal era separar la cabeza del corazón y dejar que se desangraran. Eso me lo dijo incluso antes de que Akasha fuese al complejo de Sonoma contigo. Y fue eso justamente lo que ocurrió después con Akasha, con la única diferencia de que Mekare extrajo el cerebro de Akasha y lo devoró antes de que la cabeza o el corazón se hubieran desangrado.

Nos quedamos largo rato pensando en silencio.

—Vuelvo a repetir —dijo David— que Mekare nunca ha dado la menor muestra de conocer sus propios poderes.

—Correcto —dijo Jesse.

—Pero si realmente fue ella la que lo hizo, debe conocer sus poderes —prosiguió David—. Y Maharet está allí para controlarla en caso de que tenga un momento de lucidez.

—Quizá.

—Bueno, ¿y en qué acabará todo esto? —pregunté, procurando no parecer exasperado. Yo amaba a Maharet.

—No creo que ella vaya a destruir nunca a Mekare, ni tampoco a sí misma —dijo Jesse—. Pero no lo sé. Lo que sí sé es que escucha continuamente los programas que emite Benji desde Nueva York. Lo escucha a través de su ordenador. Se arrellana cómodamente y lo escucha durante horas. Escucha a todos esos jóvenes bebedores de sangre que llaman a Benji. Escucha todo lo que dicen. Creo que si estuviera decidida a dar fin a la tribu, me lo advertiría. En realidad, no creo que pretenda hacerlo. Pero creo que coincide totalmente con Benji. Las cosas van por muy mal camino. Todo ha cambiado. No fue solo tu música, ni el resurgir de Akasha. Es la época en sí misma, el ritmo acelerado de los avances tecnológicos. Ella dijo una vez, creo que ya os lo he explicado, que todas las instituciones que dependían del secreto se hallan amenazadas. Dijo que ningún sistema basado en el conocimiento arcano o esotérico sobrevivirá a esta era. Que ninguna nueva religión revelada podría consolidarse en ella. Que ningún grupo basado en un propósito oculto podría perdurar. Ella misma predijo que habría cambios en la Talamasca. «Los seres humanos no cambiarán en lo esencial —dijo—. Se adaptarán. Y a medida que se adapten, explorarán sin descanso todos los misterios hasta que hayan encontrado los fundamentos de cada uno.»

—Es exactamente lo que yo pienso —comenté.

—Maharet tiene razón —dijo David—, ha habido cambios en la Talamasca. Y es lo que quería contarte, Jesse. Por eso te lancé esa llamada. Yo no me habría atrevido a molestar a Maharet sabiendo que no quería ser molestada, pero he de confesar que esperaba tener noticias suyas cuando tú has aparecido, y ahora estoy más bien anonadado. Lo que ha venido sucediendo últimamente con la Talamasca no es tan importante.

—A ver, ¿qué es lo que ha sucedido? —pregunté. Temía estar convirtiéndome en un incordio. Pero si no los pinchaba un poco, aquellos dos se habrían pasado el rato sumidos en largos silencios preñados de miradas significativas. Y, francamente, lo que yo quería era información.

La era de la información. Supongo que formo parte de ella, aunque se me olvide de una semana a otra cómo funciona mi iPhone; aunque tenga que volver a aprender cada dos años todo el proceso para enviar un e-mail, y aunque no sea capaz de retener ningún conocimiento técnico profundo sobre los ordenadores que a veces utilizo.

—Bueno, la solución —dijo Jesse, respondiendo a mis pensamientos— es utilizar la tecnología regularmente. Porque ahora sabemos que nuestras mentes sobrenaturales no nos proporcionan ningún don especial para cualquier conocimiento, sino solo para aquellos conocimientos que ya entendíamos cuando éramos humanos.

—Sí, es cierto. Sin ninguna duda —confesé—. Yo creía que no era así, porque aprendí latín y griego con gran facilidad siendo ya de la Sangre. Pero tienes toda la razón. Bueno, hablemos de la Talamasca. Doy por supuesto que ya habrán digitalizado todos sus archivos a estas alturas, ¿no?

—Sí, terminaron el proceso hace varios años —dijo David—. Todo está digitalizado; y las reliquias se conservan en condiciones ambientales de museo bajo las Casas Matriz de Ámsterdam y Londres. Cada una de las reliquias ha sido fotografiada, grabada en vídeo, descrita, estudiada, clasificada, etcétera. Ya habían empezado todo el trabajo años atrás, cuando yo todavía era el Superior General.

—¿Mantienes contacto directo con ellos? —le preguntó Jesse. Ella misma nunca había querido hacerlo. Desde que había sido iniciada en la Sangre, nunca había intentado contactar con sus viejos amigos de la Orden. Había sido yo el que había iniciado a David, no ella. En una época, estuve acosando a los miembros de la Talamasca; tendiéndoles trampas, captándolos. Pero de todo eso ya hacía mucho tiempo.

—No —dijo David—. No los molesto. Pero en ocasiones he visitado a mis viejos amigos en su lecho de muerte. Me he sentido en la obligación de hacerlo. Y para mí es relativamente fácil acceder a las Casas Matriz y entrar en las habitaciones de los enfermos. Lo hago porque quiero despedirme de esos viejos amigos mortales. Y, además, comprendo lo que experimentan. Morir sin infinidad de respuestas. Morir sin haber aprendido nada a través de la Talamasca que resultara transformador o trascendente. Lo que yo sé ahora del estado actual de la Orden de la Talamasca lo he descubierto por esos encuentros y por pura observación; simplemente observando, escuchando, rondando por ahí, captando los pensamientos de aquellos que perciben que alguien está escuchando, pero no saben quién o qué. —Suspiró. Parecía repentinamente cansado. Tenía entornados sus ojos oscuros y había un leve temblor en sus labios.

Yo veía ahora su alma tan claramente, en aquel cuerpo nuevo y juvenil, que, para mí, era como si el viejo David y el nuevo

David se hubieran fundido. Y en efecto, era su antigua imagen la que modelaba la expresión de su rostro juvenil. Una infinidad de expresiones faciales habían reconfigurado los penetrantes ojos negros de su rostro. Incluso su antigua voz sonaba ahora a través de las nuevas cuerdas vocales, como si él las hubiera afinado y refinado a base de usarlas para todas esas palabras dichas a media voz con inagotable cortesía.

—Lo que ha ocurrido —dijo— es que el misterio de los ancianos y de los orígenes de la Orden ha quedado sepultado de una manera completamente nueva.

—¿Qué quieres decir? —preguntó Jesse.

David me miró.

—Tú estás al corriente de todo esto. Nosotros nunca conocimos realmente nuestros orígenes, ya lo sabes. Únicamente sabíamos que la Orden había sido fundada a mediados del siglo VIII, y que existía en alguna parte una incalculable riqueza que financiaba nuestra existencia y nuestra investigación. Sabíamos que los ancianos gobernaban la Orden, pero no sabíamos quiénes eran ni dónde estaban. Nos ateníamos a nuestras rígidas normas: observa pero no interfieras; estudia pero nunca trates de emplear el poder de una bruja o de un vampiro en tu propio provecho. En fin, ese tipo de cosas.

—¿Y eso está cambiando? —pregunté.

—No —respondió—. La Orden sigue tan sana y tan virtuosa como siempre. Si acaso, ha mejorado. Ahora se incorporan más jóvenes eruditos con conocimientos de latín y griego que antes; también son más los jóvenes arqueólogos, como Jesse, que encuentran atractiva la Orden. El secreto ha sido preservado, pese a tus libros encantadores, Lestat, y pese a la publicidad que tan generosamente le diste a la Talamasca; y hasta donde yo sé, apenas se han producido escándalos en los últimos años. De hecho, ninguno en absoluto.

—¿Cuál es, entonces, el problema?

—Bueno, yo no diría que sea un problema —dijo David—. Se trata más bien de una profundización del secreto en un sentido nuevo y tremendamente interesante. En los últimos seis meses algunos ancianos recién nombrados han empezado a presentarse a sus colegas y a aceptar la comunicación con ellos.

—Quieres decir, ancianos escogidos entre los miembros normales —dijo Jesse con una sonrisita irónica.

—Exactamente.

—En el pasado —continuó David—, según nos explicaron siempre, los ancianos eran escogidos entre los miembros de la Orden, pero una vez escogidos se volvían anónimos salvo para los otros ancianos, y nadie conocía su paradero. En los viejos tiempos se comunicaban solo por carta. Ellos mismos enviaban a sus mensajeros para entregar y recoger toda la correspondencia. En el siglo XX, pasaron a utilizar el fax y el ordenador para comunicarse, pero seguían siendo anónimos y se desconocía dónde se encontraban.

»El misterio consistía en esto. Nadie había conocido personalmente a ningún miembro de la Orden escogido para convertirse en un anciano. Nadie había conocido a ningún miembro que declarase ser un anciano. Así que la idea de que los ancianos fueran elegidos entre las filas de la Orden era estrictamente una cuestión de fe, y ya en la época del Renacimiento, como sabes, algunos miembros de la Talamasca albergaron sospechas sobre los ancianos. Les causaba una profunda turbación no saber quiénes eran realmente o cómo transmitían su poder a las sucesivas generaciones.

—Sí, recuerdo todo esto —dije—. Desde luego. Marius hablaba de ello en sus memorias. Incluso Raymond Gallant, su amigo en la Talamasca, le había preguntado qué sabía él de los orígenes de la Orden. Como si Raymond se sintiera inquieto por el hecho de no saber más.

—Correcto —dijo Jesse.

—Bueno, pues ahora parece que todo el mundo sabe quiénes son los nuevos ancianos —dijo David— y también dónde se celebran sus reuniones. Y a todos se les anima a comunicarse a diario con estos nuevos ancianos. Pero, obviamente, sigue en pie el misterio de los ancianos en el pasado. ¿Quiénes eran? ¿Cómo los escogían? ¿Dónde residían? ¿Y por qué están cediendo ahora el poder a miembros conocidos de la Orden?

—Es algo similar a lo que ha hecho Maharet con la Gran Familia —dije.

—Exacto.

—Pero tú no creías seriamente que fueran inmortales, ¿verdad? —dijo Jesse—. Yo nunca lo creí. Simplemente aceptaba la necesidad del secreto. Cuando yo entré, me dijeron que la Talamasca era una orden autoritaria. Que era como la Iglesia de Roma, en el sentido de que su autoridad era absoluta. Nunca pensé que un día sabría quiénes son los ancianos, o dónde están o cómo saben lo que saben.

—Yo siempre creí que eran inmortales —dijo David.

Jesse lo miró estupefacta y algo divertida.

—¿Hablas en serio, David?

—Sí —dijo él—. Toda mi vida he pensado que la Orden fue creada por inmortales para espiar y registrar las andanzas de otros inmortales: espíritus, fantasmas, hombres lobo, vampiros, lo que fuera. Y, por supuesto, nosotros debíamos espiar a todos aquellos mortales que pueden comunicarse con los inmortales.

Intervine, reflexionando en voz alta.

—Así que la Orden ha recogido todos esos datos a lo largo de los siglos, pero el misterio central, el de los orígenes, sigue sin haber sido explorado.

—Exacto. Y este cambio actual nos aleja aún más, si cabe, del misterio central —dijo David—. En unas pocas generaciones, el misterio entero puede ser olvidado. Nuestro oscuro pasado no será más intrigante que el oscuro pasado de cualquier otra institución centenaria.

—Es eso lo que parece que pretenden —dije—. Se están retirando antes de que pueda llevarse a cabo cualquier investigación seria, desde dentro o desde fuera de la Orden, para averiguar quiénes son. ¿Otra decisión provocada por la era de la información? Maharet estaba en lo cierto.

—¿Y si hay una razón más profunda? —dijo David—. ¿Y si la Orden fue fundada, en efecto, por inmortales, y esos inmortales ya no están interesados en buscar el conocimiento que tanto ansiaban en el pasado? ¿Y si resulta que han abandonado la búsqueda? O al contrario: ¿y si resulta que han averiguado lo que desearon saber durante todo este tiempo?

—¿Y de qué podría tratarse? —dijo Jesse—. Vamos, no es que sepamos más ahora sobre fantasmas, brujas y vampiros de lo que sabíamos en el pasado.

—No es cierto —dijo David—. ¿De qué hemos estado hablando, si no, todo el rato? Piensa un poco.

—Demasiadas incógnitas —dije—. Demasiadas suposiciones. La Talamasca tiene una historia asombrosa, sin duda, pero no veo por qué no podría haber sido fundada y mantenida por eruditos, ni veo tampoco qué demuestra todo esto. En apariencia, los ancianos sencillamente han cambiado su modo de relacionarse con los miembros de la Orden.

—No me gusta esto —dijo Jesse en voz baja. Me pareció que se estremecía. Se frotó el dorso de los brazos con sus largos y pálidos dedos—. No me gusta nada.

—¿Maharet nunca te ha contado nada sobre la Talamasca, algún dato personal que solo ella conociera? —preguntó David.

—Tú sabes que no —contestó Jesse—. Ella lo sabe todo sobre los ancianos; considera que son benignos. Pero no, nunca me ha hecho ninguna confidencia. No está particularmente interesada en la Orden. Nunca lo ha estado. Tú ya lo sabes, David. Tú mismo le planteaste estas preguntas.

—Había leyendas —dijo David—. Leyendas que nunca analizamos. Que fuimos fundados para rastrear a los vampiros de la tierra y que el resto de la investigación no revestía importancia. Que los ancianos eran vampiros.

—No lo creo —dije—. Pero tú has vivido todo esto y yo no.

—Se solía decir que cuando morías en el seno de la Orden, los ancianos acudían a tu lado antes de que llegara la muerte y se daban a conocer. Pero nunca he llegado a saber quién empezó a contar esta vieja historia. Y a medida que fui velando a un agonizante tras otro durante mi época allí, llegué a la conclusión de que no era verdad. La gente moría con muchas preguntas no resueltas sobre el trabajo de toda su vida, sobre su verdadero valor. —Daniel me miró—. Cuando nosotros nos conocimos, Lestat, yo era un hombre viejo y quemado. Sin duda lo recuerdas. No sabía si todos mis esfuerzos en el estudio de lo sobrenatural habían servido para algo.

—En todo caso, el misterio sigue sin estar resuelto —dije—. Y tal vez yo debería tratar de encontrar la respuesta. Porque creo que ese cambio tan reciente tiene algo que ver con la crisis a la que se enfrenta nuestra estirpe. —Me interrumpí, sin embargo, sin saber qué más decir.

Ellos permanecieron en silencio.

—Si está todo relacionado, no me gusta nada —masculle—. Resulta demasiado apocalíptico —dije—. Yo puedo aceptar la idea de que este mundo sea un Jardín Salvaje; de que los seres nazcan y mueran por puro azar; de que el sufrimiento sea irrelevante a la luz despiadada del gran ciclo de la vida. Todo esto puedo aceptarlo. Pero no creo que pueda aceptar una gran conexión global entre cosas tan duraderas como la Gran Familia y la Talamasca y la evolución de nuestra tribu...

La verdad era, simplemente, que no conseguía atar todos los cabos. ¿Por qué actuaba como si la sola idea me aterrorizase? Quería encajar todas las piezas, ¿no?

—Entonces sí que reconoces que hay una crisis —dijo David con una leve sonrisa.

Suspiré.

—Está bien. Hay una crisis. Lo que no comprendo es por qué exactamente. Sí, ya sé, ya sé. Yo desperté al mundo de los nomuertos con mis canciones y mis vídeos. Y Akasha se alzó de su sueño y perpetró toda clase de desmanes. Muy bien. Lo he captado. Pero ¿por qué hay rebeldes por todas partes ahora? Antes no existían. ¿Y cuáles son las consecuencias de que todos esos vampiros ancianos estén despertando? ¿Y antes que nada, para qué necesitamos a una Reina de los Condenados? Muy bien, Mekare y Maharet no desean reinar. ¿Y qué? Akasha nunca reinó. ¿Por qué las cosas no han vuelto a ser como siempre habían sido?

—Porque el mundo entero está cambiando —dijo David con impaciencia—. ¿No te das cuenta, Lestat? Lo que tú hiciste al presentarte públicamente como vampiro formaba parte del espíritu de la época. No, no sirvió para cambiar el mundo mortal en ningún sentido, desde luego, pero ¿cómo puedes subestimar el efecto de tus libros, de tus palabras, de tu figura pública, en los bebedores de sangre existentes? ¡Tú les proporcionaste a las masas amorfas una historia del origen, una terminología, una poesía personal! ¡Claro que eso despertó a los ancianos! ¡Claro que eso revigorizó y cargó de energía a los apáticos! ¡Claro que eso despertó de su letargo a los vampiros errantes que habían dejado por imposibles a sus congéneres! ¡Claro que eso alentó a los rebeldes a crear a otros rebeldes con el famoso Truco Oscuro, con el Don Oscuro, con la Sangre Oscura, etcétera!

Nada de todo esto lo dijo con desprecio, no; pero sí con una especie de furia académica.

—Y sí, yo puse de mi parte, lo sé —continuó David—. Publiqué las historias de Armand, de Pandora y, finalmente, de Marius. Pero lo que estoy tratando de dejar sentado es esto: tú le proporcionaste un legado y una definición a toda una población de depredadores que se avergonzaban de sí mismos, que renegaban de sí mismos y nunca se habían atrevido a reivindicar una identidad colectiva. O sea que, sí, aquello lo cambió todo. Era inevitable.

—Y luego el mundo de los humanos les proporcionó ordenadores —dijo Jesse— y más y mejores aviones, trenes y automóviles; de manera que su número ha crecido de forma exponencial y sus voces se han convertido en un coro que puede oírse de un extremo al otro del mundo.

Me levanté del sofá y me acerqué a las ventanas. No me molesté en apartar los finos visillos que las cubrían. Las luces de todos los bloques circundantes resultaban de una belleza esplendorosa a través de aquella gasa blanca. Oía a los neófitos de la calle merodeando, haciendo cábalas, cubriendo las diversas entradas del hotel, transmitiéndose entre ellos variaciones del mismo mensaje: «Nada. Sigue vigilando.»

—¿Sabes por qué te desconcierta tanto todo esto? —dijo David, situándose a mi lado. Estaba enfadado. Noté la furia que desprendía. En ese cuerpo joven y robusto tenía mi estatura; y aquellos intensos ojos negros me miraron fijamente con el alma de David—. Voy a decírtelo —masculló—. Porque tú nunca llegaste a reconocer ante ti mismo que lo que hiciste al escribir tus libros, al componer tus canciones, al interpretarlas... Nunca llegaste a reconocer, digo, que hacías todo aquello por nosotros. Siempre fingiste que era un gran gesto hacia la humanidad, que lo hacías solo por su bien. «¡Exterminadnos!» ¡Por favor! ¡Nunca reconociste que eras uno de los nuestros, que te dirigías a nosotros, y que si hiciste lo que hiciste fue porque formabas parte de nuestra estirpe!

Me sentí repentinamente furioso.

—¡Lo hice por mí! —dije—. De acuerdo, lo reconozco. Fue un desastre, pero lo hice por mí. No había ningún «nosotros» en mi ánimo. Yo no quería que la raza humana nos exterminara, eso era mentira, lo reconozco. Quería ver qué ocurría, quién se presentaba en aquel concierto de rock. Quería localizar a todos aquellos a los que había perdido... Louis, Gabrielle, Armand, Marius. A Marius sobre todo. Por eso lo hice. De acuerdo. ¡Estaba solo! ¡No tenía ningún gran motivo! Lo reconozco. ¿Y qué, maldita sea?, ¿y qué?

—Exactamente —dijo—. Y perjudicaste a la tribu entera y no aceptaste ni un gramo de responsabilidad por ello.

—Ay, por el amor del Infierno... ¿vas a predicar ética vampírica desde el púlpito? —dije.

—Nosotros podemos tener ética, podemos tener honor, podemos tener lealtad —insistió David— y cualquier otra de las virtudes clave que hemos aprendido de los humanos. —Me rugía en voz baja con un barniz de impecable cortesía, como suelen hacer los británicos.

—Bah, vete a predicar por las calles —dije, asqueado—. Vete al programa de radio de Benji. Llama y cuéntaselo a él y a todos los que andan por ahí. ¿Y te sorprende que viva exiliado?

—Caballeros, por favor —dijo Jesse. Estaba inmóvil en su sillón y se la veía pequeña, frágil, estremecida, con los hombros encorvados como para protegerse de la onda expansiva de nuestra discusión.

—Perdona, querida —dijo David, volviendo a su lado.

—Oíd, necesito el tiempo que queda antes del alba —dijo Jesse—. Lestat, quiero que me des el número de tu iPhone; y David, te voy a dar mis números también. E-mail, móviles, todo. Podemos mantenernos en contacto. Nos puedes enviar mensajes por e-mail a Maharet y a mí. Nos puedes llamar. Venga, intercambiemos nuestros números, por favor.

—¿Cómo? ¿La Reina escondida está dispuesta a compartir su número de móvil? —pregunté—. ¿Y a mandar e-mails?

—Sí —dijo Jesse. David había accedido a su petición y ella estaba tecleando en su reluciente y diminuto teléfono. Sus dedos volaban a tal velocidad que casi se veían borrosos.

Volví junto a ellos, me dejé caer pesadamente en el sofá y arrojé mi iPhone en la mesita de café como si fuese un guante.

—Ahí tienes.

—Y ahora, por favor, dame todos los datos que estés dispuesto a compartir conmigo —dijo.

Le dije lo mismo que le había dicho a Maharet años atrás: ponte en contacto con mis abogados en París. En cuanto a mis direcciones de e-mail, las cambiaba continuamente porque se me olvidaba cómo utilizarlas y tenía que volver a aprender todo el proceso otra vez, con algún nuevo servicio más desarrollado. Y siempre olvidaba o perdía los dispositivos u ordenadores antiguos y debía volver a empezar de nuevo.

—Toda la información está en el móvil —dije. Lo desbloqueé y se lo pasé.

La observé mientras ella ponía al día todos los dispositivos, mientras compartía mi información con David, y la información de David conmigo. Me daba vergüenza reconocer que me alegraba tener a mi disposición esos números efímeros. Le enviaría una copia de todo a mi abogado; él lo conservaría a las duras y a las maduras, aunque a mí se me olvidara cómo acceder a las cuentas de correo.

—Y ahora, por favor —me dijo Jesse finalmente—, haz correr la voz. Transmite mis inquietudes a Marius, Armand, Louis, Benji. A todo el mundo.

—Benji se pondrá como loco si llega a tener «información secreta» sobre la posibilidad de que las gemelas puedan inmolarse ellas mismas —dijo David—. Yo no se lo diría. Pero sí que intentaría localizar a Marius.

—Seguro que hay ancianos en París —dije—: vampiros lo bastante ancianos como para habernos espiado esta noche. —No me refería a la chusma.

Me dio la sensación, sin embargo, de que a Jesse eso le tenía sin cuidado. Por ella, que se enterase la chusma. Que se enterasen los ancianos. Jesse estaba totalmente crispada por los problemas y la angustia. Y ni siquiera el hecho de haberse desahogado con nosotros había mitigado su dolor.

—¿Has sido feliz alguna vez en la Sangre? —le pregunté de golpe.

Ella se sobresaltó.

—¿Qué quieres decir?

—Al principio, durante los primeros años. ¿Fuiste feliz?

—Sí —dijo ella—. Y sé que volveré a serlo. La vida es un don. La inmortalidad es un don precioso, no debería llamarse el Don Oscuro. No es justo.

—Quiero ver a Maharet en persona —dijo David—. Quiero volver contigo al complejo.

Jesse meneó la cabeza.

—Ella no lo permitirá, David. Ella sabía lo que iba a contarte cuando te encontrara. Ha permitido este encuentro. Pero no recibirá a nadie ahora.

—¿Todavía confías en ella? —preguntó David.

—¿En Maharet? —dijo Jesse—. Sí. En Maharet siempre.

Eso era significativo. No confiaba en los otros dos.

Había empezado a alejarse hacia las puertas del pasillo.

—Os he dado lo que puedo daros por ahora —dijo.

—¿Y qué pasa si quiero encontrar a ese vampiro de Ginebra? —pregunté.

—Eso es cosa tuya. Él está enamorado de ti. No creo que pudiera hacerte daño. ¿Acaso hay alguien que intente hacerte daño?

—¿Bromeas? —dije amargamente. Luego volví a encogerme de hombros—. No, no creo que nadie lo intente ya.

—A ti más bien te buscan para... —dijo Jesse.

—¡Eso dice Benji! —mascullé por lo bajini—. Pero no hay motivo para que recurran a mí. Tal vez yo lo haya empezado todo, pero te aseguro que no puedo terminarlo.

Ella no respondió.

David se levantó bruscamente, fue hacia ella y la estrechó entre sus brazos. Permanecieron abrazados en silencio unos instantes. Luego él la acompañó hasta las puertas.

A mí me constaba que Jesse era tan diestra como yo con el Don de la Nube. Cómo no iba a serlo con toda aquella sangre antigua que tenía en sus venas. Abandonaría el hotel por el tejado tan rápidamente como si hubiera sido invisible.

David cerró las puertas tras ella.

—Quiero dar un paseo —le dije. Me salió una voz ronca y, de repente, me di cuenta de que estaba llorando—. Quiero ver el antiguo distrito donde estaban antes los mercados y la vieja iglesia. No he estado allí desde... ¿Vienes conmigo? —Estaba casi decidido a huir, a largarme sin más. Pero no lo hice.

Él asintió. Había comprendido mis deseos. Yo deseaba ver la zona de París donde había estado en tiempos Les Innocents, el antiguo cementerio bajo el cual, en catacumbas iluminadas con antorchas, se reunían Armand y la asamblea de los Hijos de Satán. Había sido allí donde, convertido en huérfano por mi hacedor, había descubierto con estupor a los de mi estirpe.

David me abrazó y me besó. David. El David a quien yo conocía íntimamente en este cuerpo. Sentí su poderoso corazón contra mi pecho. Su piel sedosa y fragante, impregnada de un sutil perfume masculino. Sus dedos me provocaron una vaga excitación cuando tomó mi mano. Sangre de mi Sangre.

—¿Por qué quiere la gente que intervenga en todo este asunto? —le pregunté—. Yo no sé qué hacer.

—Tú eres una estrella en nuestro mundo —dijo él—. Tú mismo te convertiste en una estrella. Y antes de que digas nada de un modo irreflexivo o irritado, recuerda: esto es lo que querías ser.

Pasamos juntos varias horas.

Nos escabullimos por encima de los tejados a demasiada velocidad para que los neófitos pudieran seguir nuestro rastro.

Nos deslizamos por las callejas de Les Halles y por el umbrío interior de la vieja iglesia de Saint-Eustache, con sus pinturas de Rubens. Buscamos la pequeña Fontaine des Innocents, en la Rue Saint-Denis —una reliquia de los viejos tiempos— que se hallaba junto al muro del desaparecido cementerio.

Aquello llenaba mi corazón de alegría y de angustia. Evoqué los recuerdos de mis batallas con Armand y sus seguidores, que creían fervientemente que éramos siervos del Demonio. Toda aquella superstición. Toda aquella podredumbre.

Finalmente, unos vampiros *paparazzi* nos encontraron. Eran persistentes. Aunque guardaban las distancias. No teníamos mucho tiempo.

Dolor, dolor y más dolor.

No quedaba el menor rastro del viejo Théâtre des Vampires ni tampoco del lugar donde se encontraba en su día. Ya lo sabía de antemano, claro, pero igualmente había querido recorrer esa antigua geografía, confirmar que el viejo y mugriento escenario de mi pasado había desaparecido bajo el pavimento.

La espléndida casa del siglo XIX que Armand se había construido en Saint-Germaine-de-Prés estaba cerrada. La cuidaban unos mortales, ignorantes de su historia. Estaba llena de murales, alfombras y mobiliario antiguo cubierto de lienzos blancos.

Armand había restaurado la casa para Louis en los albores del siglo XX, pero no creo que este se hubiera sentido nunca a sus anchas allí. Ni siquiera la mencionaba en *Entrevista con el vampiro*. El *fin de siècle*, con sus gloriosos pintores, actores y compositores, no había significado nada para Louis, pese a todas sus pretensiones de poseer una refinada sensibilidad. Ay, pero yo no lo culpaba por evitar París. Él había perdido aquí a su amada, a nuestra amada Claudia. ¿Cómo podía esperarse que olvidara algo así? Y Louis había descubierto, además, que Armand era una fiera salvaje entre los no-muertos.

Aun así... París... Yo también había sufrido aquí, ¿no? Pero no a manos de París, no. París siempre había respondido a mis sueños y mis expectativas. París, mi ciudad eterna, mi hogar.

Ah, y Notre Dame, la magnífica y enorme catedral de Notre Dame, seguía siendo como siempre Notre Dame. Allí pasamos horas juntos, a salvo entre las frías sombras de esa gran arboleda de arcos y columnas adonde yo había acudido, doscientos años antes, a llorar por mi transformación, y en donde en cierto modo seguía llorando aún ahora por el mismo motivo.

David y yo caminamos por las angostas y silenciosas callejas de la Île Saint-Louis charlando a nuestras anchas. Los neófitos *paparazzi* estaban a unas manzanas de distancia, pero no se atrevían a acercarse más. El espléndido edificio en el cual yo había convertido a mi madre —Gabrielle— en una Hija de la Oscuridad seguía todavía allí.

Gradualmente, volvimos a entablar conversación con toda naturalidad. Le pregunté cómo había conocido a Fareed.

—Yo lo busqué —dijo David—. Había oído muchos rumores sobre ese vampiro-científico loco y su anciano ángel guardián, y sobre los experimentos «malignos» que llevaban a cabo. Ya me entiendes, las habladurías de los bastardos. Así que fui a la Costa Oeste y busqué hasta encontrarlo.

David me describió el nuevo complejo donde Seth y Fareed estaban ahora, en las áridas tierras del desierto de California, más allá de la ciudad de Palm Springs. Allí se habían construido unas instalaciones ideales, aisladas y protegidas con dos altos muros y verjas automáticas, con túneles de evacuación de emergencia e incluso un helipuerto. Dirigían una pequeña clínica para mortales incurables, pero su auténtico trabajo se desarrollaba en los laboratorios situados en varios edificios adyacentes de tres plantas. Estaban lo bastante cerca de otros centros médicos para no llamar apenas la atención sobre sus actividades, y lo bastante lejos de todo para disfrutar del aislamiento que también habían necesitado pero no encontrado en Los Ángeles.

Recibieron a David de inmediato. De hecho, habían sido hospitalarios con él hasta tal punto que podía dar la impresión de que actuaban así con todo el mundo.

David había interrogado a Fareed sobre una cuestión especial: ¿cómo se hallaban ancladas ahora su mente y su alma en ese cuerpo con el que él no había nacido, puesto que su propio cuerpo estaba enterrado en una tumba de Inglaterra?

Fareed le había practicado todas las pruebas imaginables y no había hallado ningún indicio de que existiera dentro de él una «inteligencia» que no fuera la generada por —y expresada mediante— su propio cerebro. A su juicio, David era David en este cuerpo. Y su conexión con él era totalmente segura.

—Antes de que entraras en la Sangre —le había dicho Fareed— es muy posible que hubieras podido abandonar este cuerpo. Podrías haberte convertido en una entidad desencarnada, en un fantasma, por así decirlo, capaz de poseer otros cuerpos susceptibles de ser poseídos. No sé. No puedo saberlo. Porque ahora eres de la Sangre, y es muy probable que esta Sangre te haya atado más firmemente que nunca a tu físico.

Pura especulación. Pero David se sintió reconfortado.

También él sacó la impresión de que Fareed y Seth nunca utilizarían sus conocimientos científicos contra los humanos.

—Pero ¿qué me dices de sus subordinados? —le pregunté—. Cuando yo los conocí estaban iniciando en la Sangre a otros médicos y científicos.

—Ten por seguro que los escogen con todo cuidado. Los

investigadores-vampiro a los que conocí eran todos unos sabios totalmente idiotas: gente obsesionada y centrada en su campo, desprovista de grandes ambiciones, fascinada con el estudio al microscopio de nuestra sangre.

—Ese es también el proyecto central de Fareed, ¿no? —dije—. Estudiar nuestra sangre, la Sangre, ¿verdad?

—Es un propósito frustrante, por lo que deduzco, puesto que, sea lo que sea físicamente el Germen Sagrado, no podemos verlo. Si está compuesto de células, son infinitamente más pequeñas que las que podemos visualizar. Así que Fareed está trabajando más bien con las propiedades de la sangre.

David siguió divagando, pero aquello era poesía científica de nuevo, y yo no era capaz de asimilarla.

—¿Crees que siguen allí, en el mismo lugar?

—Me consta que están allí —dijo—. Probaron primero otros lugares que no funcionaron.

Quizá por eso no los encontré cuando los andaba buscando.

—Están allí. Los podrás localizar fácilmente. De hecho, se alegrarían muchísimo si fueras a verlos.

La noche estaba llegando a su fin. Los *paparazzi* se habían retirado a sus ataúdes y sus guaridas. Le dije a David que podía quedarse en mi *suite* del hotel todo el tiempo que quisiera, que yo tenía que volver pronto a mi hogar.

Pero aún no. Habíamos estado caminando por el Grand Couvert de las Tullerías, bajo el sudario oscuro de los árboles.

—Tengo sed —dije en voz alta. Él me propuso en el acto que fuéramos de caza.

—No, sed de tu sangre —dije, empujándolo contra el tronco esbelto pero firme de un árbol.

—Ah, maldito malcriado —dijo con furia.

—Sí, despréciame, por favor —dije mientras me acercaba. Le giré la cara hacia un lado. Primero le besé la garganta; luego hundí mis colmillos muy despacio, con la lengua preparada para lamer las primeras gotas radiantes. Me parece que le escuché pronunciar una sola palabra, «con cuidado»—, pero una vez que la sangre llegó disparada a mi paladar, dejé de ver y oír con claridad, y ya no me importaba nada.

Tuve que obligarme a mí mismo a apartarme. Mantuve un

sorbo entero de sangre en la boca todo el tiempo que pude, hasta que pareció absorberse por sí sola, sin que la tragara, y saboreé las últimas oleadas de calor que me recorrían los miembros hasta las puntas de los dedos.

—¿Y tú? —pregunté. Estaba desplomado contra el árbol, todavía aturdido. Fui a cogerlo en brazos.

—Apártate de mí —gruñó. Y echó a andar, alejándose rápidamente—. Coge tú asqueroso *droit du seigneur* y clávatelo en tu hambriento corazón.

Pero yo me apresuré a darle alcance. Él no se resistió cuando lo rodeé con un brazo y seguimos caminando juntos.

—Eso es una idea —dije, besándolo rápidamente, aunque él miraba hacia delante sin hacerme caso—. Si yo fuera «Rey de los Vampiros» establecería el derecho de todo hacedor a beber de su neófito siempre que quisiera. Quizás estaría bien ser rey. ¿No dijo Mel Brooks: «Es agradable ser el rey»?

Entonces, con su gracioso y elegante tono británico, pero empleando un desparpajo insólito, me dijo:

—Haz el favor de cerrar el pico.

Al parecer, capté otras voces en París; percibí otras cosas. Debería haber prestado un poco más de atención, en lugar de achacar desdeñosamente todas las intrusiones en mi mente a los vampiros *paparazzi*.

Fue justo después de aquello, mientras caminábamos cerca de las viejas catacumbas, donde los huesos del cementerio del siglo XVIII, Les Innocents, habían sido amontonados, cuando oí algo: un sonido lastimero, la voz de un antiguo inmortal cantando, riendo, murmurando: «¡Ay, jovencito, con qué esplendor recorres la Senda del Diablo!» Conocía esa voz, reconocía ese timbre peculiar, ese tono lento y cantarín. «Y con tu venerable hacha de batalla bajo esa espléndida vestimenta.» Pero cerré mis oídos. Quería estar con David en ese momento, solo con David. Regresamos a las Tullerías. No quería complicaciones ni nuevos descubrimientos. Aún no estaba preparado para abrirme, como en otra época, a los misterios que me rodeaban. Así que no hice caso de esa extraña cantinela. Ni siquiera supe si David la había oído.

Finalmente le dije a David que ahora debía volver a mi exilio, que no tenía alternativa. Le aseguré que no corría el peligro de intentar «acabar con todo»; que simplemente no estaba preparado para reunirme con otros o para reflexionar sobre las espantosas posibilidades que habían alarmado a Jesse. Él ya se había calmado y no quería que volviese a desaparecer.

Tengo un refugio seguro, insistí. Un buen refugio. Tranquilo. Y sí, utilizaré la magia del iPhone para comunicarme.

Ya había dado media vuelta cuando él me sujetó. Mientras me rodeaba el torso con los brazos, y antes de que yo pudiera darme cuenta, me hundió los dientes en la arteria.

Me estrechó con tal fuerza que casi me desvanecí. Al parecer me revolví, le agarré la cabeza con el brazo izquierdo y forcejeé con él. Pero las visiones se habían disparado y ya no distinguía una realidad de otra, de modo que los árboles y los acicalados senderos de las Tullerías se habían convertido para mí en el Jardín Salvaje del mundo. Me hallaba sumido en un desfallecimiento divino, y sentía el corazón de David palpitando contra el mío. Él actuaba con desenfreno, sin la cautela que yo había mostrado al alimentarme de su sangre.

Cuando volví en mí, estaba en el suelo con la espalda apoyada en el tronco de un joven castaño. Él había desaparecido, y la suave y cálida noche se había convertido en un gris amanecer de invierno.

Volví a mi hogar, a mi «paradero secreto», que quedaba solo a unos minutos siguiendo las corrientes del viento, para reflexionar sobre lo que me habían contado mis amigos, pues no podía hacer nada más.

A la siguiente noche, al levantarme, percibí el aroma de David en mi chaqueta, incluso en mis manos.

Reprimí el deseo que sentía por él y me forcé a aprender de nuevo a usar mi potente ordenador, así como a obtener otra dirección de e-mail de otro proveedor, y luego le envié a Maharet una larga misiva. Le pregunté si podía visitarla, allí donde se encontrara; y si, en caso negativo, querría comunicarse conmigo por este medio. Le expliqué que estaba al corriente de los cambios que se estaban produciendo entre nosotros, y que las llamadas de Benji para que los ancianos asumieran el liderazgo reflejaban el sentimiento de muchos, pero que yo no sabía cómo responder. Le pedí que me dijera lo que pensaba.

Su respuesta fue muy breve. No debía tratar de localizarla. Ni acercarme a ella bajo ninguna circunstancia.

Naturalmente, le pregunté por qué.

No volvió a responder.

Y seis meses después, sus números fueron desconectados. Su dirección de e-mail ya no era válida.

Y con el tiempo, yo olvidé de nuevo cómo usar el ordenador. Mi pequeño iPhone sonó algunas veces. Era David. Hablábamos brevemente y luego a mí se me olvidaba recargar la batería. Una de las veces me contó que había localizado a Marius en Brasil, que se iba allí para hablar con él. Me dijo que Daniel Molloy, el compañero de Marius, estaba de muy buen talante y que iba a llevarlo adonde este se encontraba. Pero ya no volví a tener más noticias de David.

A decir verdad, perdí el pequeño iPhone. Y retomé la costumbre de llamar a mis abogados de París y Nueva York, como siempre había hecho, con mi anticuada línea fija de teléfono.

Transcurrió un año.

Ahora estaba alojado en el castillo de mi padre, en las montañas de Auvernia: en mi escondrijo especial a «plena vista», por así decir, donde a nadie se le ocurría buscarme. Las obras de remodelación ya casi habían concluido.

Y entonces la Voz reapareció.

—¿No sientes el deseo de castigar a esos neófitos de la capital? —me preguntó—. ¿A esas sabandijas que te expulsaron de París la última vez que estuviste rondando por allí?

—Ah, Voz, ¿dónde andabas? —pregunté. Yo estaba frente a mi escritorio, dibujando planos para las nuevas habitaciones que iban a añadirse al viejo castillo—. ¿Cómo te ha ido?

—¿Por qué no los destruiste? —dijo él—. ¿Por qué no vas y los destruyes ahora?

—Ese no es mi estilo, Voz —dije—. En el pasado quité vidas, tanto humanas como sobrenaturales, demasiado a menudo. Ahora ya no me interesan esas cosas.

—¡Ellos te expulsaron de tu ciudad!

—No, no fue así —dije—. Adiós, Voz. Tengo cosas que hacer.

—Ya me temía que adoptarías esta actitud —dijo—. Debería haberlo sabido.

—¿Dónde estás, Voz? ¿Quién eres? ¿Por qué nos comunicamos siempre así, en encuentros auditivos y solo en los momentos más extraños? ¿Nunca vamos a vernos cara a cara?

Ay, qué grave error. En cuanto salieron de mi boca estas palabras, miré el gran espejo del siglo XVIII que había sobre la repisa de la chimenea, y ahí estaba, con el aspecto de mi propio reflejo: con mi pelo suelto y con la anticuada camisa de puños vueltos que llevaba puesta; solo que, por lo demás, no se limitaba a reflejarme, sino que me miraba como si estuviese atrapado en una caja de cristal. Mi cara se retorció con enojo en el espejo, de un modo casi petulante e infantil.

Estudié la imagen un momento y luego empleé mis poderes para obligarla a desaparecer. Cosa extremadamente agradable. Sutil y agradable. Ahora era capaz de hacer estas cosas. Y aunque oía un retumbo de fondo en mi cabeza, logré ahogarlo bajo la música, bajo la deliciosa música de Sybelle que salía de mi ordenador: Sybelle tocando el piano desde Nueva York.

La verdad, simplemente, era que ya no estaba interesado en él, en ese ser. Ni siquiera me había molestado en darle las gracias por aconsejarme que viniera a casa, a mi hogar, a estos muros de piedra entre los que había nacido, a la tranquilidad y la quietud de la montaña. ¿Por qué no le di las gracias? Había sido él quien me había metido la idea en la cabeza, él quien me había guiado de vuelta a estos bosques y campos de antaño, a este sublime paraje rural, a esta impresionante y familiar soledad donde yo me sentía tan seguro, tan contento.

No me importaba lo suficiente como para darle las gracias.

Ay, habría estado bien identificarlo antes de desterrarlo para siempre. Pero no siempre obtenemos lo que deseamos.

Segunda parte

La autopista abierta
a través del Jardín Salvaje

5

La historia de Rose

La primera vez que Rose vio al tío Lestan, él la llevaba hacia las estrellas. Así era como ella lo recordaba, y nada debilitó jamás su convicción de que él la había recogido de la terraza del rompeolas y la había transportado directamente por las nubes hacia los cielos. Rose recordaba siempre el viento helado y todas aquellas estrellas allá arriba, millones de estrellas fijas en el cielo negro, como una miríada de luces ardientes. Recordaba cómo la rodeaba el tío Lestan con sus brazos, envolviéndola con su abrigo para protegerla, y cómo le susurraba que no tuviera miedo.

Estaban en otra isla cuando Rose se enteró de que su madre había muerto en el terremoto. Todo el mundo había muerto. La islita entera se había hundido en el mar; esta isla, en cambio, no se hundiría, le dijo el tío Lestan. Aquí, a su lado, estaba a salvo. Él encontraría a la familia de Rose en América. Le regaló una muñeca preciosa y rubia, con el pelo largo, con un vestido rosa y los pies descalzos. Era de vinilo y no se rompía.

La casa era muy bonita. Tenía ventanas redondas y grandes balcones que daban al mar. Dos señoras muy amables cuidaban de Rose, aunque ella no entendía ni una palabra de lo que decían. El tío Lestan le explicó que eran griegas. Él quería que Rose recordara: ¿cuál era su apellido?, ¿cuál era el nombre de su madre?

Rose le dijo que su madre se llamaba Morningstar Fisher. No tenía padre. Los abuelos no la querían porque no sabían quién era el padre. Y se negaban a darle más dinero a Morningstar. Rose recordaba que había visto a su abuela y a su abuelo en Athens, Tejas. «No sabemos quién es su padre», había dicho el viejo. La madre de Rose se había dado por vencida. Se la había llevado de la casita de ladrillo, había cruzado un campo enorme y luego había hecho autostop hasta el aeropuerto de Dallas. Desde allí habían salido en avión con el nuevo amigo de mamá, JRock, que tenía dinero de su grupo de música, para pasar al menos un año en Grecia.

—Ellos no me quieren —dijo Rose—. ¿Me puedo quedar contigo?

El tío Lestan era muy bueno con ella. Tenía la piel oscura, muy bronceada, y los ojos azules más bonitos que Rose había visto. Cuando sonreía, ella sentía que lo amaba.

El tío Lestan dijo:

—Me quedaré a tu lado mientras me necesites.

Rose se despertó una noche llorando y llamando a su madre. Él la cogió en brazos. Parecía muy fuerte, muy poderoso. Salieron al patio y miraron desde la barandilla el cielo cubierto de nubes. Él le dijo que era una niña dulce, buena y preciosa, y que quería que fuese feliz.

—Cuando te hagas mayor, Rose, podrás ser lo que tú quieras —dijo el tío Lestan—. Recuérdalo. Este mundo es magnífico. Y nosotros hemos sido bendecidos en él con el don de la vida.

Le cantó en voz baja. Le dijo que aquella canción se llamaba «Serenata» y que era de una opereta titulada *El príncipe estudiante*. A ella la canción la hizo llorar, tan hermosa era.

—Recuerda siempre —dijo él— que no hay nada tan precioso para nosotros como el magnífico don de la vida. Que la luna y las estrellas te lo recuerden siempre: aunque somos diminutas criaturas en este universo, estamos llenos de vida.

Rose creyó entender lo que significaba «magnífico» al mirar las aguas relucientes allá abajo, y volver a alzar la vista hacia las estrellas que parpadeaban más allá de la niebla. El tío Lestan deslizó los dedos por las flores de la enredadera que cubría la barandilla. Arrancó un puñado de pétalos para Rose y dijo que era tan suave y preciosa como esos pétalos: «un precioso ser vivo».

Cuando Rose evocaba todo esto, recordaba que había visto

al tío Lestan varias veces antes de la noche en que la isla se hundió en el mar. Él había estado rondando por la isla. Era un hombre alto, con un hermoso pelo rubio: un pelo precioso, largo y espeso, que llevaba peinado hacia atrás y atado en la nuca con un cordón negro. Siempre iba con un abrigo de terciopelo: como el mejor vestido que Rose se había traído en la maleta. El tío Lestan había recorrido la isla, contemplándolo todo. Llevaba unas relucientes botas negras de cuero muy terso, sin hebillas. No unas botas de *cowboy*. Y siempre que se cruzaba con Rose, le sonreía y le guiñaba un ojo.

Rose odiaba Athens, Tejas, pero él la había llevado allí. No recordaba el viaje claramente. Solo que se había despertado en el aeropuerto de Dallas, rodeada de una amable señora que cuidaba de ella y de un mozo que se ocupó de recoger sus maletas. El tío Lestan apareció a la noche siguiente.

La vieja y el viejo no querían quedársela. Se reunieron en el despacho de un abogado de la plaza del pueblo. Era de noche, y el viejo dijo que no tenían que haber convocado la reunión después de oscurecer; que a él no le gustaba conducir de noche si no era imprescindible; que aquello era muy «molesto» y que él y su esposa habrían podido explicarse por teléfono. La vieja se limitó a menear la cabeza mientras el viejo decía: «Nosotros no teníamos nada que ver con Morningstar, ¿entiende?, ya me dirá, con todos esos músicos y las drogas... No conocemos a esta criatura.»

Los abogados continuaron hablando y hablando, pero el tío Lestan se acabó enfadando. «Escuchen, yo quiero adoptarla —dijo—. ¡Así que hagan lo necesario!»

Esa fue la primera vez que Rose oyó a alguien hablar con ese tono. Y fue la primera y la última vez que vio enfadado al tío Lestan. Había reducido su voz airada a un susurro, pero consiguió que todos los presentes dieran un respingo, en especial la propia Rose. Cuando él lo advirtió, la cogió en brazos y salió con ella del edificio para dar una vuelta por el pueblecito.

—Yo siempre cuidaré de ti, Rose —dijo—. Ahora estás bajo mi responsabilidad, y me alegro. Quiero que lo tengas todo, Rose y me encargaré de que no te falte de nada. No sé qué le pasa a esa gente para no quererte. Yo te quiero.

Rose se fue a vivir a Florida con la tía Julie y la tía Marge, en una casa preciosa muy cerca del mar. La arena de la playa era tan blanca y tan fina como el azúcar. Rose tenía una habitación para ella sola, con papel floreado en las paredes y una cama con dosel, y con las muñecas y los libros que tío Lestan le enviaba. También le mandaba unas cartas escritas en tinta negra sobre papel rosa, con la letra más preciosa del mundo.

La tía Marge llevaba a Rose a una escuela privada llamada Country Lane Academy. La escuela era un país de las maravillas repleto de juegos y proyectos, con ordenadores para escribir y unos profesores alegres y entusiastas. Solo había quince alumnos en toda la escuela, y, en un abrir y cerrar de ojos, Rose ya estaba leyendo las historietas del doctor Seuss. Los jueves todo el mundo hablaba en español y solo en español. Y salían de excursión a los museos y los zoológicos. Rose estaba encantada.

En casa, la tía Marge y la tía Julie la ayudaban con los deberes y preparaban pasteles y galletas. Y cuando hacía buen tiempo montaban barbacoas en el patio y bebían té helado con limonada y con montones de azúcar. A Rose le encantaba nadar en el golfo. Cuando cumplió seis años, la tía Marge y la tía Julie organizaron una fiesta e invitaron a todo el colegio, incluso a los chicos mayores. Fue el mejor *picnic* de su vida.

A los diez años, Rose comprendió que la tía Julie y la tía Marge cobraban por ocuparse de ella. El tío Lestan era su tutor legal. Aun así, nunca tuvo la menor duda de que sus tías la querían, y ella también las quería mucho. Ambas eran maestras jubiladas y siempre estaban hablando de lo bueno que era el tío Lestan con todas ellas. Las tres se ponían muy contentas cuando el tío Lestan iba a verlas.

Siempre era de noche cuando llegaba y siempre traía regalos para todos: libros, ropa, portátiles y otros artilugios maravillosos. A veces venía con un gran coche negro. Otras aparecía él solo, y Rose se reía por lo bajini al verlo todo despeinado, porque sabía que había estado volando: volando como aquella primera vez, cuando la islita se había hundido en el mar y él la había alzado en brazos hacia los cielos.

Pero eso no se lo contaba a nadie, y, al hacerse mayor, llegó a la conclusión de que no podía haber sucedido.

De la Country Lane Academy había pasado a la escuela Willmont, que quedaba a unos ochenta kilómetros. Allí se estaba aficionando a algunas materias fascinantes. Le encantaban la Literatura y la Historia, sobre todo, y luego la Música, la Historia del Arte y el Francés. Pero también le iba bien en Ciencias y Matemáticas, porque sentía que era su deber. Todo el mundo se habría disgustado si no hubiera sacado buenas notas. Pero lo que ella deseaba realmente era leer sin parar, y sus momento más felices en el colegio tenían por escenario la biblioteca.

Cuando el tío Lestan llamaba, ella se lo contaba todo y charlaban de los libros preferidos de cada uno. Y él siempre le decía lo mismo: «Recuérdalo, Rose, cuando seas mayor podrás ser lo que quieras. Puedes ser escritora, poeta, cantante, bailarina, profesora. Lo que tú quieras.»

Cuando cumplió trece años, hizo un *tour* por Europa con sus tías. El tío Lestan no las acompañó, pero corrió con todos los gastos. Aquella fue la mejor temporada de su vida. Se pasaron tres meses enteros viajando juntas y visitando todas las grandes capitales, en lo que el tío Lestan llamaba «el gran *tour*». Y también fueron a Rusia, y pasaron cinco días en San Petersburgo y otros cinco en Moscú.

Rose no se cansaba de ver edificios, palacios, castillos y catedrales, todos antiguos y preciosos, y las viejas ciudades, y los museos llenos de cuadros sobre los que había leído y que ahora podía contemplar con sus propios ojos. Por encima de todo, le encantaron Roma, Florencia y Venecia. Pero en todas partes se sentía embelesada por nuevos descubrimientos.

El tío Lestan le dio una sorpresa cuando estaban en Ámsterdam. Él tenía una llave secreta del Rijksmuseum porque era uno de los patronos de la institución, y acompañó a Rose por sus salas, cuando ya había anochecido, para poder estar solos y demorarse todo el tiempo que quisieran ante los grandes cuadros de Rembrandt.

También les organizó visitas semejantes, fuera de horas, en muchas otras ciudades. Pero Ámsterdam ocupó un lugar especial en el corazón de Rose, porque allí el tío Lestan había estado con ella.

Al cumplir los quince años, Rose se metió en un lío. Se llevó el coche familiar sin permiso cuando aún no tenía el carnet de conducir. Pensaba dejar el coche en su sitio antes de que la tía Julie y la tía Marge se levantaran. Ella solo quería circular por ahí unas horas con sus nuevas amigas, Betty y Charlotte, y ninguna de ellas había pensado que pudiera pasar nada malo. Pero se vieron metidas en una colisión menor en la autopista, y Rose acabó en un tribunal de menores.

La tía Julie y la tía Marge avisaron al tío Lestan, pero él estaba de viaje y nadie lograba localizarlo. Rose se alegró. Se sentía tremendamente avergonzada y abatida, y le daba mucho miedo que el tío Lestan se llevara una decepción con ella.

El juez que se ocupó del caso dejó a todo el mundo atónito. Absolvió a Betty y a Charlotte porque ellas no habían robado el coche, pero condenó a Rose a pasar un año en el hogar Amazing Grace para chicas por su conducta criminal. Además, le hizo una severa advertencia: si no se portaba bien en Amazing Grace, su estancia podría extenderse hasta los dieciocho años e incluso más. Y dijo que Rose, con su comportamiento antisocial, había corrido el riesgo de convertirse en una drogadicta e incluso en una vagabunda.

La tía Marge y la tía Julie se pusieron frenéticas; le suplicaron al juez que no dictara aquella sentencia. Argumentaron una y otra vez, igual que los abogados, que ellas no habían denunciado a Rose por robar el coche; que aquello había sido una travesura y nada más, que era imprescindible ponerse en contacto con el tío de la niña.

No sirvió de nada. Rose fue esposada y trasladada como una presa al hogar Amazing Grace para chicas, que estaba situado en la zona sur de Florida.

Durante el trayecto, permaneció en silencio, paralizada por el temor, mientras los hombres y mujeres del coche le hablaban de un «entorno cristiano» donde habría de estudiar la Biblia y aprender a ser «una buena chica» para volver junto a sus tías convertida «en una cristiana obediente».

El «hogar» superó los peores temores de Rose.

La recibieron el pastor Hays y su esposa, ambos bien vestidos, sonrientes y amables.

Pero en cuanto se fue la policía y se quedaron solos con ella, le dijeron que debía confesar todas las cosas malas que había hecho, pues, de lo contrario, Amazing Grace no podría ayudarla. «Tú sabes las cosas que has hecho con los chicos —dijo la señora Hays—. Sabes las drogas que has consumido, el tipo de música que has estado escuchando.»

Rose estaba enloquecida. Ella nunca había hecho nada malo con los chicos, y su música favorita era la clásica. Desde luego, también escuchaba rock pero... La señora Hays meneó la cabeza. Negar lo que había hecho era muy malo, dijo. No quería volver a ver a Rose hasta que hubiera cambiado de actitud.

Tuvo que ponerse unas ropas horribles e informes, y moverse siempre por los sombríos y desolados edificios acompañada por dos alumnas mayores, que la vigilaban incluso cuando tenía que ir al baño. No le dejaban sola ni un minuto. La observaban incluso cuando llevaba a cabo las funciones corporales más delicadas.

La comida era atroz, y las lecciones consistían en leer y copiar versículos de la Biblia. Rose recibía bofetadas simplemente por mirar a los ojos a las demás chicas o a los profesores, o por intentar hablar, o por hacer preguntas, y era castigada a fregar a gatas el comedor por no mostrar una «buena actitud».

Cuando pidió que la dejaran llamar a casa para hablar con sus tías sobre el lugar donde estaba, la llevaron a una «habitación de aislamiento», un cuartito con un alto ventanuco, y allí la azotó con un cinturón de cuero una mujer mayor, que le dijo que debía mostrar un cambio de actitud inmediato y que, si no, nunca se le permitiría llamar a su «familia».

—¿Quieres ser una chica mala? —le preguntó la mujer tristemente—. ¿No entiendes lo que tus padres intentan hacer contigo aquí? Tus padres no te quieren ya. Tú te has rebelado, los has decepcionado.

Rose permaneció llorando en el suelo del cuartito durante dos días. Había un cubo y un jergón; nada más. El suelo olía a productos químicos y orina. En dos ocasiones entraron a llevarle comida. Una chica mayor se agachó y le susurró: «Tú sígueles la corriente. No podrás vencer a esa gente. Y come, por favor. Si no comes, te seguirán trayendo el mismo plato una y otra vez hasta que te lo comas. Aunque esté podrido.»

Rose se sentía furiosa. ¿Dónde estaban la tía Julie y la tía Marge? ¿Dónde estaba el tío Lestan? ¿Y si el tío Lestan conocía lo ocurrido y estaba enfadado e indignado con ella? No podía creerlo. No podía creer que él le hubiera dado la espalda así, sin hablar primero con ella. Pero Rose se consumía de vergüenza por lo que había hecho. Y se avergonzaba de sí misma al verse con aquellas ropas informes, con el cuerpo mugriento, el pelo sucio y la piel febril y llena de picores.

Sentía que la fiebre se apoderaba de ella y que su organismo se había cerrado en banda. En el baño, ante los ojos vigilantes de sus guardianas, no lograba mover los intestinos. Le dolía el cuerpo y le dolía la cabeza. De hecho, sentía el peor dolor que había sufrido nunca en el estómago y en la cabeza.

Sin duda tenía fiebre cuando la llevaron a su primera sesión de grupo. Sin una ducha o un baño, se sentía asquerosa.

Le pusieron delante un cartel que decía: «SOY UNA PUTA» y le dijeron que reconociera que había consumido drogas, que había escuchado música satánica y que se había acostado con chicos.

Una y otra vez, Rose dijo que no se había acostado con nadie, que no había consumido drogas.

Una y otra vez, las otras chicas se plantaron frente a ella, gritando:

—¡Confiesa, confiesa!

—Dilo: «Soy una puta.»

—Dilo: «Soy una adicta.»

Rose se negó. Empezó a gritar. Ella nunca en su vida se había drogado. Nadie consumía drogas en la escuela Willmont. Nunca había estado con un chico; solo se había dado un beso en el baile.

De repente se encontró en el suelo, con las demás chicas sujetándole los brazos y las piernas. No pudo dejar de gritar hasta que se le llenó la boca de vómito. Poco le faltó para ahogarse con él. Forcejeó con toda su alma, gritando cada vez con más fuerza, arrojando vómito por todas partes.

Cuando despertó, estaba sola en una habitación y comprendió que se encontraba gravemente enferma. Notaba la fiebre en todo el cuerpo y el dolor de estómago se había vuelto insoportable. Le ardía la cabeza. Una y otra vez, cuando oía que alguien pasaba pedía agua.

La respuesta era invariable:

—Farsante.

¿Cuánto tiempo pasó allí tendida? A ella le parecieron días, pero muy pronto cayó en una agitada duermevela. Una y otra vez le rogó al tío Lestan: «Ven, por favor, ven a buscarme.» No podía creer que él quisiera que sufriera de ese modo. Seguro que la tía Julie y la tía Marge le habían contado lo que ocurría. La tía Marge se había puesto histérica cuando se la llevaron.

En un momento dado, Rose comprendió una cosa. Se estaba muriendo. El agua ocupaba ahora todos sus pensamientos. Y cada vez que se desmayaba, soñaba que alguien le traía agua. Luego se despertaba y no había agua. No había nadie; nadie que pasara por allí, nadie que dijera «farsante», nadie que dijera «confiesa».

Una extraña calma se abatió sobre ella. De modo que era así como iba a terminar su vida, pensó. Y quizás el tío Lestan simplemente no lo sabía o no comprendía lo grave que era la situación. Pero ¿qué importaba?

Se durmió y soñó, pero siguió tiritando y despertándose con sobresaltos. Tenía los labios agrietados. Y sentía tanto dolor en el estómago, el pecho y la cabeza que no notaba nada más.

Mientras entraba y salía de su sopor, mientras soñaba con vasos de agua helada y cristalina que bebía ávidamente, oyó un ruido de sirenas. Unas sirenas estridentes y todavía lejanas, pero que se iban acercando. Luego sonó un estrépito de alarmas allí mismo, en el edificio, que aullaban a un volumen atroz. Rose notó el olor a humo. Entrevió un resplandor de llamas. Oyó chillar a las chicas.

Justo frente a ella, la pared se rasgó por la mitad, y lo mismo el techo. La habitación entera estalló en pedazos de yeso y de madera que volaban disparados en todas direcciones.

El viento sopló por toda la habitación. Los chillidos a su alrededor eran cada vez más fuertes.

Un hombre se le acercó. Parecía el tío Lestan, pero no era el tío Lestan. Era un hombre de pelo negro, un hombre hermoso, con los mismos ojos relucientes del tío Lestan, solo que los de este hombre eran verdes. Se le acercó, la recogió del jergón, la envolvió con algo cálido y luego se elevaron hacia lo alto.

Rose vio llamas por todas partes a medida que ascendían. El complejo entero estaba ardiendo.

El hombre la llevó hacia arriba, hacia el cielo, tal como había ocurrido muchos años atrás por encima de la islita.

El aire era maravillosamente fresco y limpio.

—Sí, las estrellas... —murmuró Rose.

Cuando vio aquel despliegue de estrellas rutilantes como diamantes, volvió a ser aquella niñita en brazos del tío Lestan.

Una suave voz le habló al oído:

—Duerme, Rose. Ahora estás a salvo. Voy a llevarte con tu tío Lestan.

Despertó en la habitación de un hospital. Estaba rodeada de gente con bata y mascarilla. Una amable voz femenina:

—Te pondrás bien, cariño. Te estoy dando una cosa para que te duermas.

Detrás de la enfermera estaba aquel hombre, el del pelo negro y los ojos verdes, el que la había llevado allí. Tenía la misma piel oscura y bronceada de su tío Lestan, y sus dedos parecían de seda mientras le acariciaba la mejilla.

—Soy amigo de tu tío, Rose —dijo—. Me llamo Louis. —Lo pronunció a la francesa: «Louie»—. Confía en mí, Rose. Tu tío llegará pronto. Está en camino. Él cuidará de ti, pero yo me quedaré hasta que llegue.

La siguiente vez que abrió los ojos, se sintió de un modo totalmente distinto. Todo el dolor y la presión en el pecho y el estómago habían desaparecido. Habían evacuado de su cuerpo todos los desperdicios, dedujo. Y al pensar en lo asqueroso que debía de haber sido —unos dedos hurgando en su carne sucia, sacando toda la inmundicia— volvió a sentirse avergonzada y lloró sobre la almohada. Se sintió culpable y desdichada. El hombre de pelo negro le acarició la cabeza y le dijo que no se preocupara más.

—Tu tía Julie está en camino. Tu tío también. Vuelve a dormirte, Rose.

Aunque estaba atontada y confusa, veía que le estaban administrando fluidos y algo blanco, algún tipo de alimentación intravenosa. Entró la doctora y dijo que Rose debería seguir internada una semana, pero que el «peligro» ya había pasado. Se había salvado por los pelos, desde luego. Pero se pondría bien. La infección estaba controlada; ahora Rose estaba hidratada adecuadamente. El hombre llamado Louis dio las gracias a la doctora y la enfermera.

Rose parpadeó con los ojos llenos de lágrimas. La habitación estaba repleta de flores.

—Te ha enviado azucenas —dijo Louis. Tenía una voz suave y profunda—. Y también te ha mandado rosas; rosas de todos los colores. Tu flor, Rose.

Cuando ella empezó a disculparse por lo que había hecho, Louis no quiso escucharla. Le dijo que la gente que se la había llevado era «malvada». El juez había recibido sobornos del centro cristiano para que condenara a adolescentes totalmente inocentes y los encerrara allí. El centro estafaba a los padres de los jóvenes y al estado cobrándoles sumas exorbitantes. El juez, dijo, pronto acabaría en la cárcel. En cuanto al centro, ya no existía, había sido arrasado por las llamas y estaba cerrado. Y los abogados se encargarían de que no volvieran a abrirlo.

—No está bien lo que te hicieron —susurró.

Con su voz suave y pausada, le dijo que al centro le caerían un montón de demandas judiciales. Se habían encontrado enterrados en los jardines los restos de dos cuerpos. Y Rose debía saber que aquella gente sería castigada.

Ella estaba pasmada. Quería explicarle lo del coche, decirle que nunca había pretendido hacer daño a nadie.

—Ya lo sé —dijo él—. Fue algo insignificante. No fue nada. Tu tío no está enfadado contigo. Jamás se enfadaría contigo por una cosa así. Y ahora duerme.

Cuando llegó el tío Lestan, Rose ya había salido del hospital y estaba con la tía Marge en un apartamento de Miami Beach. Había perdido peso, se sentía frágil y se sobresaltaba al menor ruido. Pero estaba mucho mejor. El tío Lestan la abrazó y luego salieron a caminar juntos por la playa.

—Quiero que vayas a Nueva York —dijo su tío—. Nueva York es la capital del mundo. Y quiero que estudies allí. La tía Marge te acompañará. La tía Julie se quedará en Florida. Ese es su hogar, y no se adaptaría a la gran ciudad. Pero la tía Marge cuidará de ti. Y ahora contaréis también con unos guardias de confianza que se encargarán de vuestra seguridad. Quiero que tengas la mejor educación. —Y añadió—: Recuerda, Rose, que todo lo que has sufrido, por malo que haya sido, puede servirte para convertirte en una persona más fuerte.

Hablaron durante horas; no sobre el horroroso centro cristiano, sino sobre otras cosas: la pasión de Rose por los libros, su sueño de escribir poesía y relatos algún día, su entusiasmo por Nueva York, su vehemente deseo de estudiar en una gran universidad como Harvard o Stanford, o cualquier otra.

Fueron unas horas maravillosas. Hicieron un alto en un café de South Beach, y el tío Lestan permaneció sentado tranquilamente, con los codos sobre la mesa, sonriendo mientras ella le contaba sus ideas y sus sueños y le hacía preguntas.

El nuevo apartamento de Nueva York se encontraba en el Upper East Side, a un par de manzanas del parque, en un viejo y venerable edificio de altos techos y habitaciones espaciosas. La tía Marge y Rose estaban contentísimas de vivir allí.

Rose iba cada día a un maravilloso colegio que tenía un nivel muy superior al de la escuela Willmont. Con la ayuda de varios profesores particulares, la mayoría universitarios, enseguida se puso al día y empezó a prepararse a fondo para entrar en la universidad.

Aunque echaba de menos las preciosas playas de Florida y las cálidas y dulces noches del campo, le entusiasmaba vivir en Nueva York, le encantaban sus compañeros y se alegraba secretamente de estar con la tía Marge, y no con la tía Julie, pues la tía Marge había sido siempre la aventurera, la más traviesa, y con ella se divertía mucho más.

Su hogar incluyó enseguida un ama de llaves y una cocinera permanentes, así como los guardias de seguridad que hacían las veces de chóferes y las llevaban a todas partes.

En ocasiones, Rose deseaba salir sola, conocer a otros chicos por su cuenta, tomar el metro, ser independiente.

Pero el tío Lestan era inflexible en este punto. Los chóferes la acompañaban a todas partes. Aunque le resultara embarazoso llegar al colegio con la enorme limusina Lincoln, acabó contando con esa comodidad. Y aquellos chóferes eran unos auténticos virtuosos del aparcamiento en doble fila mientras Rose iba de compras por el centro de la ciudad, y no les importaba cargar con veinte o treinta paquetes ni saltarse la cola de la caja por ella, ni tampoco hacerle recados. La mayoría eran tipos jóvenes y alegres: como una especie de ángeles de la guarda.

La tía Marge era sincera cuando decía que estaba disfrutando todo aquello al máximo.

Era una nueva forma de vida y tenía muchos atractivos, pero el verdadero aliciente era la propia Nueva York, claro. Rose y la tía Marge tenían un abono para la orquesta Filarmónica, el ballet de Nueva York y el Metropolitan de ópera. Asistían a los musicales de Broadway y a muchas de las obras teatrales del off-Broadway. Hacían compras en Bergdorf Goodman y en Saks. Los sábados deambulaban por el museo Metropolitan durante horas y con frecuencia pasaban el fin de semana visitando las galerías del Village y el SoHo. ¡Eso sí que era vida!

Rose mantenía charlas interminables por teléfono con el tío Lestan sobre tal o cual obra de teatro, sobre algún concierto o sobre lo que estaba ocurriendo en el festival «Shakespeare en el parque», o sobre los planes que tenían de pasar el fin de semana en Boston, para echar un vistazo a la ciudad y tal vez para visitar Harvard también.

El verano anterior al último año de secundaria, Rose y la tía Marge se reunieron con el tío Lestan en Londres, donde pasaron una semana maravillosa visitando —fuera de horas y siempre con guías privados— los lugares más fantásticos de la ciudad. Después, ellas dos siguieron viaje a Roma, a Florencia y a toda una serie de ciudades, antes de regresar a Nueva York justo a tiempo para el comienzo de curso.

Fue poco antes de cumplir los dieciocho cuando Rose recurrió a Internet para investigar sobre el horrendo hogar para chicas Amazing Grace donde había estado encarcelada. Ella nunca le había contado a nadie lo que le había ocurrido allí.

Los artículos de prensa le confirmaron todo lo que Louis le había dicho en su momento. El juez que había enviado a Rose allí había terminado en la cárcel. Y dos abogados también.

Al parecer, la noche del incendio había explotado una caldera y las llamas se habían apoderado del edificio. Dos explosiones más habían destruido los cobertizos y las cuadras. Rose nunca había sabido que allí hubiera cuadras. Al llegar al lugar, los bomberos y la policía local habían encontrado a las chicas vagando por los jardines, aturdidas y todavía bajo el *shock* de la explosión; muchas presentaban verdugones y morados provocados por las palizas recibidas. Una o dos tenían la cabeza rapada, y dos habían tenido que ser trasladadas a urgencias por malnutrición y deshidratación. Algunas chicas tenían las palabras «PUTA» y «DROGADICTA» escritas con rotulador en la piel. Los reportajes de la prensa reflejaban la indignación y el repudio que había suscitado el caso. Acusaban al centro de estafa, de formar parte de la llamada «Industria de Adolescentes Problemáticos», una red no regulada de carácter religioso que sacaba millones de dólares a los padres por «reformar» a chicas adolescentes que corrían el peligro, supuestamente, de convertirse en drogadictas, marginadas o suicidas.

Todo el mundo relacionado con el centro había sido acusado de algún delito, por lo visto; aunque las acusaciones finalmente habían sido retiradas. En Florida no había ninguna ley que exigiera una regulación de los colegios religiosos, y los propietarios y el «profesorado» del centro desaparecieron del mapa.

Aun así, resultaba fácil seguir el rastro del señor y la señora Hays. Ambos habían muerto al cabo de unos meses en un violento robo con allanamiento. Uno de los profesores más destacados se había ahogado en Miami Beach. Y otro había perecido en un accidente de tráfico.

A Rose, aunque le repugnara reconocerlo, todo esto le proporcionó una gran satisfacción. Al mismo tiempo, había algo que le inquietaba. Un terrible presentimiento que se abría paso en su interior. ¿Alguien había castigado a aquella gente por lo que le habían hecho a ella y a otras chicas? Era absurdo. ¿A quién se le habría ocurrido hacer tal cosa? ¿Quién habría *podido* hacer tal cosa? Se quitó la idea de la cabeza enseguida; y además, se dijo, era espantoso alegrarse de que aquella gente estuviera muerta. Leyó todavía un poco más sobre la Industria de Adolescentes Problemáticos y sobre otros escándalos que rodeaban a esos colegios y hogares cristianos no regulados; pero, finalmente, ya no pudo soportar seguir pensando en aquello. La enfurecía demasiado y, cuando se ponía furiosa, se sentía avergonzada, avergonzada por haber... Era el cuento de nunca acabar. Decidió cerrar de una vez aquel breve y horroroso capítulo de su vida. El presente la reclamaba.

El tío Lestan quería que Rose siguiera sus propios sueños al entrar en la universidad. Le aseguró que no había nada fuera de su alcance, que podía hacer lo que quisiera.

Ella y Marge tomaron un vuelo a California para visitar Stanford y la universidad de California en Berkeley.

Stanford, cerca de la preciosa ciudad de Palo Alto, California, fue la escogida al final. En el mes de julio, antes de que empezaran las clases, Rose y Marge hicieron el traslado.

En agosto, el tío Lestan y Rose se encontraron en San Francisco para pasar unas breves vacaciones. Rose se enamoró de la ciudad y concibió la idea de instalarse allí, aunque tuviera que desplazarse cada día a la universidad. El tío Lestan le hizo otra propuesta. ¿Por qué no vivir cerca del campus, como había planeado, y tener un apartamento en San Francisco? Enseguida quedó todo arreglado, y Rose y Marge se mudaron a un piso espacioso y moderno que quedaba a pocos minutos a pie del Davies Symphony Hall y de la ópera de San Francisco.

La casita de Palo Alto, situada en una calle arbolada, era un encanto. Y aunque el traslado de costa a costa implicaba una nueva ama de llaves y dos nuevos chóferes, Rose enseguida estuvo instalada y disfrutando del sol de California.

Tras la primera semana de clases, Rose se enamoró del profesor de Literatura, un hombre alto, enjuto y reservado que se expresaba con la afectación de un actor. Se llamaba Gardner Paleston; había sido una especie de niño prodigio y había publicado antes de los treinta años cuatro volúmenes de poesía y dos libros sobre la obra de William Carlos Williams. A los treinta y cinco era un tipo melancólico, intenso, ampuloso y totalmente seductor. Coqueteaba abiertamente con Rose, y le dijo mientras tomaban un café después de clase que era la joven más bella que había visto en su vida. Le enviaba por e-mail poemas sobre su «pelo negro como el azabache» y sus «ojos inquisitivos». La llevaba a cenar a restaurantes caros y le mostró su enorme casa de estilo georgiano en la parte vieja de Palo Alto. Su padre y su madre habían fallecido, le explicó. Su hermano había muerto en Afganistán. Así que ahora rondaba por la casa como un fantasma, menuda desolación; pero no soportaba la idea de dejarla, llena como estaba del «almacén de chamarilero de mi infancia».

Cuando el tío Lestan fue de visita, llevó a Rose a pasear por las calles silenciosas y arboladas de Palo Alto. Observó los magnolios, sus hojas recias y susurrantes, y le dijo que los amaba desde su época «en el sur».

Estaba todo despeinado y cubierto de polvo, y Rose cayó en la cuenta de que había visto al tío Lestan así con frecuencia, exquisitamente vestido, pero lleno de polvo.

A punto estuvo de lanzarle una broma sobre la idea de revolotear por las estrellas, pero se la guardó. Advirtió que tenía la piel más oscura de lo normal, casi quemada, y sus preciosos y tupidos cabellos rubios, casi blancos.

Llevaba un *blazer* azul oscuro, pantalones de color caqui y unos zapatos negros que relucían como el cristal. Hablaba con voz baja y dulce. Le dijo una vez más que debía recordar que ella podía hacer absolutamente lo que quisiera en este mundo. Podía ser escritora, poeta, cantante, arquitecta, médica, abogada, cualquier cosa, lo que quisiera. Y si prefería casarse y crear un hogar para su esposo y sus hijos, perfecto también.

—Si el dinero no puede proporcionarte la libertad para hacer lo que quieras, ¿de qué sirve? —Sonaba casi triste—. Y dinero tienes, Rose. Mucho. Y tiempo. Y si el tiempo no nos da la libertad para hacer lo que queremos, ¿qué tiene de bueno?

Rose sintió un dolor horrible. Estaba enamorada del tío Lestan. A su lado, todos los pensamientos sobre Gardner Paleston, el profesor de Literatura, se desvanecían en la nada. Pero no acertó a decir una palabra. Se limitó a sonreír, al borde del llanto, y luego dijo que sí, que lo sabía, que él ya se lo había dicho hacía mucho tiempo, cuando era una niña: que podía ser y hacer lo que quisiera.

—¡El problema es que lo quiero hacer todo! —dijo—. Quiero vivir y estudiar aquí; quiero vivir y estudiar en París, y en Roma, y en Nueva York. Quiero hacerlo todo.

El tío Lestan sonrió; le dijo que estaba muy orgulloso de ella.

—Te has convertido en una mujer hermosa, Rose —dijo—. Sabía que serías guapa. Ya eras guapa la primera vez que te vi. Pero ahora eres hermosa. Fuerte, llena de salud, en fin, eres una mujer preciosa. No vale la pena andarse con remilgos.

Y de repente se transformó en un tirano y le dijo que el chófer debía acompañarla a todas partes, allí donde fuera; que incluso quería que el chófer se sentara en la última fila de la clase, si había sitio, o si no, que se quedara en la puerta. Rose discutió. Ella quería tener libertad. Pero él se negó a escuchar sus protestas. Se había convertido de golpe en un guardián extremadamente celoso, al estilo europeo, le pareció a Rose. Pero ¿cómo iba a discutirle nada? Pensó en todo lo que el tío Lestan había hecho por ella y se quedó callada. Muy bien. El chófer la acompañaría a todas partes. Podía llevarle los libros. Eso estaría bien. Aunque hoy en día, por otra parte, con los iPad y los Kindle, no tenía que cargar con demasiados libros.

Seis meses después de aquella visita, Rose recibió una carta del tío Lestan donde le decía que no iba a tener noticias suyas tan a menudo, que la quería mucho, pero que ahora necesitaba estar solo. Que no dudara de su amor y fuera paciente. Al final, iría a verla. Entretanto, ella estaba totalmente a salvo y, si deseaba algo, lo que fuera, debía pedírselo a sus abogados.

Así había sido siempre, a decir verdad. ¿Qué más podía pedir ella?

Transcurrió un año sin que tuviera noticias del tío Lestan.

Rose, de todas formas, había estado ocupada con otras cosas. Y después pasó otro año, pero no importaba. Habría sido cruel e ingrato quejarse, sobre todo cuando el abogado de París llamaba sin falta cada mes.

A las dos semanas de empezar el penúltimo curso, Rose estaba perdidamente enamorada de Gardner Paleston. Asistía a tres de sus clases y estaba convencida de que podía convertirse algún día en una gran poeta si escuchaba con atención cada palabra que él pronunciara. Había ido a la clínica del campus a obtener la información y las pastillas necesarias para evitar un embarazo accidental, y ahora estaba esperando que se presentara la ocasión perfecta para estar los dos juntos. Gardner Paleston la llamaba cada noche y se pasaba una hora hablando con ella. De todos los alumnos que habían pasado por sus manos, decía, ella era la que tenía más potencial.

—Quiero enseñarte todo lo que sé, Rose —le dijo una noche—. Nunca hasta ahora me había sentido así con nadie. Quiero darte todo lo que pueda. ¿Entiendes lo que estoy diciendo, Rose? Todo lo que sé, todo lo que he aprendido y todo lo que puedo transmitir quiero dártelo a ti. —Parecía como si estuviera llorando al otro lado de la línea. Rose se sintió abrumada.

Deseaba desesperadamente hablar con el tío Lestan sobre Gardner, pero no podía ser. Escribió extensas cartas y se las mandó al abogado de París, y recibió como respuesta pequeños regalos conmovedores. Sin duda procedían del abogado, pensó. Aunque, por otra parte, cada uno venía con una tarjeta firmada por el tío Lestan; y esas tarjetas eran más preciadas para ella que los collares de perlas y los broches de amatista. Seguro que el tío Lestan reconocería un día el talento excepcional de Gardner, así como su pasión y su genio.

En las clases, mientras escuchaba encandilada, Gardner Paleston se convertía para ella en el ser más sensible e inteligente que hubiera podido imaginar. No era tan guapo como el tío Lestan, no. De hecho, parecía más viejo, quizá porque no tenía la salud del tío Lestan, no lo sabía. Pero al final llegó a amarlo todo de Gardner; incluida su nariz aguileña, su frente despejada y los largos dedos con los que gesticulaba teatralmente mientras se paseaba de un extremo a otro del aula.

Qué decepcionado se sentía, dijo un día, qué apesadumbrado, repitió amargamente, al comprobar que «¡ni un solo alumno de esta clase entiende una décima parte de lo que estoy diciendo!». Bajó la cabeza, cerró lo ojos, apretándose el puente de la nariz con los dedos, y se estremeció. Rose habría sido capaz de echarse a llorar.

Al concluir la clase, ella fue a sentarse sobre la hierba, a la sombra de un árbol, y leyó una y otra vez el poema de William Carlos Williams «La carretilla roja». ¿Cuál era su significado? No estaba del todo segura. ¿Cómo podía confesárselo a Gardner? Acabó deshaciéndose en lágrimas.

Antes de Navidad, Gardner le dijo que había llegado el momento de que estuvieran juntos. Era un fin de semana. Él lo había preparado todo cuidadosamente.

Rose tuvo una tremenda pelea con Murray, su chófer favorito. Murray era joven y atento, incluso divertido, pero le resultaba tan molesto como los demás guardianes a sueldo.

—Tú te has de mantener a dos manzanas de distancia —le dijo—. ¡Que él no vaya a ver que nos sigues! Voy a pasar la noche con él, ¿entiendes?, y tú puedes esperar fuera discretamente. Haz el favor, Murray, de no arruinarme la velada.

Murray tenía sus dudas. Era un tipo bajo y musculoso, de ascendencia ruso-judía, que había sido policía en San Francisco durante diez años antes de conseguir este empleo, con el que se sacaba tres veces más que antes. Era, además, un hombre honrado y sincero, como los demás chóferes, y dejó bien claro que no le gustaba «ese profesor». Aun así, obedeció a Rose.

Gardner la recogió aquella tarde hacia las seis y la llevó en coche a la misteriosa mansión georgiana de la zona vieja de Palo Alto. Recorrió un sendero curvo a través del jardín impecablemente cuidado y se detuvo frente a un pórtico para carruajes que no se divisaba desde la calle.

Para aquella velada maravillosa, Rose llevaba un sencillo vestido de cachemira lila, con medias negras y zapatos de cuero negro. Se había dejado el pelo suelto sobre la espalda, con un pequeño broche de diamante junto a una oreja. Los frondosos jardines de la casa de Gardner le parecieron preciosos a la luz indecisa del anochecer.

La mansión, con rechinantes suelos de madera, con paneles ricamente decorados en las paredes y una ancha escalinata central, había sido espléndida en su momento, no cabía duda. Pero ahora estaba infestada por todas partes de revistas y libros, y la enorme mesa del comedor se había convertido en un escritorio de lujo, con los dos ordenadores de Gardner en medio y sus diversos cuadernos desperdigados aquí y allá.

Subieron por los escalones, cubiertos con una vieja y gastada alfombra, y cruzaron un oscuro corredor hasta el dormitorio principal. Había un buen fuego en la chimenea de piedra, y velas encendidas por todas partes. Velas en la repisa, velas en el viejo tocador, con su gran espejo, y velas en las mesitas de noche. El lecho era un modelo antiguo y delicado de columnas, con ricos ornamentos tallados, según le explicó Gardner, que su madre había heredado de la abuela.

—Una cama de matrimonio pequeña —dijo—. En aquella época no hacían de tamaño extra, pero con esto nos bastará.

Rose asintió. Sobre una mesita de café alargada, frente a un diván de terciopelo rojo, había bandejas de queso francés, galletitas, caviar negro y otras delicias escogidas. Había asimismo una botella de vino, descorchada, esperándolos.

Aquello era el gran sueño de Rose: que su primera experiencia fuese con un gran amor y que todo resultara tan perfecto.

—He tomado la Sagrada Comunión —susurró Gardner mientras la besaba—, mi inocente, mi dulce, mi gentil muchacha. Mi flor adorada.

Se lo habían tomado con calma, besándose, rodando por las sábanas blancas. Luego la cosa se había vuelto brutal, casi divinamente brutal, y luego todo había terminado.

¿Cómo podía llegar a ser algo tan perfecto? Sin duda, la tía Marge lo comprendería; es decir, si se lo contaba. Pero quizá sería mejor no contárselo nunca a nadie. Rose había guardado algunos secretos toda su vida; los había mantenido bien ocultos. Intuía que divulgar un secreto podía ser algo terrible. Y quizá mantendría en secreto esta noche durante toda su vida.

Yacieron juntos sobre la almohada; Gardner hablando de todo lo que Rose tenía que aprender, de todo lo que quería compartir con ella, de las esperanzas que había depositado en su futuro. Rose era una niña, una hoja en blanco, dijo, y él quería darle todo lo que pudiera.

A ella estas palabras le hicieron pensar en el tío Lestan. No pudo evitarlo. Pero ¿qué habría pensado el tío Lestan si hubiera sabido dónde estaba ahora?

—¿Te puedo contar algo? —dijo Rose—. ¿Cosas de mi vida, secretos de mi vida que nunca le he contado a nadie?

—Claro —susurró Gardner—. Perdona que no te haya hecho más preguntas. A veces pienso que eres tan bella que apenas puedo hablar contigo realmente. —Eso no era cierto, de hecho. Él le hablaba todo el tiempo. Pero Rose intuyó lo que quería decir. Casi no había dicho nada sobre si deseaba escucharla.

Ella se sentía tan cerca de él como nunca se había sentido de nadie. Estar tendida a su lado era perfecto. No habría sabido decir si estaba triste o supremamente feliz.

Así pues, le contó lo que jamás les había contado a sus amigas. Le habló del tío Lestan.

Empezó hablando en voz muy baja. Primero describió el terremoto y aquel repentino ascenso a los cielos, hacia las estrellas. Luego le describió su figura, le habló de lo misterioso que era, le explicó que él había guiado toda su vida. Dijo algo sobre el horrible centro cristiano y saltó enseguida a la noche en que fue rescatada: de nuevo el espectacular ascenso, el viento, las nubes y todas las estrellas sobre ella, en medio del cielo desnudo. Habló de Louis, del tío Lestan, de su vida desde que era muy niña. Le dijo que a veces pensaba en su madre, en aquella isla, y en la casualidad de que el tío Lestan la hubiera salvado, la hubiera querido y protegido.

Bruscamente, Gardner se incorporó en la cama. Cogiendo un albornoz blanco de felpa, se puso de pie, se envolvió en él y se alejó hacia la chimenea. Permaneció allí largo rato con la cabeza gacha. Puso las manos sobre la repisa y dejó escapar un sonoro gemido.

Con cautela, Rose se sentó sobre las almohadas y se cubrió los pechos con la sábana sin dejar de observarlo. Él seguía gimiendo. De repente, dio un grito y echó la cabeza hacia atrás mientras se mecía frenéticamente sobre sus pies descalzos. Entonces resonó su voz grave y airada:

—¡Qué decepción, por Dios, qué espantosa decepción! ¡Tenía tantas esperanzas puestas en ti!, ¡tantos sueños! —dijo. Rose vio que estaba temblando—. ¡Y tú vas y me sales con esta estúpida y absurda sarta de sandeces pueriles sobre vampiros! —Se dio media vuelta y la miró con los ojos húmedos y relucientes—. ¿Te haces una idea de lo mucho que me has decepcionado? ¿Comprendes hasta qué punto me has fallado? —Su voz iba aumentando de volumen—. Tenía grandes esperanzas puestas en ti, Rose. Soñaba con lo que podías llegar a ser. Tienes un potencial enorme, Rose. —Ahora prácticamente rugía, con toda la cara congestionada—. ¡Y tú me sales con esta estúpida y vulgar basura de colegiala!

Se volvió a izquierda y derecha, desorientado, y luego se dirigió a la estantería de la pared. Sus dedos se movían como arañas sobre los libros.

—¡Y por el amor de Dios, a ver si citas bien los nombres! —exclamó. Sacó un voluminoso libro de tapa dura—. ¡Es Lestat, maldita sea —dijo, acercándose a la cama—, y no Lestan! Y «Louie» es Louis de Pointe du Lac. ¡Si vas a contarme absurdas historias infantiles, cuéntamelas bien, maldita sea!

Le arrojó el libro con furia. Antes de que Rose pudiera agacharse, el lomo le dio en la frente. Notó un dolor agudo y penetrante que se extendía por su piel y por toda su cabeza.

Estaba atónita. Enloquecida de dolor. El libro cayó sobre la colcha. *Lestat el vampiro* era su título. Era bastante viejo y la sobrecubierta estaba desgarrada.

Gardner había vuelto a la repisa de la chimenea y estaba gimiendo de nuevo. Luego volvió a la carga.

—¡Qué decepción tan enorme! ¡Y precisamente esta noche entre todas las noches, Rose, esta noche! No puedes ni siquiera hacerte una idea de cómo me has fallado. No te haces una idea de lo decepcionado que estoy. Me merecía algo más, Rose. ¡Me merecía mucho más!

Ella seguía en la cama, temblando. Estaba rabiosa. La cabeza seguía doliéndole. Le enfurecía que él le hubiera arrojado el libro, que se lo hubiera tirado a la cara y la hubiese lastimado de aquella manera.

Se bajó de la cama, con piernas vacilantes. A pesar del temblor que tenía en las manos, se puso la ropa rápidamente.

Él seguía hablando y hablando frente al fuego crepitante de la chimenea. Ahora lloraba.

—¡Y esta había de ser una noche preciosa, una noche tan especial! ¡No puedes imaginarte cómo me has decepcionado! ¡Vampiros transportándote a las estrellas! ¡Dios de los cielos! ¡No sabes el daño que me has hecho, Rose, no sabes cómo me has traicionado!

Ella cogió su bolso, salió de la habitación de puntillas, bajó corriendo y abandonó la casa. Antes de llegar al largo y oscuro sendero, ya había sacado el iPhone para llamar a Murray.

Los faros aparecieron enseguida en la calle desierta y la gran limusina se acercó lentamente. Nunca se había alegrado tanto de ver a Murray.

—¿Qué ocurre, Rose? —preguntó el chófer.

—¡Tú conduce! —dijo ella.

Con las piernas flexionadas sobre el asiento de cuero negro, apoyó la cabeza en las rodillas y lloró. Aún le dolía la cabeza del golpe y, al frotarse la frente, notó toda la zona dolorida.

De repente se sentía estúpida por haber confiado en aquel hombre, por haber creído que podía contarle sus secretos, por haberse permitido una relación íntima con él. Se sentía como una idiota. Estaba avergonzada y no quería que nadie llegara a enterarse nunca. Por el momento, no acababa de comprender todo lo que él había dicho. Pero una cosa estaba clara. Ella le había confiado sus más preciosos secretos y él la había acusado de tomarlos de una novela. Le había arrojado aquel pesado volumen a la cara, sin preocuparse lo más mínimo de si podía lastimarla. Cuando pensó en sí misma, allí desnuda con él en la cama, la recorrió un escalofrío.

Al lunes siguiente, Rose dejó las clases del profesor Gardner Paleston, aduciendo motivos familiares que la obligaban a recortar sus horarios. No quería volver a verlo nunca más. Él, por su parte, la llamaba constantemente. Se presentó dos veces en su casa, pero la tía Marge le explicó con toda amabilidad que Rose había salido.

—Si vuelve a aparecer —le dijo Rose a Murray—, dile, por favor, que deje de molestarme.

Fue una semana más tarde, un viernes por la noche, en una librería del centro, cuando Rose vio un libro en rústica con el título *Lestat el vampiro*.

Al examinar el libro junto a la estantería, advirtió que era la segunda entrega de una serie de novelas. Enseguida encontró varias más. La serie se llamaba «Crónicas Vampíricas».

Mientras volvía a casa, se enfadó tanto por pensar otra vez en Gardner que tuvo la tentación de tirar los libros. Pero debía reconocer que estaba intrigada. ¿De qué tratarían? ¿Por qué creía Gardner que ella no había hecho más que repetir las historias narradas allí?

Desde aquella noche horrible, Rose había estado sumida en

una especie de aturdimiento constante. Había perdido las ganas de ir a clases y de ver a sus amigos. Se había movido por el campus medio dormida y muerta de miedo ante la posibilidad de tropezarse con Gardner en cualquier parte. Su mente seguía girando en torno a lo sucedido. Quizá le haría bien leer esos libros y comprobar hasta qué punto Gardner había sido injusto con ella.

Leyó durante todo el fin de semana. El lunes se saltó las clases y continuó leyendo. A la tía Marge le dijo que le dolía el estómago. El miércoles oyó voces frente a la pequeña casa y, al asomarse, vio a Murray discutiendo en la acera con Gardner Paleston. Murray estaba muy enojado, pero Gardner también. Al final, el profesor dio media vuelta y se alejó meneando la cabeza, gesticulando con la mano como si diera zarpazos en el aire. Parecía que hablara solo en voz baja.

Al llegar el viernes de esa semana, Rose había adquirido una calma asombrosa. Sus pensamientos ya no tenían mucho que ver con Gardner. Ahora pensaba en los libros que acababa de leer y, sobre todo, pensaba en el tío Lestan.

Ahora entendía por qué Gardner había formulado esas agresivas y desagradables acusaciones. Sí, lo comprendía con claridad. Gardner era un hombre egocéntrico y desconsiderado. Pero ahora entendía por qué había dicho lo que había dicho.

El aspecto físico del tío Lestan encajaba perfectamente con el del «vampiro Lestat»; y su amigo y amante, «Louis de Pointe du Lac», era rematadamente parecido al Louis que había rescatado a Rose del hogar para chicas Amazing Grace.

Pero ¿cómo había que entender esa coincidencia?

Rose no creía en modo alguno en vampiros. Ni por un momento. Creía tanto en los vampiros como en los hombres lobo, en el yeti, en los extraterrestres, en las diminutas hadas aladas de los jardines o en los elfos que capturaban a la gente en los bosques oscuros y se la llevaban a Magonia. No creía en fantasmas, ni en viajes astrales, ni en experiencias cercanas a la muerte, ni en videntes, ni en brujas ni en hechiceros. Bueno, quizá sí que creía en los fantasmas. Y quizá creía también en las «experiencias cercanas a la muerte», sí. Conocía a varias personas que habían pasado por situaciones de ese tipo.

Ahora bien... ¿en vampiros?

No. No creía en ellos. En cualquier caso, aquella serie de historias sobre vampiros la había intrigado. No había en esos libros una sola descripción del vampiro Lestat, o una sola línea de diálogo atribuida a Lestat, que no encajara totalmente con la visión que ella tenía de su tío Lestan. Pero eso era pura coincidencia, seguro. En cuanto a Louis, bueno, el personaje del mismo nombre era, en efecto, exactamente igual que él, sí, pero eso había de ser también pura coincidencia, ¿no? Tenía que serlo. No había ninguna otra explicación.

A menos que ambos, su tío y ese hombre, formaran parte de alguna organización en la cual practicaran una modalidad sofisticada de juego de rol basada en los personajes de aquellas novelas. Pero eso era absurdo. Una cosa era un juego de rol. Pero... ¿cómo podía arreglárselas uno para adquirir el aspecto del tío Lestan?

Le causaba una extraña vergüenza la sola idea de preguntarle a su tío si había leído esos libros. Sería insultante, pensó, sería degradante hacerlo. Casi como el arrebato de Gardner de insultarla y arrojarle el libro a la cara mientras no paraba de lanzarle acusaciones.

Pero el asunto empezó a obsesionarla. Y leyó de cabo a rabo cada uno de los libros que encontró sobre aquellos personajes.

Y las historias de la serie, a decir verdad, la dejaron fascinada; no solo por su complejidad y profundidad, sino por sus oscuros y peculiares giros argumentales, y por la cronología que trazaban del desarrollo moral del principal protagonista. Se dio cuenta de que ahora pensaba en el tío Lestan al pensar en el personaje principal. Un personaje que había sufrido heridas y conmociones, que había vivido aventuras y una serie de desastres. Que se había convertido en un vagabundo en el curso de la historia. Y que tenía la piel bronceada porque se exponía continuamente a los efectos del sol, en un doloroso intento para disimular su identidad sobrenatural.

No. Imposible.

Apenas prestó atención cuando Marge le explicó que Gardner había averiguado el número de teléfono de la casa y que ella se había visto obligada a cambiarlo. Rose tecleó el nuevo número en su móvil y se olvidó del asunto. Apenas utilizaba la línea fija, aunque desde luego era la mejor manera de localizar a Marge. Así que necesitaba tenerlo anotado.

—¿Quieres explicarme cuál es el problema? —dijo Marge—. Sé que ha ocurrido algo.

Rose meneó la cabeza.

—Solo he estado leyendo, pensando —dijo Rose—. Ahora ya me encuentro mejor. El lunes volveré a clase. He de ponerme al día en un montón de cosas.

Durante las clases, apenas conseguía concentrarse. Se abstraía todo el rato pensando en aquella noche remota, cuando el tío Lestan la había cogido en brazos y la había llevado hacia lo alto por encima de la isla. Volvía a verlo en la sombría oficina del abogado de Athens, Tejas, diciendo: «¡Haga lo necesario!»

Bueno, tenía que haber alguna explicación. Y de repente se le ocurrió. Claro. Claro. Su tío conocía a la autora de los libros. Tal vez había sido la fuente de inspiración. Era tan sencillo que casi se rio en voz alta. Tenía que ser eso. Él y su amigo Louis habían inspirado la serie de ficción. Y, naturalmente, cuando ella le contara que había descubierto los libros, el tío Lestan se reiría y le explicaría cómo fueron concebidos y escritos. Seguramente le diría que para él había constituido un honor ser la inspiración de esos extraños y románticos desvaríos.

Sentada en la última fila de la clase de Historia, ajena a las explicaciones del profesor, sacó del bolso disimuladamente el ejemplar de *Entrevista con el vampiro* y echó un vistazo al copyright: 1976. No, no podía ser. Si su tío hubiera sido entonces un hombre adulto, ahora tendría casi sesenta años. Era imposible que el tío Lestan fuese tan viejo. Era una idea totalmente absurda. Pero, entonces..., ¿qué edad tenía? ¿Qué edad debía tener cuando la rescató del terremoto en la isla? Hummm... aquello no encajaba. Tal vez era solo un chico entonces, pero a ella le había parecido un hombre. Un chico... ¿de cuántos años?, ¿dieciséis, diecisiete? Y ahora tendría... ¿cuarenta? Bueno, era posible. Aunque escasamente probable. No, no encajaba. Y por encima de todo estaba la vívida impresión que le había dejado a ella con su actitud, con su encanto.

La clase había terminado. Otra vez cruzó los pasillos arrastrando los pies y siguió la rutina maquinalmente hasta que llegó la hora y apareció Murray con el coche... No: seguro que debía haber una explicación.

Murray la llevó desde el campus hasta un restaurante que a ella le gustaba especialmente, donde había quedado con Marge para cenar temprano.

Empezaba a oscurecer. Tenían una mesa habitual y Rose se alegró de contar con un rato para estar allí sola, para disfrutar de una taza de café que necesitaba desesperadamente y pensar un poco a sus anchas.

Estaba mirando por la ventana, sin prestar demasiada atención a nada en particular, cuando advirtió que alguien se había sentado frente a ella.

Era Gardner.

Se llevó un buen susto.

—Rose, ¿te das cuenta de lo que me has hecho? —dijo él, con una voz grave y temblorosa.

—Escucha, quiero que te vayas —empezó Rose. Él extendió el brazo y trató de cogerle la mano.

Ella se apresuró a apartarla, se levantó y se alejó tambaleante de la mesa, corriendo hacia la parte trasera del local. Rezó para que el único baño de señoras estuviera libre.

Gardner la siguió a grandes zancadas y, cuando ella advirtió que había cometido un error, ya era tarde. Él la había sujetado de la muñeca y la arrastraba por la puerta trasera a un callejón. Murray estaba en el otro lado, aparcado frente a la entrada.

—¡Suéltame! —dijo—. Voy a gritar, te lo digo en serio. —Estaba tan furiosa como cuando él le había arrojado el libro a la cara.

Sin decir palabra, Gardner la cogió en volandas y la arrastró hacia el fondo del callejón hasta su coche. La tiró en el asiento del copiloto, cerró de un golpe y bloqueó la puerta con el mando a distancia.

Rodeó el coche hasta el otro lado y abrió solo aquella puerta. Rose aporreó las ventanillas. Empezó a gritar.

—¡Déjame! —dijo—. ¿Cómo te atreves a hacerme esto?

Él arrancó el coche, salió del callejón marcha atrás y tomó

la travesía lateral, alejándose de la avenida principal donde Murray estaba esperando para pagar el taxi de Marge.

Gardner condujo a una velocidad temeraria por una calle solitaria, sin hacer caso del rechinar de los neumáticos, o acaso disfrutándolo.

Rose golpeó el parabrisas, la ventanilla y, al ver que no pasaba nadie por allí, hizo ademán de coger la llave de contacto.

Él la apartó con un golpe brutal que la mandó hacia atrás, contra la puerta del copiloto. Por un momento, Rose perdió la noción de dónde estaba. Luego volvió a cobrar conciencia de su horrible situación. Se incorporó a duras penas. Metió la mano en el bolso, encontró enseguida el iPhone y le envió un mensaje de socorro a Murray. Gardner le arrebató el bolso y, bajando su ventanilla, lo lanzó a la calle, con teléfono y todo.

Ahora el coche aceleraba entre el tráfico, y Rose se veía lanzada de un lado a otro mientras viraban en cada intersección a toda velocidad. Iban hacia la parte vieja de Palo Alto, el barrio de Gardner. Las calles pronto volverían a estar desiertas.

Rose aporreó de nuevo la ventanilla, gesticulando frenéticamente a los coches que pasaban, a la gente que andaba por la acera. Pero nadie parecía reparar en ella. Sus gritos resonaban en el interior del coche. Gardner la agarró del pelo y tiró con fuerza para apartarla de la ventanilla. El coche se detuvo bruscamente con un frenazo.

Ahora estaban en una travesía lateral con grandes árboles, con aquellos bellos magnolios de color verde oscuro. Gardner le dio la vuelta a Rose y le sujetó la cara con la mano, clavándole el pulgar en la mandíbula.

—¿Quién demonios te crees que eres? —le dijo jadeante, con la cara oscura de rabia—. ¿Quién demonios crees que eres para hacerme esto a mí?

Esas eran exactamente las palabras que ella quería decirle, pero lo único que pudo hacer fue lanzarle una mirada de odio. Tenía todo el cuerpo empapado de sudor. Lo agarró del pelo con ambas manos y tiró con fuerza, como él le había hecho. Gardner la arrojó otra vez contra la ventanilla y la abofeteó repetidamente hasta que ella empezó a jadear de modo incontrolable.

El coche siguió adelante con un chirrido de neumáticos y,

cuando Rose se incorporó de nuevo trabajosamente, con la cara ardiendo, vio el largo sendero y la vieja casa georgiana, alzándose amenazadora frente a ella.

—¡Suéltame! —gritó.

Él la sacó del coche, arrancándola a tirones del asiento, y la arrastró de rodillas por el pavimento de hormigón.

—¡No te haces una idea de lo que me has hecho! —rugió—. ¡Niñata miserable y estúpida! ¡No te haces una idea de lo que has conseguido con tus jueguecitos!

La arrastró por la puerta y la arrojó de un empellón hacia el comedor. Rose se dio un tremendo golpe contra la mesa y se fue al suelo. Cuando Gardner la levantó, ella había perdido uno de sus zapatos y tenía sangre resbalándole por la cara y sobre el suéter. Él la volvió a golpear. Rose sintió que se desvanecía. Todo se volvió negro.

Al recobrar el conocimiento, estaba en el dormitorio principal. Se hallaba tendida en la cama y Gardner se alzaba sobre ella. Tenía un vaso en la mano.

Hablaba en voz baja, repitiendo una vez más que le había roto el corazón, que lo había decepcionado tanto.

—He sufrido la mayor decepción de mi vida, Rose —dijo—. Y yo quería que contigo fuera todo distinto, completamente distinto. De entre todas las flores del campo, tú eres la más bella, Rose, la más bella.

Se acercó mientras ella hacía un esfuerzo para incorporarse.

—Ahora vamos a beber esto juntos.

Rose intentó escabullirse hacia atrás, alejarse de él, levantarse de la cama, pero Gardner la sujetó de la muñeca con la mano derecha, mientras mantenía el vaso en alto con la izquierda, poniéndolo fuera de su alcance.

—Basta ya, Rose —gruñó con los dientes apretados—. Por el amor de Dios, afróntalo con dignidad.

De pronto, un par de faros iluminaron las ventanas del dormitorio principal.

Rose empezó a gritar con todas sus fuerzas. No era como en esas pesadillas en las que intentas gritar y no puedes. Ella chillaba a pleno pulmón. Los gritos salían de su garganta como una erupción incontrolable.

Él la atrajo a rastras hacia sí mientras seguía con su letanía, gritando por encima de los chillidos de Rose.

—¡Eres la decepción más horrible de mi vida! —gritó—. ¡Y ahora, cuando quiero buscar un nuevo comienzo, arreglar las cosas para ti y para mí, tú me haces esto, Rose, me haces esto!

Le dio un golpe con el dorso de la mano que la derrumbó sobre la almohada. Otra vez se volvió todo oscuro. Cuando abrió los ojos, tenía en la boca un líquido ardiente y repulsivo. Él le pinzaba la nariz con los dedos. Rose dio una arcada, se revolvió, forcejeó para poder gritar. El gusto era horroroso. Le ardía la garganta. También el pecho.

Gardner le lanzó una parte del contenido del vaso y el líquido le salpicó en la cara, quemándola. Tenía un olor acre, químico, cáustico. Sintió el ardor en la mejilla y el cuello.

Retorciéndose, forcejeando para liberarse, vomitó sobre la cama. Le dio patadas con ambos pies. Pero Gardner no la soltaba. Le volvió a arrojar líquido y ella se retorció violentamente al notar que le daba en la cara y le entraba en los ojos. El líquido la cegaba. Le ardían los ojos.

Entonces sonó la voz de Murray en el pasillo.

—Suéltala.

Y de repente, Rose estaba libre, gritando, llorando, cogiendo la colcha para quitarse el líquido ardiente de la cara, para limpiarse los ojos.

Los dos hombres se peleaban, destrozándolo todo. Sonó un tremendo estrépito y el gran espejo del tocador se hizo añicos.

—Ya estoy aquí —dijo Murray, ayudándola a levantarse. La sacó de la habitación y bajó corriendo las escaleras con ella.

Rose oía unas sirenas aproximándose.

—¡Murray, estoy ciega! —dijo llorando—. ¡Me arde la garganta!

Se despertó en la UCI. Tenía los ojos vendados; la garganta le dolía de un modo increíble. Le habían atado las manos con correas y no podía moverse.

La tía Marge y Murray estaban a su lado. Le dijeron que habían intentado desesperadamente localizar al tío Lestan. Que no iban a darse por vencidos. Que lo encontrarían.

«Me he quedado ciega, ¿no?», quería preguntar Rose. Pero no podía hablar. No se le abría la garganta. Sentía en el pecho un dolor lancinante.

Gardner Paleston estaba muerto, le aseguró Murray. Había sucumbido a un golpe en la cabeza durante la refriega.

El caso se había abierto y cerrado de inmediato, como un intento de asesinato-suicidio. El hijo de puta, como lo llamó Murray, ya había colgado su nota de suicidio en Internet, describiendo con detalle su plan de administrarle a Rose «la ardiente cicuta» e incluyendo una oda a los restos mezclados de ambos en descomposición.

Oyó que la tía Marge le suplicaba a Murray que se callara.

—Encontraremos al tío Lestan —dijo Marge.

El terror abrumaba a Rose. No podía hablar. No veía. No podía suplicar que la tranquilizaran. Ni siquiera podía quejarse del dolor, de aquel dolor implacable. Pero el tío Lestan vendría. Iba a venir. Ay, qué idiota había sido, qué rematadamente idiota, por haber amado a Gardner, por haber confiado en Gardner. Se sentía terriblemente avergonzada, tan avergonzada como se había sentido años atrás, tendida en el suelo de aquel cuartucho del centro Amazing Grace.

Y luego estaba toda aquella confusión sobre los libros: esos libros que la habían impresionado tan profundamente que se había pasado días viviendo en ellos, imaginando que el tío Lestan era el héroe principal, alzándose con él, en sus brazos, hacia las estrellas. «Dame las estrellas.»

Volvió a sumirse en el sueño. No tenía otro lugar adonde ir.

No había día ni noche, solo un vaivén de actividad y de ruido. Más movimiento en la habitación, también en el pasillo; más voces cerca, casi al lado, pero amortiguadas, borrosas.

Luego oyó que un médico le hablaba.

Le hablaba casi al oído. Una voz baja, profunda, resonante, realzada por un acento peculiar que no identificaba.

—Ahora yo me voy a ocupar de ti —dijo—. Yo haré que te pongas bien.

Estaban en una ambulancia. Le llegaba el ruido del tráfico, notaba cada bache de la calzada. La sirena sonaba a lo lejos, pero continuamente. Y cuando despertó de nuevo, dedujo que estaba en un avión. Oyó a Marge hablando en voz baja con alguien. Pero no era Murray. A Murray no lo oía.

La siguiente vez que despertó estaba en otra cama, una muy blanca, y sonaba música, una canción preciosa de *El príncipe estudiante* de Romberg. Era aquella «Serenata» que el tío Lestan le había cantado hacía mucho tiempo. Si no hubiera tenido los ojos vendados, se le habrían llenado de lágrimas. Quizá se le llenaron de lágrimas igualmente.

—No llores, querida —dijo el médico, el del acento. Sintió su mano sedosa en la frente—. Nuestras medicinas te están curando. Mañana a esta hora, habrás recuperado la visión.

Lentamente cayó en la cuenta de que ya no le dolía el pecho. Tampoco la garganta. Tragó libremente por primera vez en mucho tiempo.

Ahora estaba soñando otra vez. Una suave voz de tenor, una voz más bien grave, cantaba la «Serenata» de Romberg.

Por la mañana, Rose abrió los ojos muy despacio y vio la luz del sol en las ventanas. El profundo sopor la fue abandonando gradualmente, desprendiéndose de ella como si se retirasen, uno tras otro, una serie de velos.

La habitación era preciosa. Había una pared de cristal por la que se divisaban unas espléndidas montañas, a lo lejos; y en primera línea, un desierto dorado extendiéndose bajo el sol ardiente.

Había un hombre de pie dándole la espalda. Al principio no distinguió bien su figura, que se recortaba sobre las montañas y el profundo cielo azul.

Rose dejó escapar un profundo suspiró y volvió la cabeza sin dificultad sobre la almohada.

Notó que tenía las manos libres y se las llevó a la cara. Se tocó los labios, sus labios húmedos.

El hombre joven empezó a perfilarse con nitidez. Ancho de hombros, alto —tal vez uno ochenta— y con un exuberante pelo rubio. ¿Sería el tío Lestan?

Justo cuando le subía su nombre a los labios, la figura se volvió y se acercó a la cama. Ah, qué extraordinario parecido tenía con el tío Lestan. Pero era más joven, indudablemente más joven. La viva imagen del tío Lestan en un chico joven.

—Hola, Rose —dijo, sonriendo desde lo alto—. Me alegro mucho de que estés despierta.

Ella notó bruscamente que la visión se le enturbiaba y sintió una punzada de dolor en las sienes y en los ojos. Pero el dolor desapareció tan deprisa como había llegado, y enseguida volvió a ver con claridad. Tenía los ojos resecos y le picaban. Pero veía perfectamente.

—¿Quién eres? —preguntó.

—Soy Viktor —dijo el chico—. He venido para estar contigo.

—Pero ¿el tío Lestan no va a venir?

—Lo están intentando localizar. No siempre es fácil encontrarlo. Pero cuando se entere de lo que te ha ocurrido, vendrá enseguida, te lo prometo.

La cara del chico era alegre, fresca, con una sonrisa dulce y generosa. Tenía unos grandes ojos azules muy parecidos a los del tío Lestan, pero era sobre todo el pelo y la forma de la cara lo que le daba aquel extraordinario parecido.

—Preciosa Rose —dijo.

Con voz suave y uniforme, una voz con un inconfundible acento americano pero con una entonación nítida y peculiar, le explicó que la tía Marge no podía estar en aquel lugar, pero que Rose se encontraba allí a salvo de todo peligro, y que él, Viktor, se encargaría personalmente de que fuera así. Y lo mismo harían las enfermeras. Ellas atenderían cualquier necesidad que tuviera.

—Has sufrido una intervención quirúrgica tras otra —dijo—, pero estás mejorando de una forma fantástica y pronto volverás a ser tú misma completamente.

—¿Dónde está el médico? —preguntó Rose.

Él le cogió la mano; ella le estrechó la suya.

—Vendrá esta noche, después del crepúsculo —dijo Viktor—. No puede estar aquí ahora.

—Como un vampiro —dijo ella, pensativa, riendo suavemente.

Él se rio con ella.

—Sí, así mismo, Rose —dijo.

—Pero ¿dónde está el Príncipe de los Vampiros, mi tío Lestan? —No importaba si Viktor no lograba comprender su humor extravagante. Lo atribuiría a los sedantes, que la hacían sentir un poco alocada y casi contenta.

—El Príncipe de los Vampiros vendrá, te lo aseguro —repuso Viktor—. Como te digo, lo están buscando.

—Eres igual que él —dijo ella, como si estuviera soñando.

Sintió en los ojos otro acceso de dolor y de visión borrosa, y le pareció por un momento que la ventana ardía en llamas. Volvió la cabeza, espantada. Pero el dolor se interrumpió y de nuevo vio con claridad toda la habitación. Era una habitación preciosa, pintada de azul cobalto y con molduras de reluciente esmalte blanco. En una pared había un cuadro radiante de rosas: una explosión de rosas salvajes sobre un fondo azul oscuro.

—¡Pero si yo conozco ese cuadro! Es el mío —dijo—. El que tengo colgado en la habitación de casa.

—Ahora todas tus cosas están aquí, Rose —dijo Viktor—. Dime qué es lo quieres. Tenemos tus libros, tu ropa, todo. En pocos días, podrás levantarte.

Entró una enfermera sin hacer ruido y se puso a revisar los equipos que rodeaban la cama. Por primera vez, Rose se fijó en las bolsas relucientes de fluido intravenoso, en los finos tubos plateados que iban hasta las agujas adosadas a sus brazos. Realmente, estaba sedada. Por momentos creía que tenía la cabeza clara y, acto seguido, se sentía aturdida o confusa. Ropa. Levantarse. Libros.

—¿Sientes algún dolor, cariño? —preguntó la enfermera. Tenía la piel de color marrón claro y unos grandes ojos castaños de expresión compasiva.

—No. Pero póngame más medicinas de estas. —Se rio—. Estoy flotando. Creo en vampiros.

—¿Acaso no creemos todos? —dijo la enfermera. Hizo unos ajustes en el dispositivo intravenoso—. Ya está —añadió—, enseguida te dormirás. Mientras duermes, te curas; y eso es lo que has de hacer ahora. Curarte. —Sus zapatos rechinaron levemente en el suelo cuando salió de la habitación.

Rose se quedó abstraída; luego vio otra vez a Viktor sonriendo desde lo alto. Bueno, el tío Lestan nunca llevaba el pelo tan corto, ¿no? Y jamás usaba ese tipo de chaleco de punto, aunque fuera de cachemira, ni una camisa rosa como esa, con el cuello abierto.

—Eres igual que él —dijo.

A lo lejos, volvió a oír la «Serenata», aquella música lastimera y dolorida que trataba de describir la belleza, la pura belleza, y que resultaba tan triste y desgarradora.

—Pero si él me cantaba esa canción cuando era niña....

—Tú nos lo explicaste —le dijo Viktor—, y por eso te la hemos puesto.

—Juraría que no he visto en mi vida a nadie que se le parezca tanto como tú.

Viktor sonrió. Era la misma sonrisa: aquella sonrisa tierna y contagiosa.

—Es que soy su hijo —dijo Viktor.

—¿El hijo del tío Lestan? —exclamó Rose. Se sentía muy soñolienta—. ¿Has dicho que eres su hijo? —Se incorporó para mirarlo—. ¡Dios mío! Eres su hijo. ¡No sabía que tuviera un hijo!

—Él tampoco tiene ni idea, Rose —dijo Viktor. Se inclinó y le dio un beso en la frente. Ella lo rodeó con sus brazos, arrastrando los tubos que tenía conectados—. Llevo esperando mucho tiempo —añadió— para decírselo personalmente.

6

Cyril

Dormía durante meses seguidos. A veces durante años. ¿Por qué no? En una cueva del monte Fuji, había dormido durante siglos. Hubo unos años en los que durmió en Kyoto. Ahora estaba en Tokio. Le daba igual.

Se sentía sediento, enloquecido. Había tenido malos sueños, sueños de fuego.

Se deslizó a rastras fuera de su escondite y salió a las atestadas calles nocturnas. Caía una lluvia refrescante. No le importaba quién fuera la víctima, siempre que se tratara de alguien lo bastante joven y fuerte como para sobrevivir al primer mordisco. Quería corazones que bombearan la sangre hacia él. Sangre bombeada por otro corazón a través del suyo.

Al adentrarse en el distrito de Ginza de la ciudad, los rótulos de neón lo encandilaron y regocijaron. Las luces parpadeaban, danzaban, subían y bajaban alrededor de enormes imágenes en movimiento. ¡Luces! Decidió tomárselo con calma.

Era extraño que cuando emergía de sus escondrijos, siempre conocía la lengua y las costumbres de las personas que lo rodeaban. Sus idas y venidas, más que sorprenderle, lo embelesaban. La lluvia no impedía allí las aglomeraciones de la gente: todos esos hermosos y fragantes hijos del siglo, de cara fresca y limpia, bien alimentados, tan inocentes, tan dispuestos a proporcionarle un trago tras otro de sangre.

«Bebe, porque te necesito. Tengo mucho trabajo para ti.»

Ah, ahí estaba aquella voz insistente, ese ser que hablaba en el interior de su cabeza. ¿Quién era ese arrogante bebedor de sangre que creía que podía decirle a Cyril lo que debía hacer?

Se limpió los labios con el dorso de la mano. Los seres humanos lo miraban fijamente. Bueno, que mirasen. Tenía lleno de mugre su pelo castaño, naturalmente, y también los andrajos que llevaba puestos, pero apretó el paso con agilidad y se alejó rápidamente de los curiosos. Luego bajó la vista. Iba descalzo. «¿Y quién dice que no puedo andar descalzo?» Se rio por lo bajini. Después de alimentarse, se bañaría, se lavaría a conciencia y haría lo necesario para pasar desapercibido.

¿Cómo había llegado a este país?, se preguntó. Estas cosas a veces las recordaba y otras veces, no.

¿Y por qué andaba buscando ese lugar en particular: un edificio estrecho que veía todo el rato en su mente?

«Tú ya sabes lo que quiero de ti.»

—No, no lo sé —dijo en voz alta—. Y ya veremos si lo hago.

«Ah, sí, ya lo creo. —La respuesta resonó con toda claridad en su cerebro—. Si no haces lo que yo quiero, te castigaré.»

Él se echó a reír.

—¿Te crees capaz?

Desde que tenía memoria, muchos otros bebedores de sangre habían amenazado con castigarlo.

En la ladera del monte Fuji, hacía mucho tiempo, un anciano bebedor de sangre le había dicho: «Esta tierra es mía.» Bueno, adivina lo que le pasó. Se rio a carcajadas al recordarlo.

E incluso mucho antes, él siempre se había reído de las amenazas de quienes lo rodeaban. Los vampiros-sacerdotes del templo de la Madre nunca se cansaban de lanzarle amenazas, de advertirle que lo castigarían si no se sometía a las normas de su culto. A él siempre le había asombrado el apocamiento de los dioses de sangre que se sometían a tales normas. Y cuando había llevado a sus neófitos al templo para beber la Sangre de la Madre, aquellos cobardes sacerdotes se habían echado atrás, no se habían atrevido a desafiarlo.

La última vez había llevado a esa chica preciosa, a esa griega llamada Eudoxia, y le había dicho que bebiera de la Madre. Los sacerdotes se habían puesto furiosos.

¿Y la Madre? En aquel entonces, ya no era más que una estatua llena de la Sangre. En eso acababan todas las monsergas sobre divinidad y elevadas misiones, sobre motivos para sufrir, sacrificarse y obedecer.

Incluso si se remontaba a sus recuerdos más antiguos, a la primera vez que había sido llevado ante la presencia de la Madre por un anciano, para beber de ella y convertirse en un dios de sangre, había pensado que todo aquello eran tonterías, una sarta de mentiras. Pero había sido lo bastante astuto como para hacer lo que le decían. Ay, aquella sangre le había sabido de maravilla. ¿Qué había sido la vida para él antes de aquello? Trabajar hasta deslomarse, pasar hambre, aguantar los maltratos constantes de su padre. De acuerdo, moriré y volveré a nacer. ¡Y entonces os destrozaré la cara con mis puños de dios! Él sabía que un dios de sangre era infinitamente más fuerte que un ser humano. ¿Queréis darme ese poder? Bien, doblaré la rodilla. Pero lo lamentaréis, mis santurrones amigos.

«Bebe —dijo el ser que hablaba en su cabeza—. Ahora. Escoge a una de las víctimas que el mundo te ofrece.»

—Tú no has de explicarme cómo se hace, idiota —dijo, escupiendo las palabras a la lluvia. Se detuvo. La gente lo estaba mirando. Entonces ejecutó esa finta que había ido perfeccionando con el tiempo: cayó de rodillas, se incorporó cabizbajo y entró tambaleante en un reducido pero hondo local de un estrecho edificio. Había solo una camarera atendiendo a un cliente, y la chica se le acercó enseguida, tendiéndole los brazos y preguntando si estaba enfermo.

Resultó sencillo meterla a la fuerza en el almacén trasero y sujetarla firmemente de un brazo mientras le hundía los colmillos en el cuello. La chica se estremeció y tembló como un pajarito en sus garras; intentó gritar, pero las palabras se le quedaron atoradas en la garganta. Su sangre tenía la dulzura de la inocencia; estaba impregnada de esas convicciones profundas en la armonía de todas las criaturas del planeta, de la elevada creencia de que incluso este tropiezo que le nublaba la mente y finalmente la dejó paralizada, debía tener un sentido. ¿Por qué, si no, iba a sucederle una cosa semejante a ella?

Ahora yacía a sus pies, en el suelo.

Cyril se había parado a pensar en la calidad de la sangre. Tan sabrosa, tan saludable, tan cargada de aromas exóticos, tan distinta de la sangre de los tiempos en los que había sido iniciado. Ah, estos robustos y potentes humanos modernos, ¡qué abundancia de comida y bebida disfrutaban! La sangre le aguzaba la visión, como siempre, y le calmaba dentro de sí algo para lo que no tenía nombre.

Apagó las luces del almacén y aguardó. En cuestión de segundos habían entrado en el local un par de clientes: un chico grandote, desgarbado, y una chica pálida y demacrada de aspecto europeo.

—Aquí detrás —les dijo él, incitándolos a acercarse, sonriendo, enfocando todos sus poderes en los ojos de ambos, mirando a uno y otro alternativamente—. Venid.

Ese era su modo favorito de hacerlo, con una garganta tierna en cada mano, bebiendo de uno y después de otro, sorbiendo, dando lengüetazos, paladeando la sangre cálida y salada en la boca y bebiendo de nuevo, volviendo a la primera víctima y así sucesivamente, de tal manera que ambas se fueran debilitando al mismo ritmo pausado. Al final, se acabó saciando. Ya no podía beber más. Tres muertes habían pasado a través de él entre espasmos y estertores. Estaba enardecido y cansado. Se sentía capaz de ver a través de las paredes y también de atravesarlas. Estaba ahíto.

Cogió la camisa del chico —blanca, limpia, fresca— y se la puso. Los pantalones con peto también le caían bien. Y el cinturón de cuero era de su talla. Los zapatos, grandes y blandos, atados con cordones, le venían holgados, pero eran mejor que nada: al menos así no le miraría la gente ni tendría que pelearse con una pandilla de mortales y luego darse a la fuga (aunque todo eso le resultaba muy fácil).

Con el cepillo de la joven europea se sacudió el polvo y la tierra de su pelo castaño. Luego usó su vestido para limpiarse la cara y las manos. Le entristecía mirar a las tres víctimas allí muertas. Debía reconocer que siempre le pasaba lo mismo.

«Qué estúpido sentimentalismo», dijo el ser que hablaba en su interior.

—¡Cierra el pico! ¡Qué sabrás tú! —replicó él en voz alta.

Atravesó el local profusamente iluminado y volvió a mezclarse con la muchedumbre de las calles. Las torres iluminadas se alzaban a uno y otro lado. Las luces le parecían tan bellas, tan mágicas, trepando hacia lo alto... Vetas azules, rojas, amarillas y anaranjadas, y todas aquellas letras tan curiosas. Le gustaba la escritura japonesa. Le recordaba la escritura de la antigüedad, cuando la gente trazaba con esmero sus palabras sobre un papiro o sobre los muros.

¿Por qué abandonaba la hermosa avenida? ¿Por qué se alejaba de la muchedumbre?

Ahí estaba, el hotelito que andaba buscando. Ahí era donde se ocultaban del mundo esos jóvenes latosos, esa chusma torpe y estúpida de bebedores de sangre.

«Ah, sí; y ahora los quemarás, los quemarás a todos. Quema el edificio. Tienes el poder suficiente. El poder está dentro de ti; aquí, conmigo.»

¿Era eso realmente lo que quería hacer?

—¡Haz lo que te he dicho! —dijo la voz, enojada, ahora expresándose con palabras.

—¿Qué me importan a mí los bebedores de sangre que hay escondidos ahí dentro? —dijo él. ¿Acaso no estaban perdidos y solos?, ¿acaso no se arrastraban por la eternidad como él? ¿Quemarlos? ¿Por qué?

—El poder —dijo el ser de su interior—. Tú tienes el poder. Mira el edificio. Haz que el calor se acumule en tu mente, enfócalo hacia allí y dispáralo de golpe.

Había pasado mucho tiempo desde la última vez que había intentado algo así. Resultaba tentador comprobar si era capaz.

Y de repente se sorprendió a sí mismo haciéndolo. Sí. Sintió el calor: lo sintió como si su cabeza estuviera a punto de explotar. Vio cómo temblaba la fachada del hotelito; la oyó crujir y contempló las llamas que se elevaban por todas partes.

—¡Mátalos a medida que vayan saliendo!

En cuestión de segundos el hotel se convirtió en una columna de fuego. Y todos salieron corriendo hacia él: justo hacia quien los estaba abrasando. Era como un juego; solo tenía que abatirlos, uno tras otro, con una ráfaga mortífera. Ellos se convertían en una antorcha durante un instante y morían rápidamente sobre el pavimento mojado.

Le dolía la cabeza. Retrocedió, tambaleante. En la entrada apareció una mujer llorando y tendiendo los brazos a uno de los jóvenes que había caído abrasado al suelo. Era anciana. Haría falta una ráfaga enorme para quemarla. «No quiero hacerlo. No quiero hacer nada de todo esto.»

—¡Ah, sí que quieres! Vamos, líbrala de su dolor y su sufrimiento...

—Sí, tanto dolor, tanto sufrimiento...

Le disparó una descarga con todas sus fuerzas. Ella, alzando los brazos, le lanzó a su vez una ráfaga, pero su rostro y su cuerpo ya estaban carbonizándose. Sus ropas ardían. Le fallaron las piernas. La mujer recibió otra descarga, que acabó con ella; y luego otra, y otra, y al final ya solo humearon sus huesos mientras se iban derritiendo.

Debía apresurarse. Debía atrapar a los que habían escapado por la parte trasera.

Cruzó corriendo el edificio en llamas y los localizó fácilmente cuando emergió de nuevo bajo la lluvia.

Dos, tres, luego un cuarto. Ya no había más.

Se apoyó en un muro y se desmoronó hasta quedar sentado. La lluvia le empapaba la camisa blanca.

—Ven —dijo la voz dictatorial—. Te has ganado mi afecto. Te amo. Has cumplido mis órdenes y te recompensaré.

—¡No, aléjate de mí! —dijo él, asqueado—. Yo no cumplo órdenes de nadie.

—Ah, pero lo has hecho.

—No —dijo él, poniéndose de pie. Le pesaban los zapatos de tan mojados. Se los quitó con repugnancia y los tiró. Caminó y caminó. Estaba saliendo de la ciudad inmensa. Alejándose de todo aquello.

—Tengo trabajo para ti en otros lugares —dijo el ser.

—No para mí —replicó.

—Me estás traicionando.

—Ve a lamentarte a otro lado. A mí me da igual.

Se detuvo. En medio de la noche, oía a otros bebedores de sangre de lugares muy lejanos. Oía sus gritos. ¿De dónde venían aquellos gritos atroces? Se dijo que le daba igual.

—Si me desafías, te castigaré —dijo aquel ser. Su voz sonó

de nuevo airada. Pero muy pronto, mientras Cyril caminaba y caminaba, la criatura enmudeció. Había desaparecido.

Mucho antes de la mañana, llegó a campo abierto y cavó bien hondo en la tierra para dormir todo el tiempo que pudiera. Pero la voz pertinaz volvió a sonar al caer el crepúsculo.

—No queda mucho tiempo. Debes ir a Kyoto. Debes destruirlos.

Él hizo caso omiso. La voz se volvió cada vez más iracunda, como la noche anterior.

—¡Mandaré a otro! —dijo con tono amenazador—. Y una noche, muy pronto, te castigaré.

Él siguió durmiendo. Soñó con grandes llamaradas, pero le dio igual. No iba a volver a hacerlo, pasara lo que pasase. Pero en un momento dado de la noche vio cómo ardía el viejo refugio de vampiros de Kyoto. Y oyó de nuevo aquellos gritos atroces.

—¡Te castigaré!

En una imitación perfecta de la jerga americana que había llegado a amar, replicó:

—¡Pues buena suerte, hermano!

7

La historia de Antoine

Había muerto a los dieciocho y nacido a la Oscuridad en un estado de debilidad y confusión; magullado, quemado y dejado por muerto junto con su hacedor. Durante su frágil y breve vida humana solo se había dedicado a tocar el piano. Había empezado en el conservatorio de París cuando solo tenía diez años. Decían que era un genio. Ah, el París de esa época... Bizet, Saint-Saëns, Berlioz, incluso Franz Listz: los había visto a todos, había oído su música, los había conocido personalmente. Habría podido convertirse en uno de ellos. Pero su hermano lo había traicionado, engendrando un hijo fuera del matrimonio y escogiéndolo a él —el hermano más joven, de solo diecisiete años— para cargarle la culpa del escándalo. Lo habían enviado a Luisiana con una fortuna que había labrado su ruina por medio de la bebida y de las mesas de juego que frecuentaba cada noche. Solo de vez en cuando atacaba el piano vengativamente en algún salón de moda o en el vestíbulo de un hotel, deleitando y confundiendo a las audiencias improvisadas con una catarata de estribillos violentos y melodías incoherentes. Reclutado indistintamente por meretrices y patrocinadoras de las artes, él explotaba su atractivo: pelo ondulado y negro como el azabache, piel muy blanca, ojos azules de legendaria profundidad y labios en arco de Cupido que todo el mundo deseaba besar y tocar con las yemas de los dedos. Era alto pero chupado, de aspecto frágil aunque extremadamente vigoroso, capaz de romperle la mandíbula de un puñetazo a cualquiera que tratase de hacerle daño. Por suerte, nunca se había roto sus preciosos dedos de pianista en tales refriegas. Pero sabía que corría ese riesgo y se había acostumbrado a llevar encima un cuchillo y una pistola. Tampoco el estoque se le daba mal y asistía, algunas veces al menos, a un establecimiento de esgrima de Nueva Orleáns.

Casi siempre acababa hecho polvo, totalmente destrozado; perdía sus pertenencias, despertaba en habitaciones desconocidas, contraía fiebres tropicales, enfermaba por comer alimentos en mal estado, o por beber hasta perder el sentido. No sentía ningún respeto por esa salvaje y enloquecida ciudad colonial. No, no era París aquella repulsiva población americana. Bien podría haber sido el infierno, le daba igual. Si el diablo tenía un piano allá abajo, ¿qué diferencia había?

Entonces el gran Lestat de Lioncourt, aquel dechado de refinamiento y elegancia que vivía en la Rue Royale con su íntimo amigo Louis de Pointe du Lac y su pequeña pupila Claudia, había entrado en la vida de Antoine con su fabulosa generosidad y su jactancioso desenfreno.

Ah, aquellos días. Qué hermosos parecían en retrospectiva, y qué brutales y horribles habían sido en realidad. La ciudad de Nueva Orleáns, ruinosa y mugrienta; la lluvia incesante, los mosquitos y el hedor a muerte de los cementerios empapados; las calles sin ley de la ribera del río; y aquel *gentleman* enigmático, Lestat, que lo mantenía, le llenaba las manos de oro para alejarlo de los bares y las salas de juego y lo instaba a tocar el teclado más cercano.

Lestat le había comprado el mejor piano que había podido encontrar, un magnífico Broadwood de cola, traído de Inglaterra, que el gran Frédéric Chopin había tocado una vez.

Lestat le había llevado varios sirvientes para que adecentaran su apartamento. Lestat había contratado a un cocinero para asegurarse de que comía antes de beber. Lestat le había dicho que tenía un don y que debía creer en él.

Un tipo encantador, Lestat, con sus elegantes levitas negras y sus corbatas satinadas, con su rebelde pelo rubio, que le llegaba hasta el cuello almidonado. Siempre deambulando de aquí para allá por la alfombra de anticuario, una Savonnerie, y animándolo a tocar con un guiño y una sonrisa deslumbrante. Olía a ropa limpia, a flores frescas, a lluvia de abril.

—Antoine, deberías componer —le había dicho Lestat. Papel, tinta, todo lo necesario para que escribiera. Y luego aquellos abrazos ardientes, los besos intensos y escalofriantes cuando, ajenos a los silenciosos y devotos criados, yacían juntos en la gran cama de madera de ciprés, bajo el ondeante baldaquín de seda roja. Lestat le había parecido muy frío y, a la vez, desenfrenadamente cariñoso. ¿Acaso aquellos besos no le habían dolido en ocasiones como la picadura de un insecto en la garganta? Qué más daba. Aquel hombre lo embriagaba—. Tienes que componer para mí —le había susurrado al oído, y esa exigencia se había grabado por sí sola en el corazón de Antoine.

A veces componía durante veinticuatro horas sin parar, totalmente ajeno al ruido incesante de la embarrada y bulliciosa calle que discurría bajo sus ventanas. Y al final acababa exhausto y se quedaba dormido sobre el piano.

Luego Lestat, con sus impecables guantes blancos y el reluciente bastón de plata, aparecía deslumbrante ante él: la cara húmeda, las mejillas encendidas.

—Levántate, Antoine. Ya has dormido bastante. Toca para mí.

—¿Por qué crees tanto en mi talento? —le preguntaba él.

—¡Toca! —decía Lestat, señalando el teclado.

Mientras Antoine tocaba, Lestat bailaba en círculos alzando la vista hacia la luz humeante de la araña de cristal.

—Así, eso es. Más. Eso es...

Y entonces el propio Lestat se desplomaba en el sillón dorado del escritorio y empezaba a escribir con prodigiosa velocidad y exactitud las notas que Antoine iba tocando. ¿Qué habría sido de todas aquellas canciones, de todas aquellas hojas de papel pergamino, de todos aquellos cartapacios de cuero?

Qué encantadoras habían sido esas horas a la luz de las velas, mientras el viento alborotaba las cortinas, a veces con gente reunida para escucharle tocar.

Hasta aquella noche espantosa en la que Lestat había recurrido a su lealtad.

Cubierto de cicatrices e inmundicia, vestido con andrajos que traían el hedor del pantano, Lestat parecía haberse convertido en un monstruo.

—Han intentado matarme —le había dicho con un ronco susurro—. ¡Tienes que ayudarme, Antoine!

¡No era posible! ¿Claudia y Louis? ¿Esa niña preciosa?, ¿su preciado amigo? No podía decirlo en serio. ¿Asesinos aquellos dos, esa pareja ideal que parecía deslizarse como en sueños cuando paseaba por las tardes por las calles empedradas?

Entonces, mientras aquella criatura andrajosa y mutilada se aferraba a su garganta, Antoine lo había visto todo en una serie de visiones. Había visto el crimen: había visto cómo su amante era atacado una y otra vez salvajemente por el cuchillo de la niña monstruosa; había visto cómo el cuerpo de Lestat era arrojado al pantano; y cómo después se había alzado de nuevo. Ahora Antoine lo sabía todo. La Sangre Oscura había entrado en su cuerpo como un fluido ardiente, exterminando cada partícula humana. La música, su propia música, se alzó en sus oídos a un volumen vertiginoso. Solo la música podía describir aquel poder inefable, aquella euforia rabiosa.

Ambos habían salido derrotados cuando se lanzaron contra Claudia y Louis, y Antoine había sido quemado horriblemente. Así había aprendido lo que significaba convertirse en Hijo de la Oscuridad. Podías sufrir quemaduras como aquella y resistirlo. Podías sufrir lo que para cualquier ser humano habría implicado la muerte y seguir adelante. La música y el dolor eran los misterios gemelos de su existencia. Ni siquiera la propia Sangre Oscura lo obsesionaba tanto como la música y el dolor. Tendido junto a Lestat en la cama con baldaquín, Antoine veía su boca abierta en un gemido perpetuo, veía su dolor en colores centelleantes. No puedo seguir viviendo así, pensaba. Y sin embargo, no quería morir, no, morir nunca, ni siquiera ahora, cuando el apetito de sangre humana lo arrastraba afuera por las noches, a pesar de que su cuerpo no era otra cosa que dolor, un dolor exasperado por el roce de su camisa, de sus pantalones, incluso de sus botas. Dolor, sangre y música.

Durante treinta años, había vivido como un monstruo espantoso cubierto de cicatrices, alimentándose de los mortales más débiles, cazando en los suburbios atestados de inmigrantes irlandeses. Ahora hacía música sin tocar un teclado. La oía en su cabeza, la oía brotar y elevarse a medida que movía los dedos en el aire. Los ruidos de las chabolas infestadas de ratas o de las carcajadas de una taberna de estibadores, captados entre el runrún de voces o entre los alaridos de sus víctimas, se convirtieron para él en una nueva música. Sangre. Dame sangre. Una música que poseeré para siempre.

Lestat se había ido a Europa en busca de aquellos dos, de Claudia y de Louis, que habían sido su familia, sus amigos, sus amantes.

Pero a él le había aterrorizado emprender ese viaje. Y había dejado a Lestat en los muelles.

—Adiós, Antoine —le había dicho Lestat, besándolo—. Tal vez tú consigas hacerte una vida aquí, en el Nuevo Mundo. La vida que yo quería. Mantén la casa y todo lo que te he confiado.

Pero él no había sido tan listo como Lestat. Carecía de la habilidad para vivir como un mortal entre los mortales. Imposible con todas esas canciones en la cabeza, con las sinfonías, con la llamada incitante de la sangre. Había dilapidado su propio legado, y el oro de Lestat también desapareció, aunque no recordara cómo o dónde. Había abandonado Nueva Orleáns y viajado al norte, durmiendo por el camino en los cementerios.

En San Luis había empezado a tocar de nuevo. Era algo extrañísimo. La mayoría de sus cicatrices había desaparecido. Ya no parecía infectado, un ser capaz de contagiar una enfermedad que desfiguraba por completo a sus víctimas.

Era como si hubiera despertado de un sueño. Ahora, durante años, el violín fue su instrumento, e incluso tocaba en los velorios por dinero. De nuevo consiguió convertirse en un *gentleman*, con un pequeño apartamento provisto de cuadros, de un reloj de latón y de un armario lleno de ropa refinada. Pero todo aquello había acabado en nada. Se sentía solo, desesperado. El mundo parecía vacío de monstruos semejantes a él.

Había vagabundeado hacia el oeste, sin saber bien por qué. En la década de 1880 se había dedicado a tocar el piano en los antros de vicio del barrio rojo de San Francisco y cazaba entre los marineros para alimentarse. Fue ascendiendo desde los garitos del puerto hasta los salones de baile y los burdeles franceses y chinos, mientras se daba atracones entre la chusma de las callejas oscuras donde proliferaba el crimen.

Poco a poco fue descubriendo que en los prostíbulos de lujo lo adoraban, incluso en los refinados, y pronto se vio rodeado de una serie de admiradoras de vida alegre, que constituían para él un consuelo y se libraban por tanto de su sed asesina.

En los burdeles de Chinatown se enamoró de las dulces y exóticas esclavas que se deleitaban con su música.

Y, finalmente, en los grandes teatros de variedades escuchaba cómo aplaudían las canciones que componía sobre la marcha en sus vertiginosas improvisaciones. Estaba otra vez integrado en el mundo. Y le encantaba. Vestido como un dandi, con pomada en su pelo oscuro y un purito entre los dientes, se perdía y abismaba en el teclado de marfil, embriagado por toda la adulación que le rodeaba.

Pero otros vampiros habían empezado a deslizarse sigilosamente en su paraíso sangriento: los primeros que había visto desde que Lestat zarpó de los muelles de Nueva Orleáns.

Machos poderosos, ataviados con chalecos de brocado y levitas elegantes, que se valían de sus habilidades para hacer trampas en las cartas y deslumbrar a sus víctimas, y que lo miraban con frialdad y preferían amenazarlo antes que huir ellos mismos. En las callejas oscuras de Chinatown, se las tuvo con un bebedor de sangre chino, de levita oscura y sombrero negro, que lo amenazó con un hacha.

Aunque se moría de ganas de conocer a esos vampiros desconocidos; aunque ansiaba confiar en ellos y contarles sus peripecias, abandonó San Francisco aterrorizado.

Tuvo que dejar a las preciosas camareras, a las cortesanas que lo habían mantenido con su dulce amistad, y renunciar a la presa fácil de los marineros borrachos del puerto.

Vagó de ciudad en ciudad, tocando en las pequeñas y estridentes orquestas de los teatros donde le daban trabajo. Nunca le duraba mucho. Era un vampiro, al fin y al cabo, aunque tuviese un aspecto humano; y los vampiros no pueden pasar por humanos indefinidamente en un círculo reducido. Enseguida empezaban a observarlo, a hacerle preguntas, y luego lo evitaban y le manifestaban su aversión, como si hubieran descubierto entre ellos a un leproso.

Pero sus múltiples conocidos entre los mortales seguían reconfortándolo. Ningún vampiro puede vivir solo de la sangre y el asesinato; todos los vampiros necesitan calor humano, o eso pensaba él. De vez en cuando encontraba un amigo íntimo entre aquellos que no cuestionaban sus excentricidades, sus hábitos y su piel gélida.

El viejo siglo expiró. Nació el nuevo siglo, y él empezó a rehuir las luces eléctricas, aferrándose a la bendita oscuridad de las callejas. Ahora estaba totalmente curado; no quedaba señal alguna de sus antiguas heridas. De hecho, parecía haberse vuelto más vigoroso con los años. Aun así, se sentía feo, aborrecible, indigno de una vida normal. Vivía al momento, como un drogadicto. Se juntaba con los lisiados, con los enfermos, con los bohemios y los oprimidos cuando quería una noche de conversación, simplemente un poco de compañía para el espíritu. Eso lo salvaba del llanto; lo apartaba de los asesinatos demasiado brutales e indiscriminados.

Dormía en los cementerios siempre que encontraba alguna cripta grande y oculta; o bien en un ataúd, en el fondo de un sótano. En ocasiones, acorralado por el sol naciente, cavaba directamente en la madre tierra, rezando para que le llegara allí la muerte.

Miedo y música, sangre y dolor. Esa era todavía su vida.

Empezó la Gran Guerra. El mundo tal como él lo había conocido llegaba a su fin.

No recordaba claramente cómo había llegado a Boston; solo que había sido un largo viaje y que había olvidado por qué se le ocurrió escoger aquella ciudad. Allí, por primera vez, se había enterrado para emprender el largo sueño. Sin duda moriría en la tierra, sepultado como estaba, una semana tras otra, un mes tras otro, recobrando solo la conciencia cuando lo asaltaba el recuerdo de la sangre. Sin duda aquel sería su final. La oscuridad ineluctable se tragaría despiadadamente todas las preguntas y las pasiones que lo habían obsesionado.

Pero no había muerto, obviamente.

Transcurrió medio siglo antes de que volviera a levantarse:

hambriento, demacrado, desesperado, pero sorprendentemente fuerte. Y fue la música la que lo sacó de su sueño. Pero no la música que él amaba.

Fue la música del vampiro Lestat, su antiguo hacedor, ahora convertido en una estrella de rock, en todo un fenómeno. Su música viajaba por las ondas, atronaba en las pantallas de televisión o salía de unos transmisores diminutos, no más grandes que un mazo de cartas, que la gente escuchaba con unos auriculares en los oídos.

¡Ah, qué dulce felicidad ver a Lestat tan espléndidamente recuperado! ¡Cómo ansiaba su corazón llegar a él!

Ahora había no-muertos por todas partes en el nuevo continente. Tal vez siempre habían estado allí, propagándose, alimentándose, creando neófitos tal como él mismo había sido creado. No podía saberlo. Lo único que sabía era que sus poderes habían aumentado. Ahora podía leerles el pensamiento a los mortales, captar el runrún de sus mentes incluso cuando no quería oírlo; y también oía aquella música incesante, y las extrañas historias que Lestat explicaba en sus vídeos.

Nosotros surgimos de unos padres del antiguo y oscuro Egipto: Akasha y Enkil. Si matas a la Madre y al Padre, todos moriremos. O eso decían las canciones. ¿Qué pretendía el vampiro Lestat con ese personaje mortal: una estrella de rock, un paria, un monstruo?, ¿qué pretendía convocando a los mortales y a los no-muertos a un concierto en San Francisco?

A Antoine le habría gustado viajar al oeste para ver a Lestat en el escenario. Pero él aún estaba luchando con las dificultades más elementales de la vida cuando, a finales del siglo XX, dieron comienzo las masacres.

En todo el mundo, al parecer, las sedes de las asambleas y las tabernas de vampiros ardían hasta convertirse en cenizas y los no-muertos perecían en masa. Los neófitos y ancianos que intentaban huir acababan también inmolados.

Él se enteró de todo esto a través de los gritos telepáticos de hermanos y hermanas a los que nunca había visto, de vampiros que vivían en lugares donde nunca había estado.

—¡Huid! ¡Acudid al vampiro Lestat! ¡Él nos salvará!

Antoine no acaba de comprender la situación. Él tocaba en

el metro de Nueva York por unas monedas; y un día, cuando lo atacó una banda de feroces mortales para arrebatarle sus ganancias, los mató a todos y huyó de la ciudad hacia el sur.

Las voces de los no-muertos afirmaban que era la Madre, Akasha, aquella antigua reina egipcia, la que había estado masacrando a sus hijos. Que ella había hecho prisionero a Lestat. Que los ancianos se estaban reuniendo. Antoine, como tantos otros, era presa de sueños extraños. Tocaba frenéticamente su violín por las calles para rodearse de una soledad que no lo abrumara y desbordara.

Y entonces las voces inmortales del mundo enmudecieron.

Alguna catástrofe había vaciado el planeta de bebedores de sangre.

Tenía la sensación de ser el último que había quedado con vida. Vagó de ciudad en ciudad, tocando el violín en las esquinas por unas monedas, durmiendo de nuevo en los cementerios y los sótanos abandonados. Emergía hambriento, aturdido, deseando encontrar algún refugio, aunque eso parecía fuera de su alcance. De noche, entraba en las tabernas atestadas o en los clubs nocturnos para sentir un poco de calor humano, para rozarse con otros cuerpos, para dejarse llevar por el sonido alegre de sus voces, para percibir el aroma de la sangre.

¿Qué había sido de Lestat? ¿Dónde estaba aquel deslumbrante Tiziano, con su levita de encaje y terciopelo rojo, que había rugido con tal aplomo y poderío desde un escenario de rock? No lo sabía, y deseaba saberlo, pero lo que más deseaba era sobrevivir en este nuevo mundo, y se puso manos a la obra para conseguirlo.

En Chicago encontró un alojamiento de verdad, volvió a obtener sumas razonables tocando en las esquinas y pronto consiguió que un grupo de mortales se reuniera a escucharlo cuando aparecía cada noche. Le resultó fácil pasar a actuar de nuevo en bares y restaurantes, y, una vez más, se encontró sentado al piano de un club nocturno de densa penumbra, con una copita de brandy llena de billetes de veinte junto al atril.

Al cabo de un tiempo alquiló una vieja casa de tres pisos, de madera blanca, en un barrio residencial llamado Oak Park, lleno de edificios preciosos, y se compró un viejo baúl de viaje donde dormir durante el día, así como su propio piano. Le gustaban sus vecinos mortales. Les daba dinero para que le contrataran el jardinero o la mujer de la limpieza que ellos creyeran más recomendable. A veces, en las primeras horas de la madrugada, él mismo barría las aceras con una gran escoba amarilla. Le gustaba ese sonido, el raspado de la escoba sobre las baldosas, y la visión de las hojas amontonadas, retorcidas y marrones, y el aspecto del pavimento limpio. ¿Acaso debemos desdeñar todas las cosas mortales?

Las calles de Oak Park, con sus enormes árboles alineados, le resultaban tranquilizadoras. Pronto empezó a acudir regularmente a las rutilantes galerías comerciales a comprarse ropa decente. Y en su confortable salón, desde medianoche hasta el alba, miraba la televisión para aprenderlo todo sobre ese mundo moderno en el que había emergido: cómo se hacían las cosas, cómo tenían que ser. Una serie de dramas, culebrones, noticieros y documentales se lo enseñaron todo rápidamente.

Él se arrellanaba en su enorme y mullida butaca y se maravillaba de los cielos azules y los soles relucientes que aparecían ante sus ojos en la pantalla de televisión gigante. Miraba cómo corrían los estilizados y potentes automóviles americanos por las carreteras rurales o las praderas. Escuchaba a un sombrío profesor con gafas que hablaba con voz pomposa de «la evolución del hombre».

¡Y además había filmaciones de sinfonías y óperas enteras, de infinidad de conciertos de virtuosos! Creyó que iba a volverse loco con tanta belleza, con la posibilidad que se le ofrecía ahora de ver en vivos colores y con todo detalle a la Filarmónica de Londres interpretando la Quinta Sinfonía de Beethoven, o al gran Itzhak Perlman, rodeado de una orquesta, tocando a toda velocidad el concierto para violín de Brahms.

Cuando iba de caza a Chicago, compraba entradas para ver espléndidas actuaciones en el teatro de ópera, cuyas dimensiones y lujos lo maravillaban. Ahora había despertado a las riquezas del mundo. Había despertado en una época que parecía hecha expresamente para su sensibilidad.

¿Y dónde se encontraba Lestat en ese mundo? ¿Qué había sido de él? En las tiendas de música todavía estaba a la venta su viejo álbum. Se podía comprar un vídeo del único concierto en el que Lestat había reunido a una multitud. Pero él mismo, ¿dónde estaba? ¿Y se acordaría de su amado Antoine? ¿O se había ganado una legión de seguidores desde aquellas lejanas noches sureñas?

La caza era más difícil en esta época magnífica, eso sí. Uno debía buscar por todas partes para encontrar a las detestables sabandijas humanas que en el pasado abundaban mucho más y se hallaban más a mano. No consiguió encontrar nidos del vicio urbanos como el viejo barrio rojo de San Francisco. Pero eso no le importaba. Él no «amaba» a sus víctimas. Nunca las había amado. Quería alimentarse y nada más.

Una vez localizada la víctima, era implacable. No había forma de que un hombre o una mujer se escabulleran. Se deslizaba con facilidad en las casas a oscuras y se lanzaba sobre la presa con manos toscas y ávidas. «Que fluya la sangre.»

Pronto se encontró tocando el piano en un restaurante refinado por un salario, y ganando además un montón de dinero en propinas. Y también aprendió a cazar con más habilidad entre los inocentes —bebiendo de una víctima tras otra, en pistas de baile abarrotadas, hasta quedar saciado— sin necesidad de matar o mutilar a nadie. Esa técnica requería disciplina, pero él era muy capaz de emplearla. Era capaz de lo que hiciera falta para sobrevivir, para formar parte de esta época, para sentirse vivo, y, sí, para sentirse inmortal.

La ambición empezaba a abrirse paso en él. Necesitaba documentos para vivir en este mundo; necesitaba riqueza. Lestat siempre había contado con documentos. Lestat siempre había gozado de una gran riqueza. En aquellas noches lejanas, Lestat era un *gentleman* respetado y conocido para quien los sastres y los encargados de las tiendas trabajaban hasta muy tarde. Era un patrón de las artes, una figura pública que saludaba con cortesía a todos los que se cruzaba en Jackson Square o en la escalinata de la catedral. Lestat tenía un abogado que manejaba sus asuntos. Lestat iba y venía a su antojo. «Estos problemas son insignificantes —decía—. Mi fortuna está repartida entre muchos bancos. Siempre tendré lo que necesito.»

Antoine haría igual. Aprendería. Aunque no tuviera un verdadero don para esas cosas. Pero seguro que alguien podía falsificarle unos documentos. Eso era prioritario. Necesitaba contar con cierta seguridad en este mundo. Y quería también un vehículo, sí, un potente coche americano para poder recorrer muchos kilómetros en una noche.

Las voces reaparecieron.

Los no-muertos volvían, proliferaban en grandes cantidades en las ciudades de Norteamérica. Y las voces hablaban de esa población que estaba extendiéndose por todo el mundo.

La antigua Reina había sido destruida. Pero Lestat y un consejo de inmortales habían sobrevivido, y ahora la nueva Madre era una mujer pelirroja, tan anciana como la antigua Reina, llamada Mekare: una hechicera que no tenía lengua.

Esa nueva Reina de los Condenados permanecía en silencio. Y también los inmortales que habían sobrevivido con ella. Nadie sabía qué había sido de ellos ni adónde habían ido.

¿Qué más le daba a Antoine todo aquello? Le importaba, pero no le importaba.

Las voces se referían a unas Sagradas Escrituras vampíricas, a una especie de canon de la estirpe, las Crónicas Vampíricas. Había dos libros en un principio, y ahora tres; y ese canon contaba lo que había sucedido con Lestat y con los demás. Hablaba de la Reina de los Condenados.

Antoine entró muy decidido en una librería profusamente iluminada, compró los volúmenes y los leyó en el transcurso de siete noches sumamente extrañas.

En las páginas del primer libro, publicado hacía mucho, se encontró a sí mismo, aunque sin nombre, solo mencionado como «el músico», y sin una descripción física siquiera, salvo la alusión a que era un «chico»: una simple nota a pie de página en la vida y las aventuras de su hacedor contadas por el vampiro Louis, aquel a quien Lestat había amado tanto, y también temido a causa de sus arrebatos de cólera. «Deja que se haga a la idea, Antoine, y entonces te iniciaré. Yo... no puedo perderlos, no puedo perder a Louis y Claudia.» Pero ellos se habían vuelto contra Lestat, habían tratado de matarlo y habían arrojado su cuerpo al pantano. Tras el último combate entre llamas y humaredas, en el que habían luchado contra ellos para castigarlos, Antoine ya no volvía a aparecer mencionado.

¿Qué importaba? Claudia había muerto pese a todo, y de un modo injusto. Louis había sobrevivido. Los libros estaban llenos de historias de otros vampiros ancianos y más poderosos.

Así pues, ¿dónde estaban ahora aquellos grandes supervivientes de la masacre de la reina Akasha? ¿Y cuántos vagaban por el mundo, débiles y asustados, sin compañeros, sin el consuelo del amor, aferrándose a la vida como él?

Las voces decían que no había ninguna asamblea de ancianos. Hablaban de indiferencia, de anarquía, del retraimiento de los ancianos, de guerras territoriales que acababan siempre mortalmente. Había bebedores de sangre famosos que cada noche convertían en vampiros a todos los mortales que podían, hasta que se les agotaba la energía y el Truco Oscuro ya no surtía efecto por mucho que lo intentaran.

No habían pasado seis meses cuando un grupo de vampiros rebeldes fueron tras él.

Acababa de leer el último libro del canon vampírico, *El Ladrón de Cuerpos*, escrito por Lestat. Ocurrió en las callejas del centro de Chicago. Eran las primeras horas de la madrugada y lo acorralaron armados de largos cuchillos: vampiros pálidos y aviesos, de labios desdeñosos y pelo llameante. Pero Antoine era demasiado fuerte para ellos, y demasiado rápido, y halló en sí mismo una reserva del poder telequinético descrito en las Crónicas. No tenía la potencia suficiente para quemarlos o matarlos, pero sí para hacerlos retroceder, para derribarlos o estrellarlos contra las paredes, dejándolos magullados y sin sentido. Lo cual le permitió arrebatarles sus largos cuchillos y cortarles la cabeza. Apenas le quedó tiempo para esconder entre las basuras sus restos sanguinolentos y retirarse a su guarida.

Las voces le decían que se estaban produciendo reyertas y muertes en todas las ciudades americanas, y también en las del Viejo Continente y en Asia.

Su vida no podía seguir igual en un mundo tan revuelto. Tal vez lo acabaran descubriendo. Tal vez intentaran vengarse y hubiera más peleas. Chicago era sin duda una presa tentadora para los no-muertos, y el refugio de Antoine en Oak Park quedaba demasiado cerca.

Una noche, mientras andaba de caza, su preciosa y elegante

casa de madera blanca, con sus largos porches y sus aleros decorados, fue quemada hasta los cimientos.

Y, finalmente, lo atraparon en San Luis.

Eran muchos y decían constituir una «asamblea». Lo rodearon, lo rociaron de gasolina y le prendieron fuego. Él se revolcó por el suelo para sofocar las llamas y volvió a incorporarse. Ellos lo persiguieron. Quemado, sufriendo unos dolores horrorosos, Antoine corrió varios kilómetros, los dejó atrás con facilidad y volvió a sepultarse a sí mismo.

Muchas cosas habían cambiado en el mundo desde entonces.

Pero no tanto en su caso.

Sepultado bajo tierra, durmió mientras se iba curando, con la mente en un estado febril y agitado. Soñó que estaba otra vez en Nueva Orleáns, que Lestat le escuchaba tocar y le susurraba que tenía un gran talento. Luego veía grandes llamaradas.

Entonces oyó con claridad entre sueños que un joven vampiro le hablaba; y no solo a él, sino a todos los Hijos de la Noche, allí donde estuvieran. Era un vampiro llamado Benji Mahmoud y emitía un programa de radio desde Nueva York. Cuántas veces lo escuchó Antoine antes de levantarse, no habría sabido decirlo. Un encantador fondo de piano llenaba sus oídos mientras Benji hablaba, y Antoine supo, lo supo con toda certeza, que aquella era la música de un vampiro como él, que ningún mortal podría haber creado unas melodías tan intrincadas, tan insólitas, tan perfectas. Se trataba de la vampira Sybelle, según explicó Benji Mahmoud. Y él en ocasiones se callaba para dejar que su música se adueñara de las ondas.

Fueron Benji Mahmoud y Sybelle quienes impulsaron a Antoine a salir una vez más a la superficie, a afrontar las peligrosas y rutilantes noches del nuevo siglo.

Corría el año 2013. Esta constatación lo dejó atónito. Habían pasado más de veinte años y su piel abrasada se había curado. Su fuerza era mayor que antes. Su piel, más blanca; sus ojos, más perspicaces; sus oídos, más sensibles.

Era cierto todo lo que decían las escrituras vampíricas. Uno se curaba en la tierra, y se volvía más fuerte gracias al dolor.

El mundo estaba lleno de sonido, de ondas y ondas de sonido.

¿Cuántos bebedores de sangre habrían oído el mensaje de Benji Mahmoud y el piano de Sybelle? ¿Y cuántas mentes lo habrían transmitido a su vez? No lo sabía. Solo sabía que él podía oírlo, débilmente pero sin la menor duda; que podía oírlos y sentirlos a ellos, a los Hijos de la Noche, de todas partes: muchos, muchísimos, escuchando la voz de Benji Mahmoud. Y todos estaban asustados.

Las masacres habían comenzado de nuevo. Masacres como las Quemas perpetradas por Akasha: masacres de vampiros en las ciudades de la otra punta del mundo.

«Viene a por nosotros —decían las voces atemorizadas—. Pero ¿quién es? ¿La Madre muda, Mekare? ¿Se ha vuelto ella contra nosotros, como hizo Akasha? ¿O es el vampiro Lestat? ¿Es él quien trata de borrarnos de la faz de la tierra por todos nuestros crímenes contra nuestra propia estirpe, por nuestras riñas y nuestras reyertas?»

«Hermanos y Hermanas de la Noche —declaraba Benji Mahmoud—. No tenemos padres. Somos una tribu sin líder, una tribu sin credo, una tribu sin nombre.» La música de piano de Sybelle se desplegaba magistralmente, impregnada de un genio sobrenatural. Ah, cómo amaba aquella música. «Hijos de la Noche, Hijos de la Oscuridad, no-muertos, inmortales, bebedores de sangre, resucitados, ¿por qué nosotros no tenemos un nombre digno y honorable? —decía Benji—. Os los ruego. No peleéis. No tratéis de hacer daño a nadie. Juntaos contra los que os quieren aniquilar. Encontrad la fuerza en la unión.»

Antoine se movió con renovada energía. Estoy vivo de nuevo, pensó. Puedo morir un millar de veces como cualquier cobarde y volver a la vida de nuevo.

Cazaba en las zonas marginales como antes, mientras se esforzaba en conseguir ropa, dinero, alojamiento. Una nueva era llameaba en colores a su alrededor. En una pequeña habitación de hotel, estudió atentamente su nuevo ordenador Apple, decidido a dominar su manejo, y enseguida aprendió a conectarse con la web y el programa de Benji Mahmoud.

«Ha habido una matanza de vampiros en Bombay —declaró Benji un día—. Se han confirmado las primeras informaciones. Igual que en Tokio y en Pekín. Refugios y santuarios enteros arrasados por las llamas. Los que trataron de huir fueron inmolados allí mismo. Solo los más veloces y los más afortunados han sobrevivido y han podido transmitirnos la noticia, así como algunas imágenes.»

Un vampiro frenético que llamaba al programa desde Hong Kong le explicó a Benji todos sus temores.

«Hago un llamamiento a los ancianos —dijo Benji—, a Mekare, a Maharet, a Jayman, para que nos hablen. Para que nos digan por qué se han producido estas matanzas. ¿Acaso ha empezado otra Era de la Gran Quema?»

Los oyentes llamaban pidiendo permiso para unirse a Benji y suplicando a Louis y Armand que acudieran a protegerlos.

«No. No es posible —confesó Benji—. Creedme, lo más seguro es que os quedéis donde estáis. Pero evitad las casas de las asambleas, los bares y tabernas de vampiros. Y si llegáis a presenciar esta horrorosa violencia, guareceos. Recordad que quienes atacan con el Don del Fuego deben veros para poder destruiros. No huyáis en campo abierto. Si podéis, ocultaos bajo tierra.»

Al fin, tras muchas noches escuchando el programa, Antoine se dio a conocer. En un susurro angustiado le explicó a Benji que había sido creado por el gran vampiro Lestat en persona.

—Soy músico —dijo—. Déjame reunirme contigo, te lo suplico. Explícame dónde estás.

—Ojalá pudiera, hermano —dijo Benji—. Pero, ay, no puedo. No intentes localizarme. Y vete con cuidado. Corren tiempos terribles para los de nuestra estirpe.

Aquella noche, ya muy tarde, Antoine bajó al oscuro comedor del hotel y tocó el piano para el reducido y adormilado personal del turno de noche, que se detenía solo de vez en cuando para escuchar cómo volcaba su alma en el teclado.

Volvería a llamar, desde algún otro número. Le suplicaría a Benji que lo entendiera. Antoine quería tocar como tocaba Sybelle. Antoine tenía un don que ofrecer. Antoine decía la verdad cuando hablaba de su hacedor. Benji debía entenderlo.

Durante dos meses, Antoine trabajó en su música cada noche. Y durante ese tiempo se leyó los últimos libros de la saga vampírica: las memorias de Pandora, Marius y Armand.

Ahora lo sabía todo acerca del beduino Benji Mahmoud y de su amada Sybelle: Benji, un niño de doce años cuando el gran vampiro Marius lo había iniciado, y Sybelle, la eterna pilluela, que en tiempos solo tocaba la *Appassionata* de Beethoven una y otra vez, pero que ahora abarcaba el repertorio de todos los grandes compositores que Antoine conocía y de otros más recientes con los que él jamás habría soñado.

Espoleado por las interpretaciones de Sybelle, Antoine se esforzó en alcanzar la perfección y el virtuosismo. Asaltaba los pianos de bares y restaurantes, de aulas y auditorios desiertos, de tiendas de música, incluso de viviendas privadas.

Ahora volvía a componer su propia música. En su apasionado fervor, rompía las teclas y a veces las cuerdas del piano.

Se produjo otra Quema terrible en Taiwán.

Ahora Benji estaba abiertamente indignado mientras pedía a los ancianos que arrojaran luz sobre lo que le estaba ocurriendo a la tribu.

«Lestat, ¿dónde estás? ¿No puedes ser tú nuestro defensor contra las fuerzas de la destrucción? ¿O acaso eres tú mismo el que se ha convertido en un Caín, en el asesino de tus hermanos y hermanas?»

Al menos Antoine tenía ahora el dinero suficiente para comprarse un violín de buena calidad. Se fue al campo a tocar bajo las estrellas. Interpretó piezas de Stravinsky y de Bartók que había aprendido oyendo grabaciones. Tenía la cabeza llena de aquellas nuevas disonancias y gemidos de la música moderna. Entendía ese lenguaje tonal, esa estética. Hablaba del miedo, del dolor; del miedo que se había convertido en terror, del dolor que se había convertido en la sangre misma de sus venas.

Tenía que encontrar a Benji y Sybelle.

Lo que lo impulsaba, por encima de todo, era una soledad extrema. Sabía que si no encontraba a alguien de su estirpe a quien amar acabaría otra vez bajo tierra. Soñaba que hacía música con Sybelle.

¿Ahora soy un anciano? ¿O solo un joven rebelde al que se puede matar con solo mirarlo?

Una noche Benji aludió a la hora y al clima, confirmando sin lugar a dudas que estaba emitiendo desde el norte de la Costa

Este. Antoine metió en una mochila de cuero su violín y sus composiciones musicales y emprendió viaje hacia el norte.

En las afueras de Filadelfia tropezó con otro vampiro errante. A punto estuvo de huir. Pero el otro se le acercó con los brazos abiertos: un vampiro flaco y huesudo, de pelo desgreñado y ojos enormes, que le suplicó que no se asustara, que no le hiciera daño. Al final, acabaron abrazándose entre sollozos.

El chico se llamaba Killer y tenía poco más de cien años. Había sido iniciado en los primeros días del siglo XX, según dijo, en un pueblo atrasado de Tejas, por un vampiro vagabundo como él, que le encargó la tarea de enterrar sus cenizas una vez que se hubiera quemado a sí mismo.

—Eso era lo que hacían muchos en esa época —dijo Killer—, tal como Lestat explica que Magnus le obligó a hacer. Cuando estaban hastiados de todo, te escogían como heredero, te daban la Sangre Oscura y tú debías esparcir las cenizas una vez que habían ardido. Pero ¿a mí qué más me daba? Yo tenía diecinueve años. Quería ser inmortal, y el mundo era grande en mil novecientos diez. Entonces podías ir a cualquier parte, hacer lo que te apeteciera.

En un motel barato, a la luz trémula de una televisión enmudecida, como bajo el parpadeo de las llamas de una chimenea, hablaron y hablaron durante horas.

Killer había sobrevivido a la antigua masacre de la gran reina Akasha. En 1985 había hecho todo el camino hasta San Francisco para ver al vampiro Lestat en el escenario. Y lo que había acabado viendo, tras el concierto, había sido cómo eran inmolados centenares de bebedores de sangre. Él y su compañero Davis se habían separado fatalmente entre el tumulto. Killer se escabulló hacia los barrios bajos de San Francisco y, a la noche siguiente, se encontró entre un grupo reducido de supervivientes que huían de la ciudad dando gracias de estar vivos. A Davis nunca más volvió a verlo.

Davis era un hermoso vampiro negro y Killer lo amaba. Ambos habían sido miembros en esa época de la Banda del Colmillo. Incluso llevaban el distintivo en sus chaquetas de cuero y montaban en Harley, y nunca paraban más de dos noches en el mismo sitio. Esos tiempos ya se habían terminado.

—Esta Quema de ahora es necesaria —le dijo Killer a Antoine—. Las cosas no pueden seguir así. Antes de que Lestat saliera a escena, no era como ahora, te lo aseguro. No había tantos de nosotros, y yo rondaba tranquilamente con mis amigos por los pueblos. Había sedes de asambleas, tipo refugio, y bares de vampiros donde cualquiera podía entrar a guarecerse. Pero la Reina lo borró todo del mapa. Y con ello se llevó por delante lo que quedaba de ley y orden vampírico. Desde entonces los vagabundos y los rebeldes se han alimentado en todas partes, y los grupos han empezado a pelear entre sí. No hay normas ni disciplina. Yo intenté asociarme con los jóvenes de Filadelfia. Pero eran como perros rabiosos.

—Conozco esa vieja historia —dijo Antoine estremeciéndose, recordando las llamas, aquellas llamas indescriptibles—. Pero yo he de encontrar a Benji y Sybelle. He de encontrar a Lestat.

Durante todos aquellos años, Antoine nunca le había contado a nadie la historia de su propia vida. Ni siquiera se la había contado a sí mismo. Pero ahora que la luz de las Crónicas Vampíricas había iluminado su extraño destino, se la explicó a Killer sin escatimar detalle. Temía que el otro se mofara, pero no salió de él una sola palabra de burla.

—Lestat era amigo mío —dijo Antoine—. Él me habló de su amante, Nicolas, que había sido violinista. Me dijo que no podía confesarle lo que sentía a su pequeña familia, a Louis o a Claudia, porque se reirían de él. Así que me lo confesó a mí.

—Ve a Nueva York, amigo, y Armand te convertirá en ceniza —dijo Killer—. No Benji ni Sybelle, no; quizá tampoco Louis. Pero Armand sí lo hará, y ellos ni siquiera pestañearán. También son capaces de hacerlo. Tienen la sangre de Marius en sus venas esos dos. Incluso Louis es muy poderoso ahora; lleva en sí la sangre de los ancianos. Pero es Armand el que asesina. Hay ocho millones de personas en Manhattan, y cuatro miembros de los no-muertos. Te lo advierto, Antoine, no te escucharán. No les importará que hayas sido iniciado por Lestat. O al menos no creo que les importe. Demonios, ni siquiera tendrás la oportunidad de explicárselo. Armand oirá cómo te acercas. Y te matará con solo mirarte. Ya sabes que han de verte para quemarte, ¿no? Si no te ven, no pueden hacerlo. Pero Armand te atrapará y tú no podrás esconderte.

—Pero yo debo ir —dijo Antoine, deshaciéndose en lágrimas. Se abrazó a sí mismo con fuerza y empezó a mecerse en el borde de la cama. El largo pelo negro le caía sobre la cara—. Tengo que volver a ver a Lestat. Tengo que volver a verlo. Y si alguien puede ayudarme a encontrarlo es Louis, ¿no?

—Demonios, colega —dijo Killer—. ¿Es que no lo entiendes? Todo el mundo está buscando a Lestat. Y las masacres se están produciendo ahora. Y están desplazándose hacia el oeste. Nadie le ha visto el pelo a Lestat en los dos últimos años, colega. Y su última aparición en París podría haber sido un fraude perfectamente. Hay un montón de fanfarrones que andan por ahí haciéndose pasar por Lestat. Yo estaba el año pasado en Nueva Orleáns y había tantos falsos Lestat pavoneándose con camisa de pirata y botas baratas que no te lo podías creer. Aquello está plagado de vampiros. A mí me expulsaron de la ciudad después de la primera noche.

—Ya no puedo seguir solo —dijo Antoine—. He de encontrarlos. He de tocar mi violín ante Sybelle. He de unirme a ellos.

—Escucha, amigo —dijo Killer, ablandándose y rodeando con el brazo a Antoine compasivamente—, ¿por qué no te vienes conmigo hacia el oeste? Los dos nos salvamos de la última Quema, ¿no? Pues también nos libraremos de esta.

Antoine no podía responder siquiera. Sentía un dolor terrible. Veía cómo explotaba el dolor en su mente en colores centellantes, igual que cuando había sido espantosamente quemado muchos años atrás. Rojo, amarillo, anaranjado. Así era su dolor. Tomó el violín y empezó a tocarlo suavemente, tan suavemente como puede tocarse un violín, dejando que se lamentara con él por todo lo que había sido o podría llegar a ser, y luego dejó que cantara sus sueños y esperanzas.

A la noche siguiente, después de cazar juntos por las carreteras rurales, le habló a Killer de la soledad que había sufrido a lo largo de los siglos; le explicó que había llegado a amar a los mortales tal como Lestat lo había amado a él, pero que al final siempre se había apartado de ellos, porque temía no ser capaz de crear a otro vampiro, como Lestat lo había creado a él. De hecho, Lestat había resultado gravemente herido cuando había creado a Antoine. No había sido nada fácil. No tenía nada que ver con el majestuoso Truco Oscuro descrito en las páginas de las memorias de Marius, *Oro y sangre*. Marius, al describir cómo había iniciado a Armand en el siglo XVI, en aquellas habitaciones renacentistas de Venecia llenas de sus propios cuadros, lo presentaba como si aquello fuese dar simplemente un sacramento. Pero no había sido así en absoluto.

—Bueno, te puedo asegurar —dijo Killer— que últimamente no estaba funcionando. Justo antes de que empezasen las masacres, todos andaban hablando de ello, de lo terriblemente difícil que era iniciar a alguien. Como si la Sangre se hubiera agotado. Demasiada gente en la Sangre. Piénsalo. El poder procede de la Madre, de aquel demonio, Amel, que entró en Akasha y luego pasó a Mekare, la Reina de los Condenados. Bueno, tal vez Amel sea realmente una criatura invisible con tentáculos, como Mekare dijo una vez, y tal vez esos tentáculos ya se han estirado al máximo. No pueden estirarse indefinidamente.

Killer suspiró. Antoine apartó la mirada. Estaba obsesionado.

—Voy a contarte algo horrible que detesto contar —dijo Killer—. Las dos últimas veces que intenté iniciar a alguien, fue un rotundo fracaso. Nunca me había pasado algo así, te lo aseguro. —Killer meneó la cabeza—. Intenté iniciar a la chica más preciosa que había visto jamás en uno de los pueblos de allá abajo, y no funcionó. Simplemente no funcionó. Llegó la aurora, e hice lo único que podía hacer: cortarle la cabeza y enterrarla. Le había prometido a ella la vida eterna y tuve que hacer eso. Se había convertido en una zombi; ni siquiera podía hablar y no le latía el corazón, pero no estaba muerta.

Antoine se estremeció. Él nunca había tenido el valor de intentarlo. Pero si aquello era cierto, si no quedaba la más mínima esperanza de acabar con la soledad creando a otro, entonces, bueno, con mayor motivo debía seguir adelante.

Killer se rio por lo bajini.

—Antes —dijo—, cuando yo me dedicaba a reclutar miembros para la Banda del Colmillo, era facilísimo, pero ahora hay escoria y chusma por todas partes, e incluso si los conviertes, ellos se revuelven contra ti, te roban, te traicionan y se largan con otro. Te digo que son necesarias estas masacres. Son necesarias. Hay malvados que están vendiendo la Sangre. ¿Puedes creerlo? Vendiendo la Sangre. O lo hacían entonces, al menos. Supongo que se habrán agotado también y que ahora estarán huyendo como todos para salvar el pellejo.

Killer le suplicó de nuevo que se quedara con él.

—Por lo que yo sé, Armand y Louis y Lestat están juntos en esto —dijo Killer—. Quizá son ellos mismos, los grandes héroes de las Crónicas Vampíricas, los que lo están haciendo. Pero es algo necesario, ya te lo he dicho. Seguro que Benji piensa lo mismo, aunque él no lo va a decir. No puede decirlo. Pero las cosas han empeorado. ¿No oyes las voces? Hubo una Quema anoche en Katmandú. Piénsalo, colega. Ahora se extenderá por toda la India, sea quien sea el responsable. Y después por Oriente Medio. Es peor que la otra vez. Es más concienzudo. Lo presiento. Lo recuerdo. Lo sé.

Se separaron entre lágrimas a poca distancia de Nueva York. Killer se negó a acercarse más. El programa de Benji de la noche anterior había confirmado sus peores temores. No habían quedado testigos directos cuando la Quema había llegado a Calcuta. Las imágenes de la masacre habían sido captadas por los vampiros a cientos de kilómetros a la redonda. Todos estaban huyendo hacia el oeste.

—Muy bien, si estás decidido a seguir adelante —dijo Killer—, te contaré lo que sé. Armand y los demás viven en una mansión del Upper East Side, a media manzana de Central Park. Son tres edificios conectados, cada uno con una puerta a la calle. Hay tres columnitas griegas en cada porche, y, delante, unos árboles de grandes ramas rodeados de cercas de hierro.

»Los tres edificios tienen quizá cinco pisos y unos balconcitos de hierro muy coquetos en las ventanas altas, que en realidad no son balcones propiamente.

—Ya te entiendo —dijo Antoine, agradecido. Estaba tomando directamente las imágenes de la mente de Killer, pero habría sido una descortesía decirlo.

—Por dentro, es espectacular —dijo Killer—, como un palacio, y en las noches como esta, dejan abiertas todas esas ventanas, ¿sabes?, y te ven mucho antes de que tú llegues a verlos. Podrían estar oteando desde cualquiera de esas ventanas altas antes de que tú te acercaras siquiera. La mansión tiene un nombre. Trinity Gate. Muchos bebedores de sangre podrían explicarte que es la puerta del infierno para nosotros, si vamos allí. Y recuerda, amigo, que el asesino es Armand. Tiempo atrás, cuando Lestat estaba en las últimas en Nueva Orleáns (después de su encuentro con Memnoch el Diablo), era Armand el que se encargaba de mantener a raya a la chusma. Lestat estaba durmiendo en una capilla de un viejo convento...

—Ya lo recuerdo de los libros —dijo Antoine.

—Sí, bueno. Pues era Armand el que se encargó de limpiar la ciudad. Antoine, por favor, no vayas. Te borrará de la faz de la tierra en un abrir y cerrar de ojos.

—Debo hacerlo —dijo Antoine. ¿Cómo explicarle a ese simple superviviente que vivir así le resultaba insoportable? Ni siquiera la compañía de aquel bebedor de sangre había bastado para llenar el vacío que lo reconcomía por dentro.

Se abrazaron antes de separarse. Killer le repitió que se iba a California. Si las masacres se iban desplazando hacia el oeste, bueno, él también se movería hacia allí. Había oído hablar de un gran vampiro médico que vivía en el sur de California, un inmortal llamado Fareed, que estudiaba la Sangre Oscura con microscopios y que a veces daba cobijo a vagabundos como él, siempre que estuvieran dispuestos a donar muestras de tejidos y de sangre para los experimentos.

Fareed había sido creado con la sangre antigua de un vampiro llamado Seth, que era casi tan anciano como la Madre. Nadie podía hacer daño a Seth o Fareed. Así pues, Killer pensaba buscar a aquel médico en California, porque le parecía que era su última esperanza. Le suplicó a Antoine que cambiara de idea y se fuera con él. Pero Antoine no podía hacerlo.

Después, una vez solo, lloró. Y por la mañana, cuando ya se echaba a dormir, oyó las voces y los lamentos. Voces poderosas llamando a gritos, transmitiendo el mensaje. La Quema estaba aniquilando a los vampiros de la India. Una sensación funesta invadió a Antoine. Al pensar en los años que llevaba errando y durmiendo en la tierra sintió que había desperdiciado el don que Lestat le había otorgado. Un auténtico derroche. Él nunca lo había considerado algo precioso. Desde su punto de vista, solo había constituido un nuevo tipo de sufrimiento.

Pero no era así en el caso de Benji Mahmoud.

«Somos una tribu y hemos de pensar como una tribu —decía con frecuencia—. ¿Por qué el infierno debería ejercer su dominio sobre nosotros?»

Antoine estaba decidido a continuar. Tenía un plan. No trataría de hablar con aquellos poderosos vampiros de Manhattan. Haría que su música hablase por él. ¿No había hecho lo mismo durante toda su vida?

En las afueras de la ciudad —antes de robar un coche para dirigirse a Manhattan—, entró en una peluquería perfumada e iluminada con velas e hizo que una chica preciosa le cortara y arreglara el pelo con un estilo bien moderno. Luego se equipó con un elegante Armani de lana negra, con una camisa Hugo Boss y una reluciente corbata Versace de seda. También escogió unos lujosos zapatos italianos. Después se restregó cuidadosamente la cara con aceite y papel de filtro para que su pálida piel reluciera menos bajo las intensas luces de la ciudad. Si todos estos arreglos le proporcionaban un margen de tiempo, lo utilizaría para hacer que cantara su violín.

Y por fin, cuando caminaba ya por la Quinta Avenida, tras abandonar el coche robado en una travesía lateral, oyó la música salvaje e inconfundible de Sybelle. Allí, en efecto, estaba el gran edificio que Killer le había descrito, Trinity Gate, mirando hacia el centro de la ciudad con sus múltiples ventanas cálidamente iluminadas. Y no pudo dejar de percibir asimismo el poderoso corazón de Armand.

Mientras él depositaba la funda del violín a sus pies y afinaba rápidamente el instrumento, Sybelle interrumpió la larga y turbulenta pieza que estaba tocando y pasó bruscamente al dulce y hermoso estudio de Chopin titulado *Tristesse*.

Antoine cruzó la Quinta Avenida y se aproximó a las ventanas de la mansión, tocando ya con Sybelle, siguiéndola, zambulléndose en la dulce y triste melodía del estudio, acelerando con ella para acometer los pasajes más violentos. Notó que ella vacilaba un instante. Pero luego retomó su interpretación, otra vez lentamente, y él la siguió con el violín, ahora elevándose, zigzagueando por encima de las notas del piano. Las lágrimas le rodaban por las mejillas; no podía reprimirlas, aunque sabía que estarían teñidas de sangre.

Siguió y siguió tocando con ella, moviéndose también por debajo del piano con las notas más graves y oscuras que pudo arrancar a la cuerda de sol de su violín.

De repente, ella se detuvo.

Silencio. Antoine creyó que iba a sufrir un colapso. Distinguió vagamente a un grupo de mortales congregado a su alrededor, mirándolo, y, bruscamente, atacó las cuerdas con el arco y pasó de la música delicada y acariciadora de Chopin a las vigorosas melodías del concierto para violín de Bartók, tocando tanto la parte de la orquesta como la del violín en un torrente de notas salvajes, disonantes, angustiosas.

Y de repente ya no vio nada más, aunque sabía que la multitud se había engrosado considerablemente y que el piano de Sybelle no le respondía. Pero no importaba: era su corazón el que hablaba ahora, esta era su canción, y se zambulló cada vez más a fondo en la música de Bartók, acelerando el tempo de un modo casi inhumano a medida que tocaba.

Su alma cantaba con la música, hacía suyas las melodías y los *glissandi* a medida que expresaba sus pensamientos.

«Dejadme entrar, os lo ruego, dejadme entrar. Louis, déjame entrar. Creado por Lestat, nunca tuve ocasión de conocerte, nunca quise hacerte daño, ni a ti ni a Claudia, aquellos tiempos lejanos, perdona, déjame entrar. Benji, mi luz, mi guía, déjame entrar. Benji, mi único consuelo en esta oscuridad interminable. Déjame entrar. Armand, te lo ruego, hazme un lugar en tu corazón, déjame entrar.»

Pero muy pronto sus palabras se perdieron; ya no pensaba en palabras ni en sílabas, sino solo en la música, en las notas palpitantes. Se movía salvajemente al tocar. Ya no le importaba si parecía o si sonaba humano; y en el fondo de su corazón era consciente de que si había de morir ahora, no se rebelaría, no, ni una sola partícula de su ser se rebelaría, porque la sentencia de muerte le llegaría de su propia mano y por lo que él era realmente. Esta música encerraba todo lo que él era. Esta música era él.

Silencio.

Tenía que limpiarse la sangre de los ojos. Tenía que hacerlo; lentamente sacó su pañuelo y lo alzó temblando, sin ver nada.

Ellos estaban cerca. La multitud de humanos le tenía sin cuidado. Oyó aquel corazón poderoso, aquel anciano corazón que tenía que ser el corazón de Armand. Una piel de frialdad sobrenatural tocó la suya. Alguien le había quitado el pañuelo de la mano y le estaba secando los ojos, limpiando los regueros de sangre que tenía en la cara.

Abrió los ojos.

Era Armand. Pelo castaño rojizo, cara de adolescente y los ojos oscuros y ardientes de un inmortal que había vagado por el mundo durante medio milenio. Ah, esa era en verdad la cara de un serafín sacada directamente del techo de una iglesia.

«Mi vida está en tus manos.»

A uno y otro lado, había gente aplaudiendo, hombres y mujeres que lo ovacionaban por su actuación: gente inocente que no sabía lo que él era. Gente que ni siquiera había reparado en esas lágrimas de sangre que fatalmente lo delataban. La noche relucía con la luz de las farolas, con las hileras interminables de ventanas iluminadas, y el calor del día se elevaba del pavimento, y los tiernos arbolitos soltaban sus hojas diminutas bajo una brisa cálida.

—Ven adentro —le dijo Armand en voz baja. Antoine sintió que lo rodeaba con un brazo vigoroso—. No temas —dijo.

Y allí estaba la incandescente Sybelle, sonriéndole, y a su lado, el inconfundible Benji Mahmoud con un sombrero negro, tendiéndole una mano de niño.

—Nosotros cuidaremos de ti —le dijo Armand—. Ven con nosotros.

8

Marius y las flores

Había pintado furiosamente durante horas en la vieja casa en ruinas, iluminado tan solo por un anticuado farol.

Las luces de la ciudad, sin embargo, se colaban por las ventanas rotas, y el rugido del tráfico de la avenida era como el rumor de un gran río y le daba sosiego mientras pintaba.

Con el pulgar izquierdo metido en una anticuada paleta de madera y los bolsillos llenos de tubos de pintura acrílica, y utilizando una sola brocha hasta que se cayó a trozos, había cubierto las paredes agrietadas con brillantes pinturas de los árboles, las enredaderas y las flores que había visto en Río de Janeiro, y también las caras, sí, las hermosas caras brasileñas que veía en todas partes, caminando de noche por el Corcovado bajo la lluvia tropical, o en las playas interminables de la ciudad, o en los ruidosos clubs nocturnos, siempre iluminados con colores estridentes, que solía frecuentar para captar expresiones, imágenes —el brillo fugaz de un pelo precioso, la forma esbelta de unos brazos— como quien recoge guijarros entre la espuma de la orilla del mar.

Todo esto volcaba en su pintura febril, apresurándose como si pudiera aparecer en cualquier momento la policía con sus viejas y cansadas admoniciones. «Caballero, no puede pintar en estos edificios abandonados, ya se lo hemos dicho.»

¿Por qué lo hacía? ¿Por qué era tan reacio a entrometerse en el mundo de los mortales? ¿Por qué no competía con aquellos brillantes pintores nativos que desplegaban sus murales en los pasos subterráneos de la autopista y en los muros medio desmoronados de las favelas?

De hecho, tenía previsto un proyecto mucho más estimulante, sí, lo había estado pensando detenidamente. Quería trasladarse a un desierto dejado de la mano de Dios y pintar los peñascos y las montañas completamente a sus anchas, con la tranquilidad de que el paisaje volvería a recuperar su aspecto cuando las lluvias borraran todo lo que él había creado. Allí no competiría con los seres humanos, ¿no?, ni tampoco le haría daño a nadie.

Era como si en los últimos veinte años su lema hubiera sido el mismo que habían adoptado muchos médicos de este mundo: «Lo primero, no hacer daño.»

El problema, en cuanto al plan de retirarse a un lugar desierto, era que Daniel lo aborrecería. Y mantener contento a Daniel tenía una gran importancia: venía a ser la segunda regla de su vida, pues su propio bienestar, su capacidad para abrir los ojos cada noche con cierto deseo de alzarse de entre los muertos y celebrar el don de la vida, estaban directamente relacionados con la felicidad de Daniel.

Y Daniel era feliz en Río de Janeiro, no cabía duda. Esta noche estaba cazando en la zona vieja de Río: dándose un atracón, sin prisas pero sin pausas, entre las multitudes que cantaban, bailaban y festejaban. Ya debía de estar tan ebrio de música como de sangre. Ay, la sed insaciable de los jóvenes.

Pero Daniel era un cazador disciplinado, un auténtico maestro del Pequeño Sorbo entre las muchedumbres, y un asesino de malvados exclusivamente. De eso Marius estaba seguro.

Habían pasado meses desde la última vez que Marius había tocado la carne humana; meses desde la última vez que se había llevado a los labios ese cálido elixir; meses desde que había sentido el frágil pero indomable latido de un ser vivo luchando consciente o inconscientemente contra su apetito despiadado. Había sido, lo recordaba bien, con un grueso y fornido brasileño al que había acechado en los umbríos bosques del Corcovado, persiguiéndolo entre la espesura tropical y sacándolo al fin de su escondrijo para darse un pausado festín.

¿Cuándo había dejado de bastarle con la sangre arterial y había empezado a arrancarle también el corazón a la víctima para sorber hasta la última gota? ¿Cuándo había empezado a sentir la necesidad de lamer incluso las heridas más cruentas para extraer el poco jugo que pudieran encerrar? Él podía pasarse muy bien sin aquello, y, sin embargo, no lograba resistir la tentación; de ahí que tratara —o eso se decía a sí mismo— de sacar el máximo provecho cuando se daba un banquete. Después, no había quedado más que un montón de restos mutilados que enterrar. Pero Marius se había guardado un trofeo, tal como hacía con frecuencia: no solo los miles de dólares americanos —dinero de la droga— que la víctima llevaba encima, sino también un lujoso reloj de oro Patek Philippe. ¿Por qué había hecho eso? Bueno, parecía más bien absurdo enterrar un artilugio semejante; además, últimamente los relojes habían empezado a fascinarle. Se había vuelto algo supersticioso respecto a ellos, era consciente. Corrían tiempos extraordinarios, y los relojes mismos lo reflejaban de un modo bello e intrincado.

Mejor dejarlo por ahora. Nada de caza. No lo necesitaba. Y el reloj lo tenía bien sujeto en la muñeca izquierda. Un adorno nada propio de él, pero ¿qué importaba?

Cerró los ojos y aguzó el oído. Dejó de oír el tráfico de la avenida y las voces de Río de Janeiro se alzaron, en cambio, en su percepción, como si la desbordante metrópolis de once millones de almas fuese el coro más magnífico jamás reunido.

Daniel.

Rápidamente, localizó a su compañero: el alto y delgado joven de aire aniñado, de ojos color violeta y pelo rubio ceniza, a quien Lestat había llamado tan acertadamente el «Favorito del Diablo». Había sido Daniel quien había entrevistado al vampiro Louis de Pointe du Lac, dando comienzo sin proponérselo, hacía ya varias décadas, a la serie de libros conocida como las «Crónicas Vampíricas». Había sido Daniel quien le había robado el corazón al vampiro Armand y quien había sido iniciado por él a la Oscuridad. Había sido Daniel quien había languidecido durante muchos años —aturdido, trastornado, perdido, incapaz de valerse por sí mismo— bajo los cuidados de Marius. Y solo dos atrás había recuperado finalmente su cordura, su ambición y sus sueños.

Ahí estaba ahora, con su ceñido polo blanco y su pantalón

con peto, bailando de un modo salvaje y hermoso con dos esbeltas mujeres de piel de chocolate, bajo las luces rojas de un pequeño club nocturno. La pista estaba tan abarrotada que la multitud parecía un organismo compacto contorsionándose y retorciéndose.

Muy bien. Todo va bien. Daniel sonríe. Daniel está contento.

Horas antes, Daniel y Marius habían asistido a una actuación del London Ballet en el Teatro Municipal, y Daniel, con su estilo atractivo y caballeroso, le había suplicado después que lo acompañara, mientras iba de caza por los clubs nocturnos. Pero Marius no se había decidido a aceptar esa petición.

—Tú ya sabes lo que tengo que hacer ahora —había dicho, dirigiéndose a la casa ruinosa de color azul pastel que había escogido para su obra actual—. Y mantente alejado de los clubs que frecuentan los bebedores de sangre. ¡Prométemelo!

Nada de guerras con esos pequeños demonios. Río es grandioso. Río es seguramente el mayor territorio de caza del mundo, con sus enormes masas, sus cielos salpicados de estrellas, sus brisas oceánicas, sus grandes árboles soñolientos y su latido incesante desde el crepúsculo hasta el amanecer.

—Al menor indicio de problemas, vuelve conmigo.

Pero ¿y si realmente había problemas?

¿Y si era cierto que los había?

¿Tendría razón Benji Mahmoud cuando afirmaba en su programa desde Nueva York que la sede de la asamblea de Tokio había ardido deliberadamente, y que todos los que intentaron escapar fueron quemados allí mismo? A la noche siguiente, cuando un «refugio de vampiros» de Pekín fue devorado por las llamas, Benji había dicho: «¿Esto es una nueva Quema? ¿Y será tan espantosa como la última? ¿Quién está detrás de todo este horror?»

Benji no había nacido aún cuando se produjo la última Quema. No, y Marius no estaba convencido de que esto fuera, en efecto, otra Quema. Sí, las sedes de las asambleas de la India estaban siendo destruidas. Pero lo más probable era que fuesen simplemente conflictos entre la escoria. Y él ya había visto las suficientes guerras de ese tipo, en el curso de su larga vida, para saber que eran inevitables. O bien se trataba de algún anciano que, harto de las intrigas y refriegas de los jóvenes, se había lanzado a aniquilar a quienes lo habían ofendido.

Con todo, Marius le había dicho a Daniel esta misma noche: «Mantente alejado de esa sede de la asamblea de Santa Teresa.» Ahora le envió un enérgico mensaje telepático. «¡Si ves a otro bebedor de sangre, vuelve aquí de inmediato!»

¿Había una respuesta? ¿Un leve murmullo?

No estaba seguro.

Permaneció inmóvil, con la paleta en la mano izquierda y la brocha alzada en la derecha, y de golpe se le ocurrió una idea tan extraña como inesperada.

¿Y si él mismo iba a la sede de la asamblea y la quemaba? Sabía dónde estaba. Sabía que había veinte jóvenes bebedores de sangre que la consideraban un refugio seguro. ¿Y si iba allí ahora, esperaba al fin de la madrugada, cuando ellos volvieran a casa y se deslizaran en sus sucias tumbas improvisadas bajo los cimientos, y los quemaba a todos, sin dejar a uno solo, bombardeando las vigas con el Don del Fuego hasta que la estructura entera y sus habitantes quedaran destruidos?

¡Lo veía ya como si lo estuviera haciendo! ¡Casi sentía el Don del Fuego concentrándose detrás de su frente, y ese delicioso estallido de energía cuando la fuerza telequinética salía disparada como la lengua de una serpiente!

Llamas y llamas. ¡Qué preciosas eran esas llamas que bailaban en su imaginación como a cámara lenta, propagándose, expandiéndose, elevándose hacia lo alto!

Pero aquello —destruir a los de su propia estirpe por el puro placer de hacerlo— no era algo que él quisiera hacer, no era algo que hubiera querido hacer en toda su larga existencia.

Se sacudió la idea de encima, mientras se preguntaba cómo demonios se le había ocurrido nada semejante.

«Ah, pero tú quieres hacerlo.»

—¿Ah, sí? —dijo. Volvió a ver la vieja casa colonial ardiendo, aquella mansión de varios pisos rodeada de jardines, en el barrio de Santa Teresa: sus arcos blancos devorados por el fuego, los jóvenes bebedores de sangre envueltos en llamas, girando como derviches mientras se abrasaban.

—No —dijo en voz alta—. Es una imagen horrible, repugnante.

Por un momento permaneció totalmente inmóvil. Escuchó con todos sus poderes alerta para detectar la presencia de otro inmortal, de algún ser entrometido e inoportuno que quizá se le había acercado más de lo que él debiera haber permitido.

No oyó nada.

Y, sin embargo, esos pensamientos extraños no habían surgido de él. Le recorrió un escalofrío. ¿Qué fuerza exterior era lo bastante poderosa para conseguir algo así?

Oyó una risa sofocada. Muy cerca, como si un ser invisible le susurrara al oído. En efecto, estaba en el interior de su cabeza.

«¿Qué derecho tiene toda esa chusma a amenazarte a ti y a tu querido Daniel? Quémalos; quema la casa entera; quémalos cuando intenten escapar.»

Volvió a ver las llamas; vio la torre cuadrada de la vieja mansión ardiendo como una tea, las losas de adobe de los tejados cayendo en cascada entre las llamas, y los Hijos de la Sangre corriendo en todas direcciones...

—No —dijo en voz baja. Alzó la brocha en un alarde de despreocupación, aplicó un grueso grumo de verde Hooker en la pared que tenía delante y empezó a darle forma casi mecánicamente en una explosión de hojas, unas hojas cada vez más nítidas y detalladas...

«Quémalos, te digo. Quémalos antes de que ellos quemen a ese joven. ¿Por qué no me escuchas?»

Él siguió pintando como si alguien lo observara trabajar, pero decidido a ignorar aquella extravagante intrusión.

La voz se elevó bruscamente, volviéndose tan definida y tan resonante que no parecía estar ya en su cabeza, sino en el interior de la vasta habitación sumida en las sombras.

—¡Te digo que los quemes...! —Tenía un tono casi sollozante.

—¿Y tú quién eres?

No hubo respuesta. Solo un silencio repentino poblado por los ruidos de fondo habituales. El rumor de las ratas que correteaban por la casa. El leve chisporroteo del farol. La cascada incesante del tráfico. Y el lejano zumbido de un avión que volaba en círculo en lo alto.

—Daniel —dijo Marius en voz alta. «Daniel.»

Los ruidos de la noche lo envolvieron de improviso, ensordeciéndolo. Dejó en el suelo la paleta, sacó el iPhone del bolsillo del abrigo y marcó rápidamente el número de Daniel.

—Ven a casa ahora mismo —dijo—. Nos vemos allí.

Se quedó un momento contemplando el extenso despliegue de colores y figuras que había creado en aquel lugar anónimo y carente de importancia. Luego apagó el farol y lo dejó allí.

En menos de una hora entró en su *suite* del ático del hotel Copacabana y se encontró a Daniel tumbado en el diván de terciopelo verde musgo, con las piernas cruzadas a la altura de los tobillos, y la cabeza apoyada en un brazo. Las ventanas estaban abiertas a la amplia galería de balaustres blancos; más allá, cantaba el océano reluciente.

La habitación estaba oscura, iluminada tan solo por el brillante cielo nocturno de las playas de Copacabana y por el portátil abierto sobre la lustrosa mesita de café, de donde salía la voz de Benji Mahmoud perorando interminablemente sobre las penas de los no-muertos de todo el planeta.

—¿Qué ocurre? —dijo Daniel, poniéndose de pie.

Por un momento, Marius no respondió. Estaba contemplando aquella cara reluciente, juvenil y sensible, aquellos ojos atractivos, aquella piel de un frescor sobrenatural, y no oía nada más que el latido del corazón de Daniel.

Lentamente, le llegó la voz de Benji Mahmoud: «... informaciones de jóvenes vampiros inmolados en Shangai, en Taiwán y en Delhi...»

Con respeto, con paciencia, Daniel aguardó.

Marius pasó en silencio junto a él, salió a la galería y, apoyándose en la baranda blanca, aspiró la brisa del océano mientras alzaba la vista hacia el cielo pálido y luminoso. Abajo, más allá del tráfico de la avenida, la playa era toda blanca.

«¡Quémalos! ¿Cómo puedes mirarlo a él y soportar la idea de que ellos pudieran hacerle daño? Quémalos, te digo. Destruye esa casa. Destrúyelos a todos. Dales caza.»

—Basta —susurró él. Sus palabras se las llevó el viento—. Dime quién eres.

Una risa ronca se diluyó en el silencio. Luego la Voz sonó de nuevo en su oído.

—Yo nunca os haría daño a vosotros dos, ¿es que no lo sabes? Pero ¿qué son ellos para ti, sino una ofensa? ¿Acaso no te alegrabas secretamente cuando Akasha los cazaba en las calles, en los bosques y las ciénagas? ¿No te regocijabas por haber llegado al monte Ararat, en la cima del mundo, junto a tus poderosos amigos, sin haber sufrido ningún daño?

—Estás perdiendo el tiempo —dijo Marius—, si no te identificas.

—Lo haré en su momento, hermoso Marius —dijo la Voz—. En su momento. Ah, yo siempre he amado tanto las flores...

Risas.

Las flores. Vio en un destello las flores que había pintado esa noche en las paredes agrietadas y desconchadas de la casa abandonada. Pero ¿qué podía significar esa alusión? ¿Cuál podía ser su significado?

Daniel estaba a su lado.

—No quiero que vuelvas a separarte de mí —dijo Marius en voz baja, sin apartar la vista del luminoso horizonte—. Ni ahora, ni mañana, ni durante no sé cuántas noches más. Quiero que te quedes a mi lado. ¿Me has oído?

—Muy bien —dijo Daniel con tono agradable.

—Sé que estoy poniendo a prueba tu paciencia.

—¿Acaso yo no he puesto a prueba la tuya? —dijo Daniel—. ¿Acaso estaría aquí, o en ninguna parte, de no ser por ti?

—Haremos cosas juntos —dijo Marius, como aplacando a una esposa inquieta y exigente—. Mañana saldremos; iremos juntos de caza. Hay varias películas que deberíamos ver, ahora no recuerdo los títulos, no me viene...

—Dime, ¿qué ocurre?

Les llegó desde el salón la voz de Benji Mahmoud: «Entrad en la página web. Mirad vosotros mismos las imágenes. Mirad las fotografías que estamos colgando a cada hora. Muertes y más muertes entre los de nuestra estirpe. Os digo que esto es una nueva Quema.»

—¿No creerás todo eso, no? —preguntó Daniel.

Marius se volvió y le pasó un brazo por la cintura.

—No lo sé —dijo con franqueza, aunque consiguió sonreír de manera tranquilizadora. Prácticamente ningún otro bebedor de sangre había confiado en él tan enteramente como este: este bebedor de sangre al que tan fácilmente —y tan egoístamente— había rescatado de la locura y la desintegración.

—Lo que tú digas —dijo Daniel.

«Siempre he amado tanto las flores.»

—Sí, compláceme por ahora —dijo Marius—. Quédate cerca... donde yo...

—Ya. Donde tú puedas protegerme.

Marius asintió. De nuevo vio las flores, pero no las que había pintado esta noche en esta inmensa ciudad tropical, sino las flores pintadas hacía mucho tiempo en otra pared: las flores de un verde jardín por el que había paseado en sueños, de un jardín que llevaba al Edén reluciente que él mismo había creado. Flores. Flores estremecidas en sus vasijas de mármol, como en una especie de iglesia o santuario... Flores.

Más allá de las ringleras de flores frescas y fragantes, en el santuario iluminado por lámparas, se hallaba la pareja inmóvil: Akasha y Enkil.

Y en torno a Marius tomaban forma los jardines que él había creado para cubrir aquellas paredes: jardines resplandecientes de lirios y rosas y enredaderas trepadoras.

«Las enredaderas trepadoras.»

—Ven adentro —dijo Daniel dulcemente—. Es temprano. Si no quieres volver a salir, hay una película que quiero ver esta noche. Ven, vamos adentro.

Marius quería decir que sí, claro. Quería moverse. Pero permaneció inmóvil en la baranda mirando a lo lejos, ahora tratando de vislumbrar las estrellas más allá del velo de nubes. «Las flores.»

Le llegó otra voz desde el portátil de la mesita de café. Una joven bebedora de sangre de alguna parte del mundo que buscaba consuelo a través de las ondas mientras se desahogaba.

—Y dicen que ha sucedido en Irán, que hay un refugio convertido en una columna de humo. Nadie ha sobrevivido. Nadie.

—Pero ¿cómo lo sabemos entonces? —dijo Benji Mahmoud.

—Porque lo encontraron así a la noche siguiente, y todos los demás habían desaparecido, muertos, quemados. ¿Qué podemos hacer, Benji? ¿Dónde están los ancianos? ¿Son ellos los que nos están haciendo esto?

9

La historia de Gregory

Gregory Duff Collingsworth observaba y escuchaba desde Central Park. Era un hombre alto, de complexión recia y proporcionada, con el pelo oscuro muy corto y los ojos negros. Desde la profunda y fragante oscuridad de un macizo de arbustos, escuchaba y observaba con sus sentidos sobrenaturales todo lo que sucedía en el interior de la mansión *belle époque* donde vivía ahora la familia de Armand: todo lo que estaba sucediendo entre Antoine, Benji, Sybelle y el propio Armand.

Con su traje inglés gris a medida, sus zapatos marrones y su piel intensamente bronceada, Gregory tenía todo el aspecto del alto ejecutivo que había sido durante décadas. De hecho, su imperio farmacéutico era ahora mismo de los más florecientes del mercado internacional. En cuanto a él, era uno de esos inmortales que siempre habían poseído una extraordinaria capacidad para manejar la riqueza en «el mundo real».

Había venido desde Suiza no solo para ocuparse de ciertos negocios en sus oficinas de Manhattan, sino también para espiar de cerca a la legendaria asamblea de Nueva York.

Varias horas antes, cuando el joven Antoine había llegado en coche a la ciudad, había captado las ardientes emociones que agitaban a aquel bebedor de sangre; y si Armand hubiera intentado destruirlo, Gregory habría intervenido, instantánea y eficazmente, y se habría llevado al joven con él. Cosa que habría hecho simplemente porque tenía buen corazón.

Décadas atrás, en el exterior del único concierto de Lestat el vampiro, celebrado en San Francisco, Gregory había intervenido para rescatar a un bebedor de sangre negro llamado Davis y se lo había llevado en volandas hacia lo alto, salvándolo de la carnicería desatada contra los seguidores de Lestat por la Reina de los Cielos, que observaba la escena despiadadamente desde una colina cercana.

En el caso de este complejo e interesante bebedor de sangre, el joven Antoine, Gregory habría podido desviar fácilmente cualquier ráfaga del Don del Fuego disparada contra él; más aún si procedía de un vampiro tan sumamente joven e inexperto como el famoso Armand.

No es que Gregory tuviera nada contra Armand. Más bien al contrario. Estaba tan deseoso de conocerlo, en cierto modo, como de conocer a cualquier bebedor de sangre del planeta, aunque en el fondo de su corazón el sueño que acariciaba por encima de todo era el de conocer a Lestat. Gregory había venido esta noche a espiar a los vampiros del Upper East Side porque estaba convencido de que a estas alturas Lestat ya se habría reunido con ellos. Si Lestat hubiera estado allí —pero no estaba—, Gregory habría ido a llamar a la puerta.

Las emisiones de Benji Mahmoud contaban con su comprensión y simpatía, y Gregory había querido asegurarse una vez más de que Benji no era un ingenuo manipulado por hermanos y hermanas más poderosos que él, sino un alma auténtica que proponía la idea de un futuro para la tribu de los bebedores de sangre. Había quedado totalmente convencido. Benji, en efecto, no solo era auténtico, sino también una especie de rebelde en aquella casa, tal como lo demostraban las discusiones que había escuchado subrepticiamente.

—Ah, que mundo nuevo más espléndido el que contara con semejantes bebedores de sangre —suspiró Gregory, mientras reflexionaba sobre si debía darse a conocer ante los refinados y eruditos vampiros que vivían en la mansión que tenía delante, o si era mejor abstenerse por el momento.

Cuando se diera a conocer, en todo caso, la existencia secreta que había preservado durante más de mil años quedaría inalterablemente afectada; y a decir verdad, aún no estaba preparado para adoptar las medidas que serían necesarias llegado el momento.

No, por ahora lo mejor sería mantenerse a distancia, escuchar y procurar aprender.

Ese había sido siempre su sistema.

Gregory tenía seis mil años. Había sido creado por la reina Akasha; probablemente era solo el cuarto bebedor de sangre que esta había creado, tras la deserción de Jayman, su mayordomo, y de las desventuradas gemelas, Mekare y Maharet, que se convirtieron en los rebeldes de la Primera Generación.

Gregory se encontraba en el palacio real la noche en que nació la raza vampírica. Él no se llamaba Gregory entonces, sino Nebamun, y ese era el nombre que había usado en el mundo hasta la tercera generación después de Cristo, cuando adoptó el nombre de Gregory y empezó una nueva y larga vida.

Nebamun había sido amante de Akasha: un amante escogido entre la guardia especial que ella se había llevado desde la ciudad de Nínive a Egipto. Como tal, Nebamun no tenía la expectativa de vivir mucho. Era un joven lozano y robusto de diecinueve años cuando la Reina lo había escogido para la alcoba real; y solo tenía veinte la noche en que la Reina se convirtió en bebedora de sangre y le transmitió su maldición al rey Enkil.

Él, impotente, había permanecido escondido en un gran arcón de oro y plata, con la tapa lo bastante entreabierta como para contemplar en todo su horror la escena que se produjo aquella noche cuando los conspiradores apuñalaron al Rey y a la Reina. Había sido incapaz de proteger a su soberana. Luego, con ojos llorosos y horrorizados, había visto una nube de gotas de sangre que giraba como un torbellino por encima de la Reina moribunda y descendía bruscamente, introduciéndose en su cuerpo por las muchas heridas fatales que había recibido. Había visto después cómo ella se alzaba: sus ojos como las órbitas pintadas de una estatua; su piel blanca, centelleando a la luz de las lámparas. Y la había visto hundir sus dientes en el cuello de su marido agonizante, el rey Enkil.

Estos recuerdos los conservaba tan vívidamente como siempre: aún sentía el calor del desierto, la brisa fresca del Nilo. Oía los susurros y los gritos de los conspiradores asesinos. Veía las cortinas de hilo de oro atadas a las columnas pintadas de azul, e incluso veía las estrellas distantes e indiferentes en el cielo negro del desierto.

Como un ser repulsivo ella se había arrastrado sobre el cuerpo de su esposo. Ver cómo él bebía de la muñeca de la Reina y volvía a la vida con una sacudida, gracias a la sangre misteriosa, había constituido una visión espantosa.

Nebamun podría haberse vuelto loco después de aquello, pero era demasiado joven, demasiado fuerte, demasiado optimista por naturaleza para ser víctima de la locura. Había mantenido un perfil bajo, como decían ahora. Había logrado sobrevivir.

Pero durante bastante tiempo él había vivido con una condena de muerte pendiendo sobre su cabeza. Todo el mundo sabía que para complacer al celoso rey Enkil, Akasha liquidaba a sus amantes en cuestión de meses. Según decían, al Rey no le importaba que una serie de consortes fugaces desfilaran por la alcoba de la Reina cuando caía la noche, pero temía que alguno llegara a hacerse con el poder. Y aunque Akasha había tranquilizado a Nebamun cientos de veces, asegurándole con cariñosos susurros que no iba a ser ejecutado próximamente, él sabía que no era así y, de hecho, había perdido toda su capacidad para complacerla. Se pasaba las horas pensando en su vida, en el sentido de la vida en general, y emborrachándose. Desde que tenía memoria había sentido una gran pasión por la vida, y no quería morir.

Una vez que la Reina y el Rey fueron infectados por el demonio Amel, ella pareció olvidarse por completo de Nebamun.

Él había vuelto a las filas de la guardia que defendía el palacio frente a aquellos que llamaban «monstruos» al Rey y la Reina. No le contó a nadie lo que había presenciado. Una y otra vez, pensó en la misteriosa nube de gotas de sangre, en aquella masa giratoria de puntos diminutos como mosquitos que había entrado bruscamente en la Reina, como engullida por una profunda inspiración. Ella había intentado crear un nuevo culto después de aquello, firmemente convencida de que ahora era una diosa, de que la «voluntad de los dioses» la había sometido a esa divina violencia por sus virtudes innatas y por las necesidades del reino que gobernaba.

Bueno, todo eso, como dicen ahora, no era más que un montón de chorradas. Nebamun siempre había creído en la magia, sí, y también en dioses y demonios, pero siempre había tenido —como muchas personas de su época— una mentalidad despiadadamente práctica. Además, incluso si existían, los dioses podían llegar a ser caprichosos y malvados. Y cuando las brujas cautivas Mekare y Maharet le explicaron cómo se había producido el supuesto «milagro» y supo que no se trataba sino del capricho de un espíritu errante, Nebamun había sonreído.

Más tarde, una vez que los rebeldes fueron iniciados por el renegado bebedor de sangre Jayman, y que Mekare y Maharet empezaron a propagar también la «Divina Sangre», Nebamun fue llamado a la presencia de la Reina, y convertido en bebedor de sangre sin preámbulos ni ceremonia. Al despertar, sediento y medio enloquecido, su único deseo era sacarles a sus víctimas humanas toda la sangre y la vida que contenían.

—Ahora eres el jefe de mi ejército de sangre —le había explicado la Reina—. Vosotros constituiréis la «Guardia de los Sangre de la Reina» y perseguiréis a los rebeldes de la Primera Generación, como ellos osan llamarse, y a todos los bebedores de sangre ilegítimos creados por ellos que se atreven a rebelarse contra mí, contra el Rey y contra mis leyes.

Los bebedores de sangre eran dioses, le dijo la Reina a Nebamun. Ahora también él era un dios. Y en aquel momento, él había empezado a creerlo de verdad. ¿Cómo explicar, si no, lo que ahora veía con la nueva visión de la Sangre? Sus sentidos aguzados lo hechizaban y cautivaban. Se enamoró de la canción del viento, de los vivos colores que palpitaban en las flores y en las palmeras de los jardines de palacio, del pulso vivo de los suculentos humanos de los que se alimentaba.

Durante cuatro mil años había sido víctima de la superstición. El mundo le había parecido un lugar sombrío e inmutable, lleno de locura, de miseria e injusticia, donde los bebedores de sangre luchaban con los bebedores de sangre, del mismo modo que los humanos luchaban con los humanos. Y, finalmente, como muchos otros, había buscado refugio en la Madre Tierra.

Él sabía en su corazón dolorido lo que había sufrido el joven

Antoine. Únicamente existía un bebedor de sangre que afirmara no haber conocido nunca ese proceso de enterramiento y renacimiento, y se trataba de la gran e indomable Maharet.

Bueno, tal vez había llegado el momento de darse a conocer ante Maharet, de hablar con ella de aquellos tiempos remotos. «Tú siempre has sabido que fui yo, el capitán de los soldados de la Reina, quien te separó hace eones de tu hermana; quien os metió en ataúdes y os dejó a la deriva en mares distintos a bordo de sendas balsas.»

¿Acaso no estaba abocado a la destrucción el mundo de los no-muertos si quienes conocían la historia desde aquellas primeras noches no confrontaban y examinaban los antiguos secretos y los viejos horrores?

En realidad, Gregory ya no era el capitán de los odiados «Sangre de la Reina» que habían hecho esas cosas. Él recordaba aquellos tiempos, sí, pero no la fuerza de la personalidad o de la actitud que había detrás de todos esos recuerdos, ni tampoco los medios que le habían permitido sobrevivir a tantas noches de guerra, a tanto derramamiento de sangre. ¿Quién era Maharet? Realmente no lo sabía.

Cuando se alzó de la Madre Tierra en el siglo III de la Era Común, había empezado una nueva vida. Gregory fue el nombre que escogió entonces y que había conservado en adelante. En el transcurso de los milenios adquirió apellidos y riquezas a medida que los fue necesitando, pero no había recaído en la locura, ni recurrido a la Madre Tierra de nuevo; por el contrario, había construido un mundo para sí donde reinaban la riqueza y el amor. La riqueza era fácil de adquirir; tan fácil, de hecho, que le asombraban los rebeldes indigentes como Antoine y Killer —y su amado Davis— que deambulaban como vagabundos por la eternidad. En cuanto al amor de otros bebedores de sangre, también le había resultado fácil conseguirlo.

Su esposa de sangre de todos estos siglos se llamaba Chrysanthe. Había sido ella quien lo había educado en las costumbres de la era cristiana y del decadente Imperio romano cuando él se la había llevado de la ciudad árabe, entonces cristiana, de Hira —una deslumbrante capital del Éufrates— a la ciudad de Cartago, en el norte de África, donde habían vivido juntos muchos años. Allí, Chrysanthe le había enseñado griego y latín, así como la poesía, la historia y la filosofía de culturas cuya existencia él ignoraba totalmente cuando se había enterrado.

Ella le habló de las maravillas que Gregory había encontrado al alzarse de la tierra, le explicó cómo había cambiado el mundo —cuando él creía que era inmutable— y cómo habían cambiado también aquellos con los que había compartido la humanidad y la Sangre.

Gregory llegó a amar a Chrysanthe tal como había amado a su primera esposa de sangre: la Sevraine de ojos claros y pelo rubio a la que había perdido mucho tiempo atrás.

Ah, había descubierto maravillas en esos días iniciales, mientras el gran Imperio romano se desmoronaba a su alrededor: un mundo rebosante de monumentos y de un arte que habría resultado inconcebible para su antigua mente egipcia.

Y desde entonces el mundo no había hecho más que cambiar. Y cada nuevo milagro, cada nueva invención, cada nueva actitud, resultaba más asombroso que los anteriores.

Él había seguido una trayectoria ascendente desde aquellos siglos tempranos. Y había mantenido a su lado a los mismos compañeros que había adquirido en un principio.

Poco después de que Gregory y Chrysanthe establecieran su residencia en un palacio junto al mar, en Cartago, se les había unido un bello y digno griego de una sola pierna, Flavius, que, según explicaba, había sido iniciado en la Sangre por una poderosa y sabia vampira llamada Pandora, consorte por su parte de un vampiro romano de nombre Marius, que era el guardián del Rey y la Reina.

Flavius había huido de la casa de Marius porque este nunca había dado su consentimiento para que fuese iniciado. Al llegar al palacio de Chrysanthe y Gregory en Cartago, se había arrojado a los pies de ambos, solicitando su clemencia, y ellos lo habían acogido de buen grado: era un digno hijo de la Sangre. Había vivido en Atenas, así como en Antioquia, Éfeso y Alejandría, y había visitado Roma. Conocía las matemáticas de Euclides y las sagradas escrituras hebreas en su traducción griega, y hablaba de Sócrates y de Platón, de las meditaciones de Marco Aurelio y la historia natural de Plinio, de las sátiras de Juvenal y Petronio, y de los escritos de Tertuliano y Agustín de Hipona, que había muerto recientemente.

Qué maravilloso regalo había sido Flavius.

Nadie en la corte de la antigua Reina habría osado darle la Sangre a un ser marcado por la deformidad. Ni siquiera a los poco agraciados o de físico desproporcionado se les otorgaba la Sangre. Cada humano ofrecido al apetito despiadado del espíritu de Amel era una víctima sin mácula; más aún, una víctima dotada de los dones de la belleza, de la fuerza y del talento, que su hacedor debía examinar y atestiguar previamente.

Y, sin embargo, ahí estaba Flavius, un ser lisiado en su vida mortal, pero que brillaba con luz propia una vez en la Sangre: un ateniense reflexivo y culto que recitaba de memoria las narraciones de Homero mientras tocaba su laúd; un poeta y un filósofo que entendía de juicios y procedimientos legales, y que conocía al dedillo las historias de pueblos de la tierra de los que Gregory no tenía la menor noticia. Sentado durante horas a sus pies, pinchándole con preguntas, memorizando las historias y las canciones que salían de sus labios, él había aprendido muchísimo de Flavius. Y qué agradecido se había mostrado aquel honorable erudito.

—Contáis para siempre con mi lealtad —les había dicho a Gregory y Chrysanthe—, pues me habéis amado por lo que soy.

¡Y pensar que ese refinado bebedor de sangre conocía el lugar donde se hallaban la Madre y el Padre! Él los había visto a ambos en los ojos de Pandora, su hacedora; y había vivido bajo el mismo techo que Marius y Pandora, donde la Divina Pareja era custodiada y conservada.

Cuánto asombro le había causado a Gregory —al antiguo Nebamun— lo que explicaba Flavius sobre el rey Enkil y la reina Akasha, ahora transformados en dos estatuas ciegas y mudas, que no mostraban jamás el menor signo de conciencia y permanecían sentadas en el trono de un santuario dorado, rodeados de hileras de flores y de lámparas fragantes. Había sido el romano Marius quien había robado las dóciles figuras del Rey y la Reina a la casta sacerdotal de bebedores de sangre que había florecido durante siglos en Egipto. Los sacerdotes más ancianos habían tratado de destruir a la Madre y al Padre (como habían sido llamados con el tiempo), dejándolos bajo los rayos asesinos del sol. Y, en efecto, mientras el Rey y la Reina padecían esta blasfema ignominia, innumerables bebedores de sangre de todo el mundo perecieron envueltos en llamas. Los más viejos habían sido condenados a seguir vivos, aunque con la piel oscurecida, incluso ennegrecida, y con un dolor permanente al respirar. Akasha y Enkil simplemente habían adquirido una pátina de bronce a causa de aquel estúpido intento de inmolarlos, y el más anciano de los sacerdotes había sobrevivido y compartido la tortura de aquellos a quienes había pretendido abrasar hasta la muerte.

Pero por inestimable que fuera toda esta historia para Gregory —saber que su antigua soberana continuaba existiendo desprovista de poder—, lo que a él le interesaba de verdad no era la historia de la Sangre, sino el nuevo mundo romano.

—Enseñádmelo, enseñádmelo todo —les había dicho Gregory a Flavius y a Chrysanthe una y otra vez. Vagando por las bulliciosas calles de Cartago, llenas ahora de una mezcolanza de romanos, griegos y vándalos, se esforzaba en explicarles a sus dos devotos maestros lo mucho que le asombraba la riqueza de aquel mundo, que ellos daban por descontada: un mundo donde la gente común tenía oro en los bolsillos y comida en abundancia en la mesa, y donde se decía que la «salvación eterna» estaba reservada a los de humilde condición.

En su época, hacía ya tanto, solo los miembros de la corte y un puñado de nobles vivían en habitaciones pavimentadas. Y la eternidad correspondía únicamente a esa misma élite.

Pero ¿qué importaba? En realidad, no esperaba que Chrysanthe y Flavius le comprendieran. Él quería comprenderlos a ellos. Y como siempre, también extraía el conocimiento de sus víctimas, alimentándose tanto de sus mentes como de su sangre. ¡Qué mundo más inmenso habitaba la gente común! ¡Y qué árida y estrecha había sido la geografía que había enmarcado su vida en el pasado!

Habían transcurrido menos de doscientos años cuando otros dos bebedores de sangre se sumaron al clan de Gregory. Cartago ya no existía. Él y su familia vivían entonces en la ciudad italiana de Venecia. Como Flavius, los recién llegados también habían conocido al infame Marius, guardián del Rey y la Reina. Se llamaban Avicus y Zenobia, procedían de la ciudad de Bizancio y recibieron con alegría la invitación de Gregory de acogerse a la hospitalidad y la protección de su casa.

Avicus había sido un dios de sangre en Egipto, como Gregory, de manera que había oído hablar del gran Nebamun y sabía que había capitaneado a los Sangre de la Reina para expulsar de Egipto a los miembros de la Primera Generación. Ambos tenían, pues, mucho de que hablar de aquellos tiempos oscuros, de la tortura que implicaba ser dioses de sangre enclaustrados en santuarios de piedra, obligados a soñar y a pasar un hambre atroz entre las grandes festividades, cuando los fieles les llevaban sacrificios de sangre y les rogaban que examinaran los corazones con sus mentes sobrenaturales y distinguieran a los inocentes de los culpables. ¿Cómo había podido la Reina condenar a tantos a ese destino penoso y miserable, a ese espantoso y desgarrador aislamiento? Nebamun también había tenido al final su propia ración de ese «Servicio Divino».

No era de extrañar que Marius, obligado a entrar en la casta sacerdotal, hubiera robado a la Madre y al Padre —rechazando sin más la antigua superstición— para volver a llevar una vida romana racional por su propia cuenta.

Avicus, un egipcio alto y de piel oscura, todavía estaba medio enloquecido después de tantos años sirviendo al antiguo culto de la sangre. Había sido esclavo de la vieja religión hasta la llegada de la Era Común, mientras que Nebamun había huido miles de años antes. Su esposa de Sangre, Zenobia, era una mujer de delicada complexión y de rasgos exquisitos, con una abundante cabellera negra. Ella aportó al clan todo un universo de conocimiento nuevo, pues se había criado en el palacio del Imperio Oriental antes de ser iniciada en la Sangre por una mujer malvada llamada Eudoxia, que había combatido contra Marius y finalmente había sido derrotada.

Zenobia había quedado a merced de Marius, pero él la había amado y la había admitido en su clan de Sangre. Le enseñó a valerse por sí misma y había aprobado su amor por Avicus.

Ella se cortaba su larga cabellera cada noche y salía vestida con un atuendo masculino. Solo en el silencioso santuario del hogar retomaba sus atavíos femeninos y dejaba que la cascada negra de su pelo, que le crecía en el espacio de un día, volviera a caerle sobre los hombros.

Ni Avicus ni Zenobia alzarían jamás un dedo contra Marius, o eso le dijeron a su nuevo mentor. Marius era el guardián de la Madre y el Padre. Los mantenía en un magnífico santuario lleno de flores y de lámparas, con exuberantes jardines pintados en las paredes.

—Es el clásico romano inteligente y educado —había observado Flavius—. Y un filósofo a su manera. Y un patricio de pies a cabeza. Pero ha hecho todo lo que estaba en su mano para hacerles más soportable la existencia a los Divinos Padres.

—Sí, todo esto he llegado a comprenderlo —les había dicho Gregory—. La historia de este Marius está cada vez más clara. Nada malo ha de sucederle, por lo menos mientras proteja a los Divinos Padres. Por mi parte, os prometo una cosa, amigos míos, y prestad atención. Yo nunca os pediré que le hagáis daño a ningún bebedor de sangre, a menos que ese bebedor de sangre pretenda causarnos daño a nosotros. Nosotros cazamos a los malhechores y procuramos alimentarnos también de la belleza que vemos a nuestro alrededor, de las maravillas que tenemos el privilegio de presenciar, ¿no lo entendéis?

Ellos tardaron años en captar plenamente la filosofía de vida de Gregory, y lo poco que le importaban las guerras entre bebedores de sangre.

Pero él amaba a su familia, a su propio clan de Sangre.

Permanecieron juntos siglo tras siglo, alimentándose mutuamente con historias maravillosas y conocimientos compartidos, con un amor y una lealtad inflexible. La sangre antigua de Gregory proporcionaba vigor a todos los que se hallaban bajo su ala. De vez en cuando se les unían otros bebedores de sangre, pero solo temporalmente y sin integrarse nunca en el clan. Aun así, solían llegar y partir en paz.

Después de Venecia, hacia el año 800 se habían trasladado primero al norte de Europa y después, por fin, a la región ahora conocida como Suiza. Seguían recibiendo a otros con hospitalidad y no combatían con nadie salvo en defensa propia.

Para entonces Gregory se había convertido en un gran erudito de los no-muertos, y era autor de numerosos escritos sobre su naturaleza y sobre los cambios que sufrían con el paso del tiempo. Registraba minuciosamente los cambios que observaba en sí mismo, así los grandes como los pequeños, y también los episodios de dolor y enajenación de sus compañeros, sus motivos para vagabundear o para dejarse llevar por un hechizo, y los motivos que los impulsaban siempre a volver a casa. ¿Por qué los ancianos evitaban la compañía de otros ancianos y preferían aprender de los hijos mucho más jóvenes de otras eras?, ¿y por qué alguien como él no se decidía a encontrarse con otros seres a los que recordaba de aquellos tiempos sombríos, cuando le constaba sin la menor duda que algunos de ellos habían subsistido? Estas preguntas lo obsesionaban. Llenaba con sus ideas unos diarios encuadernados en piel.

Las Crónicas Vampíricas —así como los sucesos ocurridos en el mundo vampírico desde 1985, cuando Lestat había despertado a la reina Akasha, hasta la actualidad— habían ejercido en él una profunda fascinación. Gregory se había abismado en las páginas de aquellos libros, movido por un tenaz interés en la profunda corriente de observación psicológica que atravesaba la serie de principio a fin. En todos aquellos siglos jamás había encontrado entre los no-muertos unas almas tan poéticas como la de Louis de Pointe du Lac y Lestat de Lioncourt, e incluso como la de Marius, cuyas memorias desprendían el mismo profundo romanticismo y la misma melancolía que las obras de aquellos. Por más que hubiera sido un patricio romano, pensaba Gregory, Marius era ciertamente la encarnación del hombre de sensibilidad romántica, un ser que ahora hallaba solaz en su fuerza interior y en la fidelidad a sus propios valores.

Naturalmente, aquel fenómeno llamado romanticismo no era nada nuevo, pero Gregory creía entender por qué el mundo de los siglos XVIII y XIX lo había explorado y definido tan concienzudamente, modelando así a generaciones de humanos dotados de sensibilidad e impulsándolos a creer plenamente en sí mismos, de un modo hasta entonces inédito tanto entre los humanos como entre los vampiros.

Gregory, sin embargo, había vivido desde el comienzo de la

historia humana registrada y sabía bien que las «almas románticas» siempre habían existido y que no eran más que un tipo de alma entre muchos otros. En definitiva, siempre había habido románticos, poetas, parias y marginados: seres que hablaban de la enajenación tanto si contaban con las palabras acertadas para describirla como si no.

Lo que realmente había dado lugar al movimiento romántico en la historia de las ideas humanas era la riqueza: un aumento del número de personas que disponía de comida en abundancia, de la educación suficiente para leer y escribir, y del tiempo necesario para reflexionar sobre sus propias emociones.

Por qué otros no lo veían así, Gregory no acababa de entenderlo.

Él había presenciado el crecimiento de la riqueza desde los albores de la era cristiana. Ya cuando había salido del desierto egipcio, convertido en un despojo harapiento y medio enloquecido, se había quedado pasmado ante la abundancia de la que gozaba el pueblo del Imperio romano. Le había asombrado que los simples soldados fueran a caballo en la batalla (una ventaja inconcebible en sus tiempos), que las telas indias y egipcias se vendieran en todo el mundo conocido, que incluso las campesinas tuvieran sus propios telares y que las sólidas carreteras romanas comunicaran el imperio y estuvieran jalonadas a cada pocos kilómetros de caravasares para los viajeros, con comida de sobras para todo el mundo. Más aún, aquellos emprendedores romanos habían inventado una piedra líquida con la que construían no solo carreteras, sino acueductos para transportar el agua a lo largo de muchos kilómetros, hasta las ciudades en continuo crecimiento que formaban el imperio. Se exportaban vasijas, tazas y ánforas de factura exquisita hasta las ciudades más remotas para vendérselas a la gente común. De hecho, por las carreteras y las vías fluviales romanas se transportaban todo tipo de bienes prácticos y de objetos de lujo, desde tejas para las casas hasta libros de autores populares.

Sí, también se habían producido graves reveses. Pero pese a la caída completa del Imperio romano, Gregory no había visto más que «progreso» desde entonces, ya con los primeros inventos medievales: el tonel, la rueda de molino, el estribo y los nuevos arneses, que no ahogaban a los bueyes en los campos. Por no hablar del gusto cada vez más extendido por las ropas de bellos adornos, o de la construcción de inmensas catedrales donde el pueblo bajo podía seguir el culto junto a los más ricos y privilegiados.

Qué poco tenían que ver las grandes catedrales de Reims o de Amiens con los toscos templos del antiguo Egipto, únicamente reservados para los dioses y para un puñado de sacerdotes y gobernantes.

Y, sin embargo, le fascinaba y le intrigaba que hubiera sido necesaria la llegada de la era romántica para que aparecieran vampiros decididos a darse a conocer ante la historia, y además con la melancolía y con la carga filosófica que impregnaba aquella serie de libros.

Había otro aspecto clave en la cuestión que lo dejaba perplejo también. Gregory pensaba que la época actual era la mejor que él había conocido para los no-muertos. Y no entendía cómo los poéticos autores de las Crónicas Vampíricas no abordaban un hecho tan evidente.

Desde que se introdujo el alumbrado público en las ciudades de Europa y América, el mundo se había vuelto cada vez mejor para los no-muertos. ¿Acaso no entendían aquellos autores el milagro que habían supuesto las lámparas de gas de París, los arcos voltaicos que llevaban una luz solar virtual a cualquier parque o plaza del mundo, el prodigio de la electricidad, que había entrado en los hogares y los lugares públicos, llevando el brillo del sol tanto a las moradas modestas como a los palacios? ¿No sabían cómo habían afectado a la conducta humana los avances en la iluminación?, ¿no entendían lo que significaba para la aldea más diminuta contar con almacenes y supermercados profusamente iluminados y lo que significaba para la gente poder deambular a las ocho de la noche con la misma curiosidad y la misma energía que durante las horas de sol?

El planeta había sido transformado por la iluminación, por la magia de la televisión y los ordenadores, allanando el terreno a los bebedores de sangre como nunca en el pasado.

Bueno, aún podía comprender que Lestat y Louis dieran tales cosas por supuestas; ellos habían nacido durante la Revolución Industrial, tanto si lo sabían como si no. Pero ¿y el gran Marius? ¿Cómo era que él no se extasiaba ante aquel mundo moderno copiosamente iluminado? ¿Cómo se explicaba que no apreciara el enorme avance en libertad humana y en movilidad física y social que implicaban los tiempos modernos?

La verdad: estos tiempos eran perfectos para los no-muertos. No tenían nada vedado. Podían estar al tanto de todos los aspectos de la actividad diurna a través del cine y la televisión. Ya no eran en modo alguno Hijos de la Oscuridad. La Oscuridad había sido esencialmente desterrada de la tierra. Se había convertido en una mera opción.

¡Ah, cuánto le gustaría comentar sus puntos de vista con Lestat! ¿Cómo debían de estar afectando estas cosas al destino de los bebedores de sangre de todo el mundo? Y ahora que Internet abarcaba el planeta entero, ¿no resultaba evidente que la emisión que Benji Mahmoud efectuaba desde su propia casa no era más que el principio?

¿Cuánto tiempo habría de pasar para que las bases de datos permitieran a los bebedores de sangre de todas partes localizar a sus seres queridos, a sus seres extraviados, o a aquellos inmortales que solo habían sido para ellos una leyenda durante demasiado tiempo?

¿Y qué decir del cristal, por poner otro ejemplo? Bastaba reparar en lo que había ocurrido en el mundo gracias a la invención, a la evolución y al perfeccionamiento del cristal. ¡Gafas, telescopios, microscopios, vidrio cilindrado, paredes de cristal, palacios de cristal, torres de cristal! ¡La arquitectura del mundo moderno había sido transformada por el uso del cristal! ¡La ciencia misma había avanzado de un modo radical gracias a la disponibilidad del cristal!

(Le resultaba tremendamente irónico y acaso significativo que la gran Akasha hubiera sido decapitada por una gran lámina de cristal de bordes dentados. Al fin y al cabo, un inmortal de seis mil años es una criatura muy fuerte, dotada de una gran resistencia, y Gregory no sabía si con una simple hacha hubiera bastado para decapitar a la Reina; o si con una simple hacha bastaría para decapitarlo a él. Pero un enorme fragmento de vidrio cilindrado había resultado en la práctica lo bastante afilado y lo bastante pesado para separarle la cabeza del tronco a la Reina y para que se hubiera producido su muerte. Un accidente, sí, pero uno bien extraño a decir verdad.)

De acuerdo, la Asamblea de los Eruditos, tal como la llamaban, no estaba integrada por historiadores sociales o económicos. Pero seguro que unos románticos tan sensibles como Marius y Lestat se mostrarían interesados en las ideas de Gregory sobre el progreso, y sobre todo en su teoría de que esta venía a ser, por así decir, la Era de los Vampiros. Esta tenía que ser una Época Dorada, por usar una expresión de Marius, para todos los no-muertos.

¡Ah, ya llegaría el día en que los conociera!

Y aunque se decía a sí mismo que ese anhelo entusiasta era en buena parte infantil e ingenuo, e incluso ridículo, Gregory se sentía atraído casi obsesivamente por Louis y Lestat. En especial por Lestat.

Louis era un pobre peregrino lastimado, mientras que Lestat, aunque había estado recuperándose durante la última década, era el verdadero «corazón de león» a quien Gregory deseaba conocer con toda su alma.

A veces le parecía que Lestat era el inmortal al que había estado esperando durante todo este tiempo: aquel con el que deseaba comentar la infinidad de observaciones que había hecho sobre los no-muertos, sobre la trayectoria histórica que habían seguido a lo largo de seis mil años. Gregory, en realidad, estaba enamorado de Lestat.

Él lo sabía, y cuando Zenobia y Avicus se burlaban de él, o cuando Flavius decía que le preocupaba su estado, Gregory no lo negaba. Tampoco pretendía justificarlo. Chrysanthe lo comprendía. Ella siempre había comprendido sus obsesiones. Y también lo comprendía Davis, el dulce compañero negro al que había rescatado de la masacre desatada tras el concierto de Lestat. También él lo comprendía.

—Parecía un dios en aquel escenario —decía Davis, recordando el concierto de Lestat—. ¡Era el vampiro al que todos amábamos! Daba la impresión de que nada podía detenerlo, de que nada lo detendría jamás.

Pero algo había logrado detener a Lestat definitivamente, o al menos lo había frenado. Algún demonio de su misma ralea tal vez, o un agotamiento espiritual. Gregory deseaba saber, deseaba comprender lo que había ocurrido y ofrecerle su apoyo.

Había recorrido el mundo en secreto buscando a Lestat, y muchas veces había estado muy cerca de él, espiándolo, percibiendo su tremenda ira, su gran deseo de estar solo. En cada ocasión, incapaz de imponerle su presencia al objeto de su obsesión, Gregory se había echado atrás y se había retirado en silencio, decepcionado y en cierto modo avergonzado.

Hacía dos años, en París, se había acercado lo bastante como para verlo en carne y hueso. Había acudido precipitadamente desde Ginebra al recibir las primeras noticias de su aparición, pero aun así no había osado darse a conocer. Solo el amor podía crear un conflicto semejante, un anhelo semejante, un temor semejante.

Y ahora Gregory sentía la misma reticencia a darse a conocer ante el grupo de Nueva York residente en Trinity Gate. No se decidía a hacer una aproximación. No podía forzar las cosas y arriesgarse a un rechazo. No. Estas criaturas significaban demasiado para él. No había llegado el momento, aún no.

En los últimos años, de hecho, solo un bebedor de sangre lo había impulsado a salir de su anonimato, y ese había sido Fareed Bhansali, el médico vampiro de Los Ángeles, que lo había fascinado lo suficiente como para decidirse a revelarle su identidad, y ello por motivos bien concretos. Pues el tal Fareed era tan único a su modo —si es que lo único admite comparación— como los vampiros románticos Louis y Lestat, en el sentido de que Fareed era actualmente el único bebedor de sangre médico, al menos que Gregory supiera.

Había habido algunos en el pasado remoto, desde luego, pero eran sanadores rudimentarios y alquimistas, que perdían todo el interés en sus exploraciones científicas al ser iniciados en la Sangre; con razón, pues lo que podía conocerse científicamente había sido muy limitado durante miles de años.

Magnus, el gran alquimista parisino, había constituido un ejemplo perfecto de ello. Al alcanzar la vejez, encorvado y deformado por el desgaste natural de los huesos, había querido ser admitido en la Sangre, pero el vanidoso Rhoshamandes, que gobernaba entonces sigilosamente a los no-muertos de Francia, se había negado a iniciarlo, pues no permitía que el número de bebedores de sangre creciera hasta volverse inmanejable. Lleno de ira y amargura, Magnus se negó a resignarse y se las ingenió para robar la Sangre de un joven acólito de Rhoshamandes llamado Benedict. Atándolo y extrayendo la sangre de su cuerpo al anochecer, se convirtió en un bebedor de sangre con todas las de la ley, mientras Benedict, su hacedor, yacía comatoso y demasiado débil para romper las ligaduras e incluso para pedir socorro. ¡Qué oleada de consternación había provocado este astuto robo de la Sangre en todo el mundo de los no-muertos! ¿Cuántos se atreverían a imitar al osado Magnus? Bueno, la verdad es que bien pocos. Pues muy pocos bebedores de sangre fueron tan descuidados o tan estúpidos como el dulce Benedict lo había sido al confiarle a un «amigo» mortal la ubicación de su lugar de descanso.

Y entonces Magnus, aquel pensador verdaderamente revolucionario, volvió la espalda por completo a los conocimientos médicos y alquímicos de su vida humana, se encerró en una torre cerca de París y se entregó a las más amargas reflexiones, hasta que al fin se volvió loco. Su único logro real fue la captura e iniciación del vampiro Lestat. A este le legó su sangre, sus propiedades y todas sus riquezas.

Ah, qué horrorosos fracasos.

¿Y dónde estaba ahora Rhoshamandes? ¿Dónde estaba su magnífica progenie: la bella merovingia Allesandra, hija de Dagoberto I, o el deshonrado y eternamente compungido Benedict? ¿Allesandra realmente se había inmolado en una pira, en las catacumbas situadas bajo Les Innocents, solo porque el vampiro Lestat había entrado a saco en su mundo y destruido a los antiguos Hijos de Satán, que durante tanto tiempo habían mantenido su mente, su alma y su cuerpo prisioneros? Una pira habría bastado tal vez para destruir el cuerpo de Magnus; pero Allesandra ya era anciana antes de que este cobrara existencia, si bien su edad y su experiencia habían quedado oscurecidas más de una vez por la locura.

Gregory había tenido pocas noticias de Rhoshamandes durante aquellos siglos, pero había observado muchas cosas a distancia. ¿Por qué no? ¿Acaso no había sido Rhoshamandes su propio neófito? Bueno, no exactamente. La Madre había creado a Rhoshamandes para formar parte de los Sangre de la Reina y luego lo había puesto en manos de Gregory (de su devoto Nebamun) para que lo formara y adiestrara.

Había muchos otros a los que esperaba encontrar en el futuro, incluida su esposa de Sangre, Sevraine, a la que había perdido hacía tanto tiempo. Sevraine había llegado a Egipto como esclava, miles de años atrás: una mujer de pelo y ojos tan claros como los de las hechiceras pelirrojas, y él, Gregory o Nebamun, capitán de los Sangre de la Reina, la había amado tanto que la había iniciado sin la bendición de la Reina, cosa que había estado a punto de costarle la pena capital. Sevraine debía vivir ahora en algún rincón de este mundo. De eso Gregory estaba seguro. Y tal vez uno de los aspectos ocultos de todo este misterio actual era que los ancianos acabarían uniéndose de nuevo. Hasta Rhoshamandes saldría a la superficie, y también sus vástagos más fuertes, como Eleni y Eugénie, cautivas en tiempos de los Hijos de Satán de París. ¿Y dónde estaba Hesketh? Gregory no podía olvidarse de ella.

La trágica Hesketh había sido la bebedora de sangre más deforme con la que había tropezado: una criatura creada y amada por el viejo y renegado dios de sangre Tesjamen, el cual había escapado de los druidas que lo veneraban y que habían intentado acabar con él en una hoguera. Gregory se había tropezado con Hesketh y Tesjamen en las tierras agrestes de Francia, en el siglo VIII de la Era Común, cuando Rhoshamandes ejercía aún su mando en esa región, y más tarde en el norte remoto. Tesjamen tenía muchas cosas que contar; aunque ¿quién no? Seguro que unos seres tan sabios y robustos como Hesketh y Tesjamen seguían vivos todavía.

En fin, la cuestión era que el tal Fareed Bhansali, el médico vampiro, le había fascinado lo bastante como para impulsarle a darse a conocer. Aquel Fareed Bhansali parecía un ser único.

Y así, cuando se propagó la noticia de que había aparecido «en escena» un bebedor de sangre médico en Los Ángeles, que, de hecho, tenía una clínica entera dedicada al estudio de los no-muertos; y que ese médico era poderoso y brillante y había sido un consumado cirujano en Bombay antes de ser iniciado en la Sangre, Gregory decidió observarlo de cerca.

Más aún, se apresuró a actuar. Temía que las espantosas gemelas, Mekare y Maharet, que ahora tenían bajo su control al espíritu Amel, la fuente original de la Sangre, pudieran reducir a cenizas a aquel advenedizo. Gregory quería presentarse allí para impedirlo e incluso estaba dispuesto a poner a salvo a Fareed Bhansali en su propia casa de Ginebra.

No comprendía cómo era posible que ese médico no hiciera ningún esfuerzo para ocultarse. Pero lo cierto era que no hacía nada. De hecho, incluso parecía deseoso de proclamar su presencia, pues reclutaba para su investigación a vampiros rebeldes y vagabundos de todas partes.

Pero Gregory tenía otro motivo para localizar a Fareed.

Por primera vez en mil setecientos años, se preguntaba si la pierna que le faltaba a Flavius podía ser reemplazada por un ingenioso dispositivo de plástico y acero como los que habían perfeccionado los humanos de la época actual. Ahora había un médico vampiro que podía proporcionarle una respuesta.

Hizo falta un poco de persuasión para lograr que Flavius accediera a someterse a este experimento, o al menos a hacer la travesía de Europa a América. Pero una vez solventada esta dificultad, Gregory encontró a Fareed de inmediato.

En cuanto lo vio paseando por las calles arboladas de West Hollywood, una radiante noche de verano, comprendió que se había preocupado en vano por Fareed. A su lado caminaba un vampiro casi tan anciano como el propio Gregory, y en efecto, ese vampiro no era otro que Seth, el hijo de la antigua Madre.

Qué extraño verlo allí, a tantos eones de distancia de aquella época remota, caminando por las aceras de esa ciudad moderna, tan flaco y tan alto como siempre, con sus hombros recios y sus dedos esbeltos, con su cabeza voluminosa y bien formada y aquellos almendrados ojos oscuros. La piel oscura se le había aclarado con los eones, y ahora parecía un oriental de tez aceitunada, con el pelo negro muy corto y el porte aristocrático de los viejos tiempos.

El antiguo príncipe coronado.

Seth era un chico cuando su madre, la reina Akasha, había sido infectada con la sangre demoníaca, y, por su propia seguridad, fue enviado a Nínive. Pero más tarde, cuando arreciaron las guerras entre los Sangre de la Reina y la Primera Generación, la Madre, temiendo que Seth cayera en manos enemigas, había mandado a buscarlo y lo había iniciado en la Sangre.

Aunque a Gregory se le hubiera olvidado, Seth había sido un sanador, o al menos eso decían las historias de aquellos tiempos. Era un joven soñador y se había dedicado a vagar por las ciudades de los dos ríos buscando a otros sanadores de quienes adquirir conocimientos. Él no había querido volver a Egipto, a la corte envuelta de misterio de su madre. Todo lo contrario. Habían tenido que llevarlo allí a la fuerza.

Akasha le había dado a Seth la Sangre en una pomposa ceremonia celebrada en el palacio real. Él debía convertirse, dijo, en el mayor líder que los Sangre de la Reina hubieran conocido. Pero Seth había decepcionado a su madre y soberana, y había desaparecido en las arenas del desierto para sumirse en el olvido. Nadie había vuelto a saber de él.

Y ahora resultaba que era Seth —Seth, el sanador— quien caminaba junto a Fareed por las calles de Los Ángeles. Era la poderosa sangre de Seth la que ardía en las venas de Fareed. Claro. El antiguo sanador había creado al médico vampiro.

Fareed era casi tan alto como su creador y guardián. Tenía la tez de un impecable tono dorado y el pelo ondulado y negro como el azabache. Sus ojos eran verdes. Parecía un ídolo indio de Bollywood, se dijo Gregory, con aquel pelo exuberante y aquellos relucientes ojos verdes. Los ojos verdes eran extremadamente raros en la antigüedad. En aquel entonces uno podía pasarse toda una vida humana sin mirar jamás a un ser con los ojos azules o verdes. Habían sido los ojos azules y el pelo rojizo los que habían vuelto tanto más sospechosas y temibles a las hechiceras Mekare y Maharet ante los egipcios; y la bella esclava del norte, la amada Sevraine de Gregory, también había despertado temor por el mismo motivo.

E incluso más tarde, en la Era Común, cuando el griego Flavius había acudido a él, Gregory se había quedado deslumbrado por el milagro de su pelo dorado y sus ojos azules.

¡Con qué formalidad y cortesía se habían saludado Gregory y Seth! «¡Seth, amigo mío, han pasado seis mil años!»

Ni siquiera la Madre Mekare, que alojaba ahora al demonio, habría podido quemar o destruir a ese poderoso médico mientras Seth permaneciera a su lado. Y cada noche —como Gregory llegó a saber— Seth le daba una dosis de su sangre antigua.

—Dale tu sangre a Fareed y nosotros de buena gana haremos cualquier cosa para ayudar a Flavius —dijo Seth—, pues tu sangre también es pura.

—¿Realmente es tan pura? —preguntó Gregory, asombrado.

—Sí, amigo mío —dijo Seth—. Nosotros bebimos de la Madre. Los que bebieron de la Madre poseen un poder inigualable.

También el vampiro Lestat había bebido de la Madre, pensó Gregory para sus adentros. Y lo mismo Marius, el errante. Y los neófitos de Marius, Pandora y Bianca, habían bebido también de ella. Y los del propio Gregory, Avicus y Zenobia. Y Jayman, el pobre Jayman (¿realmente era solo un simplón bajo la protección de las gemelas?) había bebido asimismo de la Madre. ¿Cuántos más habrían bebido directamente de ella?

Una vez en la lujosa habitación del edificio donde Fareed tenía su alojamiento y su clínica, Gregory lo había tomado en sus brazos y había hundido sus dientes aguzados en el alma y en los sueños del médico. «Yo tomaré tu sangre y tú beberás de la mía, y nos conoceremos y nos amaremos el uno al otro, y seremos hermanos para siempre. Hermanos de Sangre.»

Fareed era un ser hermoso. Como muchos bebedores de sangre, su moralidad se había forjado en el crisol de su experiencia humana y no iba a sucumbir ahora a los halagos de la Sangre. Sería siempre un siervo de los vampiros, sí, pero respetando a todos los seres vivos y sin causarle daño a nadie, a menos que se tratara de alguien tan monstruoso que quedara por debajo de su escrupuloso cuidado.

Lo cual significaba que Fareed no podía hacer el mal: ni a los vampiros ni a los seres humanos. Los resultados de sus descubrimientos científicos jamás serían pervertidos ni utilizados de forma abusiva.

Ahora bien, malhechores incorregibles, inveterados e irredimibles sí había conocido Fareed a lo largo de su vida, y entre esa horda desenfrenada de vampiros estaba dispuesto a escoger a algún matón degenerado e inmundo, a algún ser realmente malvado y prescindible al que extirparle una pierna para injertársela a Flavius. De hecho, ya había tomado el cuerpo de más de un vampiro semejante para sus experimentos. Era totalmente franco en este punto. Jamás le haría nada parecido a un humano. Pero a un vampiro cruel, destructivo y despiadado, sí, estaba dispuesto a hacérselo. Y lo hizo para conseguirle a Flavius una pierna. ¡Una pierna de verdad que se convirtió en una parte de su cuerpo inmortal!

«¡Ah, qué nuevo mundo más maravilloso...!»

Aquellas noches pasadas con Fareed y Seth hablando interminablemente sobre experimentos y visiones científicas habían sido algo totalmente inaudito para Gregory.

—Si alguno de vosotros desea volver a sentir la pasión de los hombres biológicos, puedo lograrlo simplemente con unas inyecciones hormonales —dijo Fareed—, y, de hecho, me encantaría que me complacierais en este punto y me permitierais recoger la semilla obtenida en los experimentos.

—¿Estás diciendo que puede volver a salir de nosotros una semilla viva? —preguntó Flavius.

—Sí —respondió Fareed—. Lo he conseguido en un caso, aunque no era un caso ordinario.

Al parecer le había inoculado esas potentes hormonas a un vampiro del siglo XVIII, y la semilla, en efecto, había engendrado un hijo. Pero no había sido sencillo. De hecho, la conexión mágica se había llevado a cabo in vitro y el hijo era más bien un clon que un vástago nacido de una madre biológica.

Gregory se quedó atónito. Y Flavius igual.

Pero lo que impresionó a Gregory hasta el fondo del alma no fue que hubiese funcionado aquel alarde de laboratorio, sino que hubiera funcionado con un vampiro al que él había estado acechando por todo el mundo. Fareed se esforzó en mantener en secreto la identidad del vampiro. Pero cuando Gregory atrajo al médico hacia sí para beber su sangre y ofrecerle la suya a cambio, buscó imágenes y respuestas profundamente enterradas y se apoderó de ellas.

Sí, el gran poeta y cantante de rock Lestat de Lioncourt había engendrado un hijo.

Después, en una luminosa pantalla de una sala a oscuras, Fareed le había mostrado por fin imágenes de ese muchacho, que era la «viva imagen» de su padre hasta en los menores detalles y llevaba en sí la dotación genética del ADN paterno.

—¿Y Lestat lo sabe? —preguntó Gregory—. ¿Y ha reconocido a este muchacho? —Nada más pronunciar estas palabras, comprendió lo absurdas que eran y dedujo sin más la respuesta.

Lestat, dondequiera que estuviera, no sabía nada de la existencia del joven Viktor.

—No creo que Lestat intuyera ni por un momento —dijo Fareed— que yo iba a intentar nada semejante.

Mientras se desarrollaba esta conversación, Seth permanecía sentado entre las sombras junto a su estimado Fareed, con su estrecho y anguloso rostro totalmente impasible. Pero sin duda tanto él como Gregory estaban pensando lo mismo. Seth, el hijo humano de la Madre, había sido en su día el rehén más buscado por los enemigos de esta. De ahí que la Reina hubiera mandado a buscarlo y le hubiera dado la Sangre: para ponerlo a salvo del enemigo, que habría podido torturarlo sin descanso para exigirle a ella concesiones o la rendición total.

¿No podría aguardarle a ese joven humano el mismo destino?

—¿Y si los enemigos de Lestat lo han destruido ya? —dijo Flavius—. Nadie ha sabido de él desde hace mucho.

—Está vivo, estoy seguro —dijo Gregory.

Fareed y Seth no habían respondido.

Este encuentro se había producido años atrás.

El chico debía de tener ahora dieciocho o diecinueve; ya era todo un hombre a efectos prácticos, y tenía casi la misma edad que había tenido su padre cuando Magnus lo violó y lo convirtió en vampiro.

Antes de que Gregory y Flavius se despidieran, Seth les había asegurado que él no guardaba ningún viejo rencor a las gemelas por haber matado a su madre.

—Las gemelas saben que estamos aquí —dijo—. Tienen que

saberlo. Y no les importa. Ese es el secreto de la Reina de los Condenados actual. Que nada le importa, y a su hermana tampoco. Bueno, a mí sí que me importan muchas cosas; me importa todo lo que hay bajo el sol y la luna. Por eso creé a Fareed. Pero me tiene sin cuidado vengarme de las gemelas o verlas algún día frente a frente. Eso carece de interés para mí.

Seth no se había equivocado, desde luego, al decir que Maharet lo sabía, pero Gregory lo ignoraba en aquel entonces. Eso no lo había sabido sino mucho después. Y Seth, en realidad, se había limitado a especular en aquella conversación. Él y Fareed aún no se habían encontrado entonces con Maharet.

—Lo comprendo, lo comprendo muy bien —dijo Gregory en voz baja—. Pero ¿tú nunca has deseado sacar al demonio de Mekare e introducirlo en tu propio cuerpo? ¿Nunca has sentido el impulso de despacharla tal como ella despachó a la Madre?

—A mi madre, quieres decir —respondió Seth—. No. ¿Para qué iba a querer al demonio dentro de mí? ¿Acaso crees que, por ser su hijo, me considero con derecho a heredar ese demonio de ella? —Estaba a todas luces indignado.

—No lo pienso tanto en ese sentido —dijo Gregory, echándose atrás educadamente—. Sino más bien para que la amenaza de nuestra destrucción no quede en manos de otro. Para tener la fuente a buen recaudo en tu interior.

—¿Y por qué iba a estar más segura dentro de mí que dentro de cualquier otro? —dijo Seth—. ¿Es que tú has deseado alguna vez tener el Germen Sagrado dentro de tu cuerpo?

Esta última conversación la habían mantenido en la gran sala de estar de la residencia personal de Fareed. El frío de la noche de Los Ángeles invitaba a encender fuego, y los cuatro se habían acomodado alrededor de la chimenea en sillones de cuero. Flavius tenía extendida su nueva pierna —ya en pleno funcionamiento— sobre una otomana de piel, y la miraba de tanto en tanto con asombro. Por debajo de los pantalones de lana gris, solo se le veía el pie cubierto con un calcetín. De vez en cuando flexionaba los dedos, como para convencerse de que poseía plenamente aquella extremidad.

Gregory reflexionó sobre la pregunta de Seth.

—Hasta la noche en que Mekare mató a la Reina, yo no tenía

ni idea de que hubiera en la tierra una fuerza capaz de extraer el Germen Sagrado de Akasha y de traspasarlo al interior de otro ser —confesó.

—Pero ahora sí lo sabes —dijo Seth—. ¿Alguna vez has pensado tú mismo en intentar robarlo?

Gregory tuvo que reconocer que la idea nunca se le había ocurrido. De hecho, cuando repasaba la escena mentalmente —una escena que no había presenciado, que solamente había entrevisto en destellos telepáticos procedentes de lugares remotos y que había encontrado descrita en los libros de Lestat— le parecía siempre un episodio mítico.

—Todavía no entiendo cómo lo consiguieron —dijo—. Y no, yo jamás intentaría nada semejante; ni me gustaría tener dentro el Germen Sagrado.

Meditó largo rato, dejando que sus pensamientos fueran totalmente legibles para los demás, aunque, al parecer, solo Fareed y Flavius podían leerlos.

Él era un misterio para Seth, y Seth era un misterio para él, cosa común entre los miembros de la generación inicial.

—¿Por qué habría de querer alguien alojar el Germen Sagrado en su interior? —preguntó Gregory.

Seth no respondió de inmediato. Tras una larga pausa, habló en voz baja y nítida.

—Tú sospechas que yo estoy conspirando, ¿no? Crees que nuestro trabajo aquí se reduce a un simple complot para apoderarse de la fuente, ¿no es eso?

—No, no es cierto —dijo Gregory. Se había quedado estupefacto. Podría habérselo tomado como un insulto, pero no formaba parte de su estilo sentirse insultado.

Seth lo miraba fijamente; lo miraba como si lo odiara. Gregory comprendió que estaba en un momento crucial.

También él podía odiar a Seth, si así lo decidía. Podía temerlo, o sentir celos por su edad y su poder.

Pero no quería hacer nada de eso.

En ese momento pensó con tristeza en lo mucho que había soñado con encuentros como este. Había soñado que se daba a conocer ante la gran Maharet solo para hablar con ella, para hablar y hablar interminablemente, tal como estaba siempre haciendo con los miembros de su querida y pequeña familia, los cuales nunca entendían del todo de qué estaba hablando.

Miró para otro lado.

No iba a despreciar a Seth. No iba a tratar de intimidarlo. Si algo había aprendido de su larga estancia en este mundo era que él podía intimidar a la gente mucho más allá de sus intenciones de hacerlo.

Cuando te habla una estatua, una estatua capaz de respirar y moverse, la impresión es más bien horrorosa.

Pero con Fareed y Seth, Gregory deseaba mantener un trato cordial.

—Quiero que seamos hermanos —le había dicho a Seth en voz baja—. Me gustaría que hubiera una palabra más adecuada para los hermanos y hermanas de todo el mundo, algo más específico que «clan» o «linaje». Pero vosotros sois de mi clan. He intercambiado sangre con vosotros, y eso os convierte en parte de mi clan de Sangre. Pero todos somos del mismo clan.

Se había quedado mirando con impotencia la chimenea ornamentada. Mármol con vetas negras. Dorados franceses. Morillos de oro resplandeciente. Dejó que cobrara vida su oído sobrenatural; oyó voces más allá de los cristales: las voces de millones, en ondas suaves y sinuosas, puntuadas por la música de los gritos, de las plegarias, de las risas.

Entonces empezó a hablar Fareed. Habló de su trabajo más reciente y dijo que ahora Flavius habría de usar aquella pierna «viviente» que le había injertado con tanta destreza. Y continuó explayándose sobre los puntos más delicados de la larga intervención quirúrgica durante la cual le había fijado la pierna, y también sobre la naturaleza de la Sangre, que hacía que se comportara de un modo muy distinto que la sangre humana.

Usó infinidad de vocablos latinos que Gregory no entendía.

—Pero ¿qué es esa cosa, el demonio Amel? —preguntó Gregory de golpe—. Ah, perdona que no comprenda lo que significan todas esas palabras. Pero ¿qué es esa fuerza vital que tenemos dentro? ¿En qué sentido ha transformado la sangre para convertirla en la Sangre?

Fareed pareció agradablemente absorto en la cuestión mientras empezaba a responder.

—Esa cosa, ese monstruo, Amel..., está compuesto de nano-partículas, cómo podría expresarlo, de células infinitamente más pequeñas que las células eucariotas más diminutas que nosotros conocemos. Pero de células, ¿entiendes? Tiene vida celular, dimensiones, límites, una especie de sistema nervioso, un cerebro o un núcleo de algún tipo que rige su naturaleza física y sus propiedades etéreas. Tuvo inteligencia en su día, si hemos de creer a las hechiceras. Poseyó incluso una voz.

—¿Quieres decir que puedes ver esas células bajo un microscopio? —preguntó Gregory.

—De ningún modo —dijo Fareed—. No puedo. Conozco sus propiedades por su modo de comportarse. Cuando un humano es transformado en vampiro viene a ser como si un tentáculo de ese monstruo invadiera el nuevo organismo y se enganchara por sí solo en el cerebro humano y como si, poco a poco, empezase a transformarlo. La senescencia se detiene para siempre. Y la sangre alquímica empieza a operar sobre la sangre humana, empieza a absorberla lentamente y a transformar lo que no absorbe. Actúa sobre todos los tejidos biológicos; se convierte en la única fuente de desarrollo y cambio celular del cuerpo huésped. ¿Me sigues?

—Bueno, sí. Eso lo he entendido siempre, creo —dijo Gregory.

—Y ahora necesita más sangre humana para proseguir su trabajo.

—¿Cuál es el objetivo de ese trabajo? —preguntó Flavius.

—Convertirnos en huéspedes perfectos para él —dijo Fareed.

—Y beber sangre, siempre más sangre —dijo Gregory—. Empujarnos a beber más. Recuerdo cómo gritaba la Reina aquellos primeros meses. La sed era insoportable. El monstruo quería más sangre. Las hechiceras pelirrojas se lo dijeron antes de recibir ellas mismas la Sangre. «Quiere más sangre.»

—Pero yo no creo que ese sea su objetivo principal —dijo Fareed—. Ni que lo haya sido nunca. ¡Aunque tampoco estoy seguro de que sea consciente de un objetivo! Eso es lo que quiero saber por encima de todo. ¿Tiene conciencia de sí? ¿Es un ser consciente alojado dentro del cuerpo de Mekare?

—Pero en el comienzo mismo —dijo Gregory—, los espíritus del mundo dijeron a las gemelas que Amel, una vez fundido con la Reina, ya no era consciente. Dijeron: «Amel ya no existe.» Dijeron que ahora estaba perdido dentro de la Madre.

Fareed se rio entre dientes mirando el fuego.

—Yo estaba allí —dijo Gregory—. Recuerdo bien el momento en que las gemelas dijeron estas cosas.

—Por supuesto que estabas allí. Lo que me asombra es que después de todas las generaciones que has visto desfilar a lo largo de tu existencia, todavía creas que esos espíritus hablaron realmente con las hechiceras.

—Me consta que lo hicieron.

—¿De veras? —preguntó Fareed.

—Sí —dijo Gregory—. Me consta.

—Bueno, tal vez sea así, y tal vez los espíritus decían la verdad y esa cosa carezca de mente y haya sido subsumida. Pero yo no puedo evitar preguntármelo. Te aseguro que no existen los entes desencarnados. Esa cosa, Amel, no es un ente desencarnado, sino algo de un inmenso tamaño y de una compleja organización; algo que ha llegado a transformar tan exhaustivamente a su huésped y a todos los que se hallan conectados... —Y de repente su lenguaje volvió a asumir un vocabulario tan indescifrable para Gregory como las sílabas emitidas por los pájaros o los delfines.

Gregory intentó penetrar aquel lenguaje con todas las facultades de su mente; trató de vislumbrar las imágenes, las formas que se ocultaban detrás. El esquema general. Pero solo entrevió algo parecido al panorama de las estrellas del firmamento y a los patrones infinitos y puramente casuales con los que estaban distribuidas.

Fareed seguía hablando.

—... sospecho que esas criaturas que nosotros hemos llamado durante miles de años espíritus o fantasmas se nutren de la atmósfera. Ahora, qué percepción tienen de nosotros es imposible saberlo. Hay una cierta belleza implícita en ello, supongo, una belleza como la que existe en toda la naturaleza, y esas criaturas sin duda forman parte de la naturaleza...

—Belleza —dijo Gregory—. Yo creo que hay una belleza en todas las cosas. Lo creo. Pero he de encontrar la belleza y la coherencia en la ciencia también, o nunca llegaré a comprender.

—Escucha —dijo Fareed suavemente—. Yo fui iniciado porque este es mi campo, mi lenguaje, mi dominio. Tú no necesitas entenderlo plenamente. No puedes comprenderlo del mismo modo que Lestat o Marius o Maharet no pueden comprenderlo, ni tampoco millones de personas que no poseen la capacidad de absorber el conocimiento científico o de utilizarlo de ningún modo, como no sea en un sentido práctico...

—Yo soy ese inútil aquí —dijo Gregory, asintiendo.

—Pero confía en mí —dijo Fareed—. Créeme cuando te digo que yo estudio para *nosotros*. Estoy en condiciones de estudiar lo que no puede estudiar ningún científico humano. Y no creas que no lo han intentado, porque sí que lo han hecho.

—Sí, lo sé —dijo Gregory. Pensó en aquellas noches lejanas de 1985, tras el famoso concierto de Lestat en San Francisco, cuando varios científicos reunieron los restos abrasados que encontraron en los aparcamientos de los alrededores.

Él había observado sus trabajos con fría imparcialidad.

Pero no habían obtenido el menor resultado, absolutamente ninguno, como tampoco se habían obtenido nunca resultados de los vampiros que de vez en cuando eran capturados por los científicos y encerrados en laboratorios para ser sometidos a estudio, hasta que ellos se fugaban espectacularmente o hasta que eran rescatados también de un modo espectacular. Nunca habían sacado nada en claro. Solo que ahora había en el mundo treinta o cuarenta científicos que afirmaban frenéticamente que existían vampiros de verdad, que ellos los habían visto con sus propios ojos. Pero esos eran parias en su profesión y el mundo los consideraba una pandilla de lunáticos.

Hubo una época en la que Gregory abandonaba la seguridad de su ático de Ginebra para ir a rescatar a cualquier pequeño vampiro bastardo que hubiera acabado en un laboratorio bajo la intensa luz de los fluorescentes y la atenta mirada de los agentes del gobierno. Él se apresuraba a liberarlos y destruía todas las pruebas que hubieran recogido los científicos. Pero ahora raramente se molestaba. No valía la pena.

Los vampiros no existían, todo el mundo lo sabía. Las novelas populares, las series de televisión y las entretenidas películas sobre vampiros servían para reforzar esa creencia común.

Además, los vampiros capturados casi siempre se escapaban. Tenían fuerza de sobras. Si los atrapaban en un momento de confusión o debilidad, se recomponían poco a poco, aguardaban a la ocasión propicia, seducían a sus captores fingiendo cooperar y luego les aplastaban el cráneo, quemaban los laboratorios y regresaban al mundo velado en sombras de los no-muertos, sin dejar nunca la menor prueba de que habían sido momentáneamente ratas de laboratorio.

No sucedía demasiado a menudo, de todos modos.

Fareed estaba al corriente de todo esto. Tenía que estarlo.

Tanto si le ayudaban como si no, se dijo Gregory, él lo descubriría todo.

Fareed se echó a reír. Reía con facilidad y alegría, con la cara entera, entornando sus ojos verdes y curvando los labios. Había estado leyéndole el pensamiento.

—Tienes razón —dijo—. Mucha razón. Y algunos de esos pobres investigadores condenados al ostracismo que se dedicaban a rascar del asfalto residuos aceitosos de monstruos míticos, ahora trabajan conmigo en este edificio. Se convierten en discípulos extraordinariamente voluntariosos de las enseñanzas que Seth y yo podemos ofrecer.

Gregory sonrió.

—No me sorprende en absoluto.

A él nunca se le había ocurrido iniciar a tales criaturas.

En aquella noche lejana en San Francisco, cuando el concierto de Lestat había desembocado en una masacre llameante, su único pensamiento había sido rescatar a su precioso Davis del holocausto general. Que los médicos humanos hicieran lo que quisieran con los huesos y la mugre viscosa que habían dejado los bebedores de sangre abrasados.

Él había cogido a Davis en brazos y se había elevado hacia el cielo antes de que la Reina pudiera fulminarlo con sus ojos letales.

Solo más tarde, cuando el chico estaba a salvo y la Reina se había retirado, regresó para observar de lejos a los técnicos forenses que estaban recogiendo «pruebas».

Mientras permanecía con Fareed en Los Ángeles, se había

parado a pensar unos instantes en Davis, en su piel oscura y acaramelada, en aquellas espesas pestañas negras, tan comunes entre los hombres de ascendencia africana. Habían transcurrido casi veinte años desde la noche del concierto y, sin embargo, solo ahora estaba Davis empezando a ser él mismo, a recobrarse de las profundas heridas de su temprano exilio en la Sangre. Ahora volvía a bailar de nuevo, como muchos años atrás, en Nueva York, cuando era chico: antes de que una aguda ansiedad hubiera acabado con todas sus posibilidades de entrar en la escuela de baile Alvin Ailey y lo hubiera postrado en la espantosa decadencia mental en la que se hallaba sumido cuando fue transformado en vampiro.

Bueno, esa era otra historia. Davis le había enseñado cosas sobre esta época que Gregory jamás habría adivinado por sí mismo. Tenía una voz tan suave y sedosa que incluso los comentarios más simples sonaban como una confidencia extraordinaria. Usaba un tono siempre amable, además. Y tenía una mirada de infinita dulzura. Davis se había convertido en esposa de Sangre de Gregory en la misma medida que Chrysanthe; y ella también amaba a Davis.

En la severa y moderna sala de estar de Los Ángeles, con sus cuadros impresionistas y su chimenea francesa, Fareed permaneció largo rato en silencio, reflexionando únicamente para sí, encubriendo herméticamente sus cavilaciones.

Al fin, dijo con suavidad:

—No debes hablarle a nadie de Viktor.

Se refería al hijo biológico de Lestat.

—Desde luego. Pero se sabrá. Se acabará sabiendo. Seguro que las gemelas ya lo saben a estas alturas.

—Tal vez sí —dijo Seth—. O tal vez no. Quizá ya están más allá de cualquier preocupación por lo que nos suceda en este mundo. —Su voz no era fría ni hostil. Hablaba con un tono uniforme y educado—. Quizá no han venido aquí porque lo que hacemos les inspira indiferencia.

—En todo caso, debes mantener el secreto —dijo Fareed—. Nosotros pronto nos mudaremos desde este edificio a un complejo más protegido y aislado. Viktor estará allí más seguro.

—¿No lleva una vida humana normal ese joven? —preguntó

Gregory—. No es que pretenda cuestionar vuestro criterio. Solo lo estoy preguntando.

—Mucho más de lo que podrías pensar, en realidad. Al fin y al cabo, durante el día está protegido por los guardaespaldas que le proporcionamos. Y, además, ¿qué ganaría nadie tomándolo como rehén? Uno ha de querer obtener algo antes de tomar un rehén. ¿Qué tiene Lestat que ofrecer, aparte de sí mismo? Lo cual no es algo que pueda arrancarse por la fuerza.

Gregory asintió, un tanto aliviado al considerar la cuestión desde ese punto de vista. Habría sido una grosería insistir para sacar más información. Pero, desde luego, sí había un motivo para tomar al joven como rehén: exigir la poderosa Sangre de Lestat o de Seth. Mejor sería no comentarlo.

Debía dejar ese misterio en manos de Seth y Fareed.

Pero se preguntó secretamente si Lestat de Lioncourt no se pondría furioso cuando descubriera la existencia de Viktor. Todo el mundo sabía que Lestat tenía tanto genio como sentido del humor.

Antes de que concluyera la noche, Fareed había hecho algunas afirmaciones más sobre la naturaleza vampírica.

—Ah, ojalá supiera —dijo— si esa cosa es completamente inconsciente o conserva aún una vida autónoma, y si desea algo o no. Toda vida desea algo. Toda vida se mueve hacia un fin...

—¿Y nosotros qué somos entonces? —había preguntado Gregory.

—Somos mutantes —respondió Fareed—. Somos una fusión de especies totalmente alejadas entre sí, y la fuerza que convierte nuestra sangre humana en sangre vampírica nos está convirtiendo en algo perfecto; ahora bien, qué es ese algo, qué será, qué debiera ser... no lo sé.

—Él quería ser una criatura física —dijo Seth—. Eso era bien sabido en la antigüedad. Amel quería ser de carne y hueso. Y consiguió lo que quería, pero se perdió él mismo en el proceso.

—Quizá —dijo Fareed—. Pero ¿alguien desea realmente ser una criatura mortal de carne y hueso? Lo que quieren todos los seres es la inmortalidad en carne y hueso. Y ese monstruo quizá se ha acercado más a ese objetivo que cualquier espíritu que posee temporalmente a un niño, a una monja o un vidente.

—No si resulta que se ha perdido en el proceso —dijo Seth.

—Lo dices como si Akasha lo hubiera poseído a él —observó Fareed—. Pero su objetivo era poseerla a ella, no lo olvides.

Esto había asustado a Gregory y le había enseñado algo.

Pese a sus constantes afirmaciones de que deseaba aprender sobre todas las cosas, de que deseaba amar y abarcar el mundo en su permanente evolución, este nuevo conocimiento que Fareed estaba adquiriendo lo atemorizaba. Lo atemorizaba de verdad. Por primera vez, comprendió cabalmente por qué los humanos religiosos temían tanto los avances científicos. Y descubrió el fondo de superstición que había en él.

Bien, pues suprimiría aquel temor; aniquilaría la superstición que llevaba dentro y se esforzaría en dominar su antigua fe.

A la noche siguiente, al caer el crepúsculo, se habían abrazado por última vez.

Gregory se llevó una sorpresa cuando Seth se le acercó y lo estrechó entre sus brazos.

—Yo soy tu hermano —susurró, aunque lo dijo en la antigua lengua, aquella lengua arcaica que ya no se hablaba en ninguna parte bajo la luna o el sol—. Perdona que haya sido frío contigo. Te temía.

—Y yo te temía a ti —le confesó Gregory, mientras la antigua lengua acudía a su memoria en una dolorosa oleada—. Hermano mío. —Sangre de la Reina y Pariente de Sangre. No, era algo mucho más grande, infinitamente más grande. Y el hermano no traiciona al hermano.

—Vosotros dos sois muy semejantes —dijo Fareed suavemente—. Incluso os parecéis: los mismos pómulos prominentes, los mismos ojos ligeramente almendrados, el mismo pelo negro como el azabache. Ah, alguna noche de un futuro lejano completaré el estudio del ADN de cada inmortal del planeta... ¿Qué nos dirá sobre nuestros ancestros humanos y sobre nuestros ancestros en la Sangre?

Seth había abrazado a Gregory más calurosamente después de aquello, y este le había devuelto el afecto de todo corazón.

Al volver a Ginebra, Gregory guardó el secreto sobre Viktor y no se lo contó siquiera a Chrysanthe. Tampoco a Davis, Zenobia o Avicus. Flavius también guardó el secreto; y en los meses siguientes aprendió a confiar en su nueva y perfecta extremidad, hasta que realmente llegó a formar parte de él.

Habían pasado años desde entonces.

El mundo de los no-muertos no sabía nada de Viktor. Y Fareed no le había hablado a nadie de Gregory Duff Collingsworth y de su clan sobrenatural.

Y hacía dos años, mientras espiaba en París el encuentro de Lestat con David y Jesse, Gregory se dio cuenta de que Lestat aún no tenía ni idea de la existencia de Viktor. También descubrió, escuchando la conversación de los tres en la habitación del hotel, que Fareed y Seth seguían progresando en sus proyectos, aunque ahora en un nuevo complejo en el desierto de California, y que la propia Maharet había acudido a Fareed para valerse de sus conocimientos.

Esto lo había tranquilizado enormemente. Él no quería considerar a las gemelas como criaturas dominadas por la ambición. Le daba pavor la sola idea. Y le había reconfortado mucho saber que los equipos de escáner y resonancia magnética de Fareed no habían detectado ninguna mente en el interior de la muda Mekare. Sí, eso era mejor que la multitud de ambiciones y sueños radicales de Akasha.

Lo que le había inquietado aquella noche en París, mientras escuchaba subrepticiamente la conversación, había sido lo que explicó Jesse Reeves sobre la masacre desatada en la biblioteca y los archivos del complejo de Maharet, y sobre el estado de confusión y dolor en el que Jayman había quedado sumido. Jayman siempre había estado al borde de la locura, por lo que él sabía. Cada vez que se lo había cruzado en su camino, lo había visto más o menos enloquecido. En la época de Rhoshamandes, había sido conocido como Benjamin el Diablo, y la Orden de la Talamasca lo había acabado estudiando bajo ese nombre. Pero Gregory consideraba entonces inofensiva a la Talamasca: tan inofensiva como el propio Jayman. Ese era el vampiro ideal para los tratados que ellos elaboraban. Los idiotas como Benjamin el Diablo y los embaucadores como Lestat los reafirmaban en la creencia de que los no-muertos eran inofensivos y más interesantes vivos que muertos.

¡Y pensar que, antes de la horrorosa masacre en el complejo, la gran Maharet lo había estado espiando a él, a Gregory, en Ginebra, y que incluso había sopesado la idea de un encuentro entre todos ellos! Esta información había aumentado la excitación y el temor que Gregory sentía. ¡Cuánto le gustaría hablar ahora con Maharet! Pero le había faltado el valor para hacerlo dos años atrás, cuando se había enterado de estas cosas espiando a Jesse Reeves, y también le faltaba valor ahora.

Ahora, en el año 2013, mientras permanecía en Central Park, en esa cálida noche de septiembre, observando, escuchando lo que sucedía en Trinity Gate, donde Armand, Louis, Sybelle y Benji se habían reunido en torno a su nuevo compañero, Antoine, todas estas cosas pesaban en su corazón.

¿Era cierto que Lestat ignoraba la existencia de Viktor? ¿Y dónde estaban las gemelas en este preciso momento?

Gregory se dio cuenta de que no iba a reunirse con Armand y Louis y los demás aquella noche, por mucho que ahora estuviera saliendo de la mansión la música más encantadora del mundo: Antoine tocaba de nuevo su violín acompañando a Sybelle al piano, y ambos recorrían los estimulantes *crescendos* de Tchaikovski sin esfuerzo aparente, insuflando a la música el encanto y la locura que los caracterizaba a ambos.

Pero sin duda llegaría el momento en el que todos deberían encontrarse.

¿Cuántos sucumbirían al fuego antes de que esa reunión tuviera lugar?

Dio media vuelta y se adentró en las tinieblas de Central Park South, caminando cada vez más deprisa, mientras se le agolpaban los pensamientos en la cabeza y reflexionaba sobre si debía quedarse en la ciudad o volver a casa.

Había pasado la noche anterior en su ático de Central Park South y se había asegurado de que todo estaba en orden por si se daba el caso de que tuviera que traer aquí a su familia. Él era el propietario del edificio, y las criptas del sótano eran tan seguras como las de Louis y Armand. Ya no le hacía falta volver allí ahora. Echaba de menos Ginebra, su propia guarida.

Y, de repente, sin una decisión consciente, empezó a ascender por el aire: tan rápidamente que ningún ojo humano habría podido seguir su trayectoria mientras se elevaba más y más alto, mientras viraba hacia el este y la ciudad de Nueva York se iba alejando allá abajo, aunque persistiera convertida en una interminable y preciosa alfombra de lucecitas palpitantes.

«Ah, ¿qué aspecto tienen para el cielo las grandes ciudades electrificadas del mundo? ¿Qué aspecto tienen para mí?»

Quizás esas galaxias urbanas de eléctrico esplendor ofrecían un homenaje a los cielos, una imagen especular de las estrellas.

Subió cada vez más alto para evitar el viento que habría detenido su avance y, finalmente, alcanzó las capas más altas de la estratosfera, bajo el vasto dosel de las estrellas.

A casa, quería volver a casa.

Una especie de pánico se apoderó de él.

Mientras se movía hacia el este por encima de las aguas oscuras del Atlántico, oyó la voz de Benji Mahmoud emitiendo de nuevo desde Nueva York. Su encuentro con Antoine había sido interrumpido, al parecer, por una información estremecedora.

—Ahora ha sucedido en Amman. Los vampiros de Amman han sido masacrados. Es la Gran Quema, Hijos de la Noche. Ya estamos seguros. Tenemos informaciones de masacres perpetradas en otros lugares al azar. Estamos intentando confirmar ahora si los refugios de Bolivia han sido atacados.

Apurando sus fuerzas hasta el límite, Gregory viajó aún más aprisa hacia el continente europeo, bruscamente desesperado por llegar a su hogar, mientras las llamadas de Benji se desvanecían bajo el rugido del viento. Por los más ancianos del clan —Chrysanthe, Flavius, Zenobia y Avicus— apenas sentía temor. Pero ¿y su amado Davis? ¿Sería posible que su amado Davis volviera a sufrir el aliento ardiente de la Quema, que a punto había estado de borrarlo de la faz de la tierra en otra ocasión?

Todo estaba en orden cuando llegó, pero ya casi amanecía. Había perdido la mitad de la noche viajando hacia el este y estaba exhausto en cuerpo y alma. Tuvo tiempo de abrazar a Flavius y Davis, pero Zenobia y Avicus ya se habían retirado a los sótanos situados bajo el hotel de diez plantas.

Qué fresco y qué hermoso le pareció Davis, con su reluciente piel oscura y sus ojos acuosos. Había estado en Zúrich de caza con Flavius y ambos acababan de regresar. Gregory percibió en él el olor de la sangre.

—¿Todo bien entre la gente de Trinity Gate? —preguntó Davis. Se moría de ganas de volver a Nueva York, Gregory lo sabía; de visitar de nuevo su antiguo hogar de Harlem y los lugares donde había intentado, de joven, convertirse en un bailarín de Broadway. Estaba seguro de que el pasado ya no podía dañarlo, pero quería poner a prueba esa esperanzada convicción.

En voz baja, Gregory le explicó que su viejo compatriota Killer, de la Banda del Colmillo, estaba vivo: que el joven Antoine se lo había encontrado en su camino a Nueva York. Esta información aplacó el viejo sentimiento de culpa que le había quedado a Davis por haber sido rescatado de la masacre tras el concierto de Lestat, dejando allí a Killer.

—Quizá todo esto acabará siendo para bien, en cierto sentido —dijo Davis, escrutando el rostro de Gregory—. Quizás el sueño de Benji sea posible, ¿no crees?, y al final seamos capaces de juntarnos todos. En los viejos tiempos, cada banda iba por su lado, moviéndose por callejones, suburbios y cementerios...

—Lo sé —dijo Gregory. Habían hablado muchas veces de cómo vivían los no-muertos antes de que Lestat hubiera alzado la voz y les hubiera contado la historia de sus orígenes. Los bares de vampiros, los refugios ostentosos, las bandas errantes... Sí, todo aquello.

—¿No habrá un modo de que vivamos todos en paz? —dijo Davis. Obviamente, él se sentía tan a salvo bajo la mirada vigilante de Gregory que estas historias de nuevas Quemas no lo asustaban en absoluto, al menos de la manera que asustaban a Gregory—. ¿No es posible que podamos tener un futuro? En aquellas noches de entonces, no teníamos ningún futuro, ya lo sabes. Solo teníamos el pasado y el presente, y más bien los márgenes de la vida.

—Lo sé —dijo Gregory.

Besó a Davis y lo despidió con una dulce advertencia.

—No vayas a ninguna parte sin mí, sin Flavius o sin alguno de nosotros.

Davis, como el resto de su pequeña familia, nunca se había rebelado contra él.

Gregory solo dispuso de unos preciosos momentos de soledad para contemplar el plácido lago de Ginebra y el reluciente muelle que se extendía a sus pies, transitado ya por los primeros madrugadores y por los vendedores callejeros que ofrecían café y chocolate caliente. Luego subió, como cada mañana, a su propia celda de cristal de la azotea. Ginebra estaba tranquila. Nunca había habido ningún refugio o asamblea de vampiros en Ginebra. Y por lo que él sabía, allí no había jóvenes rebeldes que pudieran amenazarlo. El único blanco que había para la Quema en esta ciudad, en todo caso, era este edificio que él ocupaba con su amada familia.

Al día siguiente reforzaría los sistemas de seguridad y los dispositivos antiincendios, y examinaría los sótanos para comprobar que los gruesos muros de piedra y acero eran inexpugnables. Gregory conocía las propiedades del Don del Fuego. Sabía cuál era su alcance y cuáles eran sus límites. Cuando Akasha había tratado de quemar a Davis, él había frustrado sus intenciones llevándoselo hacia lo alto a tal velocidad que los ojos de la Reina no habían podido seguirlos. Y, a partir de ahora, durante el transcurso de la noche pensaba mantener al joven y vulnerable Davis siempre a su lado.

Subió por la escalera revestida de acero y empujó las pesadas puertas blindadas de su pequeño dormitorio abierto al cielo. En esta celda sin techo de altos muros, bajo un elevado dosel de malla de acero, pasaba el período de parálisis de las horas diurnas, exponiendo su cuerpo de seis mil años a los rayos abrasadores del sol.

Al despertar cada noche, naturalmente, sentía una ligera molestia debida a esta exposición, pero así conseguía que su piel estuviera intensamente bronceada, lo cual le ayudaba a pasar por humano. No quería convertirse, como le había ocurrido a Jayman, en una estatua viviente de mármol blanco capaz de espantar a cualquiera.

Tendido en su blanco lecho, con el cielo cada vez más iluminado sobre su cabeza, cogió el libro que había estado estudiando —*La historia invisible: el vidrio, el material que cambió el mundo*, de Alan Macfarlane y Gerry Martin— y leyó durante unos minutos unas páginas de aquel texto absorbente.

Muy pronto, una noche cercana, él y Lestat se sentarían juntos en alguna parte, en una biblioteca con paneles de madera o en la terraza ventilada de un café, y hablarían largo y tendido durante horas. Entonces no se sentiría tan solo.

Lestat lo comprendería realmente. Y le enseñaría cosas. Sí. Seguro que sucedería, y era lo que más deseaba de todo.

Estaba sumiéndose en la inconsciencia cuando oyó unos gritos telepáticos amortiguados procedentes de alguna parte del mundo. «La Quema.» Pero eso era en algún lugar donde no estaba luciendo el sol, mientras que aquí brillaba con fuerza, así que Gregory se hundió en el sueño bajo sus cálidos y penetrantes rayos. Ahora no podía hacer otra cosa.

10

Everard de Landen

No quería saber nada de todo eso, de esa Voz que le decía que quemara a los jóvenes. No quería saber nada de guerras o facciones o asambleas o libros sobre vampiros. Y, desde luego, no quería saber nada de ningún ente que le dijera telepáticamente con tono solemne: «Soy la Voz. Haz lo que yo te diga.»

La sola idea le había dado risa.

—¿Y por qué no quieres matarlos? —preguntó la Voz imperiosamente—. ¿Acaso no te han expulsado de Roma?

—No, no me han expulsado. Y quiero que te vayas.

Everard sabía por experiencia, por malas experiencias, que no entraba en la naturaleza de un vampiro asociarse en grupos, salvo para hacer el mal, y que pelearse con otros bebedores de sangre era una estupidez que solo redundaba en la ruina de los implicados. Él había decidido desde hacía mucho tiempo sobrevivir solo. Poseía una casita de campo remodelada y atendida por mortales en las colinas de la Toscana, no lejos de Siena, y por las noches las habitaciones eran para él solo. Solía ofrecer una fría hospitalidad a los inmortales que de vez en cuando iban a verlo. Pero ahora esta Voz pretendía que todo empezara otra vez, y no estaba dispuesto a escucharla. Él iba a cazar a Roma o a Florencia porque estas ciudades proporcionaban los únicos territorios de caza seguros y abundantes, pero no pensaba ir a Roma a quemar a nadie.

Everard había sido creado hacía setecientos años en Francia por el gran vampiro Rhoshamandes, hacedor de todo un linaje de vampiros de Landen, como él los llamó —Benedict, Allesandra, Eleni, Eugénie, Notker y Everard—, la mayoría de los cuales habían perecido sin duda con el transcurso de los siglos. Pero él había sobrevivido. Cierto que había sido capturado por la asamblea de los Hijos de Satán —aquellos infames y supersticiosos vampiros que convertían su miserable existencia en una religión—, y los había acabado sirviendo, aunque solo después de que lo torturaran y dejaran morir de hambre. En los años del Renacimiento, ya no recordaba exactamente cuándo, Armand, el jefe de la pequeña y cruel asamblea parisina, lo envió a los Hijos de Satán de Roma para averiguar cómo iban allí las cosas. Bueno, resultó que la asamblea estaba en ruinas y que su líder, Santino, llevaba una vida blasfema y se ataviaba con joyas y ropas mundanas, burlándose de las normas que él había impuesto a los demás. Everard vio allí su oportunidad. Escapó de los Hijos de Satán y empezó a volar por su propia cuenta, recordando las cosas que le había enseñado el poderoso Rhoshamandes hacía mucho tiempo, antes de ser expulsado de Francia por los Hijos de Satán.

Desde entonces, Everard había sobrevivido a muchos tropiezos con otros más poderosos que él. Había sobrevivido a la terrible Quema, cuando Akasha recorrió el mundo aniquilando a los Hijos de la Oscuridad, sin reparar en diferencias de carácter, valor o mérito y sin mostrar piedad alguna.

Incluso había sobrevivido a una breve e insultante mención suya aparecida en una de las Crónicas Vampíricas. Marius, sin nombrarlo, lo describía allí como un ser «demacrado y huesudo» vestido con ropas polvorientas y sucios encajes.

Bueno, lo de «demacrado y huesudo» podía soportarlo. Era cierto, aunque él se consideraba pese a ello bastante agraciado. Ahora, lo de la ropa polvorienta y los sucios encajes le enfurecía. Él siempre mantenía inmaculadas sus ropas y su cabellera oscura, que le llegaba hasta los hombros. Si volvía a tropezarse con Marius, pensaba darle un puñetazo en la cara.

Aunque eso era una tontería, en realidad. Si jugaba bien sus cartas, no volvería a tropezarse con Marius ni con nadie más, excepto para intercambiar unas palabras amables y seguir su camino. La cuestión era que Everard vivía en paz con los demás bebedores de sangre.

Y ahora esta Voz estúpida, esta Voz que sonaba directamente en su cabeza, lo atormentaba todas las noches con aquellas órdenes de que matara, quemara y arrasara. Y no lograba deshacerse de ella.

Finalmente, recurrió a la música. Everard había empezado a adquirir magníficos equipos de música desde principios del siglo XX. De hecho, los desvanes de su casita de campo eran un auténtico museo, porque no le gustaba tirar nada. Tenía gramolas a cuerda, montones de gruesos discos negros de fonógrafo, que había escuchado en su día con aquellos aparatos, así como los primeros tocadiscos eléctricos, que le habían proporcionado en su momento «alta fidelidad» y música en «estéreo» y que ahora criaban polvo allá arriba.

Luego había pasado a los cedés, a la música en *streaming* y demás. Así pues, conectó el iPhone en el equipo Bose para amplificar la música al máximo volumen e inundó la casita de campo con la «Cabalgata de las valquirias», rezando para que la Voz desapareciera de una vez.

No tuvo tanta suerte. La necia, malhumorada e infantil criatura siguió entrometiéndose en sus pensamientos.

—¡No vas a convencerme de que queme a nadie, idiota! —le espetó Everard, exasperado.

—Te castigaré. Eres joven, débil y estúpido —dijo la Voz—. Y cuando consiga mi propósito enviaré a un anciano para que te destruya por tu desobediencia.

—Ah, métete tus amenazas por donde te quepan, engreído y pequeño latoso —dijo Everard—. Si tan importante y poderoso eres, y tan capaz de hacer lo que dices, ¿por qué te molestas en hablar conmigo? ¿Y por qué no fulminas a todos los vampiros vagabundos de Roma por tu propia cuenta?

¿Quién era aquel idiota?, ¿un anciano enterrado a gran profundidad o emparedado en unas ruinas que intentaba desesperadamente controlar a los demás y atraerlos, en último término, a su prisión? Bueno, pues lo estaba haciendo fatal con toda esa incitación a la guerra y esas vanas amenazas.

—¡Te haré sufrir —dijo la Voz— y silenciaré esa música infernal!

Everard se rio. Subió aún más el volumen, sacó el iPhone del equipo de música, se lo metió en el bolsillo, conectó el auricular y salió a dar un paseo.

La Voz hablaba furiosa, pero él apenas la oía.

Siguió una ruta preciosa por la ladera de la colina hacia la ciudad amurallada de Siena. Cómo le gustaba a Everard esa ciudad. Sus angostas y sinuosas callejuelas hacían que se sintiera seguro y, además, le traían recuerdos de su antiguo París.

El París de ahora le daba terror.

De Siena le gustaban incluso los discretos turistas que la invadían y que disfrutaban de las mismas cosas que él; vagabundeando, mirando escaparates, sentándose en los bares.

Le encantaban las tiendas, y le habría gustado que hubiera muchas más abiertas después de oscurecer. Con frecuencia enviaba a sus criados mortales a comprar las cuartillas en las que escribía sus poemas ocasionales, poemas que después enmarcaba y colgaba de las paredes. También compraba velas aromáticas y relucientes corbatas de seda.

Como muchos de los vampiros creados en la Edad Media, prefería las camisas decoradas de largas mangas y los pantalones tan ceñidos que casi parecían mallas. Sobre todo le encantaban los abrigos de terciopelo. Esas cosas las encargaba por Internet con su enorme y deslumbrante ordenador Mac. Pero en la ciudad había excelentes guantes de caballero, gemelos de oro y demás. Infinidad de magníficos complementos.

Tenía un montón de dinero que había acumulado durante siglos de diversas maneras. No se sentía hambriento. Se había alimentado la noche anterior en Florencia, y la verdad era que había sido un banquete largo, lento y delicioso.

Así pues, en esta noche fresca y suave, bajo las estrellas de la Toscana, se sentía plenamente feliz pese a que la Voz seguía sonando en sus oídos.

Entró en la ciudad, dirigió un gesto a las pocas personas que lo conocían y le saludaban con la mano al verlo pasar —«el tipo demacrado y huesudo»— y siguió la estrecha calleja en dirección a la catedral.

Enseguida llegó al café que más le gustaba. También vendían periódicos y revistas, y tenían unas cuantas mesas en la calle. La mayoría de los parroquianos estaban dentro esta noche, pues hacía un poco más de fresco de la cuenta para ellos; para un vampiro, en cambio, hacía un tiempo perfecto. Everard se sentó, cambió la música de Wagner por otra de Vivaldi, que le gustaba mucho más, y aguardó a que el camarero le llevara lo de siempre, una taza de café americano bien caliente que, por supuesto, no podía ni pensaba beber.

Años atrás, solía tomarse grandes molestias para fingir que comía y bebía. Ahora ya sabía que era una pérdida de tiempo. En un mundo como este, donde la gente consumía comida y bebida para entretenerse y no solo para alimentarse, a nadie le importaba si dejaba la taza llena en la mesa de un café, con tal de que diera una generosa propina. Y él solía dejar unas propinas astronómicas.

Se arrellanó en la sillita de hierro (que probablemente era de aluminio, en realidad) y empezó a tararear la música de violín de Vivaldi mientras sus ojos recorrían las viejas fachadas oscurecidas por el tiempo que lo rodeaban, la arquitectura eterna de Italia que había sobrevivido a tantos cambios. Como él.

De repente, se le detuvo el corazón.

En el café de enfrente, sentados a una mesa de la terraza, con la espalda casi pegada al edificio que tenían detrás, había un anciano vampiro y lo que parecían dos fantasmas.

Everard estaba demasiado aterrorizado para respirar siquiera. Pensó de inmediato en la amenaza de la Voz.

Ahí estaban. El anciano, sentado a menos de quince metros de distancia: la tez cérea como las gardenias, los ojos negros y hundidos, el pelo blanco como la nieve e impecablemente cortado. Lo miraba directamente a él, como si lo conociese. A su lado, se hallaban esos dos fantasmas revestidos con cuerpos de partículas (de qué modo, lo ignoraba), y también ellos lo miraban fijamente. Parecían amigables. ¿Acaso era posible?

Tenían un aspecto magnífico aquellos fantasmas, no cabía duda. Sus cuerpos parecían maravillosamente sólidos, y hasta daban la impresión de respirar. Everard oía incluso sus corazones. Y llevaban ropas reales. Muy ingeniosos, en fin.

A decir verdad, los fantasmas habían mejorado mucho con los siglos en el arte de hacerse pasar por humanos. Con una apariencia u otra, él los había ido viendo desde que había nacido. En aquellos tiempos lejanos pocos eran capaces de formar cuerpos de partículas por sí mismos, pero ahora era algo bastante común. En Roma, sobre todo, los veía con frecuencia.

Pero de todas las apariciones modernas que había visto por las calles de las ciudades de Europa, estas dos eran absolutamente las mejores.

Un fantasma, el que estaba más cerca del anciano vampiro, parecía un hombre de unos cincuenta años, con el pelo gris ondulado y una cara de rasgos nobles. Entornaba sus ojos relucientes con una expresión amigable y tenía una boca agradable, casi bonita. A su lado se sentaba la imagen ilusoria de un hombre en la flor de la vida, de ojos grises y pelo rubio ceniza. Los tres iban impecablemente vestidos con lo que cualquier persona de esta época habría calificado de ropa elegante y respetable. El fantasma más joven tenía un aire orgulloso y volvía la cabeza a uno y otro lado como si estuviera disfrutando de estos momentos en la calleja ajetreada, más allá del motivo que los hubiera traído aquí a los tres.

El vampiro del pelo blanco y tupido le dirigió a Everard un leve gesto con la cabeza. Él, calladamente, perdió los papeles.

«Muy bien, maldita sea —dijo en un mensaje telepático—, fulmíname si es eso lo que pretendes. Estoy demasiado asustado para ser cortés. Venga, date prisa. Pero primero, eso sí, te exijo que me digas por qué.»

Silenció la música del iPhone. No quería morir con banda sonora. Esperaba escuchar a la Voz riendo jubilosamente, bramando de furia. Pero la Voz no estaba allí.

—Miserable cobarde —musitó entre dientes—. Has ordenado mi muerte y te retiras sin quedarte siquiera a presenciarlo. Y pretendías que quemara el refugio de los vampiros romanos de la Via Condotti. Bueno, eres un ser repugnante y estás loco.

El anciano vampiro se puso de pie y le indicó con un gesto amistoso que fuera a sentarse con ellos. No era demasiado alto y tenía una complexión más bien delicada. Tomó una silla de la mesa contigua y la añadió al semicírculo, esperando con paciencia a que Everard reaccionara.

A este parecía que se le hubiera olvidado caminar. Durante su existencia entre los no-muertos había visto cómo algunos vampiros eran quemados por otros; había presenciado aquel horroroso espectáculo en el que una criatura viviente sufría un verdadero infierno porque otro vampiro anciano y más poderoso —como el despreciable y altivo Marius— había decidido que debía morir. Las piernas le temblaban tanto mientras cruzaba la calle que creyó que iba a desmoronarse de un momento a otro. La entallada chaqueta de cuero le pesaba y las botas, de repente, le apretaban; se preguntó tontamente si su corbata de seda azul tenía una mancha y si los puños de su camisa lavanda le sobresalían demasiado de las mangas.

Las manos le temblaban visiblemente al disponerse a estrechar la mano dura y fría que le tendía el viejo vampiro. Pero consiguió dominarse y tomar asiento.

Los fantasmas le sonreían, y eran incluso más perfectos de lo que había pensado. Sí, respiraban, tenían órganos internos, y sí, llevaban ropas reales. No había nada ilusorio en la lana de estambre oscura, en el lino y la seda que lucían. Y, sin embargo, sus soberbios «tejidos» corporales podían desvanecerse en un abrir y cerrar de ojos, y entonces todas esas ropas de lujo se desplomarían en el suelo sobre unos zapatos vacíos.

El viejo vampiro le puso a Everard una mano en el hombro. Tenía los dedos pequeños pero largos, y lucía dos imponentes anillos de oro. Ese era el modo tradicional de saludarse entre vampiros, no con abrazos ni besos, sino poniendo una mano en el hombro del otro. Everard lo recordaba de los tiempos en los que había vivido con ellos.

—Joven —dijo el vampiro con el tono pomposo característico de los ancianos—, no temas, por favor. —Hablaba un francés típico de París.

La cara del anciano, vista de cerca, era realmente impresionante: una cara de rasgos elegantes, con exquisitas pestañas y una sonrisa serena. Los pómulos altos, la mandíbula firme, marcada pero estrecha. Su piel parecía, en efecto, el pétalo de una gardenia a la luz de la luna, y su pelo blanco tenía un sutil brillo plateado. Seguro que no había nacido a la Oscuridad con ese pelo. Rhoshamandes, el hacedor de Everard, le había explicado hacía mucho que cuando algunos de los ancianos eran gravemente quemados, el pelo se les quedaba blanco para siempre. Bueno, era esa clase de magnífico pelo blanco.

—Sabemos que has oído a la Voz —dijo el anciano—. Yo también la he oído. Igual que otros. ¿Tú la oyes ahora?

—No —dijo Everard.

—Te está diciendo que quemes a otros, ¿no?

—Sí —dijo Everard—. Yo nunca le he hecho daño a otro bebedor de sangre. Nunca he tenido que hacerlo. He vivido en esta parte de Italia durante casi cuatrocientos años. No voy a Roma o a Florencia para pelearme con nadie.

—Lo sé —dijo el anciano. Tenía una voz agradable, una voz delicada, aunque, por otra parte, todos los ancianos tenían voces agradables, al menos por lo que Everard había observado.

Lo que recordaba sobre todo de su hacedor, Rhoshamandes, era su voz seductora, aquella voz meliflua de la que se había valido para arrastrarlo al bosque la noche en la que Everard había nacido a la Oscuridad contra su voluntad. Él había pensado que el señor del castillo lo llamaba para mantener un encuentro erótico; que, luego, si quedaba complacido, lo despediría con unas monedas y que él, por su parte, podría contar a sus nietos una historia ambientada en un castillo con paredes recubiertas de tapices, con chimeneas llameantes y ropas lujosas. ¡Ja! Todavía recordaba las palabras de Rhoshamandes como si hubiera sido ayer: «Eres sin duda uno de los jóvenes más bellos de tu pueblo.»

—Me llamo Tesjamen —dijo el anciano, mirándolo con ojos afables—. Vengo del antiguo Egipto. Fui un siervo de la Madre.

—¿No es eso lo que dice todo el mundo ahora, desde la publicación de las Crónicas Vampíricas? —replicó Everard, irritado, antes de poder contenerse—. ¿Alguno de vosotros reconoce haber sido un renegado o un astuto bribón que le birló la Sangre a un vampiro gitano en una caravana andrajosa?

El anciano se rio ruidosamente. Pero con simpatía.

—Bueno, veo que he conseguido que te relajes —dijo—. Y no ha resultado muy difícil, la verdad. —Su rostro se volvió serio—. ¿Tienes alguna idea de quién podría ser la Voz?

—¿Y tú me lo preguntas a mí? —dijo Everard, burlón—. Tú debes de llevar dos mil años en la Sangre. Venga ya. —Miró con hostilidad a los dos fantasmas—. ¿Y dices que no sabes quién es? —Se volvió de nuevo hacia Tesjamen—. Ese pequeño monstruo me está volviendo loco. No consigo acallarlo.

Tesjamen asintió.

—Lamento oír eso. Aunque es posible ignorarlo. Requiere paciencia y destreza, pero es posible.

—Ya, ya. Monsergas —dijo Everard—. Esa criatura me clava su aguja invisible en la sien. Debe de estar muy cerca.

Volvió a mirar agresivamente a los dos fantasmas. Ellos ni siquiera se estremecieron. Cosa que hacían a veces los fantasmas cuando los mirabas con odio. Las apariciones se estremecían o temblaban, pero no aquellos dos.

El que tenía aspecto de hombre mayor le tendió su mano fantasmal.

Everard la estrechó, advirtiendo que parecía completamente humana, que era blanda y cálida.

—Raymond Gallant —dijo el fantasma en inglés—. Si tú lo quieres, soy tu amigo.

—Magnus —dijo el joven fantasma. El suyo era un rostro maravilloso para cualquiera, fuese fantasma o bebedor de sangre, e incluso mortal. Sus ojos se entornaron al sonreír. Tenía una boca particularmente bonita, con unos labios generosos, como suele decirse, y tan bien formados como los del Apolo de Belvedere. Su frente era hermosa y su pelo, peinado hacia atrás en ondas de un rubio ceniciento, una auténtica maravilla.

Aquellos dos nombres le sonaban a Everard, aunque no conseguía situarlos. Raymond Gallant. Magnus.

—Yo no creo que la Voz esté en las inmediaciones —dijo Tesjamen—. Creo que es capaz de estar donde quiera, en cualquier parte del mundo. Pero, por lo visto, solo en un lugar a la vez. Y ese «lugar», naturalmente, es el interior de la mente de un bebedor de sangre.

—¿Lo cual qué significa exactamente? —preguntó Everard—. ¿Cómo lo hace? ¿Quién es?

—Eso es lo que nos gustaría saber —dijo Raymond Gallant, hablando de nuevo con un inglés británico.

Everard pasó automáticamente al inglés. Le gustaba el desparpajo presuntuoso de ese idioma y se había acostumbrado a aceptarlo como la lengua común del mundo actual. Pero el inglés de Everard era americano.

—¿Cómo es que un bebedor de sangre como tú anda con

dos fantasmas? —le preguntó a Tesjamen—. No es por ofender, créeme. Pero es que nunca había visto a un bebedor de sangre en compañía de fantasmas.

—Bueno, es cierto que andamos juntos —dijo el fantasma de pelo liso, el que parecía un hombre mayor—. Desde hace mucho tiempo. Pero puedo asegurarte que no albergamos malas intenciones. Ni contra ti ni contra nadie.

—Entonces, ¿por qué habéis venido a interrogarme sobre la Voz?

—Esa criatura está incitando a la violencia por todo el mundo —dijo Tesjamen—. Muchos jóvenes bebedores de sangre han sido masacrados en los pueblos y ciudades de los cinco continentes. Ya había sucedido una vez, pero sabemos cuál fue la causa de aquella masacre. En cambio, no sabemos a qué se debe lo que está ocurriendo ahora. Lo único que sabemos es que los jóvenes bebedores de sangre están siendo aniquilados en los lugares más remotos e incluso en sus santuarios privados, sin que nadie se dé cuenta.

—¿Cómo os habéis enterado, entonces? —preguntó Everard.

—Hemos oído cosas —dijo el fantasma llamado Magnus. Una voz suave y profunda.

Everard asintió.

—Hay un vampiro americano en Nueva York que está difundiendo noticias parecidas —comentó con leve desdén. Notó en el acto que había algo insufriblemente vulgar en aquel comentario, y se sintió mortificado por haberlo formulado, pero los tres seres confirmaron al unísono que ya lo sabían.

—Benji Mahmoud —dijo Tesjamen.

—Ese tipo está tan chiflado como la Voz —dijo Everard—. El muy zoquete cree que somos una tribu.

—Bueno, es que lo somos, ¿no? —dijo el anciano suavemente—. Yo siempre lo he creído así. Lo éramos en la antigüedad.

—Pero no ahora —dijo Everard—. Escucha, esa Voz ha prometido destruirme si no obedezco sus órdenes. ¿Crees que tiene el poder para hacerlo? ¿Es capaz de destruirme?

—Según parece, funciona de un modo muy sencillo —dijo Tesjamen—. Incita a los ancianos a quemar a los demás; y a los jóvenes a incendiar sus guaridas. Sospecho que toda su estrategia consiste en encontrar siervos crédulos e impresionables. No parece tener otro plan.

—Entonces puede incitar a algún ser crédulo e impresionable a que acabe conmigo.

—Nosotros te diremos cómo evitarlo —dijo Tesjamen.

—¿Y por qué os habríais de molestar? —preguntó Everard.

—Todos pertenecemos verdaderamente a una sola tribu —dijo con suavidad el fantasma del pelo liso—. Humanos, vampiros, espíritus o fantasmas. Somos criaturas conscientes destinadas a vivir en este planeta. ¿Por qué no podemos actuar juntos frente a una amenaza semejante?

—¿Para qué? —preguntó Everard.

—Para detener a la Voz —dijo Tesjamen con un asomo de impaciencia—. Para impedir que haga daño a otros.

—Pero nosotros nos lo merecemos —dijo Everard—. ¿No? —A él mismo le sorprendió lo que había salido de sus labios.

—No, no lo creo —dijo Tesjamen—. Son esos pensamientos los que deben cambiar. Los que van a cambiar.

—Ah, ya, no me lo digas —exclamó Everard. Y con un acento americano exagerado, añadió—: «¡Nosotros somos el cambio que buscamos!» ¿No? Si me dices que crees esas monsergas, voy a mondarme hasta caer de la silla y rodar por el suelo.

Los tres le sonrieron, pero Everard notó que no les gustaba que se burlaran de ellos, por muy educados que fueran, y se arrepintió en el acto de sus palabras. Se dio cuenta con asombrosa claridad de que aquellos tres seres no habían sido más que amables y corteses, mientras que él estaba reaccionando con irritación y estupidez, y malgastando aquellos momentos.

—¿Por qué no podemos unirnos —preguntó el fantasma más joven— para alcanzar la paz en el reino que compartimos?

—¿Y qué reino es ese? —preguntó Everard—. Porque tú eres un fantasma, amigo mío, y yo, por odioso que pueda resultar, soy de carne y hueso.

—Yo fui un humano en tiempos —dijo el joven fantasma—. Y después fui un bebedor de sangre durante siglos. Y ahora soy un fantasma. Y mi alma ha seguido siendo la misma en las tres formas.

—Bebedor de sangre —murmuró Everard. Volvió a maravi-

llarse al estudiar de nuevo el rostro del fantasma: la boca bondadosa de labios llenos, los ojos expresivos—. ¡Magnus! —dijo,
sobresaltado—. ¿No serás Magnus, el Alquimista?

—Sí, ese era yo —repuso el fantasma—. Y te conocí en aquellos viejos tiempos, Everard. Tú fuiste creado por Rhoshamandes y yo, por así decirlo, por Benedict.

Everard se rio a carcajadas.

—Yo diría más bien que fuiste tú quien creó a Benedict
—dijo—. Robándole la sangre y convirtiéndolo en el hazmerreír de todos los bebedores de sangre. Así que te has convertido en un fantasma. En el fantasma de un bebedor de sangre.

—No creo que sea el único en este mundo —dijo Magnus—,
pero yo he contado con la ayuda de mis mejores amigos, aquí
presentes, para convertirme en lo que ves ante tus ojos.

—Bueno, este que veo no tiene ningún parecido con el maligno y viejo jorobado al que yo conocí —dijo Everard, pero enseguida se arrepintió. Bajó la vista un momento y volvió a al-
zarla—. Lamento esas palabras —susurró—. Te ruego que me
perdones.

Magnus, sin embargo, le sonreía abiertamente.

—No hay nada que perdonar. Yo era una criatura espantosa.
Una de las grandes ventajas de ser un fantasma es que puedes
perfeccionar el cuerpo etéreo mucho más profundamente de lo
que pudiste perfeccionar el cuerpo físico incluso con la ayuda de
la Sangre. Así que ahora me ves con el aspecto que siempre quise tener.

A Everard le había conmocionado hasta lo más hondo que
aquel fantasma fuese Magnus, el Magnus que él había conocido,
sí, y el Magnus que había creado al vampiro Lestat, nada menos,
al neófito que había cambiado la historia vampírica. Y sí, ahora
empezaba a vislumbrar a través de este ser deslumbrante al Magnus que él había conocido, a aquel sabio y brillante alquimista que le había suplicado a Rhoshamandes la Sangre con tanta
elocuencia, a aquel sanador que había hecho milagros entre los
pobres, que había estudiado las estrellas con un telescopio de
bronce antes de que Copérnico se hiciera famoso por el mismo
motivo.

Este era Magnus, el amado de Notker de Prüm, más tarde

iniciado en la Sangre por Benedict con deliberación y ternura. Notker aún estaba vivo en alguna parte, de eso Everard estaba seguro. Rhoshamandes había dicho que la música de Notker seguiría escuchándose en los Alpes cuando un millar de bebedores de sangre más viejos se hubieran ido a sus tumbas.

¡Magnus, convertido en fantasma!

¿Y el otro? Aquel Raymond Gallant, ¿quién había sido?

—¿Oyes la Voz ahora? —preguntó el tal Raymond Gallant.

—No —respondió Everard—. Se ha callado en cuanto os he visto. Se ha ido. No sé cómo lo sé, pero lo sé. De algún modo lo noto cuando dirige su rayo mágico hacia mí. Como si fuera una especie de láser.

Procuró no mirar tan fijamente a aquellos dos. Incómodo, se volvió hacia Tesjamen.

—¿Nunca te ha dicho nada acerca de su objetivo último? —le preguntó este—. ¿Te ha contado algún secreto?

—La mayor parte de lo que dice son amenazas —respondió Everard—. Es tan infantil, tan estúpido. Intenta cebarse en mis temores..., en la soledad tan extrema en la que he vivido últimamente. Pero ya tengo caladas sus argucias. Habla continuamente de un dolor insoportable, de una ceguera casi total, de que no tiene fuerzas para levantar un dedo siquiera.

—¿Eso te ha dicho? ¿Con estas palabras? —preguntó Raymond Gallant.

—Sí. Dice que por sí solo está indefenso, que necesita mi bondadosa ayuda, mi devoción, mi confianza. ¡Como si yo pudiera fiarme de él! Dice que hay poderes en mí que no podría imaginar ni en sueños. Y me habla de los bebedores de sangre que se ocultan en Italia; quiere que los queme. Es implacable.

—Pero tú no le escuchas.

—¿Por qué debería escucharle? —respondió Everard—. ¿Y qué puedo hacer si resulta que es uno de los ancianos y quiere destruirme? ¿Qué puedo hacer yo?

—Tú sabes cómo salvarte del Don del Fuego, ¿no? —dijo Tesjamen—. Lo mejor es huir. Alejarte del lugar a toda velocidad, empleando si te es posible el Don de la Nube para quedar fuera del alcance del atacante. Si puedes ocultarte deprisa bajo tierra, todavía mejor, porque las ráfagas no penetran en la tierra.

Quien usa el Don del Fuego debe ver a la víctima, debe tener ante sus ojos el edificio o el blanco. Solo así funciona.

Everard no tenía ninguna experiencia en este terreno y sintió más gratitud por esos consejos clarificadores de lo que era capaz de expresar. Cierto que Benji Mahmoud había estado diciendo cosas similares, pero él nunca le había dado más crédito que a los telepredicadores evangelistas.

Además, Everard, nunca había recibido la menor instrucción formal sobre los grandes dones. No iba a confesar allí que lo único que sabía al respecto lo había aprendido de las Crónicas Vampíricas, y que él había estado practicando sus habilidades, si así podían considerarse, basándose únicamente en las descripciones de vampiros de tan mala reputación como Lestat de Lioncourt, Marius el Romano y demás. ¡Que fueran mil veces malditos los Hijos de Satán y todas sus normas y preceptos! ¡A ellos les tenían sin cuidado sus dones vampíricos!

Aunque el gran Rhoshamandes, su hacedor, ya era otra cosa. ¡Qué historias contaba sobre la habilidad para cabalgar los vientos! ¡Ah, y qué hechizos podía lanzar, qué visiones era capaz de invocar ante Everard y otros! Aún veía a Rhoshamandes, con sus túnicas de color borgoña y los dedos cargados de anillos, jugando al ajedrez en su gran tablero con incrustaciones de mármol, con aquellos reyes y reinas, alfiles, caballos y peones tallados para él especialmente y a los cuales había otorgado nombres diversos. El ajedrez era su juego favorito, decía, porque enfrentaba a un Don de la Mente contra otro.

—Sí —susurró Magnus—. Lo recuerdo muy bien. Y yo me sentaba con frecuencia ante aquel tablero a jugar con él.

De haber sido humano, Everard se habría ruborizado al comprobar con qué facilidad habían leído su pensamiento y examinado las imágenes que tenía en la cabeza. Pero no le importó. Estaba demasiado fascinado con el fantasma de Magnus. Acudieron a su mente infinidad de preguntas: «¿Puedes comer?, ¿puedes beber?, ¿hacer el amor?, ¿saborear?»

—No —dijo Magnus—, pero veo muy bien, siento el calor y el frío de modo placentero, tengo conciencia de estar aquí, de estar vivo, de ocupar este espacio, de ser tangible, de hallarme situado en el transcurso del tiempo...

Ah, este sí era Magnus, no cabía duda. Así hablaba Magnus cuando se pasaba la noche entera de charla con Rhoshamandes. Rhoshamandes lo amaba y respetaba hasta tal punto que había arrojado un velo de protección en torno de él y prohibido a los demás bebedores de sangre que le hicieran daño. E incluso cuando Magnus robó la Sangre, Rhoshamandes no lo persiguió ni trató de matarlo.

—Él siente una gran fascinación por mí —había dicho Rhoshamandes—. Y la culpa es de Benedict por permitir que sucediera una cosa semejante. Pero ya veremos qué será capaz de hacer con la Sangre ese pobre jorobado, el astuto Magnus.

—Debes tener mucho cuidado, Everard —dijo Magnus.

Con su piel reluciente y su pelo del color de la ceniza tenía para cualquiera el aspecto de un hombre de cuarenta y cinco (o tal vez de cincuenta años, en esta época de lozanía y salud generalizada). ¿Por qué no se había convertido en un ser de belleza llameante, como el espectacular Lestat, con aquella leonina cabellera dorada y aquellos ojos azules y violeta? Pero le bastó mirar a Magnus para comprender que esa era una pregunta estúpida. Era un ser espléndido el que tenía ante sus ojos. Eran espléndidos los dos fantasmas. Y ellos podían cambiar siempre que quisieran, ¿no?

—Sí, pero procuramos no hacerlo —dijo Raymond—. Pretendemos perfeccionar lo que somos, no alterarlo constantemente. Pretendemos encontrar algo que sea la verdadera expresión de nuestra alma y usarlo para modelar nuestra forma externa. Pero no es necesario que te preocupes por estas cosas.

—Procura mantenerte a salvo —dijo Tesjamen—. Sé astuto. Y si esa Voz provoca una reunión de la tribu, considera la posibilidad de asistir. No podemos seguir actuando como siempre en estos tiempos, porque ya nada puede seguir igual. Hemos de enfrentar los nuevos desafíos como hacen los humanos.

Tesjamen se sacó del bolsillo una pequeña tarjeta blanca y se la tendió. Una tarjeta de visita donde figuraba el nombre TESJAMEN en letras doradas y, debajo, un e-mail muy fácil de memorizar y un número de teléfono.

—Ahora nos vamos, amigo —dijo—. Pero si nos necesitas, ponte en contacto con nosotros. Te deseamos suerte.

—Creo que saldré de esta con vida, tal como sobreviví a las

guerras mundiales y a la otra masacre. Pero gracias. Y gracias por tolerar mi... desagradable actitud.

—Ha sido un placer —dijo Tesjamen—. Un último consejo. Continúa escuchando a Benji. Si se produce una agrupación de fuerzas, Benji se encargará de difundirlo.

—Hummm. —Everard meneó la cabeza—. ¿Una agrupación? ¿Como la otra vez? ¿Un gran enfrentamiento para acabar con la Voz malvada, tal como se acabó con la malvada Reina? ¿Y cómo te enfrentas con una Voz que puede colarse en cualquier momento en la cabeza de cualquiera y que quizá puede oír lo que estoy diciendo... e incluso pensando?

—Buena pregunta —dijo Raymond Gallant—. Todo dependerá de lo que quiera realmente la Voz, ¿no?

—¿Y qué puede querer —dijo Everard—, aparte de indisponernos a unos contra otros?

Las tres criaturas se pusieron de pie. Tesjamen le tendió la mano.

Everard también se levantó en señal de respeto.

—Me traéis a la memoria otros tiempos mejores, la verdad sea dicha —murmuró a pesar de sí mismo. De repente, se sentía furioso consigo mismo por ponerse tan sentimental.

—¿Y qué tiempos fueron esos? —preguntó Tesjamen amablemente.

—Cuando Rhoshamandes aún estaba... Ay, no sé. Hace cientos de años, antes de que los Hijos de Satán destruyeran su castillo. Antes de que lo destruyeran todo. Eso es lo que ocurre cuando los bebedores de sangre se unen, forman pandillas y empiezan a creer cosas. Nosotros somos seres malignos. Siempre lo hemos sido.

Los tres lo miraron con calma, sin decir una palabra. Nada en su actitud ni en sus expresiones denotaba asentimiento. Tampoco maldad.

—¿Y no tienes ni idea de dónde podría estar Rhoshamandes, verdad? —preguntó Raymond Gallant.

—Ni la menor idea —dijo Everard. Y a continuación se sorprendió a sí mismo diciendo—: Si lo supiera, buscaría su ayuda. —Qué palabras tan extrañas para haber salido de alguien como él, que sentía una completa indiferencia hacia los demás bebedores de sangre, que miraba con desdén las asambleas, los refugios, los hoteles de vampiros, las bandas. Pero era consciente de que había dicho la verdad: habría viajado a los confines de la tierra para encontrar a Rhoshamandes. De hecho, él no viajaba gran cosa. Pero estaba bien saber que habría viajado hasta el fin del mundo para encontrarse con su antiguo maestro—. ¡Habrá muerto hace mucho, quemado o inmolado o como quiera que sea! —dijo con brusquedad—. Seguro.

—¿Tú crees? —preguntó Raymond Gallant.

Un súbito dolor atenazó el corazón de Everard. «Tiene que estar muerto, o ya me habría encontrado a estas alturas, me habría llamado a su lado y perdonado...»

Rhoshamandes había abandonado los frondosos y salvajes bosques de Francia y Alemania en el siglo XIV. Cansado de batallar con los Hijos de Satán, cada vez más numerosos, que incluso habían reclutado a sus propios neófitos, se retiró sencillamente del campo de batalla.

Aunque Everard nunca había conocido la verdadera historia. Los Hijos de Satán ya se habían apoderado de él para entonces, obligándolo a causar estragos entre los inocentes de París. Se jactaban de haber expulsado al último gran blasfemo de las tierras de Francia. ¿Lo habían logrado realmente? A Magnus no lo temían tanto como a Rhoshamandes.

Decían que el castillo y las tierras de Rhoshamandes habían sido incendiados a la luz del día por monjes y monjas fanáticos, azuzados por las consignas que les susurraban por las noches los Hijos de Satán haciéndose pasar por ángeles. Ah, qué tiempos aquellos. Tiempos supersticiosos en que los vampiros podían hablar a las crédulas mentes religiosas y arrastrarlas a juegos infernales.

—Bueno, de una cosa estoy seguro —dijo Everard, rechazando el dolor que le había entrado en el corazón—. Si está durmiendo bajo tierra en alguna parte, acaso debajo de alguna ruina merovingia, la Voz no conseguirá nada de él, sea cual sea el estado en que se encuentre. Es demasiado sabio, demasiado poderoso para eso. Era... era un ser magnífico.

Lo asaltó un doloroso recuerdo. Se vio a sí mismo vestido con unos harapos andrajosos, saliendo con los Hijos de Satán a acosar a los pobres parisinos, colándose en mugrientos cuchitriles para alimentarse con la sangre de los inocentes y oyendo repentinamente la voz de Rhoshamandes: «¡Everard, libérate! ¡Vuelve conmigo!»

—Adiós, Everard —dijo Tesjamen, y los tres se alejaron.

Durante un buen rato, Everard los miró caminar por la calleja y desaparecer al fin por una esquina.

Ningún ser humano habría adivinado jamás lo que eran. Su apariencia era sencillamente soberbia.

Puso el codo en la mesa y apoyó el mentón en la mano ¿Le alegraba que se hubieran ido? ¿O más bien le apenaba?

¿Deseaba correr tras ellos?, ¿decir: «¡No me dejéis solo! Llevadme con vosotros. ¡Quiero quedarme con vosotros!»?

Sí y no.

Lo deseaba, pero no podía hacerlo, sencillamente. No sabía cómo se hacía tal cosa: cómo hablarles con franqueza, cómo suplicarles su ayuda o su compañía. No sabía cómo podía llegar a ser distinto de lo que era.

De repente, reapareció la Voz. Oyó que daba un suspiro.

—Ellos no pueden protegerte de mí —dijo—. Son demonios.

—A mí no me han parecido demonios —replicó Everard, malhumorado.

—¡Ellos y su irrisoria Talamasca! —dijo la Voz—. ¡Que sean malditos!

—Talamasca —murmuró Everard, pasmado—. Claro. ¡La Talamasca! Fue allí donde oí el nombre de Raymond Gallant. Pero... ese hombre conocía a Marius. Ese hombre... —Había muerto hacía quinientos años.

Aquello le resultó divertido de pronto, muy divertido. Él siempre había estado informado sobre la Talamasca, la vieja orden de eruditos de lo sobrenatural. Rhoshamandes le había advertido que tuviera cuidado con ellos y con su viejo monasterio del sur de Francia. Sin embargo, lo había instado a respetarlos y dejarlos en paz. Él los amaba tal como había amado a Marius.

—Son bondadosos eruditos —le había dicho con aquella voz profunda y seductora— y no nos desean ningún mal. Ah, pero resulta sorprendente. Saben tanto de nosotros como la Iglesia de

Roma, pero no nos condenan y ni quieren hacernos daño. Quieren saber más sobre nosotros. Imagínate. Ellos nos estudian. Y nosotros, en cambio, ¿cuándo nos hemos estudiado a nosotros mismos? Me gustan por este motivo. De veras. Jamás debes hacerles daño.

Así pues, entre los miembros de la Orden había humanos y fantasmas, ¿no? Y bebedores de sangre. Raymond Gallant, Tesjamen y Magnus.

Hummm. ¿Todos sus miembros se convertían en fantasmas al morir? No, eso no habría funcionado. De ser así, ahora habría miles de miembros espectrales de la Orden flotando por ahí. Lo cual era absurdo.

No. Era fácil deducir que debía de ser algo fuera de lo común reclutar a un miembro agonizante de entre sus filas para que permaneciera con ellos «en espíritu», sencillamente porque era muy infrecuente que el espíritu de una persona agonizante permaneciera en el mundo. Cierto, había montones de fantasmas, pero no eran más que un resto infinitesimal de todos los pobres miserables que habían nacido y muerto desde los albores de la creación. Ahora bien, ¿qué virtudes debían reunir los fantasmas para que los instruidos hechiceros de la Talamasca los reclutaran y les enseñaran a materializarse? Eso era lo que Magnus había dado a entender. Con razón les había salido tan bien a ambos la transformación. No había más que fijarse en su tez rubicunda, en sus labios húmedos y relucientes.

Pero el vampiro, Tesjamen... ¿cómo demonios había llegado a asociarse con ellos?

Everard repasó mentalmente lo que había aprendido sobre la Orden de la Talamasca en los escritos y las memorias de Marius. Abnegada, honorable, comprometida con la verdad, sin suspicacias religiosas, sin censura, sin prejuicios. En efecto. Si entre sus filas había vampiros, la mayoría de los miembros de base jamás lo había intuido siquiera.

Y luego estaba el gran misterio acerca de quién había fundado la Talamasca. Si resultaba que había sido un vampiro, un simple bebedor de sangre como Tesjamen, por muy anciano que fuera, ello constituiría una decepción abrumadora para los demás, ¿no?

Hummm. Eso era problema suyo.

Examinó la pequeña tarjeta blanca que Tesjamen le había dado y se la guardó en la chaqueta.

—Despreciable —dijo la Voz—. Al final, también los quemaré a todos. Quemaré sus bibliotecas, sus pequeños museos, sus refugios, sus...

—¡Ya lo he pillado! —dijo Everard con irritación.

—Te arrepentirás de haberte mofado de mí.

—¿Ah, sí? —dijo Everard con un marcado acento americano—. Si tan fuerte eres, Voz, ¿por qué no lo intentas? Ellos llevan aquí desde la Edad Oscura. Y no parecen tenerte miedo.

—¡Criatura estúpida, exasperante, irreverente y necia! —dijo la Voz—. Ya llegará tu hora.

Everard se sobresaltó. Un camarero se había plantado junto a él, con una taza de café humeante.

—¿Otra vez hablando solo, *signore* de Landen? —dijo jovialmente.

Everard sonrió, meneó la cabeza, sacó un par de billetes, de aquellos enormes y preciosos billetes italianos, y se los dio al joven camarero.

Luego se arrellanó en la silla y sostuvo con ambas manos la taza. Lestat, pensó, había acertado en este punto en las Crónicas Vampíricas. Era agradable sujetar una taza de café con las dos manos y dejar que el humo ascendiera sobre tu rostro.

Lo único que oía alrededor eran los sonidos habituales de la ciudad. Una vespa petardeando a lo lejos y luego dando gas a fondo, como si tomase una carretera rural, y el runrún de las conversaciones que florecían de puertas adentro.

Tenía sed.

De repente tenía sed, mucha sed, pero no la energía suficiente para desplazarse lejos de su casa con el fin de satisfacerla. Dejó el café, se levantó de la mesa y deambuló por las callecitas hasta las puertas de la ciudad.

En cuestión de minutos, había dejado atrás la iluminación de las altas murallas y se encontró caminando cuesta arriba en la fresca oscuridad. Tenía ganas de llorar y no sabía por qué.

¿Era concebible que fueran todos ellos una tribu? ¿Era concebible que fuesen seres capaces de amarse unos a otros, de ser amables mutuamente, tal como Tesjamen lo había sido con sus compañeros espectrales, tal como Rhoshamandes lo había sido con él hacía mucho tiempo?

¿Y si los Hijos de Satán no hubieran aparecido en su vida, matándolo de hambre, torturándolo, enseñándole que él era un hijo del diablo, que debía ser desdichado y hacer desdichados a los demás, que era una criatura condenada y repugnante?

¿Y si solo hubiera existido en su vida el loco de Rhoshamandes, en su ruinoso castillo, hablando de la poesía y del poder y del «esplendor de la Sangre»?

Los seres humanos ya no se tragaban todas aquellas bobadas religiosas. Ya no se dejaban abrumar bajo el peso del Pecado Original y de la concupiscencia, suplicando la absolución por haberse acostado con sus esposas la víspera de tomar la Sagrada Comunión, maldiciendo su anatomía por abocarlos a la Condenación Eterna, acusándose a sí mismos de ser sacos apestosos de carne y huesos. No, todo lo contrario. En este nuevo siglo estaban llenos de esperanza, de un nuevo tipo de inocencia y de un optimismo extrañamente confiado, como si estuvieran convencidos de que podían resolver todos los problemas, curar las enfermedades y alimentar al mundo entero. Eso parecía, al menos, en esta aseada y pacífica región de Europa, que había conocido en el pasado tanto sufrimiento, tantas desdichas, tantas matanzas y muertes sin sentido.

¿Y si resultaba —pensó Everard— que también había llegado una época luminosa semejante para los bebedores de sangre, incluso para los más monstruosos, como él mismo lo había llegado a ser? Sus pensamientos, a pesar de sí mismo, se retrotrajeron al último hermano en la Sangre al que había amado: un joven vampiro magnífico y lleno de vida que, despojado casi de recuerdos de su existencia anterior al Don Oscuro, veía la vida como algo milagroso y susurraba que la Sangre era un sacramento y se pasaba las noches cantando alegres canciones dedicadas a la luna y las estrellas.

Pero aquel vampiro había sido reducido a cenizas cuando la reina Akasha recorrió el mundo arrasándolo todo. Everard lo había visto con sus propios ojos: toda aquella dulce vitalidad extinguida en un instante, como si nada, mientras las llamas devoraban el centro de reunión de Venecia con muchos otros vampiros dentro. ¿Por qué había sobrevivido él?

Se estremeció. No quería pensar en ello. Lo mejor sería no volver a amar a nadie. Lo mejor sería olvidar a aquellos que se habían extinguido en un abrir y cerrar de ojos, como si nunca hubieran existido. Lo mejor era disfrutar los placeres de cada noche según se presentaban.

Pero ¿y si había llegado ahora el momento de que todos se unieran, de que se convirtieran en la tribu que Benji sostenía que eran y se acercaran a los demás, jóvenes o ancianos, sin furia ni temor?

Rhoshamandes se había reído de los Hijos de Satán y de sus mojigatas costumbres. «Yo ya era de la Sangre antes de que su dios hubiera nacido siquiera», solía decir.

Everard tampoco quería pensar mucho en aquello. Mejor olvidarlo. Mejor no recordar más los aquelarres satánicos y los *sabats* de los Hijos de Satán. Mejor olvidar para siempre aquellos espantosos himnos dedicados al Príncipe de las Tinieblas.

«Ah ¿y si fuera posible unirse y adorar no al Príncipe de las Tinieblas, sino a un príncipe nuestro?»

Abrió su iPhone y buscó en la pantalla la aplicación para conectarse con el programa de Benji, que debía de estar ahora en plena emisión.

Faltaban dos horas para el amanecer.

Everard se había acomodado en su sillón favorito de cuero y estaba medio adormilado, casi soñando.

Seguía oyendo a Benji a través de los altavoces Bose en los que había conectado su iPhone. Pero el volumen estaba muy bajo y ya no le prestaba atención.

El sueño: se encontraba en el castillo de Rhoshamandes, en aquel inmenso salón vacío con la chimenea encendida, y Benedict, el apuesto Benedict, suplicaba permiso para convertir en vampiro al monje conocido como Notker el Sabio, un ser de inmenso talento que escribía música día y noche, como un auténtico poseso: canciones, motetes, cánticos. Rhoshamandes consideraba su petición, asintiendo, moviendo las piezas de su ajedrez y diciendo:

—Bebedores de sangre arrebatados al dios cristiano... No lo sé, la verdad.

—En realidad, amo, el único dios que Notker adora es la música. Me gustaría que pudiera tocar su música eternamente.

—Primero aféitale ese cerco de pelo monacal —decía Rhoshamandes— y luego puedes iniciarlo. Con tu sangre, no con la mía. Pero me niego a tener un bebedor de sangre tonsurado.

Benedict se echaba a reír. No era ningún secreto que Rhoshamandes, antes de darle la Sangre Oscura, había tenido encerrado a Benedict durante meses para que su pelo «monacal» volviera a crecerle por toda la cabeza. Y él, por su parte, se había preparado para el Don Oscuro como si se tratara de un sacramento. Rhoshamandes exigía belleza a sus neófitos.

Notker el Sabio de Prüm era famoso por su belleza.

Un ruido despertó a Everard.

Lo arrancó abruptamente de aquel antiguo salón del castillo, con sus altas vigas y sus losas de piedra.

Oyó el chasquido de una cerilla. Percibió un destello de llamas a través de sus párpados. ¡No había cerillas en su casa! Él empleaba el Don del Fuego para encender la chimenea.

Se levantó de golpe de la butaca y se encontró frente a dos jóvenes vampiros de pelo desgreñado y ojos enloquecidos: un hombre y una mujer vestidos con el típico atuendo de vagabundo a base de cuero y de tela tejana. Estaban incendiando las colgaduras de la habitación.

—¡Arde, demonio, arde! —gritó el hombre en italiano.

Con un rugido, Everard arrojó a la mujer por la ventana, destrozando el cristal; luego arrancó de un tirón las cortinas en llamas, se las echó encima al hombre, lo arrastró violentamente y lo sacó por el hueco de la ventana al oscuro jardín.

Los dos soltaban maldiciones y le gruñían. El hombre se zafó del montón humeante de terciopelo y se abalanzó hacia Everard con un cuchillo en la mano.

Arde.

Everard invocó el Don del Fuego con todas sus fuerzas en el centro de su frente y luego le lanzó la ráfaga a aquel idiota. Las llamas se alzaron en torno a su cuerpo, envolvieron sus brazos y su cabeza. Sus gritos entrecortados fueron ahogados por el rugido de la llamarada. La Sangre ardía como la gasolina.

La mujer había emprendido la huida, pero Everard la atrapó

cuando estaba escalando el muro. La arrastró hacia atrás y le hundió los colmillos en la garganta. Mientras ella chillaba, Everard le desgarró la arteria y la sangre chorreó violentamente en su boca, le salpicó en el paladar, le inundó la lengua.

Lo aturdió en el acto la oleada de imágenes que el corazón palpitante de la víctima bombeaba junto con la sangre: la Voz, sí, la Voz ordenándole que matara, ordenándoles a los dos que mataran; amantes iniciados en un callejón inmundo de Milán por un escuálido y barbudo bebedor de sangre que los había empujado al robo y al asesinato; veinte años tal vez en la Sangre; ahora agonizaba, y las imágenes estallaron en fragmentos y retazos de la infancia: su vestido blanco de Primera Comunión, incienso, la catedral atestada, el Ave María, la cara sonriente de la madre, un vestido a cuadros, manzanas en un plato, el gusto de las manzanas, la paz ineluctable. Bebió aún más profundamente, succionando cada gota de ella, y siguió y siguió hasta que ya no quedó más. El corazón se había detenido, tan jadeante como la boca abierta de un pez.

Fue a buscar una pala al cobertizo del jardín y le cortó la cabeza, separándola del cuerpo. Luego succionó la sangre que rezumaba de los tejidos del cuello seccionados y de los vasos casi vacíos. Un destello de conciencia. ¡Horror! Soltó la cabeza de la bebedora de sangre y se limpió las manos.

Le bastó una ligera ráfaga del Don del Fuego para incinerar todos aquellos restos: la cabeza de mirada ciega, con varios mechones desgreñados atrapados entre los dientes, y el cuerpo flácido.

El humo se extinguió rápidamente.

La suave brisa de principios de otoño le acarició la cara, serenándolo.

El jardín silencioso relucía con los fragmentos de cristal roto esparcidos por la hierba. La sangre le había despejado la mente y agudizado la visión, tonificándolo y convirtiendo la madrugada oscura en un panorama prodigioso. Los cristales rotos eran como joyas. Como estrellas.

Inspiró la fragancia de los limoneros. La noche estaba vacía en torno de él. No había cantos fúnebres que entonar por esa pareja anónima, por estos dos seres que habrían sobrevivido tal vez miles de años si no se hubieran lanzado contra un adversario al que no podían vencer.

—Así pues, Voz —dijo Everard con desdén—, no vas a dejarme en paz, ¿no? No me has hecho daño, monstruo despreciable. Has enviado a estos dos a su muerte.

Pero no hubo respuesta.

Los enterró con la pala, alisando luego el terreno cuidadosamente, rascando la tierra de los escalones y el sendero.

Estaba conmocionado. Asqueado.

Pero una cosa estaba clara. Su Don del Fuego era más fuerte que nunca. En realidad, nunca hasta ahora lo había utilizado contra otro bebedor de sangre. Pero esta experiencia le había demostrado de lo que era capaz si tenía que hacerlo.

Un pequeño consuelo.

Luego la Voz soltó un suspiro. Ah, qué suspiro.

—Esa era mi intención, Everard —dijo—. Te dije que quería que mataras a esa chusma. Y esto ya es un comienzo.

Everard no respondió.

Se apoyó en el mango de la pala y reflexionó.

La Voz se había ido.

Silencio en el campo dormido. Ni siquiera un coche por la carretera. Solo esa brisa fresca, y el rumor de las hojas de los árboles frutales que lo rodeaban, y el brillo de los lirios blancos sobre los muros de la casa y del jardín. La fragancia de los lirios. El milagro de los lirios.

Al otro lado del océano, Benji Mahmoud seguía hablando...

Su voz le atravesó de repente el corazón como una espada.

—Ancianos de la tribu —decía Benji—. Os necesitamos. Volved con nosotros. Volved con vuestros hijos perdidos. Escuchad el grito que elevo al cielo, mi llamada afligida, mi amargo sollozo. Soy Benji y lloro por mis hermanos y hermanas perdidos porque ya no están con nosotros.

11

Gremt Stryker Knollys

Era una vieja mansión colonial, toda roja con ribetes blancos; una construcción irregular de anchos porches y tejados a dos aguas, cubierta de suaves enredaderas ondeantes, que no resultaba visible desde la sinuosa carretera debido a los enormes árboles de mango y de bambú que la rodeaban. Una casa encantadora con palmeras balanceándose con elegancia bajo el viento. Parecía abandonada, pero no lo estaba. Había criados mortales que la atendían durante el día.

El vampiro Arjun había dormido bajo esa casa durante siglos.

Ahora estaba llorando. Sentado a la mesa, con la cara entre las manos.

—En mis tiempos, yo era un príncipe —dijo. No alardeaba, solo reflexionaba—. Y entre los no-muertos fui un príncipe durante mucho tiempo. No entiendo cómo he llegado a esto.

—Ya sé que todo esto es cierto —dijo Gremt.

El bebedor de sangre era innegablemente hermoso, con una piel marrón clara, casi dorada, tan impoluta que parecía irreal, y con unos grandes ojos negros de expresión temible. Tenía una exuberante cabellera negra digna de un león. Creado por Pandora, la bebedora de sangre errante, en la época de la dinastía Chola del sur de la India, había sido en efecto un príncipe de piel mucho más oscura que ahora y de idéntica belleza. La Sangre le había aclarado la piel, pero no el pelo, cosa que sucedía a veces, aunque nadie sabía por qué.

—Yo siempre he sabido quién eras —dijo Gremt—. Te conocí cuando viajabas por Europa con Pandora. Te suplico que me expliques sencillamente, con tus propias palabras, lo que ha ocurrido.

Sacó del bolsillo una pequeña tarjeta de visita blanca donde figuraba su nombre completo en letras doradas: GREMT STRYKER KNOLLYS. Debajo, estaba el e-mail y el número de su teléfono móvil.

Pero el bebedor de sangre no reconoció aquel gesto humano. No podía. Y Gremt deslizó discretamente la tarjeta hasta el centro de la mesa de madera de teca, sujetándola bajo la base de latón de la lamparilla que parpadeaba allí, arrojando algo de luz sobre el rostro de ambos. Una suave claridad dorada entraba también por las puertas abiertas al ancho porche.

Aquel lugar era muy bonito.

A Gremt lo conmovió que esa alma maltrecha, esa criatura sumida en la aflicción, se hubiera tomado tanto tiempo para lavarse la tierra de su pelo reluciente, y que ahora estuviera vestida con un largo *sherwani*, bien ajustado y ricamente decorado, y con unos pantalones negros de seda, y también que sus manos estuvieran limpias y perfumadas con sándalo auténtico.

—Pero ¿cómo podrías haberme conocido en aquel entonces? —preguntó el bebedor de sangre con voz quejumbrosa—. ¿Qué eres tú? Humano no, eso lo sé. Tú no eres humano. Y tampoco eres lo que yo soy. ¿Qué eres, pues?

—Ahora soy tu amigo —dijo Gremt—. Siempre he sido tu amigo. Llevo siglos observándote: no solo a ti, a todos vosotros.

Arjun se sentía receloso, desde luego, pero sobre todo estaba horrorizado por lo que había hecho y, poco a poco, iba cediendo lastimeramente al tono persuasivo de Gremt, a la calidez de la mano que había puesto sobre la suya.

—Lo único que yo quería era dormir —dijo Arjun. Hablaba con el mismo acento que seguía siendo común hoy día en Goa e India, aunque su dominio del inglés era perfecto—. Yo era consciente de que habría de volver. Mi amada Pandora sabe que estoy aquí. Siempre lo ha sabido. Aquí conseguí mantenerme a salvo cuando la reina Akasha cometió sus desmanes. Estaba escondido bajo esta casa y no me encontró.

—Comprendo —dijo Gremt—. Pandora viene ahora a verte.

—¿Cómo puedes saberlo? —dijo Arjun—. Ay, la verdad es que deseo creerlo. La necesito tanto. Pero ¿cómo puedes saberlo?

Gremt vaciló. Le indicó a Arjun con un gesto que prosiguiera.

—Cuéntamelo todo.

—Hace diez años, me senté en este porche con Pandora, y hablamos —dijo Arjun—. Yo ya estaba cansado. No estaba preparado para unirme a ella y a sus estimados amigos. Le dije que necesitaba el santuario de la tierra y lo que aprendemos en la tierra, pues nosotros aprendemos mientras dormimos, como si un cordón umbilical nos conectara con el mundo viviente de arriba.

—Eso es cierto —dijo Gremt.

—No era mi intención despertar ahora.

—Ya.

—Pero esa Voz. Me hablaba. Quiero decir, estaba dentro de mi mente, sonaba como si fueran mis propios pensamientos. Pero incluso en sueños yo no abrazaba esos pensamientos.

—Ya.

—Y además tenía un tono y un vocabulario propio, esa Voz. Me hablaba en inglés con brusquedad, me decía que yo quería levantarme; que yo, Arjun, quería ir a Bombay y aniquilar a todos los jóvenes. Me parecía tan cierto. ¡Tanto! ¿Por qué hice caso? Yo, que nunca he querido problemas con los de mi estirpe; que, hace siglos, soporté con paciencia las exigencias de Marius, diciéndole con sinceridad que renunciaría a mi hacedora en su favor si eso era lo que él quería y lo que ella quería. ¿Entiendes? Yo libré mis últimas batallas cuando era un príncipe mortal. ¿Qué tiene que ver esto conmigo: asesinar, masacrar, quemar a los jóvenes? —Se apresuró a responder su propia pregunta—. ¿Acaso hay algo en los más pacíficos de nosotros que anhela la destrucción? ¿Algo que sueña con aniquilar a otros seres conscientes?

—Quizá sí —dijo Gremt—. ¿Cuándo te diste cuenta de que eso no era lo que tú querías?

—¡Mientras estaba sucediendo! —confesó Arjun—. Los edificios estaban en llamas. Ellos gritaban, me suplicaban, se prosternaban de rodillas. Y no todos eran neófitos, ¿sabes? Algunos llevaban en la Sangre centenares de años. «¿Acaso sobrevivimos a la Reina para perecer así?» Eso era lo que gritaban mientras me tendían los brazos, suplicantes. «¿Qué te hemos hecho nosotros?» Pero solo lentamente me fui dando cuenta con claridad de lo que había desencadenado. Aquello se convirtió en una batalla. Ellos me atacaban con el Don del Fuego y yo anulaba fácilmente su endeble potencia. Era... era...

—Placentero.

Unas lágrimas de vergüenza asomaron en los ojos de Arjun. Asintió.

—Si asesinas a un ser humano —dijo— arrebatas una vida, sí, y es algo incalificable. ¡Pero si asesinas a un bebedor de sangre arrebatas una eternidad! ¡Arrebatas la inmortalidad!

Apoyó la cabeza sobre un brazo.

—¿Qué sucedió en Calcuta?

—Eso no lo hice yo —dijo de inmediato. Se arrellanó en la vieja silla pavo real de mimbre; el amplio respaldo entretejido crujió bajo su peso—. No fui yo.

—Te creo —dijo Gremt.

—Pero ¿por qué maté a esos chicos en Bombay?

—La Voz te despertó con ese propósito. Lo ha hecho en otros lugares. Lo ha hecho en Oriente. Lo está haciendo en Sudamérica. Yo he sospechado desde el principio que no era un bebedor de sangre quien estaba decretando la Quema.

—Pero ¿quién es la Voz? —preguntó Arjun.

Gremt se quedó callado.

—Ya llega Pandora —dijo al fin.

Arjun se puso de pie, casi derribando la gran silla a su espalda. Miró a uno y otro lado, tratando de atisbar en la oscuridad.

Cuando ella emergió entre el espeso seto de bambú, Arjun corrió a abrazarla. Durante largo rato se estrecharon mutuamente, meciéndose adelante y atrás, y luego él se separó y le cubrió la cara de besos. Ella permanecía muy quieta, dejándose hacer. Era una mujer delgada, de pelo castaño ondulado, y llevaba una larga capa con capucha y una sencilla túnica. Con los ojos cerrados para saborear el momento, le acariciaba el pelo a Arjun con sus pálidas manos.

Él la arrastró con excitación hacia el porche, hacia la luz que salía de las habitaciones de la casa.

—Siéntate aquí, por favor, siéntate —dijo, llevándola a la mesa de teca rodeada de sillas pavo real. Luego, incapaz de contenerse, volvió a abrazarla y lloró en silencio sobre su hombro.

Ella le susurró en la lengua que compartían cuando lo había cortejado y seducido, y lo consoló con sus besos.

Gremt se había puesto de pie como habría hecho cualquier caballero en presencia de una mujer. Ella, Pandora, lo estudió con atención, incluso mientras soportaba más besos y abrazos de Arjun. Clavaba sus ojos en él y, obviamente, estaba escuchando los latidos del corazón de Gremt, el sonido de su respiración, al tiempo que examinaba su piel, sus ojos, su pelo.

¿Qué veía ante sus ojos? Un hombre alto de ojos azules, de pelo corto y ondulado, y tez caucásica, con la cara modelada como una estatua griega; un hombre de recios hombros y manos esbeltas, vestido con un largo y sencillo *zaub* de seda negra que lo cubría hasta los tobillos: una prenda que habría podido confundirse en otro país con la sotana de un sacerdote. Ese era el cuerpo que había perfeccionado Gremt para sí a lo largo de mil cuatrocientos años. Indudablemente ese cuerpo habría engañado a cualquier ser humano del planeta. Y podía resistir el escrutinio de las máquinas de rayos X de los modernos aeropuertos. Pero, por supuesto, no podía engañar a Pandora. Biológicamente, no era humano.

Ella estaba conmocionada hasta lo más hondo, pero Gremt sabía que ya había visto a otros seres como él. Muchas veces. Seres poderosos que andaban por ahí en cuerpos ficticios, por así decirlo. De hecho, Pandora había visto a Gremt en muchas ocasiones, aunque no siempre había sabido que era él. Y la primera vez que él la había visto a ella, aún era incorpóreo.

—Soy tu amigo —dijo Gremt de inmediato. Y le tendió la mano, pero ella no respondió alzando la suya.

Arjun se estaba secando las lágrimas con un viejo pañuelo. Luego se lo guardó cuidadosamente en el bolsillo.

—¡Yo no quería hacerlo! —dijo con desespero, implorándole a ella que lo comprendiera.

Pandora, como despertando de un hechizo, apartó la mirada de Gremt y se volvió hacia Arjun.

—Ya sabía que tú no querías —dijo—. Eso lo comprendí perfectamente.

—¡Qué debes pensar de mí! —insistió él, acongojado.

—En realidad, no fuiste tú, ¿no? —se apresuró a decir Pandora, cogiéndole la mano y volviendo a besarlo; luego se separó y miró a Gremt—. Fue una voz, ¿verdad?

—Sí, una voz —dijo Arjun—. Se lo estaba contando a Gremt. Él lo comprende. Es un amigo.

A regañadientes, ella tomó asiento tal como Arjun la instaba a hacer, y él volvió a ocupar su silla, a la izquierda de Pandora.

Solo entonces se sentó Gremt de nuevo.

—Pero tú debías considerarme culpable —le dijo Arjun a Pandora—. ¿Por qué habrías venido a verme, si no?

Ella estaba mirando otra vez a Gremt. Se sentía demasiado incómoda con el misterio evidente que constituía aquel ser para escuchar a Arjun.

Gremt se volvió hacia él y dijo en voz baja:

—Pandora lo sabía por las fotos, Arjun. Hubo testigos allí que sacaron fotografías, y esas imágenes se convirtieron en un fenómeno viral, como dicen ahora en Internet. Eran imágenes infinitamente más nítidas y detalladas que los destellos telepáticos. Y no se difuminan como los recuerdos; seguirán circulando para siempre. En Nueva York, un joven bebedor de sangre llamado Benjamin Mahmoud, creado por Marius, colgó las fotos en una página web. Y Pandora las vio allí.

—¡Ah! ¡Qué indecible deshonra! —exclamó Arjun, cubriéndose la cara con sus largos dedos—. O sea que ahora Marius y sus criaturas creen que soy el culpable. ¿Y cuántos más lo creen?

—No, no es así —dijo Pandora—. Todos estamos empezando a comprender. Todo el mundo empieza a comprender.

—Has de saberlo. Has de saber que fue la Voz. —Arjun miró impotente a Gremt, buscando su confirmación.

—Pero ahora Arjun vuelve a ser él mismo —dijo Gremt—. Y es perfectamente capaz de resistirse a la Voz. Y la Voz ha pasado a atormentar a otros bebedores de sangre dormidos.

—Sí, eso explica una parte de lo ocurrido —dijo Pandora—.

Pero no todo. Porque ya es casi seguro que las Quemas de Sudamérica las está perpetrando el mismísimo Jayman.

—¿Jayman? —dijo Arjun—. ¿El dulce Jayman? ¡Pero yo creía que se había convertido en consorte y guardián de las gemelas!

—Lo es y lo ha sido durante largo tiempo —dijo Gremt—. Pero Jayman siempre ha sido un alma rota y, al parecer, ahora es tan vulnerable a la Voz como algunos otros ancianos.

—¿Y Maharet no lo puede controlar? —preguntó Pandora con un tono ligeramente irritado. Ella quería hablar de todo aquello, quería saber lo que Gremt sabía, pero sobre todo quería saber más acerca de aquel ser, así que hablaba con un tono que venía a decir: «Eres un extraño para mí.»

Entornó los ojos.

—¿Es la propia Maharet la Voz? —dijo con horror.

Gremt permaneció callado.

—¿Podría ser su hermana Mekare?

Gremt no respondió aún.

—Espantosa idea —susurró Arjun.

—Bueno, ¿y quién, si no, podría impulsar al dulce Jayman a hacer tales cosas? —murmuró Pandora, pensando en voz alta.

Gremt tampoco respondió esta vez.

—Y si no es una de esas dos —prosiguió ella—, ¿quién es entonces? —Lo preguntó como si fuese una abogada y Gremt un testigo hostil en el estrado del tribunal.

—No está nada claro —dijo Gremt al fin—. Pero me parece que sé quién es. Lo que no sé es qué quiere y qué pretende en último término.

—¿Y qué tiene todo esto que ver contigo, exactamente? —le preguntó Pandora.

Arjun se asustó ante la frialdad de su tono y pestañeó como ante una luz deslumbrante.

—¿Qué te importa a ti, en particular —insistió—, lo que nos suceda a nosotros, a unas criaturas como nosotros?

Gremt reflexionó. Tarde o temprano debería revelarlo todo. Tarde o temprano debería poner sobre la mesa lo que sabía. Pero ¿había llegado el momento?, ¿y cuántas veces tendría que confesarlo todo? Ahora ya había averiguado lo que quería saber de Arjun, y ya lo había consolado, tal como era su intención. Y también había visto con sus propios ojos a Pandora, con quien tenía una inmensa deuda. Pero no estaba seguro de si podía responder plenamente a sus preguntas.

—Tú me eres muy querida —le dijo con una voz tenue pero firme—. Y me produce cierto placer, después de todos estos años, de todos estos siglos, poder decirte al fin que eres, y has sido siempre, un estrella reluciente en mi camino, cuando tú no tenías ningún medio de saberlo.

Ella se quedó intrigada y algo aplacada, pero no satisfecha. Aguardó. Su pálido rostro, aunque esta noche se lo había restregado con aceite y ceniza para que resultara menos luminoso, tenía un aspecto bíblico y virginal debido a sus ropajes y a la delicadeza de sus rasgos. Pero por detrás de esa cara tan hermosa, ella no dejaba de hacer cálculos: ¿cómo podría defenderse frente a un ser como Gremt?, ¿podría usar su inmensa fuerza para causarle daño?

—No, no puedes —dijo él, brindándole la respuesta—. Ya es hora de que os deje. —Se levantó—. Os exhorto a que vayáis a Nueva York a reuniros con Armand y Louis...

—¿Por qué? —preguntó ella.

—Porque debéis uniros para afrontar el desafío de la Voz, tal como hicisteis hace mucho para afrontar el desafío de Akasha. No podéis permitir que esto continúe. Tenéis que llegar hasta el fondo de este misterio. Y lo mejor para ello es unir vuestras fuerzas. Si vas allí, Marius seguirá tu ejemplo. Y también otros lo seguirán: otros cuyos nombres no conoces ni has oído nunca. Y Lestat acabará yendo, sin duda. Y es a Lestat a quien todos quieren como líder.

—¿Por qué?, ay, ¿por qué quieren a ese mocoso insufrible? —musitó Arjun—. ¿Qué ha hecho él, aparte de crear problemas?

Gremt sonrió. Pandora rio discretamente, pero luego volvió a quedarse callada. Pensando, observando a Gremt.

Lo sospesó todo con calma. No le sorprendía ni le resultaba chocante nada de lo que este había dicho.

—Y tú, Gremt... ¿cómo es que quieres lo mejor para nosotros? —preguntó Arjun, poniéndose de pie—. Has sido muy amable conmigo. Me has consolado. ¿Por qué?

Gremt titubeó. Sintió que un nudo se aflojaba en su interior.

—Yo os amo a todos —dijo con un tono confidencial.

Se preguntó mientras hablaba si les parecería frío. Nunca sabía del todo cómo se reflejaban sus emociones en aquella cara humana ficticia, aun cuando él sentía la sangre que le subía a las mejillas y las lágrimas que le llenaban los ojos. Nunca sabía con certeza si toda esa infinidad de sistemas que él controlaba tan bien mentalmente estaba funcionando de verdad como quería. Sonreír, reír, bostezar, llorar... todo eso era sencillo. Ahora, reflejar lo que sentía por dentro, en su auténtico corazón invisible, ya era harina de otro costal.

—Tú me conoces —le dijo a Pandora. Realmente se le estaban llenando los ojos de lágrimas—. ¡Ay, cómo te he amado!

Ella, sentada en la silla pavo real como una reina en su trono, lo miró fijamente. La blanda capucha de seda negra enmarcaba su rostro radiante.

—Fue hace mucho tiempo —dijo él—, en la costa del sur de Italia. Un gran hombre, un gran erudito de la época, murió aquella noche en el bello monasterio llamado Vivarium que él mismo había construido. ¿Lo recuerdas? ¿Te acuerdas de Vivarium? Él se llamaba Casiodoro y el mundo lo recuerda aún: recuerda sus cartas, sus libros y, sobre todo, lo que él encarnaba, el sabio erudito que era Casiodoro en aquel entonces, cuando la oscuridad se cernía sobre Italia. —Ahora tenía la voz insegura por la emoción. Sentía que se le quebraba. Pero prosiguió aun así, sosteniendo la plácida y firme mirada de Pandora.

—Y tú me viste entonces, me viste a mí, un espíritu desencarnado que se alzaba de las colmenas en las que había estado durmiendo, diseminado, arraigado a través de miles de tentáculos en las abejas, en su energía, en su vida colectiva y misteriosa. Viste cómo me soltaba en aquel momento; me viste abrazar con todas mis fuerzas la figura ridícula de un hombre de paja, de un espantapájaros, de un objeto de burla vestido con un abrigo y unos pantalones de mendigo; y me viste sollozar de esta guisa, ¡sollozar y dolerme por el gran Casiodoro!

Los ojos de Pandora se habían llenado de lágrimas rojas. Ella había escrito sobre esto no hacía mucho, pero ¿iba a creer que él era aquel ser, el ser que ella había visto? ¿O acaso permanecería en silencio?

—Sé que recuerdas lo que me dijiste —continuó Gremt—. Fuiste muy valiente. No trataste de huir de algo que no podías comprender. No te apartaste con repugnancia de algo antinatural incluso para ti. Te mantuviste firme y me hablaste.

Ella asintió y repitió las palabras que le había dicho aquella noche:

—«Si deseas una vida carnal, una vida humana, una vida tangible que te permita moverte por el tiempo y el espacio, lucha por ella. Si deseas alcanzar una filosofía humana, esfuérzate y hazte sabio para que nada pueda dañarte jamás. La sabiduría es fuerza. Reorganiza tu naturaleza, seas lo que seas, y conviértete en algo dotado de un propósito.»

—Sí —susurró Gremt—. Y aún dijiste más: «Pero ten presente esto: si te conviertes en un ser parecido al que ves en mí, ama a todos los hombres y mujeres y a todos sus hijos. ¡No saques tu fuerza de la sangre! No te alimentes del sufrimiento ajeno. No te alces como un dios sobre multitudes que entonan cánticos de adoración. No mientas.»

Ella asintió.

—Sí —dijo. Una dulce sonrisa apareció en su rostro.

Ahora Gremt sintió que ella no le estaba fallando. Que se estaba abriendo ante él. Y vislumbró en su rostro la misma sensibilidad y la misma compasión que le había demostrado tantos años atrás. ¡Había aguardado tanto a que llegara este momento! Deseaba acercarse, abrazarla, pero no se atrevió.

—He seguido tu consejo —dijo. Ahora sintió que las lágrimas brotaban de sus ojos, cosa que nunca había ocurrido—. Lo he seguido siempre. Y creé la Talamasca para ti, Pandora, y para todos los de tu estirpe y para toda la humanidad. Y la modelé lo mejor que pude según el ejemplo de los monjes y eruditos de aquel hermoso monasterio, Vivarium, del que no subsiste una sola piedra. Creé la Orden en memoria del valeroso Casiodoro, que siguió estudiando y escribiendo hasta el final con fortaleza y devoción, pese a que el mundo que lo rodeaba se iba sumiendo en la oscuridad.

Ella suspiró, asombrada. Su sonrisa se iluminó.

—Entonces, ¿fue desde ese momento?

—Sí, fue entonces cuando la Talamasca nació —dijo—. A partir de aquel encuentro.

Arjun lo miraba pasmado.

Ella se levantó de la mesa.

La rodeó y se acercó a Gremt. Qué tierna y vehemente parecía, qué candorosa, qué valiente. Ahora ella le tenía tan poco miedo como cientos de años atrás.

Pero él se había quedado exhausto, peligrosamente exhausto —mucho más de lo que habría imaginado— por la intensidad de aquel encuentro, y no habría podido soportar la dulzura, la alegría de tenerla entre sus brazos.

—Perdóname —susurró, limpiándose puerilmente las lágrimas de la cara.

—Habla con nosotros, quédate aquí con nosotros —le dijo ella, suplicante. Arjun le repitió la invitación.

Pero Gremt hizo lo único que podía hacer con las pocas fuerzas que le quedaban. Se alejó a toda prisa, cruzó el jardín y dejó que las luces de la casa desaparecieran a su espalda tras la espesura de los árboles de mango y de bambú.

Ella podría haberlo perseguido. Si Pandora lo hubiera intentado, Gremt no habría tenido otro remedio que desvanecerse, cosa que no deseaba hacer. Quería permanecer todo el tiempo posible en este cuerpo. Esa era su intención.

Pero ella no lo persiguió. Aceptó su marcha. Gremt sabía que pronto volvería a verla. Pronto volvería a verlos a todos. Y entonces se lo contaría todo con detalle. A ella y a los demás.

Siguió la carretera durante un largo trecho, recuperando gradualmente las fuerzas. Su cuerpo volvió a endurecerse, su pulso se regularizó, sus lágrimas se secaron y su visión se aclaró.

Los faros de los coches que pasaban de vez en cuando lo iluminaban un instante para dejarlo de nuevo en el silencio y la oscuridad.

Bueno, se lo había dicho. Le había confesado primero a ella, antes que al resto, el gran secreto de la Talamasca. Pronto se lo comunicaría a la tribu entera de los bebedores de sangre.

Jamás se lo contaría a los miembros mortales de la Talamasca, que seguían esforzándose como siempre en sus estudios. No.

A ellos los dejaría en paz para que siguieran fabulando sobre los orígenes de la Orden.

Pero, por lo demás, se lo contaría a todos: a los grandes seres sobrenaturales que la Talamasca había estudiado desde sus comienzos mismos.

Y quizá ellos comprendieran, como ella había comprendido; quizás lo aceptaran, tal como ella lo había aceptado. Y acaso no le fallaran en esos momentos de conexión que él tan desesperadamente necesitaba establecer.

En todo caso, había llegado la hora de ayudarlos directamente, de tenderles la mano y darles lo que pudiera, ahora que se enfrentaban al mayor desafío de su historia. ¿Quién mejor para ayudarles a resolver el misterio de la Voz que Gremt Stryker Knollys?

12

Lestat

LA JUNGLA DEL AMAZONAS

David me había sacado de mi reclusión. El astuto David. Había llamado al número del programa de Benji en Nueva York y charlado con él en directo acerca de la crisis. No había dado su nombre. No hacía falta. Benji conocía, como yo, y probablemente como muchos bebedores de sangre, aquella educada voz británica.

Una y otra vez, David advirtió a los jóvenes que se mantuvieran alejados de las ciudades, que se fueran al campo. Y a los ancianos que tal vez estuvieran oyendo unas órdenes anónimas de destruir a los demás, les dijo: «No hagáis caso.» Benji asentía todo el rato. Una y otra vez, David repitió: «Manteneos fuera de ciudades como Lión, o Berlín, o Florencia, o Aviñón, o Milán, o Aviñón, o Roma, o Aviñon...» Y así siguió citando los nombres de una ciudad tras otra, intercalando siempre el de Aviñón, y diciendo que estaba seguro de que el gran héroe Lestat no era el culpable de estos desmanes. Él estaba dispuesto a jugarse su vida eterna por el honor de Lestat; por la lealtad a los demás de Lestat; por la bondad innata de Lestat. Más aún, él, David, habría deseado tener la autoridad del Papa para poder plantarse en el patio del ruinoso palacio papal de Aviñón para declarar ante todo el mundo que Lestat no era el culpable de estas nuevas Quemas.

Estallé en carcajadas.

Estaba escuchándolo todo en la sala de estar del castillo de mi padre, a menos de cuatrocientos kilómetros de la pequeña ciudad de Aviñón. ¡Nunca había habido vampiros en Aviñón! Ni tampoco ninguna Quema.

Yo escuchaba a Benji cada noche. Estaba muy angustiado por los que estaban muriendo. No eran solo neófitos y bastardos. Estaban masacrando a muchos Hijos de la Oscuridad de trescientos y cuatrocientos años. Tal vez algunos de los que yo había conocido y amado en mi larga existencia estaban también entre los asesinados, entre los que se habían perdido para siempre. Cuando Akasha había emprendido su desenfrenada masacre, su gran Quema, había perdonado a los que estaban relacionados conmigo como gesto de buena voluntad. Pero esta nueva Quema parecía infinitamente más terrible y más aleatoria. Y yo no podía intuir ni más ni menos que cualquiera quién o qué se ocultaba detrás de tanta devastación.

¿Dónde estaba mi querida Gabrielle? ¿Y cuánto faltaba para que aquella cosa se lanzara contra la mansión de Armand y Louis en Nueva York? A esa cosa o a ese ser, ¿le gustaban las emisiones de Benji, le gustaba oír hablar de la desdicha que estaba sembrando por todas partes?

—¿Tú qué crees, Voz? —pregunté.

No obtuve respuesta.

La Voz me había abandonado hacía mucho. Era la Voz quien estaba detrás de las masacres. Eso lo sabían todos ahora. La Voz despertaba a los ancianos de un largo sueño y los convertía en motores de destrucción, induciéndolos a usar unos poderes que tal vez ni siquiera eran conscientes de poseer.

—Esa Voz está despertando a los ancianos —dijo David—. Ya no cabe duda. Algunos testigos han visto a esos ancianos en los lugares de las masacres. Con mucha frecuencia se trata de una figura andrajosa o de un fantasma espantoso. Es la Voz quien está despertando a esa gente. ¿Acaso no la hemos oído muchos de nosotros?

—¿Quién es la Voz? —preguntó Benji una y otra vez—. ¿Quiénes de los que me escucháis han oído a la Voz? Llamad al programa y explicádnoslo.

David colgó. Los neófitos supervivientes estaban copando todas las líneas.

Benji tenía ahora veinte líneas telefónicas para recibir llamadas. ¿Quién se ocupaba de esas líneas? Yo no sabía lo suficiente sobre emisoras de radio, teléfonos, monitores, etcétera, para entender cómo funcionaba aquello. Lo cierto era que nunca había aparecido en antena la voz de un mortal; por algo sería. Y a veces un bebedor de sangre desolado podía pasarse una hora entera explicando una historia desesperada. ¿Qué pasaba con las demás llamadas?, ¿se acumulaban?

En cualquier caso, debía ir a Aviñón. David quería que nos encontráramos allí, en el viejo y ruinoso palacio de los Papas, eso estaba bien claro.

Ahora Benji se dirigió a la Voz.

—Llámanos aquí, Voz —estaba diciendo con aquel tono suyo jovial y confiado—. Dinos qué quieres. ¿Por qué estás tratando de destruirnos?

Eché un vistazo a mi espléndida morada, allí en las montañas. Cuánto había trabajado para recuperar esas tierras de mi padre, para restaurar mi castillo por completo. Y últimamente había desenterrado con mis propias manos varias cámaras secretas en el subsuelo. ¡Cómo me gustaban estas viejas estancias con muros de piedra en las que me había criado, ahora reformadas con las más refinadas comodidades! Y también las vistas que ofrecían los ventanales de los campos y montañas por donde cazaba de chico. ¿Por qué?, ¿por qué debía alejarme de todo esto e implicarme en una guerra que no deseaba?

Bueno, yo no pensaba revelarle la existencia de este lugar a David: ni a él ni a nadie. Si no tenían suficiente sentido común para buscarme en el castillo de Lioncourt, en Auvernia, mala suerte. Al fin y al cabo, el lugar figuraba en todos los mapas.

Me puse mi chaqueta roja de terciopelo favorita, mis botas negras y mis gafas de sol habituales y salí para Aviñón inmediatamente.

Una ciudad encantadora, Aviñón, con sinuosas callejas empedradas e innumerables cafés, y con esas viejas ruinas destartaladas donde los pontífices católico-romanos habían reinado en su momento con gran esplendor.

Y David me estaba esperando, en efecto, junto con Jesse, en las viejas ruinas. No había ningún otro bebedor de sangre en toda la ciudad.

Descendí directamente al patio cubierto de hierba y rodeado de altas murallas. Ningunos ojos mortales presenciaban la escena. Solo las arcadas oscuras y desiertas del ruinoso claustro de piedra nos contemplaban como otros tantos ojos negros.

—¡Príncipe malcriado! —David se levantó de la hierba y me rodeó con sus brazos—. Veo que estás en buena forma.

—Sí, sí —rezongué. Aunque me alegraba de volver a verlo, de verlos a los dos. Jesse aguardaba apoyada en la muralla desvencijada, envuelta en una gran bufanda gris.

—¿Hemos de quedarnos aquí, en este lugar desolado, bajo la sombra de tanta historia? —dije con irritación, aunque en realidad no hablaba en serio. No me incomodaba aquella helada noche de septiembre, que ya presagiaba los fríos del invierno. Y de hecho, me alegraba hasta extremos vergonzosos que me hubieran forzado a celebrar este encuentro.

—Claro que no, su Alteza Real —dijo David—. Hay un excelente hotelito en Lión, el Villa Florentine, que no queda lejos.

—¿A mí me lo decía? ¡Yo había nacido en estas tierras!—. Y tenemos allí unas habitaciones muy cómodas.

Sonaba bien.

En un cuarto de hora hicimos el breve trayecto, entramos en la *suite* alfombrada de rojo por las puertas del patio y nos instalamos cómodamente en el salón. El hotel quedaba por encima de la ciudad, en una colina con una bonita vista, y a mí me pareció aceptable en conjunto.

Jesse parecía agotada y tremendamente desdichada. Iba con una chaqueta y un pantalón de cuero marrón arrugado y resquebrajado, un suéter de lana gris que le llegaba al mentón y una bufanda tapándole la boca. Su pelo parecía, como siempre, un velo reluciente de ondas cobrizas. David iba con su traje gris de lana de estambre, con un chaleco de ante y una reluciente corbata de seda: todo hecho a medida, probablemente. Él parecía mucho más animado que Jesse en su tono y expresión, pero yo era consciente de la gravedad de la situación.

—Benji no sabe ni la mitad de lo que está pasando —dijo Jesse, hablando a borbotones—. Y yo no sé lo que puedo explicarle a él o a cualquiera. —Estaba sentada en el borde de la cama, con las manos enlazadas entre las rodillas—. Maharet nos desterró a mí y a Thorne para siempre. Para siempre. —Empezó a llorar, pero no podía parar de hablar.

Me explicó que Thorne había estado yendo y viniendo desde que Fareed le había reimplantado sus ojos y que el viejo guerrero vikingo quería combatir junto a Maharet contra cualquier fuerza que la amenazara

Thorne había oído a la Voz. La había oído en Suecia y en Noruega, instándolo a hacer limpieza entre la chusma, hablando de un gran proyecto. Le había resultado fácil silenciarla.

—¿Y vosotros? —pregunté, mirando alternativamente a uno y otro—. ¿Alguno de vosotros ha oído la Voz?

Jesse negó con la cabeza, pero David asintió.

—Hace como un año, empecé a oírla. De todo lo que llegó a decir, de hecho, lo más interesante fue una pregunta. Me preguntó si era cierto o no que todos habíamos quedado debilitados a causa de la proliferación del poder.

—Interesante —dije en voz baja—. ¿Y cuál fue tu respuesta?

—Le dije que no. Le dije que yo era tan poderoso como siempre, tal vez un poco más últimamente.

—¿Y te dijo algo más?

—Desbarraba, sobre todo. La mitad del tiempo yo ni siquiera estaba seguro de que me hablara a mí. Quiero decir, podía estar dirigiéndose a cualquiera. Hablaba de un número óptimo de bebedores de sangre, teniendo en cuenta la fuente del poder. Hablaba del poder refiriéndose al Germen Sagrado. Yo oía incluso las mayúsculas. Desvariaba diciendo que el reino de los no-muertos se había sumido en la depravación y la locura. Pero repetía una y otra vez las mismas ideas, a menudo con poca o ninguna lógica, sin una secuencia mínimamente coherente. Incluso saltaba a otras lenguas y cometía, bueno, errores de léxico, de sintaxis. Resultaba estrafalario.

Jesse lo miraba como si todo aquello le sorprendiera.

—A decir verdad —explicó David—, yo no tenía ni idea de que fuera «la Voz», como la gente dice ahora. Te estoy ofreciendo una versión depurada, porque la mayor parte de lo que decía era incoherente. Yo pensaba que era algún anciano. Son cosas que suceden, claro. Ancianos que lanzan sus mensajes a los demás. A mí me resultaba cansado y desconectaba.

—¿Y tú, Jesse? —pregunté.

—Nunca la he oído —murmuró—. Creo que Thorne fue el primero que nos habló de ello directamente a mí o a Maharet.

—¿Y ella qué dijo?

—Nos desterró a los dos. Antes nos dio a beber de su sangre. Se empeñó en ello. Y luego nos dijo que no debíamos volver. Ella ya había desterrado a David. —Le echó una mirada a este y prosiguió—. Nos dijo prácticamente lo mismo que le había dicho a él. Que ya no podía ofrecer hospitalidad a los demás, que eso ya se había terminado, y que ella, Mekare y Jayman debían estar solos ahora...

—Jayman no estaba allí entonces —dijo David—. ¿Verdad?

Ella asintió.

—Llevaba al menos una semana desaparecido —repuso ella; luego prosiguió su relato—. Yo le supliqué que me dejara quedarme. Thorne se puso de rodillas. Pero ella se mantuvo inflexible. Dijo que nos marcháramos de inmediato; que no confiáramos en ningún engorroso sistema de transporte normal, sino que nos eleváramos sencillamente por los aires y nos alejáramos todo lo posible de allí. Yo me fui inmediatamente a Inglaterra a ver a David. Creo que Thorne se fue a Nueva York. Me parece que muchos están yendo a Nueva York. Yo diría que fue a reunirse con Benji, Armand y Louis, pero no estoy segura. Thorne estaba hecho una furia. Él ama a Maharet. Pero ella le advirtió que no intentara engañarla. Que lo sabría si se quedaba por las inmediaciones. Estaba agitada. Más agitada de lo que nunca la había visto. Me dio informaciones prácticas sobre recursos y dinero, pero le recordé que eso ya lo había hecho. Yo ya sabía cómo arreglármelas por mi cuenta.

—¿Y la sangre que os dio? —dije—. ¿Qué viste en esa sangre?

Esa era una pregunta delicada para planteársela a un bebedor de sangre, y especialmente a una bebedora de sangre como ella, leal descendiente biológica de Maharet. Pero hasta los neófitos ven imágenes cuando reciben la sangre de sus hacedores; incluso experimentan en esos momentos una conexión telepática que normalmente está clausurada. Con todo, no me arredré y aguardé su respuesta con firmeza.

Su rostro se ablandó. Estaba triste, pensativa.

—Muchas cosas —dijo—, como siempre. Pero esta vez eran imágenes de la montaña y del valle donde las gemelas nacieron. Al menos, eso es lo que creo que estaba viendo: las vi en su antigua aldea, cuando estaban vivas.

—Así que era eso lo que tenía en la cabeza —dije—. Recuerdos de su pasado humano.

—Creo que sí —dijo Jesse en voz baja—. Había otras imágenes que chocaban entre sí, que se sucedían en cascada, ya sabes cómo es, pero una y otra vez aparecían las imágenes de aquellos tiempos remotos. La luz del sol. La luz del sol en el valle...

David me dirigió uno de sus gestos sutiles para que fuese delicado y me moviera con pies de plomo.

Pero ambos sabíamos que esas visiones o recuerdos eran muy similares a los que los mortales creen que verán al final de su vida: los recuerdos infantiles más felices.

—Están en el Amazonas, ¿no? —dije—. En lo más profundo de la jungla.

—Sí —dijo Jesse—. Me prohibió que se lo dijera a nadie, y estoy traicionando su confianza. Está en una zona inexplorada de la jungla. La única tribu que vivía allí huyó tras nuestra llegada.

—Voy a ir allí —dije—. Quiero ver por mí mismo lo que está pasando. Si vamos a perecer todos por culpa de esa Voz, quiero que ella me explique lo que está pasando.

—Ella no lo sabe, Lestat —dijo Jesse—. Es lo que estoy intentando decirte.

—Lo sé...

—Creo que todo esto le repugna. Ella quiere que la dejen en paz. Quizás esa Voz la esté empujando a pensar en destruirse a sí misma y a Mekare, y, bueno, a todos nosotros.

—Yo no creo que la Voz quiera destruirnos a todos —dijo.

—Pero ella puede estar pensándolo —dijo Jesse con aspereza—. Solo es una especulación —reconoció—. Lo que sé es que está confusa, irritada, incluso amargada. Lo cual es mucho decir de Maharet. De Maharet nada menos, entre todos los inmortales.

—Todavía es humana —dijo David suavemente, acaricióndole el brazo y besándola en el pelo—. Todos somos humanos, por mucho tiempo que hayamos vivido.

Hablaba con la desenvuelta autoridad de un viejo erudito de la Talamasca, pero yo estaba de acuerdo con él.

—Si quieres saber mi opinión —le dijo con delicadeza a Jesse—, yo creo que el hecho de haber localizado a su hermana, de haberse reencontrado con ella, ha destruido a Maharet.

Jesse no pareció sorprendida ni extrañada.

—Ahora nunca deja sola a Mekare —dijo—. Y Jayman... Bueno, Jayman no tiene remedio, desaparece durante semanas y regresa dando tumbos sin recordar dónde ha estado.

—Bueno, seguro que él no es la fuente de la Voz —dijo David.

—No, claro que no —dije—. Pero la Voz lo tiene controlado. ¿No es evidente? La Voz lo ha manipulado todo el tiempo. Yo sospecho que empezó estas masacres con él y después fue reclutando a otros. La Voz trabaja en varios frentes, por así decirlo. Pero Maharet y Jayman son demasiado próximos para que exista entre ellos la menor conexión telepática. Ella no puede saberlo. Y él, obviamente, no puede decírselo. No tiene el seso suficiente para explicárselo a ella o a cualquiera.

Me entró una gélida y oscura sensación de que, fuera cual fuese el desenlace de todo aquello, Jayman estaba acabado como inmortal en este planeta. Jayman no podía sobrevivir. Y yo temía su pérdida. Temía la pérdida de todo lo que él había experimentado en sus miles de años de vagabundeo; la pérdida de todos los relatos que él habría podido hacer de las batallas iniciales de la Primera Generación y de sus andanzas posteriores como Benjamin, el Diablo. Temía la pérdida del dulce y bondadoso Jayman a quien yo había conocido brevemente. Era demasiado doloroso. ¿Quién más no llegaría a sobrevivir?

Jesse asintió, como si me estuviera leyendo el pensamiento.

—Me temo que tienes razón —dijo.

—Bueno, creo que sé lo que está ocurriendo —dije—. Me voy allí ahora. Después de verla, me reuniré con vosotros en Manaos, que queda bastante lejos de donde ella está, ¿no?

David asintió. Dijo que conocía un pequeño y moderno centro turístico en la jungla, a unos cincuenta kilómetros de Manaos, junto al río Acajatuba. Ah, estos *gentlemen* ingleses siempre saben cómo moverse con estilo por las tierras vírgenes. Sonreí. Quedamos en reunirnos allí.

—¿Estás preparado para hacer el viaje esta noche? —me preguntó.

—Completamente. Es hacia el oeste. Ganaremos seis horas de oscuridad. Vamos.

—¿Te das cuenta de que corres cierto peligro, no? —dijo David—. Vas a actuar contra el expreso deseo de Maharet.

—Claro —dije—. Pero ¿por qué habéis acudido a mí? ¿No queríais que hiciera algo? ¿Por qué me miráis así?

—Nosotros te hemos llamado para instarte a que vinieras a Nueva York con nosotros —dijo Jesse tímidamente—, para pedirte que convocaras una reunión con todos los poderosos de la tribu.

—A mí no me necesitáis para eso —dije—. Id vosotros. Convocad la reunión.

—Pero solo vendrá todo el mundo si la convocas tú —dijo David.

—¿Y quién es todo el mundo? Yo quiero ver a Maharet.

Ellos me miraron crispados, indecisos.

—Escuchad, vosotros id por delante al Amazonas; nos reuniremos más tarde esta misma noche. Y si no... si no acudo a la reunión en dos noches, en ese centro turístico de la jungla junto al río, entonces celebrad una misa de réquiem en la basílica de Notre Dame de París.

Los dejé de inmediato, sabiendo que yo viajaría mucho más deprisa y a mayor altitud que cualquiera de los dos, y, además, aproveché para ir al castillo a buscar mi hacha.

Un poco tonto de mi parte lo de querer llevar el hacha.

También me despojé de mi atuendo de terciopelo y encaje, y me puse una pesada chaqueta de cuero para el viaje. Debería haberme cortado el pelo para moverme por la jungla, pero era demasiado vanidoso para hacerlo. Sansón no amaba tanto su pelo como yo el mío. Luego salí hacia el Amazonas.

Cinco horas antes de que amaneciera en aquella gran región meridional, descendí hacia la interminable franja de oscuridad que era la selva amazónica, atravesada por el sinuoso hilo plateado del río. Escruté la negrura buscando puntos de luz, parpadeos diminutos que ningún ojo mortal podría ver.

Luego, procurando hacerlo lo mejor posible, descendí y atravesé el húmedo dosel, quebrando y aplastando ramas y enredaderas, hasta aterrizar con cierta torpeza en la espesa negrura de un grupo de árboles antiquísimos.

De entrada, me encontré aprisionado entre las enredaderas y ramas quebradas del sotobosque, pero permanecí en silencio, sin hacer ruido, como una fiera cautelosa acechando a su presa.

El aire húmedo y fragante hervía con los murmullos y gorjeos de las criaturas voraces que se deslizaban por todas partes en la oscuridad.

Pero yo oí además sus voces: las de Maharet y Jayman, discutiendo en la antigua lengua.

Si había algún camino en las inmediaciones que condujera adonde ellos estaban, no lo encontré.

No me atreví a abrirme paso con el hacha entre la maleza. Habría hecho demasiado ruido y habría acabado mellando el filo. Así pues, avancé lenta y fatigosamente por encima de las raíces bulbosas, entre arbustos llenos de espinas, suprimiendo lo mejor que pude mi respiración y mi pulso, así como mis pensamientos.

Oía la voz llorosa y apagada de Maharet y también los sollozos de Jayman.

—¿Tú has hecho esas cosas? —le estaba preguntando ella en la antigua lengua. Capté las imágenes. ¿Era él quien había quemado la casa de Bolivia? ¿Había sido él? ¿Y la matanza de Perú? ¿Era él el culpable de las otras Quemas? ¿Eran obra suya? ¿Todas? Ya era hora de que se lo dijera. Ya era hora de que fuese sincero con ella.

Capté destellos de la mente angustiada de Jayman, abierta como una fruta madura: llamas, caras de horror, gente gritando. Todo él era un paroxismo de remordimiento.

Y entonces entró en mi mente la imagen precariamente escondida de un volcán hirviente y humeante. Apenas un destello trémulo y fugaz.

¡No!

Él le suplicaba que comprendiera que no sabía lo que había hecho.

—Yo no maté a Eric —dijo—. No podría haber sido yo. No lo recuerdo. Ya estaba muerto cuando encontré su cuerpo.

Ella no le creía.

—¡Mátame! —gimió él bruscamente.

Me fui acercando cada vez más.

—Tú mataste a Eric, ¿no es verdad? ¡Fuiste tú quien lo mató!

Eric. Eric llevaba con Maharet más de veinte años cuando Akasha se alzó de su sueño. Eric se había sentado a la mesa del consejo con nosotros cuando nos enfrentamos y opusimos a Akasha. Yo no lo conocía y, desde entonces, no había sabido nada de él. Mael, eso sí me constaba, había perecido en Nueva York, aunque yo no sabía bien cómo. Se había expuesto al sol en las escalinatas de la catedral de Saint Patrick, pero eso no había bastado para destruirlo. En cambio, Eric... No sabía qué había ocurrido con él.

—¡Se acabó! —gritó Jayman—. No voy a seguir. Haz conmigo lo que debas hacer. ¡Hazlo! —Gemía como un doliente en un funeral—. Mi camino en este mundo ha terminado.

Volví a ver el volcán.

Pacaya. Así se llamaba el volcán. La imagen no venía de él, sino de ella. Él no podía saber lo que Maharet estaba pensando.

Seguí avanzando por la jungla tan lenta y sigilosamente como pude. Pero ellos estaban absortos en su angustiosa discusión y no se dieron cuenta.

Al fin, llegué a la malla de acero negra del gran recinto. Ahora, entre el espeso follaje verde, los vislumbré vagamente a los dos en una habitación mal iluminada: Maharet rodeándolo con sus brazos; Jayman con la cara entre las manos. Ella sollozaba con un sonido femenino desgarrador, como una niña pequeña llorando.

Luego se apartó y se enjugó las lágrimas con el dorso de la mano, también como habría hecho una niña. Acto seguido alzó la vista.

Me había visto.

—Vete de aquí, Lestat —dijo con una voz nítida que cruzó el enorme recinto—. Vete. Aquí corres peligro.

—Yo no le haría daño —gimió Jayman—. Jamás le haría daño a él ni a nadie por mi propia voluntad. —Atisbó entre el follaje, tratando de distinguirme. Creo que sus palabras, en realidad, iban dirigidas a mí.

—He de hablar contigo, Maharet —dije—. No quiero marcharme sin haber hablado contigo.

Silencio.

—Ya sabes cómo están las cosas, Maharet. He de hablar contigo por mí y también por los demás. Déjame entrar, por favor.

—¡No quiero que ninguno de vosotros entre aquí! —gritó ella—. ¿Lo has entendido? ¿Por qué me desafías?

De pronto, una fuerza invisible atravesó todo el recinto segando hojas y arrancando palmeras de cuajo. Luego, doblando y reventando la malla de acero, me empujó hacia atrás violentamente mientras volaban en todas direcciones fragmentos de malla metálica convertidos en agujas plateadas.

Era el Don de la Mente.

Opuse toda la resistencia que pude, pero era impotente frente a aquella fuerza demoledora, que me arrojó a centenares de metros y fue estrellándome contra un amasijo de maleza tras otro, hasta que al fin choqué con el tronco rojo de un árbol inmenso y acabé despatarrado sobre sus raíces monstruosas.

Debía de estar a un kilómetro y medio de la malla de acero. Ni siquiera veía desde allí las luces del recinto. No oía nada.

Intenté levantarme, pero el sotobosque en esa zona era muy espeso y solo pude avanzar a rastras y trepar hacia un claro de la jungla que rodeaba una laguna oscura y tortuosa. La superficie estaba cubierta en gran parte por una gruesa capa de vegetación, pero el agua reflejaba aquí y allá la luz del cielo, como un reluciente espejo plateado.

Me pareció que unas manos humanas o inmortales habían trabajado allí, colocando a lo largo de la orilla un ribete de piedras húmedas y carcomidas.

Los insectos zumbaban y silbaban en mis oídos, aunque no se me acercaban. Tenía un corte en la cara, pero ya se me estaba curando, por supuesto. Los bichos se lanzaban hacia la sangre, pero viraban enseguida con repugnancia instintiva.

Me senté en la roca más grande y traté de pensar qué podía

hacer. Ella no iba a permitir que entrara, de eso no cabía duda. Pero ¿qué era lo que acababa de ver? ¿Qué significaba?

Cerré los ojos y agucé el oído, pero lo único que oía eran las voces de la jungla rapaz y devoradora.

Entonces noté una suave presión en la espalda. Me puse en guardia en el acto. Tenía una mano en el hombro. Me envolvió el más dulce de los perfumes: una intensa mezcla de hierbas, flores y cítricos. Sentí una vaga sensación de felicidad, aunque no procedía de mí. Yo sabía que era absolutamente inútil forcejear contra aquella mano.

Me volví lentamente, miré los largos y blancos dedos y después alcé la vista hacia el rostro de Mekare.

Sus ojos de color azul claro miraban con aire inocente y perplejo; su carne era como de alabastro y relucía en la oscuridad. Había en ella no propiamente una expresión, sino una sombra de somnolencia, languidez y dulzura. Como diciendo: «No temas.»

Apenas un tenue y tembloroso mensaje telepático: mi imagen, mi propia imagen en uno de aquellos vídeos de rock que yo había grabado años atrás: bailando y cantando, cantando sobre nosotros. La imagen desapareció enseguida.

Busqué en aquel rostro algún destello de inteligencia, pero era como la cara pacífica de un pobre loco mortal cuyo cerebro ha quedado en gran parte destruido desde hace mucho. Daba la impresión de que la inocencia y la perplejidad eran producto de la carne, de un reflejo automático más que un signo de otra cosa. Sus labios eran de un rosado perfecto, como una concha marina. Llevaba una larga túnica rosa con ribetes dorados y con diamantes y amatistas centelleantes exquisitamente bordados a lo largo de las costuras.

—Precioso —susurré—. Qué trabajo tan primoroso.

Yo me sentía prácticamente al borde del pánico, como no lo había estado en mucho tiempo. Pero entonces, como siempre me ocurre cuando estoy asustado, cuando algo me da miedo, me enojé. Permanecí completamente inmóvil. Ella parecía estudiarme con un aire casi soñador, aunque no era así en realidad. Podría haber estado ciega, a juzgar por todos los indicios.

—¿Eres tú? —dije. Me esforcé para decirlo en la antigua lengua, rebuscando en mi memoria las escasas nociones que tenía de ella—. ¿Eres tú, Mekare?

Debió de entrarme un ataque de soberbia, de absurda arrogancia para pensar de repente que yo podía llegar a comunicarme con aquella criatura, cuando todos los demás habían fracasado; que yo podía tocar simplemente la superficie de su mente y ponerla en movimiento.

Deseaba desesperadamente volver a ver esa imagen mía, la de los vídeos de rock. Esa imagen o cualquier otra. Pero no veía nada. Le envié yo la imagen. Recordé aquellas canciones y cánticos sobre nuestros orígenes, confiando contra toda esperanza en que tuvieran algún sentido para ella.

Pero una palabra equivocada de mi parte, y vaya a saber lo que sería capaz de hacer. Podía estrujarme el cráneo con ambas manos. Podía achicharrarme con un fuego devastador. Pero no tenía que pensar en eso, no debía imaginarlo siquiera.

—Precioso —volví a decir.

Ningún cambio. Me pareció que salía de ella un leve tarareo. ¿No nos hace falta la lengua para tararear? Era casi como el ronroneo de un gato. Pero sus ojos volvieron enseguida a adquirir el aire remoto y carente de conciencia de una estatua.

—¿Por qué lo estás haciendo? —pregunté—. ¿Por qué matar a todos esos jóvenes, a esos pobres jovencitos?

Sin una chispa de comprensión o reacción, se echó hacia delante y me besó: me besó en la mejilla derecha con esos labios rosados como una concha marina, con esos labios fríos. Yo alcé la mano lentamente y dejé que mis dedos se movieran entre el blando espesor de su ondulado pelo rojo. Le toqué la cabeza con infinita suavidad.

—Confía en mí, Mekare —le susurré en la antigua lengua.

Una brusca serie de sonidos explotó a mi espalda, otra vez una fuerza que avanzaba violentamente por aquella jungla casi impenetrable. El aire se llenó de una lluvia de hojitas verdes. Las vi caer en la viscosa superficie del agua.

Maharet estaba de pronto a mi izquierda, ayudando a Mekare a levantarse, al tiempo que emitía un dulce canturreo y le acariciaba la cara con los dedos.

Yo también me puse de pie.

—Vete de aquí, Lestat —dijo Maharet—, y no vuelvas. ¡Y no incites nunca más a nadie a venir por aquí!

Su pálido rostro estaba moteado de sangre. Tenía sangre en la túnica de seda verde y también en el pelo. Todo a causa del llanto. Lágrimas de sangre. Labios rojos de sangre.

Mekare, a su lado, me miró impasible; luego sus ojos vagaron por la espesura de los árboles, por el entramado de ramas que tapaba el cielo, como si estuvieran escuchando a los pájaros o a los insectos, y no a nada de lo que allí se había hablado.

—Muy bien —dije—. He venido a ayudar. He venido a averiguar lo que pudiera.

—¡Ni una palabra más! Sé por qué has venido —dijo—. Debes irte. Te entiendo. Yo habría hecho lo mismo en tu lugar. Pero debes decirles a los demás que no vengan a buscarnos nunca más. Nunca. ¿Acaso crees que yo trataría de hacerte daño, a ti o a cualquiera de los demás? Mi hermana jamás haría algo así. Ella nunca dañaría a nadie. Vete ya.

—¿Y qué hay de Pacaya, del volcán? —pregunté—. No puedes hacer eso, Maharet. No podéis arrojaros al volcán, tú y Mekare. No nos puedes hacer eso.

—¡Lo sé! —dijo ella. Casi era un gemido. Un gemido terrible de angustia.

Un profundo gemido salió también de la garganta de Mekare, un gemido horroroso, como si su única voz la tuviera en el pecho. Se volvió de repente hacia su hermana, alzando las manos, aunque solo un poco, y enseguida las dejó caer, como si no supiera bien cómo manejarlas.

—Déjame hablar contigo —le supliqué.

Jayman venía hacia nosotros, y Mekare se giró bruscamente, fue a su encuentro y apoyó la cabeza en su pecho; él la envolvió en sus brazos. Maharet me miraba fijamente. Le temblaba la cabeza; gemía como si sus pensamientos febriles se acompañaran con una cancioncilla de gemidos.

Antes de que yo pudiera hablar de nuevo, me llegó una ráfaga de aire caliente a la cara y el pecho que me cegó. Creí que era el Don del Fuego y que Maharet se estaba burlando con los hechos de las palabras que acababa de pronunciar.

«Bueno, príncipe malcriado —me dije—, te has arriesgado y

has perdido. Y ahora vas a morir. Este es tu Pacaya personal.»

Pero yo simplemente estaba volando otra vez hacia atrás a través de la maleza, chocando con los troncos de los árboles entre un estrépito de ramas partidas y de arbustos aplastados. Me retorcí, concentré todo mi poder para zafarme de aquello e intenté volar hacia uno u otro lado, pero me sentía arrastrado hacia atrás a tal velocidad que no podía hacer nada.

Finalmente, fui arrojado a un trecho cubierto de hierba, una especie de claro circular. Por un momento, me sentí incapaz de moverme; me dolía todo el cuerpo. Tenía graves cortes en la cara y en las manos. Me picaban los ojos. Estaba cubierto de tierra y hojas rotas. Me puse de rodillas y luego de pie.

El cielo, allá arriba, estaba de un azul profundo y radiante, aunque la jungla se alzaba a gran altura como para engullirlo. Vi los restos de unas chozas. Aquello había sido una aldea, pero ahora estaba en ruinas. Me costó unos momentos recuperar el aliento; luego me limpié la cara con el pañuelo y me sequé la sangre de los cortes que tenía en las manos. La cabeza me dolía espantosamente.

Tardé media hora en llegar al centro turístico situado a orillas del río.

Encontré a David y Jesse en una elegante *suite* tropical, todo muy bonito y civilizado, con blancas cortinas y mosquiteras sobre la cama de hierro blanco. Había velas encendidas en todas las habitaciones y en los jardines primorosos, así como alrededor de la pequeña piscina. Semejante lujo al borde del caos.

Me quité toda la ropa y me bañé en la fresca y limpia piscina. David aguardó cerca con un montón de toallas blancas.

Cuando me recobré, volví a ponerme las ropas manchadas y desgarradas y entré con él en el acogedor salón de la *suite*.

Les conté todo lo que había visto.

—Jayman está en las garras de la Voz, eso es obvio —dije—. No sé si Maharet la ha oído o no, no tengo ni idea. Pero Mekare no me ha ofrecido ningún indicio de amenaza, o de inteligencia, o de astucia o...

—¿O qué? —preguntó Jesse.

—Ningún indicio de que la Voz provenga de ella —dije.

—¿Cómo iba a proceder de ella?

—Debes de estar bromeando —dije.

—No, en absoluto —dijo Jesse.

En tono confidencial, les conté todo lo que sabía de la Voz.

Les expliqué que la Voz me había hablado durante años, que peroraba sobre la belleza y el amor, que me había incitado una vez a quemar y destruir a los rebeldes de París. Se lo expliqué todo a ambos, en fin, incluidos los juegos de la Voz con mi propio reflejo en el espejo.

—Entonces, ¿estás diciendo que es algún anciano demoníaco —dijo Jesse— que quiere apoderarse de los bebedores de sangre, que ya se ha apoderado de Jayman y que Maharet lo sabe? —Tenía los ojos vidriosos de lágrimas que, poco a poco, iban espesándose en gotas de sangre pura. Se apartó de la cara el pelo cobrizo y rizado. Parecía indeciblemente apenada.

—Bueno, es una manera de expresarlo —dije—. ¿De veras no tienes la menor idea de quién es la Voz?

Se me habían pasado las ganas de continuar la conversación. Tenía muchas cosas en que pensar y debía hacerlo rápidamente. No les dije nada de la imagen del Pacaya, el volcán de Guatemala. ¿Para qué? ¿Qué podían hacer ellos? Maharet había dicho que no nos haría daño.

Salí de la habitación, indicándoles con un gesto que me dejaran solo y deambulé por aquel jardín tropical de ensueño. Me llegaba el ruido de un salto de agua, o tal vez era más de uno, y el runrún de aquel motor palpitante de la jungla compuesto por infinidad de voces.

—¿Quién eres, Voz? —pregunté, alzando la mía—. ¿Por qué no me lo dices? Creo que ya va siendo hora, ¿no?

Una risa.

Una risa ronca, con aquel mismo timbre masculino. Justo en el interior de mi cabeza.

—¿De qué va este juego, Voz? —pregunté—. ¿Cuántos más habrán de morir antes de que termines de una vez? ¿Y qué es lo que quieres realmente?

No hubo respuesta. Pero sentí que había alguien observándome. Sí, alguien en el espesor de la jungla, más allá del jardín, más allá del semicírculo de lujosas *suites* con techo de paja, estaba observándome.

—¿Acaso puedes intuir siquiera cómo sufro? —dijo la Voz.

—No —dije—. Explícamelo.

Silencio. Se había ido. Percibí claramente su ausencia.

Aguardé durante largo rato. Luego volví a entrar en la *suite*. David y Jesse estaban ahora sentados al pie de la cama, que tenía un poco el aspecto de un santuario con su gran mosquitera blanca. David abrazaba a Jesse. Ella estaba tan abatida como una flor marchita.

—Hagamos lo que nos pide Maharet —dije—. Quizás ella tenga algún plan, un plan que no se atreve a confiar a nadie; y bien merece que le demos tiempo para llevarlo a cabo. Yo necesito pensar mi propio plan. Ha llegado el momento de que actúe de acuerdo con mis sospechas.

—Pero ¿cuáles son tus sospechas? —dijo Jesse—. ¿No creerás que Mekare tiene la astucia suficiente para hacer esto?

—No, Mekare no. Yo sospecho más bien que Mekare está frenando a la Voz.

—Pero ¿cómo podría hacerlo? —insistió Jesse—. Ella solo es el cuerpo huésped del Germen Sagrado.

No respondí. Me asombró que aún no lo hubiera adivinado. Me pregunté si serían muchos más los que no lo habían adivinado. ¿O acaso todo el mundo —empezando por Benji y por los que lo llamaban— temía ver lo más obvio?

—Quiero que nos acompañes a Nueva York —dijo David—. Espero que ya haya muchos más allí.

—¿Y si es eso precisamente lo que quiere la Voz? —Suspiré—. ¿Y si está adquiriendo cada vez más habilidad para controlar a otros, como Jayman, y para reclutarlos en sus pogromos? ¿Y si nos reunimos todos en Nueva York y la Voz lanza contra nosotros a una camarilla de monstruos confabulados? Me parece una tontería ponerle las cosas tan fáciles.

No obstante, no dije todo esto con mucha convicción.

—Entonces, ¿cuál es tu plan? —preguntó David.

—Ya te lo he dicho. Necesito tiempo para pensarlo.

—Pero ¿quién es la Voz? —dijo Jesse, suplicante.

—Querida —dijo David con tono reverente mientras la abrazaba—. La Voz es Amel, el espíritu que tiene Mekare dentro; y es capaz de oír todo lo que estamos diciendo ahora mismo.

Una expresión de indecible horror cruzó el rostro de Jesse; luego se sumió en un profundo silencio. Permaneció un buen rato con la mirada perdida. Entornó los ojos y luego los abrió lentamente junto con sus pensamientos.

—Pero el espíritu no tiene conciencia —susurró, pensativa, arqueando sus cejas doradas—. Durante milenios ha estado inconsciente. El espíritu dijo: «Amel ya no existe.»

—¿Y qué son seis mil años para un espíritu? —pregunté yo—. Ha recobrado la conciencia, está hablando, se siente solo y lleno de rencor, confuso, completamente incapaz, por lo visto, de obtener lo que desea. Quizá ni siquiera sabe lo que quiere.

Vi que David se estremecía y que alzaba un poco la mano derecha, como pidiéndome que me moderara, que le quitara hierro a la cuestión y no la llevara al extremo.

Permanecí totalmente inmóvil contemplando la noche, esperando: esperando a que la Voz hablara. Pero no habló.

—Id a Nueva York —dije—. Mientras la Voz sea capaz de despertar y controlar a los demás, ningún lugar es seguro. Quizá Seth y Fareed van hacia allí. Seguro que ellos saben lo que está pasando. Habla en la emisora de radio con Benji y llama a Seth. Ingéniate algún modo de disimular el mensaje. Eso se te da muy bien. Llama a todos los ancianos que nos puedan ayudar. Si hay ancianos que pueden ser despertados para destruir, tiene que haber otros que puedan ser despertados para combatir. Y tenemos aún un poco de tiempo, de todos modos.

—¿Tiempo? ¿Por qué lo dices? —preguntó David.

—Acabo de explicártelo —dije—. El espíritu aún no ha encontrado el modo de conseguir lo que quiere. Es posible que ni siquiera sepa todavía cómo articular sus propias ambiciones, sus planes, sus deseos.

Los dejé allí.

Ya era de día en el continente europeo, pero no quería quedarme en aquel lugar salvaje, primitivo y devorador. Me ponía furioso no poder volver a casa directamente.

Me dirigí al norte, hacia Florida, y llegué a un hotel excelente de Miami antes del amanecer. Alquilé una *suite* en la parte alta del edificio, con un balcón que daba a la cálida y hermosa bahía Vizcaína, y me senté allí, con los pies en la barandilla, disfrutando de la brisa húmeda y fresca, mirando las enormes nubes del profundo cielo de Miami y pensando en todo el asunto.

¿Y si me equivocaba? ¿Y si no era Amel? Pero entonces recordé aquellos primeros murmullos: «Belleza... amor.» El espíritu estaba intentando decirme algo trascendental sobre sí mismo y yo no le había hecho caso. No había sido paciente con sus desvaríos, con sus desesperados esfuerzos. «Tú no sabes cómo sufro.»

—Cometí un error —dije ahora, contemplando las nubes enormes que se deslizaban sobre mí y pasaban de largo—. Debería haber prestado más atención a lo que intentabas decirme. Debería haber hablado contigo. Ojalá lo hubiera hecho. ¿Ya es demasiado tarde?

Silencio.

—Tú también tienes tu historia —dije—. Fue una crueldad por mi parte no darme cuenta. Fui cruel al no pararme a pensar en tu capacidad para sufrir.

Silencio.

Me levanté, entré en la *suite* y deambulé por la gruesa moqueta oscura; luego volví a salir al balcón y contemplé el cielo que ya se llenaba de luz. Una luz tan reconfortante para el mundo de los mortales y de los animales, para las plantas que brotaban de la tierra por todas partes y para los árboles que respiraban a través de millones de hojas... Tan reconfortante para ellos y tan mortífera para nosotros.

—Voz, perdóname —dije.

Volví a ver el volcán Pacaya, aquella imagen que había destellado varias veces a través de la mente de Maharet: una imagen temible. Vi con terror cómo llevaba a su hermana en volandas hacia lo alto, igual que un ángel con un niño en brazos, hasta situarse sobre aquellas espantosas fauces de fuego.

De repente, sentí la presencia del espíritu.

—No —dijo la Voz—. No es demasiado tarde. Tú y yo hablaremos. Cuando llegue el momento.

—Entonces, ¿tienes un plan? —pregunté—. ¿No estás simplemente sacrificando a toda tu progenie?

—¿Progenie? —Se echó a reír—. Imagínate que tuvieras todos tus miembros encadenados, tus dedos cargados con pesos, tus pies conectados con otros a través de miles de raíces. Maldita sea la progenie.

Ya salía el sol, sí. También estaba saliendo para la Voz, en aquella jungla. Si es que estaba en la jungla.

Cerré el balcón, corrí las cortinas, me metí en un espacioso armario y me tendí a dormir, todavía furioso porque no podría volver a casa hasta el crepúsculo.

Dos noches después, llegué a París.

La Voz no me había dicho ni una palabra en el ínterin. Y fue entonces cuando se lanzó sobre París.

Para cuando yo llegué, todo había terminado.

El pequeño hotel de la Rue Saint-Jacques había sido arrasado por las llamas y los bomberos estaban rociando con agua las ruinas tiznadas; el humo y el vapor se alzaban entre los estrechos edificios —totalmente intactos— que lo flanqueaban.

Ahora no se oían voces allí, en el corazón de París. Los que habían logrado escapar, se habían retirado al campo y todavía estaban rogando a los demás que siguieran su ejemplo.

Pasé muy despacio, desapercibido, por la acera llena de mirones: simplemente un joven de pelo largo, rubio y rebelde, con gafas de sol de color violeta y una gastada chaqueta de cuero, que llevaba encima (secretamente) un hacha mortífera.

Pero yo estaba seguro de haber oído una súplica más fuerte que las demás cuando la Quema había empezado, cuando los primeros aullidos habían viajado con el viento: una mujer suplicándome en italiano que acudiera. Estaba seguro de haber oído esa súplica sollozante: «Soy Bianca Solderini.»

Bueno, si era verdad que la había oído, ahora permanecía en silencio. Había desaparecido.

Deambulé por allí, reparando en las negras manchas de grasa de las aceras. En un portal, todavía inadvertido, había un amasijo negro viscoso de huesos quemados y fragmentos informes de tejido. ¿Podría haber vida aún en esos despojos? ¿Qué edad tendría aquel ser? ¿Sería acaso la hermosa y legendaria Bianca Solderini?

Se me encogió el alma. Me acerqué. Nadie se fijaba en mí. Toqué con mi bota aquella masa humeante de sangre y vísceras. Se estaba fundiendo todo: los huesos iban perdiendo su forma y todo el montón se disolvía sobre las losas de piedra. Ahí no podía haber nada vivo.

—¿Estás orgulloso de ti mismo, Voz? —pregunté.

Pero él no estaba allí. En absoluto. De lo contrario, habría percibido su presencia.

No me había vuelto a hablar desde Miami, pese a todas mis súplicas y preguntas, pese a mis largas declaraciones de respeto, de interés, de afán por comprender.

—Amel. Amel, háblame —había dicho una y otra vez. ¿Habría hallado a otros a quienes amar, a otros infinitamente más maleables y útiles?

Y lo más importante, ¿qué iba a hacer yo ahora? ¿Qué podía ofrecer a todos los que parecían creer, por las razones más estúpidas, que yo podía resolver todo aquel desastre?

Mientras, habían ardido las casas de las asambleas y habían perecido infinidad de jóvenes. Y ahora esto en París.

Busqué durante horas por el Barrio Latino. Busqué por todo el centro; recorrí las orillas del Sena y me detuve como siempre en Notre Dame. Nada. No quedaba una sola voz sobrenatural en París.

Todos aquellos *paparazzi* habían desaparecido.

Era casi como en aquellas noches remotas, cuando yo creía que era el único vampiro del mundo, cuando caminaba solo por las calles ansiando escuchar las voces de otros.

En aquel entonces, mientras deambulaba solo, los demás bebedores de sangre, aquellos malvados bebedores de sangre encabezados por Armand, permanecían ocultos bajo el cementerio de Les Innocents.

Ahora vi montones de huesos, de calaveras y restos putrefactos. Pero esta no era la imagen de las antiguas catacumbas donde se refugiaban los Hijos de Satán en el siglo XVIII. Estas eran imágenes actuales de las catacumbas del subsuelo de París, adonde habían trasladado los huesos del viejo cementerio mucho después de que los Hijos de Satán hubieran sido disueltos y aniquilados.

Catacumbas. Imágenes de huesos. Oí llorar a una bebedora de sangre. A dos criaturas. Una de ellas hablaba muy deprisa entre susurros. Reconocí el timbre de voz. Era la misma voz que había oído horas antes. Salí de la Île de la Cité y me dirigí a las catacumbas.

Capté en un fugaz destello la imagen de dos mujeres sollozando; la mayor, un monstruo pálido y esquelético con greñas de bruja. Una imagen espantosa, digna de un cuadro de Goya. Enseguida desapareció y ya no pude volver a localizarla.

—¡Bianca! —dije—. ¡Bianca!

Aceleré la marcha. Sabía dónde se encontraban esos túneles, esos profundos y siniestros túneles del subsuelo de la ciudad, cuyos muros están abarrotados de los huesos descompuestos de generaciones y generaciones de parisinos muertos. La gente podía visitar esos pasadizos subterráneos y yo sabía dónde se hallaba la entrada. Estaba corriendo hacia la Place Denfert-Rochereau y casi había llegado, cuando una extraña visión me detuvo.

Era un brillante destello en la misma entrada del túnel, como si hubiera surgido una llama de la boca del osario. La construcción de madera oscura, con un frontón clásico, que albergaba la entrada explotó y se hizo pedazos con gran estrépito.

Entonces vi a una bebedora de sangre dotada de un inmenso poder —muy pálida, con una larga cabellera rubia—, que se alzaba del suelo sujetando en brazos a dos figuras: una doblada sobre sí misma, que se cubría la cabeza greñuda con un esquelético brazo blanco, y la otra, de pelo castaño rojizo, sacudida por los sollozos.

Por mí, por mi mirada, aquel ser misterioso frenó ligeramente su ascenso, y, durante una fracción de segundo, nuestros ojos se encontraron.

«Te volveré a ver, valiente.»

Luego desapareció.

Sentí una violenta ráfaga de aire en la cara.

Cuando volví en mí, estaba sentado sobre el pavimento.

«Sevraine.»

Ese fue el nombre que quedó impreso en mi mente. Sevraine. Pero ¿quién era esa tal Sevraine?

Aún estaba allí mirando la entrada del túnel cuando oí unos pasos presurosos que se aproximaban: alguien que caminaba con pasos firmes, pesados y rápidos.

—Levanta, Lestat.

Me giré, alcé la vista y vi el rostro de mi madre.

Allí estaba, después de todos estos años, con su vieja chaqueta caqui de safari y unos tejanos desteñidos: el pelo recogido en una trenza sobre el hombro, la cara pálida como una máscara de porcelana.

—¡Vamos, levanta! —dijo. Sus fríos ojos azules centelleaban a la luz de las llamas que envolvían la boca del túnel.

Y en ese momento, mientras el amor y el resentimiento se debatían con una furia humillante, me vi en mi casa, cientos de años atrás, caminando a su lado por los campos fríos y yermos, escuchando cómo me aleccionaba con impaciencia.

—Levanta. Muévete, vamos.

—¿Qué vas a hacer, si no? —gruñí—. ¿Darme una bofetada?

Y eso fue lo que hizo. Me dio una bofetada.

—Levántate, rápido —dijo—. Llévame a ese espléndido refugio que te has montado en el viejo castillo. Tenemos que hablar. Mañana por la noche, yo te llevaré ante Sevraine.

13

Marius

La Voz lo despertaba cada noche, diciéndole que saliera a limpiar el país de jóvenes rebeldes, que se sentiría infinitamente más satisfecho si lo hacía. Con él, adoptaba un tono amable.

—Te conozco, Marius. Te conozco bien. Sé que amas a tu compañero Daniel. Haz lo que te digo y él no correrá ningún peligro.

Marius ignoraba a la Voz con la misma firmeza con que un sacerdote haría caso omiso de la vocecilla de Satán. Pero al mismo tiempo no dejaba de especular: ¿cómo se las arregla esta criatura para meterse en mi cerebro?; ¿cómo es que me habla con tanta calidez, como si fuéramos hermanos?

—Yo soy tú, Marius; y tú eres yo —decía la Voz—. Haz lo que te digo.

Él no permitía que Daniel se alejara de su lado.

La vieja y hermosa sede de la asamblea, en Santa Teresa, había sido arrasada por el fuego. Si algunos de los jóvenes de Río de Janeiro habían sobrevivido, ahora permanecían en silencio. Incluso las vastas tierras que rodeaban la ciudad se hallaban en completo silencio. Ya no resonaban allí gritos estridentes y desgarradores pidiendo socorro.

Mientras paseaba a medianoche con Daniel por la playa, casi al borde de las olas, Marius se mantuvo alerta. Parecía un raquero con aquellas ropas de color caqui y las sandalias colgadas del cinturón. David iba a sus anchas con un polo y un pantalón con peto, y con unas zapatillas que se afirmaban bien sobre la arena endurecida.

A lo lejos, en las junglas del norte, Marius oyó unas voces sobrenaturales muy tenues pero llenas de furor. Maharet estaba allí, lo sabía. En esas selvas del Amazonas. Reconoció vagamente un patrón expresivo, una erupción telepática que ni siquiera la gran Maharet podía contener o controlar.

Debían marcharse de Brasil. Ya no era un lugar seguro. Daniel dijo que lo comprendía. «Allí donde tú vayas, iré yo», había dicho. A Marius le asombraba que Daniel fuese tan indiferente al peligro, que su entusiasmo siguiera siendo el mismo pese a todo lo que veía a su alrededor. Tras haber sobrevivido a la locura, poseía una sabiduría que iba más allá de sus años en la Sangre; aceptaba que había llegado otra crisis y que tal vez la superaría tal como había sobrevivido a la masacre de Akasha. Como él mismo había dicho un rato antes: «Yo nací a la Oscuridad en medio de una tormenta.»

Marius amaba a Daniel. Lo había rescatado de los estragos de esa tormenta y jamás se había arrepentido de ello. También era consciente de que Daniel lo había rescatado a su vez de un caos similar, al convertirse para él en alguien a quien cuidar, en alguien a quien amar personalmente. Para Marius, no estar caminando solo por esta playa, estar caminando con Daniel a su lado significaba muchísimo.

La noche era magnífica, como solía serlo en la bahía de Copacabana, con la espuma plateada rompiendo en la arena infinita y con solo unos pocos mortales diseminados y solitarios. La gran ciudad de Río nunca permanecía en silencio y el fragor del tráfico y de las voces mortales se combinaba en los oídos de Marius con la dulce e incesante sinfonía de las olas.

Todas las cosas bajo el cielo contienen alguna bendición; y así sucede con el ruido moderno, que puede convertirse en nuestros oídos en el dulce estruendo de una cascada, protegiéndonos de sonidos horribles y discordantes. Ah, pero ¿qué es el cielo sino un vacío silencioso e indiferente a través del cual el ruido ensordecedor de las explosiones reverbera eternamente sin ser escuchado? ¡Y pensar que los hombres habían hablado en tiempos de la música de las esferas!

Pero nosotros somos afortunados por ser criaturas diminutas de este universo. Afortunados por sentirnos trascendentales, solo porque somos más grandes que estos granos de arena.

Algo se entrometió de pronto en sus pensamientos.

A lo lejos, en la oscuridad, observó a una figura solitaria que caminaba hacia ellos. «Inmortal. Poderoso. Hijo de los Milenios.» Atrajo hacia sí a Daniel, rodeándolo con el brazo como si fuese su hijo. Daniel también percibió la presencia quizá, e incluso oyó el latido de aquel corazón.

«¿Quién eres?»

No captó ninguna respuesta. La figura se aproximó con paso seguro: un hombre flaco y menudo, con una túnica blanca árabe hasta los tobillos, que ondeaba al viento. Su pelo corto y blanco también se agitaba, y la luna dibujaba una aureola en torno de él. Caminaba como suelen caminar los ancianos, con una fuerza mesurada e indiferente a la firmeza del terreno.

¿Así es como va a suceder? ¿Había despertado la Voz a ese tosco instrumento para arrasarlos con el fuego?

No había nada que hacer, sino seguir adelante hacia aquella figura. ¿De qué serviría huir? Con un bebedor de sangre tan anciano, salir volando podía resultar imposible, pues unos ojos como esos son capaces de seguir la trayectoria de un cuerpo ascendente si no hay nada más que los distraiga.

Marius se identificó de nuevo en silencio, pero no obtuvo respuesta del otro, ni siquiera el menor atisbo de un pensamiento, de una actitud o una emoción, mientras su figura se iba definiendo y se hacía plenamente visible.

Se acercaron en completo silencio, solo acompañados por el crujido de la arena y el murmullo del viento. Y al fin el hombre de pelo blanco le tendió una mano de dedos largos y delgados, casi esqueléticos.

—Marius —dijo—. Mi estimado Marius, mi salvador hace mucho tiempo, amigo.

—¿Te conozco? —preguntó él con cortesía. Ni siquiera mientras estrechaba la mano percibió nada, salvo lo que reflejaba aquel rostro franco y amable: amistad. No había peligro.

Este ser, sin embargo, era mucho más viejo que Marius, tal

vez le llevaba un millar de años. Tenía los ojos negros y una piel inmaculada del color del ámbar, con lo que su pelo blanco resultaba aún más llamativo, como una nube de luz blanca en torno a la cabeza.

—Soy Tesjamen —dijo el anciano—. Y tú... tú eres el que me dio una nueva vida.

—¿Cómo es posible que hiciera tal cosa? —preguntó Marius—. ¿Dónde y cuándo nos conocimos?

—Ven, vamos a un lugar tranquilo donde podamos charlar.

—¿Mis habitaciones? —dijo Marius.

—Si quieres. O bien aquel banco del paseo marítimo. El paseo está muy tranquilo esta noche. El mar me parece como de plata fundida. Y la brisa es fragante, tonificante. Vamos allí.

Subieron juntos por el repecho de arena, Daniel rezagándose un poco como en señal de respeto.

Y cuando Marius y Tesjamen tomaron asiento, Daniel fue a instalarse a otro banco cercano. Los tres estaban de cara al mar, de cara a la espuma nacarada que se removía ahí abajo. Más allá de la neblina, las estrellas brillaban en las alturas. Las montañas y peñascos lejanos eran pura oscuridad.

Marius miró con inquietud a Daniel. No quería apartarse de él ni medio metro.

—No te preocupes ahora por él —dijo Tesjamen—. Somos más que capaces de protegerlo; y lo que anda acechando a los jóvenes bebedores de sangre se ha desplazado a otras ciudades. Los jóvenes de aquí ya han sido exterminados. Ese ser los volvió a unos contra otros. Se valió de su desconfianza mutua y de su creciente temor. Y no se contentó con quemar la casa de la asamblea, sino que los fue cazando uno a uno.

—O sea que es así como actúa.

—Esa es una forma. Hay otras. Ese ser se vuelve más y más astuto a cada noche que pasa.

—Lo he visto —dijo Marius. Y en efecto había captado imágenes de aquellas batallas: imágenes que preferiría olvidar—. Pero, por favor, dime quién eres y qué quieres de mí. —Aunque lo había dicho con cortesía, se avergonzó un poco de sí mismo. Al fin y al cabo, el anciano tenía una actitud amistosa y parecía informado de lo que estaba ocurriendo. Venía a ayudar.

—Va a celebrarse una reunión —dijo Tesjamen— y el lugar será Nueva York. —Soltó una risita—. Creo que Benji Mahmoud ha marcado claramente el lugar con sus innovadoras emisiones, pero es que además dos de los autores de las Crónicas Vampíricas ya están allí, y ambos son figuras conocidas en todo el mundo de los no-muertos.

—No tengo nada en contra de ningún lugar de reunión en especial —dijo Marius—. Y Benji no me es desconocido. —En realidad, Marius había convertido a Benji en vampiro; lo había iniciado a él y a su compañera Sybelle, y se los había entregado a su neófito Armand, pero no veía ningún motivo para confiarle estos detalles a un extraño: un extraño que probablemente ya los conocería, de todos modos, especialmente tratándose de un anciano cuyos pensamientos no podía captar. No le llegaba el más mínimo destello.

Pero de pronto captó una emanación muy intensa procedente de Daniel. «Él es el que te creó.»

Marius se sobresaltó visiblemente; se giró hacia Daniel, que lo miraba fijamente, sentado de lado en el banco con las piernas cruzadas y las manos entrelazadas sobre la rodilla. Parecía fascinado.

Se volvió otra vez hacia Tesjamen, aquel bebedor de sangre menudo que lo miraba con unos firmes ojos negros.

—El que me creó está muerto —dijo en voz alta, echándole un vistazo a Daniel y concentrándose de nuevo en Tesjamen—. Murió la misma noche en la que yo nací a la Oscuridad. Fue hace dos mil años, en un bosque del norte de Europa. Y aquellos hechos han quedado grabados en mi alma.

—Y en la mía —dijo Tesjamen—. Pero yo no morí aquella noche. Y te convertí en lo que eres ahora. Yo era el dios de Sangre apresado en aquel roble al que los druidas te habían llevado. Fui yo, aquella cosa ennegrecida, ruinosa y llena de cicatrices, quien te dio la Sangre y te dijo que escaparas de los druidas; que no permanecieras apresado en el roble como un dios de sangre, sino que fueras a Egipto a cualquier precio para ver qué había ocurrido con la Madre y el Padre, para averiguar por qué tantos de nosotros habíamos sido horriblemente quemados en nuestros propios santuarios.

—Prisiones, dirás, y no santuarios —susurró Marius, con la mirada perdida en el horizonte, donde el mar oscuro y ondulante se unía con el cielo.

¿Sería posible lo que decía el anciano?

Las imágenes y sonidos espantosos de aquella noche acudieron a su memoria: el profundo bosque de robles, su terrible impotencia cuando —como prisionero de los druidas— había sido arrastrado al santuario del dios que habitaba el árbol. Y entonces habían llegado aquellos momentos asombrosos, cuando el dios quemado de pelo blanco le había hablado y le había explicado los poderes de la Sangre que le iba a transmitir.

—Pero yo vi cómo arrojaban después tu cuerpo a la pira —dijo Marius—. Intenté salvarte, pero no conocía entonces las fuerzas que me otorgaba la Sangre y vi cómo te quemaban. —Meneó la cabeza, escrutando intensamente los ojos de aquel ser—. ¿Por qué alguien tan anciano y, en apariencia, tan sabio habría de mentir sobre estas cosas?

—No te estoy mintiendo —dijo Tesjamen suavemente—. Tú viste cómo intentaban inmolarme. Pero yo tenía entonces mil años, Marius, o tal vez más. Tampoco yo conocía entonces mis fuerzas. Y cuando tú escapaste como yo te había dicho que hicieras, cuando todos como un solo hombre salieron corriendo tras de ti por el bosque, me zafé de los troncos ardientes.

Marius miró a Tesjamen; miró los ojos oscuros que lo miraban a su vez, la boca bondadosa. De las sombras de la memoria emergió aquella figura frágil y ennegrecida aferrándose a una vida oscura y antinatural por pura fuerza de voluntad.

Y de repente, Marius lo supo sin sombra de duda. Lo supo de muchas y sutiles maneras. Reconoció el porte de aquel ser, su mirada firme y oscura. Reconoció la cadencia tranquila, casi melodiosa de su voz, e incluso la postura contenida y medio encogida con la que se sentaba en el banco.

Y comprendió al fin por qué no podía captar nada de su mente. Aquel era su hacedor. Su hacedor había sobrevivido.

El anciano ahora le sonreía mientras permanecía serenamente con las manos enlazadas en el regazo. El blanco *zaub*, o sotana, enmarcaba blandamente su digna figura. Parecía contento, muy contento de que Marius supiera la verdad. Ahora él ya no era aquel ser ennegrecido que Marius recordaba, sino un espléndido inmortal de piel lisa y ambarina, y tupido pelo blanco.

Algo se removió en el interior de Marius: algo que no había sentido en mucho tiempo. Era una creencia en la bondad, en la felicidad, en la posibilidad de que la vida contuviera momentos de júbilo y exaltación lo que lo abrumaba de golpe. Nunca había sentido esta convicción durante mucho tiempo, y era una sorpresa sentirla ahora. Pero de repente lo abrumaba la pura felicidad de comprobar que algo así era posible: que aquel ser, al que había conocido fatídicamente en el comienzo mismo de su oscuro viaje, pudiera estar con él ahora.

En el pasado, solo los jóvenes y los extraños le habían proporcionado este consuelo. Pero no había nada bueno que lo vinculara con aquellos primeros años de su existencia, nada que le sirviera para reconfortar su corazón.

Deseaba hablar, pero temía degradar lo que sentía al intentar expresarlo. Permaneció en silencio, preguntándose si su rostro expresaba la gratitud que sentía por el hecho de que aquel ser hubiera ido a verle.

—Sufrí de una forma insoportable —dijo Tesjamen—; pero fue todo lo que tú me habías revelado, Marius, lo que me dio fuerzas para salir a rastras de aquella pira y aferrarme a la esperanza. ¿Sabes?, yo nunca había conocido a nadie como tú. En aquel espantoso bosque del norte, nunca había sabido nada de tu mundo romano. Solo había llegado a conocer la vieja religión de Sangre de la reina Akasha. Había sido su fiel dios de sangre. Sabía que la religión de los druidas contenía resonancias de los antiguos cultos de los bebedores de sangre de Egipto; eso era lo único que sabía: hasta esa noche en la que te estreché en mis brazos para convertirte en el nuevo dios de sangre, y tu corazón y tu alma se volcaron en los míos.

La sonrisa se había borrado del rostro de Tesjamen. Ahora, mientras contemplaba el oleaje espumeante con las cejas arqueadas y los ojos entornados, tenía un aire pensativo.

—Durante mil años —prosiguió— había servido a la Madre y creído en la antigua religión. Permanecía apresado hasta que los devotos me traían a los malvados; escudriñaba sus corazones para ver si eran inocentes o culpables, y luego los ejecutaba para los Fieles del Bosque y bebía su preciosa sangre. Un millar de años. Nunca había soñado con una vida como la tuya, Marius. Yo nací en una aldea, era hijo de un granjero; y, ah, qué gran honor, dijeron, cuando me convertí en un joven lo bastante hermoso como para ser entregado a la Madre Secreta, a la Reina que Gobierna Eternamente. De la cual, claro, un pobre chico ignorante era inconcebible que pudiera escapar.

Marius no quería decir una sola palabra. Esta era la voz que, muchos siglos atrás, lo había tranquilizado e inducido a la sumisión en el interior de aquel roble; la voz que le había confiado unos secretos que le dieron la esperanza de sobrevivir a esa noche funesta y de vivir de un modo distinto. Lo único que quería era que Tesjamen prosiguiera su relato.

—Y entonces vi tu vida —dijo el anciano—, tu vida entera trazada en las imágenes deslumbrantes que me transmitiste. Vi tu espléndida casa en Roma, los templos magníficos ante los que habías orado, con todas aquellas altas columnas, con los dioses y diosas maravillosamente esculpidos en mármol y pintados de vivos colores, y las habitaciones preciosas donde vivías y estudiabas, donde soñabas y reías, donde cantabas y amabas. Lo que me deslumbró no fue la riqueza, seguro que lo entiendes; no fue el oro ni los relucientes mosaicos. Vi tu biblioteca; vi y escuché a tus curiosos y perspicaces compañeros; vi toda la potencia exuberante de tu experiencia: la vida de un romano cultivado, la vida que te había convertido en lo que eras. Vi la belleza de Italia. Vi la belleza del amor carnal. Vi la belleza de las ideas. Vi la belleza del mar.

Marius se estremeció, pero permaneció en silencio.

Tesjamen hizo una pausa con los ojos fijos en la espuma de la playa. Se volvió hacia Marius. Miró un momento más allá de él y le dirigió una sonrisa a Daniel, que escuchaba como sumido en un trance.

—Nunca hasta entonces había comprendido cabalmente —dijo Tesjamen— que somos una suma de todo lo que hemos visto y apreciado y comprendido. Tú eras el brillo del sol sobre los suelos de mármol llenos de imágenes de los seres divinos —de aquellos dioses que reían y amaban y bebían el fruto de la vid— y también la suma de los poetas, historiadores y filósofos que habías leído. Eras la síntesis y la fuente de lo que habías apreciado y decidido respetar, de todo que lo que habías amado.

Dejó bruscamente de hablar.

La noche no había sufrido ningún cambio.

Detrás de ellos, el tráfico escaso de la madrugada desfilaba por la avenida Atlântica. Las voces de la ciudad iban y venían acompañadas por el rumor del oleaje.

Pero Marius sí que había cambiado. Cambiado para siempre.

—Explícame todo lo que ocurrió —dijo con avidez. La estrecha intimidad de aquel intercambio de sangre en el interior del roble brillaba en su mente con luz trémula—. ¿Adónde fuiste? ¿Cómo conseguiste sobrevivir?

Tesjamen asintió, todavía contemplando el mar.

—Los bosques eran muy frondosos en aquellos tiempos. Tú lo recordarás. La gente de hoy no tiene ni idea de lo que eran los bosques antiguos, aquellas tierras salvajes cubiertas de árboles jóvenes y viejos que se extendían por toda Europa y contra cuyo avance debía combatir cada aldea, cada pueblo y cada ciudad para mantenerse con vida. Por aquel laberinto yo me deslizaba como una lagartija. Me alimentaba de los bichos del bosque. Me alimentaba de las criaturas que no podían huir de mí aunque yo no pudiera caminar sin un tremendo dolor, pues el sol me sorprendía una y otra vez en los precarios huecos donde me refugiaba y me quemaba aún más la piel. Con estas manos, no era capaz de cavar lo bastante hondo para protegerme de sus rayos.

Se miró los dedos.

—Al cabo de un tiempo —dijo con un suspiro—, encontré a una mujer en una humilde choza. Una mujer ingeniosa, una sanadora. Lo que los hombres llaman una bruja o una hechicera. Se llamaba Hesketh. Era una prisionera del horror, como yo.

»Pero le supliqué que me cobijara. Ella no pudo destruirme; se sentía fascinada, mi sufrimiento había conmovido su corazón. Aquello me pareció extraordinario. Tú no puedes imaginártelo siquiera. ¿Qué sabía yo de la compasión, de la piedad, del amor? Aquella mujer se apiadó de mí. La curiosidad empezó a arder en su interior. No soportaba verme sufrir. Y entre ambos se forjó un lazo incluso antes de que el lenguaje pudiera formularlo de la manera más tosca.

»A pesar de mi debilidad, yo realizaba para ella sin esfuerzo pequeños milagros. La avisaba cuando se acercaban extraños; hurgaba en sus mentes para averiguar qué preguntas venían a hacerle, qué maldiciones deseaban que ella arrojara contra sus enemigos. La advertía si alguien pretendía hacerle daño. Dominé fácilmente a un malvado que quería asesinarla y sacié con él mi sed ante los ojos impasibles de Hesketh. Le leía el pensamiento y encontré la poesía que había en su interior, bajo la desdicha de sus verrugas y su piel picada de viruelas, de sus hombros jorobados y sus miembros deformes. La amaba. Es más, en conjunto, se volvió hermosa para mí. Y ella llegó a amarme con todo su corazón.

Abrió mucho los ojos, como si se maravillase de ello todavía ahora.

—Fue en su hogar donde descubrí mis poderes dormidos: cómo encender fuego con mi mente cuando se había apagado la lumbre, o cómo hacer hervir el agua. Yo la protegía. Ella me protegía. Cada uno poseía el alma del otro. Nos amábamos en un mundo donde lo natural y lo sobrenatural no significaban nada. Y yo la inicié en la Sangre.

Se volvió de nuevo para mirar a Marius.

—Tú ya sabes que era un gran crimen contra la antigua religión compartir la Sangre con un ser tan deforme. En aquel acto de desafío murió para mí la antigua religión y nació otra nueva.

Marius asintió.

—Después de aquello, viví con Hesketh durante más de seiscientos años, recuperando mis fuerzas, curando mi cuerpo y mi alma. Íbamos de caza a los pueblos del campo. Nos alimentábamos de los bandidos de los caminos. Pero yo era consciente de que tu hermosa Italia, tu bello mundo romano —que tanto me ha inspirado—, nunca iba a ser mío, salvo en los libros que leía, en los manuscritos que robaba de los monasterios, en la poesía que compartía con Hesketh en nuestro humilde hogar. No obstante, éramos felices. Y éramos astutos. Cuando aumentó nuestra osadía, nos infiltramos en los toscos castillos y fortalezas de los señores rurales; e incluso nos aventuramos por las calles de París en nuestra avidez por ver y aprender. No fueron nada malos aquellos tiempos.

»Pero ya sabes lo que sucede con los que son jóvenes en la

Sangre; ya sabes lo estúpidos que pueden llegar a ser. Y Hesketh era joven y todavía deforme, y ni siquiera toda la sangre del mundo podía mitigar el dolor que sentía cuando los mortales gritaban al verla.

—¿Qué sucedió?

—Discutimos. Nos peleamos. Ella se fue por su propia cuenta. Yo esperé, convencido de que volvería. Pero cayó en manos de los mortales. La multitud la acorraló y la quemó viva, tal como los druidas habían intentado matarme a mí. Más tarde, encontré sus restos. Destruí el pueblo y maté a todos los mortales, hombres, mujeres y niños. Pero Hesketh ya no estaba a mi lado, o eso parecía.

—¿La reviviste?

—No, no era posible —dijo—. Sucedió algo infinitamente más milagroso: algo que le dio sentido a mi vida a partir de entonces. Pero déjame proseguir. Enterré sus restos cerca de un inmenso monasterio en ruinas que estaba en lo más profundo y salvaje del bosque: una serie de rudimentarios edificios de piedra basta y madera tosca donde los monjes habían trabajado, estudiado y vivido en su día. Ya no había campos ni viñas en los alrededores, pues los bosques se lo habían tragado todo. Pero en el cementerio infestado de malas hierbas encontré un lugar para ella, pensando: «Ah, es tierra consagrada. Quizá su alma pueda descansar aquí.» Qué superstición. Qué tontería. Pero, en fin, el duelo es siempre el momento perfecto para la tontería. Y yo me quedé cerca, en el antiguo *scriptorium* del monasterio, en un rincón roñoso, bajo un montón de viejos muebles podridos que nadie, por la razón que fuera, se había querido llevar. Cada noche, al levantarme, encendía de nuevo la lamparilla de aceite, hecha de arcilla, que había colocado en su tumba, donde no había por lo demás ningún distintivo.

»Fue una noche desdichada y oscura cuando ella vino a mí. Yo había llegado a un punto en el que la muerte me parecía sin duda preferible que seguir adelante. Todas aquellas posibilidades espléndidas que había vislumbrado en tu sangre no significaban absolutamente nada si Hesketh no estaba a mi lado, si Hesketh ya no existía.

»Y entonces Hesketh, mi Hesketh, vino. Hesketh vino al antiguo *scriptorium*. A la luz de las ruinosas ventanas arqueadas, la vi tan tangible y corpórea como lo soy yo ahora. Y las verrugas y marcas de viruela que ni siquiera la Sangre había logrado borrar, así como las deformidades de los miembros, habían desaparecido. Esa era la Hesketh que yo había amado, la doncella pura y hermosa atrapada en la carcasa desnutrida de una carne cruelmente deformada. Esa era la Hesketh que yo había amado con toda mi alma.

Hizo una pausa y miró a Marius.

—Era un fantasma, aquella Hesketh, ¡pero estaba viva! Tenía el pelo muy rubio y un cuerpo alto y erguido. Sus manos y su cara eran blancas, suaves y relucientes. Y a su lado había otro fantasma, tan físicamente visible como ella. Ese fantasma llevaba por nombre Gremt. Había sido él quien había ayudado a la sombra errante de Hesketh, quien le había dado consuelo y enseñado cómo aparecerse ante los ojos de seres como tú y como yo. Fue Gremt quien le explicó cómo mantener unida la etérea forma física con la que deseaba mostrarse. Fue él quien le explicó cómo hacer sólida y estable aquella forma, de tal modo que yo pudiera tocarla con mis manos. Incluso podía besar sus labios. Y estrecharla entre mis brazos.

Marius no dijo nada, aunque también había visto fantasmas tan poderosos. No a menudo, pero los había visto. Había percibido su presencia, aunque sin saber nunca quiénes eran.

Esperó, pero Tesjamen se había quedado callado.

—¿Qué sucedió entonces? —susurró Marius—. ¿Cómo es que eso cambió el curso de tu vida?

—Lo cambió todo porque ella permaneció conmigo —dijo Tesjamen, mirando otra vez a Marius—. No fue una visión fugaz. Y a cada noche que pasaba, adquiría más fuerza y mayor destreza para conservar su forma física. Y Gremt, cuya poderosa apariencia habría engañado a cualquier mortal, compartió mi hogar en el antiguo monasterio igual que ella. Hablábamos de las cosas visibles e invisibles, y de los bebedores de sangre, y del espíritu que habían entrado en la antigua Reina.

Se detuvo como reflexionando y luego prosiguió.

—Hablábamos de nuestra estirpe y hablábamos de historia. Gremt sabía de todo, conocía muchas cosas que yo ignoraba, porque durante siglos había estado observando la evolución del espíritu Amel en el interior de la Reina, y tenía conocimientos sobre batallas y derrotas, sobre descubrimientos de los que yo no había oído una palabra.

»Los tres, Gremt, Hesketh y yo, forjamos una alianza. Solo yo era un ser físico real y, por tanto, les proporcionaba una especie de ritmo temporal. Pero el hecho es que allí, en el monasterio en ruinas, se forjó nuestro pacto y dio comienzo nuestro trabajo conjunto en este mundo.

—Pero ¿qué trabajo era ese? —preguntó Marius.

—El trabajo consistía en estudiar —dijo Tesjamen—. Estudiar por qué existen bebedores de sangre y cómo el espíritu Amel hace posibles tales prodigios. Estudiar por qué los fantasmas se demoran en la tierra y no pueden buscar la luz que atrae a todas las almas que ascienden sin echar una mirada atrás. Estudiar cómo pueden las brujas dominar a los espíritus y cuál es la naturaleza de esos espíritus. Decidimos que, mientras reconstruíamos los tejados, los muros y las puertas del ruinoso monasterio, mientras replantábamos las viñas y los jardines, nos entregaríamos al estudio. Formaríamos nuestra propia secta: una secta que no estaría dedicada a ningún dios ni a ningún santo, sino al aprendizaje, al conocimiento. Nosotros seríamos los profanos eruditos de una Orden en la que solo lo material sería sagrado, en la que el respeto por el mundo físico y sus misterios prevalecería sobre todo lo demás.

—Me estás describiendo la Talamasca, ¿no? —dijo Marius, asombrado—. Lo que me estás explicando es el nacimiento de la Talamasca.

—Sí. Era el año 748, según los calendarios actuales. Lo recuerdo bien, porque una tarde, menos de un mes después de nuestro primer encuentro, me fui a la ciudad vecina, apropiadamente vestido y con el oro de Gremt, para adquirir el viejo monasterio y sus tierras salvajes a perpetuidad, y salvaguardar así nuestro pequeño refugio de las posibles reclamaciones del mundo mortal. Yo llevé la iniciativa. Pero los tres firmamos los documentos. Y aún conservo aquellos pergaminos. El nombre de Gremt figura allí, debajo del mío y el de Hesketh. Aquella tierra sigue siendo nuestra hasta hoy, y el antiguo monasterio existe aún en ese frondoso bosque de Francia, y ha sido siempre la verdadera y secreta Casa Matriz de la Orden de la Talamasca.

Marius no pudo evitar sonreír.

—Gremt ya era lo bastante fuerte entonces —dijo Tesjamen— para moverse entre los humanos. Llevaba tiempo apareciendo entre ellos tanto de día como de noche. Y Hesketh pronto empezó a moverse también entre los mortales con la misma seguridad. Y así dio comienzo la Orden de la Talamasca. Es una larga historia, pero aquel viejo monasterio ha seguido siendo nuestro hogar hasta hoy.

—Ya veo —dijo Marius con voz entrecortada—. Claro. Así se explica el antiguo misterio. Fuisteis vosotros quienes la fundasteis: un bebedor de sangre, un espíritu (como tú lo llamas) y ese fantasma al que amabas. Pero vuestros seguidores mortales, vuestros eruditos, ¿no habían de conocer nunca la verdad?

Tesjamen asintió.

—Nosotros fuimos los primeros ancianos de la Orden —dijo—. Y desde el principio fuimos conscientes de que los eruditos mortales que íbamos reclutando no debían conocer nuestro secreto, nuestra verdadera naturaleza.

»Con los años, se nos unieron otros seres. Y creció el número de miembros mortales, que a su vez atraían acólitos de todas partes. Como ya sabes, llegamos a establecer bibliotecas, casas matrices y lugares donde los eruditos mortales hacían voto de estudiar, aprender y no juzgar lo misterioso, lo invisible, lo intangible. Promulgamos nuestros principios seculares. Y pronto la Orden contó con su constitución, sus reglas, su rúbrica y sus tradiciones. Y con una vasta riqueza. Llegó a adquirir un vigor y una vitalidad que nosotros jamás habíamos previsto. Creamos el mito de los "anónimos ancianos" escogidos en cada generación entre los miembros comunes de la Orden, que gobernaban desde un lugar secreto y cuya identidad era desconocida salvo para quienes los habían elegido. Pero esos ancianos humanos no existían. Al menos hasta estos últimos tiempos, cuando, en efecto, hemos nombrado a un organismo de gobierno y le hemos pasado las riendas de la Orden. Pero ante los miembros mortales siempre hemos mantenido, y seguimos manteniendo, el secreto de lo que somos realmente.

—En cierto modo, siempre lo he sabido —dijo Marius. Y añadió sin poder contenerse—: Pero ¿quién es Gremt, ese espíritu del que hablas? ¿De dónde procede?

—Gremt estaba presente cuando Amel entró en la Reina —dijo Tesjamen—. Estaba presente cuando las gemelas, Mekare y Maharet, preguntaron a los espíritus qué había sido de Amel. Fue Gremt quien dio la respuesta: «Amel tiene ahora lo que siempre ha querido. Amel tiene la carne. Pero Amel ya no existe.» Gremt es un ser de la misma índole que esa cosa que nos da vida: a ti, a Daniel y a mí. Si los espíritus son hermanos y hermanas entre sí, Gremt es el hermano de Amel. Es del clan de Amel. Era un igual de Amel en una realidad que no podemos ver y que, en gran parte, no podemos oír.

—Pero ¿por qué descendió a este mundo —preguntó Daniel— y decidió crear contigo la Talamasca? ¿Por qué lo atrajo este mundo físico?

—¿Quién sabe? —dijo Tesjamen—. ¿Por qué un humano se siente irresistiblemente atraído por la música, y otro por la pintura, y otro por los encantos del bosque o del campo? ¿Por qué lloramos cuando vemos algo bello? ¿Por qué la belleza nos debilita? ¿Por qué nos rompe el corazón? Gremt vino al mundo físico por las mismas razones por las que Amel planeó sobre la reina de Egipto, mientras ella yacía agonizante, y quiso beber su sangre, entrar en su interior, fundirse con su cuerpo, saber lo que ella veía, oía y sentía. —Suspiró—. Y Gremt vino también porque Amel había venido. Y porque no pudo mantenerse al margen.

Hubo un largo silencio.

—Tú sabes bien lo que es ahora la Talamasca. Tiene miles de eruditos entregados al estudio de lo sobrenatural. Pero ellos no conocen ni deben conocer cómo nació la Orden. Ahora los ancianos son mortales, y funciona por su propia cuenta. Es una institución fuerte, posee sus propias tradiciones, así como sus fondos secretos, y ya no nos necesita a aquellos que la creamos. Sin embargo, nosotros podemos beneficiarnos de su incesante investigación; podemos sustraer sus archivos, examinar detenidamente sus tesoros y acceder a sus documentos más antiguos o sus informes más recientes. Ya no hay motivo para que sigamos controlando la Orden. Ahora funciona por su propia cuenta.

—Vuestra intención siempre fue observarnos; observar la evolución de Amel, ¿no? —dijo Daniel.

Tesjamen asintió, pero luego se encogió de hombros. Hizo un gesto elegante con las manos abiertas.

—Sí y no. Amel fue la antorcha que guio la procesión a lo largo de los siglos. Pero se han descubierto muchas cosas desde entonces, y quedan muchas más por descubrir, desde luego, y la Orden de la Talamasca perdurará, lo mismo que nosotros.

Miró alternativamente a Daniel y a Marius.

—Gremt desearía saber más sobre su naturaleza. Y Hesketh y los demás fantasmas también desearían conocerse mejor a sí mismos. Pero en el caso de Amel hemos llegado ahora a un momento que temíamos desde hace mucho: un momento que sabíamos que habría de llegar.

—¿Cómo es eso? —preguntó Daniel.

—Estamos asistiendo a un momento largamente temido: el momento en que Amel, el espíritu de la Sangre vampírica, cobra conciencia y trata de gobernar su destino por sí mismo.

—¡La Voz! —susurró Marius. La Voz. Aquella voz que hablaba en el interior de su cabeza era Amel. La voz que lo incitaba a matar era Amel. La voz que incitaba a los bebedores de sangre a matarse unos a otros era Amel.

—Sí —dijo Tesjamen—. Tras estos largos milenios ha adquirido conciencia de sí mismo, y está esforzándose para sentir, para ver, tal como hizo en aquellos primeros momentos, cuando entró en el cuerpo y la sangre de la Reina.

Daniel estaba estupefacto. Se levantó de su banco y se sentó al lado de Marius. Pero no miraba a ninguno de los dos; parecía abismado en sus propios pensamientos.

—Bueno, nunca careció totalmente de conciencia —dijo Tesjamen—. Y los espíritus lo sabían. Gremt lo sabía. Lo que dejó de existir era el ser consciente. Pero inconscientemente siguió luchando siempre. Podríamos decir que ha atravesado una especie de primera infancia y que ahora intenta hablar, comprender y pensar, como haría un niño. Y desearía ser un hombre. Y dejar atrás cuanto antes esa etapa infantil. El cristal por el que mira es realmente muy oscuro.

Marius estaba completamente asombrado. Al fin, preguntó:

—Y Gremt, su espíritu hermano, ¿ve con tanta claridad como nosotros?, ¿habla y comprende y piensa como nosotros? ¿Sabe lo que Amel no sabe?

—No, la verdad es que no —dijo Tesjamen—, y él ni siquiera es estrictamente de carne y hueso como lo es Amel. Es todavía un espíritu que ha aprendido a asumir una forma entre nosotros y que sabe aguzar sus ojos y sus oídos de espíritu captando lo que nosotros vemos y oímos; pero no siente lo que nosotros sentimos, o lo que siente Amel. Y su vida es en cierto modo más trabajosa de lo que la nuestra lo ha sido jamás.

Marius no pudo contenerse más tiempo. Se levantó, deambuló de aquí para allá por la acera y luego descendió a la blanda y cálida arena. «¿Qué ven esos espíritus cuando nos miran?», se preguntó. Bajó la vista a sus manos, tan blancas, tan fuertes, tan flexibles, tan potentes en cualquiera de los sentidos humanos, y tan dotadas además de vigor sobrenatural. Él siempre había intuido que los espíritus se sentían atraídos por el mundo físico, que no podían mantenerse indiferentes a él, y que eran criaturas con parámetros y normas como los humanos, aunque no fueran visibles.

A su espalda, Daniel preguntó:

—Bueno, ¿y qué pasará ahora que ese ser puede hablar, maquinar y confabularse con otros para destruir a los jóvenes? ¿Y por qué ha hecho todo esto, en realidad?

Marius regresó y se sentó de nuevo en el banco. Pero apenas podía seguir lo que estaban diciendo. No paraba de pensar en los susurros incitantes de la Voz, en aquella misteriosa elocuencia, en aquel esfuerzo por encontrar el tono adecuado.

—La proliferación constante de jóvenes lo debilita —dijo Tesjamen—. La difusión de la Sangre, en último término, lo debilita. Es lo que yo deduzco, pero es solo una deducción. Supongo que como erudito y estudioso debería decir que es mi hipótesis de trabajo. Amel tiene límites, aunque nadie sabe cuáles son. Gremt y Amel se conocían en el mundo de los espíritus de modos que nosotros no podemos describir.

»Gremt es ahora un espíritu poderoso alojado en un cuerpo que él ha rehecho para sí mismo, que ha remodelado a su modo mediante alguna forma de magnetismo etéreo. Ah, después de tantos siglos, la Talamasca no sabe mucho más que antes sobre el mundo sobrenatural. Sospecho que ese médico vampiro, Fareed, ha descubierto ya muchísimo más que nosotros. Nosotros abordamos los datos de un modo empírico e histórico. Él los aborda científicamente.

Marius no dijo nada. Había oído hablar de Fareed y Seth, sí. David Talbot le había hablado de ellos. Pero Marius nunca había visto a ninguno de los dos. Equivocadamente, había dado por supuesto que Maharet no toleraría sus incursiones en la ciencia pura y dura. Pero, a decir verdad, él nunca se había sentido demasiado interesado. Tenía sus propios motivos para vivir alejado de los demás bebedores de sangre, con la única compañía de David. El propio David se había referido varias veces tímidamente a la posibilidad de conocer a Fareed y Seth, pero Marius nunca se había tomado la cuestión en serio.

—En todo caso —prosiguió Tesjamen—, estos cuerpos invisibles tienen límites, y Amel tiene límites. No es, como suponían las antiguas brujas, un ser de tamaño infinito. Invisible no quiere decir infinito. Y creo que ese ser acusa ahora el agotamiento al que ha sido sometido su cuerpo. Por ello desea limitar la población. Hasta qué punto, nadie puede saberlo.

—Tampoco puede saber nadie si ha permanecido siempre inconsciente —dijo Marius. Ahora estaba recordando muchas cosas, muchas—. ¿Y si resulta que fue Amel —preguntó— quien incitó hace dos mil años al anciano de Alejandría a abandonar a la Madre y al Padre a pleno sol? Él tal vez sabía que la Madre y el Padre sobrevivirían, pero que todos los jóvenes morirían quemados y que los de tu edad sufriríais como sufristeis. ¿Y si resulta que Amel lo sabía?

—Y cuando Akasha despertó —dijo Daniel— y se lanzó contra Lestat, ¿no sería también Amel quien la impulsaba?

—No podemos saberlo —dijo Tesjamen—. Pero yo apostaría a que adquiere conciencia con mayor frecuencia y más fuerza cuando no hay una mente poderosa en el cuerpo huésped que compita con sus convulsos pensamientos.

Convulsos. Sí, parecía la palabra idónea para describirlos, pensó Marius. Y la palabra perfecta para describir sus propias cavilaciones. Estaba tratando de recordar una serie de hechos ocurridos a lo largo de los siglos: cuando él había bebido de la sangre de Akasha, cuando lo habían visitado visiones que supuso que procedían de ella. Pero ¿y si resultaba que no había sido de Akasha de quien procedían, sino de Amel?

—Entonces, ¿cuál es el objetivo? —dijo Daniel—. Quiero decir, su objetivo. ¿Reducirnos a una pequeña población?

—Ah, yo creo que él sueña con objetivos mucho más ambiciosos —dijo Marius—. ¿Alguien puede saber cuál es su propósito en último término?

—Está lleno de furia —dijo Daniel—. Cuando se ha metido en mi cabeza, estaba furioso.

Marius se estremeció. Había confiado en que todo esto pasara sin que él tuviera que darse por enterado; había preferido creer que la época en que la supervivencia de la tribu estaba en sus manos ya era agua pasada. ¿Acaso no había custodiado a la Madre y al Padre durante dos milenios? Ahora comprendió, sin embargo, que no podía permanecer al margen por más tiempo.

—¿Qué quieres que hagamos? —preguntó Daniel.

—Que os reunáis cuanto antes con Louis y Armand y Benji. Pase lo que pase, todos los que vivís animados por ese ser y dependéis de él, debéis reuniros y prepararos para actuar. Id a verlos de inmediato. Si vosotros vais, otros os secundarán.

—¿Y tú no vas también? —preguntó Marius—. ¿Acaso no eres uno de los nuestros?

—Lo soy y no lo soy. Yo escogí hace mucho el camino de la Talamasca, y ese es un camino que consiste en observar pero no en intervenir directamente.

—No veo que ese antiguo voto importe gran cosa ahora —dijo Marius.

—Amigo mío, piensa bien lo que dices —dijo Tesjamen—. Yo puse mi vida en manos de Gremt, y se la he entregado desde entonces a él y a los demás ancianos de la Talamasca. Soy el único bebedor de sangre entre ellos. ¿Cómo voy a abandonarlos ahora?

—Pero ¿por qué habrías de abandonarlos? —insistió Marius—. ¿Por qué no vas a ayudarnos? Tú mismo has dicho que Gremt vino al mundo físico para observar a Amel.

—¿Y si la decisión de Gremt es que el cuerpo en el que reside Amel debe ser destruido? —preguntó Daniel. Lo dijo con calma, razonablemente, como si no sintiera ningún temor—. O sea, la última vez fue el alma de Akasha la que acabó siendo condenada a perecer, no esa cosa que la animaba. Pero si esa cosa es condenada, todos moriremos.

—Ah, pero no fue la Orden de Talamasca la que condenó a muerte al alma y al cuerpo de Akasha —dijo Tesjamen—. Fue Mekare quien la mató; y ella y su gemela extrajeron el Germen Sagrado. Nosotros no tomamos ninguna decisión.

—Porque no tuvisteis que hacerlo —dijo Daniel—. ¿No es así?

Tesjamen se encogió de hombros, pero hizo con las manos un leve gesto de asentimiento.

—Y ahora tal vez lleguéis a tomar una decisión —añadió Daniel—, ¿no es eso lo que nos estás diciendo? Tú, Gremt y Hesketh y quien sea que esté con vosotros, si es que hay otros espíritus ancianos a vuestro lado, tal vez decidáis que el propio Amel debe ser destruido.

—No lo sé —dijo Tesjamen suavemente—. Yo solo sé que estoy con Gremt.

—¿Aun en el caso de que perezcas? ¿O estás seguro de que podrás volver tal como Hesketh volvió?

Tesjamen volvió a alzar las manos, pero esta vez a la defensiva.

—Daniel —dijo—. Sinceramente no lo sé.

Marius permanecía en silencio. Estaba armándose de valor, de verdadero valor para decir: «Si es eso lo que debe suceder, yo lo apoyaré.» Pero no tenía tanto valor. Su mente examinaba otras posibilidades, trataba de encontrar otra manera de frenar o controlar a la Voz que no implicara la muerte de todo lo que él era y lo que conocía.

—Ese ser solo mata a bebedores de sangre —dijo—. ¿Por qué debería perecer por ello? Hasta ahora no ha hecho ninguna incursión realmente destructiva en el mundo humano.

El rostro de Tesjamen no traslucía nada, aparte de su amabilidad y simpatía.

—Por el momento, puedo decirte que no es nuestra intención permanecer indiferentes —dijo Tesjamen—. Estamos de vuestro lado. Por eso he venido. Cuando llegue el momento, Gremt acudirá a vosotros. Estoy seguro. Ahora bien, cuándo será, lo ignoro. Gremt sabe muchas cosas. Nosotros somos vuestros amigos. Piensa en tu propia vida; recuerda cómo te apoyó la Talamasca una vez, cómo te consoló y te ayudó a encontrar a Pandora. Nosotros nunca hemos sido enemigos tuyos ni tampoco de ningún otro bebedor de sangre. Hemos tenido nuestras peleas, sí, cuando algunos miembros mortales de la Orden fueron iniciados en la Sangre.

—Ah, sí, mi estimado y viejo amigo Raymond Gallant me ayudó —dijo Marius—. Os entregó toda su vida y murió sin llegar a saber quién había fundado la Orden; murió sin saber siquiera qué éramos nosotros.

—Bueno, tal vez muriera sin ese conocimiento —dijo Tesjamen—. Pero ahora está con nosotros. Ha estado con nosotros desde la noche de su muerte. Yo estaba presente cuando su espíritu se elevó y permaneció flotando en la Casa Matriz. Lo vi cuando los reunidos en torno a su lecho de muerte ya no podían verlo. Y ahora es uno de los nuestros. Se ha anclado en el mundo físico del mismo modo que mi Hesketh; y hay otros fantasmas entre nosotros también.

—Claro —dijo Daniel en voz baja—. Ya sabía que habríais reclutado con el tiempo a otros fantasmas como Hesketh.

Marius estaba atónito. Conmovido casi hasta las lágrimas.

—Ah, sí, Marius. Volverás a ver a tu estimado Raymond, te lo aseguro —dijo Tesjamen—. Nos verás a todos (y hay muchos otros, en efecto); y te aseguro que no es nuestro deseo que los bebedores de sangre de este mundo sean aniquilados. Nunca lo ha sido. Pero permítenos actuar con nuestra antigua cautela, con nuestra pasividad tradicional, incluso en este momento.

—Ya lo entiendo —dijo Marius—. Quieres que nos reunamos todos como una tribu: exactamente lo mismo que quiere Benji. Quieres que hagamos todo lo que podamos frente a este desafío... sin vuestra intervención directa.

—Tú eres un ser espléndido, Marius —dijo Tesjamen—. Nunca te has sometido a ningún capricho, fantasía o superstición. Ahora los demás te necesitan. Y ese Amel te conoce, y tú tal vez lo conoces mejor de lo que crees. Yo fui creado por la

Madre. Tengo esa sangre pura y original. Pero de aquella sangre tú tienes aún más de la que yo llegué a recibir. Y si hay que comprender, controlar o educar a esa Voz, o lo que haya que hacer, tú sin duda debes jugar un papel.

Tesjamen empezó a levantarse, pero Marius lo sujetó aún de la mano.

—¿Y adónde vas ahora, Tesjamen? —preguntó.

—Nosotros debemos reunirnos por nuestra parte antes de encontrarnos contigo y con tus hermanos —repuso Tesjamen—. Confía en mí. Al final, acudiremos a vuestro encuentro. Estoy seguro. Gremt quiere ayudaros. Estoy seguro de que eso es lo que quiere. Pronto volveré a verte.

—Mándale todo mi amor a mi precioso Raymond —dijo Marius.

—Él sabe que lo amas, Marius —dijo Tesjamen—. Muchas veces te ha observado, ha estado cerca de ti, ha visto tu dolor y ha deseado intervenir. Pero es leal a nuestros principios, a nuestro proceder lento y cauteloso. Está tan entregado a la Talamasca como cuando vivía. Ya conoces nuestro antiguo lema: «Observamos y siempre estamos aquí.»

Faltaba una hora para que amaneciera.

Tesjamen los abrazó a los dos y luego desapareció. Simplemente, desapareció. Marius y Daniel se quedaron solos sobre la arena, mientras el viento soplaba desde el mar trayendo la humedad de la espuma centelleante. Detrás de ellos, la ciudad empezaba lentamente a cobrar vida.

A la noche siguiente, Marius necesitó menos de una hora para hacer por teléfono todas las gestiones con sus agentes mortales y enviar sus ropas y pertenencias a Nueva York. Se alojarían, como siempre habían hecho, en un pequeño hotel de las afueras donde siempre les tenían preparada una *suite*. Y ya hablarían una vez allí del momento más adecuado para reunirse con Benji, Armand, Louis y la bendita Sybelle.

Daniel estaba tremendamente excitado con el viaje. Deseaba relacionarse con otros, Marius lo sabía, y se alegraba por Daniel. Pero él mismo estaba lleno de presentimientos.

El encuentro con Tesjamen lo había estimulado, no cabía duda. De hecho, todavía estaba medio conmocionado.

Daniel no podía captar la magnitud de esa conmoción. Daniel había nacido a la Oscuridad en una época plagada de trastornos. Y antes de eso, había nacido en un mundo físico lleno de cambios. Él no había conocido la monótona y cansina visión mental de los tiempos pasados. Nunca había comprendido el inveterado pesimismo y la resignación con el que habían vivido hasta la muerte la mayoría de los millones y millones de seres que habían pasado por este mundo.

En cambio, Marius había existido a lo largo de los milenios; y habían sido milenios de sufrimiento, y no solo de alegría, de oscuridad, y no solo de luz, en los cuales los cambios radicales desembocaban con frecuencia en derrotas y decepciones.

Tesjamen. Marius apenas podía creer que lo hubiera visto, que hubiera hablado con él, que un hecho de tal trascendencia hubiera tenido lugar realmente: que aquel antiguo dios del bosque estuviera vivo ahora, que hablara con elocuencia y pudiera apuntar en una misma frase al pasado y al futuro. Para Marius, una porción oscura de su propia historia se alzaba ahora en vivos colores, impulsándolo a buscar un hilo coherente que recorriera su vida entera.

Pero estaba también ese presentimiento.

No podía dejar de pensar en aquellos interludios de antaño, cuando había yacido sobre el pecho de Akasha —su guardiana, su protectora—, escuchando cómo le latía el corazón y tratando de averiguar qué pensaba. Esa criatura extraña, Amel, había estado dentro de ella. Y ahora estaba dentro de él.

—Sí, estoy dentro de ti —le dijo la Voz—. Yo soy tú y tú eres yo.

Luego, silencio. Vacío. Y el eco de una amenaza.

14

Rhoshamandes y Benedict

—Cálmate —dijo—. Sea lo que sea lo que hayas visto, lo que haya estado a punto de sucederte, ahora estás a salvo. Cálmate y cuéntamelo. Dime exactamente lo que has visto.

—¡Era algo atroz, Rhosh! —dijo Benedict.

Derrumbado frente al escritorio, con la cabeza apoyada sobre los brazos cruzados, no paraba de llorar.

Rhosh, conocido por muchos como Rhoshamandes a lo largo de los siglos, se hallaba sentado junto a la chimenea de la vieja estancia de piedra y miraba a su neófito con una mezcla de impaciencia e irresistible compasión. Nunca había sido capaz de distanciarse por completo de las hirvientes emociones de Benedict, y tal vez nunca lo había deseado en realidad. De todos los compañeros y neófitos que había tenido en el curso de su existencia, era a Benedict al que más amaba: aquel hijo de la realeza merovingia que había sido en su momento un magnífico estudiante de latín, deseoso de comprender la época que ahora el mundo llamaba la Edad Oscura. Cómo había llorado al ser iniciado en la Sangre, convencido de que en último término sería condenado. Se había avenido únicamente a venerar a Rhoshamandes, en lugar de adorar a su dios cristiano: pero nunca había podido creer en un mundo libre del temor a la perdición. Ese temor supersticioso, no obstante, formaba parte del eterno encanto de Benedict.

Y el desventurado muchacho había demostrado con el tiempo que tenía incluso más habilidad que él para crear a otros bebedores de sangre. Lo cual constituía para Rhosh todo un misterio, pero era un hecho innegable.

Había sido Benedict quien había creado al joven Notker, el Sabio de Prüm, que probablemente había sobrevivido hasta el presente: un genio loco que se alimentaba tanto de música como de sangre humana.

El hermoso Benedict. Siempre era un placer contemplarlo, ya que no escucharlo, y sus lágrimas podían resultar tan seductoras como sus sonrisas.

Rhoshamandes iba vestido con lo que podía parecer una túnica monacal de gruesa lana gris, ceñida con un amplio cinturón de cuero y provista de capucha y de unas mangas enormemente holgadas. Pero, en realidad, la túnica era de una refinada cachemira y la hebilla del cinturón, de peltre, mostraba el rostro delicadamente modelado de la Medusa, con sinuosas serpientes en lugar de cabellos y una espantosa boca aullante. Iba calzado con unas sandalias marrones exquisitamente confeccionadas, pues no sentía el frío que hacía en aquella escarpada isla de las Hébridas Occidentales.

Tenía el pelo corto y suave, de color trigueño, y unos grandes ojos azules. Había nacido hacía miles de años en la isla de Creta, de padres de origen indoeuropeo, y se había trasladado a los veinte años a Egipto. Tenía en la piel ese bronceado cremoso de los inmortales que se exponen al sol a menudo para poder pasar por humanos, lo cual realzaba enormemente sus ojos y los hacía aún más hermosos.

Él y Benedict hablaban ahora en inglés, la lengua que habían usado entre ellos durante los últimos setecientos años. El francés antiguo y el latín ya habían dejado de emplearlos en la vida diaria, aunque no en sus lecturas. Rhosh conocía, además, muchas lenguas antiguas que Benedict jamás había manejado.

—Los quemó a todos —sollozó Benedict—. Los destruyó totalmente —dijo con voz ahogada y llena de desesperación.

—Siéntate bien y mírame —le dijo Rhoshamandes—. Te estoy hablando, Benedict. Mírame y explícame qué ha ocurrido exactamente.

Benedict se incorporó, con el largo y rizado cabello castaño caído sobre los ojos y con su aniñada boca temblorosa. Naturalmente, tenía la cara manchada de sangre y lo mismo la ropa: el suéter de lana y la chaqueta de *tweed*. Repugnante. Totalmente repugnante. Los vampiros con prendas salpicadas de sangre —bien de sus víctimas, bien de las lágrimas derramadas— eran execrables a su modo de ver. Nada repugnaba tanto a Rhoshamandes de las películas actuales de vampiros como ese aspecto desastrado tan poco realista que presentaban.

Y Benedict, con toda esa sangre encima, parecía ahora mismo como un vampiro barato de serie televisiva.

Él siempre conservaría la imagen de un joven de dieciocho años, porque esa era la edad que tenía cuando había sido convertido en bebedor de sangre, del mismo modo que Rhoshamandes siempre parecería un hombre de algunos años más, con un amplio torso y unos brazos musculosos. Pero Benedict siempre había tenido una personalidad infantil. Carecía de astucia, de picardía. Tal vez en una vida mortal tampoco habría cambiado con los años. Algo relacionado quizá con el mandato de Cristo: «Si no os volvéis como niños, no entraréis en el reino de los cielos.» Benedict no solo había sido un monje en su juventud, sino también un místico.

En fin, quién sabía.

Rhoshamandes, por su parte, había sido en su vida mortal el hijo mayor de diez hermanos y, a los doce años, se había convertido en un hombre para proteger a su madre de las intrigas palaciegas. Cuando la habían asesinado, él huyó por el mar y sobrevivió gracias a su ingenio. Ya había amasado una fortuna antes de navegar por el Nilo para comerciar con los egipcios. Había combatido en muchas batallas y salido indemne, pero su riqueza la había adquirido más bien mediante el instinto, no con la violencia. Hasta que los vampiros esclavos de la Reina lo capturaron y se lo llevaron de su barco.

Rhoshamandes y Benedict eran agraciados y de rasgos delicados; si habían sido escogidos para entrar en la Sangre había sido por su perfección física. Rhoshamandes había iniciado en la Sangre a docenas de jóvenes igualmente hermosos, pero ninguno había permanecido con él ni lo había amado tal como Benedict había llegado a amarlo, y, ahora, cuando recordaba las veces en que lo había expulsado de su lado, se estremecía por dentro y daba gracias al oscuro dios de los bebedores de sangre que le había permitido volver a encontrarlo siempre y traerlo de nuevo a su hogar.

Benedict se sorbió la nariz y empezó a gemir de aquel modo inimitable y encantador mientras trataba de recobrar el dominio de sí mismo. Su alma mortal había sido educada en la amabilidad, en la dulzura y la fe en la bondad, y ya nunca había perdido esos rasgos.

—Bien, así está mejor —dijo Rhoshamandes—. Ahora cuéntamelo todo.

—Sin duda tú lo viste, Rhosh. Debiste de ver las imágenes. Todos esos bebedores de sangre no podrían haber perecido sin que hubieras captado las imágenes.

—Sí, claro —dijo él—, pero quiero saber cómo logró ese ser anticiparse cuando ellos ya estaban advertidos. Todos habían sido advertidos.

—Pero esa es la cuestión. No sabíamos adónde ir ni tampoco qué hacer. Y los jóvenes han de cazar. No sabes lo angustioso que es para ellos. No sé si lo ha sido alguna vez para ti.

—Bah, déjate de monsergas —dijo Rhosh—. Les habían dicho que salieran de Londres, que abandonaran ese hotel y se fueran al campo. Benji Mahmoud se lo había advertido durante muchas noches seguidas. Tú también se lo advertiste.

—Bueno, muchos lo hicieron —dijo Benedict con tristeza—. Muchos. Pero entonces recibimos la noticia. Nos enteramos de que los estaban localizando y quemando también en el campo: en los Costwolds, en Bath. ¡En todas partes!

—Ya veo.

—¿Ah, sí? ¿Te importa? —Benedict se limpió furiosamente los ojos—. No lo creo. Eres tal como os describe Benji Mahmoud. Un anciano de la tribu al que no le importa lo que está pasando. Nunca te ha importado.

Rhoshamandes había vuelto la cabeza y contemplaba por la ventana ojival las tierras sumidas en la oscuridad que se extendían a sus pies y el frondoso bosque que se aferraba al acantilado sobre el océano. Por nada del mundo iba a revelarle lo que realmente pensaba a su amado Benedict. «Anciano de la tribu, ya lo creo.»

Benedict continuó hablando.

Los viejos habían perecido la noche anterior. Al despertarse, Benedict había encontrado allí mismo, en la casa, los restos abrasados de dos de ellos. Había corrido a alertar a los demás. «¡Todo el mundo fuera!»

—Fue entonces cuando ardieron las paredes —dijo—. Yo quería salvarlos, salvar a alguno al menos, salvar lo que pudiera. Pero el techo explotó y entonces los vi a todos alrededor de mí envueltos en llamas. Y vi a esa cosa, a esa cosa allí de pie: tenía un aspecto andrajoso y grotesco, y estaba ardiendo también. ¿Es posible? Te juro que estaba ardiendo. Entonces me elevé por los aires. Hice lo que debía para salvarme.

Estalló otra vez en sollozos, desmoronándose sobre el escritorio y apoyando el rostro en los brazos.

—Hiciste bien —dijo Rhoshamandes—. Pero ¿estás seguro de que ese ser estaba provocando el fuego?

—No sé —dijo Benedict—. Creo que sí. Era un fantasma. Huesos y harapos, pero creo... No sé.

Rhoshamandes estaba reflexionando. Huesos y harapos ardiendo. Por dentro no estaba tan tranquilo como aparentaba. Estaba furioso, de hecho; furioso porque Benedict casi había resultado herido, furioso por el cariz que había tomado el asunto. Pero siguió escuchando en silencio.

—La Voz —tartamudeó Benedict—. La Voz decía unas cosas muy extrañas. Yo mismo la oí hace dos noches, instándome a hacerlo. Ya te lo dije. Quería que le obedeciese y yo me reí. Le dije que tendría que buscar a otro para hacerle el trabajo sucio. Advertí a todo el mundo. Muchos se fueron entonces, pero yo creo que están muertos todos. Supongo que la Voz encontró a otro para hacerlo y que ese otro estaba ahí fuera esperando. No es cierto lo de París, ¿no? Todos estaban hablando de París antes de que esto sucediera...

—Sí, lo de París es cierto —respondió Rhoshamandes—. Pero la masacre fue interrumpida de repente. Alguien (o algo) intervino y la detuvo. Los bebedores de sangre huyeron. Creo que sé lo que ocurrió allí. —Se quedó callado, sin embargo. No tenía sentido desvelarle todo aquello a Benedict. No lo tenía ahora ni lo había tenido nunca.

Rhoshamandes se levantó y empezó a deambular con las manos juntas, como si estuviera en plena oración. Describió un lento círculo por la vieja estancia de piedra y, finalmente, se situó detrás de Benedict y le puso una mano tranquilizadora en la cabeza. Se inclinó y lo besó en el pelo mientras le acariciaba la mejilla con el pulgar.

—Bueno, bueno. Ahora ya estás aquí —murmuró. Se apartó y se quedó de pie entre las dos ventanas ojivales gemelas.

Había construido el castillo según el gótico francés cuando había llegado a Inglaterra por vez primera, y todavía amaba aquellos arcos estrechos y aguzados. La aparición del delicado y ornamentado estilo gótico lo había cautivado hasta lo más hondo. Incluso ahora podía acabar sumido en el llanto cuando vagaba por las grandes catedrales.

Benedict lo ignoraba, pero Rhoshamandes iba a menudo por su cuenta a visitar las catedrales de Reims, Autun o Chartres. Algunas cosas podían compartirse con Benedict y otras, no. Y este no podía pisar una catedral sin sufrir una crisis de proporciones cósmicas y llorar amargamente por haber perdido la fe.

A Rhosh se le ocurrió distraídamente que el famoso vampiro Lestat, que no adoraba sino las cosas y los seres bellos, habría comprendido su debilidad por el estilo gótico. Claro que siempre resultaba muy fácil idolatrar a los personajes famosos como Lestat e imaginarlos como compañeros perfectos.

Los añadidos ulteriores del castillo los había diseñado Rhosh por su propio placer según el estilo gótico clásico, y su corazón se sentía reconfortado cuando los mortales que aparecían a veces por allí consideraban el conjunto una maravilla.

¡Cómo detestaba verse perturbado por todos aquellos acontecimientos! ¡Y cómo debían de detestarlo otros inmortales que se habían recluido en santuarios como este para vivir en paz!

Él no había modernizado el lugar; seguía siendo tan frío y severo como hacía quinientos años: un castillo que parecía brotar de los rocosos acantilados de la costa occidental de una isla escarpada, indomable e inaccesible.

Unos veinte años atrás había instalado generadores y depósitos de combustible en el barranco que quedaba bajo el acantilado, y también había ampliado y reformado el puerto oriental para dar cabida a su moderna y lujosa embarcación. Pero la corriente eléctrica estaba reservada para las televisiones y ordenadores, no para iluminar o calentar el castillo. Y habían sido esos ordenadores los que le habían traído las primeras noticias de toda aquella locura, no las voces telepáticas que él había aprendido hacía mucho tiempo a silenciar por completo. No, había sido Benji Mahmoud quien le había anunciado que los tiempos estaban cambiando.

¡Cómo deseaba mantenerlo todo tal como siempre había estado!

Salvo ellos dos, y los tres mortales —el viejo guarda, su esposa y su pobre hija, débil mental— que vivían al pie de la garganta, no había nadie en la isla. El viejo vigilante se encargaba de los depósitos de combustible y de los generadores, así como de la limpieza de estas habitaciones durante el día, y recibía un buen sueldo por su trabajo. También se cuidaba del yate amarrado en el puerto, el potente Wally Stealth con el que Rhosh podía navegar fácilmente por su propia cuenta. Se hallaban a cuarenta millas de la costa más cercana. Y así era como Rhoshamandes quería seguir.

Cierto, una vez la gran Maharet había ido a verlo. Eso había sido en el siglo XIX. Ella había aparecido de improviso en las almenas: una figura solitaria, ataviada con pesadas túnicas de lana, aguardando allí educadamente a que la invitara a entrar.

Habían charlado y jugado a ajedrez. Y después ella había seguido su camino. La guerra entre la Primera Generación y los Sangre de la Reina ya no significaba absolutamente nada para ninguno de los dos. Pero ella le había dejado una impresión de insuperable poder y sabiduría; sí, de sabiduría, aunque Rhoshamandes se resistiera a reconocerlo. Y él la había admirado pese a sus recelos y a la desagradable conciencia de que las dotes de Maharet superaban ampliamente las suyas.

La formidable Sevraine también había estado aquí en otra ocasión, aunque él solo la había entrevisto en el bosque de robles que cubría la costa sur de la pequeña isla. Sí, se trataba de Sevraine, de eso no le había cabido la menor duda.

Rhosh había bajado al valle a buscarla. Pero ella se había desvanecido, y, al menos por lo que él sabía, nunca más había vuelto. La había visto espléndidamente vestida, con túnicas de colores centelleantes y ribetes dorados. Así era, en efecto, como siempre la describían quienes afirmaban haberla visto: la magnífica Sevraine.

Todavía en otra ocasión, mientras pilotaba solo su yate a través de los embravecidos mares de la costa irlandesa, la había divisado encaramada en lo alto de un acantilado, observándolo. Él había querido echar el ancla para ir a su encuentro. Le había enviado un mensaje. Pero la telepatía siempre había sido tenue o nula entre los vampiros creados en los primeros mil años, y parecía haberse vuelto aún más tenue ahora. No había captado ningún saludo de ella. Es más: había desaparecido de inmediato. Después, la había buscado por toda Irlanda, pero no había detectado el menor indicio de su presencia, ni tampoco de alguna casa, asamblea o clan. Y era bien sabido que la gran Sevraine siempre había vivido rodeada de varias mujeres, de un clan femenino.

Ningún otro bebedor de sangre había venido nunca aquí. Así que esto era y había sido siempre el reino de Rhoshamandes. No envidiaba a nadie, ni al sabio y filosófico Marius, ni a los demás cultivados vampiros de la Asamblea de los Eruditos.

Sí, deseaba conocer a aquellos nuevos escritores poéticos, debía confesarlo; deseaba conocer a Louis y Lestat, pero era muy capaz de resistir ese anhelo durante siglos. Y tal vez en unos pocos siglos habrían desaparecido de la faz de la tierra.

¿Qué era, al fin y al cabo, un inmortal como Lestat, que llevaba en la Sangre menos de trescientos años? A un ser semejante uno apenas podía considerarlo un verdadero inmortal. Muchos habían muerto a esa edad e incluso con más años. De modo que, sí, podía esperar.

En cuanto a Armand, lo seguiría despreciando hasta el fin de sus días. Le gustaría mucho destruirlo. También en este punto podía esperar, aunque últimamente había pensado que quizá se iba acercando la hora de vengarse. Si él hubiera estado aún en Francia cuando Armand llegó allí para liderar a los Hijos de Satán, lo habría destruido sin la menor duda. Pero para entonces Rhoshamandes ya hacía mucho que se había ido. Aun así, debería haberlo hecho; debería haber arrasado la asamblea de París.

Había pensado que ya se encargaría otro anciano, y se había equivocado. Lestat la había destruido, y no por la fuerza, sino con nuevos métodos.

«Ah, pero este es mi reino —pensó—. ¿Cómo es posible que todo esto esté alcanzando mis costas?»

Nunca había cazado en Edimburgo, Dublín o Londres sin desear volver a casa de inmediato y refugiarse en este remanso inmutable de silencio.

Y ahora este ser, esta Voz estaba amenazando su paz y su independencia.

Él llevaba mucho tiempo hablando con la Voz, cosa que no pensaba confiarle a Benedict. Y ahora mismo se sentía furioso con ese ser. Lo enfurecía que Benedict hubiera corrido peligro.

—¿Y qué le impedirá venir aquí? —preguntó Benedict—. ¿Qué le impedirá encontrarme aquí, tal como ha encontrado a todos los que pretendían huir? Ha quemado a algunos que eran tan viejos como yo.

—No tan viejos como tú —dijo Rhoshamandes—, ni tampoco con tu sangre. Es evidente que allí había un anciano actuando al servicio de la Voz. Seguramente te estaba disparando una ráfaga cuando se incendiaron las paredes. Si los que te rodeaban estaban ardiendo, es que te tenía en su punto de mira. Estaba en el edificio y te tenía acorralado. Pero no pudo matarte.

—A mí la Voz me dijo cosas terribles y espeluznantes cuando me habló —dijo Benedict. Se había recuperado un poco y ahora estaba otra vez erguido en la silla—. Trató de confundirme, de hacerme creer que yo pensaba esas cosas y que era su siervo en cierto modo, que deseaba servirle.

—Anda, ve a lavarte la sangre de la cara —dijo Rhoshamandes.

—¿Por qué siempre tienes que preocuparte por estas cosas, Rhosh? —clamó Benedict—. Yo estoy sufriendo. Estoy atormentado por la angustia, y a ti lo único que te preocupa es la sangre que tengo en la cara y en la ropa.

—Muy bien —dijo Rhoshamandes, suspirando—. Dime. ¿Qué es lo que quieres explicarme?

—Esa cosa, mientras me estaba hablando; quiero decir, antes del incendio...

—Varias noches antes.

—Sí, entonces. Me dijo que quemara a los demás, qué el no podía acceder al poder hasta que fuesen aniquilados; que quería que yo los matara por él; que esperaba que yo mismo estuviera dispuesto a arrojarme a las llamas por él.

—Sí —dijo Rhoshamandes, riendo suavemente—, también a mí me susurró un montón de esas necedades delirantes. Tiene una idea muy elevada de sí mismo. —Volvió a reírse—. Aunque no empezó con ese tono. Al principio era solo: «Debes matarlos. Mira lo que te están haciendo.»

Tampoco ahora dejó traslucir su rabia: la rabia que le producía que la Voz, después de todas aquellas conversaciones íntimas, hubiera intentado reclutar a su Benedict. ¿Veía la Voz a través de los ojos de Rhosh? ¿Oía a través de sus oídos? ¿O solo podía instalarse en su cerebro y hablar, hablar y hablar?

—Sí, pero luego empezó con eso de que iba a empezar a actuar por su cuenta. ¿Qué crees que significa? —Benedict dio un puñetazo en el viejo escritorio de roble. Tenía la cara crispada como un querubín enfurruñado—. ¿Quién es la Voz?

—Ya basta —dijo Rhoshamandes—. Cállate y déjame pensar.

Volvió a sentarse junto a la chimenea de piedra. Las llamas ardían con fuerza, avivadas por el viento frío que soplaba a ratos a través de las ventanas sin cristales.

Rhosh había estado hablando con la Voz durante semanas. Pero ahora la Voz llevaba callada cinco noches. ¿Sería posible que no fuera capaz de atender dos tareas a la vez; que si la Voz quería despertar a un ser desventurado e incitarlo a quemar a los jóvenes, no podía estar hablando educadamente con Rhosh al mismo tiempo, o ni siquiera en la misma noche?

Cinco noches atrás la Voz había dicho:

—Tú eres el único que me comprende. Tú eres el único que entiende el poder, la sed de poder, lo que está en el corazón mismo de la sed de poder.

—¿Y qué es? —le había preguntado Rhosh.

—Muy sencillo —había respondido la Voz—. Aquellos que desean el poder quieren ser inmunes al poder de los demás.

Y luego, cinco noches de silencio. El caos en todo el mundo.

Y Benji Mahmoud emitiendo durante la noche entera desde la infame Trinity Gate de Nueva York, y pasando en bucle grabaciones del programa durante las horas diurnas, para que pudieran escucharlo en otras partes del mundo.

—Quizá ya es hora de que descubra por mí mismo lo que sucede —dijo Rhosh—. Escúchame bien. Quiero que bajes al sótano y te quedes allí. Si algún ofuscado emisario de esa cosa aterrizara en nuestro pequeño y glacial paraíso, ahí abajo estarás seguro. No te muevas del sótano hasta mi regreso. Es la misma precaución que están adoptando otros en todo el mundo. Bajo tierra estás a salvo. Y si la Voz te habla, bueno, aprovecha para descubrir más cosas sobre él.

Abrió las pesadas puertas con refuerzos de hierro del dormitorio. Tenía que cambiarse para el viaje: otra terrible molestia.

Pero Benedict lo siguió.

El fuego estaba encendido en la alcoba y emitía un hermoso resplandor. Las ventanas estaban cubiertas con pesados cortinajes de terciopelo rojo y el suelo de piedra contaba aquí con un entablado de roble y con alfombras persas de seda y lana.

Rhosh se desprendió de su túnica y la tiró a un lado, pero entonces Benedict se arrojó en sus brazos, lo estrechó con fuerza y enterró la cara en su camisa de lana. Rhosh alzó la vista al techo pensando que toda esa sangre le mancharía la ropa.

Pero ¿qué importaba?

Abrazó a Benedict estrechamente y lo arrastró al lecho.

Era un viejo lecho con dosel artesonado de la corte del último rey Enrique: un mueble espléndido con postes nudosos ricamente tallados en el que les encantaba yacer juntos.

Le quitó la chaqueta a Benedict, y luego el suéter y la camisa, y lo tumbó sobre la oscura colcha bordada. Se tendió a su lado, estrujando con los dedos sus pezones rosados, rozando con los labios su garganta. Luego le cogió la cabeza, la colocó sobre su propia garganta y dijo en voz baja: «Bebe.»

De inmediato, los dientes afilados como cuchillas se abrieron paso entre su piel. Sintió en el corazón un tirón poderoso y hambriento cuando la sangre empezó a salir de él hacia aquel corazón que latía contra su pecho. Surgió en el acto un chorro de imágenes. Vio la casa de Londres ardiendo; vio aquella especie de andrajoso fantasma; vio lo que Benedict debía de haber visto pero no registrado: aquel ser cayendo de hinojos mientras las vigas se le venían encima, un brazo arrancado de cuajo y devorado por las llamas, unos dedos carbonizados retorciéndose. Oyó cómo reventaba el cráneo con un chasquido.

Las imágenes se disolvieron en el placer del momento, en aquel oscuro y palpitante placer que sentía mientras la sangre iba saliendo de él cada vez más deprisa. Era como si una mano le agarrara el corazón y lo estrujara con fuerza, y el placer salía de allí en oleadas y recorría todos sus miembros.

Al fin, se volvió, apartó a Benedict y hundió los dientes en su cuello. Benedict dio un grito. Rhosh lo inmovilizó contra la colcha de terciopelo, extrayendo la sangre con todas sus fuerzas, desatando en Benedict un espasmo tras otro con perfecta deliberación. Volvió a captar las imágenes. Captó una vista aérea de Londres registrada cuando Benedict se había elevado hacia el cielo. Captó el rugido y la fragancia del viento. ¡La sangre era tan espesa, tan picante! Cada vampiro de este mundo tenía un aroma único e inconfundible en su propia sangre. Y la de Benedict era suculenta. Necesitó toda su determinación para detenerse, para relamerse los labios con la lengua y quedarse tumbado sobre la almohada, contemplando el techo de roble carcomido del lecho.

El crepitar de la chimenea parecía muy ruidoso en la alcoba vacía. ¡Qué roja se veía la estancia entre el resplandor del fuego y el terciopelo oscuro de los cortinajes! ¡Qué luz tan bella, morbosa y relajante! Mi mundo.

—Ahora baja al sótano como te he dicho —dijo Rhosh. Se incorporó sobre un codo y besó a Benedict con brusquedad—. ¿Has oído? ¿Me estás escuchando?

—Sí, sí —gimió Benedict.

Estaba debilitado a causa del placer, obviamente, pero Rhoshamandes le había sacado exactamente lo mismo que le había dado, pasando la tensa cinta roja de su propia sangre por las venas del joven antes de recuperarla de un vigoroso tirón.

Rhosh bajó del lecho y, plantándose ante el armario abierto, cogió un grueso suéter de cachemira, pantalones y calcetines de lana y unas botas. Escogió su largo abrigo ruso para el viaje: aquel abrigo militar de terciopelo negro, con cuello de zorro, que databa de la época zarista. Se cubrió la cabeza con una gorra de lana. Y luego sacó del cajón inferior todos los documentos y el dinero en metálico que tal vez podía necesitar, y se los guardó bien en los bolsillos interiores. ¿Dónde estaban sus guantes? Se los calzó. Le encantaba el aspecto de sus largos dedos cubiertos con la negra y lustrosa piel de cabrito.

—Pero ¿adónde vas? —le preguntó Benedict, incorporándose en el lecho, con el pelo enmarañado, las mejillas rosadas y un aspecto adorable—. Dime.

—Cálmate —dijo Rhoshamandes—. Voy a viajar hacia el oeste, noche adentro. Quiero localizar a las gemelas y llegar al fondo de este asunto. Sé que la Voz ha de proceder de una de ellas.

—Pero Mekare está ida y Maharet jamás haría algo así. Eso lo sabe todo el mundo. Incluso Benji lo dice.

—Sí, Benji, Benji... el gran profeta de los bebedores de sangre.

—Pero es verdad.

—Al sótano, Benedict, antes de que te lleve yo a rastras. He de marcharme ya.

Era un buen refugio aquel sótano provisto de varias habitaciones. Difícilmente podía considerarse una mazmorra con sus pieles de animales y sus abundantes lámparas de aceite, y, naturalmente, con la chimenea de roble ya preparada para encenderse. Las televisiones y ordenadores que había allí abajo eran similares a las del resto del castillo, y un conducto de ventilación traía un poco de aire fresco del mar a través de una angosta abertura del acantilado de roca.

Cuando Benedict salió, Rhosh se dirigió al muro oriental, alzó el pesado tapiz francés de caza que lo cubría y empujó la puerta que daba a su despacho secreto: una de esas puertas tan pesadas que ningún mortal podía mover siquiera.

Un olor bien familiar a cera, pergamino, cuero antiguo y tinta. Hummm. Siempre se detenía un momento a saborearlo.

Con el poder de su mente, prendió rápidamente las velas de los candelabros de hierro.

La estancia excavada en la roca estaba cubierta de libros hasta el techo. De una pared colgaba un enorme mapa del mundo pintado por el propio Rhosh en un lienzo para situar las ciudades que más amaba y relacionarlas entre sí.

Lo contempló con atención recordando todos los informes de la sucesivas Quemas. Habían empezado en Tokio, se habían desplazado a China, luego a Bombay, Calcuta, Oriente Medio, y finalmente, se habían extendido de un modo salvaje por toda Sudamérica: Perú, Bolivia, Honduras.

Después había sido atacada Europa. Incluso Budapest, donde estaba el teatro de ópera preferido de Rhosh. Exasperante.

Al principio parecía que había un plan, pero luego el plan se había difuminado en una serie de ataques totalmente aleatorios. Salvo por un detalle: las Quemas en Sudamérica habían tenido lugar en un arco que había acabado constituyendo un tosco círculo. Solo allí había aparecido un patrón semejante. Y era allí donde estaban las gemelas, sin duda: en lo más profundo del Amazonas. Los que lo daban por seguro se pasaban de listos, a decir verdad. Y naturalmente, él estaba demasiado cerca de las gemelas en edad para contar con una conexión telepática con ellas. Pero lo sabía. Estaban en el Amazonas.

A la excéntrica Maharet le gustaban los lugares perdidos en la jungla, y los había preferido siempre desde que el Germen Sagrado había pasado al interior de su hermana. Él había captado a veces en sueños imágenes desvaídas de las gemelas procedentes de otras mentes, y transmitidas de unas otras. Sí, era en la jungla del Amazonas donde estaba la horrenda pareja que había robado la Sangre Sagrada del Egipto de Akasha.

Rebeldes, herejes, blasfemas. Rhoshamandes se había nutrido de todas esas viejas historias. Ellas eran supuestamente la causa de todo, ¿no? Las gemelas habían llevado el espíritu maligno de Amel al reino de Akasha. En realidad, toda esa antigua mitología le tenía sin cuidado, pero valoraba las ironías y los patrones de conducta humana que contenían, tal como los valoraba en los libros.

Bueno, él sentía escaso afecto por Akasha, quien ya era una tirana enloquecida cuando lo habían conducido a rastras a su presencia, obligándolo a beber de la Sagrada Fuente y a jurarle lealtad eterna. Una diosa gélida y despiadada. Había reinado durante mil años. O eso decían. ¡Cómo lo había inspeccionado de arriba abajo, pasándole los pulgares por la cabeza, la cara, los hombros y el pecho! ¡Qué exhaustivamente lo habían examinado sus untuosos y serviles sacerdotes antes de declararlo perfecto para convertirse en un dios de sangre!

¿Y qué destino le había aguardado como dios de sangre? O bien luchar bajo el mando del príncipe Nebamun junto con los defensores de la Reina, o bien permanecer emparedado en un santuario de la montaña, pasando hambre, durmiendo, leyendo mentes, impartiendo justicia para los campesinos que traían sacrificios de sangre en las fiestas sagradas y le rogaban con sus interminables y supersticiosas plegarias.

Había huido muy pronto. Lo tenía planeado desde el principio. Él era un viajero de la isla de Creta, un viajero que había navegado y comerciado por los mares, y nunca se había tragado las oscuras y enrevesadas creencias del antiguo Egipto.

Pero se había negado a abandonar a Nebamun cuando este fue sometido a juicio. Nebamun siempre lo había tratado bien, y él no habría sido capaz de huir precisamente cuando Nebamun hubo de comparecer ante la Reina, acusado de blasfemia y alta traición por haber convertido, de modo egoísta y frívolo, a una mujer en bebedora de sangre.

Convertir a las mujeres en bebedoras de sangre era la práctica repugnante y decadente de los rebeldes de la Primera Generación, y estaba absolutamente prohibido entre los Sangre de la Reina. Para los dioses de sangre y los devotos soldados de los Sangre de la Reina, no debía haber más que una sola mujer, la reina Akasha. ¿Por qué habría de atreverse nadie a convertir a una mujer en bebedora de sangre? Cierto, había sucedido algunas veces, pero solo con la reticente bendición de Akasha. Ni siquiera a su propia hermana la había querido iniciar en la Sangre. Ni tampoco a sus hijas.

Rhosh, que había aplazado su huida, estaba seguro de que Nebamun y Sevraine, su novia, iban a ser condenados a muerte. Pero no había sido así.

La todopoderosa Reina, que consideraba que su menor antojo era un reflejo de la Mente Divina, había amado a Sevraine nada más ponerle los ojos encima. Había permitido que bebiera de su poderosa sangre y la había nombrado doncella real.

En cuanto a Nebamun, su carrera militar había quedado truncada por sus transgresiones y su osadía. Debería purgar sus delitos enclaustrado de forma permanente en un santuario. Si servía con obediencia durante un siglo, quizá fuese perdonado.

En las primeras horas de la madrugada, cuando los guardias del santuario estaban sumidos en un sopor etílico, Rhosh se había deslizado hasta los muros de ladrillo y le había suplicado a Nebamun que hablara con él.

—Huye, abandona este lugar —le dijo Nebamun—. Ella se ha llevado a mi preciosa Sevraine y me ha condenado a esta dura e insoportable existencia. Algún día escaparé de estos muros. Vete de aquí, amigo mío. Vete tan lejos como puedas. Localiza si puedes a los rebeldes de la Primera Generación; y si no, inicia a otros en la Sangre. Todo lo que nosotros hemos defendido es una sarta de mentiras. Los bebedores de sangre de la Primera Generación dicen la verdad. Ella no es una diosa. Tiene un demonio dentro, una cosa llamada Amel. Yo he visto cómo actúa ese demonio. Estaba allí cuando él la poseyó.

Por pronunciar palabras como aquellas le habrían arrancado la lengua. Pero nadie lo había oído a través de los gruesos muros de ladrillo, salvo Rhoshamandes. Y él habría de amar siempre a Nebamun por aquellas valerosas palabras.

Habían pasado cincuenta años cuando Rhoshamandes regresó y redujo a polvo aquel santuario, liberando a Nebamun. En cuanto a Sevraine, ya había traicionado a la Reina mucho antes. Tampoco ella creía en la antigua religión. Habían puesto precio a su cabeza y ahora era tan odiada como las gemelas. La maldecían por su pelo rubio y sus ojos azules, como si esos dones de la naturaleza la convirtieran de por sí en una bruja y una traidora. Ella se había desvanecido.

—Bueno, viejos amigos, allí donde os encontréis —dijo en voz alta Rhoshamandes, en medio del silencio de la pequeña biblioteca—, tal vez hayamos de reunirnos pronto para abordar las presentes calamidades. Pero por el momento voy a averiguar qué puedo hacer por mi cuenta.

Desde luego, él sabía dónde estaba Nebamun, lo había sabido desde hacía siglos. Nebamun se había convertido en Gregory en la Era Común y tenía una familia de bebedores de sangre de asombrosa estabilidad con la que vivía en el mayor de los lujos. Una vez al año más o menos, la cara del anciano y poderoso Nebamun aparecía resplandeciente en la pantalla de televisión mientras un comentarista hablaba del enorme imperio farmacéutico de Gregory Duff Collingsworth, de sus sofisticadas transacciones en los cinco continentes e incluso de su famosa torre *fin de siècle* en las orillas del lago Ginebra.

De todos los que veían esas fugaces apariciones televisivas, ¿cuántos reconocían aquella cara? Seguramente ninguno. Excepto Sevraine quizás. Aunque acaso Sevraine estuviera con Gregory. Y quizá también ellos habían oído la Voz.

Tal vez ese ser era un mentiroso y un adulador consumado. Tal vez la Voz manipulaba a los bebedores de sangre y los enfrentaba a unos con otros.

«Yo te he amado a ti por encima de todo. A ti solo. Tu cara, tu forma, tu mente», le había dicho la Voz.

Hummm. Ya veremos.

Apagó las velas. Por algún motivo, sus poderes telequinéticos no servían para apagarlas. Tenía que hacerlo soplando. Y así fue como lo hizo.

Volvió al dormitorio y abrió otro armario. Este era un auténtico armero donde guardaba todos los instrumentos mortíferos que había ido acumulando con el tiempo, más por sentimentalismo que por otra cosa. Cogió de un estante el afilado cuchillo que más le gustaba, se abrió el abrigo y se ató la funda al cinturón de cuero. Luego tomó otra arma: un pequeño artefacto verdoso de la guerra moderna conocido sencillamente como «granada de mano». No ignoraba los estragos que podía causar. Lo había visto durante las guerras mundiales que habían asolado Europa en el siglo XX. Se la guardó en el abrigo. Sabía cómo accionar la clavija y cómo arrojar la granada, llegado el caso.

Salió a las altas almenas barridas por el viento. Contempló el cielo neblinoso y el mar gris, gélido y revuelto.

Por un momento sintió la tentación de abandonarlo todo, de volver a su biblioteca y encender otra vez las velas y la leña de roble que él mismo había cortado para la chimenea: la tentación de hundirse en su sillón de terciopelo, escoger uno de los libros que estaba leyendo y dejar que transcurriera la noche como otra cualquiera.

Pero sabía que no podía hacerlo.

Había una cruda, una ineludible verdad en los reproches de Benji. Él y los que eran como él tenían que hacer algo. Rhosh siempre había admirado a Maharet y atesoraba en su memoria los brevísimos momentos que había pasado con ella en el pasado. Pero no sabía nada de Maharet en esta era, salvo lo que otros habían escrito. Ya era hora de ir a verla, de llegar al fondo de este misterio. Rhosh creía saber quién era la Voz. Y ya iba siendo hora de encontrarse con ese ser.

Él nunca se había sometido a la autoridad de nadie, pero evitar las guerras y las peleas de los no-muertos le había costado muy caro. Y esta vez no se veía dispuesto a conformarse o a emigrar de nuevo. La Voz tenía razón respecto al poder. Buscamos el poder para no sucumbir bajo el poder ajeno, sí.

Muchos años atrás, esta gélida isla tan alejada de la costa británica había constituido para él un retiro perfecto, aunque le hubiera costado cien años construir el castillo, las bodegas y las fortificaciones. Había traído árboles —robles, hayas, alisos, olmos, sicomoros y abedules— y los había plantado en los áridos cañones y barrancos de la isla. Había sido un señor magnánimo con los mortales que construyeron el castillo y excavaron en la roca sus múltiples cámaras secretas. Y había acabado creando un refugio que los propios humanos no habrían podido conquistar con ningún asedio.

Incluso en los dos últimos siglos, el lugar había sido perfecto. No le había resultado difícil traer carbón y madera en ferry desde Inglaterra y mantener en el pequeño puerto una embarcación de placer para las ocasiones en las que deseaba navegar por aquellos mares tormentosos.

Pero ahora el mundo era completamente distinto.

Los helicópteros guardacostas patrullaban por la zona; las imágenes de satélite del castillo eran accesibles desde cualquier ordenador; y muchos mortales bienintencionados se convertían a menudo en una molestia cuando trataban de comprobar la seguridad y el bienestar de los habitantes de la isla.

¿No les ocurría lo mismo a los otros inmortales, a los legendarios vampiros músicos que vivían en los Alpes, por ejemplo, a Notker el Sabio y a sus violinistas y compositores y jóvenes sopranos masculinos? Esos jóvenes constituían un verdadero lujo. (No tenías necesidad de castrar a un chico para convertirlo para siempre en soprano. Bastaba con que le dieras la Sangre.) ¿Y no les ocurría lo mismo a Maharet y Mekare en su remota jungla y a cualquier otro bebedor de sangre cuyo retiro dependiera de la supervivencia de unas tierras vírgenes impenetrables que, de hecho, ya no existían en ninguna parte?

Solo los más inteligentes, como Gregory Duff Collingsworth y Armand Le Russe, capaces de prosperar entre los mortales, seguían sin verse perturbados por el encogimiento del planeta. Pero ¡qué precio tan alto debían pagar!

¿Adónde habrían de trasladarse los inmortales ahora para erigir sus fortalezas? ¿A las cordilleras submarinas? Él mismo lo había pensado últimamente, debía reconocerlo: un gran palacio, construido con el acero y el vidrio de la era espacial, enclavado en una profunda y oscura sima oceánica y solo accesible a aquellos seres lo bastante poderosos como para descender a las grandes profundidades. Y sí, él poseía la riqueza para crearse un refugio semejante. Pero lo enfurecía el solo hecho de tener que pensar en abandonar esta isla preciosa que había sido su hogar durante cientos de años. A él, además, le gustaba ver los árboles y la hierba y las estrellas y la luna desde sus ventanas. Le gustaba cortarse él mismo la leña para alimentar sus chimeneas. Quería sentir el viento en la cara. Quería formar parte de la tierra.

De vez en cuando, pensaba: «¿Y si nos uniéramos y empleáramos nuestros considerables poderes para destruir a la mitad de la raza humana? Tampoco sería tan difícil, ¿no? Especialmente cuando la gente no cree en tu existencia. La destrucción generalizada y la anarquía subsiguiente generarían nuevas tierras vírgenes por todo el mundo, y los bebedores de sangre podrían cazar con total impunidad y tener otra vez la sartén por el mango.» Aunque, por otro lado, Rhosh amaba los adelantos tecnológicos de este planeta menguante: los grandes televisores de pantalla plana, las grabaciones de música y poesía, los DVD y la emisión a la carta de documentales, series y películas accesibles a los espectadores de cualquier parte; los excelentes sistemas de sonido, la comunicación por satélite, los teléfonos, los móviles, la calefacción eléctrica y las modernas técnicas de construcción, los tejidos sintéticos, los rascacielos, los yates de fibra de vidrio, los aviones, las moquetas de nailon, el cristal moderno. Decir adiós al mundo moderno resultaría angustioso, por muy satisfactoria que volviera a ser la caza.

Ah, bueno... Él no tenía estómago para destruir a la mitad de la humanidad, de todos modos. No sentía una aversión inveterada hacia los humanos. En absoluto.

Pero Benji Mahmoud tenía razón, pensó, recordando sus palabras. «¡Deberíamos tener un lugar aquí! ¿Por qué se supone que nosotros, de entre todas las criaturas, estamos condenados? ¿Qué hacemos, quisiera saber, que no hagan las demás criaturas? Y lo cierto es que nosotros nos ocultamos más unos de otros que de los mortales.» ¿Cuándo le habían molestado a él los mortales? ¿Cuándo habían molestado a Notker el Sabio, si aún seguía en su escuela musical alpina para bebedores de sangre? ¿O cuando habían molestado a la astuta Sevraine?

Inspiró hondo el frío aire marino.

Ni un alma humana en cuarenta millas a la redonda, dejando aparte a la familia del viejo guarda, que estaba mirando un programa de televisión americano y riendo a carcajadas en la casita de allá abajo (en ese cálido salón, con toda la porcelana azul y blanca colgada en el aparador y el perrito blanco durmiendo en la esterilla junto a la estufa).

Estaba dispuesto a luchar por todo aquello, por supuesto. Y estaba dispuesto incluso a luchar con otros para defenderlo. Pero por el momento le dirigió una plegaria al creador del universo pidiendo tan solo que lo protegiera a él y a Benedict, y que hiciera posible su pronto regreso.

En cuanto la oración salió de sus labios, sin embargo, le entró una gran duda. ¿Qué era lo que pretendía hacer? ¿Y por qué? ¿Por qué desafiar a la sabia Maharet en su propia casa? Ciertamente, su presencia allí sin haber sido invitado sería entendida como un desafío, ¿no?

Tal vez sería mejor que fuera a Nueva York, que buscara allí a otros inmortales preocupados por las crisis y les contara todo lo que él sabía sobre esa Voz voluble y traicionera.

De pronto, resonaron en su cabeza unas palabras que parecían tan reales como si se las estuvieran susurrando al oído. Fuertes y nítidas, por encima del rugido del viento.

—Escucha, Rhoshamandes, te necesito. —Era la Voz—. Y ahora necesito que vengas a mí.

Ah, ¿era esto lo que él había estado esperando? ¿Soy yo el designado?

—¿Por qué yo? —dijo. Sus palabras se perdían con el viento, pero no para la Voz—. ¿Y por qué debería creerte? —preguntó—. Me has traicionado. Has estado a punto de aniquilar a mi estimado Benedict.

—¿Cómo iba a saber que Benedict estaba en peligro? —dijo la Voz—. ¡Si hubieras ido a Londres y obedecido mis órdenes, tu Benedict no habría corrido peligro alguno! Te necesito, Rhoshamandes. Ven a mí.

—¿A ti?

—Sí, a la jungla del Amazonas, estimado mío, tal como habías conjeturado. Estoy encarcelado. Sumido en la oscuridad. Recorro la longitud de mis ramificados tentáculos, de mis interminables extremidades marchitas, retorcidas, filiformes, buscando a quiénes amar... ¡Pero siempre, siempre, me veo arrancado y devuelto a esta prisión muda y medio ciega, a este cuerpo miserable, aletargado y ruinoso que no consigo reanimar!, ¡a este ser inerte que no se mueve, que no oye, que vive sumido en la indiferencia!

—Entonces, ¡tú eres el espíritu Amel!, ¿no? —dijo Rhoshamandes—. ¿O es lo que querrías hacerme creer?

—Ay, en esta tumba viviente he adquirido completo dominio de mí mismo, sí, en este cuerpo vacante, en este lúgubre vacío. ¡Y no puedo escapar de él!

—Amel.

—¡No consigo dominarlo!

—Amel.

—Ven a mí antes de que lo haga otro. Tómame, Rhoshamandes, en tu interior, en tu espléndido cuerpo masculino, dotado de lengua, de ojos y de todos los miembros, antes de que lo haga otro: ¡algún ser temerario y estúpido capaz de utilizarme, de emplear mi creciente poder contra ti!

Silencio.

Presa de la consternación y el asombro, incapaz de una decisión consciente, Rhoshamandes permaneció inmóvil. El viento lo azotaba y le entraba en los ojos, irritándoselos hasta las lágrimas. «Amel. El Germen Sagrado.»

Muchos siglos atrás, ella lo había mirado despectiva, con un altivo desdén. «Yo soy la fuente. ¡Yo poseo el Germen!»

Al norte, se estaba formando una gran tormenta. La veía desde allí, percibía su turbulencia, la lluvia torrencial aproximándose. Pero ¿qué importaba?

Se elevó por los aires, tomando velocidad a medida que ascendía entre los vientos gélidos de las alturas; luego viró al suroeste, sintiéndose maravillosamente ingrávido y poderoso, y se dirigió hacia el Atlántico.

15

Lestat

NADA COMO EL HOGAR

—¿Por qué restauraste este castillo, tú que podías vivir en cualquier parte del ancho mundo? ¿Para qué volviste aquí, a este lugar, a este pueblo? ¿Por qué permitiste que ese arquitecto tuyo reconstruyera el pueblo? ¿Por qué has hecho todo esto? ¿Te has vuelto loco?

Mi querida madre, Gabrielle.

Deambulaba de aquí para allá con las manos en los bolsillos de los tejanos. Tenía la chaqueta de safari arrugada y ahora se había soltado la larga trenza y el pelo le caía por la espalda en sinuosas ondas rubio platino. Incluso el pelo vampírico puede conservar las ondas marcadas por una trenza.

Yo no me molesté en responder. Había decidido que en lugar de discutir o de hablar con ella, me limitaría a disfrutar de ella. La amaba con toda mi alma: su porte desafiante, su valor indómito, su cara pálida y ovalada, con el sello inmutable de un encanto femenino que ni siquiera la frialdad de corazón podía alterar. Además, ya tenía demasiadas cosas en la cabeza para ponerme a discutir. Sí, era maravilloso volver a verla, y, sí, resultaba una experiencia intensa. ¡Ay del bebedor de sangre que inicie en la Sangre a un mortal de su linaje! Pero yo estaba pensando en la Voz y apenas podía pensar en otra cosa.

Me hallaba sentado frente a mi escritorio de nogal con incrustaciones de oro: mi precioso ejemplar de mobiliario Luis XV auténtico. Había puesto los pies encima y miraba a mi madre con las manos entrelazadas en el regazo mientras me preguntaba: «¿Qué puedo hacer con lo que sé, con lo que intuyo?»

Había una puesta de sol preciosa; o más bien la había habido. Y las montañas de mi tierra natal se vislumbraban coronadas por las estrellas, que parecían descender para tocarlas: una noche despejada y perfecta, lejos del ruido y la polución del mundo. Solo se oían algunas voces procedentes del breve tramo de tiendas y viviendas que formaban el pueblo junto a la carretera que teníamos a nuestros pies. Apenas ningún otro ruido, y nosotros dos solos allí, en aquella habitación que había sido en su día un dormitorio, pero que ahora era un espacioso salón revestido con paneles de madera y ricamente decorado.

Mis espejos, mis muebles de palisandro con tracerías de oro, mis tapices flamencos, mis alfombras de Kermán, mis candelabros de estilo imperio.

El castillo, en efecto, había sido restaurado magníficamente. Sus cuatro torres estaban enteras ahora y contenían una multitud de habitaciones completamente reformadas y provistas de calefacción y luz eléctrica. En cuanto al pueblo, era muy pequeño y existía únicamente para mantener a la tropilla de carpinteros y artesanos implicados en las obras de restauración. Incluso para los turistas estábamos demasiado lejos de las rutas trilladas en este rincón de Auvernia; no digamos ya para el resto del mundo.

Lo que teníamos aquí era soledad y silencio; un bendito silencio, ese silencio que solo el mundo rural puede proporcionar: lejos del ajetreo de Clermont-Ferrand o Riom. Y nos rodeaba, además, un hermoso panorama de campos verdes y bosques intactos en esta vieja región de Francia en la que tantas familias pobres habían sufrido en el pasado por cada hogaza de pan y cada pedazo de carne. Aunque ya no era así. Desde hacía décadas, las nuevas autopistas habían abierto los valles y montañas tan aislados de Auvernia al resto del país; y con ellas había llegado la inevitable conexión tecnológica con la Europa moderna. Aun así, seguía siendo la zona menos poblada de Francia, y tal vez de Europa; y el castillo, al que solo se accedía por caminos privados y vallados, ni siquiera figuraba en los mapas actuales.

—Me indigna verte ir hacia atrás —dijo mi madre, dándome la espalda. Su figura menuda y delgada se recortó contra la luz incandescente de la ventana—. Claro que tú siempre has hecho lo que has querido.

—¿Y qué sería lo contrario? —pregunté—. No hay atrás ni adelante en este mundo, madre. Venir aquí fue un paso adelante para mí. Yo no tenía hogar y, con todo el tiempo del mundo para pensarlo, me pregunté dónde me gustaría que estuviera. Y *voilà*. Aquí estoy, en el castillo donde nací y del cual se conserva una parte considerable, aunque ahora esté enterrado bajo el yeso y la decoración; y tengo ante mí las montañas donde solía cazar de chico, y me gusta todo esto. Auvernia, el Macizo Central donde vine al mundo. Ha sido una decisión consciente. Y deja ya de regañarme.

Por supuesto, ella no había nacido aquí. Había pasado aquí, eso sí, las décadas más desdichadas de su vida, dando a luz a siete hijos, de los cuales yo fui el último, y luego agonizando lentamente en estas habitaciones, hasta que acudió a mí en París y emprendió su andadura por la Senda del Diablo, tras el abrazo en el que nos fundimos junto a su lecho de muerte.

Por supuesto, ella no amaba este lugar. Tal vez existiera algún rincón especial de este mundo que ella amara, que amara con los mismos sentimientos que yo tenía por todo esto, pero probablemente nunca me lo contaría.

Se echó a reír. Se volvió, se me acercó con el mismo paso enérgico que había empleado todo el tiempo, rodeó el escritorio y deambuló por el salón examinando las repisas gemelas de la chimenea, los relojes antiguos y todo este tipo de cosas que ella miraba con especial desdén.

Yo me arrellané, con las manos enlazadas en la nuca, y contemplé los murales del techo. Mi arquitecto había hecho venir a un artista de Italia para que se encargara de pintarlos al viejo estilo francés: Dioniso retozando con su corte de engalanados adoradores sobre un cielo azul lleno de nubes doradas.

Armand y Louis habían acertado plenamente al decorar los techos de sus salones de Nueva York. Me reventaba reconocerlo, pero fue al vislumbrar aquel esplendor barroco a través de sus ventanas cuando tuve la idea de pintar estos techos de la misma manera. Me prometí no contárselo a ellos nunca. Ay, sentí una punzada de añoranza por Louis —tenía unas ganas enormes de hablar con él— y una punzada de gratitud por el hecho de que estuviera con Armand.

—Veo que vuelves a ser tú mismo por fin —dijo mi madre—. Me alegro. Me alegro de verdad.

—¿Por qué? Nuestro mundo en breve podría llegar a su fin. ¿Qué importa todo lo demás? —Pero eso era poco honrado de mi parte. Yo no creía que nuestro mundo fuese a concluir. No lo permitiría. Lucharía para impedirlo con todas las fuerzas de mi depravado cuerpo inmortal.

—Ah, no va a llegar a su fin —dijo ella, encogiéndose de hombros—. Si actuamos todos juntos como la última vez; si dejamos de lado nuestras diferencias como dicen todos y nos unimos, podemos derrotar a esa cosa, a ese espíritu rabioso que cree que cada una de sus emociones es única y trascendental... ¡Como si la conciencia misma acabara de ser descubierta en su beneficio y para su uso exclusivo!

Ah, así que estaba enterada de todo. No había vivido enclaustrada en un bosque norteamericano mirando caer la nieve. Había estado todo el tiempo con nosotros. Y lo que acababa de decir tenía sentido.

—Ese ser se comporta así, es verdad —dije—. Lo has expresado con toda exactitud.

Se apoyó en la repisa de la chimenea más cercana a mi escritorio, aunque apenas le llegaba el codo. En esa postura, tenía el aspecto de un delgado y grácil muchacho. Sus ojos relucieron vivamente mientras me sonreía.

—Te quiero, ¿lo sabes?

—Nunca lo habría dicho —dije—. Hummm. Bueno. —Me encogí de hombros—. Parece que un montón de gente me ama, mortales e inmortales por igual. No puedo evitarlo. Soy el vampiro más deslumbrante del planeta, aunque por qué razón exactamente nunca lo sabré. ¿No fuiste afortunada al tenerme por hijo precisamente a mí, al cazador de lobos que se presentó en París y consiguió atraer a un monstruo? —Eso tampoco era honrado de mi parte. ¿Por qué sentía que debía mantenerla a raya?

—Hablo en serio. Estás espléndido —dijo ella—. Tienes el pelo más blanco. ¿Cómo es eso?

—Al parecer, es consecuencia de haber sido quemado. Repetidamente. Pero es lo bastante rubio aún como para que no me queje. Tú también estás espléndida. ¿Qué sabes de todo este asunto, de lo que está ocurriendo?

Ella permaneció callada un momento. Finalmente dijo:

—Nunca creas que te aman de verdad; o que te aman por ti mismo.

—Gracias, madre.

—En serio. Lo digo en serio. Nunca vayas a creer... El amor no funciona así realmente. Tú eres el único nombre y la única cara que todos conocen.

Consideré sus palabras pensativamente; luego respondí.

—Lo sé.

—Hablemos de la Voz —dijo, entrando en el asunto sin ningún preámbulo—. No puede manipular el mundo físico. Al parecer, solo puede incitar a las mentes de aquellos a quienes visita. No puede poseer sus cuerpos en absoluto. Y sospecho que no puede hacer nada con el cuerpo huésped; aunque, por otra parte, yo he visto el cuerpo huésped menos a menudo que tú, y durante mucho menos tiempo.

El cuerpo huésped era Mekare. Yo no veía a Mekare en esos términos, pero eso es lo que era, en el fondo.

Estaba impresionado. Todo aquello debería haberme resultado obvio mucho antes. Yo había creído que cada visita de la Voz era algo así como un intento de posesión, pero en realidad nunca se había tratado de nada parecido. La Voz podía provocar alucinaciones, sí, pero ese efecto solo me lo había producido cuando estaba en mi cerebro. Lo que nunca había conseguido había sido manipularme físicamente para hacer nada. Reflexioné sobre las muchas cosas que la Voz me había dicho.

—No creo que pueda controlar al cuerpo huésped en absoluto —dije—. El cuerpo huésped se ha atrofiado. Demasiados siglos sin sangre humana fresca, sin contacto humano o vampírico; demasiada oscuridad durante demasiado tiempo.

Ella asintió. Se volvió, apoyó la espalda en la repisa y cruzó los brazos.

—Su primer objetivo será salir de ese cuerpo —dijo—. Pero después, ¿qué hará? Todo dependerá del nuevo cuerpo huésped y de sus poderes. Si con algún ardid pudiéramos meterlo en un cuerpo joven de neófito, haríamos una buena jugada.

—¿Por qué dices eso?

—Si se trata otra vez de un cuerpo anciano, de un cuerpo realmente anciano, ese ser puede exponerse a sí mismo al sol y hacer que mueran así la mitad de los vampiros del mundo, como sucedió en los tiempos antiguos. Si es un cuerpo joven, se destruirá a sí mismo al intentarlo.

—¡*Mon Dieu*, ni siquiera se me había ocurrido! —dije.

—Precisamente por eso debemos unirnos todos —dijo—. Y el lugar ha de ser Nueva York, desde luego. Pero primero debemos reclutar a Sevraine.

—¿Te das cuenta de que la Voz nos puede oír ahora mismo? —le dije.

—No, no puede, a menos que esté ahora en uno de nosotros —dijo ella—. La Voz me ha visitado más de una vez, y creo que solo puede estar en un sitio al mismo tiempo. Nunca ha hablado simultáneamente a un grupo de bebedores de sangre. No. Es evidente que no puede hablar con todo el mundo a la vez. No le es posible ni remotamente. En absoluto. Si está temporalmente anclado en ti o en mí, sí, entonces puede oír lo que se está hablando en esta habitación. De lo contrario, no puede. Y yo no percibo ahora su presencia. ¿Tú sí?

Yo estaba pensando. Había pruebas considerables de que ella tenía razón. Pero aún no comprendía por qué. ¿Por qué la inteligencia de la Voz no podía estar presente en la totalidad de su inmenso cuerpo, dando por supuesto que tuviera un cuerpo tal como nosotros lo entendemos? Aunque, por otro lado, ¿qué inteligencia impregna la totalidad de su cuerpo? ¿La del pulpo quizá? Recordé que Mekare y Maharet habían comparado una vez a esos espíritus con inmensas criaturas marinas.

—Esa Voz se mueve a lo largo de su propia anatomía etérea —dijo Gabrielle—, y utilizo esa palabra sencillamente porque no conozco otra para describirlo; pero estoy segura de que tus amigos Fareed y Seth podrían verificar lo que digo. La Voz se mueve a través de sus diversas extremidades, y no puede estar en dos lugares a la vez. Hemos de reunirnos con ellos, Lestat. Debemos ir a Nueva a York. Y antes tenemos que buscar a Sevraine. Ella debería venir con nosotros. Sevraine es poderosa; quizá tan poderosa como el cuerpo huésped.

—¿Cómo es que has oído hablar de Seth y Fareed? —le pregunté.

—Por los bebedores de sangre que llaman al programa de Benji Mahmoud. ¿Tú no los escuchas? Tú, con todos tus vídeos de rock y tus correos electrónicos... Creía que estarías al tanto de todas esas tecnologías. Yo escucho a los vagabundos que llaman al programa y hablan de ese benigno vampiro científico de la Costa Oeste, que les ofrece dinero a cambio de una muestra de sangre y tejido. Hablan de Seth, su hacedor, como si fuera un dios.

—¿Y Seth y Fareed se dirigen a Nueva York?

Se encogió de hombros.

—Deberían.

Yo tuve que confesar que escuchaba a Benji, pero apenas a los demás, o solo a retazos.

—Es indudable que todo ese cuerpo tiene sensibilidad —dije—, del mismo modo que yo siento dolor en la mano o en el pie.

—Sí, pero no tienes una conciencia independiente en la mano o en el pie. Bueno, ¿qué sé yo? Esa Voz se me presenta, me suelta de un tirón algún disparate y desaparece. Me adula, me incita a destruir a los demás, me dice que soy la única, absolutamente la única que él ama. Los demás lo han defraudado. Y así dale que dale. Sospecho que dice exactamente lo mismo a muchos de los nuestros, pero solo estoy especulando. Es tosco, infantil y luego, de pronto, asombrosamente astuto y cercano. Pero en fin, no hago más que especular. —Se encogió de hombros—. Ya es hora de que vayamos a buscar a Sevraine —dijo—. Tienes que llevarme tú.

—¿Yo tengo que llevarte?

—Vamos, no te hagas el remolón, príncipe malcriado.

—Sabes que sería capaz de matar a Marius por haber acuñado ese término.

—No, qué va. Te encanta. Y sí, has de llevarme tú. Yo no poseo el Don de la Nube, hijo mío. No bebí la sangre de la Madre ni la de Marius.

—Pero sí que has bebido de Sevraine, ¿verdad? —Yo sabía que lo había hecho. Percibía en ella sutiles diferencias que no eran simplemente obra del tiempo. Aunque tampoco estaba seguro—. Madre, tú tienes el Don de la Nube, aunque no lo sepas.

Ella no respondió.

—Hemos de reunirnos todos —dijo— y no tenemos tiempo para estas cosas. Quiero que me lleves ante Sevraine.

Puse los pies en el suelo, me levanté y me estiré.

—Muy bien —dije—. Más bien me complace la perspectiva de sujetarte indefensa en mis brazos... como si pudiera arrojarte al mar en cualquier momento.

Ella soltó una risita. Me sabe mal decirlo, pero seguía resultando preciosa e irresistible al hacerlo.

—Y si decido soltarte, te darás cuenta rápidamente de que sí posees el Don de la Nube, como te digo.

—Tal vez sí, tal vez no. ¿Por qué no aplazamos ese experimento? ¿De acuerdo?

—Muy bien. Dame cinco minutos. Voy a avisar a mi arquitecto que no estaré aquí durante unas noches. ¿Adónde vamos?

—Ah, ese arquitecto... ¡menudo latazo! Ya puestos, sácale hasta la última gota de sangre de su organismo. Un chiflado que se pasa la vida restaurando un remoto castillo simplemente porque le pagan es un partido lamentable, la verdad.

—No te acerques a él, madre. Es mi empleado de confianza. Y me cae bien. Bueno, ¿adónde vamos exactamente, si me permites la pregunta?

—A dos mil quinientos kilómetros de aquí. A Capadocia.

16

Fareed

Sentado en el estudio a oscuras, Fareed miraba en la enorme pantalla el extenso modelo ramificado que había construido con píxeles y puntos de luz del cuerpo que supuestamente poseía aquel ente: el Germen Sagrado, el tal Amel, esa Voz que estaba despertando a los ancianos para que destruyeran a los vampiros de todas partes.

Sobre la mesa tenía un libro encuadernado en tapa dura, una novela. *La Reina de los Condenados*. Estaba abierto en un pasaje del último tercio. Fareed había leído una y otra vez aquellas páginas en las que Akasha, la vampira original, describía la entrada del espíritu Amel en su cuerpo.

Él estaba intentando concebir un modelo teorético de aquel ser, del espíritu Amel. Pero se había tropezado con preguntas y misterios que no conseguía resolver. Ningún instrumento de la tierra podía detectar las células de aquel ser, pero Fareed no tenía ninguna duda de que era un ser celular. Y, como siempre, se preguntaba si no constituiría un vestigio de un mundo perdido que había existido en la tierra antes de que el oxígeno entrara en la atmósfera. ¿Podría haber formado parte de una raza floreciente que había sido finalmente desterrada del mundo biológico visible con la aparición de aquellas otras criaturas que no solo no resultaban envenenadas, sino que proliferaban en presencia del oxígeno? ¿Cómo habría sido la vida para esa raza? ¿Habrían sido visibles de algún modo durante aquellos millones de años anteriores a la aparición del oxígeno? ¿Nadaban por la atmósfera libre de oxígeno, tal como los pulpos nadan por el océano? ¿Eran capaces de amar? ¿Capaces de engendrar? ¿Poseían una sociedad organizada, aunque nosotros no sepamos nada de ella? ¿Y qué efecto específico había tenido sobre ellos el oxígeno? ¿Acaso los espíritus actuales eran solo vestigios de su ser anterior: gigantescos cuerpos etéreos de células infinitesimales que en el pasado habían poseído una forma más tangible y unos sentidos tan diferentes de los nuestros que ni siquiera podríamos concebirlos?

Era prácticamente seguro que, en el momento de la muerte, el cuerpo humano liberaba una especie de «yo» etéreo que ascendía, para decirlo poéticamente, a otro dominio distinto; y que algunos de esos cuerpos etéreos permanecían aquí en la tierra: los llamados fantasmas. Fareed había visto muchos fantasmas desde que había sido iniciado en la Sangre. Eran seres poco comunes, pero los había visto. Más aún, había llegado a vislumbrar fantasmas que habían generado en torno al cuerpo etéreo una apariencia física humana enteramente compuesta de partículas que conseguían atraer hacia sí mediante algún tipo de magnetismo.

¿Qué relación tenían tales fantasmas con los espíritus a cuya estirpe pertenecía Amel? ¿Tenían tal vez sus cuerpos «sutiles» algo en común?

Fareed iba a volverse loco si no encontraba respuesta a estas preguntas. Él y Flannery Gilman, la extraordinaria médica a la que había iniciado en la Sangre —la madre biológica del hijo de Lestat—, habían analizado el asunto en infinidad de ocasiones, tratando de alcanzar el descubrimiento decisivo que habría de poner orden a todos aquellos datos dispares.

Quizá la clave última para comprender a Amel estuviera en uno de esos inteligentes fantasmas que se hacían pasar por seres reales todos los días en una ciudad como Los Ángeles. Seth le había dicho una vez, cuando identificaron a un fantasma encarnado de ese tipo caminando por la calle con pisadas bien tangibles, que los fantasmas del mundo estaban evolucionando, que cada vez poseían mayor habilidad para fabricarse esos cuerpos biológicos e introducirse en el mundo físico. Ay, ojalá pudiera hablar con un fantasma de aquellos... Pero cada vez que Fareed había intentado acercarse a alguno, el espectro había huido. En una ocasión se había disuelto ante sus propios ojos, dejando las ropas vacías. Otra vez, el fantasma se había disuelto del todo, porque obviamente las ropas también eran ilusorias: una parte del cuerpo de partículas.

Ah, ojalá hubiera tiempo, tiempo para estudiar, para pensar, para aprender. Ojalá la Voz no hubiera desencadenado esta crisis espantosa. Ojalá la Voz no estuviera tan decidida a causar la destrucción de los no-muertos. Ojalá aquel ser no fuese un adversario de su propia estirpe. Aunque no había ningún indicio de que él considerara a los bebedores de sangre de su misma estirpe. Todo indicaba, por el contrario, que se sentía apresado como rehén en una forma que no le permitía desarrollar la suya. ¿Significaba eso que quería volver a ser libre: libre para ascender al paraíso etéreo del cual procedía? No parecía probable. No. Debía de tener una ambición muy distinta, una ambición relacionada más bien con la audacia que lo había impulsado a introducirse inicialmente en el cuerpo de Akasha.

Fareed contempló en el gigantesco monitor el modelo de aquel ser que había elaborado con encendidos colores.

Estaba casi seguro de que se trataba de un invertebrado. Y totalmente seguro de que poseía un cerebro diferenciado y de que su sistema nervioso constaba de numerosos tentáculos. Sospechaba que en su estado de espíritu había absorbido algún tipo de nutrientes de la atmósfera. Y sangre, claro: la capacidad de absorber diminutas gotas de sangre había sido su puerta de entrada al mundo biológico visible. Obviamente, sus tentáculos contenían un enorme porcentaje de sus neuronas, pero no poseían al parecer una inteligencia o una conciencia plena. Esta se localizaba en el cerebro, en el Germen Sagrado, por así llamarlo. Y ahora ya era evidente, a juzgar por lo que decía la Voz, que su cerebro podía codificar tanto los recuerdos recientes como los recuerdos a largo plazo. Sus deseos se expresaban ahora en relación con el tiempo y el recuerdo.

Pero ¿había sido siempre así? ¿El problema de la memoria a largo plazo había paralizado a esa criatura durante siglos, porque en su estado de «espíritu» no tenía medio de almacenar ni de elaborar los recuerdos antiguos? ¿Flotaban Amel y los demás espíritus en su estado invisible en un beatífico «ahora»?

¿Había tenido Amel personalidad y conciencia tal como nosotros las entendemos, solo que en las eras pasadas había sido incapaz de comunicarse? Ciertamente se había comunicado en su forma de espíritu con las dos grandes hechiceras gemelas. Él las había amado; deseaba complacerlas, sobre todo a Mekare. Había buscado reconocimiento, aprobación, incluso admiración.

Pero ¿acaso esa conciencia quedó sumergida cuando el impetuoso Amel entró en la Madre, y solo había vuelto ahora a la superficie porque se encontraba alojado en el cuerpo huésped de una mujer que no disponía de un cerebro pensante propio?

Quizás había sido la historia lo que había despertado a Amel: la historia que había descubierto cuando los vídeos de rock del vampiro Lestat habían sido emitidos en el santuario de la Madre y el Padre, pues aquellos vídeos explicaban cómo habían llegado los vampiros a cobrar existencia. ¿Tal vez se había activado en Amel algo vital e irreversible cuando vio esos clips en la pantalla de televisión que Marius había colocado tan amorosamente para los Padres enmudecidos?

Fareed suspiró. Lo que más deseaba en este mundo era ponerse en contacto directo con la propia Voz. Pero la Voz nunca se había dirigido a él. Había hablado con Seth. Había hablado sin duda con innumerables bebedores de sangre de todo el planeta. Pero había rehuido a Fareed. ¿Por qué? ¿Por qué lo rehuía? ¿Y era posible que la Voz se anclara de vez en cuando en el interior de Fareed para conocer sus pensamientos, aun cuando no le hablara directamente?

Era factible. Quizás Amel estaba aprendiendo de los análisis de Fareed, aunque la Voz no lo fuese a reconocer.

Viktor y Seth entraron en la habitación.

Permanecieron en silencio en la oscuridad, mirando el monitor, aguardando educadamente a que Fareed se desocupara y les prestara atención.

La habitación —muy espaciosa, con paredes de cristal que daban a la llanura y, más allá, a las montañas— era una de las muchas del enorme complejo de tres plantas que Fareed y Seth habían construido en el desierto de California.

La estructura de esta área del complejo le había parecido a Fareed fría y nada inspiradora: práctica para el trabajo, pero estéril para el espíritu. Así pues, había tratado de conferir algo de calidez a este y otros espacios con algunos toques más estéticos: chimeneas de mármol en torno a hogares a gas, sus cuadros favoritos de pintura europea con marco dorado, y alfombras antiguas y descoloridas de su India natal. Su escritorio estaba ocupado por ordenadores enormes y monitores radiantes llenos de gráficos. Pero el escritorio en sí mismo era una pieza de nogal tallado del Renacimiento portugués que había encontrado en Goa.

Viktor y Seth no habían tomado asiento, aunque en la habitación había numerosas butacas de cuero. Estaban esperando, y Fareed comprendía que debía dejarlo, que debía reconocer de una vez por todas que ya no podía averiguar más sin confrontarse con la Voz directamente.

Al fin, se volvió con su moderna silla giratoria y los miró a los dos.

—Todo listo —dijo Seth—. El avión está preparado y el equipaje cargado. Rose ya ha subido al avión y Viktor se sentará a su lado. Rose cree que va a Nueva York a ver a su tío Lestat.

—Bueno, esperemos que acabe siendo cierto, ¿no? —dijo Fareed—. ¿Y nuestras habitaciones en Nueva York?

—Preparadas, por supuesto.

Habían pasado dos años desde la última vez que habían estado en el apartamento y visitado el pequeño laboratorio adyacente que mantenían en la planta sesenta y tres de un edificio del centro. Pero el lugar estaba siempre listo, así que Fareed no sabía bien por qué estaba haciendo aquellas preguntas estúpidas. Salvo que fuera un modo de demorar la partida.

Seth siguió hablando como si repasara en voz alta las medidas que debían adoptarse.

—Todos los empleados humanos se van a casa con un permiso indefinido pagado; todos los bebedores de sangre están en las habitaciones del sótano y permanecerán allí hasta nuestro regreso. Las reservas de sangre son suficientes para un largo período de aislamiento. Los sistemas de seguridad están activados. Este complejo es más seguro que nunca. Si la Voz lanza un ataque, no tendrá ningún éxito.

—Esos sótanos... —susurró Viktor, estremeciéndose—. ¿Cómo pueden soportar estar encerrados ahí durante noches y noches seguidas?

—Son bebedores de sangre —dijo Seth en voz baja—. Tú eres un ser humano. Se te olvida continuamente.

—¿No hay bebedores de sangre que teman los sótanos y las criptas? —preguntó Viktor.

—Yo no he conocido a ninguno en toda mi vida —dijo Seth—. ¿Cómo iba a ser posible?

No cabía duda de que los sótanos eran seguros. «Y no obstante, nos vamos de aquí —pensó Fareed—, dejamos estas soberbias y seguras instalaciones para irnos a Nueva York.» Era consciente, sin embargo, de que debían hacerlo.

—Yo no quiero estar encerrado en un sótano; ni aquí ni en ninguna parte —dijo Viktor—. Me horrorizan los espacios oscuros y cerrados desde que tengo memoria.

Fareed apenas escuchaba. Seth estaba asegurándole a Viktor que se alojaría en un apartamento con paredes de cristal, muy por encima de las calles de Manhattan. Nada de criptas.

Era típico de un mortal obsesionarse con algo que no tenía la menor importancia. A Fareed le habría gustado distraerse con tanta facilidad de sus verdaderos temores.

De madrugada, hacía unas catorce horas, cuando todavía no había amanecido, Fareed había escuchado la conversación que Seth había mantenido con Benji Mahmoud, anunciándole que iban a viajar a Nueva York. El teléfono estaba con el altavoz activado, y los dos se habían pasado media hora hablando en árabe. Fareed se había quedado horrorizado cuando Seth le había revelado a Benji la existencia de Rose y Viktor.

Pero lo comprendía. Si iban a Nueva York era por una causa de fuerza mayor, y debían confiar en Benji, Armand y los demás, y revelarles incluso sus secretos mejor guardados. Dejar a Viktor y Rose aquí, o en otra parte, era sencillamente imposible. Viktor siempre había estado bajo su responsabilidad. Y Rose también lo estaba ahora. Así pues, iban a llevarse a aquellos dos jóvenes y encantadores mortales al centro de mando de la crisis, y se alojarían en las inmediaciones.

Después de esa conversación telefónica, Fareed había dormido el sueño diurno de los muertos. Al anochecer, se había despertado pensando que Seth había hecho lo correcto. También estaba completamente seguro de la lealtad de Benji Mahmoud a Lestat; así como de la lealtad de su pequeña familia: Armand, Louis, Sybelle, Antoine y quienquiera que se hubiera unido a ellos. Pero Fareed era consciente al mismo tiempo de que el secreto de Viktor y Rose se filtraría enseguida por vía telepática. Se filtraría inevitablemente.

Cuando tanta gente conocía un secreto, dejaba de ser un secreto. Miró a aquel robusto y espléndido joven a quien él mismo había criado desde su primera infancia, y se preguntó qué habría de depararle la vida. Fareed lo había amado sin poder evitarlo, y, mediante numerosos viajes y una concienzuda educación privada, lo había nutrido con conocimientos, lujos y, sobre todo, con una rica experiencia de las maravillas y bellezas de la tierra. Lo único que no había tenido Viktor era una verdadera infancia: la relación con otros niños, la experiencia de lo que el mundo actual consideraba una vida «normal», con todos los riesgos que esa vida traía aparejados. Todo eso Viktor no lo había conocido, y ahora el destino había hecho que su camino se cruzara con el de una joven mortal cuya experiencia no había sido tan distinta de la suya, y los dos se habían acabado enamorando. Cosa nada sorprendente. Fareed no habría podido encontrar para Viktor una compañera más perfecta que Rose. Y viceversa.

Intentó desembarazarse de sus emociones, de sus más profundos temores, de sus inquietudes obsesivas sobre todo lo que había ocurrido y podía llegar a ocurrir.

—Los bancos de sangre de las habitaciones del sótano... —dijo Viktor.

—Son suficientes —dijo Seth—. Ya lo he comprobado. Está resuelto, acabo de decírtelo. La doctora Gilman se queda a cargo de todo, y nadie saldrá del sótano hasta que ella dé la orden. Nuestros estimados sabios tienen allá abajo sus laboratorios, sus ordenadores y sus proyectos. Son tan indiferentes al temor como a todo lo que queda más allá de su campo de investigación. Los sistemas electrónicos que los protegen no pueden fallar. Sería completamente absurdo que la Voz lanzara un ataque sobre este lugar.

—Ya. Y la Voz se caracteriza por su racionalidad y su eficacia —masculló Viktor, como si no hubiera podido contenerse. Fareed advirtió lo tenso y deprimido, y lo excitado que estaba.

Viktor iba con su conjunto habitual de polo blanco de manga corta y tejanos, aunque ahora llevaba en el brazo una chaqueta de ante marrón para el viaje. Era un joven de pelo rubio y espléndida salud, con un físico desarrollado y musculoso que ya casi parecía más propio de un hombre que de un chico. Pero en esta época, un hombre podía desarrollar su estatura y su musculatura hasta los treinta años. Viktor medía uno ochenta y cinco: ya le pasaba más de dos centímetros a su padre.

—Lo siento. Perdona por la interrupción —dijo Viktor con su cortesía habitual. Siempre se había comportado con deferencia con Seth y Fareed, y con su madre.

—Nadie espera que te muestres indiferente ante lo que ocurre —dijo Seth suavemente—. Pero ya lo hemos analizado a fondo. Esto es lo que hay que hacer. Es lo que hemos decidido.

Viktor asintió, pero sus ojos y su tez relucían con una calidez que ningún cuerpo sobrenatural podría desprender jamás. Fareed captó su pulso acelerado y sintió la leve fragancia del sudor que cubría su frente y su labio superior.

Bajo la tenue luz lunar de los monitores, el parecido de Viktor con Lestat resultaba asombroso. Su expresión, cuando le dirigió una mirada a Fareed, no era enojada. De hecho, daba la impresión de que Viktor no había estado enojado con nadie a lo largo de su breve existencia. Pero sí parecía dolido y lleno de una ansiedad pueril. Su rebelde pelo rubio le daba un aspecto más aniñado de lo que le correspondía. Ahora lo llevaba largo, casi hasta los hombros. Y ese era el aspecto que tenía el vampiro Lestat en la mayoría de los vídeos y las fotografías, e incluso en las instantáneas que le habían sacado con sus iPhone los vampiros *paparazzi* en París.

—Os suplico una vez más —dijo con una voz temblorosa, pero más bien grave— que nos iniciéis a los dos. A Rose y a mí.

¡Tenéis que hacerlo! Iniciadnos antes de que lleguemos a Nueva York. Antes de que nos metáis, como dos seres humanos indefensos, en medio de una colonia de no-muertos.

Siempre había tenido esa capacidad para hablar con absoluta franqueza y para evitar cualquier expresión superflua, como si todas las lenguas que había aprendido fueran una «segunda lengua». Y esa voz, esa voz profunda y viril, indicaba una madurez que en realidad no poseía aún, al menos desde el punto de vista de Fareed.

—No estaréis en una colonia de no-muertos —dijo Fareed con tono de reproche—. Estaréis en nuestros propios apartamentos, bajo la protección de nuestros guardias.

Viktor se comportaba siempre de modo impecable, sin arrebatos ni rebeldías, y raramente con explosiones emotivas, pero no dejaba de ser un chico de diecinueve años: uno menos que Rose casi con exactitud, casualmente. Ambos eran aún unos críos.

—Iniciadnos —susurró Viktor, mirando a Fareed y a Seth.

—La respuesta es no —dijo Seth, poniéndole una mano en el hombro. Los dos tenían más o menos la misma estatura, aunque Viktor estaba a punto de superarlo.

Fareed suspiró. Repitió lo que ya le había dicho otras veces.

—La Voz mata a los jóvenes bebedores de sangre —dijo—. No vamos a iniciaros y a volveros vulnerables a sus ataques, arriesgándonos a perderos. Como mortales estáis infinitamente más protegidos. Y si todo esto acaba de un modo fatídico para nosotros, vosotros sobreviviréis. Saldréis ilesos. Quizá nunca sepáis del todo lo que ha ocurrido, y quizá tengáis que cargar toda la vida con el peso de experiencias que no podréis contar a nadie. Pero saldréis vivos. Y eso es lo que queremos para vosotros, más allá de cuáles sean vuestros deseos.

—Así es el amor de un padre por su hijo —dijo Seth.

Viktor estaba a todas luces exasperado.

—¡Ah, qué no daría yo por hablar cinco minutos con mi verdadero padre! —No lo dijo con malicia, era una mera confesión, y el propio Viktor se sorprendió al decirlo.

—Es probable que consigas bastante más que eso en Nueva York —dijo Fareed—. Esa es una de las razones por las que debemos ir allí. Porque tú y Rose debéis reuniros con Lestat. Y él debe decidir sobre vuestro futuro.

—Rose está medio enloquecida —dijo Viktor—. Para ella, esto no puede acabar de otro modo que entrando en la Sangre. ¡Tú lo sabes! ¿Te das cuenta de lo impotente que me siento?

—Claro —dijo Fareed—. También nosotros nos sentimos impotentes. Pero ahora hemos de ponernos en marcha. Llegaremos a Nueva York antes que vosotros. Y estaremos esperando allí cuando el avión aterrice.

Viktor no tenía ni idea de lo profunda que era la angustia de Fareed en ese momento. Él no había traído al mundo a aquel ser espléndido y vital simplemente para enviarlo a la muerte de la forma que fuera; y sin embargo, Fareed sabía con qué desesperación deseaba aquel joven la Sangre, y lo comprendía. Pero solo Lestat podía decidir iniciar en la Sangre a aquellos dos jóvenes. Él jamás se atrevería a hacerlo.

Seth se quedó inmóvil un momento. Fareed también lo había oído: era la voz de Benji, que les llegaba amortiguada desde algún equipo de radio del complejo.

—Os lo aseguro: los ancianos se están reuniendo. Os lo aseguro, Hijos de la Noche, ya no estáis solos. Se están reuniendo. Entretanto, allí donde os encontréis, debéis protegeros. Lo que pretende la Voz ahora es enfrentaros con los demás bebedores de sangre. Tenemos informes fiables de que es así como actúa, entrando en las mentes de los más jóvenes e impulsándolos a revolverse contra sus hacedores y contra los otros neófitos. Debéis estar en guardia. La Voz miente. Es un ser mentiroso. Esta misma noche varios jóvenes han sido asesinados en Guadalajara y en Dallas. Los ataques han disminuido de ritmo, pero todavía siguen produciéndose.

Disminuido de ritmo. ¿Qué quería decir eso?

—¿Hay alguna estimación —preguntó Viktor— de la cantidad de bebedores de sangre masacrados?

—¿Aproximadamente? Según los informes —dijo Fareed, juntando los dedos—, yo diría que miles. Aunque, por otra parte, no tenemos idea de cuántos Hijos de la Noche había antes de empezar las masacres. Si quieres mi opinión, basada en todo lo que he leído y estudiado, yo diría que la población era como máximo de cinco mil en todo el mundo y que ahora debe de estar por debajo del millar. En cuanto a los ancianos, los verdaderos Hijos de los Milenios que son inmunes a estos ataques con fuego, calculo que serán menos de treinta, la mayoría procedentes de los Sangre de la Reina, no de la Primera Generación. Aunque nadie lo puede saber a ciencia cierta. En cuanto a los que están en un plano intermedio, los vampiros poderosos e inteligentes como Armand, Louis, el propio Lestat, y quién sabe quién más, bueno, quizá serán... ¿un centenar? Nadie puede saberlo. No creo que la Voz lo sepa.

De pronto, se dio cuenta con lúgubre intensidad de que la especie podía, en efecto, extinguirse sin que nadie llegara a documentar plenamente lo que había sido de ella. Toda su historia, sus características físicas, sus dimensiones espirituales, sus tragedias, la puerta de comunicación que habían establecido entre el mundo de lo visible y lo invisible: todo podía acabar devorado por la misma implacable muerte física que se había tragado a millones de especies del planeta desde mucho antes de la historia registrada. Y todo lo que Fareed había intentado conocer y lograr quedaría irremediablemente perdido, tal como se perdería su propia conciencia. Tal como se perdería él mismo. Sintió que se quedaba sin aliento. Ni siquiera cuando agonizaba en la cama de un hospital de Bombay se había confrontado tan completamente con la muerte.

Se giró lentamente con la silla, extendió el brazo y pulsó el botón que apagaba simultáneamente todos los ordenadores

Mientras las pantallas quedaban oscuras, él contempló a través de la inmaculada pared de cristal el gran despliegue de estrellas que se divisaba por encima de las montañas lejanas.

Estrellas sobre el desierto. Qué aspecto tan brillante y magnífico tenían.

La antigua reina Akasha había visto esas estrellas. El joven e impulsivo vampiro Lestat también las había visto la noche en la que se adentró tambaleante en el desierto del Gobi con la vana esperanza de que el sol naciente lo destruyera.

A Fareed de repente le pareció horrible pensar que él estaba en un pedazo diminuto de roca incandescente que formaba parte de un vasto sistema indiferente a todo sufrimiento.

Lo único que puedes hacer, pensó, es luchar para seguir vivo, para seguir siendo consciente, un testigo consciente, y confiar en que todo tenga un sentido.

En cuanto Viktor, que aguardaba ahora a su espalda, acababa de iniciar su prometedora travesía por este mundo. ¿Cómo se las arreglarían él y Rose para escapar a lo que estaba ocurriendo?

Se puso de pie.

—Ya es la hora —dijo—. Viktor, despídete de tu madre.

—Ya me he despedido —dijo él—. Estoy listo.

Fareed echó un último vistazo a la habitación, una última mirada a sus estanterías de libros, a sus ordenadores, a los documentos esparcidos aquí y allá —la punta del iceberg de veinte años de investigación— y se dio cuenta con frialdad de que tal vez nunca volvería a ver aquel enorme complejo de investigación, de que tal vez no sobreviviría a la crisis desatada por la Voz, de que quizás había descubierto demasiado poco en aquel inmenso campo de estudio en el que tantas promesas y maravillas había vislumbrado.

Pero ¿qué podía hacer?

Le dio un abrazo a Viktor, estrechándolo con fuerza y escuchando cómo palpitaba aquel maravilloso corazón juvenil con un vigor tan espléndido. Miró los ojos azul claro de Viktor.

—Te quiero —dijo.

—Y yo a ti —respondió Viktor sin vacilar, redoblando el abrazo; y le susurró al oído—. Padre. Hacedor.

17

Gregory

TRINITY GATE

¿BAILAMOS?

—Lo sé —dijo Armand—. Pero ¿por qué una criatura de tu edad y tu poder desea que Lestat ejerza una especie de liderazgo?

Estaba hablando con Gregory Duff Collingsworth. Ambos se hallaban sentados en el alargado salón trasero de Trinity Gate, un porche acristalado que unía, de hecho, los tres edificios por la parte de detrás, igual que las galerías de las antiguas mansiones sureñas. La pared de cristal que tenían junto a ellos daba a un jardín mágicamente iluminado de robles esbeltos y masas de flores nocturnas. Un paraíso semejante en Nueva York, en pleno Upper East Side, nunca lo había visto Gregory.

—Si yo quisiera liderar nuestra tribu, como la llama Benji, habría hecho algo hace tiempo —dijo Gregory—. Me habría ofrecido, me habría dado a conocer e implicado activamente. Pero nunca he sentido esa inclinación. Mira, yo me he transformado en los dos últimos milenios. He escrito para mí mismo una crónica de esa transformación. Pero en un sentido muy real soy aún el joven que dormía en el lecho de Akasha convencido de que podían asesinarme en cualquier momento para acallar los temores del rey Enkil. Luego capitaneé a los bebedores de sangre, es verdad, a los portadores de la Sangre de la Reina, aunque bajo el mando cruel de la propia Akasha. Pero no: yo me he volcado por completo en mi propia vida después de todo este tiempo, y no puedo renunciar al lujo de estudiarlo todo de lejos y asumir ahora la severa disciplina de un liderazgo.

—¿Y crees que Lestat sí que estará dispuesto?

Resultaba desconcertante, se dijo Gregory, mirar la cara aniñada que tenía delante, una cara casi de querubín, con esos cálidos ojos marrones y ese pelo ondulado de color castaño rojizo, y pensar que tales rasgos pertenecían a un inmortal que llevaba quinientos años en la Sangre y que se había erigido en líder por dos veces a lo largo de su existencia, porque llevaba dentro de sí algo férreo y despiadado que no se reflejaba para nada en su apariencia física.

—Yo sé que Lestat estará dispuesto y que es capaz de hacerlo —dijo Gregory—. Lestat es el único bebedor de sangre realmente conocido, de un modo u otro, en el mundo entero de los no-muertos. El único. Quien no ha leído sus libros, ha visto sus vídeos u oído sus canciones. Todos lo conocen, identifican su rostro, su voz: tienen la sensación de conocer personalmente a ese ser carismático. En cuanto haya pasado la crisis de la Voz, él será el líder. Debe serlo. Benjamin tenía razón desde el principio. ¿Por qué hemos de seguir desunidos y sin un líder cuando podríamos ganar tanto estableciendo una jerarquía y uniendo nuestros recursos?

Armand meneó la cabeza.

Se hallaban frente a una mesa con tablero de mármol blanco, sentados en dos sillas Chippendale blancas de la galería acristalada y rodeados de frágiles lirios y exquisitas glicinas. Gregory iba vestido como siempre con su traje de lana de tres piezas y llevaba el pelo corto. Armand, el ángel de pelo largo, llevaba una chaqueta severa pero de un bello borgoña oscuro, con relucientes botones dorados, una camisa blanca cuya seda resultaba casi luminosa y un grueso pañuelo blanco, en lugar de corbata, anudado en el cuello y metido dentro de la camisa.

—Estos tiempos han sido buenos para ti y para Louis, ¿no es así?—preguntó Gregory, tomándose un momento para inspirar profundamente, para saborear el momento y asimilar el perfume de los lirios dispuestos en jarrones de colores, para contemplar las trémulas glicinas colgadas de la espaldera que discurría por detrás de Armand, con esas flores moradas que parecían la pintura abstracta de un racimo de uva. Las glicinas siempre le hacían pensar en racimos de uva...

—Sí, han sido buenos tiempos —dijo Armand. Bajó la vista al tablero de ajedrez que había entre ambos. En la mano derecha sostenía abstraídamente la reina negra—. Y fue toda una lucha conseguir todo lo que hemos conseguido aquí. Es mucho más fácil vagar sin esperanza, ¿no es cierto?, moverse de un sitio a otro evitando arraigarse y comprometerse. Pero yo me empeñé. Traje a Louis, Benji y Sybelle aquí. Insistí en que viniéramos. Y Antoine también es una parte vital de nuestra familia ahora. Amo a Antoine. Y Benji y Sybelle también le aman.

Le señaló con la mirada las puertas abiertas. Antoine y Sybelle habían estado tocando juntos más de una hora; ella al piano, como siempre, y Antoine con su violín. Ahora interpretaban un vals de un musical del siglo XX: una pieza «popular» y no demasiado apreciada quizás en el mundo de la música clásica, pero de un sorprendente tono sombrío y evocativo.

—Pero no tiene sentido regodearse ahora en todo esto, ¿verdad? —dijo Armand—. Cuando hemos de vérnoslas con algo tan grave. —Dio un suspiro. Su rostro cuadrado y sus pómulos redondeados contribuían a darle aquel aspecto aniñado—. Ya llegará el momento de hablar de todo lo que hemos vivido y de lo que podemos ofrecernos mutuamente. Pero desde luego no es este el momento, cuando la Voz está enfrentando a unos bebedores de sangre con otros por todo el continente americano. Y tú ya sabes, por supuesto, que los jóvenes están acudiendo en masa a Nueva York pese a todas nuestras advertencias. Benji les ha dicho una y otra vez que no vengan, que esperen a que los ancianos se reúnan, pero ellos vienen igualmente. Tú debes oírlos incluso con más nitidez que yo. Están ahí fuera, en el parque. Se creen que los árboles pueden ocultarlos. Están hambrientos. Y saben que si molestan a los inocentes en mis dominios, los destruiré. Pero siguen ahí de todos modos, y yo huelo su hambre voraz.

Gregory no respondió. Debía de haber unos cincuenta como máximo ahí fuera. Nada más. Eran los únicos supervivientes que habían llegado tan lejos impulsados por la desesperación. Incluso los rezagados y los supervivientes de algunas ciudades se estaban enfrentando entre sí, enzarzándose en cruentas batallas, como la Voz les incitaba a hacer, decapitando a los miembros de sus propias filas, arrancándoles el corazón, aplastándoles el cráneo. Las aceras de todas las ciudades del mundo estaban llenas de manchas negras, allí donde se habían extinguido vidas inmortales y donde los restos habían quedado abrasados por el sol.

Armand sin duda estaba al corriente. Gregory no le ocultaba sus pensamientos.

—No lamento que estén muriendo —confesó Armand.

—Pero lo que importa ahora son los supervivientes —dijo Gregory— y encontrar un líder. Y si tú no vas a ser ese líder, después de toda tu experiencia...

—¿Qué experiencia? —replicó Armand, con un brillo de irritación en sus ojos castaños—. Tú ya sabes que no era más que un peón, un ejecutor bajo el yugo de un culto. —Hizo una pausa y luego pronunció las palabras con una sombría furia latente—: Los Hijos de Satán. Bueno, ya no soy aquel. Sí, he expulsado a los jóvenes de esta ciudad de vez en cuando, y en una ocasión, cuando Lestat estaba sufriendo en Nueva Orleáns y ellos no dejaban de hostigarlo, los ahuyenté a todos de allí. Pero te sorprenderá saber que la mayoría de las veces empleé el Don de la Mente para aterrorizarlos y obligarlos a retroceder. Me libré de ellos con ese recurso mucho más que... quemándolos. —Su voz se apagó mientras un rubor ascendía a sus mejillas—. Nunca he disfrutando matando a un inmortal.

—Bueno, quizás el nuevo líder no haya de ser un ejecutor despiadado —dijo Gregory—. Quizá los antiguos métodos brutales de los Hijos de Satán no tengan absolutamente nada que ver con este caso. Pero lo cierto es que tú no quieres ser el líder. Tú sabes que no. Y Marius tampoco. Marius nos está oyendo ahora. Esta ahí dentro, escuchando la música. Ha llegado hace media hora. A él no le gusta mandar. No: Lestat es el candidato más lógico para ser ungido como líder.

—¿Ungido? —repitió Armand, alzando levemente las cejas.

—Es solo una figura retórica, Armand —dijo Gregory—. Nada más. Ya hemos superado las pesadillas del culto de la Sangre de la Reina y, más tarde, de los Hijos de Satán. Ya hemos dejado atrás esas cosas. Ahora no estamos sometidos a ninguna creencia, salvo a lo que podamos saber del mundo físico que nos rodea...

—«El Jardín Salvaje» de Lestat —dijo Armand.

—No tan salvaje, en realidad —dijo Gregory—. No hay uno solo de nosotros, por anciano que sea, que no posea un corazón moral, un corazón educado: un corazón que aprendió a amar mientras era humano y que debería haber aprendido a amar aún más profundamente en su etapa sobrenatural.

Armand pareció entristecido de repente.

—¿Por qué me ha costado tanto tiempo a mí?

—Tú aún eres muy joven, ya lo sabes —dijo Gregory—. Yo serví un millar de años a aquella espantosa Reina. Padecí bajo sus mitologías y supersticiones. Tú no has estado vivo tanto tiempo en ninguna de tus formas. Eso es lo que has de entender, lo que deben entender los demás. Estás en el umbral de un gran viaje, y has de empezar a pensar en otros términos: en lo que un poderoso ser espiritual y biológico como tú puede llegar a hacer. Deja de odiarte y de denigrarte a ti mismo. Deja ya toda esa imaginería absurda: que si los «condenados» por aquí, que si los «condenados» por allá. Nosotros no estamos condenados. Nunca lo hemos estado. ¿Quién tiene derecho a condenar a ninguna criatura viviente?

Armand sonrió.

—Eso es lo que les encanta a todos de Lestat —dijo—. Que dice que estamos condenados y luego se comporta como si el infierno no tuviera ningún dominio sobre él.

—No debería haber tenido jamás ningún dominio sobre nosotros —dijo Gregory—. Pero debemos hablar de estas cosas todos: no solo tú y yo, sino todos juntos. Y debería forjarse aquí algo que vaya más allá de la crisis que nos ha reunido.

De pronto los distrajo un ruido procedente de la parte delantera de la casa. Se levantaron y cruzaron el largo corredor hasta las puertas abiertas. La música se había interrumpido.

Louis estaba recibiendo a dos bebedores de sangre recién llegados. Gregory vio con alivio que eran Fareed y Seth. Louis había tomado sus pesados abrigos —abrigos adecuados para el frío y el viento de las alturas— y se los estaba entregando a un silencioso y obediente criado mortal, que se escabulló enseguida como si fuera invisible.

Qué guapo estaba Louis, con su tez de marfil y sus profundos ojos verdes: ese ser más bien humilde que había dado comienzo a los libros de la asamblea de los Eruditos. Lestat podía ser el héroe de las Crónicas Vampíricas, pero Louis venía a ser su corazón trágico. Aunque ahora daba la impresión de haberse reconciliado por fin con las realidades horribles de su existencia y de la de aquellos que lo superaban en poder, aunque no necesariamente en perspicacia y sabiduría.

A Fareed y Seth se los veía tan robustos y llenos de vitalidad como siempre; ambos despeinados y arrebolados por el viaje, pero a todas luces contentos de estar allí.

Armand se adelantó con la deliberada dignidad del dueño de la casa y saludó primero a Fareed y luego a Seth con un beso en cada mejilla. ¿Se quedaron ambos turbados ante aquel rostro angélico? Probablemente.

—Bienvenidos a nuestra casa —dijo Armand—. Estamos muy contentos de que hayáis venido.

—Lamentablemente, el avión ha sufrido un retraso —dijo Fareed. Se refería al avión en el que viajaban Rose y Viktor—. Estoy muy disgustado. No aterrizará antes del amanecer.

—Tenemos gente, gente de confianza que puede esperar su llegada —dijo Armand—. Ellos se encargarán de Rose y Viktor. Entrad y descansad un rato.

—Ah, nosotros también tenemos gente de confianza —dijo Fareed rápidamente, pero sin resultar desagradable—. Y te ruego que comprendas que no quiero que se alojen aquí. Los mantendremos en nuestros apartamentos del centro de la ciudad.

—¿Es un lugar secreto? —preguntó Armand—. Nosotros contamos aquí con sótanos totalmente inaccesibles tanto para los mortales como para la mayoría de los inmortales.

—El chico tiene horror a los sótanos y a los espacios cerrados —dijo Fareed—. Le he prometido que no estará encerrado en una cripta. Se sentirá mucho más protegido en nuestras habitaciones del centro.

—Y la chica... ¿cuánto sabe?

—Todo, en realidad —dijo Fareed—. No tenía sentido atormentarla con mentiras.

Armand asintió.

—De todos modos, los traeremos aquí —dijo Seth— para que conozcan a todo el mundo.

Fareed se quedó consternado. Miró con impotencia y algo de irritación a Seth.

—Si han de vivir por su propia cuenta después de todo esto, es mejor que nos recuerden tal como éramos.

Armand asintió.

—Queremos haceros confortable la estancia en todo aquello que esté en nuestras manos.

Pasaron al salón. Sybelle los saludó con un gesto rápido, pero Antoine se acercó con el violín y el arco en la mano izquierda para tenderles la derecha. Para él, cada nuevo encuentro con los de su estirpe era algo muy preciado.

Gregory observó cómo se adelantaba Marius para saludar a los dos médicos. Ah, qué ser tan poderoso ese imponente romano que había custodiado a la Madre y al Padre en un lugar secreto durante dos mil años. Si Marius sentía algún temor ante los ancianos allí reunidos, no lo mostraba en lo más mínimo.

Gregory observó que su amada Chrysanthe, que había estado sentada con Marius hasta entonces —enfrascada con él en una profunda conversación, por lo que deducía—, se levantaba también, ataviada con aquella túnica blanca y plateada, y les dedicaba un tierno y encantador saludo a los recién llegados.

Lejos de allí, en las habitaciones de las tres casas de la mansión, otros habían percibido también que había nuevas visitas. Entre ellos, Daniel, Arjun y Pandora, que se habían reunido para conversar por su cuenta; y Thorne, el pelirrojo Thorne, que había llegado la noche anterior, y llevaba mucho rato hablando con David y Jesse.

Jesse no se encontraba en condiciones de reunirse con el resto. Se hallaba en un estado de profunda ansiedad y le había relatado a Gregory con voz temblorosa todo lo que Lestat le había explicado acerca de las imágenes que captó en Maharet: las imágenes del volcán Pacaya en Guatemala.

—Pero mi tía jamás condenaría a la extinción a toda la tribu, por grande que fuera su sufrimiento —le había asegurado, entregándose a continuación al llanto. Thorne era amigo suyo, un viejo amigo, como David, y los tres seguían enclaustrados.

—Si queréis, os puedo acompañar ahora a vuestras habitaciones —le dijo Louis a Fareed y Seth—. Allí podréis estar solos y descansar. —Aún hablaba con un ligero acento francés. Tenía un aire relajado pero formal con su traje de lana negra y su pañuelo de seda verde en el cuello: un matiz del verde a juego con el anillo de esmeralda que llevaba en la mano izquierda.

—Más tarde —dijo Fareed con gratitud—. Vamos a quedarnos un rato con vosotros, si no os importa. He oído la música mientras nos estábamos acercando.

—Y vas a oírla de nuevo —dijo Sybelle, inclinando la cabeza levemente, y empezó a tocar otra vez aquel vals oscuro y vigoroso, «El vals del carrusel». El alto y desgarbado Antoine había ocupado su lugar junto al piano —el largo pelo negro, suelto y despeinado, aunque no exento de atractivo, especialmente para un violinista— y empezó a acompañar a Sybelle, aguardando a que ella iniciara las variaciones.

Flavius y Davis aparecieron entonces en el umbral. Fareed se acercó de inmediato a saludar a Flavius y empezó a preguntarle por la pierna, aquella pierna milagrosa, y ambos se enfrascaron en una larga conversación. Seth, en cambio, había ocupado una de las pequeñas sillas doradas alineadas a lo largo de la pared y observaba cómo tocaban Sybelle y Antoine, absorto y ajeno a todo lo demás. Davis también se había quedado abstraído y embelesado con la música.

Chrysanthe le preguntó de repente a Marius si le apetecía bailar y este, bastante sorprendido, aceptó en el acto.

Lo cual sobresaltó a Gregory. Le escandalizó, de hecho.

—Si no sabes bailar el vals —iba diciendo Chrysanthe, con su estilo cándido e inocente—, yo te enseñaré.

Pero Marius sí que sabía, según confesó con una sonrisa juguetona, y de repente los dos estaban bailando en amplios círculos sobre el suelo de madera del vasto y despejado salón. Constituían dos figuras encantadoras y majestuosas: Chrysanthe con su centelleante pelo cobrizo adornado con perlas, que le caía por la espalda en ondas sinuosas, y Marius mirándola fijamente a los ojos mientras la guiaba sin esfuerzo y sin perder el compás. Esta noche, él llevaba corto su pelo rubio, y lucía el más simple de los atuendos masculinos: un esmoquin oscuro y un jersey de cuello alto.

«Es el inmortal más imponente que hay aquí —pensó Gregory—, y mi Chrysanthe está tan hermosa como la que más, como la bella Pandora, que ahora entra en el salón. Pero no me gusta que estén bailando. No me gusta nada.»

¿Cuándo se había visto a unos bebedores de sangre bailando? Él y Chrysanthe frecuentaban la sociedad humana, siempre la habían frecuentado, y habían bailado muchas veces, sí, en muchas pistas de baile, haciéndose pasar por mortales. Pero esto era totalmente distinto. Esto era una reunión de inmortales, y el baile de los inmortales era otra cosa.

De pronto, la música le resultó demasiado estridente; sintió cómo se le aceleraba el pulso y ya no quiso mirar más a Marius con su esposa de Sangre, Chrysanthe. Pero tampoco quería marcharse de allí.

Desde más allá de aquellas paredes, sonaban voces en la noche: los jóvenes bebedores de sangre discutían en el parque, y, súbitamente, uno de ellos huyó de otro, aterrorizado.

El tempo de la música se volvió aún más rápido. Pandora había empezado a bailar con Louis: la anciana vampira con su inevitable porte de estatua de mármol; el otro, más joven y más humano, sonriéndole desde lo alto como si ella fuera una ingenua doncella bajo su tutela. Las recientes dosis de sangre anciana no habían cambiado apenas a Louis. Seguía siendo tal vez el inmortal con aspecto más humano de la casa.

Davis salió a la pista de baile, solo, con la cabeza ligeramente inclinada, el brazo izquierdo alzado en un arco y la mano derecha en la cintura, e inició su propia danza privada siguiendo la música del vals con exquisita y felina agilidad. Sus ojos de gruesos párpados tenían un aire soñoliento; su oscura piel marrón resultaba espléndida a la luz de la araña del techo.

Fareed se había sentado junto a Seth y observaba embelesado aquellas evoluciones. Los vampiros músicos constituían toda una curiosidad y se habían dado muy pocas veces en la historia de los no-muertos. Lo que hacían con sus instrumentos resultaba muy difícil de analizar. Pero Gregory estaba convencido de que esa peculiaridad tenía que ver con la inmutabilidad del cuerpo vampírico y con los cambios constantes que se producían a su alrededor; es decir, ellos no se sometían al tempo como los músicos humanos, sino que se rebelaban contra él, jugaban con él, amenazando con destruirlo, pero retomándolo con sorprendente velocidad, lo cual le confería a la música una fragilidad especial y una calidad casi trágica.

Armand apareció de improviso junto a Gregory.

—Mejor tocar el arpa mientras Roma arde, ¿no? —dijo.

—Ay, no lo sé —dijo Gregory—. Pero la intensidad de este momento es innegable. Que tantos de nosotros estemos reunidos en un lugar es...

—Ya. Pero esta vez, cuando todo termine, no podemos dispersarnos como canicas, cada una rodando en una dirección.

—No —dijo Gregory—. Ya no nos es posible vivir aislados unos de otros, sin cooperar entre nosotros. Hace tiempo que me he dado cuenta.

—Y, sin embargo, nunca ha funcionado cuando yo lo he intentado... —Armand se interrumpió y se concentró en la música.

Benji entró en el salón.

La música se detuvo.

Con su terno gris oscuro y su sombrero flexible a juego, Benji avanzó entre la concurrencia con la sonriente determinación de un político en campaña, estrechando manos aquí y allá, saludando con una inclinación a Pandora y Chrysanthe, aceptando gentilmente los besos de las mujeres. Al fin, se situó en el centro del salón y lo recorrió con la mirada. Medía tal vez un metro cincuenta y ocho y, sin embargo, era un hombre perfectamente proporcionado. Saltaba a la vista que el sombrero era parte integral de su atavío y que nadie iba a molestarse en decirle que un caballero debe quitarse el sombrero en una casa. Él no iba a quitárselo, el sombrero formaba parte de él.

—Os doy a todos las gracias por venir —dijo. Su voz infantil resonaba con claridad y nitidez, y con una seguridad imperiosa—. He interrumpido la emisión para informaros de lo siguiente. La Voz ha llamado a nuestras líneas y nos ha hablado mediante las cuerdas vocales de un vampiro. La Voz dice que está tratando de acudir a nuestro encuentro.

—¿Cómo puedes estar seguro de que era la Voz? —preguntó Armand.

—Era la Voz, Armand —dijo Benji, dirigiéndole una ligera inclinación de deferencia—. He hablado yo mismo con ese ser, claro está, y me ha repetido cosas que me había dicho antes en privado. —Benji se dio unos golpecitos en un lado de la cabeza, por debajo del ala del sombrero—. Me ha citado fragmentos de poesía que ya me había recitado telepáticamente. Era la Voz. Y la Voz dice que está intentando con todas sus fuerzas acudir a nuestro encuentro. Y ahora, damas y caballeros de la Noche, debo volver al programa.

—Espera un momento, Benji, por favor —dijo Marius—. Yo estoy en desventaja aquí. ¿Qué poesía era exactamente la que te ha recitado la Voz?

—Una poesía de Yeats, amo —dijo Benji, con una inclinación aún más deferente—. «La segunda venida» de Yeats: «¿Y qué tosca bestia, cuya hora llega al final, / Cabizbaja camina hacia Belén para nacer?»

Y sin una palabra más, Benji se fue a su estudio, que estaba arriba, tocándose el ala del sombrero al pasar junto a Pandora y Chrysanthe. Los compases palpitantes y acelerados de «El vals del carrusel» volvieron a inundar el salón.

Gregory se situó otra vez junto a la pared y observó a los bailarines, que ya reanudaban sus evoluciones por la pista. Entonces advirtió que Davis estaba a su lado. Notó el tacto frío de la mano de Davis en la suya.

—Baila conmigo —dijo Davis—. Baila a mi lado.

—¿Cómo?

—Vamos, tú sabes. Siempre has sabido. Tal como los hombres han bailado siempre. Recuerda. En el pasado debes de haber bailado con otros hombres. —Davis lo miraba con ojos húmedos, inquisitivos. Le sonreía, y parecía totalmente confiado; como si confiara plenamente en Gregory, más allá de lo que el futuro les reservara. Qué dulce era esa confianza.

Gregory hizo memoria. Sí, remontándose hacia atrás, repasó los recuerdos de aquellas remotas noches humanas en la antigua Kemet, cuando él había bailado, bailado con otros hombres: cuando bailaba en los banquetes de la corte hasta caer agotado y en éxtasis, con los tambores resonando aún en sus oídos.

—Muy bien —le dijo a Davis—. Tú marca la pauta.

Qué maravilloso era deslizarse en aquellos movimientos antiquísimos, aunque fuera al compás de esta nueva música romántica. Qué natural le parecía de repente. Y aunque tenía los ojos casi cerrados y había olvidado por un momento sus temores y aprensiones, era consciente de que otros hombres inmortales se habían sumado a la danza y bailaban alrededor de él, cada uno a su manera. Flavius estaba bailando: Flavius, el de la pierna milagrosa, bailando con ese miembro como si siempre hubiera sido suyo. Parecía que todos estaban bailando. Todos habían quedado atrapados en esa música pura e incesante; todos se habían dejado llevar por ella, por este momento inaudito y extraordinario que se prolongaba y prolongaba.

Transcurrió una hora. Tal vez más.

Gregory vagó por la casa. La música la inundaba, parecía reverberar en las vigas del techo.

En una biblioteca abierta, una biblioteca de estilo francés, vio a Pandora hablando con Flavius junto a una chimenea de gas. Flavius estaba llorando y Pandora le acariciaba la cabeza con cariño y ternura.

—Oh, sí, pero ahora tenemos tiempo para hablar de todo esto —le dijo ella en voz baja—. Yo siempre te he amado; te he amado desde la noche en que te creé, y siempre has permanecido en mi corazón.

—Hay tantas cosas que quiero contarte. Es un anhelo de continuidad, de que tú las sepas también.

—De que sea tu testigo, sí, lo comprendo.

—Todavía, después de todo este tiempo, de este tiempo inconcebible, todavía siento estos temores.

Temores.

Gregory pasó de largo, en silencio. No quería entrometerse. Temores ¿Y cuáles eran sus propios temores? ¿Acaso temía que con esta nueva reunión, iba a perder a la pequeña familia que ellos formaban y que había perdurado tanto tiempo?

Ah, sí. Sentía ese temor. Lo había sentido en cuanto había cruzado la puerta con su pequeña compañía.

Pero aquí había algo más importante en juego, algo de más

trascendencia, y por esa posibilidad estaba dispuesto a correr el riesgo. Aun cuando le provocara escalofríos pensarlo, mientras regresaba lentamente por la casa hacia la música, hacia el espectáculo inevitable que suponía ver a su amada Chrysanthe divirtiéndose con otros inmortales de deslumbrante magnetismo, Gregory era consciente de que él deseaba todo esto, de que había deseado esta reunión más que ninguna otra cosa, de que lo había deseado con toda su alma. ¿Acaso todo estos inmortales no eran de su propia estirpe? ¿No podían unirse todos y convertirse en una familia perdurable?

18

Lestat

SEVRAINE Y LAS CUEVAS DE ORO

Hacía millones de años, dos grandes volcanes habían vertido lava y ceniza repetidamente sobre la tierra ahora llamada Capadocia, creando un inhóspito e imponente paisaje de gargantas y valles serpenteantes, de altísimos precipicios e innumerables grupos de afiladas columnas de piedra que se elevaban hacia el cielo y habían llegado a ser conocidas como «chimeneas de hadas». Durante miles de años, los mortales habían excavado profundas moradas en la blanda roca volcánica, creando monasterios y auténticas catedrales subterráneas, e incluso ciudades recónditas carentes de luz natural.

¿Qué tenía de sorprendente que una gran inmortal se hubiera creado un refugio en esta región extraña a la que acudían ahora los turistas a ver las pinturas bizantinas de las cuevas-iglesia y en donde las cadenas hoteleras ofrecían alojamientos de lujo excavados en la roca de los grandes peñascos y de las cumbres montañosas?

Qué espectacular resultaba a la luz de la luna esa tierra mágica situada en mitad de la meseta de Anatolia.

Y aun así, yo no estaba preparado para lo que contemplé al entrar en los dominios subterráneos de Sevraine.

Acababa de dar la medianoche cuando Gabrielle y yo cruzamos un estrecho y sinuoso valle rocoso, muy lejos de cualquier asentamiento humano. Cómo encontró mi madre la entrada en aquel precipicio impenetrable, lo ignoro.

El caso es que trepamos por la pared del precipicio, aferrándonos con destreza sobrenatural a salientes rocosos y raíces truncadas de las que ningún humano se hubiera fiado, y llegamos a la oscura ranura de una oquedad que se ensanchaba hasta convertirse en un túnel de techo muy bajo.

Aun con mi visión vampírica me resultaba difícil distinguir la silueta de Gabrielle, que avanzaba por delante de mí. De pronto, tras el cuarto o quinto recodo del pasadizo, su figura se recortó contra el resplandor de unas llamas parpadeantes.

Dos antorchas de exuberante llama marcaban la entrada a un pasadizo de oro repujado donde repentinamente corría el aire fresco del mundo exterior. El metal reluciente nos envolvía en un resplandor de luz misteriosa.

Seguimos adelante hasta llegar a la primera de una serie de cámaras más anchas revestidas de oro, donde habían martilleado una capa tras otra del precioso metal sobre la roca en bruto (quizá cubierta antes de yeso fresco, no podía saberlo). Y de repente, vimos que los techos sobre nuestras cabezas estaban cubiertos de magníficas pinturas del antiguo estilo bizantino que abundaba en tiempos en las iglesias de Constantinopla y que todavía podía verse en las iglesias de Rávena y en la basílica de San Marcos, en Venecia.

Hileras e hileras de santos de pelo oscuro y cara redonda nos escrutaban desde lo alto, ceñudos y severos, vestidos con túnicas bordadas, mientras nosotros nos adentrábamos cada vez más en aquel reino subterráneo.

Finalmente, emergimos a una galería que circundaba la parte superior de un vasto espacio abovedado semejante a una inmensa plaza. Desde esa gran zona central se abrían a nuestro alrededor pasadizos que daban a otras partes de lo que parecía una auténtica ciudad. La bóveda en sí misma estaba decorada con vistosos mosaicos verdes, azules y amarillos, rebosantes de flores y de vides, y ribeteada de rojo y dorado en las junturas con las paredes.

Una serie de columnas griegas talladas en la roca parecían sostener una estructura que formaba parte, en realidad, de la propia montaña. Allí donde mirases, las paredes cobraban vida y respiraban con todos sus colores y ornamentos. Pero aquí no había ningún santo cristiano. Las figuras que se alzaban desde el suelo para observarnos, mientras descendíamos por los escalones tallados en la roca viva, eran angélicas y gloriosas, pero estaban desprovistas de toda la iconografía religiosa. Podrían haber sido los miembros más destacados de nuestro pueblo, con sus perfectos y relucientes rostros y sus espléndidas túnicas de color carmesí, azul cobalto o plateado.

Por todas partes se veían combinaciones de motivos históricos: cenefas de ovas y dardos dividiendo paneles en rombo de flores multipétalos; noches de color azul oscuro tras un estampado simétrico de estrellas; o pinturas tan vívidas y reales que daba la impresión de estar contemplando un jardín real. Una gran armonía presidía y unificaba todos los elementos. Paulatinamente advertí que buena parte de la decoración era antigua y estaba descolorida, aunque otros sectores se veían frescos y todavía olían al pigmento y al yeso aplicado recientemente. El conjunto era un auténtico paraíso visual.

Las luces. No lo había notado al principio, pero naturalmente todo aquello estaba iluminado con la potente luz eléctrica de unos apliques horizontales encajados a lo largo de los rebordes y las esquinas, y bajo el cerco inferior de la enorme bóveda. A ello se añadía el resplandor de las luces procedentes de los numerosos portales abiertos a la galería.

Nosotros habíamos hecho un alto en la superficie de mármol de aquella especie de plaza inmensa. Sentí la corriente de aire fresco que circulaba. Olía a la noche del exterior, a agua fresca y vegetación verde.

De uno de los portales salió a recibirnos una figura femenina, una bebedora de sangre que parecía una joven de unos veinte años. Rostro oval, ojos ovalados, tez blanca como la nata.

—Lestat y Gabrielle —dijo acercándose con las manos abiertas, como abarcándonos a ambos—. Yo soy Bianca, la Bianca de Marius, de Venecia.

—Claro. Debería haberme dado cuenta de entrada —dije. Me pareció dulce y tierna, cosa notable, en realidad, considerando que llevaba en la Sangre quinientos años y que tenía abundante sangre de la Madre. En los años que había pasado con Marius, cuando este custodiaba el santuario de Los Que Deben

Ser Guardados, Bianca había bebido aquella preciosa sangre. Y, además, había sido creada por Marius, y todos los bebedores de sangre que Marius había creado estaban bien hechos, mucho mejor que mis neófitos.

Yo no había tomado la precaución de dar y extraer la Sangre una y otra vez, tal como Marius había hecho siempre.

Bianca iba con una sencilla túnica negra ribeteada de oro y llevaba la cabellera trenzada con lo que parecía una exuberante vid de oro. La delicada diadema del mismo metal que le ceñía la cabeza me trajo a la memoria el retrato que hizo de ella el famoso pintor mortal Botticelli.

—Venid conmigo, por favor —dijo.

La seguimos por otro corredor espléndidamente esmaltado de oro, con delicadas cenefas de árboles y arbustos cuyas flores parecían joyas, y accedimos a otra magnífica estancia.

Detrás de una larga mesa de madera de patas finamente talladas se hallaba sentada Sevraine, que se levantó inmediatamente para saludarnos. Tenía que ser Sevraine. En efecto, era la misma poderosa y anciana inmortal a la que había visto elevarse desde la boca del túnel en París.

Poseía una figura vigorosa, de pechos altos y bien formados, y llevaba una túnica romana de tela completamente rosa adornada con lazos dorados y ceñida en la cintura. Su rubia cabellera suelta le daba un aire de mujer nórdica, y sus ojos de color azul claro subrayaban esa impresión. Era robusta, pero de formas bellas y torneadas, incluso en los dedos ahusados y los lozanos brazos desnudos.

Pero antes de que pudiera absorber la visión prodigiosa de esa criatura, que ya nos indicaba que tomáramos asiento frente a ella, me llamaron la atención las dos figuras que la flanqueaban. La primera era una bebedora de sangre a la que conocía pero no lograba situar, una mujer en la flor de la vida con una larguísima cabellera de un gris casi luminoso y unos ojos vibrantes e inteligentes. La otra era... un espíritu.

Me di cuenta en el acto de que era un espíritu; pero no como los espíritus que había visto de cerca otras veces. Este era un espíritu que se había revestido a sí mismo de partículas físicas, que había reunido y formado un cuerpo a base de partículas de polvo, de aire, de fragmentos de materia flotantes. Y el resultado, el vehículo físico de aquel espíritu, era tan sólido y tangible que llevaba incluso ropas reales.

Esto no tenía nada que ver con las apariciones que había conocido en el pasado. Yo había visto espíritus y fantasmas muy poderosos —incluido el espíritu que se había hecho llamar Memnoch el Diablo—, revestidos de distintas formas y apariencias. Pero aquellos espíritus y fantasmas eran alucinaciones: incluso sus ropas formaban parte de la ilusión, lo mismo que el aroma a sangre y sudor que desprendían o los latidos del corazón que captaban mis oídos. Aunque se fumaran un cigarrillo o bebieran un vaso de whisky o emitieran el sonido de una pisada, todo era un simple efecto de la aparición. La visión misma tenía una textura distinta del mundo que la rodeaba, del mundo material que yo habitaba. O al menos, eso creía.

No era así en modo alguno en el caso de este espíritu. Su cuerpo, cualquiera que fuese su composición, ocupaba un espacio tridimensional, tenía peso, y yo captaba nítidamente los sonidos de los órganos simulados que tenía dentro: oía el latido de un corazón, oía la respiración de unos pulmones. Veía cómo incidía la luz de la habitación en los diferentes planos de la cara de aquel espíritu; veía el brillo de sus ojos, la sombra de su brazo sobre la mesa. No desprendía ningún olor, sin embargo, salvo la fragancia a incienso y perfume de sus ropas.

Tal vez había visto, de hecho, espíritus semejantes, pero solo fugazmente si acaso, nunca tan de cerca o con el tiempo suficiente para advertir que era posible tocarlos y que resultaban visibles para cualquiera y no solo para mí.

Tuve la certeza automática de que este espíritu nunca había sido un ser humano. No era un fantasma. No: tenía que ser una criatura procedente de otro dominio, por la sencilla razón de que su cuerpo, como una obra griega clásica, era totalmente ideal y no poseía nada peculiar, ninguna particularidad.

En suma, este era el mejor cuerpo de espíritu que había visto jamás. Y me sonreía, al parecer complacido por mi silenciosa pero evidente fascinación.

Tenía un pelo oscuro, perfecto y ondulado que enmarcaba su rostro al modo griego clásico, y la cara podría haber pertenecido a una escultura griega. Pese a tanta perfección, sin embargo, aquel ser vivía y respiraba en el cuerpo que él mismo se había confeccionado. Yo no entendía cómo podía latirle el corazón, ni cómo podía subirle la sangre a la cara ahora mismo, o dar esa impresión al menos, porque no percibía el olor de la sangre, pero en todo caso era un espíritu espléndido

Habíamos llegado junto a la mesa, que debía medir un metro de ancho y estaba hecha de una madera tan antigua que percibí incluso el olor de las generaciones de aceites con que la habían untado. Ellos estaban jugando a cartas sobre esa mesa, con una baraja de naipes preciosos y relucientes.

—Bienvenidos seáis los dos —dijo Sevraine. Hablaba con una voz dulce y lírica, impregnada del entusiasmo de una adolescente—. Estoy muy contenta de que hayas venido, Lestat. No sabes cuántas noches te he oído rondando por estas tierras, vagando por las ruinas de Göbekli Tepe, y siempre soñaba que hallarías la manera de llegar aquí, que escucharías algo que emanaba de estas montañas que te resultaría irresistible. Pero tú parecías estar solo, entregado a tu soledad y nada deseoso de ver interrumpidos tus pensamientos. Así que esperé y esperé. Pero tu madre y yo nos conocemos desde hace mucho y ha sido ella quien te ha traído por fin aquí.

No me creí una palabra. Ella amaba su vida secreta. Solo trataba de ser cortés, y yo debía serlo también.

—Tal vez este sea el momento perfecto, Sevraine —dije—. Me alegro de estar aquí.

La misteriosa mujer que estaba a su derecha se había puesto de pie, y lo mismo hizo el espíritu que tenía a su izquierda.

—Ah, joven amigo —dijo la mujer, e inmediatamente reconocí la voz que había oído en el osario del subsuelo de París—. Tú has recorrido la Senda del Diablo con más energía y entusiasmo que ningún otro que yo haya conocido. No sabes cuántas noches te he seguido desde mi tumba, captando imágenes tuyas en las mentes de los que te amaban. Soñaba con despertarme simplemente para hablar contigo. Ardías como una llama en las tinieblas en las que yo sufría, incitándome a levantarme.

Me recorrió un escalofrío. Tomé sus manos entre las mías.

—¡La anciana de Les Innocents! —murmuré—. La que estaba con Armand y con los Hijos de Satán. —Me había quedado estupefacto—. Eres la que yo llamaba la «antigua reina».

—Sí, querido. Yo soy Allesandra —dijo—. Ese es mi nombre: Allesandra, hija de Dagoberto, el último rey de los merovingios, e iniciada en la Sangre por Rhoshamandes. ¡Ah, qué gran placer contemplarte en este lugar cálido y seguro!

Aquellos nombres excitaron mi imaginación poderosamente. La historia de los merovingios la conocía, pero ¿quién era ese bebedor de sangre llamado Rhoshamandes? Algo me decía que pronto lo averiguaría: no aquí tal vez, pero sí en otra parte y en muy poco tiempo, mientras los ancianos como Sevraine seguían bajando la guardia.

Quería abrazar a aquella mujer y la mesa se interponía entre nosotros. Estaba medio decidido a subirme encima, pero lo que hice fue estrecharle las manos con más fuerza. El corazón me latía acelerado. Era un momento demasiado precioso.

—Tú fuiste como una Casandra en aquella vieja y condenada asamblea —dije, hablando a borbotones—. ¡Ah, no sabes la tristeza que sentí cuando me dijeron que habías muerto! Dijeron que te habías lanzado a las llamas. ¡Te aseguro que sentí verdadera angustia! Me habría gustado tanto sacarte de la oscuridad de aquellas catacumbas. Me habría gustado tanto...

—Sí, joven amigo, lo recuerdo. Lo recuerdo todo. —Suspiró y se llevó mis dedos a los labios, besándolos mientras proseguía—. Acaso yo haya sido Casandra en aquellas noches, pero no fui escuchada ni amada ni siquiera por mí misma.

—¡Ah, pero yo te amaba! —le confesé—. ¿Y por qué dijeron que te habías lanzado a la hoguera?

—Porque lo hice, Lestat —dijo—, pero el fuego no me quiso, no me mató y yo rodé entre los maderos y los huesos humeantes mientras sollozaba, demasiado débil para levantarme, y al fin fui sepultada con los restos del cementerio en el subsuelo de París. Entonces no conocía mi propia edad, estimado. No conocía mis dotes ni mi fuerza. Eso era lo habitual entre los muy ancianos: dormitar y despertar, ajenos a todo, entrando y saliendo de la locura. Y creo que aún quedan otros en esos túneles bajo la ciudad. Ah, qué tortura angustiosa ese sueño en medio de todos los susurros y aullidos. Tu voz fue la única que se abrió paso realmente entre mis sueños enfebrecidos.

Qué encantadora era: la flor lozana del tallo viejo y retorcido que había sido entonces.

Murmuré algo sobre lo mucho que había deseado incluso entonces ver cuál habría podido ser su apariencia, pero me interrumpí. Resultaba presuntuoso y egoísta de mi parte. Ella se había recompuesto, después de todo. Estaba aquí, vibrante, vital, en esta nueva y asombrosa era. Pero Allesandra no se inmutó ni me corrigió. No se apartó de mí. Solo sonreía.

Sevraine observaba la escena, complacida. Y aquella mujer, que difícilmente podía parecer vieja ahora, en nada parecida a la bruja espantosa que había sido en el siglo XVIII, estaba encendida de placer.

Al fin, puse una rodilla en la mesa, me incliné hacia delante y, sujetando la cara de Allesandra con las manos, la besé.

En aquellos tiempos, ella había estado condenada a llevar un atuendo medieval, incluso un velo y una toca mugrienta y andrajosa. Ahora su lozano cabello plateado le caía, suelto y ondulante, sobre los hombros. Llevaba una túnica limpia y sedosa como la de Sevraine, solo que la suya era de color verde claro, de un verde precioso y resplandeciente como la hierba fresca a la luz del día. En el cuello lucía un solitario rubí destellante colgado de una cadena. «Allesandra, hija de Dagoberto.» Sus labios eran de un rojo oscuro semejante a aquel rubí.

Qué monstruo tan horrible me había parecido en aquellas noches lejanas: una cara deformada por la locura, como la de Magnus, mi hacedor. Pero ahora era libre: el tiempo y la supervivencia la habían liberado para convertirse en otra cosa, en un ser totalmente distinto, maravilloso, dulce y vital.

—Sí, joven amigo. Sí, y gracias a ti, a tu voz, a tus vídeos y canciones, a tus desesperadas revelaciones, he vuelto en mí lentamente. Pero he sido un instrumento de esa Voz. ¡He sido víctima de esa Voz! —Su rostro se oscureció y, por un momento, pareció crisparse hasta convertirse en aquel horror medieval del pasado—. Solo que ahora estoy en buenas manos.

—Aparta esos pensamientos —dijo Bianca, que seguía a mi lado, a mi derecha, mientras que Gabrielle estaba a mi izquierda—. Ya ha pasado —añadió—. La Voz no triunfará. —Pero ella misma parecía estremecida mientras lo decía por un conflicto interior, por un debate entre la angustia y el optimismo.

Sevraine se volvió ahora lentamente hacia el espíritu, que había permanecido inmóvil todo el tiempo, observándome con sus brillantes ojos azules, como si realmente a través de ellos pudiera ver y procesar todo lo que tenía delante. Llevaba una reluciente y lujosa prenda decorativa india llamada *sherwani*, una especie de túnica que debía llegarle hasta los tobillos, supuse, aunque yo no podía ver por debajo de la mesa; y su piel resultaba asombrosamente realista: no con ese aspecto sintético que tiene siempre nuestra piel, sino con la apariencia natural de la piel hecha de poros diminutos y tejido mullido que reviste a los seres humanos.

—Gremt Stryker Knollys —dijo, tendiéndome la mano—. Pero Gremt es más sencillo y auténtico. El nombre que puedes utilizar tú y todos aquellos a los que amo.

—¿Y tú me amas? ¿Por qué? —pregunté. Aunque era emocionante hablar con aquel espíritu.

Él se rio suave y educadamente, sin acusar la brusquedad de mi pregunta.

—¿Acaso no te ama todo el mundo? —preguntó con toda sinceridad. Su voz era tan humana como la que más, con un tono de tenor incluso—. ¿Acaso no espera todo el mundo que tú dirijas la tribu cuando esta guerra llegue a su fin?

Miré a Sevraine.

—¿Tú me amas? —pregunté—. ¿Esperas que sea yo quien dirija esta tribu?

—Sí —dijo ella con una sonrisa radiante—. Lo espero y rezo para que así sea. Desde luego no esperarás que la dirija yo.

Suspiré.

Miré a mi madre.

—No hemos de hablar de esto ahora —dijo. Pero había algo en su manera de mirarme con los ojos entornados que me dejó helado—. No te preocupes —murmuró con una fría sonrisa irónica—. Nadie puede coronarte Príncipe de los Vampiros contra tu voluntad, ¿no es cierto?

—¡Príncipe de los Vampiros! —dije, burlón—. No lo sé.

Miré a los demás. Me habría gustado disponer de una noche entera para asimilar estas revelaciones, estos inesperados encuentros; para sondear los límites de la espléndida Sevraine y averiguar por qué estaba sufriendo tanto la tierna Bianca, pues la verdad era que no podía disimular su dolor.

—Eso voy a explicártelo. Te voy a decir por qué estoy sufriendo —me dijo Bianca, acercándose y rodeándome con un brazo, aunque hablando con voz normal, sin adoptar un tono confidencial—. En el ataque de París perdí a un joven al que amaba: un joven que yo había creado y con quien había vivido durante décadas. Pero aquello fue obra de la Voz, no de la criatura a quien la Voz sacó de la tierra para cumplir sus órdenes.

—Esa criatura era yo —dijo Allesandra—. La Voz me despertó y me confirió una fuerza tremenda para trepar fuera de aquella montaña de huesos y despojos. La culpa es mía.

Ahora lo vi todo en una horrible sucesión de imágenes parpadeantes: un espectro de mujer, una criatura macabra y esquelética con greñas de bruja, disparando un chorro de calor fatídico a la casa de la Rue Saint-Jacques. Y los no-muertos corriendo a su perdición a medida que salían por puertas y ventanas, yendo directos hacia la fuente de ese poder mortífero. Vi a Bianca arrodillada en la acera, aullando, agarrándose la cabeza. Vi a la mujer espectral que se le acercaba y le tendía una mano, como si la personificación de la muerte hubiera hecho una pausa en su ronda para apiadarse de un alma solitaria.

—Muchos han sido embaucados por la Voz —dijo Gabrielle—. Y no han sido tantos, en cambio, los que han sobrevivido a la experiencia y se han apartado con una repugnancia inmediata. Eso cuenta mucho desde mi punto de vista.

—Absolutamente —dijo Bianca con gravedad.

La cara de Allesandra se había llenado de tristeza. Parecía estar soñando, como si se hubiera deslizado desde el presente hacia un insondable abismo de oscuridad. Yo iba a cogerla de la mano, pero Sevraine se me adelantó.

El espíritu, Gremt Stryker Knollys, lo observaba todo sin decir palabra. Ahora había vuelto a sentarse.

Entonces empezaron a entrar otros en la estancia.

Por un instante, no pude dar crédito a mis ojos. Entre los recién llegados había un fantasma —sin duda era un fantasma— con la apariencia de un anciano de pelo gris y piel nacarada, que recordaba a la madreperla. Su cuerpo era tan sólido como el espíritu Gremt. Y también él llevaba ropas reales. Pasmoso.

Con él venían dos bebedoras de sangre exquisitamente vestidas y acicaladas.

Cuando advertí quiénes eran aquellas dos bellezas peinadas impecablemente y ataviadas con túnicas sedosas, rompí a llorar. Las dos vinieron hacia mí y me abrazaron.

—Eleni y Eugénie —dije—. Sanas y salvas después de tanto tiempo. —Apenas podía hablar.

En un arcón cerrado, un arcón que había sobrevivido al fuego y al abandono, yo aún guardaba todas las cartas que me había escrito Eleni en su momento desde París: las cartas en las que me hablaba del Théâtre des Vampires, del Boulevard du Temple, que yo había dejado atrás en mis vagabundeos; las cartas en las que me hablaba del éxito de aquel teatro entre el público parisino, del gobierno de Armand, de la muerte de mi Nicolás, mi segundo neófito, mi único amigo mortal y mi mayor fracaso.

Ahí estaba Eleni y su compañera Eugénie: ambas frescas, perfumadas y resplandecientes con sus sencillos atuendos de seda. Las dos tenían los ojos oscuros, la piel suave y tostada y el pelo negro suelto sobre los hombros. Y yo que había creído que habían desaparecido hacía mucho de la faz de la tierra, que habían sucumbido a una catástrofe u otra, y ya solo eran un recuerdo de aquel siglo de las pelucas blancas que el tiempo y la violencia se había llevado consigo.

—Venid, vamos a sentarnos todos juntos —dijo Sevraine.

Miré en derredor algo aturdido e inseguro. En cierto modo deseaba retirarme a un rincón oscuro y asimilar todo lo que estaba ocurriendo. Pero no había tiempo ni lugar para eso. Estaba conmocionado, desorientado. Es más, me sentía abrumado al pensar en todos los reencuentros y conmociones que me aguardaban. Pero ¿cómo iba a retroceder frente a todo aquello? ¿Cómo podía resistirme? Y, sin embargo, si era esto lo que todos deseábamos, lo que habíamos soñado en nuestro dolor y nuestra soledad, es decir, reencontrarnos con aquellos a los que habíamos perdido, entonces, ¿por qué me estaba resultando tan tremendamente difícil?

El fantasma, el desconcertante fantasma con aspecto de anciano y pelo gris oscuro, se había sentado junto a Gremt y me envió telepáticamente un rápido y breve mensaje de presentación. «Raymond Gallant.» ¿Me sonaba de algo ese nombre?

Eleni y Eugénie rodearon la mesa y se sentaron al lado de Allesandra.

Ahora reparé en una chimenea situada al fondo a la izquierda y muy bien provista de troncos, aunque el resplandor de las llamas quedaba diluido en la profusa iluminación eléctrica de aquella estancia dorada, cuyas paredes y techo centelleaban y parpadeaban con los reflejos. También vi candelabros, esculturas de bronce, pesados arcones tallados. Pero no acababa de registrar nada por el momento; solo notaba que era presa de una especie de parálisis. Hice lo posible para sobreponerme. Tenía que examinar los rostros que me rodeaban.

Ocupé un sillón de respaldo alto frente a Sevraine. Eso era lo que ella quería. Gabrielle se sentó a mi lado. Resultaba imposible ignorar que yo constituía el centro de atención; que todos estos seres estaban conectados por otros encuentros anteriores, e incluso por una larga historia, y que yo tenía mucho que aprender.

Me sorprendí mirando al fantasma y, al fin, caí en la cuenta. Raymond Gallant. La Talamasca. Un amigo de Marius en los años del Renacimiento, antes y después de que los Hijos de Satán atacaran a Marius y destruyeran su palacio veneciano. Un amigo que le había ayudado, a través de la Talamasca, a encontrar a su amada Pandora; que había estado viajando por Europa en aquella época con un bebedor de sangre indio llamado Arjun. Raymond Gallant había muerto a una edad muy avanzada en un castillo inglés que pertenecía a la Orden de la Talamasca, o eso era lo que Marius había creído siempre.

El fantasma me miraba ahora con unos ojos afables, sonrientes, amigables. Sus ropas era las únicas decididamente occidentales de la sala, aparte de las mías: un sencillo traje oscuro y una corbata. Y sí, no cabía duda, eran prendas reales, no una parte de aquel cuerpo artificial maravillosamente realizado.

—¿Estás preparado para reunirte con los demás en Nueva York? —me preguntó Sevraine, cuya simplicidad y estilo directo me recordaban a mi madre. Yo escuchaba el latido de su poderoso corazón, de aquel corazón anciano.

—¿Y de qué serviría eso? —pregunté—. ¿Cómo puedo influir yo en lo que está pasando?

—De muchas maneras —dijo ella—. Debemos ir todos allí. Debemos ir juntos. La Voz ha contactado con ellos. La Voz quiere reunirse con ellos.

La miré asombrado y escéptico.

—¿Cómo es posible?

—No lo sé —dijo—. Y tampoco ellos lo saben. Pero la Voz ha aceptado que la mansión de Trinity Gate, en Nueva York, sea el lugar donde nos reunamos. Debemos ir allí.

—¿Y Maharet? —pregunté—. ¿Y Jayman? ¿Cómo puede la Voz...?

—Entiendo a qué te refieres —dijo Sevraine— y te repito que debemos reunirnos bajo el techo de Armand. Ninguno de nosotros puede oponerse a Maharet y a Jayman. Yo he estado en su campamento. Intenté hablar con Maharet. Pero no me dejó entrar, no quiso escucharme. Y con Jayman a su lado, no puedo vencerla. Al menos, yo sola. Únicamente podría con los demás. Y los demás se están reuniendo en Nueva York.

Bajé la cabeza. Me sentí profundamente turbado por sus palabras. No podía creer que la situación fuera a llegar a tal extremo, a una batalla entre ancianos, a una batalla violenta. Pero ¿qué otra clase de batalla podía ser?

—Muy bien, entonces que se reúnan los grandes Hijos de los Milenios —dije—. ¡Yo no soy un Hijo de los Milenios!

—Vamos, Lestat —respondió ella—. Tú bebiste la sangre de la Madre en grandes cantidades, y lo sabes. Tienes una voluntad indomable que cuenta por sí sola como un don sobrenatural.

—Fui embaucado por Akasha —dije, suspirando—. Ya ves de qué me sirvió la voluntad. Tengo emociones indomables, sí. Lo cual no es lo mismo que tener una voluntad indomable.

—Ahora entiendo por qué te llaman «príncipe malcriado» —dijo Sevraine con paciencia—. Vas a venir a Nueva York, y tú lo sabes.

No sabía qué decir. ¿Qué significado podía tener que la Voz quisiera sumarse a una reunión en Nueva York, cuando la realidad era que la Voz emanaba de Mekare? ¿Podría la Voz obligar a las gemelas, acaso a través de Jayman, a viajar a Nueva York? No conseguía imaginármelo. ¿Y la visión que Maharet me había transmitido de aquel volcán y del final abrasador de ambas hermanas? ¿La conocían los demás? No me atrevía a pensar en ello mientras estuviera rodeado de esas mentes capaces de hurgar en la mía con toda facilidad.

—Créeme —dijo Sevraine—. Yo le ofrecí a Maharet mi compañía, mi solidaridad y mis fuerzas hace solo unas noches y fui rechazada. Le expliqué con toda claridad quién es la Voz y ella se negó a creerme. Ella se empeña en que la Voz no puede ser lo que nosotros sabemos que es. Maharet es un alma rota y malherida. No puede detener esto. No es capaz de entender que la Voz procede de su propia hermana. Está acabada.

—Yo no puedo dejarla por imposible tan fácilmente —dije—. Entiendo lo que estás diciendo. Es verdad. También yo fui allí e intenté hablar con ella. Y ella me obligó a marcharme. Empleó su poder para expulsarme físicamente de allí. Tal como lo digo. Pero no puedo dejarla por imposible aun así, y aceptar que está rota y malherida. No es justo. La última vez, cuando todos nos enfrentamos a la aniquilación, ¡ella y Mekare nos salvaron! Todos habríamos muerto si... Mira, deberíamos ir a verla ahora mismo. Tú, yo, Marius, todo aquel que...

—Díselo a ellos cuando nos reunamos todos bajo el techo de Armand —dijo Sevraine.

A mí, sin embargo, me horrorizaba lo que podía estar pasando ahora mismo en el complejo de la jungla. ¿Y si la Voz había encontrado a través de Jayman algún modo de deshacerse de Maharet? Me parecía impensable; y también me lo parecía que yo me mantuviera aparte y dejara que sucediera tal cosa.

—Lo sé —dijo Sevraine, respondiendo a mis pensamientos—. Soy plenamente consciente de ello. Pero como te he dicho, el destino de esa criatura ya se ha consumado. Maharet encontró a su hermana gemela y, a través de su hermana, se ha confrontado con la nada, con el vacío —con el puro sinsentido de la vida— que todos nosotros habremos de afrontar tarde o temprano, y acaso más de una vez, e incluso muchas veces. Maharet no ha sobrevivido a ese reencuentro definitivo. Se ha separado de su familia mortal. Ya no tiene nada que la sostenga. La tragedia de esa hermana completamente ida la ha consumido. Está acabada.

—Tú ve a reunirte con los demás —le dije—. Yo voy a volver al Amazonas y pienso plantarle cara. Puedo llegar allí antes de que salga el sol en ese hemisferio.

—No, no debes hacerlo. —Esa era la voz del espíritu, Gremt. Seguía sentado tranquilamente a la izquierda de Sevraine—. Tu presencia es necesaria en ese cónclave. Es allí adonde debes dirigirte. Si regresas ahora al santuario de Maharet, ella te expulsará de nuevo. Y podría hacer algo peor.

—Perdona que te lo pregunte —dije, haciendo un esfuerzo para ser cortés—, pero ¿qué tiene que ver esto contigo?

—Yo conocí a ese espíritu, al espíritu Amel —respondió—, miles de años antes de su entrada en el mundo físico. Si él no hubiera venido aquí, si no se hubiera fundido con Akasha, yo jamás habría venido ni habría intentado adoptar un cuerpo y caminar por la tierra con apariencia humana. Me he visto impulsado a hacer todo lo que he hecho por él, por su descenso a la carne y a la sangre; y por mi propio amor a la carne y a la sangre. Yo le he seguido hasta aquí.

—Bueno, es una revelación asombrosa —dije—. ¿Y cuántos como tú, si me permites la pregunta, están rondando por la tierra y observando este espectáculo por puro placer?

—No estoy observando el espectáculo por placer —dijo—. Y si hay otros procedentes de nuestro mundo que se han interesado en estos hechos, a mí no me han comunicado su presencia.

—Basta, por favor —me rogó Sevraine—. Lo entenderás todo mejor si tienes en cuenta que este ser fundó la Talamasca. Tú ya conoces la Orden de la Talamasca. Conoces sus principios, sus elevados objetivos. Conoces su dedicación. Tú amabas a David Talbot, confiabas en él mientras fue Superior General de la Orden: un erudito mortal que hizo cuanto pudo para ganarse tu amistad. Bueno, Gremt Stryker Knollys fundó la Talamasca, lo cual debería constituir una respuesta a todas tus preguntas acerca de su carácter. No se me ocurre una palabra más adecuada que «carácter». No debes dudar de Gremt.

Me quedé sin habla.

Desde luego, yo siempre había sabido que algún secreto sobrenatural se ocultaba en el corazón de la Talamasca, pero nunca había averiguado de qué se trataba. Y David tampoco, que yo supiera. Ni Jesse, que había sido miembro de la Orden antes de que su tía Maharet la hubiera iniciado en la Sangre.

—Confía en mí —dijo Gremt—. Estoy de vuestro lado. Temo a Amel. Siempre lo he temido. He esperado siempre con temor el día en que empezara a obrar por su cuenta.

Escuché con paciencia, pero no dije nada.

—Mañana, al caer el crepúsculo, deberíamos partir todos juntos hacia Nueva York —dijo Sevraine—. Allí me encontraré a los que son tan ancianos y poderosos como yo. Estoy segura. Se verán impulsados a asistir al cónclave por un sentido del deber que yo respeto profundamente. Tal vez ya hayan llegado algunos. Entonces estaremos en condiciones de decidir qué hacer.

—Y mientras tanto —murmuré—, Maharet se debate con todo esto por su propia cuenta. —Procuré desterrar de mi mente las imágenes de aquel volcán, el Pacaya, en Guatemala, donde nuestro destino colectivo podía llegar a su fin.

Sevraine me miró a los ojos. ¿Las había visto?

«Claro que conozco tus temores. Pero ¿por qué asustar a los demás? Hagamos lo que debemos hacer.»

—Maharet no aceptará la ayuda de nadie —dijo Gremt—. También yo fui a verla. Inútilmente. La había conocido cuando era una mujer mortal. Había hablado entonces con ella. Yo estaba entre los espíritus que escuchaban su voz. —Hablaba con un tono uniforme, pero se estaba poniendo sentimental, tan sentimental como un auténtico ser humano—. Y ahora, después de todo este tiempo, ella no confía en mí, o no quiere escucharme. No puede. Cuando entró en la Sangre, perdió las voces de los espíritus que hablaban en su mente. Y ella no puede confiar en ningún espíritu que pretenda encarnarse como yo lo he hecho. No puede mirarme sino con aborrecimiento y temor. —Se interrumpió, como si no pudiera continuar—. De algún modo, siempre he sabido que Maharet me daría la espalda cuando yo me plantara frente a ella, cuando le confesara que fui yo, que fui yo quien... —No pudo decir una palabra más.

Tenía los ojos vidriosos de lágrimas. Se recostó en su asiento. Dio la impresión de que inspiraba hondo, como tratando de dominarse en silencio, y se apretó los labios con los dedos.

¿Por qué ese detalle me pareció tan seductor, tan fascinante? Nuestras emociones procedían de la mente, sin duda, pero tenían el poder de ablandar o endurecer nuestro cuerpo físico. Y del mismo modo, su poderoso espíritu agitaba la forma física tan ingeniosamente confeccionada en la que se hallaba alojado y con la cual había llegado a ser uno. Me sentí atraído hacia él. Sentía que no era un ser extraño en absoluto, sino algo muy semejante a nosotros: todo un misterio para sí mismo, desde luego, pero igual que nosotros.

—Debo ir a ver a Maharet —dije, empezando a levantarme—. Debo acudir a su lado. Vosotros id al cónclave, por supuesto, pero yo me voy a verla.

—Siéntate —dijo Gabrielle.

Titubeé un momento y luego, a regañadientes, obedecí. Quería llegar al Amazonas con tiempo sobrado.

—Hay otros motivos por los que debes acompañarnos —dijo Gabrielle con voz firme.

—¡Sí, ya lo sé, no me lo digas! —exclamé, irritado—. Ellos quieren que vaya. Los jóvenes han elevado un clamor para que vaya. Me otorgan una importancia especial. Armand y Louis quieren que vaya. Benji quiere que vaya. Lo he oído una y otra vez.

—Bueno, todo eso es cierto —dijo Gabrielle—. Somos una especie pendenciera e independiente y necesitamos un líder carismático dispuesto a tomar el timón. Pero hay otros motivos.

Miró a Sevraine.

Al ver que asentía, Gabrielle prosiguió.

—Tienes allí un hijo mortal, Lestat, un muchacho de menos de veinte años. Se llama Viktor. Sabe que eres su padre. Lo concibió una mortal del laboratorio de Fareed, una mujer llamada Flannery Gilman, que ahora es de la Sangre. Pero tu hijo no es de la Sangre.

Silencio.

No solo no dije nada, sino que además no podía pensar. No

podía razonar. Debí de dar la impresión de que había perdido el juicio. Miré a Gabrielle, luego a Sevraine.

No tenía palabras para describir lo que sentía. No podía comprender el alcance de lo que estaba sucediendo no ya en mi mente, sino en mi corazón. Sentía todos los ojos de los presente fijos en mí, pero eso no importaba gran cosa. Yo los miraba, pero no los veía realmente o me tenían sin cuidado: Allesandra allí sentada, observándome en silencio, y Bianca, a su lado, la viva imagen de la compasión y la tristeza. Eleni, mirándome con miedo, y Eugénie, casi escondida tras ella. Y el espíritu y el fantasma, ambos con una asombrosa expresión emocionada. Un hijo. Un hijo mortal. Un hijo de mi propia carne, vivo y palpitante. Ah, Fareed. Debía de tenerlo planeado desde el principio, con aquel dormitorio tentador, con la cálida y dulce doctora Gilman, tan plenamente dispuesta, ofreciéndome su tierna boca mortal y sus excitantes miembros desnudos. ¡La había fecundado! Ni siquiera se me había ocurrido la posibilidad. Ni por un segundo había creído posible tal cosa.

Me llegó de la mente de Sevraine una imagen completa del muchacho.

En la imagen, miraba directamente hacía mí: un joven con mi cara cuadrada, con la nariz algo corta y mi rebelde pelo rubio. Los ojos azules parecían los míos, pero no lo eran. Eran los suyos. Aquella era mi boca, sin duda: sensual, algo grande en relación con el conjunto de la cara, pero sin la crueldad de la mía. Un hermoso muchacho, a pesar de su parecido conmigo, un hermoso joven. La cara se desvaneció. Y entonces vi una serie de imágenes de ese joven, quizá tal como lo había visto Sevraine, andando por una calle americana, vestido con ropa normal: tejanos, suéter, zapatillas. Un joven sano y radiante.

Sentí dolor. Un dolor atroz.

No importaba quién estuviera mirándome, observándome en este o en otro mundo, bien para poder contarlo, bien estremeciéndose mientras yo lo experimentaba. No importaba. Porque ante un dolor semejante, uno siempre está solo.

—Tengo otra grave noticia —dijo Sevraine.

No respondí.

—Hay una joven con Viktor a la que también amas —dijo Sevraine—. Se llama Rose.

—¿Rose? —susurré—. ¿No querrás decir mi Rose? —El dolor estaba derivando bruscamente hacia la furia—. ¿Cómo, por el amor de Dios, le han puesto las manos encima a mi Rose?

—Espera un momento —dijo Sevraine—, déjame explicártelo. —Y entonces, lentamente, en voz baja, me contó lo que había ocurrido con Rose. Me explicó que mis abogados habían intentado contactar conmigo, pero que yo últimamente había ignorado todos «los mensajes mundanos», y me habló con detalle de la agresión que había sufrido Rose, de su ceguera, de las heridas de la cara y la garganta. Me dijo que ella me había llamado una y otra vez en su espantosa agonía y que Seth había oído su llamada, y también Fareed, y que ambos habían intervenido en nombre mío.

«¡Oh, Muerte, estás decidida a apoderarte de mi amada Rose! ¡No puedes dejar de intentar llevarte a mi preciosa Rose!»

—Se le administró a la chica la Sangre necesaria para curar la ceguera —dijo Sevraine—. Pero no la suficiente para que arraigara en ella. La Sangre necesaria para sanar las heridas del esófago y la piel. Pero no la suficiente para iniciar la transformación. Sigue siendo totalmente humana y ama a tu hijo. Y él la ama también.

Creo que murmuré algo así como: «Todo esto es obra de Fareed», pero sin poner ninguna pasión. Me tenía sin cuidado. Completamente sin cuidado. La rabia había desaparecido. Solo quedaba el dolor. Seguía viendo la imagen del muchacho; y no necesitaba que nadie me transmitiera una imagen de mi amada Rose, de mi dulce y valerosa Rose, que tan feliz estaba la última vez que la había visto; mi tierna y cariñosa Rose, a la que había dejado de ver por su bien, consciente de que ahora ya era demasiado mayor para estar cerca de mí, demasiado mayor para no comprender lo que yo era. Mi Rose. Y Viktor.

—Estas cosas son del dominio público ahora —dijo Sevraine—, porque el muchacho y la chica han viajado a Nueva York con Fareed y Seth para reunirse con los demás. Y tú debes ir también. Deja que Maharet se las arregle por sí sola. Lo importante es la reunión. Pase lo que pase con Maharet, el problema seguirá siendo la Voz. Mañana al caer el sol debemos partir.

Permanecí sentado encima de la mesa, pensando en lo que podría significar todo aquello.

Pasó un buen rato. Luego Eleni dijo con ternura:

—Ven con nosotros a reunirte con los demás, por favor. Ya deberíamos estar allí.

Eché una mirada a su cara ilusionada y a la de Eugénie, sentada a su lado. Mis ojos se deslizaron por los rostros extrañamente expresivos de Raymond Gallant y Gremt. Parecían infinitamente más humanos que el resto de nosotros.

—Escúchame —dijo Gabrielle con impaciencia—. Es impensable que puedas reaccionar ahora mismo ante todas estas revelaciones. Nadie podría. Pero te aseguro que esa chica, Rose, está al borde la locura, como sucede siempre con aquellos que saben demasiado acerca de nosotros. Viktor, por su parte, ha sabido siempre que tú eras su padre; se crio con el amor de su madre, y sabe que ella también es una bebedora de sangre. Así pues, salgamos mañana por la noche para resolver todo eso de entrada; y después, el problema de la Voz.

Asentí, procurando reprimir una sonrisa amarga. ¡Qué jugada habían hecho! ¿Habría sido deliberado? ¿Calculado? No importaba demasiado ahora. Así estaban las cosas.

—¿Crees que estas cuestiones son más importantes que la Voz? —pregunté—. ¿No te parece que pueden esperar un poco más? No sé qué pensar, no puedo pensar. No estoy decidido.

—Creo que si vuelves a acudir a Maharet —dijo Gabrielle— te llevarás una gran decepción con lo que descubras. Y ella podría muy bien destruirte.

—¡Cuéntame ahora mismo lo que sabes! —dije, repentinamente furioso—. Cuéntamelo.

—Lo importante es lo que sepamos todos cuando nos reunamos —dijo Gabrielle. Estaba tan enfadada como yo—. No lo que yo sospeche, ni las imágenes fragmentarias que haya captado yo misma u otro. ¿Es que no lo entiendes? Nos enfrentamos a una crisis peor que la otra vez. ¿No te das cuenta? Pero contamos con Sevraine y con ese anciano, Seth, que es aún más viejo que ella. Y quién sabe qué otros ancianos habrá allí. Debemos reunirnos con ellos, no con Maharet.

—Tú sabías que yo tenía un hijo y no me lo contaste —dije

de pronto, impulsivamente—. Y también sabías lo que le había sucedido a mi Rose.

—Basta, Lestat, por favor —dijo Sevraine—. Me hace daño a los oídos escucharte. Tu madre se enteró de todo esto por mí y fue a buscarte y a traerte inmediatamente, tal como yo le había pedido. Tú has estado viviendo en tu propio mundo, acorazado y solitario. No has dado muestras de que esta situación te preocupara. Ahora ven con nosotros a reunirte con los demás tal como te pedimos.

—Quiero ver a David y Jesse... —dije.

—David y Jesse se han unido a los demás —dijo Gremt.

—¿Y qué sabes tú de Maharet ahora mismo? —le pregunté, dando un puñetazo en la mesa.

—No soy omnisciente —dijo Gremt en voz baja—. Podría abandonar este cuerpo y viajar allí, invisible y silencioso, con relativa facilidad. Pero he renunciado a ese poder. Me he adiestrado a mí mismo para caminar, hablar, ver y oír como un ser humano. Y, además, lo que le esté pasando a Maharet ninguno de nosotros puede cambiarlo.

Aparté la silla y me puse de pie.

—Ahora necesito estar solo —dije—. Esto es demasiado, sencillamente. Necesito pasearme solo por ahí fuera... No sé lo que haré. Aún tenemos bastantes horas para hablarlo. Quiero estar solo. Vosotros sin duda debéis ir a Nueva York. Todos vosotros. Y debéis luchar contra la Voz con todo vuestro poder. En cuanto a mí... no sé.

Sevraine se levantó, rodeó la mesa y me tomó del brazo.

—Muy bien —dijo—. Sal a pasear si no hay otro remedio. Pero tengo algo que tal vez pueda ayudarte en tus reflexiones: algo que he preparado especialmente para ti.

Me llevó fuera de la estancia y por un largo pasadizo cubierto de oro reluciente, como muchos de los que ya había visto. Pero enseguida tomamos otro más tosco y menos ornamentado y empezamos a descender por una empinada escalera tallada en la roca.

Parecía que estuviéramos en un laberinto. Percibí un aroma a seres humanos.

Al fin, llegamos a una rampa que desembocaba en una pequeña habitación iluminada únicamente por un par de gruesos cirios montados sobre unas repisas. Y allí, tras una reja de hierro que ocupaba toda una pared, había un ser humano de piel dorada que me miraba desde las sombras fijamente con unos furiosos ojos negros.

El aroma era apabullante, delicioso, casi irresistible.

El hombre empezó a sacudir los barrotes con todas sus fuerzas, a increpar a Sevraine en el francés más grosero y vulgar que había oído en mi vida. La amenazó una y otra vez, diciendo que sus compinches vendrían a arrancarle todos los miembros y a practicar con ella todas las abominaciones eróticas que se le ocurrieron.

Juraba que sus «hermanos» nunca dejarían con vida a nadie que le hubiera hecho daño; que Sevraine no sabía la desgracia que había atraído sobre sí, etcétera, etcétera. Y volvía a empezar de nuevo, maldiciéndola con las peores palabras creadas en cualquier lengua para denigrar a una mujer.

Yo estaba fascinado. Había pasado mucho tiempo desde la última vez que me había tropezado con alguien tan entregado al mal y tan deslenguado en su cólera. Percibí un olor a mar procedente de su andrajoso mono de trabajo y de su camisa tejana empapada de sudor, y vi que tenía en la cara y el brazo derecho varias cicatrices que se habían endurecido y convertido en costurones de carne lívida.

A mi espalda se cerró una pesada puerta.

Ahora la criatura y yo estábamos solos. A la derecha de la reja, vi la llave de la celda colgada de un gancho. La cogí mientras él seguía desvariando y maldiciendo incansablemente, y la giré muy despacio en la cerradura.

Él abrió de golpe la puerta de la reja y se lanzó hacia mí, con las manos listas para agarrarme de la garganta.

Yo le dejé hacer; dejé que se arrojara con todas sus fuerzas contra un cuerpo que no cedía un milímetro siquiera. Ahí estaba: intentando apretarme el cuello con los dedos y totalmente incapaz de dejarme la menor marca en la piel, mientras me miraba a los ojos con una expresión asesina.

Retrocedió, calibrando la situación, y ensayó otra estrategia. ¿Acaso era dinero lo que yo quería? Él tenía mucho dinero. Sí, de acuerdo, esta vez se las veía con algo a lo que nunca se había enfrentado. Nosotros no éramos humanos, ya lo notaba. No era idiota. No era un estúpido. ¿Qué queríamos?

—Dime —rugió en francés. Sus ojos se movían febrilmente por el techo, el suelo, las paredes. Las puertas.

—Te deseo —dije en francés. Abrí la boca y me pasé la lengua por los colmillos.

Él no daba crédito a sus ojos; por supuesto no lo creía, consideraba absurdo que tales criaturas pudieran existir.

—¡No pretendas asustarme! —rugió de nuevo.

Se agazapó, con los hombros encorvados, los brazos flexionados y los puños cerrados firmemente.

—Me basta contigo para quitarme cualquier idea de la cabeza —le dije.

Me acerqué un poco más, lo rodeé con mis brazos, deslizándolos por aquel delicioso sudor salado, y le hundí rápidamente los dientes en el cuello. Es el modo menos doloroso de hacerlo: buscar directamente la arteria y dejar que la primera sacudida en el corazón de la víctima acalle todos sus temores.

Su alma se me abrió como un cadáver podrido, y toda la suciedad de su vida dedicada al contrabando, el latrocinio y el asesinato caprichoso —asesinatos y más asesinatos— salió a borbotones con su sangre como un petróleo negro y viscoso.

Estábamos en el suelo de la celda. Él aún seguía vivo. Yo me iba bebiendo poco a poco hasta la última gota, dejando que la sangre abandonara su cerebro y sus órganos y fluyera hacia mí con la ayuda lenta pero constante de su potente corazón.

Ahora él era un niño, un niño confiado, lleno de curiosidad y de sueños que correteaba por unos campos muy similares a los míos, a los de Auvernia, y había tantas cosas que ese niño anhelaba saber, que quería descifrar, que deseaba hacer en su vida. Cuando creciera, encontraría las respuestas. Sabría la verdad. De pronto, la nieve empezó a caer en el lugar donde estaba jugando, corriendo, saltando, girando sobre sí mismo con los brazos en aspa. Y él echó la cabecita hacia atrás para tragarse los copos que caían.

El corazón se detuvo.

Permanecí tendido allí un buen rato, todavía sintiendo la calidez de su pecho, su mejilla bajo la mía, todavía percibiendo un último temblor de vida que le sacudía los brazos.

Entonces habló la Voz.

La Voz estaba allí, hablando bajo, en un tono confidencial, ahí mismo.

—Verás —dijo—, yo también quiero saber todas esas cosas. Yo quería saber, quería saber con toda mi alma qué es la nieve. Y qué es bello, y qué es el amor. ¡Todavía quiero saberlo! Quiero ver con tus ojos, Lestat, oír con tus oídos, hablar con tu voz. Pero tú te has negado. Me has dejado en la ceguera y la desdicha, y lo pagarás muy caro.

Me puse de pie.

—¿Dónde estás, Voz? —pregunté—. ¿Qué has hecho con Mekare?

Él lloró amargamente.

—¿Cómo puedes hacerme esa pregunta? Tú, de entre todos los bebedores de sangre engendrados y sostenidos por mí. ¡Tú sabes lo impotente que soy dentro de ella! Y no sientes ninguna piedad por mí; solo odio.

Silencio. Se había ido.

Traté de analizar cómo lo sabía, qué era lo que había sentido cuando se había marchado, cuáles eran los sutiles indicios de su repentina marcha, pero no recordaba siquiera cómo lo había percibido. Solo sabía que se había ido.

—Yo no te desprecio, Voz —dije a las paredes vacías. Mi voz sonó de un modo extraño en la mazmorra de piedra—. Nunca te he despreciado. Mi única culpa ha sido no saber quién eras. Podrías habérmelo dicho, Voz. Podrías haber confiado en mí.

Pero se había ido, se había marchado a otra parte del Jardín Salvaje; sin duda a causar estragos.

Dejé allí al hombre muerto, pues no había ningún lugar adecuado para arrojar su cadáver exangüe, y empecé a caminar por el laberinto para volver con los demás.

A medio camino, cuando los túneles de piedra dieron paso de nuevo a los corredores profusamente decorados y a los pasadizos cubiertos de oro, me pareció oír un canto.

Era el canto más suave y etéreo que pueda imaginarse: palabras en latín prolongadas por nítidas voces de soprano, un hilo melódico engarzándose con otro, y, por debajo de las voces, el sonido de lo que debía de ser una lira.

Me llegó también un rumor de agua junto con la música y el canto exquisito: agua fluyendo, derramándose y salpicando, y unas risas de bebedoras de sangre. Las risas de Sevraine. Las risas de mi madre. Percibí el olor del agua, de la luz del sol, de la hierba verde. El frescor y la dulzura del agua se mezclaban en mi mente con el regusto suculento de la sangre que acababa de fluir por mi boca y mi cerebro. Y casi veía la música convertida en cintas doradas ondeando al viento.

Llegué a unos enormes baños profusamente iluminados.

Las paredes y el techo estaban cubiertos de relucientes mosaicos, de diminutos fragmentos de mármol dorado, plateado y carmesí, de malaquita, lapislázuli y lustrosa obsidiana, y de escamas de vidrio centelleante. Había infinidad de velas ardiendo en candelabros de bronce.

Dos bellos saltos de agua danzantes alimentaban la enorme alberca en la que se estaban bañando.

Se hallaban todas de pie en el agua, apiñadas bajo la cortina de agua espumeante: unas desnudas, otras cubiertas con túnicas que el agua volvía transparentes: los rostros relucientes, las cabelleras alisadas en largas y serpenteantes cintas oscuras sobre los hombros. Y en un rincón, al fondo a la izquierda, estaban los cantantes, tres jóvenes bebedores de sangre ataviados con túnicas blancas, que cantaban con dulces y agudas voces de soprano. *Castrati* creados por la Sangre.

Me quedé hechizado por aquella visión. Las mujeres me llamaban con gestos para que entrara en la alberca.

Los *castrati* seguían cantando ensimismados, ciegos al parecer a todo lo que les rodeaba, aunque no lo fueran; cada uno tañendo las cuerdas de una pequeña lira de estilo griego.

La estancia estaba caldeada y cargada de humedad, y la luz de las velas le confería una pátina dorada.

Me acerqué, me despojé de la ropa y entré en la fresca y fragante alberca. Ellas empezaron a arrojarme agua con rosadas conchas marinas. Yo mismo me salpiqué una y otra vez la cara para refrescarme.

Allesandra danzaba desnuda con los brazos alzados; canturreaba siguiendo a los jóvenes sopranos, aunque ella lo hacía en antiguo francés, con las palabras de alguna poesía. Sevraine, cuyo cuerpo salpicado por el agua parecía tan blanco y sólido como el mármol, me besó en los labios.

De pie en el agua fresca y fluyente, me quedé paralizado y transpuesto por aquel canto agudo pero exquisitamente mesurado. Cerré los ojos. Pensé: «Recuerda siempre este momento. Recuérdalo aunque la angustia y el temor aguarden agazapados en la puerta. Esto. El son de las liras, esas voces que se entrelazan como enredaderas, que se elevan a una tesitura inconcebible para una mente lógica y que descienden lentamente para fundirse de nuevo en una armonía perfecta.»

A través de la cortina centelleante del salto de agua observé a aquellos jóvenes: sus caras redondas, su pelo rubio y rizado. Los tres se mecían levemente con la música. Y era la música lo que veían, no a nosotros, no este lugar, no este momento.

¿Qué significa ser un cantante de la Sangre, un músico; tener ese propósito, ese amor que te arrastra a lo largo de los siglos, y ser tan feliz como aquellas criaturas parecían serlo?

Más tarde, vestido con ropas nuevas que me proporcionó la dueña del palacio, entré en una larga y umbría estancia donde Gremt se hallaba sentado con Raymond Gallant. También estaba con ellos un bebedor de sangre tan anciano tal vez como Sevraine, y otros fantasmas tan magníficamente materializados en cuerpos físicos como Gremt y Raymond Gallant.

Me sentí fascinado de inmediato, pero también estaba muy cansado. Casi deliciosamente cansado.

Cuando me disponía a entrar, uno de los fantasmas se levantó y me indicó con un gesto que esperase en el umbral.

Al verlo acercarse, retrocedí hacia el corredor instintivamente, no tanto por temor como por una invencible reticencia. Yo sabía muy bien qué terreno pisaba con cualquier humano; sabía lo que podía esperar de cualquier bebedor de sangre. Pero no tenía la menor idea cuando se trataba de un fantasma dotado de un cuerpo sólido.

Él se plantó ante mí, sonriendo. La luz de la umbría estancia iluminaba su magnífico rostro. Frente tersa, rasgos griegos y pelo largo de color rubio ceniza.

Iba vestido con una larga y sencilla sotana de seda negra. Una prenda real, de seda cruda. La piel no era real, en cambio, y los órganos internos eran simulados, pero no reales. ¿Quién sabía qué alma se alojaba tras esos ojos alegres y amigables?

Una vez más, sentí que aquellos espíritus o fantasmas revestidos de cuerpos fabricados por ellos mismos eran exactamente como nosotros. Eran almas encarnadas, igual que nosotros.

—He esperado mucho para atreverme a suplicar tu perdón por lo que te hice —dijo en francés—. Esperaba que al final te alegraras de ello; rezaba para que te alegraras de estar vivo ahora, por dura que haya sido para ti la Senda del Diablo.

No dije nada. Estaba intentando descifrar qué podía significar aquello. Me asombraba que un fantasma pudiera hablar tan nítidamente, con una voz tan humana. Una voz grave que parecía salir de sus cuerdas vocales. La ilusión era perfecta.

Él siguió mirándome a los ojos. Sonrió. Tomó mis manos entre las suyas.

—Ojalá hubiera tiempo para un encuentro más largo —dijo—: tiempo para responder a las preguntas inevitables que habrás de hacerte, tiempo para dejar que se desfogue tu ira.

Unos dedos suaves, tan cálidos como unos dedos humanos.

—¿Qué ira? —pregunté.

—Soy Magnus, el que te creó y te abandonó. Y siempre cargaré con la culpa por lo que hice.

Oí sus palabras, pero no las creí. No creía que fuera posible. Mi alma humana se negaba a creerlo. Y, sin embargo, sabía que aquella criatura no me estaba mintiendo. No era momento para mentiras. Era el momento de las revelaciones. Y aquella criatura, o ser, o ente, o lo que fuera, aquella cosa me estaba diciendo la verdad.

No sé cuántos minutos transcurrieron mientras permanecíamos de pie en el pasadizo.

—No me juzgues por lo que ves —dijo—. Un fantasma puede dotarse de un cuerpo perfecto que la naturaleza jamás le dio, y eso es lo que yo he hecho. Los fantasmas de este mundo han aprendido mucho a lo largo de los siglos, especialmente en los últimos cien años. Mi cuerpo se parece al tuyo ahora, es un cuerpo esbelto, fuerte y proporcionado, exactamente el cuerpo por el cual tú pereciste como humano. Me he dado a mí mismo tus ojos, tus relucientes ojos azules. Pero te ruego que me concedas tu perdón por haberte iniciado en esta forma de existencia que ahora compartimos.

Una fría corriente de aire recorrió el pasadizo.

Sentí un hormigueo en la piel. Estaba temblando. Noté en los oídos el latido de mi corazón.

—Bueno, ojalá hubiera tiempo, como tú has dicho —respondí—. Pero ahora no lo hay. Ya casi amanece. —Tenía que hacer un esfuerzo para pronunciar cada palabra—. No puedo quedarme contigo. —Era un alivio enorme que fuera así, que tuviera que dejarlo. Tambaleante, casi como si estuviera borracho, me alejé de él. Una conmoción tras otra, y cada vez mayor.

Me volví a mirarlo. Qué triste parecía ahí de pie, qué desolado, qué abrumado por la pena y el dolor.

—Tu llama arde con fuerza, príncipe Lestat —dijo. Y las lágrimas asomaron a sus ojos.

Me alejé a toda prisa. Tenía que hacerlo. Debía encontrar un lugar secreto y agradable donde yacer en soledad. Ya no iba a viajar esta noche. Era demasiado tarde. Ahora solo me quedaba la esperanza de dormir. Al fondo, Sevraine me esperaba y me hacía señas para que me apresurase.

Dame una especie de tumba tallada en la roca, una repisa donde tumbarme. Dame esas almohadas de satén tan frescas y esas suaves colchas de lana. Dame esas cosas y déjame llorar solo. Déjame olvidarlo todo, salvo la oscuridad, en cuanto cierres la puerta.

Y pensar que al levantarme habríamos de viajar al Reino de las Grandes Conmociones.

Todo lo que yo había sido hasta esta noche se había terminado. El mundo que había habitado hasta hacía muy poco parecía ahora desolado y vacío, acabado para siempre.

Todas mis luchas, mis victorias, mis derrotas, quedaban ahora eclipsadas por las nuevas revelaciones. ¿Alguna vez el tedio y el desespero habían sido desterrados tan abruptamente por unas revelaciones semejantes, por unos dones de la verdad tan preciosos?

19

Rhoshamandes
Infame y monstruoso asesinato

Durante dos noches, Rhosh había permanecido oculto en un lujoso hotel de Manaos, desde donde veía al despertar la pequeña población amazónica y la jungla que se extendía más allá interminablemente. Estaba furioso. Había enviado a buscar a Benedict, y este había llegado tenso y agotado por el largo viaje de miles de kilómetros a través de los cielos, y ahora seguía igualmente agitado por tener que dormir en aquel hotel, donde solo contaba con el precario escondite de un armario para protegerse del sol y de los ojos curiosos de los mortales.

Había buena caza para un bebedor de sangre en esa ciudad y sus alrededores, pero eso era lo único que podía decirse en su favor desde el punto de vista de Rhosh, quien ardía en deseos de entrar en el complejo de Maharet, Jayman y Mekare, pero no lo conseguía.

Cada noche la Voz lo exhortaba a ser fuerte, a atacar las defensas de las gemelas y entrar en el recinto por la fuerza. Pero Rhosh recelaba. Era consciente de que no podía superar las fuerzas combinadas de Jayman y Maharet. Y desconfiaba de la Voz cuando decía que no llegarían a atacarle, que los pillaría desprevenidos y los encontraría sorprendentemente vulnerables a sus dones y su voluntad.

—Necesito que me liberes de esta criatura —insistía la Voz—. Necesito que me liberes de esta Impía Trinidad que me mantiene cautivo, ciego e inmóvil, incapaz de cumplir mi destino. Y yo tengo un destino y siempre lo he tenido. ¿Sabes lo que he sufrido para aprender a expresarme tal como lo estoy haciendo ahora? Tú eres mi esperanza, Rhoshamandes, tú llevas cinco mil años en la Sangre, ¿no es así? Eres más fuerte que ellos porque sabes cómo emplear tus dones, mientras que ellos son reacios a utilizarlos.

Rhosh había renunciado a discutir con franqueza con la Voz. La Voz era un ser pérfido e infantil.

Él temía a Maharet. Siempre la había temido. ¿Quién de entre los ancianos era más poderoso que ella? Maharet le llevaba mil años en la Sangre. Más aún: había sido la primera en ser iniciada, y sus recursos espirituales eran legendarios.

Si los miembros iniciales de la Primera Generación y de los Sangre de la Reina no hubieran sido telepáticamente sordos entre sí, esta situación dramática habría llegado a su desenlace mucho antes. Si Maharet pudiera oír a la Voz hablando con él, con el gran Rhoshamandes, ya estaría perdido, no le cabía la menor duda. E incluso ahora no dejaba de preguntarse si este lugar húmedo y tropical no habría de constituir el final de su largo trayecto por este mundo.

Pero cuando sus pensamientos lo sumían en el desánimo, la Voz reaparecía, susurrando, halagándolo, engatusándolo.

—Te convertiré en el monarca de la tribu. ¿No te das cuenta de lo que te estoy ofreciendo? ¿No entiendes por qué te necesito? Una vez en tu cuerpo, podré exponerme al sol cuando quiera, porque tu cuerpo es lo bastante fuerte para ello, y entonces arderán los jóvenes en todo el mundo. En cambio, tú, y yo dentro de ti, solo seremos besados por esa luz dorada. Ah, ahora recuerdo, sí, recuerdo la paz, la fuerza maravillosa que descendió sobre mí cuando Akasha y Enkil fueron expuestos al sol. Ellos se volvieron de un tono parduzco dorado simplemente, pero sus hijos perecieron abrasados en todo el mundo. Mi sangre recuperó su vigor. ¡Me sentí transportado, presa de una maravillosa euforia! Eso es lo que haremos, ¿entiendes?, cuando yo esté dentro de ti y tú desafíes a la luz del sol. ¡Y tú me amas! ¿Quién me ama, si no, aparte de ti?

—Sí, te amo —dijo Rhosh lúgubremente—. Pero no lo suficiente para ser destruido mientras intento introducirte dentro de mí. Y si te tuviera dentro, ¿sentirías lo que yo siento?

—Sí, ¿no lo entiendes? Estoy sepultado en una criatura que no siente ni desea nada, que nunca bebe, que nunca saborea la sangre dadora de vida de los humanos.

—Cuando yo me expongo al sol, siento dolor mientras me hundo en la inconsciencia y luego, al despertar, lo sigo sintiendo durante meses. Lo hago solo porque he de hacerme pasar por humano. ¿Estás dispuesto a experimentar ese dolor?

—¡Eso no es nada comparado con el dolor que siento ahora! —dijo la Voz—. Tú despertarás con la piel dorada, mientras que muchos otros estarán muertos, ¡afortunadamente muertos! Y nosotros seremos más fuertes que nunca. ¿No lo entiendes? Sí, yo sentiré lo que tú sientas. Pero una vez que tengas dentro de ti el Germen Sagrado, tú sentirás también lo que yo siento.

La Voz siguió divagando.

—¿Acaso le prometí a la reina de Egipto que podría mantener a una legión de bebedores de sangre? ¿Estaba loca? ¿No estaban locos los de la Primera Generación? Ellos sabían lo que yo era, sabían quién era, y, sin embargo, ávidos y desenfrenados, extendieron mi cuerpo y mi potencia más allá de los límites razonables, transmitiendo la Sangre a cualquiera dispuesto a rebelarse contra Akasha, y ella, a su vez, creó a los Sangre de la Reina, como si el tamaño de su guardia fuese lo único importante. Hasta que yo acabé siendo como un humano que se desangrara por todos sus miembros y sus orificios, un ser incapaz de pensar, de soñar, de conocer...

Rhosh escuchaba, pero solo a medias. «Tú sentirás también lo que yo siento.»

Las posibilidades desfilaban, fulgurantes, por su mente mientras permanecía apostado junto a la ventana contemplando la ciudad de Manaos de noche.

—¿Qué más querrás de mí, aparte de que me duerma bajo el sol para quemar a toda la chusma?

¿La chusma? Mucho más que la chusma ardería. Los numerosos bebedores de sangre jóvenes arderían: Lestat; su precioso Louis; Armand, ese cruel y notorio tirano; y por supuesto, el pequeño genio de Benji Mahmoud.

Y todos sus neófitos arderían también. Arderían vampiros que llevaban mil años en la Sangre, e incluso dos mil. Ya había sucedido en el pasado. Y Rhoshamandes lo sabía bien. No era ninguna leyenda. Él había quedado quemado y convertido en un reluciente pedazo de caoba marrón, y había sufrido dolores indescriptibles durante meses cuando el Rey y la Reina fueron arrastrados al desierto de Egipto por el anciano malvado. Si el anciano hubiera tenido la fuerza suficiente para dejar al sol a los Padres Divinos durante tres días, Rhoshamandes tal vez habría perecido. Y el propio anciano habría muerto ¿Y quién habría ido a rescatar a Akasha y Enkil? Habría sido el fin. En otros lugares, Sevraine, Nebamun e infinidad de bebedores de sangre debían de haber sufrido un destino similar. Y de entre los que sobrevivieron y se volvieron más fuertes, muchos acabaron inmolándose a causa del dolor de su existencia. Todo eso lo recordaba muy bien. Sí, lo recordaba.

Pero nadie sabía cuántos años en la Sangre eran necesarios para sobrevivir a un holocausto semejante. Ah, bueno, tal vez los grandes médicos Fareed y Seth lo supieran. Quizás habían hecho estudios y cálculos basados en entrevistas con bebedores de sangre y en el análisis de las Crónicas Vampíricas. Quizás habían hecho proyecciones. Quizás eran capaces de hacer transfusiones de sangre de los ancianos a los jóvenes con bolsas y tubos de plástico reluciente. Quizá tenían en sus criptas una reserva de sangre extraída de las venas del gran Seth.

—Oh, sí, son muy inteligentes —dijo la Voz, ignorando la pregunta anterior de Rhosh y respondiendo a sus especulaciones—. Pero ellos no sienten ningún amor por mí. Son traicioneros. Hablan de «la tribu», igual que Benji Mahmoud. ¡Como si yo no fuera la tribu! —rugió, atormentado—. ¡Como si yo, Amel, no fuera la tribu!

—Así que no quieres caer en sus manos —dijo Rhosh.

—No, nunca. ¡Jamás! —dijo la Voz con desesperación—. ¡Imagina lo que podrían hacerme! ¿Puedes imaginártelo?

—¿Qué podrían hacer? —preguntó Rhosh.

—Meterme en un depósito de sangre: mi Sangre, la Sangre que yo he creado. Meterme en un depósito donde yo permanecería ciego y sordo y mudo, atrapado en una oscuridad todavía más profunda que la de ahora.

—Tonterías. Alguien habría de alimentarte y mantenerte en

ese depósito. Ellos nunca han hecho nada tan peligroso. Y tú no eres un elemento separado. Eso incluso yo lo sé. Estás unido al cerebro de Mekare, unido al corazón de Mekare para bombear sangre hacia su cerebro. Si ellos fueran capaces de simular ese sistema, alguien —más de uno seguramente— debería encargarse de mantenerlo y alimentarlo, como te digo. Eso nunca te sucederá.

Estas palabras apaciguaron al parecer a la Voz, que respondió entre susurros:

—Ahora he de callarme. Pero debes venir a mí cuanto antes. Ella se acerca. Se siente acosada y está llena de desesperación. ¡Sueña con arrojarse con Mekare y conmigo en un lago de fuego! Llora a sus neófitos perdidos. Ha desterrado a todos aquellos a los que ama.

Rhoshamandes meneó la cabeza y murmuró entre dientes una negativa exasperada.

—¡Escúchame! —suplicó la Voz—. Ella solo necesita una palabra de aliento de algún alma desesperada como la suya, te lo aseguro, y se llevará a Mekare en brazos a ese volcán llamado Pacaya. ¿Sabes dónde está?

—Pacaya —susurró Rhosh—. Sí, sé dónde está.

—¡Pues ahí terminará en llamas nuestra historia si no vienes a mí! ¡Podría suceder esta misma noche, te lo aseguro!

—Tú no puedes leerle el pensamiento, ¿no? Estás sepultado en el cuerpo de su hacedora. No puedes...

—Yo le leo el pensamiento desde la mente de Mekare, idiota —dijo la Voz—. ¡Entro en su mente a hurtadillas, del mismo modo que entro en la tuya! Ella no puede cerrarme el paso. Pero ay, ¡cómo la aterrorizaría si intentara hablar con ella!, ¡la volvería completamente loca!

Pacaya, un volcán activo de Guatemala. Rhosh se había quedado sin aliento. Estaba temblando.

—Debes venir ahora —dijo la Voz—. Jayman anda perdido por algún punto del norte adonde lo envié a sembrar la destrucción. Es una ruina de sí mismo, te lo aseguro. No fue creado para la eternidad como tú. Ella se desespera con solo verlo. Jayman es un juguete roto. Ven a mí ahora. ¿Sabes lo que es un machete? Hay machetes por todas partes en este lugar. Machetes. ¿Sabes usar un machete? ¡Libérame de su cuerpo! ¡Si no lo haces, me iré con la música a otra parte!

Y se fue. Rhosh notó que se había ido.

Pero ¿adónde había ido? ¿A enfrentar a algún bebedor de sangre asustadizo contra otro? ¿O bien a tentar a Nebamun, allá donde estuviera, o incluso a Sevraine?

¿Y qué sucedería si el Germen Sagrado era transferido a un ser semejante? O lo peor de todo: ¿y si el impulsivo Lestat de Lioncourt se las arreglaba para controlarlo en su joven cuerpo? ¡Líbreme el cielo!

En cuanto al Pacaya, ¿y si ella cogía a su gemela y se la llevaba por los aires hacia ese infierno? ¡Ah, qué agonía se abatiría sobre todos y cada uno de los miembros de la tribu cuando ese calor espantoso y esas llamas inextinguibles abrasaran el cuerpo huésped del Germen Sagrado!

Benedict se había quedado dormido en la cama. Descalzo, con unos tejanos impecables y una camisa blanca abierta por el cuello y las mangas, yacía allí sumido en el sueño.

Había algo en su imagen dormida y confiada que conmovió a Rhoshamandes. De todos los bebedores de sangre que Rhosh había creado o conocido, este era el único cuyo cuerpo y cuyo rostro seguían constituyendo, pese al paso del tiempo, un fiel reflejo de su alma. Este sí que sabía amar.

No era de extrañar que hubiera sido Benedict quien le llevó a Rhosh las memorias de las Crónicas Vampíricas y le insistió para que las leyera. No era de extrañar que Benedict hubiera mirado con tanto cariño el sufrimiento de Louis de Pointe du Lac y la rebeldía salvaje de Lestat.

—Ellos lo entienden —le había dicho a Rhosh—. No podemos vivir sin amor. No importa lo viejos o lo fuertes que seamos, ni los bienes que poseamos. No podemos vivir sin amor. Es imposible. Y ellos lo saben; tan jóvenes, y ya lo saben.

Rhosh se sentó con sigilo junto a él y le acarició la espalda. La suave camisa de algodón cubría su piel tersa. Su cuello y su rizado pelo castaño tenían un tacto sedoso. Rhosh se inclinó y lo besó en la mejilla.

—Despierta, Ganímedes —dijo—. Tu hacedor te necesita.

Recorrió con la mano las caderas del joven y sus esbeltos y

fuertes muslos, sintiendo los músculos férreos bajo la tela tejana almidonada. ¿Acaso había habido en la Sangre un cuerpo más cercano a la perfección? Bueno, quizás el de Allesandra, antes de que se convirtiera en una bruja retorcida, lasciva y enloquecida, en un monstruo harapiento de los Hijos de Satán. Pero este era sin duda el cuerpo situado en segundo lugar.

Benedict se despertó con un sobresalto, mirando ciegamente la penumbra.

—La Voz —murmuró sobre la almohada—. La Voz dice que vayamos, ¿verdad?

—E iremos. Pero tú debes permanecer siempre cinco metros por detrás. Y solo has de venir cuando yo te llame.

—¿Cinco metros frente a unos monstruos semejantes?

Rhosh se levantó y tiró de Benedict hasta ponerlo de pie.

—Bueno, pues quince. Mantente oculto, pero lo bastante cerca como para oír cualquier orden y acudir en el acto.

¿Cuántas veces le había enseñado Rhosh a Benedict cómo usar el Don del Fuego: cómo debía reunirlo y dispararlo contra cualquier bebedor de sangre que intentara emplearlo contra él; cómo debía repeler el poder de un asesino más anciano; cómo debía contraatacar con toda su potencia contra dones que podían parecer abrumadores a primera vista? ¿Cuántas veces le había demostrado cómo podía hacer cosas con su mente que él creía imposibles: cosas como abrir puertas, destrozarlas y arrancarlas de sus goznes?

—Nadie conoce la medida cabal de los poderes de otro —le había dicho infinidad de veces a lo largo de los siglos—. ¡Has de sobrevivir a los ataques cuando luches! Lucha y huye. ¿Lo has entendido?

Pero Benedict no era un guerrero por naturaleza. En el breve período de su vida mortal, había sido un joven estudioso entregado a la oración; solo la sensualidad del mundo que lo rodeaba lo había impulsado a abandonar a su dios cristiano. Pero él estaba hecho para las bibliotecas de los monasterios y las cortes reales. Amaba los manuscritos y los libros bellamente ilustrados; la música de las flautas, los tambores y laúdes; las voces fundidas y armonizadas del canto; los cuerpos de hombres y mujeres en lechos de seda o en jardines perfumados. No, no era un guerrero. Nunca lo había sido. Solo había pecado contra su dios cristiano porque no veía qué mal había en amar la pasión. Y la satisfacción de sus desenfrenados deseos había resultado siempre fácil, armoniosa y agradable.

Un profundo escalofrío recorrió a Rhosh. Tal vez había cometido el peor error posible al traer a Benedict aquí. Pero ¿acaso no era infinitamente más vulnerable a miles de kilómetros de distancia, incluso en el interior de la cripta, frente a cualquier trampa que pudiera tenderle la Voz?

Bueno, ya no había tiempo de urdir un plan, y menos ahora, cuando Maharet estaba volviendo a su fortaleza y cuando podía oír con sus oídos sobrenaturales lo que no oyera por vía telepática.

—Ponte los zapatos. Nos vamos ahora mismo.

Finalmente, se plantaron como dos sombras oscuras ante la ventana abierta. Ni un solo ojo mortal los vio ascender.

Y solo habían transcurrido unos momentos cuando descendieron silenciosamente hacia la jungla que rodeaba el complejo de Maharet.

—Ah, ya has llegado. Y en el momento justo —dijo la Voz intrépidamente en el interior de la cabeza de Rhosh—. Ella está allí. Ahora va a entrar y dejará las puertas abiertas a su espalda un momento. ¡Date prisa, antes de que pulse sus botones mágicos y me encierre en esta prisión!

Rhosh entró en el recinto rodeado de malla metálica y caminó sigilosamente hacia el arco iluminado.

—Los machetes. ¿Los ves? —dijo la Voz—. Están junto a la pared. Son muy afilados.

Rhosh sintió la tentación de decir: «Si no cierras la boca, vas a volverme loco», pero se contuvo. Apretó los dientes, alzó ligeramente la barbilla.

Y sí, vio el largo machete con mango de madera tirado sobre un banco, entre tiestos de orquídeas. La hoja, aunque cubierta de barro, relucía a la luz de la entrada iluminada.

—Ella está soñando con el Pacaya —dijo la Voz—. Ve el cráter hirviente. Ve el vapor blanco que se eleva hacia el cielo oscuro. Ve la lava fluyendo ladera abajo, con lenguas incandescentes y abrasadoras. Piensa que nada puede sobrevivir en ese infierno: ni ella, ni su hermana...

Ah, ojalá pudiera hacer callar a la Voz.

—¡Y no me atrevo a intentar disuadirla, porque yo soy lo que más teme del mundo!

Entrevió una silueta oscura a la izquierda. La intuyó mientras cogía el machete y observaba cómo se desprendía el barro seco de la hoja.

Alzó lentamente los ojos y distinguió la figura de una de las dos gemelas, que estaba mirándolo fijamente. Una de ellas, sí, ¿pero cuál?

Se había quedado petrificado con el machete en la mano. Aquellos ojos azules estaban fijos en él con una especie de soñadora indiferencia. La luz que salía del arco de la entrada recortaba el rostro terso e inexpresivo. Luego, con la misma indiferencia, los ojos se apartaron de él.

—Esa es Mekare —susurró la Voz—. Es mi prisión. ¡Vamos! Muévete como si supieras adónde vas. ¿Sabes adónde vas?

Un llanto apagado y desgarrador llegó a sus oídos. Venía de la habitación iluminada que quedaba más allá del arco.

Caminó por el sendero de tierra blanda, asiendo el machete con la mano derecha, acariciando el mango de madera con los dedos. Un mango fuerte, pesado. Una hoja monstruosa. Quizá midiera sesenta centímetros. Una cuchilla poderosa. Percibía el olor del acero, el olor del barro seco y el de la tierra húmeda que lo rodeaba por todas partes.

Llegó a la entrada.

Maharet estaba sentada en una silla de junco con la cara entre las manos. Llevaba una larga túnica de algodón rosa oscuro, cuyas mangas le cubrían los brazos. De sus dedos, tan lívidos como la cara, goteaba sangre: la sangre delicada de sus lágrimas. Su largo pelo cobrizo, echado hacia atrás, le caía por la espalda encorvada. Tenía los pies descalzos.

Ahora lloraba casi en silencio.

—Jayman —musitó, angustiada. Alzó lentamente la cabeza y se volvió a mirarlo con cansancio.

Al verlo en el umbral, dio un respingo.

Ella no sabía quién era. No pudo identificarlo ni rescatar su nombre de golpe, después de tantos, de tantísimos años.

—Mátala —dijo la Voz—. Deshazte de ella.

—¡Benedict! —dijo Rhosh alzando la voz, al menos lo bastante para hacerse oír, y enseguida oyó que el chico se acercaba por el jardín.

—¿Qué quieres de mí? —preguntó la mujer, mirándolo.

La sangre trazaba dos finos regueros por sus mejillas, como las lágrimas pintadas de un Pierrot con máscara de porcelana. Tenía el ribete de los ojos enrojecidos; sus cejas relucían con un brillo dorado.

—Ah, así que ese ser te ha traído aquí, ¿no? —dijo. Se puso de pie con un movimiento ágil y rápido; la silla cayó hacia atrás a su espalda.

Había un metro y medio de distancia entre ambos.

Rhosh notó que Benedict estaba detrás de él, aguardando. Oía su respiración agitada.

—¡No hables con ella! —gritó la Voz dentro de su cabeza—. No creas lo que te diga.

—¿Qué derecho tienes a estar aquí? —preguntó Maharet, ahora en la lengua antigua.

Él se mantuvo impertérrito, sin dar la menor muestra de que la había entendido.

El rostro de ella se transformó de golpe; sus rasgos se crisparon, su boca se retorció, y Rhosh sintió que lo golpeaba una poderosa ráfaga.

Consiguió pararla y arrojarla de vuelta hacia Maharet, que se tambaleó y tropezó con la silla.

De nuevo, ella disparó una violenta descarga para impulsarlo hacia atrás, para sacarlo de allí.

—¡Benedict! —gritó al notar el impacto.

Esta vez, Rhosh empleó el Don del Fuego a toda potencia y, al mismo tiempo, avanzó con el machete alzado.

Maharet gritó. Gritó como una pobre aldeana indefensa en mitad de una guerra, como un ser impotente y desesperado. Pero mientras se llevaba las manos al pecho, lanzó también una ráfaga del Don del Fuego contra él. Rhosh sintió un calor tan intolerable como el que ella estaba sintiendo; notó que su cuerpo ardía con un dolor indecible.

Y aun así se negó a ceder al dolor. Se negó a aceptar la derrota, a quedar paralizado por el pánico.

Mientras intentaba hacerla retroceder, notó la mano de Benedict en la espalda, oyó que daba un grito. Era un horrible grito de batalla, y enseguida salió otro igual de sus propios labios.

Una vez más, reunió todo su poder y lo apuntó al corazón de Maharet, al tiempo que descargaba el machete sobre ella con toda su fuerza física y le hundía la hoja en el cuello.

Maharet soltó un horrible rugido. La sangre brotó disparada de su boca como de una fuente espantosa.

—¡Jayman! —rugió, con la sangre burbujeante en los labios—. ¡Mekare! —Y de repente salió de ella una larga letanía de nombres: los nombres de aquellos a los que había conocido y amado, y luego un aullido jadeante—. Me muero. ¡Me asesinan!

Retorcía el cuello con desesperación, se le caía la cabeza hacia atrás y alzaba las manos para sujetársela. La sangre se derramaba sobre su túnica de algodón, le chorreaba por los brazos, salpicaba a Rhosh.

Él sujetó el machete con ambas manos y volvió a asestarle un golpe en el cuello con todas sus fuerzas, y esta vez la cabeza se desprendió, voló por el aire y cayó en el suelo de tierra húmeda de la habitación.

Su cuerpo decapitado se desmoronó, aunque sus manos se alzaban todavía con desesperación; y cuando cayó al fin hacia delante, sus uñas se hincaron como garras en la tierra.

La cabeza yacía de lado, con los ojos abiertos, mientras la sangre se escurría lentamente. ¿Quién sabía qué oraciones, qué súplicas, qué ruegos desesperados salían aún de ella?

—¡Mira! ¡El cuerpo! —aulló Benedict, golpeando a Rhosh en la espalda con los puños—. Se está arrastrando hacia la cabeza.

Rhosh se adelantó y aplastó con la bota el torso decapitado, lo hundió en el barro y, pasándose el machete a la mano izquierda, agarró la cabeza sangrante por la cabellera cobriza.

Los ojos de Maharet se movieron para clavarse en él fijamente mientras abría la boca. Un ronco susurro salió de sus labios trémulos.

Él soltó el machete. Echándose hacia atrás, apartando a Benedict y casi tropezándose con el cuerpo estremecido de estertores, estrelló la cabeza contra la pared una y otra, y otra vez. Pero no logró partir el cráneo.

De pronto, lo soltó, lo dejó caer, y él mismo se desmoronó de rodillas y quedó a gatas en el suelo. Entonces vio justo delante la bota de Benedict; vio que el machete caía centelleante sobre la deslumbrante cabellera rojiza y abría una gran hendidura en el cráneo. La sangre, roja y reluciente, empezó a borbotear.

Ahora la cabeza estaba en llamas. Benedict la había incendiado y ardía en llamas. Rhosh permaneció de rodillas, convertido en un mudo testigo —totalmente impotente—, mirando cómo se quemaba y ennegrecía la cabeza, cómo se consumía el pelo entre la humareda y los chisporroteos.

Sí, el Don del Fuego. Al fin se recobró. Y lanzó una ráfaga con toda su furia. La cabeza se iba arrugando, toda negra, como una muñeca de plástico entre las llamas de un montón de basura; los ojos emitieron un destello blanco por un instante y se volvieron negros. Toda la cabeza era un trozo de carbón sin cara y sin labios. Muerta, destruida.

Rhosh se levantó tambaleante.

El cuerpo decapitado yacía inmóvil. Pero Benedict también lo estaba fulminando: el cuerpo e incluso la sangre que rezumaba aún de él. Y todo el conjunto fue ardiendo en llamas, junto con la túnica de algodón.

Presa del pánico, Rhosh miró a uno y otro lado. Retrocedió dando tumbos. ¿Dónde estaba la otra?

Todo permanecía en silencio. No llegaba ningún ruido del jardín.

El fuego crepitaba, chisporroteaba y humeaba. Benedict recuperaba el aliento entre sollozos angustiosos. Le había puesto a Rhosh una mano en el hombro.

Él contempló la masa ennegrecida que había sido la cabeza de Maharet: la cabeza de la hechicera que había ido a Egipto con el espíritu Amel, el cual había entrado en la Madre; la cabeza de la bruja que había resistido seis mil años sin refugiarse nunca en la tierra para dormir, la cabeza de la gran bruja y bebedora de sangre que nunca le había hecho la guerra a nadie, salvo a la Reina que le había arrancado los ojos y la había condenado a morir.

Ahora ya no existía. Y había sido él, Rhosh, quien lo había hecho. Él... y Benedict, a instancias suyas.

Sentía una pena tan inmensa que pensó que moriría bajo su peso abrumador. Sintió como si el aliento se le atascara en el pecho y la garganta, amenazando con asfixiarlo.

Se pasó los dedos por el pelo; y de repente, empezó a tirar de él, lo dividió en dos grandes mechones y tiró hasta que le dolió, hasta que el dolor le llegó al cerebro.

Se dirigió tambaleándose al umbral.

Allí, a solo diez metros, se hallaba de pie la otra, inmutable: una solitaria figura en medio de la noche, mirando en derredor con una expresión errante, con una destellante mirada que recorría sin cesar las hojas, los árboles, las criaturas que se movían en las ramas altas, la luna allí en lo alto.

—¡Debes hacerlo ahora! —rugió la Voz—. Hazle lo que le has hecho a su hermana, y después toma su cerebro e introdúcelo dentro de ti. ¡Hazlo! —gritó la Voz.

Benedict estaba a su lado, pegado a él.

Rhosh vio el machete ensangrentado en la mano derecha de Benedict. Pero no hizo ademán de cogerlo. El dolor se le retorcía y anudaba por dentro, como una cuerda ceñida en torno a su corazón. No podía hablar. No podía pensar.

«He hecho algo malvado. He cometido un acto indecible.»

—Te digo que lo hagas —dijo la Voz en un tono desesperado—. ¡Tómame dentro de tu cuerpo! ¡Ya sabes cómo debes hacerlo! Ya sabes cómo se llevó a cabo con Akasha. Hazlo ya. ¡Hazlo tal como has hecho con la otra! Hazlo. He de librarme de esta prisión. ¿Te has vuelto loco? ¡Hazlo!

—No —dijo Rhosh.

—¿Vas a traicionarme ahora? ¿Osarás? Haz lo que te digo.

—No puedo hacerlo solo —dijo Rhosh. Ahora advirtió que estaba temblando violentamente de pies a cabeza y que un sudor de sangre había empezado a brotarle en la cara y en las manos. Sentía que el corazón le palpitaba en la garganta.

La Voz se había puesto a maldecir, a farfullar y gritar.

La mujer muda permanecía de pie, impasible. De repente, el grito de un pájaro pareció despertarla. Ladeó la cabeza hacia la izquierda, hacia Rhosh, como si mirase hacia arriba para ver el pájaro, aquel pájaro que estaba más allá del jardín rodeado de malla metálica.

Lentamente, dio media vuelta y se alejó de Rhosh a través de la espesura de helechos y palmeras. Sus pisadas sonaban suavemente en la tierra. Una especie de tarareo salía de sus labios. Siguió adelante, alejándose.

La Voz lloraba. Sollozaba.

—Te digo que no puedo hacerlo sin ayuda —dijo Rhosh—. Necesito ayuda. Necesito la ayuda de ese médico vampiro si es que he de hacerlo, ¿no lo entiendes? ¿Qué pasa si empiezo a morirme cuando ella muera?, ¿qué pasa si no puedo hacer lo que hizo Mekare cuando mató a Akasha? ¡No puedo hacerlo!

La Voz gemía, lloraba. Lloraba como un ser roto y derrotado.

—Eres un cobarde —susurró—. Eres un miserable cobarde.

Rhosh se acercó a una silla. Se sentó, con el cuerpo encorvado hacia delante y los brazos ensangrentados pegados al pecho. «He hecho una cosa indecible. ¿Cómo puedo vivir después de lo que he hecho?»

—¿Y ahora qué? —preguntó Benedict frenéticamente.

Rhosh apenas lo oía.

«Un acto malvado. Sin ninguna duda. Malvado según lo que yo siempre he considerado que era justo o bueno.»

—Rhosh —suplicó Benedict.

Alzó la vista hacia él. Trató de enfocarlo. Intentó pensar.

—No sé —dijo Rhosh.

—Jayman ya viene hacia aquí —dijo la Voz, desconsolada—. ¿Vas a dejar que te asesine sin luchar siquiera?

Transcurrió una hora hasta que Jayman apareció.

Habían enterrado los restos de Maharet y aguardaban al acecho, cada uno a un lado de la puerta, armados con los machetes del jardín.

Jayman volvía cansado y apático, entristecido, despeinado por el viento. Entró tan exhausto en la habitación que ni siquiera acertó a buscar una silla donde reposar. Durante un buen rato, permaneció en la entrada respirando lenta y regularmente con las manos en los costados.

Entonces reparó en las oscuras y grasientas manchas que cubrían el suelo de barro. Vio el hollín, las cenizas.

Vio la tierra removida, allí donde la habían enterrado precipitadamente.

Alzó la vista y se giró en redondo. Pero demasiado tarde.

Con los dos machetes, le asestaron un tajo por cada lado en su cuello poderoso y lo decapitaron casi en el acto.

No salió de él una palabra y, cuando su cabeza cayó, tenía los ojos totalmente abiertos de asombro.

Rhosh la recogió y bebió la sangre que rezumaba del cuello.

La sujetó con ambas manos y, aunque tenía la vista nublada y los oídos palpitantes, vio cómo agonizaba el cuerpo decapitado mientras él succionaba la sangre del cerebro: esa sangre poderosa y espesa, esa viscosa y deliciosa sangre antigua.

Jamás habría podido beber una gota de la sangre de Maharet. Jamás. La sola idea le repugnaba. Y de hecho, ni siquiera lo había pensado. Pero ahora solo pensó: «Este es un guerrero tal como yo lo fui, es el líder de la Primera Generación que luchó contra los Sangre de la Reina, y ahora está en mis manos: Jayman, el líder derrotado.» Y siguió bebiendo su sangre, y las imágenes entraron a borbotones en él; la puerta entre la Primera Generación y los Sangre de la Reina se abrió de golpe: imágenes de aquel ser cuando era un joven humano lleno de vitalidad. No. Rhosh arrojó la cabeza. No quería esas imágenes. No quería conocer a Jayman. No quería almacenar en su cerebro esas imágenes.

Quemó el cuerpo y la cabeza.

Fuera, en el jardín, había una fuente: una fuente de estilo griego. Cuando terminaron y el cuerpo estuvo enterrado, salió y se lavó las manos y la cara, se enjuagó la boca y escupió el agua en el suelo.

Benedict hizo lo mismo.

—¿Qué piensas hacer ahora? —preguntó la Voz—. Esta cosa en la que me hallo sepultado pronto mirará de ponerse a cubierto del sol, pues es lo único que sabe hacer: esa es la suma completa de su discernimiento y de todos sus milenios.

La Voz se echó a reír. Rio y rio como un mortal al borde de la locura. Se reía con una risa aguda y genuina, como si sencillamente no pudiera evitarlo.

La jungla que los rodeaba empezaba a despertar. Ya había llegado el aire de la mañana, ese aire que todos los bebedores de sangre reconocen cuando se aproxima el amanecer, cuando los pájaros empiezan a cantar y el sol roza el horizonte.

Mekare avanzó lentamente, como un gran reptil, a través del jardín, entró en la habitación, cruzó el suelo de barro y desapareció por el umbral de otra cámara interior.

Rhosh no pensaba quedarse en este lugar, no. Quería marcharse ahora mismo. Le asqueaba estar allí.

—Vamos a refugiarnos ahora al hotel —dijo—. Y luego ya pensaremos qué hacemos, y cómo localizamos a Fareed para que nos preste ayuda.

—Bueno, yo puedo prestarte cierta ayuda, mi cohibido pupilo —dijo la Voz amargamente. Se había acabado agotando de tanto reír. Ahora tenía un tono angustiado que Rhosh no le había oído nunca—. Te voy a decir cómo puedes conseguir la ayuda de Fareed. Te lo habría contado mucho antes si hubiera sabido que eras un pusilánime y un miserable cobarde. Recuerda estos nombres: Rose y Viktor. Por Rose únicamente, Fareed tal vez no cumpliría tus órdenes. Por Viktor, hará cualquier cosa, y lo mismo la élite de la tribu, la entera y dichosa élite de la tribu que ahora se está reuniendo en esa casa de Nueva York llamada Trinity Gate.

Empezó a reírse otra vez de un modo enloquecido e incontrolable: una risa llena hasta tal extremo de dolor que Rhosh jamás habría sido capaz de concebir.

—Y Lestat obedecerá tus órdenes también, estoy seguro. Ah, sí, cobarde. ¡Conseguirás que colaboren por amor a Viktor!

Siguió riéndose.

—Ese Viktor es el hijo de Lestat, hijo de su cuerpo y de su sangre, el hijo de sus genes, su vástago humano. Apodérate de ese hijo y serás el vencedor, y también yo lo seré. Ponle las manos encima a ese muchacho, apodérate de él, ¿me oyes? Y triunfaremos los dos. Y una vez que yo esté en tu interior, ellos no se atreverán a molestarte. Tú y yo los gobernaremos juntos.

Tercera parte

Ragnarök en la capital del mundo

20

Rose

Era realmente irresistible. Rose lo había estado escuchando durante horas. Habría podido pasarse la vida escuchando su voz levemente resonante. También Viktor había estado escuchando, apoyado en la puerta abierta de la cocina. A decir verdad, con sus tejanos y su polo blanco, con esa sonrisa encantadora bailándole en los labios, Viktor la distraía con su mera presencia. Ya tenía ganas de estar de nuevo en sus brazos, a solas, en la habitación del fondo del pasillo.

Pero ahora estaba escuchando a Louis atentamente.

Louis rehuía las refulgentes luces eléctricas. Él era un espíritu del siglo XIX, según confesaba, y prefería las velas anticuadas, sobre todo allí, en este elevado apartamento de cristal, donde las luces del centro brillaban en derredor y proporcionaban por la noche toda la iluminación que pudieran necesitar.

De hecho, el cielo nunca estaba completamente negro por encima de la cumbre rutilante y plateada del edificio Chrysler y de la infinidad de torres altísimas que lo rodeaban: nunca oscurecía del todo sobre este bosque formado por una miríada de ventanas iluminadas que parecían cobijarlos mejor y proporcionarles más protección que las vigas de acero del propio rascacielos, con cuyos ascensores habían accedido a este lujoso refugio enmoquetado de la planta sesenta y tres.

Guardias en el apartamento contiguo. Guardias en el vestíbulo cubierto de mármol de la planta baja. Guardias apostados en las estrechas aceras de la Quinta Avenida. Guardias en el apartamento de encima y el de debajo.

Y, además, Thorne, el bebedor de sangre pelirrojo, el vampiro vikingo, estaba plantado como un centinela junto a la entrada que daba al pasillo. Con un abrigo de lana gris y los brazos cruzados, escrutaba la noche totalmente inmóvil. Si oía lo que estaban hablando, no daba muestras de ello. Había permanecido inmóvil desde que ellos habían llegado.

Louis y Rose estaban sentados a uno y otro lado de una mesita redonda de cristal, provista de modernas sillas esmaltadas de negro de estilo reina Ana. Él llevaba un largo suéter negro de lana de cuello vuelto. Su pelo era tan negro como el suéter, pero más lustroso, y sus ojos relucían como el anillo de esmeralda que lucía en la mano.

Su rostro era tan resplandeciente que a Rose le hizo pensar en un pasaje de *Hijos y amantes*: un pasaje donde D. H. Lawrence decía, hablando de la cara de un hombre, que había sido en su juventud «la flor de su cuerpo». Ahora, por primera vez, creyó entender a qué se refería Lawrence.

Louis, con su voz tierna y paciente, seguía hablando.

—Tú crees que lo sabes, pero no puedes saberlo. ¿Quién no quedaría deslumbrado a priori ante la oferta de una vida eterna? —Llevaba horas allí, respondiendo pacientemente las preguntas de Rose, explicándole las cosas desde su punto de vista—. Nosotros no tenemos la vida eterna asegurada. Hemos de trabajar para que siga siendo «inmortal». Continuamente vemos perecer a nuestro alrededor a otros bebedores de sangre: perecen porque no poseen la resistencia espiritual necesaria, o porque no llegan a superar los primeros años de conmociones y revelaciones, o porque son asesinados por otros, aniquilados violentamente. Solo somos inmortales en el sentido de que no envejecemos y de que las enfermedades no acaban con nosotros, en el sentido de que poseemos la capacidad potencial para vivir eternamente. Pero, a decir verdad, la mayoría de nosotros vive una vida muy corta.

Ella asintió.

—Lo que tú pretendes decirme es que se trata de una decisión totalmente irreversible. Pero no sé si puedes comprender hasta qué punto se ha convertido para mí en una obsesión.

Louis suspiró. Había en él un fondo de tristeza incluso en sus momentos de entusiasmo, por ejemplo cuando había estado hablando de Lestat, de la vitalidad de Lestat, de su negativa a aceptar la derrota. Entonces había sonreído, y esa sonrisa le había iluminado la cara como un día de sol inesperado. Pero su encanto se hallaba envuelto claramente en un halo de melancolía y tristeza inquebrantable.

Viktor se acercó y, por primera vez en una hora, ocupó una silla entre ambos. Rose percibió la leve fragancia de Acqua di Giò que ahora impregnaba su almohada y sus sábanas, y todos sus sueños.

—Lo que Louis está diciendo —le dijo Viktor— es que, una vez que hayamos pasado esa barrera, sabremos cosas que nunca podremos cambiar u olvidar. Por supuesto, ahora estamos obsesionados. Lo deseamos. ¿Cómo no vamos a desearlo? Desde nuestro punto de vista, no hay discusión que valga. Pero él está tratando de prevenirnos: una vez que hayamos cruzado al otro lado, estaremos obsesionados por algo totalmente distinto, y esa conciencia obsesionante, la conciencia de no estar vivos, de no ser humanos, ya no podremos quitárnosla de encima. Nunca podrá borrarse. ¿Me sigues? Lo que desaparecerá es la obsesión que sentimos ahora.

—Lo comprendo —dijo Rose—. Créeme que lo comprendo.

Louis meneó la cabeza. Alzó los hombros y volvió a relajarlos lentamente, dejando la mano derecha sobre la mesa. Miraba la mesa fijamente, pero estaba examinando sus pensamientos.

—Cuando venga Lestat, será él quien decida, por supuesto.

—No sé si entiendo por qué tendría que ser así —dijo Viktor—. Mejor dicho: no entiendo en absoluto por qué no puedo tomar yo la decisión con el consentimiento de Fareed o Seth. Fue Fareed quien me trajo a este mundo, en realidad. No Lestat.

—Pero nadie, excepto Lestat, va a tomar la decisión —dijo Rose—. Eso está bien claro. Nadie está dispuesto a tomarla. En fin, esta noche hemos tenido la oportunidad de hablar con franqueza sobre el tema, y me alegro. Al menos hemos podido decir en voz alta lo que nosotros queremos.

Viktor miró a Louis.

—Tú dices que esperemos. Nos dices: «Tomáoslo con calma.» Pero ¿y si muriéramos mientras esperamos? ¿Entonces qué? ¿Qué pensarías? ¿Lamentarías habernos hecho esperar? Yo ya no entiendo qué sentido tiene esta espera.

—Para transformarte en esto, te mueres —dijo Louis—. Tú no lo entiendes. Te mueres. No te puedes convertir en lo que somos sin morirte primero. Supongo que eso es lo puedo decirte, en definitiva. Tú crees que estás tomando lo que se llama una decisión con conocimiento de causa, pero no es así. No puedes. No puedes saber lo que es estar vivo y muerto a la vez.

Viktor no respondió. No parecía demasiado preocupado. El hecho de que estuvieran allí, de que hubieran llegado tan lejos, lo tenía tremendamente excitado. Estaba lleno de expectación.

Rose apartó la mirada de él y contempló de nuevo el rostro pensativo de Louis, sus ojos de color verde oscuro, la forma de su boca. Un hombre guapo de veinticuatro años quizá, la edad en la que había sido iniciado. Y qué retrato tan mordaz había ofrecido al mundo del tío Lestan, de su hacedor, Lestat. Pero eso ahora no importaba, ¿verdad? No, en absoluto.

Pensó en los demás, en los bebedores de sangre a los que había visto la noche anterior en el salón de baile de aquella mansión llamada Trinity Gate. Rose ya se había acostumbrado al resplandor sobrenatural de Fareed e incluso del poderoso Seth, que siempre se mantenía alejado de las lámparas eléctricas cuando estaba con ella, que hablaba desde la penumbra en voz baja y confidencial, como si le diera miedo su volumen, su *vibrato*. Pero no estaba preparada, en cambio, para verlos a todos en aquel inmenso salón de baile situado en lo alto de una larga escalinata de mármol.

A Fareed más bien le había incomodado que la llevaran allí. Rose lo sabía. Lo intuía. Había sido Seth quien había tomado la decisión de que ella y Viktor asistieran.

—¿Para qué mantenerlos encerrados? —había dicho.

Por lo que Rose veía, Seth ya estaba decidido.

Habían colocado mesas y sillas doradas en ambos lados de la pista de baile, junto a las puertas vidrieras con cristales de espejo.

A cada pocos metros había elegantes grupos de tiestos con lánguidas palmeras verdes y flores azules, rosas y rojas.

Y al fondo, había un piano de cola y un grupo de músicos y cantantes, todos bebedores de sangre, que la habían hechizado con su belleza física y con los sonidos que generaban: violinistas, arpistas y cantantes tocando una especie de sinfonía que inundaba la inmensa estancia con techo de cristal.

En la suave penumbra, bajo las tres arañas de cristal, Rose había vislumbrado rostros de brillo sobrenatural por todas partes. Los nombres habían pasado como una corriente letárgica a medida que la iban presentando: Pandora, Arjun, Gregory, Zenobia, Davis, Avicus, Everard... No los recordaba todos, ni lograba recordar todas aquellas caras extraordinarias, las particularidades que la habían cautivado mientras la llevaban de mesa en mesa por la pista de madera oscura y lustrosa.

Y luego aquellos músicos como de otro mundo: el alto, calvo y sonriente Notker, que le hizo una reverencia, y sus violinistas de las montañas, y los chicos y chicas que habían cantado con unas voces de soprano tan palpitantes y espectaculares, y Antoine, que parecía una imitación de Paganini con su violín, y Sybelle, con su largo vestido de gasa negra, con el cuello envuelto en diamantes, que se había levantado del banquito del piano para estrecharle la mano.

Como salidos de las páginas que había leído, de las fantasías que poblaban sus sueños, habían aparecido en carne y hueso a su alrededor, junto con una multitud de desconocidos, y ella se había sorprendido a sí misma tratando desesperadamente de grabar cada instante en su corazón trémulo.

Viktor estaba mucho más preparado que ella para una situación semejante: no dejaba de ser un chico humano criado entre bebedores de sangre, y no había parado de estrechar manos, saludar y responder preguntas, aunque no la había dejado sola ni un momento. Él le había elegido un largo vestido blanco de seda, del propio guardarropa de Rose, y llevaba por su parte una chaqueta de terciopelo negro con una camisa de vestir. Una y otra vez bajaba la vista hacia ella y le dirigía una sonrisa radiante, como si estuviera orgulloso de llevarla del brazo.

Rose había tenido la certeza de que todos los bebedores de

sangre estaban disimulando su curiosidad y su asombro por el hecho de verlos. Lo cual era gracioso porque ella también estaba pasmada por el hecho de verlos a ellos.

Marius la había abrazado —el único que había tenido ese gesto— y le había susurrado una poesía: «¡Ah, ella enseña a brillar espléndidamente a las antorchas! / Diríase que cuelga de la mejilla de la noche / Como una rica joya...»

También había besado a Viktor: «Qué gran regalo eres para tu padre», dijo. Y Viktor había sonreído.

Rose había notado que Viktor estaba al borde de las lágrimas cuando se enteró de que Lestat no había llegado. Pero Lestat venía de camino. Eso estaba confirmado. Había dado un rodeo por el sur para hacer una gestión en el Amazonas que no podía esperar. Pero estaba de camino, sin duda. Seth se lo había asegurado a ambos. Decía que lo sabía de muy buena fuente: por la propia madre de Lestat.

Rose también había estado a punto de echarse a llorar al conocer la noticia. Pero la magnífica velada no solo había hecho el suspense más soportable, sino que la había abrumado. Obviamente, Seth no le habría mostrado aquel mundo en todo su esplendor si el tío Lestan, es decir, si Lestat no hubiera estado dispuesto a concederles a ambos el Don Oscuro.

«El Don Oscuro.» Le gustaba susurrar estas palabras.

Había llegado un momento, la noche anterior, en el que pareció que toda la concurrencia estaba en la pista de baile. Algunos bebedores de sangre cantaban en voz baja con los músicos. El salón entero se hallaba envuelto en un halo dorado.

Ella estaba bailando con Viktor, y él se había inclinado y la había besado en los labios.

—Te quiero, Rose —le había dicho. Y ella se había sumido en las profundidades de su alma en ese momento y se había preguntado si no podrían alejarse de ese mundo, si no podrían dejarlo atrás y marcharse a otro sitio, a un lugar seguro donde el amor que sentían haría palidecer los recuerdos de todo aquello.

Ella y Viktor habían conocido la intimidad más incitante, el cariño más dulce, el amor físico más puro que jamás había imaginado. Esa experiencia había borrado en su fuero interno todo el horror y la fealdad de lo ocurrido con Gardner, toda la vergüenza y la espantosa decepción. Durante el día, cuando los bebedores de sangre estuvieran durmiendo y se hubieran llevado consigo sus misterios, ella estrecharía a Viktor contra su pecho y él la abrazaría a su vez, y en eso consistiría su propio milagro, su propio sacramento, su propio don.

Rose se estremeció.

Advirtió que Louis la estaba mirando, y también Viktor. Seguramente Louis le había leído el pensamiento. ¿Habría visto las imágenes de ella y Viktor juntos? Se ruborizó.

—Me parece que Seth ya ha tomado la decisión —dijo Louis, haciéndose eco de los pensamientos de Rose—. De lo contrario, no os habría llevado anoche a Trinity Gate. No. Únicamente está esperando a que Lestat lo ratifique. Él ya está decidido.

Rose sonrió, pero sintió un escozor de lágrimas en los ojos.

—Llegará está noche, estoy seguro —dijo Louis.

—Fareed le da un gran valor a la vida humana, a la experiencia humana —dijo Viktor—. Quizá mi padre también. Yo creo que a Seth le tiene totalmente sin cuidado la experiencia humana.

Rose sabía que Viktor tenía razón. Recordaba vívidamente la primera vez que había visto a Seth. Había sido de madrugada. Ella sufría grandes dolores. Estaba rodeada de agujas, tubos y monitores. Viktor no iba a volver hasta la mañana siguiente, y nadie conseguía localizar a la doctora Gilman.

Seth había ido a verla: un hombre de ojos oscuros, vestido con las ropas blancas obligadas del hospital, que le hablaba en voz baja y permanecía a cierta distancia de la cama.

Le había dicho que el dolor desaparecería si lo escuchaba, si seguía sus palabras; y en efecto, mientras él le hablaba, mientras le decía que describiera el dolor en colores, que lo dibujara mentalmente, y que explicara qué sentía y dónde, el dolor se había desvanecido.

Rose había llorado. Le había dicho que el tío Lestan siempre había deseado que fuera una joven sana y feliz, pero que ella había arruinado esa expectativa una y otra vez. Tal vez, dijo, nunca había sido lo bastante buena para la vida.

Seth había dejado escapar una risa helada. Le había explicado con gran autoridad que ella no había arruinado nada; que la propia vida se encargaba de la vida; que el dolor se hallaba en todas partes, que formaba parte del proceso de la vida en la misma medida que el nacimiento y la muerte.

—La alegría, la alegría que tú has conocido, el amor que tú has conocido, sí que importan, y solo nosotros, los seres conscientes, los que sentimos pena, podemos conocer la alegría.

Había sido un encuentro extraño. Y Rose no lo había vuelto a ver hasta que se encontró mucho mejor. Para entonces ya tenía la certeza de que Seth tenía tanto de humano como el tío Lestan, y sabía igualmente que Fareed no era humano, que la doctora Gilman tampoco, y que Viktor estaba al tanto de todo con mucho más conocimiento de causa que ella. Rose se había debatido con estas ideas, deambulando de aquí para allá por la habitación del hospital desierto, cuestionando sus propios sentidos, su noción de la normalidad, hasta que Seth se presentó y le dijo: «No dejes que te volvamos loca.» Había salido de la penumbra y le había cogido las manos entre las suyas. «Soy lo que crees, lo que temes —le había dicho—. ¿Por qué no deberías saberlo? ¿Por qué no habrías de entenderlo?»

El efecto de aquellas conversaciones nocturnas había sido incalculable, y la primera vez que ella y Viktor se habían acostado juntos, ella le había susurrado al oído: «No temas. Sé lo que son. Lo sé todo. Lo entiendo.»

—Gracias al cielo —había dicho Viktor. Se habían acurrucado de lado y él le había besado el pelo—. Porque ya no puedo mentir más. Sé guardar secretos. Pero no decir mentiras.

Rose lo miró ahora, observó cómo permanecía sentado con los ojos fijos en la pared de cristal del fondo, en el horizonte vibrante de la ciudad. Y sintió un amor indescriptible por él, un amor y una confianza total.

Se volvió hacia Louis, que la miraba de nuevo como leyendo sus pensamientos.

—Has sido tremendamente amable —dijo Rose—, pero si al final resulta que somos excluidos, si eso es lo que ocurre en último término, no sé qué futuro nos espera.

Miró a Viktor. Su expresión no le dijo nada, salvo que la amaba y que demostraba tener más paciencia que ella en este asunto.

Intentó imaginárselo, los dos juntos, casados, con hijos, sus propios hijos de mejillas sonrosadas: unos críos que se moverían por el mundo sobre la alfombra mágica de la riqueza heredada de unos seres pertenecientes a un mundo secreto y desconocido. No, no podía imaginárselo.

Pero seguro que las cosas no serían así. Todo esto no podía quedar arrumbado en una serie de recuerdos prodigiosos destinados a desvanecerse con el paso de los años.

Miró a Louis.

Él le dedicó una de aquellas sonrisas radiantes tan poco frecuentes. Ahora, de pronto, parecía cálido y humano, y, al mismo tiempo, demasiado maravilloso para ser mortal.

—Realmente es un don, ¿verdad? —preguntó Rose.

Una sombra cruzó su rostro, pero enseguida volvió a sonreír y le cogió la mano.

—Si Lestat es capaz de arreglarlo, entonces todo se arreglará —dijo—. Para vosotros dos. Pero están sucediendo otras cosas ahora mismo, y nadie va a introduciros en nuestro mundo hasta que esos problemas se hayan resuelto.

—Lo sé —dijo ella—. Lo sé.

Quería decir algo más, decirle que era muy amable por quedarse con ellos, por acompañarlos durante la espera, cuando no debía de resultarle fácil separarse del grupo cada vez mayor que se estaba reuniendo en Trinity Gate. Pero ya se lo había dicho una y otra vez. Y era consciente de que su manía de dar las gracias empezaba a ser cargante, así que se calló.

Se levantó y se acercó a la enorme pared de cristal para contemplar la ciudad, para recorrer con los ojos aquel bosque salvaje lleno de *glamour* donde la vida misma bullía a su alrededor, tal como debía de bullir allá abajo, en las calles. A solo unas decenas de metros, se veían las ventanas oscuras de oficinas fantasmales, de dormitorios y salones habitados, y también azoteas con relucientes piscinas azules, y otras con jardines primorosos, como de juguete, con unos arbolitos que tenías casi la sensación de poder tocar con los dedos. Y todo este impresionante panorama extendiéndose hacia las grandes sombras lejanas de Central Park.

«Quiero recordar siempre estas noches —pensó—. Quiero fijarlas en mi memoria. No quiero perderme un solo detalle. Cuando ya sea cosa hecha, cuando la decisión esté tomada y ejecutada, escribiré unas memorias que lo dejen todo reflejado para siempre. Mientras sucede es todo demasiado hermoso, demasiado abrumador, y te das cuenta de que se va perdiendo con cada bocanada de aire.»

Bruscamente, una masa oscura apareció por encima de ella. Algo así como una nube formándose y descendiendo ante sus propios ojos. En una fracción de segundo, la sombra se condensó y se alzó ante ella, cegándola prácticamente, impulsándola a apartarse de la pared transparente.

Sonó un gran estallido, un tremendo y espeluznante estruendo, y, mientras se iba al suelo, Rose notó que caía a su alrededor una lluvia de cristales centellantes. Se dio un golpe en la cabeza contra las tablas del suelo. Sonaban ruidos ensordecedores: muebles destrozados, cuadros y espejos derribados, el aullido del viento helado que barría de pronto la habitación. Portazos. Más fragor de cristales. Se puso de lado. El pelo alborotado por el viento le azotaba la cara. Buscó un asidero con las manos, algo firme de lo que agarrarse, y entonces vio que estaba rodeada de esquirlas de cristal y empezó a gritar.

Vio que Thorne se lanzaba hacia una figura de pelo marrón, vestida toda de negro, que estaba de pie frente a la mesa volcada y hecha añicos. Pero la figura lo repelió con tanta fuerza que pareció que Thorne cruzaba volando la habitación entera. Louis yacía en el suelo, en medio de un charco de sangre.

Viktor corrió hacia Rose.

El intruso, un ser de elevada estatura, sujetó a Viktor con un solo brazo, pese a que este forcejeaba con todas sus fuerzas. Y cuando Thorne se abalanzó de nuevo hacia él, lo agarró del pelo con la mano libre y lo arrojó otra vez a la otra punta.

Por un momento, el intruso, que seguía sujetando a Viktor sin esfuerzo con el brazo izquierdo, bajó la mirada hacia Rose y se acercó a ella, pero Louis se incorporó a su espalda como una gran sombra. El otro giró en redondo y le asestó un golpe tremendo con el puño derecho.

Rose gritaba y gritaba sin parar.

La figura se alzó del suelo, envolviendo a Viktor con ambos brazos, y salió por el gran orificio dentado abierto en la pared de cristal. Salió al exterior, se elevó y se desvaneció en el cielo. Y Rose supo sin más adónde se había llevado aquel ser de pelo marrón a Viktor; sí, se lo había llevado hacia lo alto, más rápido que el viento, hacia las estrellas. Poderoso como el tío Lestan, imparable como el tío Lestan, que la había rescatado de aquella islita del Mediterráneo hacía tanto tiempo.

¡Viktor había desaparecido!

Rose no podía parar de gritar. Se movió a gatas entre los cristales. Thorne yacía al fondo con la cara y la cabeza ensangrentadas. Louis se arrastró hacia ella.

Y de repente, lo vio de pie. La alzó en brazos y la sacó de la habitación, lejos del viento helado y furioso. Thorne los seguía tambaleante, dándose contra las paredes como un borracho. La sangre le caía sobre los ojos.

Louis cruzó el pasillo con ella. Rose no dejaba de llorar y de aferrarse a sus brazos mientras él la llevaba a su dormitorio y la depositaba con sumo cuidado, como si pudiera romperse, sobre la cama blanca.

Thorne se apoyó en la jamba de la puerta para no caerse.

Sonaban voces en el pasillo, pasos apresurados, gritos.

—Diles a todos que salgan —dijo Louis—. Llama a la mansión. Nos vamos allí ahora mismo.

Ella intentó dejar de llorar. Se ahogaba. No podía respirar.

—Pero ¿quién era?, ¿quién se lo ha llevado?, ¿quién ha sido? —sollozaba. Y empezó a gritar de nuevo.

—No lo sé —dijo Louis.

Mientras, la envolvió con la colcha blanca de la cama, la meció y la besó hasta que se calmó.

Luego la sacó del apartamento y la sujetó con firmeza mientras bajaban en ascensor al garaje subterráneo.

Finalmente, cuando estuvieron en el coche y empezaron a subir lentamente por la Avenida Madison —Thorne ocupaba el asiento de delante, junto al conductor—, Rose consiguió dejar de llorar, acurrucada sobre el pecho de Louis.

—Pero ¿por qué se ha llevado a Viktor?, ¿por qué? ¿Y adónde se lo ha llevado? —No podía parar de preguntarlo. No podía.

Oyó que Thorne hablaba con Louis en voz baja.

Notó que Louis le ponía la mano derecha en la frente, que le volvía la cara hacia él y la sujetaba por la cintura con la mano izquierda. Luego vio que inclinaba la cabeza, pegando la mejilla a la suya. Tenía la piel sedosa, como la había tenido siempre el tío Lestan; fría, pero sedosa.

—Rose, Lestat ha llegado. Está en la mansión. Esperándote. Tú estás a salvo. Estás bien.

Ella solo dejó de sollozar cuando lo vio.

Estaba en el vestíbulo, con los brazos abiertos; su tío Lestan, su querido tío Lestan, un ángel para ella: intemporal, inalterado, siempre hermoso.

—Mi Rose —susurró—. Mi querida Rose.

—Se han llevado a Viktor, tío Lestan —gimió ella—. ¡Alguien se lo ha llevado! —Las lágrimas rodaban por su rostro mientras lo miraba implorante—. Se lo han llevado, tío Lestan.

—Lo sé, querida. Lo rescataremos. Ahora ven conmigo —dijo, rodeándola con sus poderosos brazos—. Tú eres mi hija.

21

Rhoshamandes
LA ESTRATAGEMA DEL DIABLO

Estaba rabioso. Aunque había estado rabioso desde el momento en que había asesinado a Maharet, desde que se había doblado sobre sí mismo, todavía con el machete en las manos, consciente de lo que acababa de hacer, comprendiendo con espanto que ya no podía deshacerlo.

Y ahora que se había apoderado de Viktor, instigado por las acuciantes exigencias de la Voz, hervía de rabia como nunca: contra la Voz, contra sí mismo, contra el mundo en el que durante tanto tiempo había sobrevivido y en el que ahora se sentía atrapado y convencido de una sola cosa: que él no había querido todo esto. Él, personalmente, nunca lo había querido.

Estaba en el amplio embarcadero de su casa de Montauk, en la costa de Long Island, contemplando las aguas frías y vidriosas del Atlántico. ¿Qué demonios iba a hacer ahora? ¿Cómo iba a conseguir lo que la Voz le repetía una y otra vez que debía conseguir a cualquier precio?

La noticia de que Viktor había sido secuestrado se había difundido inmediatamente a través de las ondas. Benji Mahmoud se había expresado con cautela e inteligencia: un anciano inmortal había cometido un acto ruin (sí, el miserable y pequeño locutor vampírico había empleado ese término) al secuestrar a «un ser apreciado por todos los ancianos de la tribu», había dicho de entrada, haciendo a continuación un llamamiento a todos los Hijos de la Noche del mundo para que estuvieran atentos y trataran de escuchar la mente y el corazón malvado de ese anciano, para que descubrieran sus malignos designios y llamaran a los números de Trinity Gate en cuanto el monstruo y su víctima inocente fueran localizados.

Benedict, sentado en la espaciosa y ultramoderna sala de estar de la ostentosa cabaña situada en esa zona carísima de la costa, a solo unas horas en coche desde Nueva York, escuchaba los informes de Benji en un ordenador portátil.

—¡Lestat de Lioncourt ha llegado! Hay innumerables ancianos entre nosotros. Pero os lo advierto de nuevo, Hijos de la Noche, permaneced donde estáis. No intentéis venir aquí. Dejad que los ancianos se reúnan. Dadles la oportunidad de detener la destrucción. Y mientras tanto buscad, buscad a ese anciano y malvado fugitivo que ha secuestrado a uno de los nuestros. Buscad, pero con cautela. Un anciano es capaz de ocultar sus pensamientos, pero no puede ocultar el latido de su corazón ni disimular del todo el leve zumbido que emana de su persona.

»Llamad para informarnos. Y os suplico a los demás, por favor, que dejéis libres las líneas hasta que sea localizada la víctima del secuestro o hasta que tengáis alguna noticia.

Benedict bajó el volumen. Se levantó del diván sintético, de asiento muy bajo, que olía vagamente a productos químicos.

—No tienen nada —dijo—. Por aquí no hay jóvenes bebedores de sangre. Ninguno. Hace mucho que los expulsaron a todos de los terrenos de caza de Nueva York. Hemos escudriñado a fondo la zona. Aquí no hay nadie, aparte de nosotros. E incluso si nos localizan, ¿qué importa? Si yo me quedo con él mientras tú le expones la situación a Fareed, no hay problema.

A Rhoshamandes, como ya le había ocurrido en la jungla del Amazonas, le llamó la atención la asombrosa capacidad que venía mostrando Benedict para la batalla y la intriga desde que aquel repugnante asunto había comenzado de verdad.

¿Quién habría podido esperar que el tierno y apacible Benedict fuera capaz de hundir el machete en el cráneo de Maharet cuando Rhosh se había quedado paralizado de pánico?

¿Quién habría esperado que fuera a arrastrar con tal destreza al violento pero impotente Viktor al dormitorio de arriba para encerrarlo en el amplio baño sin ventanas? Y encima, había comentado fríamente: «Es sin duda el mejor sitio para un mortal, con todos esos sanitarios.»

¿Quién habría esperado de Benedict que fuera a darse tanta maña con las cadenas y candados para cerrar herméticamente aquel baño-prisión, y que fuera a hacerlo con gestos tan ágiles, dejando, además, una reserva de tablas y clavos y un martillo junto a la puerta, por si era necesario reforzar la seguridad?

¿Y a quién sino a Benedict se le habría ocurrido equipar el baño de antemano con todas las comodidades imaginables: desde velas aromatizadas y artículos de tocador hasta revistas de cotilleo, pasando por un «horno microondas» para cocinar las latas de comida que había comprado en abundancia, y montones de cubiertos de plástico, y vasos y platos de papel? Incluso había instalado en el baño un pequeño frigorífico lleno de bebidas gaseosas, y con una botella del mejor vodka ruso. También había dejado varias mantas mullidas, y una almohada, para que el chico pudiera dormir «cómodamente» sobre las baldosas del suelo cuando lo venciera el agotamiento.

—No nos conviene que le entre pánico —había dicho Benedict—. Para que todo esto se resuelva, es mejor que esté tranquilo y dispuesto a colaborar.

Durante el día, las tablas claveteadas sobre la puerta harían imposible su fuga. Y entretanto, si se ponía demasiado nervioso, podía pulsar el interfono para hablar con sus captores.

Eso aún no lo había hecho. Quizás estaba demasiado furioso para hablar de modo coherente. Cosa comprensible.

Una cosa era segura, pensó Rhosh. Alguien muy poderoso le había enseñado a ese humano a bloquear su mente completamente frente a toda intrusión telepática. Tenía tanta destreza en este sentido como cualquier miembro de la Talamasca. Y por lo que Rhosh sabía, ningún mortal o inmortal podía abrir una línea telepática a los demás sin abrirse al mismo tiempo a las intrusiones. Lo cual quería decir que el chico no estaba tratando frenéticamente de enviar mensajes a los demás. Quizá no sabía cómo hacerlo. Los vampiros que lo habían criado le habrían enseñado muchas cosas, pero no cómo convertirse en un humano con facultades paranormales.

Rhoshamandes no creía mucho en la telepatía humana, de todas formas. ¡Pero debía dejar de pensar en estas cosas! Tenía que dejar de pensar en las distintas maneras de que esta espectacular estratagema fracasara... Se le ocurrió con brusca convicción que debía llamar a Trinity Gate, devolver al chico y ponerse a merced de la asamblea de bebedores de sangre.

—¿Estás loco? —dijo la Voz—. ¿Es que has perdido el juicio? Haz eso y te destruirán. ¿Quieres decirme por qué iban a mostrar la menor compasión? ¿Desde cuándo tienen sentido del honor los bebedores de sangre?

—Bueno, deberían tener al menos un poco; de lo contrario, este plan no va a funcionar —dijo Rhosh.

Benedict sabía que Rhosh estaba hablando con la Voz. Pero permaneció atento. Se moría por saber lo que estaba pasando.

—Te diré una cosa acerca de mi honor —dijo Rhosh alzando la voz para que también lo oyera Benedict—. ¡Lo primero que haré cuando tenga el poder es destruir a ese pequeño beduino! Voy a coger con mis propias manos a ese insolente, a ese escandaloso y pequeño monstruo y lo voy a estrujar hasta exprimirle toda la vida, la sangre y los sesos. Voy a dejarlo seco, voy a hacer jirones sus despojos. Y lo haré delante de su dichosa Sybelle, su dichoso Armand y su dichoso hacedor, Marius.

—¿Y cómo te las vas a arreglar —dijo Benedict suavemente— para hacerte con el poder y para mantenerlo?

—No vale la pena preocuparse por eso —dijo la Voz—. Ya se lo he explicado una y otra vez a tu cándido acólito. Cuando me tengas en tu interior, ¡nadie podrá hacerte daño! Serás tan intocable como lo es ahora Mekare.

Mekare.

Sin Benedict a su lado, ¿Rhosh se habría atrevido a intentar trasladarla? Una vez más, Benedict había llevado la iniciativa.

La otra noche, después de matar a Maharet, mientras Rhosh llamaba a sus agentes mortales para que le prepararan la casa de Norteamérica, Benedict se había adentrado en la jungla para encontrarle a Mekare una joven y tierna víctima femenina de una de las tribus nativas. Benedict había puesto a esa dócil y aterrorizada mujer en manos de Mekare y le había susurrado que debía beber, que necesitaba reunir fuerzas, que debían emprender un viaje. Había permanecido sentado pacientemente a su lado hasta que el monstruo silencioso se había despertado poco a poco con el olor de la sangre, había alzado la mano izquierda como si fuera un peso abrumador y la había depositado sobre el pecho de la víctima.

Entonces, con la velocidad del rayo, había hundido los dientes en el dulce cuello de la nativa y bebido lentamente hasta que su corazón se detuvo y dejó de bombear sangre hacia ella. Siguió bebiendo aun así, succionando la sangre hasta dejar lívida y completamente seca a la víctima. Luego se incorporó, con la mirada vacía de siempre, y lenta y eficazmente se relamió los labios con su lengua rosada. No había en ella la menor chispa de inteligencia.

Y había sido Benedict quien había propuesto que la envolvieran, que cogieran las colchas o vestidos que hubiera más a mano y la enrollaran como a una momia para llevarla hacia el norte y ejecutar sus planes. «Recuerda que Marius envolvió al Rey y a la Reina —había dicho—, antes de llevárselos de Egipto.» Sí, bueno, eso suponiendo que Marius hubiera contado la verdad acerca de aquella vieja historia.

Había funcionado. Su hermosa túnica verde de seda y algodón, con ribetes de oro y piedras preciosas, estaba impecable, no hacía falta cambiarla. Solo habían tenido que envolverla cuidadosamente con mantas y sábanas recién lavadas: enrollarla lenta, muy lentamente, mientras le susurraban todo el rato para tranquilizarla. Pareció que no le molestaba el pañuelo de seda con el que le vendaron los ojos. O le daba igual. A ella ya todo le daba absolutamente igual. Estaba muy lejos de preocuparse por nada. Muy lejos de percibir si faltaba algo a su alrededor. Es inconcebible que podamos convertirnos en monstruos semejantes, había pensado Rhosh con un escalofrío.

Solo había habido un mal momento, un momento alarmante. Después de envolverle bien la cabeza con el pañuelo de seda, Benedict retrocedió de golpe, casi trastabillando en las prisas por apartarse de ella. Se quedó mirándola fijamente.

—¿Qué ocurre? —había preguntado Rhosh. El pánico era contagioso—. Dime.

—He visto algo —le susurró Benedict—. Algo que creo que ella está viendo.

—Te lo has imaginado —dijo Rhosh—. Ella no ve nada. Venga, termina.

¿Qué había sido lo que Benedict había visto?

Rhosh no quería saberlo, no se atrevía a averiguarlo. Pero no podía dejar de preguntárselo.

Cuando la tuvieron bien envuelta, como un cadáver amortajado, se prepararon para abandonar aquel lugar horrible, aquel lugar espantoso que había sido el hogar y sanctasanctórum de Maharet. Rhosh ya se había cansado de registrar los almacenes, de examinar los libros, los pergaminos y las antiguas reliquias, de revisar las mesas, los ordenadores y demás. Todo estaba contaminado por la muerte. En otras circunstancias tal vez se habría llevado las joyas y el oro, pero él no necesitaba estas cosas, en realidad, y no se atrevía a tocarlas siquiera. Era un sacrilegio, en cierto modo, robar los tesoros personales de la muerta. No había logrado sacarse esta idea de la cabeza.

Cuando ya estaban en el extremo del jardín, se volvió, quitó la espoleta de la granada que se había traído y la arrojó por el arco iluminado de la entrada. La explosión se produjo en el acto, y las llamas se extendieron por todos los edificios.

Después habían transportado su silenciosa carga hasta estas costas, al punto exacto que le habían indicado casi sin dilación los abogados mortales, y la habían depositado para que reposara en una fresca y oscura bodega, cuyos ventanucos Benedict se había apresurado a tapiar con tablones. Solo los latidos de aquel cuerpo empaquetado daban indicios de vida.

Ahora Benedict se situó junto a Rhosh ante la barandilla del embarcadero. El viento del Atlántico era deliciosamente frío: no tan violento como los vientos de los mares del norte, pero tonificante, limpio y agradable.

—Bueno, ya lo entiendo, serás intocable. Pero ¿cómo podrás mantener el poder sobre ellos: al menos lo suficiente, digamos, como para matar a Benji Mahmoud delante de todos?

—¿Y ellos qué van a hacer? —dijo Rhosh—. Imagínate que los amenazo con exponerme al sol al amanecer, como suelo hacer, por cierto, y ya no podré hacer más... a menos que quieran que los jóvenes perezcan devorados por el fuego mientras mi cuerpo, el Cuerpo Huésped, soporta esa agresión.

—¿Yo moriría si lo hicieras? —preguntó Benedict—. Quiero decir, una vez que tengas el Germen Sagrado.

—Sí, pero jamás lo haré —susurró Rhosh—. ¿No lo entiendes?

—Entonces, ¿de qué sirve la amenaza? Si ellos saben que me amas...

—Pero no lo saben —dijo la Voz—. Esa es la cuestión. Que no lo saben. ¡Apenas saben nada de ti! —La Voz hablaba de nuevo con un tono furioso—. Y tú puedes fortalecer a tu amigo con tu sangre, ¡fortalecerlo de manera que sufra con la quemadura, pero no con un resultado fatal! ¿Por qué no le has dado más sangre tuya a lo largo de los siglos? Y entonces, por supuesto, tu sangre será la Sangre Original, la más poderosa que existe, y sentirás que los engranajes de tu energía giran dentro de ti con una eficiencia y una furia nueva...

—Deja todo eso en mis manos —le dijo Rhosh a Benedict—. Y no, quizá no morirías si tuviera que cumplir mi amenaza. Te quemarías, pero no morirías. Y además, yo te daré mi sangre. —Se sentía como un idiota, repitiendo tan obedientemente las órdenes de la Voz.

—Pero ya nunca podrías crear a ningún otro bebedor de sangre —dijo Benedict—, porque, si lo hicieras, no serías capaz de cumplir la amenaza...

—Deja de hablar —dijo Rhosh—. Ahora no tengo más remedio que seguir adelante, ¿entiendes? He de conseguir que Fareed me introduzca el Germen Sagrado. Olvídate de lo demás. Solo recuerda las instrucciones que te he dado. Estate preparado para recibir en cualquier momento mi llamada telefónica.

—De acuerdo —dijo Benedict.

—Y pase lo que pase, no se te ocurra llamarme. Mantén el teléfono a mano. Y cuando yo te llame y te diga que empieces a torturar al chico, es decir, si tengo que llegar a ese extremo, debes hacerlo de inmediato, y de manera que ellos puedan oír sus gritos a través del teléfono.

—Muy bien —dijo Benedict con repugnancia—. Pero tú sabes que yo nunca he torturado a un ser humano.

—Vamos. ¡No te resultará tan difícil! Mira lo que has hecho ya. Ahora has empezado a cogerle el gusto, y tú lo sabes. Algo se te ocurrirá para hacerle gritar. Mira, es muy fácil. Rómpele los dedos uno a uno. Hay diez.

Benedict soltó un suspiro.

—Ellos no me harán daño mientras el chico esté en nuestras manos, ¿no lo entiendes? Y cuando vuelva aquí con Fareed, nos ocuparemos de la diosa de la bodega, ¿entendido?

—De acuerdo —dijo Benedict con el mismo tono de amarga resignación.

—Y entonces yo seré el Único. Y tú serás mi amado, como siempre lo has sido.

—Muy bien.

Sinceramente, Rhosh habría deseado con toda su alma no haber matado a Maharet y a Jayman. Con la mano en el corazón, le habría gustado que hubiera un modo de salir de esta situación. Culpa homicida. Así era como se llamaba en tiempos lo que sentía ahora. Miles de años atrás, en Creta, cuando era chico, había aprendido lo que era la culpa homicida, la culpa por derramar la sangre de los de tu propia estirpe. Y la verdad era que Maharet y Jayman no habían sido enemigos suyos.

—Bah, poesía barata, filosofía de pacotilla —canturreó la Voz—. Ella iba a arrojarse con su hermana en el volcán, ya te lo dije. Has hecho lo que debías, como dicen ahora. Olvida los principios de las culturas antiguas. Tú eres un bebedor de sangre de inmenso poder físico y espiritual. Yo te diré lo que es el pecado y lo que es la culpa. Ahora ve a verlos, preséntales tus exigencias y deja aquí a tu acólito para cortarle la cabeza a ese joven si ellos se niegan a ceder.

—Cuando se enteren de...

—Ya lo saben —dijo la Voz—. Sube el volumen del ordenador. Benjamin Mahmoud se lo está explicando a todo el mundo.

Era cierto.

Rhosh se sentó en el diván, frente a la reluciente pantalla del portátil. La página web del programa mostraba directamente a Benji, no ya en una fotografía, sino en vídeo. Ahí estaba, con su sombrero flexible negro, sus penetrantes ojos negros y su cara redonda transfigurada por lo que estaba contando:

—Lestat está aquí con nosotros. Lestat ha ido a la jungla del Amazonas para buscar a las Divinas Gemelas, las guardianas del Germen Sagrado, y nos ha contado al volver lo que ha descubierto: la gran Maharet ha sido asesinada. Su compañero Jayman, también. Los restos han sido abandonados ignominiosamente en una tumba de escasa profundidad; la casa ha sido profanada. Y la gemela silenciosa, la pasiva, valerosa y persistente Mekare ha desaparecido. Quién ha hecho todo esto, no lo sabemos. Pero sí sabemos que nos mantendremos unidos contra ese malvado.

Rhosh suspiró y se arrellanó en el diván blanco.

—¿A qué esperas? —preguntó Benedict.

¡Su casa profanada!

—Que se unan todos, sí —dijo la Voz—. Que calculen sus pérdidas. Que calculen lo que aún podrían perder. Que aprendan a obedecer. Todavía no han sonado las doce de la noche. Entonces se darán cuenta de su impotencia.

Rhosh no se molestó en responder.

Benedict empezó a hacer preguntas otra vez.

—Ve a ver al prisionero —dijo Rhosh. Volvió afuera a contemplar el océano, a considerar la posibilidad de ahogarse, a pesar de que sabía que no era posible y que ahora no le quedaba otra salida que jugar sus cartas hasta el final.

22

Gregory

Gregory no podía por menos de admirar al enigmático Lestat. Dejando aparte que estaba enamorado de él. ¿Quién no iba a admirar a una criatura con un porte tan perfecto, con un sentido tan depurado de lo que debía decirle a cada bebedor de sangre que se le acercaba: una criatura que podía demostrar una infinita ternura mientras abrazaba a Rose, su protegida humana, y, acto seguido, interpelar con furia a Seth, al poderoso Seth, exigiendo que le explicara cómo y por qué había expuesto a aquellos «niños mortales» a semejante desastre?

Y luego, con qué facilidad había llorado al saludar a Louis y Armand, y a su neófito, Antoine, a quien había dado por perdido hacía mucho, y que estaba viviendo y triunfando aquí con Benji y Sybelle. Con qué consideración había cogido a Antoine de la mano mientras este tartamudeaba y temblaba y trataba de expresarle su amor; con qué paciencia lo había besado y le había asegurado que tenían muchas noches por delante para estar juntos, ellos y los demás, y que llegarían a conocerse y a amarse mutuamente como nunca en el pasado.

—Vamos a sentarnos todos para hablar de lo que está ocurriendo —había dicho Lestat, asumiendo el mando con asombrosa facilidad—. Armand, yo diría que lo hagamos en el salón de baile del desván. Subiré en cuanto haya hablado con Rose y la haya dejado a salvo en el sótano. Y Benji, tú también debes estar allí. Has de interrumpir la emisión el tiempo suficiente para poder asistir, ¿entendido? Nadie debe ausentarse. La crisis es demasiado grave. Maharet y Jayman, asesinados; su casa, incendiada; Mekare, desaparecida. ¿No dice un proverbio que «quien turba su casa heredará el viento»? Pues la Voz está a punto de heredar el viento, y nosotros hemos de sujetar bien esta tienda para que no se la lleve por delante.

Gregory sintió la tentación de aplaudir.

Armand había accedido de inmediato, como si fuera lo más natural del mundo hacer lo que Lestat dijera.

Pero ¿no era eso lo que todos deseaban?

¡Y qué figura tan bella y deslumbrante constituía Lestat! Era el James Bond de los vampiros, no cabía duda. ¿Cómo se las había arreglado, bajo semejante presión, para presentarse en Trinity Gate con un espectacular conjunto Ralph Lauren a cuadros de lino y seda en colores pastel, con unos zapatos de cuero blancos y marrones con pespunte, y con su mata de pelo rubio reluciente —quizá la melena más legendaria del mundo vampírico— atada en la nuca con un pañuelo de seda negra y un broche de diamante que habría bastado para pagar el rescate de un rey (aunque probablemente no el de su hijo Viktor)?

El Ralph Lauren era una chaqueta larga de montar tan exquisita como una levita de otra época, cuando la moda era más osada y más deliberadamente romántica, y ocultaba bastante bien un arma de algún tipo, un arma grande que Lestat llevaba encima —olía a acero y madera— sin que se deformara la forma y el corte de la hermosa prenda.

Ah, sí, este era el bebedor de sangre de *ahora*, el vampiro de *ahora*, sin ninguna duda. ¿Quién podía captar mejor que esta era la Época Dorada para los no-muertos, una época que trascendía todas las anteriores?, ¿y quién mejor para tomar el timón en esta ocasión perfecta? Así pues, ¿qué importaba si había sido necesaria esta crisis para que él se convirtiera del todo en lo que era?

Zenobia, Avicus y Flavius, que estaban junto a Gregory, daban muestras de sentir la misma fascinación, la misma rendida admiración.

Flavius se rio discretamente.

—Es tal como todos han dicho que era —le susurró.

Y Gregory tuvo esa sensación vertiginosa y mareante que tantos mortales han descrito a lo largo de los milenios: esa devoción total que tan bien refleja la vieja expresión: «¡Lo seguiría hasta el fin del mundo!»

Y realmente lo sentía. Sí, pensó, lo seguiría en cualquier empresa que se propusiera y pondría todas mis fuerzas y mis dones a su disposición. Pero ¿acaso no sentían los demás exactamente lo mismo? ¿No se habían interrumpido todas las discusiones y los inquietos conciliábulos? Todos los moradores de la casa se hallaban congregados en la sala de estar, en el pasillo y las escaleras. ¿Acaso no estaban todos unidos? ¿No era cierto que incluso su amada Sevraine y el inescrutable y siempre cohibido Notker el Sabio miraban a Lestat con la misma sumisión absoluta? Hasta la madre del propio Lestat, apoyada contra la puerta principal con su chaqueta caqui, miraba a su hijo con una severa satisfacción, como diciendo: «Bueno, ahora tal vez sí sucederá algo.»

Y ahí estaba también Rose, la pobre Rose, la tierna y aterrorizada Rose, con sus enormes y ansiosos ojos azules y su ensortijado pelo negro azulado. Cuando antes fuese iniciada, mejor, pensó Gregory. Lo que había presenciado esa chica podía dañar irreparablemente una mente humana.

Con su vestido de seda blanco, Rose se aferraba a Lestat como una novia temblorosa, mientras se esforzaba en silenciar sus sollozos con una encomiable discreción. Él, por su parte, como un poderoso padrino de boda, la sujetaba firmemente y volvió a tranquilizarla antes de ponerla en manos de Louis.

—Dame unos minutos preciosos, querida —le dijo— y enseguida estaré contigo. Ahora estás a salvo.

Gregory vio con asombro que Lestat le indicaba a su madre que se apartara de la puerta principal. Con toda calma, la abrió, salió al pequeño pórtico y contempló a la multitud de jóvenes neófitos agolpados en la acera, bajo las sombras de los árboles gigantescos que se alineaban a lo largo de la angosta calle (las farolas habían sido misteriosamente desconectadas).

Se alzó un clamor que Gregory nunca había oído salir de una asamblea de bebedores de sangre. Ni tan siquiera los antiguos ejércitos de los Sangre de la Reina habían aclamado a un líder con semejante entusiasmo.

Desafiando las advertencias de Benji, esos jóvenes se habían ido congregando frente a la casa con el paso de las horas. Atisbaban las caras que asomaban por las ventanas y escrutaban cada coche que pasaba por si era otro recién llegado, pese a que los invitados raramente llegaban en coche, y, si lo hacían, se las arreglaban para deslizarse en el garaje subterráneo situado bajo el tercer edificio de la mansión.

Ninguno de los inmortales de la casa se había atrevido a darse por enterado de la presencia de esas criaturas desesperadas, ni siquiera por un instante. Solo Benji, a través de la emisora de radio les había pedido amablemente que no se aglomerasen allí y que hicieran el favor de marcharse.

Pero ellos no habían dejado de acudir y seguían ahí, aguardando, irresistiblemente atraídos por el único lugar en el que tenían depositadas sus esperanzas.

Y ahora este *gentleman* osado, este vampiro resplandeciente, Lestat, bajó los escalones y salió a la acera a saludarlos.

Abriendo los brazos, los atrajo hacia sí para que formaran un enorme y apretado círculo, y les dijo con su voz imperiosa que fuesen sensatos, que fuesen prudentes y, sobre todo, que tuvieran paciencia.

En torno a Gregory, los bebedores de sangre de la casa se acercaron a las ventanas para contemplar aquel espectáculo sin precedentes: el príncipe deslumbrante, con su oscura piel cremosa y sus ropas impecables, molestándose en hablar con sus súbditos. Pues eran sus súbditos, en efecto, todos esos jóvenes vampiros que ahora se arremolinaban y farfullaban, intentando darle muestras de su amor, de su devoción y su inocencia, manifestando su deseo de una «oportunidad», asegurándole que solo se alimentarían de malhechores, que no armarían más trifulcas, que harían lo que él quisiera, lo que él dijera, para ganarse su amor y su protección como líder.

Y mientras tanto, destellaban los flashes de los iPhone e incluso de cámaras fotográficas, y los hombres más altos y fornidos se abrían paso hacia las primeras filas, procurando ofrecer un aspecto distinguido, intentando cogerle la mano, y las mujeres le lanzaban besos, y los que estaban detrás de todo daban saltitos y agitaban las manos para saludarlo.

Al lado de Gregory, Benji Mahmoud no cabía en sí de gozo.

—¿Tú ves eso? —gritó, dando saltos como si aún fuese el niño de doce años que había sido cuando recibió el Don Oscuro.

—Lamento mucho —dijo Lestat a la multitud con su voz más auténtica y persuasiva— que me haya costado tanto tiempo entrar en razón, conocer vuestras necesidades y comprender vuestra desesperación. Perdonadme por haberos fallado en el pasado, por haber huido de vosotros, por haberme ocultado de aquellos cuyo amor busqué y luego defraudé. Ahora estoy aquí y os digo que sobreviviremos a esta crisis, ¿me oís?, y que Benji Mahmoud tiene razón. ¡La verdad está en la boca de los niños! Él tiene razón. «¡El infierno no ejercerá su dominio sobre nosotros!»

Nuevamente se alzó un gran clamor, como si una tempestad se hubiera abatido sobre aquella calle angosta. ¿Qué demonios debían pensar de este tumulto los mortales de los edificios de enfrente? ¿Y los conductores de los pocos coches que trataban de abrirse paso hacia Lexington o Madison?

¿Qué importaba? Esto era Manhattan, y aquí una multitud de tamaño semejante podía formarse espontáneamente frente a un club nocturno, o en la inauguración de una galería de arte, o a causa de una boda. Además, ¿acaso no sabían escabullirse rápidamente del mundo de los mortales cuando era necesario? Ah, qué osadía hacía falta para salir allí y hablarles a todos, para creer que un gesto semejante era posible.

Sesenta siglos de supersticiones, de secretismo elitista estaban siendo revocados en este preciso y precioso momento.

Lestat subió de espaldas los peldaños hacia el pórtico y se detuvo con las manos alzadas, dejando que los iPhone y las cámaras lo fotografiasen. Incluso sonrió a una joven pareja de mortales, unos turistas que pasaban por allí y que, intrigados por saber qué clase de famoso era ese, se apresuraron a deslizarse entre la masa de bebedores de sangre, como si no fueran más que unos adolescentes góticos inofensivos.

—Ahora debéis dejar que hagamos nuestro trabajo —declaró Lestat—. Os pido que escuchéis todo lo que Benji os diga, especialmente en esta noche única, y que tengáis paciencia con nosotros. Volveré a dirigirme a vosotros en persona cuando tenga algo importante, realmente importante, que deciros.

Una vampira joven se adelantó corriendo y le besó la mano; los machos le lanzaron roncos gritos de apoyo. Incluso se oían entre la multitud sonidos guturales como los que solían hacer en tiempos los soldados mortales sedientos de sangre, pero que ahora eran habituales entre las audiencias de los estadios deportivos. ¡Uuuh, uuuh, uuuh!

—¿Dónde hemos de buscar a Viktor? —gritó un vampiro desde la mitad de la calle desierta—. Benji nos ha dicho que busquemos, pero ¿por dónde empezamos?

Gregory notó que aquello dejaba estupefacto a Lestat. No estaba preparado para semejante pregunta. Por lo visto, ignoraba que Benji había difundido la noticia en cuanto Viktor había sido secuestrado. Pero Lestat estuvo a la altura.

—Aquel que traiga a Viktor sano y salvo hasta estos escalones —gritó— podrá saciarse de mi poderosa sangre en un abrazo de gratitud. Os lo prometo.

De nuevo la multitud agitada y reluciente rugió al unísono.

—Pero sed prudentes mientras buscáis, mientras escucháis y tendéis una red con vuestros dones para captar su voz, o imágenes de él y del lugar donde lo mantienen cautivo. Pues ese fugitivo que tiene a Viktor en su poder es un ser despiadado, es el asesino de la mayor figura de su propia estirpe, y, por lo tanto, está desesperado. Acudid a nosotros, o llamad a Benji, si tenéis cualquier dato. Manteneos a salvo, sed prudentes y sed buenos. ¡Sed buenos!

La muchedumbre prorrumpió en gritos.

Saludando ampliamente con la mano derecha, Lestat retrocedió poco a poco por la puerta abierta y luego la cerró.

Permaneció un momento con la espalda pegada a los paneles de madera, como recuperando el aliento. Luego levantó la vista. Sus grandes ojos de color azul-violeta centellearon como faros mientras recorría las caras que lo rodeaban.

—¿Adónde se ha llevado Louis a Rose? —preguntó.

—Abajo, a la bodega —dijo Gregory—. Nos veremos en el salón del desván.

Todos los presentes empezaron a subir al enorme salón de baile donde iba a celebrarse la reunión.

Cuando Gregory llegó arriba y entró en la inmensa estancia tenuemente iluminada, vio que habían montado una mesa de conferencias juntando innumerables mesitas cuadradas, cada una de ellas revestida de pan de oro. El resultado era un gran rectángulo reluciente con sillas situadas a ambos lados.

La mesa quedaba justo debajo de la araña central, a cuyas luces se añadían los candelabros distribuidos por el salón.

Todos los residentes e invitados de la casa fueron entrando.

—¿Hay algún orden en cuanto al sitio que hemos de ocupar? —preguntó Arjun con tono educado, acercándose a Gregory.

Él sonrió.

—No creo que importe, con tal de que dejemos una silla vacía en la cabecera de la mesa.

De pronto advirtió que Sevraine estaba a su lado. Su antigua y preciosa esposa de Sangre, Sevraine. Pero no había tiempo para estrecharla entre sus brazos, para decirle la alegría que se había llevado un rato antes al verla entrar por el jardín trasero con todos sus acompañantes.

Ella no podía leerle el pensamiento, pero sabía de todos modos lo que estaba pensando.

—Ahora tenemos todo el futuro —le susurró—. ¿Qué importa que hayamos desperdiciado tantas ocasiones de vernos en el pasado?

Y él respondió con un leve suspiro:

—Creo sinceramente que eso es cierto. Tenemos el futuro. —Pero lo decía para tranquilizarse, y para tranquilizarla a ella.

23

Lestat

UNA MULTITUD DE CONSEJEROS

Cuando Louis y yo entramos, debía de haber cuarenta o cuarenta y cinco miembros de los no-muertos en el salón de baile. Yo llevaba a Rose en brazos. Habíamos mantenido un brevísimo encuentro en una habitación del sótano, pero yo no había conseguido apaciguar sus temores (o los míos, para decirlo todo) en cuanto a la posibilidad de dejarla sola, y al final le prometí que no la iba a perder de vista ni un momento.

—Cálmate, querida —le susurré—. Ahora estás con nosotros, y todo es distinto.

Ella se acurrucó contra mí, impotente y confiada. Su corazón latía peligrosamente deprisa contra mi pecho.

Observé a la asamblea. Había dieciséis o diecisiete bebedores de sangre flanqueando la gran mesa, compuesta por así decirlo por dos hileras de mesitas cuadradas, y la mayoría de los presentes hablaba en pequeños grupos informales: Antoine con Sybelle, Bianca con Allesandra. Otros, como Marius, Armand o mi madre, permanecían solos, observando y esperando sin decir palabra. Daniel estaba cerca de Marius. Eleni y Eugénie, junto a Sevraine. En los extremos del inmenso salón había otros corrillos, aunque no comprendí muy bien por qué estaban tan lejos. Uno o dos eran ancianos sin la menor duda. Y los demás, mucho más viejos que yo.

En el extremo de la mesa más cercano a la puerta no había ninguna silla. Y en el otro extremo había una sola vacía, junto a la cual se hallaba de pie Benji Mahmoud. Chasqueé la lengua al reparar en esa silla vacía. Si creían que yo iba a ocuparla, estaban chiflados. O locos, para decirlo con mayor gravedad y elegancia. No pensaba sentarme allí. Las dos sillas más cercanas a la cabecera de la mesa también estaban vacías.

Louis traía un montón de almohadones de seda. Cruzamos el salón y los demás fueron enmudeciendo poco a poco. Cuando Louis extendió los almohadones para formar en un rincón un lecho para Rose, todo el mundo había dejado de hablar.

Yo seguía sujetándola. Sentía sus brazos muy calientes en torno a mi cuello; el corazón le latía aceleradamente.

La deposité sobre los almohadones y la cubrí con mantas.

—Ahora, tranquila. No trates de seguir lo que ocurra aquí. Tú descansa. Duerme. Ten la seguridad de que rescataremos a Viktor. Confía en nosotros. Estás bajo nuestra tutela.

Ella asintió. Al darle un beso, noté que le ardía la mejilla.

Me aparté y la miré. Parecía una cándida y sonrosada princesa mortal, allí tendida en la penumbra, acurrucada bajo las mantas, atisbando con ojos relucientes a la numerosa concurrencia congregada en torno a la mesa.

Benji me indicó que me acercase a la cabecera y le señaló a Louis la silla que había frente a él. Sybelle, sentada al lado de Benji, me miró absorta y fascinada; a su izquierda, mi tierno neófito Antoine no habría podido parecer, a decir verdad, más lleno de veneración.

—No —dije. Me acerqué, en efecto, a la cabecera de la mesa, pero no ocupé la silla—. ¿Quién me ha colocado en la presidencia de esta asamblea? —pregunté.

Nadie respondió.

Examiné las dos hileras de rostros. Tantos conocidos y tantos desconocidos; muchos de ellos, ancianos y supremamente poderosos. Y ninguno de los fantasmas o espíritus.

¿Por qué no estaban aquí? ¿Por qué la gran Sevraine había traído a tres ancianas bebedoras de sangre —que permanecían en un lado, junto a las puertas vidrieras, observándonos—, pero no a los espíritus y fantasmas de la Talamasca?

¿Y por que todos, esta augusta compañía, me miraban a mí?

—Escuchadme —dije—. Yo no llevo siquiera trescientos

años en la Sangre, como decís ahora. ¿Por qué me habéis colocado aquí? Marius, ¿qué esperas de mí? Sevraine, ¿por qué no ocupas tú este lugar? ¿O tú? —dije, volviéndome hacia uno de los bebedores de sangre más serenos del grupo. «Gregory.»—. Sí, muy bien, Gregory —dije—. ¿Hay alguien que conozca nuestro mundo y el mundo de los humanos mejor que tú?

Gregory me parecía tan anciano como Maharet o Jayman, y su aspecto resultaba, a la vez, tan humano que habría convencido a cualquiera. Refinamiento y capacidad, y una fuerza incalculable, eso era lo que veía en él. No dejé de observar también que iba vestido con las prendas más elegantes que el mundo puede ofrecer; que llevaba una camisa hecha a mano y lucía un reloj de oro en la muñeca que debía de valer tanto como un diamante.

Nadie se movió ni habló. Marius me observaba con una leve sonrisa. Iba con un sencillo traje negro, camisa y corbata. A su lado, vestido de manera similar, estaba Daniel, ahora totalmente recuperado (ese muchacho que había quedado tan trastornado y perdido después de la última gran debacle). ¿Y quiénes eran aquellos otros?

De repente, los nombres empezaron a llegarme telepáticamente en un coro de salutación: «Davis, Avicus, Flavius, Arjun, Thorne, Notker, Everard.»

—Muy bien. Parad, por favor —dije, alzando la mano—. Escuchad, he salido y hablado a la multitud porque alguien tenía que hacerlo. Pero yo no puedo ser aquí el líder.

Mi madre, hacia la mitad de la mesa por mi izquierda, empezó a reírse. Se reía en voz baja, pero a mí me sacó de quicio.

David, que estaba a su lado, hecho como siempre un catedrático de Oxford, con su chaqueta Norfolk de *tweed*, se puso de pie repentinamente.

—Queremos que nos lideres tú —dijo—. Así de simple.

—Y debes hacerlo —dijo Marius, que estaba sentado frente a él y se había vuelto hacía mí sin levantarse—, porque nadie se siente capaz de asumir ese puesto eficazmente.

—Esto es absurdo —dije, pero mis palabras quedaron ahogadas por un coro de exhortaciones y expresiones de ánimo.

—Lestat, no tenemos tiempo para esto —dijo Sevraine.

Otra bebedora de sangre de aspecto imperioso, sentada junto a Gregory, repitió las mismas palabras. Con un rápido mensaje telepático, me dijo que se llamaba Chrysanthe.

A continuación, se levantó y dijo con una voz suave:

—Si alguien de los presentes hubiera estado dispuesto a ser el líder, ya lo habría hecho hace mucho. Tú has aportado algo totalmente nuevo a nuestra historia. Te lo ruego. Continuemos.

Los demás asintieron entre susurros de aprobación.

Yo tenía infinidad de objeciones. ¿Qué había hecho en toda mi vida, aparte de escribir libros, contar historias y entrar en el mundo de la música rock? ¿Cómo podían idealizar todo aquello de un modo tan desproporcionado?

—Yo soy el príncipe malcriado, ¿no os acordáis?

Marius desechó esa objeción con una risita y me dijo que pusiera «manos a la obra».

—Sí, por favor —dijo un bebedor de sangre de piel oscura que se presentó como Avicus. El que estaba a su lado, Flavius, rubio y de ojos azules, se limitaba a sonreírme con una admiración y una confianza que también observé en otras caras.

—No saldrá de aquí nada efectivo —dijo Allesandra— si tú no tomas el timón. Lestat, yo entreví tu destino en París hace siglos, cuando apareciste caminando intrépidamente entre una multitud de mortales.

—Estoy de acuerdo —dijo Armand, en voz baja, como si estuviéramos los dos solos—. ¿Quién sino el príncipe malcriado para asumir el mando? Cuidaos de cualquier otro de los presentes que quisiera intentarlo.

Risas en torno a la mesa.

Allesandra, Sevraine, Chrysanthe, Eleni y Eugénie parecían reinas de épocas pasadas con sus sencillas túnicas adornadas con joyas y unas cabelleras tan espectaculares como los ribetes dorados de sus mangas y los anillos de sus dedos.

Incluso Bianca, la frágil y afligida Bianca, tenía un porte majestuoso que infundía respeto. Y la menuda Zenobia, con el pelo cortado como un chico, con su exquisito traje de terciopelo azul, parecía un paje angelical de una corte medieval.

«Cada uno de nosotros aporta cierto encanto a nuestro mundo —pensé para mis adentros—, y obviamente yo no puedo verme a mí mismo como ellos me ven. Yo, el torpe, el inepto, el impulsivo... ¿Pero dónde demonios estará mi hijo?»

En el fondo de mi mente, surgió fugazmente la idea de que quien manda ha de ser sumamente imperfecto, audazmente pragmático, capaz de componendas imposibles para los verdaderamente sabios y los auténticamente bondadosos.

—¡Sí! —susurró Benji, que había captado mi pensamiento.

Le eché un vistazo, examiné su carita radiante y me volví de nuevo hacia la asamblea.

—Lo has expresado con exactitud —dijo Marius—. Sumamente imperfecto, audazmente pragmático. Yo pienso lo mismo.

David había vuelto a tomar asiento, pero esta vez se levantó el llamado Gregory. Era sin duda uno de los bebedores de sangre más imponentes que yo había contemplado en mi vida. Mostraba una serenidad y un dominio de sí mismo comparables a los de nuestra llorada Maharet.

—Asume el mando por ahora, Lestat —dijo Gregory con cortesía—, y ya veremos después qué pasa. Pero, por ahora, debes liderarnos. Viktor ha sido secuestrado. La Voz ha concentrado su furia en aquellos que hemos hecho oídos sordos a sus peticiones, y ahora está tratando de salir del cuerpo de Mekare, allí donde se encuentre, y de introducirse en el cuerpo de otro: de un elegido para ejercer la voluntad de la Voz. Por supuesto, todos colaboraremos en las medidas que decidamos tomar. Pero tú debes ser el líder. Por favor. —Con una reverencia, se sentó y entrelazó las manos sobre la mesa de oro.

—Muy bien, ¿qué debemos hacer, pues? —dije. Decidí ser el presidente por pura impaciencia, ya que así lo querían. Pero no ocupé la silla. Permanecí de pie junto a ella—. ¿Quién es el que se ha llevado a mi hijo? —pregunté—. ¿Alguien de los presentes tiene la menor idea?

—Yo —dijo Thorne. Estaba sentado justo debajo de la araña central, lo cual volvía resplandeciente su larga cabellera roja. Iba con ropas sencillas, las ropas de un simple trabajador, pero tenía el aspecto informal de un mercenario—. Yo a ese lo conozco. Pelo marrón, ojos azules, sí. Lo conozco, aunque no por su nombre —dijo—. En mis tiempos cazaba en las tierras de los francos. Se remonta a una época muy antigua. Y creó a estas dos mujeres... —Señaló a Eleni y Allesandra.

—Rhoshamandes —dijo Gregory—. ¿Cómo es posible?

—Rhoshamandes —dijo Allesandra con asombro, mirando a Eleni y a Sevraine.

—Sí, ese es —dijo Thorne—. No pude hacer nada frente a él.

—Es un bebedor de sangre que nunca ha combatido con otros —dijo Sevraine—. ¿Cómo es posible que haya caído bajo el hechizo de la Voz? No puedo imaginármelo siquiera. Tampoco se me ocurre qué motivo lo impulsó a asesinar a Maharet y Jayman por su cuenta. Es una locura. Él evitaba las peleas. Sus dominios están en una isla del mar del Norte. Siempre ha llevado una vida muy reservada. No puedo comprenderlo.

—Pero era él, Rhoshamandes —dijo Louis en voz baja—. Veo su imagen en vuestras mentes y os aseguro que ese es el bebedor de sangre que rompió la pared de cristal y se llevó a Viktor. Y os digo otra cosa. Ese ser no posee demasiada destreza para lo que se ha propuesto hacer. Pretendía llevarse a Rose, pero no lo consiguió; y no nos hizo ningún daño a Thorne y a mí, cuando muy bien podría habernos destruido: a mí desde luego, y posiblemente también a Thorne, si no me equivoco.

—Lleva cinco mil años en la Sangre —dijo Sevraine—, igual que yo. —Miró a Gregory con una expresión de infinita ternura y él asintió levemente.

—Fue amigo mío, y más que eso —dijo Gregory—, pero cuando desperté en la Era Común, no volví a verlo. Lo que hubo entre nosotros sucedió en las noches oscuras de los comienzos, al final del primer milenio de nuestra época. Él hizo grandes cosas por mí, movido solo por la devoción personal. —Era evidente que algún doloroso recuerdo lo cohibía. No quiso seguir explicándose y dejó la cuestión así.

Benji alzó la mano, pero empezó a hablar antes de que nadie pudiera reaccionar.

—¿Quién ha oído a la Voz? ¿Quién la ha oído aquí esta noche? —Miró en derredor con expectación.

Nadie respondió.

Antoine, mi amado neófito de Nueva Orleáns, dijo suavemente que él nunca había oído a la Voz. Sybelle dijo lo mismo. Y también Bianca.

Entonces habló Notker, aquel bebedor de sangre calvo pero apuesto, con los ojos más tristes del mundo: unos ojos de cachorro preciosos y profundos, pero caídos en los extremos, lo que le daba un aire trágico incluso al sonreír.

—A mí me habló hace tres noches —dijo—. Me dijo que había encontrado su instrumento, que pronto dejaría de estar encarcelado. Me dijo que me quedara en casa (mi hogar está en los Alpes franceses, como muchos sabéis) y que mantuviera allí a mi gente, que lo que iba a ocurrir con él no tenía por qué afectarme. Me dijo que ahora él se valdría por sí mismo, que solo morirían los jóvenes y los débiles, y que mis hijos eran demasiado viejos y demasiado fuertes para resultar afectados.

Hizo una pausa y luego prosiguió:

—Hay muchos aquí, en este salón, a quienes esa Voz consideraría jóvenes y débiles.

Miró a Armand, sentado a mi izquierda, a pocas sillas de distancia, justo enfrente de él. Luego miró a Louis. No se molestó en mirar a Sybelle, Benji o Antoine. Ni siquiera a Fareed.

—Y os diré algo más —continuó Notker—. Esa Voz puede volver loca a una persona. Y ya no hay modo de silenciarla. Hace unos meses, sí, antes de que empezaran las matanzas era posible bloquearla. Pero ya no. Ahora es demasiado fuerte.

Eso me dejó pasmado. No había pensado en ello, pero era totalmente lógico. Cuantos más vampiros mataba la Voz en todo el mundo, más fuerte se volvía.

—Es cierto —comentó Benji—. Es lo que nos dicen los jóvenes desde todas partes. Ya no es posible silenciar a ese ser. Las masacres lo han vuelto más fuerte.

Fareed se puso de pie. Había permanecido en silencio junto a Seth. Ambos llevaban lo que yo llamaría sotanas de terciopelo negro, con cuellos altos y ceñidos y una larga ringlera de botones de color negro azabache. Fareed se volvió hacia mí.

—La Voz desea ser transferida desde el cuerpo de Mekare al cuerpo de ese elegido —dijo—. Y quiere que yo efectúe la operación. Me lo ha dicho. Me lo dijo la noche que llegamos aquí. Quiere contar con mi colaboración y la de Seth. Yo nunca le he respondido. Es cierto que se está volviendo extraordinariamente fuerte, pero todavía puedo silenciarla, aunque con dificultad. Hay que considerar a la Voz como una fuerza capaz de acosar y enloquecer a la mente de la que se apodere. Este es ahora uno de los elementos en juego. Yo no voy a hacer lo que quiere la Voz. No pondré fin a la existencia de la inocente Mekare. No, al menos, en las actuales circunstancias.

Tomó asiento de nuevo y Seth se levantó. De todos los vampiros allí reunidos, Gregory y Seth eran tal vez los más poderosos. Y era evidente que no había ninguna enemistad entre ambos. Gregory miró con expectación a Seth mientras este ordenaba lentamente sus pensamientos y recorría con la vista, uno a uno, a todos los presentes (excepto a los que estaban pegados a la pared).

—No debemos olvidar —dijo— que la Voz sabe lo que estamos diciendo. Es obvio que puede visitar libremente a cualquiera de nosotros, y ver a través de nuestros ojos y escuchar a través de nuestros oídos. Pero no puede visitar a más de uno al mismo tiempo, o eso parece. Ahora bien, ya que no hay modo de sorprender a la Voz con ninguna decisión que tomemos aquí, lo diré sin ambages: la Voz no debe pasar a ese Rhoshamandes. Este, espiritualmente, no es fuerte. Sí lo es en la Sangre, pero no espiritualmente. ¿Cómo lo sé? Lo sé por lo que ha hecho: por el brutal asesinato de Maharet y Jayman, abatidos a machetazos como si fuesen vulgares bandidos. Por lo tanto, si la Voz entra en esa mente, será la Voz quien la domine.

En torno a la mesa, los demás asintieron y murmuraron con aprobación. Todos se sentían horrorizados por lo que le había sucedido a la gran Maharet y al pobre Jayman. Yo mismo estaba horrorizado. No quería revivir mi última visita al complejo arrasado por las llamas, donde había hallado aquellas tumbas improvisadas. Dentro de mí se había acumulado una profunda rabia contra el sanguinario Rhoshamandes. Pero ahora debíamos seguir estudiando la situación.

—Eso no hay que permitirlo —asentí—. La Voz no debe entrar en Rhoshamandes. No hay que permitirlo de ninguna manera.

A mi llegada ya les había contado lo que me había encontrado en el complejo de la jungla. Los cuerpos mutilados y enterrados a toda prisa; el lugar convertido en cenizas. Los múltiples estragos, los libros antiguos destruidos, los cofres de joyas y reliquias venerables abiertos, y su contenido esparcido por el suelo y tiznado de hollín. Ya lo había contado, pero aun así, por si alguno no lo había oído o entendido, volví a explicarlo brevemente.

—Como vulgares bandidos —dije con repugnancia.

Jesse bajó la cabeza. Vi que asomaban a sus ojos lágrimas de sangre y que David la abrazaba.

Pandora, que estaba sentada con la cabeza gacha y rodeaba con el brazo a su compañero Arjun, se secó las lágrimas rojas.

Armand intervino ahora, sin molestarse en ponerse de pie o alzar la voz, sino sencillamente dirigiéndose a los presentes de una manera que los forzaba a prestar más atención. El truco siempre eficaz de los que te hablan en susurros y te obligan a echarte hacia delante para escucharlos.

—¿Cuál es el carácter de la Voz? —preguntó—. A mí nunca me ha hablado. ¿Qué alma hay detrás de la Voz?

—Tú sabes perfectamente —dijo Benji— que es Amel, el espíritu familiar de Mekare, que entró en Akasha y perdió su mente durante todo este tiempo, durante estos eones, durante todos estos milenios.

—Sí, pero ¿cuál es el carácter de la Voz? —insistió Armand.

—Es un ser sin moral de ningún tipo —dijo uno de los jóvenes que no había pronunciado una palabra hasta ahora: un vampiro moderno de pelo negro, con un traje de cuero bastante elegante, una camisa de cuello formal y una corbata de color rojo rabioso. Se volvió en su silla hacia mí, dijo su nombre en voz alta, «Everard», para que todos lo escucharan, y prosiguió—: Quiere destruir a los jóvenes, enfrentarlos entre sí. Despierta a los ancianos y los incita a matarlos. Pero todo esto ya lo sabéis, todos estáis al corriente. No tiene ninguna moral. Ni carácter. Ni amor a su propia tribu, como dice Benji. Es un monstruo sin tribu. Y ha prometido destruirme.

—Y a mí —dijo Davis, un llamativo bebedor de sangre negro, de piel sedosa y deslumbrante belleza—. Sería capaz de hacerle perder el juicio a cualquiera, de volverlo loco de remate.

Arjun, el compañero de pelo negro de Pandora, asintió.

—La locura total —susurró—. Es el germen de la locura.

Allesandra se puso de pie.

—A mí me visitó —dijo—. Me sacó de debajo de la tierra. Tiene grandes poderes de persuasión. —Su rostro oval y alargado y sus pequeños ojos almendrados quedaban enmarcados por su voluminosa cabellera. Me pareció toda una belleza ahora, más deslumbrante incluso que dos noches atrás, sin el menor rastro ya de la reina loca de antaño, bajo el cementerio de Les Innocents. Pero todavía conservaba aquel porte regio y la misma voz estentórea—. Me convenció de que podía liberarme de una tumba en la que había yacido durante más de doscientos años; me devolvió mi propia mente y me incitó contra los bebedores de sangre de París. Me hablaba íntimamente. Conocía mi sufrimiento, y él me hablaba del suyo. No debe entrar en Rhoshamandes. —Hizo una pausa, mirando a Eleni, Eugéni y Bianca—. Rhoshamandes no posee verdadera fuerza moral —dijo—. Nunca la ha tenido. Cuando nosotras, sus neófitas, fuimos capturadas por los antiguos Hijos de Satán, no nos rescató. Rehuyó el combate contra aquellos monstruos. Nos abandonó a nuestra suerte.

Hubo muchos gestos de asentimiento alrededor de la mesa. Era evidente que Eleni no estaba del todo convencida, pero no se molestó en hablar.

—No. Él por naturaleza prefiere la paz, pero no es débil —dijo Gregory—. Tú no lo juzgas a la luz adecuada. Nunca ha deseado ser un guerrero. Esa vida nunca le ha gustado, pero eso no significa que sea débil.

—Lo que ella quiere señalar —dijo Sevraine, alzando la voz— es que Rhoshamandes es demasiado débil para resistirse a la voluntad de la Voz.

—Y es lo bastante anciano —dijo Seth fríamente— para tomar a la Voz dentro de sí, quemarse bajo el sol y matar a infinidad de jóvenes bebedores de sangre. Y eso es precisamente lo que quiere la Voz. Os lo repito, espiritualmente no es fuerte.

—Pero ¿por qué? —preguntó Louis—. ¿Por qué está la Voz tan en contra de los jóvenes?

—Porque lo debilitan —dijo Seth—. Es inevitable. De ahí que su poder telepático haya aumentado ahora. La proliferación incontrolada de los jóvenes lo agota. Su cuerpo físico, ese organismo inconcebible que nos mantiene a todos vivos, no tiene un tamaño infinito. —Miró a Fareed, que asintió—. Y cuando proliferan los neófitos, él desea quemarlos. Ahora, cómo se fortalece exactamente sigue siendo un misterio. ¿Acaso saborea la sangre más exquisitamente en el Cuerpo Primario? ¿Ve con mayor agudeza a través de los ojos del Cuerpo Primario? ¿Oye los sonidos con más nitidez? No lo sabemos. Sabemos que su voz telepática actual es más fuerte a consecuencia de las matanzas. Eso nos consta. Y os digo una cosa: apostaría a que fue ese ser quien empujó al anciano, en los albores de la Era Común, a abandonar bajo el sol a Akasha y Enkil para provocar la primera Gran Quema. Y fue él quien incitó a Akasha, desde el interior de su propia mente, a exterminar a muchos de la tribu antes de que ella decidiera seducir a Lestat para realizar los propósitos aún más siniestros que albergaba.

—Todo esto no lo puedes saber con seguridad —dijo Pandora. Era la primera vez que tomaba la palabra y parecía muy reacia a hacerlo. Volvió a limpiarse la sangre de los ojos. Había algo apocado en Pandora, una especie de timidez, de inseguridad en sí misma que la volvía menos visible que las demás mujeres allí presentes, a pesar de estar extraordinariamente dotada en todos los sentidos. Iba vestida con una larga túnica de suave tela india con bordados, casi el equivalente del largo *sherwani* enjoyado de Arjun—. Durante todos los siglos —dijo— que estuve en contacto con ella, nunca percibí ningún indicio de algo que se removiera en su interior y que pudiera atribuirse a Amel.

—No estoy tan seguro de que tengas razón —dijo Marius con un destello de irritación. Él nunca tenía paciencia con Pandora.

—Tampoco yo estoy tan seguro —dije—. El período que pasé con Akasha fue muy breve. Pero percibí ciertas cosas: momentos en los que parecía paralizarse, como si algo invisible se hubiera apoderado de ella. No me dio tiempo de averiguarlo.

Nadie lo discutió.

—Pero debo añadir algo más —continué—: no creo que la Voz sea irredimible necesariamente. No lo es, al menos, si no lo somos nosotros. Creo que la Voz en los últimos veinte años ha dado un paso trascendental de una etapa totalmente nueva.

Noté que esta afirmación desconcertaba a algunos de lo que me estaban mirando. Aunque no a Marius o David. En cuanto a Seth, era imposible adivinarlo.

—¿Eso importa ahora? —pregunté—. Tal vez no. Yo quiero rescatar a Viktor. Nunca he visto a mi hijo con mis propios ojos. Quiero que vuelva sano y salvo. Y eso la Voz lo sabe. Ahora, en cuanto a la Voz en sí misma, en cuanto al propio Amel, está muy lejos de ser un monstruo insensible y sin conciencia.

—¿Cómo se te ocurre decir algo así? —exclamó Benji—. Lo encuentro indignante, Lestat. ¿Cómo se te ocurre? Ese ser nos está asesinando.

Sybelle le indicó con gestos que se callara.

—La Voz me ha estado hablando desde hace mucho tiempo —dije—. Oí a la Voz por primera vez solo unos años después de que Akasha fuese destruida. Yo creo que la mente enferma de Mekare permitió que la Voz cobrara conciencia. Y sé que mis vídeos y mis canciones, todo lo que hice para divulgar nuestra historia, todas esas imágenes, podrían haber excitado a la Voz en el interior de Akasha, del mismo modo que excitaron la mente consciente de Akasha.

Todos conocían esa vieja historia: la pantalla gigante de vídeo instalada en el santuario de Akasha y Enkil que había llevado mis experimentos de música rock ante el Rey y la Reina. No hacía falta extenderse sobre el particular.

—La Voz acudió a mí muy pronto. Quizás a causa de esos vídeos. No lo sé. Pero, lamentablemente, yo no sabía quién o qué era. Y no respondí como debería haber hecho.

—¿Estás diciendo que todo sería diferente —preguntó David— si lo hubieras sabido y hubieses respondido de otro modo?

Meneé la cabeza.

—No lo sé. Pero sí puedo decirte lo siguiente: la Voz es un ente con su propia historia. La Voz sufre. Es un ser con imaginación. Uno ha de tener imaginación y empatía para conocer el amor y la belleza.

—¿Qué te hace pensar tal cosa? —dijo Marius con un tono de reproche—. Los seres más despiadados y amorales son capaces de apreciar la belleza. Y de amar.

—Pues yo creo que es cierto lo que está diciendo Lestat —dijo el joven Daniel. No se disculpó por contradecir a Marius. Llevaban juntos mucho tiempo—. Y no me sorprende oírlo. Cada uno de vosotros, de los que yo he conocido de vosotros, ha tenido esa capacidad para apreciar la belleza y el amor.

—Lo cual demuestra lo que yo he dicho —dijo Marius.

—Basta de discusiones —dijo Seth—. Quiero rescatar a Viktor. Es tan hijo nuestro como tuyo.

—Lo sé —dije.

—Pero si la Voz tiene empatía —gritó Benji, echándose hacia delante sobre la mesa, con el sombrero caído sobre su rostro—; si tiene imaginación y sabe amar, entonces sería posible razonar con él. Es ahí adonde quieres ir a parar, ¿no?

—Sí —respondí—. Por supuesto. Lo cual coloca a nuestro amigo Rhoshamandes en una posición peligrosa. La Voz cambia de bando con facilidad. Además de querer alcanzar sus objetivos, tiene un desesperado deseo de aprender.

Everard se echó a reír.

—Así es la Voz, ya lo creo. Voluble, inconstante. Por eso es capaz de deslizarse en tu mente, o en la mía o en la de cualquiera, como una araña por el hilo reluciente de su tela, y tratar de inducirte a hacer cosas que tú jamás harías.

Ni Bianca ni Jesse habían hablado hasta entonces. Estaban sentadas una junto a otra: Jesse rendida y agotada y destrozada por la noticia de la muerte de Maharet, y Bianca todavía sumida en un infierno privado a causa de la pérdida de su compañero. De pronto, sin embargo, fue como si ninguna de las dos pudiera soportar todo aquello por más tiempo, y, tras un acuerdo tácito entre ambas, Bianca se levantó y dijo con tono estridente:

—¿Qué sentido tiene todo esto? Estamos indefensos frente a la Voz, frente a sus deseos. ¿Por qué nos dedicamos a hablar y a tratar de resolverlo con argumentos racionales? ¡Mirad lo que nos ha hecho! ¡Miradlo! ¿Es que nadie va a llorar por Maharet? ¿Nadie va a pedir un momento de silencio en su memoria? ¿Nadie va a hablar por todos aquellos que podrían haber vivido eternamente y ahora están muertos y enterrados, aniquilados con la misma facilidad que si hubieran sido mortales?

Estaba temblando. Tenía los ojos fijos en Armand, que se hallaba frente a ella. Él la miró con una cara de dolor y consternación: una cara tan sombría y vulnerable que no parecía la suya. Bianca se volvió entonces hacia Marius, como haciéndole una silenciosa petición. Este la miró también con profunda compasión. Luego se hundió en su silla y, tapándose la cara con las manos, lloró en silencio.

Jesse, la joven Jesse, que había sido creada por Maharet y llevaba la anciana sangre en sus venas, apenas se movía. Estaba lívida, estremecida por emociones bien humanas, aunque sostenida por su poderosa sangre. Fareed se hallaba en la misma situación pero lo disimulaba mucho mejor que ella.

—Mi querida tía estaba pensando, de hecho, en destruir a toda la tribu —dijo Jesse—. Ella me prometió que no lo haría. Pero pensaba en ello continuamente.

—Es cierto —dijo David, que se hallaba justo a su lado.

—Entiendo por qué obedeció Rhoshamandes las órdenes de la Voz —dijo Jesse—. Y también estoy segura de que si mi tía hubiera querido vivir, habría podido detener a Rhoshamandes. Ella habría podido con cualquiera de nosotros, incluso contigo, Gregory, o contigo, Seth. O contigo, Sevraine. Sabía defenderse. Su poder era inconcebible. Y también su experiencia. No: ella se estaba muriendo por dentro. Y dejó que Rhoshamandes le quitara la vida.

Volvió a sentarse en la pequeña silla dorada. David le dio un beso en la mejilla.

Yo alcé las manos.

—Es verdad —dije—. Maharet estaba pensando en destruirse a sí misma junto con su hermana. Pensaba arrojarse con Mekare por la boca de un volcán en erupción. Yo mismo vi las imágenes que salían de su mente. El volcán era el Pacaya, en Guatemala. Me duele decirlo. Me duele reconocerlo, porque Maharet no debería haber muerto a manos de ese Rhoshamandes incalificable. Pero es la verdad.

Todos aguardaron, pero estaba claro que ni yo ni Jesse íbamos a seguir hablado. Finalmente, Marius se puso de pie, con su aire siempre imperioso, y esperó a que todas las miradas se concentraran en él.

—Es evidente que no podemos sorprender a ese ser y que no podemos engañarlo —dijo—. Y que no podemos vivir sin él. Así que vamos a analizar cuál es nuestra mejor defensa. No accederemos a nada hasta que nos devuelvan ileso a Viktor. Entonces escucharemos a la Voz, averiguaremos qué tiene que decir y qué es lo que quiere.

—¡Con Rhoshamandes no puede contar para presentar batalla! —dijo Allesandra acaloradamente.

—No, no puede —dijo Notker—. Y os aseguro que el cómplice más leal de Rhoshamandes, el que debe de ser su aliado en todo este asunto, es un ser tan amante de la libertad y tan poco preparado para una batalla de este tipo como lo es su amo.

—¿Y quién es ese aliado? —preguntó Allesandra.

—Debe de ser Benedict —dijo Notker—. No puede ser otro.

—Sí, Benedict —dijo Sevraine—. Claro. Es con Benedict con quien vive en esa isla de los mares del Norte. Ha vivido con él durante siglos.

—Benedict... —susurró Allesandra—. ¿No será aquel pobre chico ignorante, aquel santurrón que Rhoshamandes arrebató a los monjes e inició en la Sangre?

—¿Benedict? —dijo Eleni—. Benedict es aquel vampiro al que Magnus (tu hacedor, Lestat) le robó la Sangre. Bah. Él apenas lleva la mitad de tiempo que yo en la Sangre. Nunca ha sido fuerte, nunca. Todo su encanto radica en ser tan frágil como una glicina o una orquídea. Pero ¿cómo sabemos que es el único aliado de Rhoshamandes?

—Apuesto a que es él único —dijo Notker—, porque no conozco a ningún otro. Y dicho sea de paso, ese «pobre chico ignorante y santurrón» me inició a mí en la Sangre. Y por cierto que hizo un excelente trabajo.

Una ligera oleada de risas recorrió la estancia, aunque se extinguió casi de inmediato.

—Pero la verdad es que nos enfrentamos aquí a un gran misterio —dijo Notker—. Tenemos al dulce Rhoshamandes, que se alimentaba de música y poesía, que inició a aquellos que le complacían, pero nunca poseyó la fuerza necesaria para luchar por ellos y defenderlos; y ahora tenemos a Benedict, al santurrón de Benedict. Y tú, Lestat, dices que la Voz conoce el amor. Que conoce el amor, que tiene imaginación y posee un alma. Bueno, no deja de ser un enigma que haya escogido a dos bebedores de sangre tan singulares.

—Tal vez han sido los dos únicos dispuestos a secundar sus

planes —dijo Seth fríamente—; los dos únicos que han caído en las redes de sus absurdas fantasías.

—¿Por qué absurdas? —dijo Marius—. ¿Qué quieres decir?

Fue Fareed quien respondió por Seth.

—Lestat tiene razón. La Voz está iniciando su camino como ser consciente. Es posible que ejerciera en las eras pasadas una influencia oscura y brutal en el Cuerpo Primario, pero ahora es apenas un niño en el reino de la voluntad. Y nosotros no conocemos el alcance de sus intenciones. Yo sospecho que cambiar de cuerpo, ser extraído de la muda y casi ciega Mekare e implantado en el cuerpo robusto de Rhoshamandes, un bebedor de sangre lleno de atractivos y de dotes indudables, es solo un primer paso para la Voz.

—Bueno, por eso hemos de detenerlo —dijo Marius.

—¿No habría algún modo de extraerlo de un cuerpo vampírico? —preguntó Benji—. Tú, Fareed, con tus conocimientos médicos, ¿no puedes introducirlo en alguna máquina en la que sea alimentado con la Sangre de modo constante, pero no pueda ver ni oír, ni desplazarse a través de su red invisible?

—No es una red, Benji —dijo Fareed con tono paciente—. Es un cuerpo, un gran cuerpo invisible pero palpable. —Suspiró—. Y no, no puedo inventar una máquina que lo mantenga alimentado. No sabría ni por dónde empezar. Ni tampoco sé si la idea funcionaría. Cuando ese ser es extirpado del Cuerpo Primario nosotros, todos nosotros, empezamos a morir, ¿no? Eso es lo que nos han explicado que sucedió en el pasado.

—Es lo que sucedió —dijo Seth.

—Pero la última vez, cuando ese ser fue extirpado —dijo Marius—, el Cuerpo Primario estaba agonizando. ¿Qué sucedería si lo extirparas mientras el Cuerpo Primario siguiera vivo, con el corazón y el cerebro conectados?

—Tonterías —dijo Seth—. Esa cosa vive en el cerebro y, cuando extraes el cerebro, el Cuerpo Primario empieza a morirse.

—No necesariamente... —dijo Fareed.

—Por supuesto que no —dijo Marius con un suspiro. Se encogió de hombros y esbozó un gesto de impotencia—. Esto me supera ampliamente. Queda por encima de mis conocimientos. Sencillamente no puedo... —Se interrumpió.

Yo le comprendía. Tampoco sabía casi nada sobre la mecánica de lo que habíamos presenciado cuando habían matado a Akasha. Lo único que sabía era que Mekare había devorado su cerebro y que había bastado con eso para que Amel se arraigara en su interior.

—La cuestión es que por muy inteligentes que seamos —dijo Seth— no somos capaces de crear una máquina que mantenga a Amel, ni tampoco de imaginar un medio infinitamente seguro de mantener esa máquina en constante funcionamiento. Incluso si fuéramos capaces, estaríamos encadenados a la Voz, por supuesto. Y la Voz tal vez se mantendría al acecho continuamente, buscando un aliado que lo liberase.

—Es posible —dije—. ¿Y quién podría reprochárselo? Habéis hablado de esa máquina como si este ser no fuera consciente ni pudiera sentir dolor. Pero resulta que sí es consciente y que siente un dolor atroz. Lo que yo os digo es que tiene que haber una solución que no implique el encarcelamiento permanente de Amel. ¡Ha sido su encarcelamiento en el interior de Mekare lo que ha llevado a esta situación! Sí, su mente dañada le proporcionó un espacio en el que desenvolverse por su cuenta. Y yo reconozco que lo excité al excitar a Akasha. ¡No me cabe duda! Pero Amel siente, Amel desea, Amel ama.

—Yo no lo llamaría Amel —dijo Marius—. Eso me parece demasiado personal. Por ahora, no pasa de ser la Voz.

—Yo lo llamaba «Voz» cuando no sabía quién era —objeté—. Y muchos otros hacían igual porque también lo ignoraban.

—Todavía no sabemos quién es realmente —dijo Marius.

—Entonces, Lestat, ¿qué estás diciendo? —preguntó Armand, con su tenue tono de voz—. ¿Que ese espíritu, Amel, es bueno? Lo que nosotros hemos sabido de él a través de las gemelas ha sido que era un espíritu maligno.

—No es así —dije—. No fue eso lo que nos contaron las gemelas, en absoluto. Además, ¿por qué habría de ser bueno o malo intrínsecamente? Lo que las gemelas describían era un espíritu juguetón y jactancioso: un espíritu que amaba a Mekare y quería castigar a Akasha por hacerle daño a Mekare; y ese espíritu se introdujo de algún modo en el cuerpo de Akasha y se fundió con ella: con aquella a la que odiaba. Y ahora, seis mil años después, se encuentra a sí mismo implantado en el cuerpo de aquella a la que amaba, solo que ella está como muerta para él, muerta e insensible para todo.

—Ah, qué bella historia —dijo Pandora en voz baja.

—¡Pero eso no significa que sea bueno! —dijo Armand.

—Ni tampoco que sea malo —dije—. Cuando Maharet nos contó estas antiguas historias, dejó claro que los buenos espíritus eran los que obedecían a las hechiceras, y los malos, los que causaban daño. Una definición muy primitiva y casi inútil de lo que es malo y bueno.

De repente, observé que Benji le pedía a Armand con gestos que se callara, y que Louis hacía lo mismo. También Marius hizo un gesto parecido, bajando las manos hacia la mesa, como diciendo: «Silencio.» Y nada más advertirlo yo, también lo advirtió Armand.

Pensé un momento, apretándome la cara con los dedos, justo por debajo de los ojos.

—Escuchad, no pretendo hablar en favor de la Voz. No pretendo engañar a ese ser elogiando su sensibilidad, su crecimiento o su capacidad para amar. Digo esto porque lo creo. La Voz nos puede enseñar cosas que ningún otro ser puede enseñarnos en este mundo, lo cual incluye tal vez a otros espíritus que se hallan ahora entre nosotros... —Miré con toda intención a Sevraine. Me refería a Gremt—. ¡Seres que no confían realmente en nosotros! ¡O que no nos ayudan! Tales espíritus quizás están tan furiosos con Amel, tan enfrentados y enemistados con él desde un tiempo anterior al tiempo, que difícilmente podemos contar con ellos para que nos echen una mano.

—Eso no lo sabemos —dijo Sevraine—. Solo sabemos que no nos ayudarán ahora. Estás hablando de espíritus poderosos que tal vez en su momento nos echen una mano, pero que por ahora están esperando, esperando a ver qué nos proponemos.

—No, yo no descartaría del todo a esos espíritus —dijo Pandora bruscamente—. Quizá todavía nos ayuden.

—Exactamente —dijo Sevraine.

Se formó un pequeño alboroto alrededor de la mesa. Pero era evidente que algunos de los presentes sabían de qué estábamos hablando y otros muchos no lo sabían. Benji no lo sabía.

Ni tampoco Louis o Armand. Pero Marius sí, y también Pandora. E incluso el sofisticado Everard lo sabía.

—Los de la Orden de la Talamasca no nos ayudarán todavía —dijo Marius—. Pero están de nuestro lado.

—¿Cómo? ¿La Talamasca está integrada por espíritus? —dijo Benji—. ¿Desde cuándo se sabe tal cosa?

Marius se apresuró a decirle que se callara, que todo habría de exponerse a su debido tiempo.

Entonces alcé las manos para pedir silencio. Estaba convencido de que no me harían caso, pero sucedió todo lo contrario.

—Lo que yo digo, sencillamente, es que ese Amel es un espíritu que alberga inmensos conocimientos y secretos, y que casualmente... ¡es nuestro espíritu! —Esperé unos instantes—. ¿No os dais cuenta? No podemos seguir hablando de él como si fuera un malvado de poca monta que ha irrumpido en nuestra existencia para causarnos molestias, para asustarnos e intimidarnos y exigirnos cosas. Él es la fuente de nuestra vida. —Me incliné hacia delante, apoyando las manos en la mesa—. Sí, él mata —dije—. Nosotros también matamos. Sí, él asesina despiadadamente. ¿Quién de mi misma edad o mayor que yo no ha hecho lo mismo? Este ente, ese ser está en la raíz de lo que somos. Tanto si cuenta con un plan como si no, aparte de apoderarse de Rhoshamandes, ¡tiene un destino! ¡Todos lo tenemos! Eso es lo que me ha enseñado esta crisis. ¡Es lo que me han enseñado las constantes exhortaciones de Benji! Somos una tribu con un destino, y es un destino por el que vale la pena luchar. Y Amel siente lo que nosotros: que es un ser condenado a sufrir por motivos que desconoce, un ser que quiere amar y aprender, que quiere ver y sentir. Y él, igual que nosotros, tiene un destino por el que merece la pena luchar.

Completo silencio.

Apenas se movía nadie, pero todos se miraban entre sí de soslayo. Entonces intervino Seth en voz baja.

—Creo —dijo— que el Príncipe Lestat ha hecho una excelente observación.

Marius asintió.

—Lo que estás diciendo, entonces —dijo Benji—, es que la Voz es un miembro de la tribu.

Me eché a reír.

—Bueno, ¡sí!

—Y que es malo y nosotros somos malos —susurró Armand.

—¡No es verdad! —dijo Benji—. Nosotros no somos malos. Tú nunca lo comprenderás. Nunca.

Seth sufrió un cambio. Fue algo repentino. Se puso de pie, y lo mismo hizo Sevraine y Gregory.

—¿Qué ocurre? —pregunté.

—Rhoshamandes. Viene hacia aquí —dijo Seth—. Se acerca.

—Está justo aquí encima —dijo Gregory.

Marius también se puso de pie.

Permanecí con los brazos cruzados, aguzando el oído. Miré por encima del hombro a Rose, que dormía agitadamente bajo las mantas. Miré a Louis, que tenía los ojos fijos en mí.

Pero ahora todos lo oían. Todos, salvo Rose, oían cómo resonaban los pasos.

Él, aquel ser con la mente herméticamente cerrada e inaccesible, bajó con pasos deliberadamente audibles por una escalera de hierro —probablemente desde una entrada de la azotea— y recorrió el pasillo que se extendía más allá del salón.

Lentamente apareció a la vista: un hombre joven de rostro y figura asombrosamente apuestos, aunque se tratara de un bebedor de sangre de cinco mil años. Tenía el pelo marrón oscuro y unos grandes ojos de color gris azulado; iba vestido con una impresionante chaqueta militar de terciopelo negro, ribeteada de verde, que realzaba su cuerpo alto y proporcionado. Entró en el salón y se detuvo al pie de la mesa.

—Rhoshamandes —dijo. Hubo un destello de vacilación en su rostro. Hizo una reverencia general y luego empezó a saludar, acompañando cada saludo de una leve inclinación.

—Mi queridísima Sevraine. Gregory, Nebamun, viejo amigo, y mis estimadas Allesandra, Eleni y Eugénie. Notker, mi amado Notker. Y Everard, mi queridísimo Everard. A todos vosotros, mis saludos. En cuanto a ti, Príncipe Lestat, estoy a tu servicio, por así decirlo, siempre que podamos llegar a un acuerdo. Tu hijo aún está ileso.

Un vampiro del grupo de Notker se levantó, fue a buscar una de las sillas arrimadas a la pared y la trajo a la mesa.

Pero aquella impresionante y majestuosa criatura la rodeó por un lado, se acercó adonde se hallaba sentada Jesse y, situándose tras ella, se inclinó para hablarle íntimamente.

—Nunca fue mi intención hacerle daño a Maharet —dijo—. Y desearía con toda mi alma haber encontrado el modo de evitarlo. Lo hice porque ella pretendía exterminarnos a todos. Te juro que es cierto. Y maté a Jayman porque pensé que cuando comprendiera lo que yo había hecho, trataría de vengarse.

Ella siguió mirando hacia delante, con sus ojos apagados y enrojecidos, como si no lo hubiera escuchado. Totalmente inmóvil. David tampoco levantó la vista.

Rhoshamandes suspiró. Al hacerlo, una expresión altanera cruzó sus rasgos agraciados: una expresión casi desdeñosa. Fue apenas un segundo, pero yo la percibí con un sobresalto. Me asombró la dureza que delataba, en contraste con aquellas palabras tan elegantes y delicadas.

Dio media vuelta, regresó al pie de la mesa, por así llamarlo, y tomó asiento en la silla que le habían puesto allí.

—Ya sabes lo que quiero —dijo, dirigiéndose a mí—. Ya sabes lo que quiere Amel. Y ya sabes, Lestat, que tu hijo está con Benedict. —Se metió la mano en el bolsillo y sujetó en alto un reluciente iPhone para que todo el mundo lo viera; luego lo depositó ante sí sobre la mesa—. Si pulso este botón, Benedict matará a Viktor. —Hizo una pausa, recorriendo la mesa con la vista de arriba abajo y luego concentrándose en mí—. Pero eso no tiene por qué suceder, ¿cierto? Y por supuesto tengo a Mekare a buen recaudo, como sin duda habrás deducido.

Yo no dije nada. Con el poder de su mente, supuse, Rhoshamandes podría enviar una ráfaga desde aquel teléfono. Pero ¿acaso él lo sabía? Yo, por mi parte, no estaba del todo seguro. Eso sí: lo odiaba. Aborrecía tenerlo ante mi vista.

—No me hace falta recordarte que si me sucede cualquier cosa —prosiguió—, la Voz incitará a Benedict a matar inmediatamente a tu hijo, y tú jamás descubrirás dónde está Mekare.

Los demás lo miraban en medio de un gélido silencio.

24

Lestat

EL QUE CORTA EL NUDO

Intenté penetrar en la mente de aquella criatura, captar la más tenue imagen que pudiera indicarme dónde estaba Viktor y dónde estaba Mekare. Sabía que todos los demás bebedores de sangre de la mesa debían de estar intentándolo también. Pero nada. No capté nada. Y tampoco sabía si la Voz estaba ahora mismo dentro de aquel ser, mirándonos a través de sus ojos.

—Te diré sencillamente lo que quiero —dijo Rhoshamandes—. La voz desea entrar en mi interior. Yo me resisto a intentarlo por mi propia cuenta. Creo que necesito la ayuda de algunos de los aquí presentes, muy especialmente de Fareed, ese médico vampiro. Necesito su ayuda.

Fareed no dijo nada.

—Si llegamos a un acuerdo, me llevaré a Fareed conmigo, y, cuando la cosa esté hecha, cuando Mekare se vea felizmente liberada de este mundo, y la Voz se halle dentro de mí, os devolveré a Fareed y a Viktor sanos y salvos. Entonces poseeré el Germen Sagrado. Y me convertiré en el líder de esta tribu, por así llamarla. —Miró a Benji y sonrió fríamente—. Os aseguro que no soy despótico ni estoy obsesivamente interesado en la conducta de los bebedores de sangre. Como muchos de los seres que se alzan con el poder, no lo hago porque desee el poder, sino porque no deseo ser gobernado por nadie más.

Iba a proseguir cuando Seth lo interrumpió con un gesto.

—¿No sientes ninguna vacilación —dijo— ante la perspectiva de vivir, noche tras noche, durante el resto de tu viaje inmortal por este mundo, con esa Voz en tu interior?

Rhoshamandes no le respondió de inmediato. De hecho, su rostro se volvió inexpresivo y algo rígido, con un rictus sombrío. Miró el reluciente teléfono móvil que tenía delante, luego me miró a mí y, finalmente, a Seth.

—Me he comprometido a hacer lo que la Voz quiere —dijo—. La Voz quiere liberarse de Mekare. La Voz puede poseer solo temporalmente a uno cualquiera de nosotros y, cuando nos posee, no ve claramente ni oye claramente a través de nosotros. Y en el interior de Mekare se encuentra atrapado en un cuerpo tan dañado y embotado, tan arruinado por el aislamiento y la privación, que no puede ver ni oír en absoluto.

—Sí —dijo Fareed tranquilamente—. Eso lo sabemos todos. Estamos al corriente de lo que experimenta la Voz ahora mismo. Pero la pregunta de Seth iba dirigida a ti. ¿Cómo vas a sobrevivir con la Voz en tu interior, noche tras...?

—Sí, bueno, ¡sobreviviré! —fue su respuesta enfática e impaciente. Rhoshamandes se sofocó—. ¿Crees que tengo alternativa? —dijo, echándose hacia atrás. Pidió silencio con gestos. La Voz le estaba hablando, no cabía duda.

Yo procuraba mantener totalmente ocultos mis pensamientos, lo cual implicaba dejarlos en la medida de lo posible en un estado rudimentario. Pero era evidente que aquel era un ser tremendamente desdichado, lo advertí con toda claridad; un ser desdichado y desgarrado por sentimientos contradictorios. Sus ojos claros, otra vez fijos en mí, no podían manifestar sino una profunda frustración que bordeaba el pánico.

—Esto ha de llevarse a término sin más dilación —dijo ahora—. Fareed, debo pedirte que vengas conmigo.

—¿Y qué sucederá —preguntó de repente Sevraine— cuando la Voz se canse de estar en tu cuerpo, Rhoshamandes, y decida que quiere ser transferida a otro?

—Lo más probable es que eso nunca suceda —replicó él con furia—, porque la Voz tiene muchas cosas que aprender desde mi cuerpo: todo un mundo por descubrir que nunca ha visto. Esta cosa, esta... esta Voz... —Había empezado a tartamudear de pura exasperación—. Esta Voz acaba de adquirir conciencia.

—Sí, y quiere un cuerpo anfitrión mejor —dijo Seth con un tono frío y enérgico—. Y te ha escogido a ti, un espléndido espécimen masculino. Pero ya te das cuentas de que, una vez que lo hayas tomado dentro de ti, puede volverte loco de remate.

—Estamos perdiendo el tiempo —dijo Rhoshamandes—. ¿No lo entendéis?

—¿El qué?, ¿que eres un simple peón, un esclavo de esa cosa? —Seth se había vuelto hacia él y yo solo le veía la cara de medio perfil, pero su tono era tan fulminante como antes.

Rhoshamandes se arrellanó en la silla y alzó las manos. Miró de nuevo el teléfono.

Súbitamente, Benji se levantó de su sitio, justo a mi derecha, recorrió la mesa deprisa hasta situarse junto a Rhoshamandes y bajó la vista hacia el teléfono móvil.

—¡Atrévete a tocarlo y el chico morirá! —dijo Rhoshamandes, ahora lleno de rabia, mirando a Benji con ojos llameantes. Con la boca torcida y los labios apretados, dejó escapar una risita cruel—. Ya os lo he dicho: una señal procedente de este teléfono y Benedict matará a Viktor...

—Y entonces —dijo Sevraine— nosotros te destruiremos a ti, y de la forma más dolorosa posible, porque ya no tendrás ningún poder de negociación. ¿Qué te hace pensar que podrás obtener lo que quieres?

—¡Os lo advierto! —Alzó la mano derecha. La derecha, advertí. Había sacado el teléfono con la mano derecha. Era diestro—. Todo va a ocurrir tal como ha estipulado la Voz.

Marius carraspeó y se inclinó hacia delante, entrelazando las manos sobre la mesa.

—La Voz es demasiado joven para gobernar esta tribu. Y yo creo que cuando tengas dentro el Germen Sagrado, te expondrás al sol deliberadamente, y muchos más miembros de nuestras jóvenes generaciones perecerán, porque eso es lo que desea la Voz.

—¿Y qué pasa si es así? —replicó Rhoshamandes.

—¿Que qué pasa, dices? —exclamó Marius—. ¡Pues que todos aquí tenemos jóvenes neófitos a los que amamos! ¿Crees que voy a quedarme de brazos cruzados mientras tú destruyes a Armand o a Bianca? —Ahora había dado rienda suelta a su rabia—. ¿Crees que quiero ver morir a Benji y Sybelle?

—No importa lo que tú quieras —dijo Rhosh—. ¿Eres consciente de que si no respondéis a mi propuesta en los próximos minutos, si no me pongo en contacto con Benedict, él matará al chico tal como se le ha ordenado, y yo me retiraré de aquí? Y no vayas a equivocarte: lo haré a tal velocidad que jamás podréis darme alcance, y habremos de volver a discutir todo esto una y otra vez hasta que la Voz consiga su propósito.

—Eso me parece más bien cínico —dijo Marius.

—A mí también —dijo Gregory. Era la primera vez que intervenía.

—¿No comprendéis con quién os enfrentáis? —Rhosh le lanzó a Gregory una mirada furibunda—. Nebamun —le dijo, llamándolo con su antiguo nombre—, la Voz oye cada palabra que decimos aquí. La Voz está aquí. La Voz puede ordenar a Benedict que mate al chico...

—Ah, ¿pero Benedict obedecerá a la Voz —preguntó Gregory— sin haberte escuchado antes a ti?

—Yo creo que no —dijo Allesandra—. Creo que tu dulce Benedict es un aliado muy endeble para esta empresa.

—¡No seáis idiotas! —dijo Rhoshamandes. Estaba desesperado—. Vosotros no sabéis dónde está Mekare.

—Eso es lo de menos —dijo Marius—, porque ella se encuentra a salvo por el momento allí donde esté, ya que tú no puedes extraerle el Germen Sagrado sin ayuda.

—Ah, sí, claro que puedo. Y lo haré. —Se puso de pie—. Puedo marcharme, matar a ese muchacho mortal y efectuar la transmisión del Germen Sagrado tal como se llevó a cabo en el pasado. Es más, podría obligar a Viktor a ayudarme.

Empecé a reírme. No podía parar. Reía y reía como un loco. Me desternillaba. Y entonces, doblándome hacia delante, con la mano izquierda en la cintura mientras seguía riéndome, disparé con el Don de la Mente al iPhone y lo atraje hasta tenerlo frente a mí, en mi extremo de la mesa.

—¡No te atrevas a tocarlo! —rugió Rhoshamandes. Yo sabía que sus gritos debían molestar a Rose, tenían que molestarla, y que incluso debía escucharlos cualquier joven que se hubiera quedado ahí fuera, en la calle.

Me reí con más fuerza. No podía parar. No quería reírme de aquel modo, en realidad, pero no podía parar.

Cogí el móvil, me lo metí en el bolsillo, y, usando el asiento de la silla como escalón, me subí encima de la mesa. Aún riendo sin control, empecé a recorrerla de punta a punta hacia él.

—Ah, Voz —dije entre accesos de risa—. ¡Eres un niño prodigio! ¿Cómo creías que iba a funcionar un plan tan estúpido?

La Voz se presentó en mi interior en un estado furioso.

—¡Destruiré a tu hijo! —gritó—. No podrás detenerme.

—Sí, sí —dije, riendo y dando un paso tras otro sobre los recuadros dorados de la mesa—. Ya lo sé. Ya he escuchado antes tus amenazas. ¿No te das cuenta de que yo soy el único aquí que te ama de verdad?

Había llegado al final y, repentinamente, me senté en un lado del borde de la mesa, junto a Rhoshamandes, que me miraba completamente furioso.

Me saqué el hacha del abrigo con la mano derecha, mientras con la otra sujetaba el brazo izquierdo de Rhoshamandes, y le asesté un tajo en la muñeca con un golpe violento.

Fue cuestión de una décima de segundo. La hoja curva centelleó maravillosamente bajo la luz de la araña y la mano seccionada salió volando y cayó sobre la mesa. Rhoshamandes gritó aterrorizado. Todos los demás soltaron una exclamación ahogada y se removieron en sus sillas.

Rhoshamandes miró la mano cortada, la sangre que le salía de la muñeca y trató de zafarse de mí.

Pero como yo esperaba, no consiguió zafarse. No podía moverse.

Marius, Seth, Sevraine y Gregory se habían puesto de pie y lo miraban fijamente, inmovilizándolo con el Don de la Mente tal como yo había previsto que harían.

La sangre seguía manando de su brazo izquierdo y derramándose sobre la mesa.

Él trató de sofocar otro grito, pero no le era posible.

—¿Hay algún sitio —pregunté— donde pueda quemar esta mano? A ver, la podría incinerar aquí sin problemas, pero no quiero chamuscar la mesa.

—¡No! —aulló él. Se puso como un loco tratando de liberarse, retorciéndose, forcejeando con mi mano y con la fuerza invisible que lo mantenía sujeto. Observé que la carne sobrenatural ya empezaba a cerrar el boquete de la muñeca.

—Llama ahora mismo a ese estúpido y pequeño aprendiz de brujo tuyo —dije— y ordénale que libere a mi hijo; o bien te cortaré en pedazos con el hacha y quemaré cada trozo delante de ti. —Me incliné y lo miré a los ojos—. Y ni se te ocurra tratar de lanzar sobre mí ese fuego mortífero —añadí—. O ellos te carbonizarán y matarán en el acto.

Rhoshamandes estaba paralizado de rabia y de pánico. Por desgracia para él.

Le extendí el brazo de un tirón y le asesté otro hachazo justo por debajo del hombro, seccionándole toda la extremidad.

Los gritos que salieron de él sacudieron los candelabros. Bajó la vista con horror al muñón ensangrentado.

Yo arrojé el brazo a lo largo de la mesa, casi hasta la mitad. Muchos de los presentes se apartaron de inmediato, haciendo rechinar las sillas y echándose hacia atrás.

Él miró su brazo. No conseguía acallar los gritos que le salían y, finalmente, se tapó la boca con la mano derecha. Emitió un largo y espantoso gemido.

Ahora muchos se habían puesto de pie y apartado de la mesa, una reacción que no me sorprendió.

Ver cómo alguien es desmembrado resulta difícil incluso para los vampiros dotados de mayor frialdad y autodominio: aunque sepan que los miembros pueden reimplantarse y volver a crecer. Y además, si hablábamos de quemar los miembros... difícilmente sería posible reimplantarlos después.

—Necesitamos un brasero lleno de brasas —dije—. ¿O incineramos simplemente estos despojos con el Don del Fuego? Miré a los demás y me volví hacia Rhoshamandes—. Yo, en tu lugar, le diría a la Voz que se fuera al infierno y llamaría a Benedict para que libere a mi hijo.

Me saqué el teléfono del bolsillo.

—Benji, ponle el altavoz a este aparatito, ¿quieres? —dije, dejándolo sobre la mesa.

Benji obedeció.

—Veo que tu brazo ya se está curando —amigo—. Quizá debería cortarte las dos piernas a la vez.

Con un gran esfuerzo, Rhoshamandes contuvo sus sollozos. Percibí en sus ojos una angustia en estado puro cuando me miró un momento para volver enseguida a contemplar su mano y su brazo seccionados.

—Le ordenaré a Benedict que mate al chico —dijo la Voz. Parecía dominada por el pánico y la rabia igual que Rhoshamandes—. Voy a decirle que lo haga ahora mismo.

—No, nada de eso, Voz —mascullé entre dientes. Bajé la vista mientras hablaba para dejar claro a todo el mundo que era al enemigo mismo a quien me dirigía—. Porque si Benedict fuera capaz, ya lo habría hecho. Él no hará nada parecido hasta que sepa que su hacedor está a salvo. Y apostaría a que la lealtad para con su hacedor es infinitamente superior a la lealtad que siente hacia ti.

Me volví hacia Rhoshamandes.

—Y ahora permítenos escuchar cómo hablas a través de este teléfono con tu neófito Benedict. Con toda claridad. De lo contrario, te segaré las dos piernas y te partiré en dos el esternón con esta hacha.

Rhoshamandes se llevó la mano derecha a la boca como si estuviera a punto de vomitar. Tenía la cara lívida, cubierta con una fina película de sudor de sangre. Temblaba violentamente. Cogió el teléfono y lo alzó, haciendo un esfuerzo para que sus dedos temblorosos le obedecieran.

Enseguida lo dejó caer sobre la mesa, o tal vez se le escurrió de la mano enrojecida y sudorosa.

Todos aguardamos.

Salió una voz del teléfono, la voz de un bebedor de sangre.

—¿Rhosh? Rhosh, te necesito. ¡Todo ha salido mal!

La Voz me maldijo en francés, luego en inglés. Yo era una abominación para él. ¿Lo sabía? Era un ser execrable. Era todas las cosas inmundas y merecedoras de condenación.

—Benedict —dije fríamente—, si no sueltas a mi hijo sin hacerle ningún daño, voy a cortar a tu hacedor en pedazos, ¿lo entiendes? Ya le he cortado la mano izquierda y el brazo. Ahora voy a por la nariz, luego me ocuparé de las orejas. Y quemaré todos los trozos antes de cortarle las piernas. ¿Quieres que te envíe fotografías de todo?

En efecto, Benji estaba sacando fotos con su propio móvil. El número desde el que llamaba Benedict era perfectamente visible en la pantalla del móvil de Rhoshamandes.

Benedict empezó a sollozar.

—Es que no puedo —dijo—. No le hagas daño, por favor. Yo... no puedo. O sea... Viktor está libre. Está libre. Rhosh. Déjame hablar con Rhosh. Rhosh, necesito tu ayuda. Ayúdame. Ella ha cobrado vida. Ha despertado. Se ha soltado de las ligaduras. Va a destruirme, Rhosh. Viktor está libre. Ha huido. Rhosh, todo ha salido mal.

Rhosh se recostó en la silla y miró el cielo oscuro a través del techo de cristal. Un largo escalofrío lo recorrió de arriba abajo. El muñón del hombro se había cerrado por sí mismo y ya no le sangraba.

—Ay, Benedict —dijo con un profundo gemido.

—¡Dinos dónde estás exactamente! —dijo Benji—. Dínoslo ahora mismo. Si me obligas a rastrear tu teléfono, te juro que Lestat le cortará la lengua a esta criatura.

Me eché a reír. No pude evitarlo. La Voz se había sumido en una serie de suspiros, jadeos, gruñidos y cuchicheos malignos.

—¡Tenéis que venir! —dijo Benedict—. Ella me está siguiendo. Está caminando por la playa.

—Levanta el vuelo —dijo Rhoshamandes con una voz ronca y gimiente—. Ella no sabe que también posee ese don.

—Ya lo he hecho —tartamudeó Benedict—. Estoy a salvo en lo alto de un acantilado. Pero escucha, Rhosh, si me muevo de aquí y ella se aleja, o sea, si la perdemos, Rhosh... ayúdame. Si se cae y queda expuesta al sol en alguna parte, si los rayos del sol empiezan a abrasarla, si la perdemos...

—Tú morirás —dije—. ¿Dónde estás? ¡Dínoslo ya!

—Montauk, en la costa Atlántica. En la punta de Long Island. La carretera vieja de Montauk. Venid, por el amor de Dios.

Fareed y Seth ya se iban hacia la puerta.

—¡Esperad! ¡Voy con vosotros! —grité.

—¡No, quédate, por favor!, ¡y retened a Rhoshamandes aquí! —dijo Seth, haciendo un gesto a Sevraine y Gregory—. Nosotros nos encargamos de traerlos, confía en mí. —Bajó la vista hacia el teléfono—. Benedict, si le haces daño a ese chico, te mataremos en cuanto te encontremos. Y tu hacedor morirá aquí. No volverás a verlo.

—No voy a hacerle daño —dijo Benedict—. Él está bien. Yo no pretendía hacerle nada; está ileso. Caminando hacia la carretera. Yo no le he hecho ningún daño.

—Quiero ir con vosotros —dijo Jesse, levantándose. David se situó a su lado—. Si alguien sabe calmar a Mekare, soy yo. De lo contrario, tal vez no podáis llevarla a un lugar seguro. Dejad que os acompañe.

—Dejadnos a los dos —dijo David.

—Claro, adelante —dije—. Id los cuatro.

Seth asintió y enseguida salieron todos juntos.

La Voz seguía maldiciéndome en alguna antigua lengua, prometiendo que me destruiría, asegurándome que su venganza sería terrible. Yo permanecía sentado en el extremo de la mesa, con una rodilla flexionada y la otra pierna colgando, todavía sujetando el hacha con la mano derecha, sopesando si seguía cortando a trozos a esta criatura: bueno, solo un poquito más, para que Benedict lo oyese gritar. No me acababa de decidir.

Y no dejaba de pensar: «Este es el monstruo que asesinó a Maharet: a la gran Maharet, que jamás le había hecho el menor daño. Es el monstruo que la destrozó tan brutalmente como yo lo estoy destrozando.»

Oí llorar a Sybelle. Oí una voz femenina, creo que la de Bianca, tratando de calmarla. Pero ella no paraba de llorar.

Rhoshamandes había abandonado toda resistencia. Sevraine lo miraba fijamente, y también Gregory: ambos lo inmovilizaban con su poder. Pero yo ya no sabía si hacía falta siquiera.

Estaba derrotado; miraba fija y lúgubremente la mesa, pero no temblaba ya ni sudaba. Y entonces volvió a aparecer en su rostro aquella expresión, aquel aire altanero y desdeñoso, como si se encogiera de hombros con indiferencia. Luego pareció encerrarse totalmente en sí mismo.

—Esto no es el final —gruñó la Voz—. Es solo el principio. Voy a hacer que pierdas el juicio antes de que acabe todo esto.

Me suplicarás de rodillas que te deje en paz. ¿Te crees que ya se ha terminado? ¡Jamás!

Lo silencié. Sin más ni más. Lo silencié. Pero la calma no me duró mucho. Él se abrió paso de nuevo en cuestión de segundos. Era tal como habían dicho. Se había vuelto más fuerte.

—Te amargaré la vida a partir de ahora, eternamente, hasta que consiga mi propósito. Y entonces te haré todo lo que tú le has hecho a él, y a mí.

Allesandra se acercó lentamente y, situándose detrás de la silla de Rhoshamandes, le puso las manos con delicadeza sobre los hombros.

—No lo lastimes más, por favor —dijo, suplicante—. Ya has cortado el nudo Gordiano, Lestat. Magnífico. Ha sido magnífico. Pero la Voz lo engañó. La Voz lo embaucó tal como me embaucó a mí.

La Voz dijo:

—¿Crees que puedes silenciarme? ¿Crees que es tan fácil? ¿Crees que es tan fácil, ahora que me he vuelto más fuerte? ¿Te crees capaz, ahora que he recuperado tanta energía?

—Mira, Voz —dije con un suspiro—. Quizá los dos tengamos mucho que aprender.

Él empezó a llorar. Un llanto que sonaba en mi cabeza tan nítida y ruidosamente como si estuviera en el salón. Intenté silenciarlo de nuevo. Y de nuevo fracasé.

Me abrí el abrigo, limpié el hacha de sangre con el forro —un precioso forro de seda marrón— y volví a colgarme el mango debajo del brazo.

—Devuélveme el brazo y la mano, por favor —dijo Rhoshamandes.

—Te los devolveré cuando me devuelvan a mi hijo —dije.

Para mi sorpresa, sonaron en el teléfono unos sollozos.

La Voz se había callado, aunque yo oía un silbido de fondo que me decía que seguía allí.

—Rhosh, ¿estás ahí? —preguntó Benedict con un tono dolorido y entrecortado.

—Sí, Benedict, aquí estoy. ¿La estás vigilando?

—Está caminando por la arena. Me ve. Sabe dónde estoy. Se está acercando hacia aquí lentamente. Rhosh, esto es horrible. Rhosh, dime algo.

—Te estoy escuchando, Benedict —dijo Rhosh con cansancio.

—Ella sabe que fui yo quien le dio el golpe fatal —gritó Benedict—. Rhosh, todo ha sido culpa mía. No he dejado de pensarlo. No he podido dejar de pensarlo, porque, mientras la envolvía, capté una imagen procedente de ella. Una imagen en la que aparecía con su hermana, con su hermana Maharet, que estaba viva, sentada a su lado, mirándome a mí. Eso fue lo que capté. Y cuando tú te has marchado, Rhosh, me ha llegado otra imagen de su mente, otra imagen de las dos juntas, y entonces he comprendido que se había despertado allá abajo, en la bodega. Y yo no sabía qué hacer. Y entonces Viktor... Viktor le ha prendido fuego a la casa.

Todos los presentes escuchábamos sin decir palabra. Incluso la Voz estaba escuchando, no me cabía la menor duda. En el otro extremo del salón, mi amada Rose se había sentado contra la pared. Tenía las piernas flexionadas y los dedos entreabiertos frente a los ojos.

—Ha encendido un fuego allí dentro, Rhosh. Había todas esas velas aromatizadas, y cerillas... No lo había pensado, no se me ha ocurrido. Ha incendiado un montón de toallas en la ducha y ha quemado una debajo de la puerta, de la puerta de madera.

—Ya lo entiendo, Benedict —dijo Rhosh con un largo suspiro. Tenía los ojos fijos en su mano y su brazo seccionados.

—He subido allí y he apagado el fuego. He intentado hacer que parase y que esperara con paciencia. Le he dicho que nadie iba a hacerle daño, en realidad. Y entonces he oído ruidos en la bodega. He deducido en el acto que venía: que era ella y que venía a por mí. Yo aún estaba hablando con Viktor y ella ha aparecido allí, Rhosh, en el umbral. Me he quedado aterrorizado, y no podía quitarme la imagen de la cabeza, quitarme la imagen de cuando le di un machetazo a Maharet para acabar de matarla. Ella lo sabía. Lo ha visto. Lo sabía. Y yo he pensado: «Ahora me va a destruir, va a aplastarme con esas manos lívidas.» Pero ella ha pasado por mi lado y se ha acercado a Viktor. Se le ha acercado y, Rhosh... ha empezado a acariciarle la cara, a darle besos. Yo he salido corriendo.

Estalló en sollozos.

Rhosh arqueó las cejas con una expresión amargamente irónica: una expresión tal vez mucho más indicativa de su auténtica naturaleza que la mirada desdeñosa y altanera que seguía exhibiendo mientras observaba sus miembros cercenados.

—He de dejarte —dijo Benedict, desconsolado—. Están allá, en la playa, con ella. Tienen a Viktor. Pero ¿adónde puedo ir?

—Ven aquí —dije— a recoger a tu hacedor, porque, tan pronto como mi hijo esté sano y salvo entre mis brazos, le devolveré a Rhoshamandes lo que le he quitado. —No prometí nada más.

Me levanté y me volví hacia los demás. Me preguntaba cuántos de ellos seguirían deseando ahora que fuese su líder. Bueno, les había ofrecido una truculenta muestra de las cosas de las que era capaz: de una clase de actos que resultaban mucho más difíciles de ejecutar, para cualquiera con una gota de humanidad, que fulminar simplemente a los demás con una ráfaga de fuerza invisible o de calor aniquilador. Les había dado una buena muestra de la clase de dirigente que podía ser.

Me esperaba un cierto grado de desprecio con una medida equivalente —confiaba— de reticente comprensión, pero no vi sino expresiones comunes y miradas fijas en mí que solo denotaban conformidad y benevolencia. Cierto, Sybelle estaba llorando y Bianca intentaba consolarla, pero no percibí hostilidad en ninguna de ellas.

Flavius me sonreía, de hecho. Y Zenobia y Avicus estaban totalmente tranquilos. Pandora parecía absorta en sus pensamientos, y Arjun se limitaba a mirarme con abierta admiración.

Gregory tenía en la cara una leve sonrisa. Y la expresión de Armand era prácticamente idéntica. También había una sonrisa casi imperceptible en la cara de Louis, lo cual me asombró, aunque había algo más en ella que no habría podido definir. Notker me miraba con una expresión abierta y afable, mientras que Sevraine observaba fríamente a Rhoshamandes sin traslucir la menor emoción. Eleni parecía sinceramente admirada; Eugénie observaba la escena sin una inquietud aparente.

Armand se puso de pie; sus ojos mostraban una expresión tan inocente y sumisa como siempre.

—Llegarán a la casa por el jardín trasero —dijo—. Deja que les muestre el camino.

—Creo que deberías destruir a este —dijo Benji, mirando muy ceñudo a Rhoshamandes—. A él le tenemos todos sin cuidado. Solo le importa su Benedict y su propio pellejo.

Rhoshamandes no dio muestras de sorpresa; ni siquiera de haberle escuchado.

—Lestat —dijo Benji—. Ahora tú eres el Príncipe. Destrúyelo.

—Él ha sido engañado —volvió a decir Allesandra en voz baja.

—Mataron a la gran Maharet —masculló Notker entre dientes. Hizo un leve encogimiento, alzando una ceja con elocuencia—. La mataron. Sin consultar a nadie. Deberían haber acudido a ti, a los demás, a nosotros.

—Pero la Voz los hechizó —dijo Allesandra—. La Voz miente, es un ser traicionero.

Oí que la Voz se reía disimuladamente, que murmuraba por lo bajini. Y de golpe se puso a gritar, a gritar dentro de mi cabeza, anulando cualquier pensamiento racional. Me sobresalté, aunque enseguida recuperé la compostura.

—Destrúyelo —dijo la Voz—. Lo ha echado todo a perder.

Casi se me escapó una carcajada, pero apreté los labios con una amarga sonrisa.

Rhoshamandes, sin embargo, sabía lo que acababa de decirme la Voz. Lo captó a través de mi propia mente.

Me miró, aunque su rostro sereno no reflejó ningún cambio. Luego, lentamente, desvió la mirada.

—He dado mi palabra —le dije a Benji—. Cuando venga Viktor, le devolveremos estos despojos. No puedo faltar a mi palabra.

Rodeé toda la mesa y me acerqué a Rose.

Se la veía pálida y trémula sobre los almohadones de satén. La cogí en brazos y, siguiendo a Armand, me la llevé del salón.

25

Lestat

EL JARDÍN DEL AMOR

Era un vasto espacio con una tapia de ladrillo y una hilera de robles jóvenes que se alzaban a una altura de tres pisos, repletos de brillantes hojas verdes. Había macizos de flores y senderos sinuosos, y todo ello ingeniosamente iluminado con bombillas eléctricas disimuladas entre los arbustos y las raíces de los árboles, y con pequeños faroles japoneses diseminados por el césped que ardían con llama parpadeante.

El monótono y relajante rumor de Manhattan parecía envolver el jardín herméticamente, al igual que el horizonte de casas que lo rodeaban por detrás y por ambos lados. Obviamente, habían juntado los jardines de los tres edificios de la mansión para crear este pequeño paraíso, este rincón primorosamente cuidado que parecía tan verde y tan lleno de vida como un viejo patio de Nueva Orleáns: un rincón aislado del mundo bullicioso y solo accesible a quienes estaban en el secreto o disponían de las llaves de sus puertas formidables.

Rose y yo nos habíamos sentado en un banco. Ella estaba aturdida y silenciosa. Yo no decía una palabra. ¿Qué podía decir? Ella parecía una ninfa a mi lado, con su vestido blanco de seda, y yo sentía su corazón palpitante, oía los pensamientos angustiados que pugnaban por alcanzar cierta coherencia en su mente febril.

La estreché firmemente con mi brazo derecho.

Los dos contemplábamos aquel pequeño rincón salvaje lleno de gruesas hortensias rosas y de luminosos lirios de agua, de campanitas que trepaban por los troncos y relucientes gardenias blancas que desprendían una fragancia embriagadora. El cielo brillaba en lo alto con el reflejo de las luces de la ciudad.

Aparecieron como surgidos de la nada: Fareed, con ese radiante joven en brazos. Un segundo antes estábamos solos y, de repente, vimos sus figuras recortándose contra el muro del fondo, frente a la majestuosa hilera de árboles. Y entonces el chico —el joven— caminó hacia nosotros, adelantándose a la figura vacilante de Fareed.

Rose se levantó y corrió a su encuentro. Él se apresuró a estrecharla entre sus brazos.

Si yo me lo hubiera encontrado por casualidad en alguna parte, me habría quedado anonado por su parecido conmigo: el reluciente pelo rubio era exactamente como había sido el mío antes de que la Sangre Oscura, y las reiteradas exposiciones al sol, me lo hubieran aclarado hasta volverlo casi blanco. Ese era el aspecto que tenía en su día: tupido y natural. Y también reconocía esa cara que ahora me miraba, una cara tremendamente parecida a la del muchacho que yo había sido.

Veía a mis hermanos en él, a aquellos hermanos míos olvidados hacía tanto tiempo, que habían sido asesinados en las montañas de Auvernia por una turba de campesinos y abandonados a la putrefacción, sin que nadie los llorase, en los días espantosos de revolución, destrucción y confrontación que dieron paso a un nuevo mundo. Una oleada de sensaciones me tomó por sorpresa: el olor de los almiares al sol, el lecho de paja en la habitación de la posada, el gusto acre y ácido del vino, la visión adormilada y ebria desde la ventana de la posada de aquel castillo en ruinas, que parecía surgir de las rocas como una excrecencia monstruosa y a la vez natural, y en el cual yo había nacido.

Rose se separó del joven tiernamente. Él caminó hacia mí y yo me apresuré a estrecharlo entre mis brazos.

Ya me pasaba en altura, y también era más fornido y robusto de lo que yo lo había sido jamás: una criatura de los tiempos de la abundancia. Y de su corazón me llegó de inmediato una palpable generosidad de espíritu, una respetuosa curiosidad y una abierta disposición a conocer, a amar, a dejarse abrumar. Estaba totalmente desprovisto de temor.

Lo besé una y otra vez. No podía evitarlo. Esa piel humana, inmaculada y fragante; y esos ojos que miraban a los míos y no contenían ni pizca de maldad, ni tampoco la idea de que yo, de que nosotros, los bebedores de sangre, fuéramos malos. Y esto último, aunque me costara comprenderlo, me enterneció casi hasta las lágrimas.

—Padre —susurró.

Asentí, sin encontrar las palabras, y luego murmuré:

—Eso parece, así es. Y nunca me ha dado el mundo un tesoro parecido.

Qué pobres me parecieron a mí mismo estas palabras.

—¿No estás enfadado? —preguntó.

—¡Enfadado! ¿Por qué iba a estarlo? —respondí—. ¿Cómo podría estar enfadado? —Volví a abrazarlo, lo estreché con todas las fuerzas que me atreví a emplear.

No lograba imaginarme su vida, me resultaba imposible, y las imágenes que destellaban en mi mente eran fragmentarias y no me permitían seguir un hilo comprensible.

Bruscamente, la Voz se adueñó de mí.

—¡Disfruta el momento! —dijo, hirviendo de rabia—. Disfrútalo porque no tendrás muchos como este. —Y empezó a cantar ruidosamente un desagradable himno latino repleto de metáforas horribles que ya había escuchado muchas otras veces.

No lograba oír lo que Viktor me decía. La Voz era imparable. Traté de silenciarla, pero seguía retumbando, ensordeciéndome con su himno. Rose estaba detrás de Viktor y este se volvió y la rodeó con sus brazos. Ella parecía asustada.

Entonces vi a Mekare muy cerca. Rose también la había visto. Venía con Jesse y David, y se la veía desconcertada, aunque amansada: blanca como la cal, con su enmarañado pelo rojo reluciendo bajo las luces del jardín. Tenía la túnica arrugada y desgarrada. Iba descalza.

David y Jesse la guiaron hacia la escalera trasera, pero, al ver a Viktor, ella se lo quedó mirando, y aunque siguió adelante, ralentizó su paso. Me miró a mí, luego a él. Se detuvo.

Entonces me llegó de ella una imagen fugaz, la imagen que

había descrito Benedict (el cual estaba ahora en el jardín, junto a Seth). La imagen de Maharet y Mekare juntas, sentadas en un rincón tranquilo y silencioso. La vi con claridad. La Voz se había puesto a farfullar. Era un rincón verde al sol, y las gemelas eran jóvenes y tenían los ojos claros. Durante un segundo me pareció que me miraban: dos hermanas muertas hacía mucho, en otro tiempo. Luego la imagen desapareció.

—¿Ves todo esto, Voz? —pregunté—. ¿Has visto ese lugar?

—Verlo, sí, lo veo, lo veo como tú lo ves, porque tú lo ves, sí, lo veo, y ya lo sabía, yo era un espíritu allí. ¿Y qué?

La Voz prosiguió con sus maldiciones, un torrente de antiguo lenguaje figurado, que poco sentido, o ninguno, tenía ya.

—¡Una tumba! —gruñó—. Una tumba.

Tras unos instantes, Mekare entró en la casa, en la tumba, y el desdichado y sollozante Benedict desfiló tras ella, sin mirar en nuestra dirección. Una figura sumisa y derrotada, la de Benedict, hermosa como la de su hacedor, con los ojos enrojecidos, caminando con un aire moderno, informal, desprovisto de ese porte imponente que adoptaban los ancianos con tanta naturalidad. Cualquiera habría dicho que era solo un chico, un estudiante, un simple adolescente.

Seth, que iba junto a él, se detuvo al llegar a mi altura.

—¿Qué quieres hacer con él? —me preguntó—. Con ambos.

—Me lo preguntas a mí —dije con cierta irritación—. Quizá debiéramos decidirlo en consejo. —Apenas oía mi propia voz por encima de la Voz—. Yo solo me he comprometido a devolverle a Rhoshamandes sus miembros seccionados. Ahora bien, lo que venga después...

—Mátalos a los dos —dijo la Voz—. Me han fallado. Mátalos cruelmente.

—Los demás, obviamente, aceptarán tu decisión —dijo Seth—. Tú eres nuestro líder ahora. ¿Por qué esperar a que se pronuncie el consejo? Da la orden.

—Bueno, yo todavía no he sido designado propiamente, ¿no? —dije—. Y si lo he sido, entonces convocaré un consejo antes de que sean sentenciados a muerte. Mantenlos con vida.

La Voz empezó a protestar.

Viktor se había quedado observándome mientras yo hablaba con Seth, como si cada expresión o matiz de mi voz tuviera un gran interés para él, hasta el punto de dejarlo absorto.

—Como desees —dijo Seth—. Pero dudo que nadie te cuestione si los eliminas a los dos.

Eliminarlos. Menuda palabra.

—Qué lamentable, si es así —dije—. Y no será de ese modo.

¿Así que esa era su idea de una monarquía? ¿Una tiranía absoluta? Bien estaba saberlo.

Si estaba leyéndome el pensamiento, no dio muestras de ello. Se limitó a asentir.

Y él y Benedict siguieron adelante.

26

Lestat

Hablamos en la biblioteca durante horas. Al principio, pensé que la Voz me haría imposible el diálogo con todas sus maldiciones y sus gritos, pero me equivocaba.

Era una biblioteca excelente, una de las varias que había en los tres edificios de la mansión, y nada innovadora en su estilo, sino con esa clásica decoración europea de probada eficiencia que a mí siempre me ha complacido y reconfortado. Las paredes cubiertas de libros hasta el techo: libros de títulos maravillosos, incluyendo grandes novelas y obras de teatro, obras de autores clásicos y obras de geniales prosistas modernos. Y el techo en sí mismo era una auténtica obra de arte con sus molduras decoradas y su medallón central, y con una araña de cristal fino y tamaño modesto que arrojaba una luz cálida sobre toda la estancia. Las pinturas murales eran italianas y estaban levemente oscurecidas, como si se hubieran ido cubriendo de humo y hollín con los años. Aunque a mí me gustaban más así que con la vivacidad chillona de la pintura reciente.

Como es habitual, había un escritorio francés en un rincón, varios ordenadores de pantalla plana y los inevitables sillones descomunales de cuero agrupados en torno a una chimenea de mármol gris, con dos encorvadas y musculosas figuras griegas semidesnudas sosteniendo la repisa. Y un espejo también, el inevitable espejo que se alzaba desde la repisa hasta el techo, y cuyo marco dorado estaba rematado en lo alto con una masa de rosas exquisitamente talladas. Todo muy similar a las habitaciones y chimeneas que yo había diseñado para mí.

El fuego funcionaba a gas, pero era precioso. Nunca había visto unos troncos de porcelana tan conseguidos.

Allí hablamos Viktor y yo durante horas, y luego se nos añadió Rose, porque ya no soportaba estar lejos más tiempo. En realidad, nadie se lo había pedido, pero ella había querido dejar que habláramos solos.

Al principio, tuve que hacer un esfuerzo para oír a Viktor a pesar de las payasadas de la Voz. Pero en cuestión de unos minutos la propia Voz pareció cansarse, o tal vez era que se le habían agotado las invectivas, y empezó a musitar de un modo casi soñoliento, y ya me resultó más fácil dejar de hacerle caso. A lo mejor la Voz se puso a escuchar, porque lo cierto es que permaneció allí.

Viktor me contó su vida, pero yo aún no conseguía asimilar todo aquello: ese chico criado por bebedores de sangre, consciente desde su más tierna edad de que yo era su padre, familiarizado con los vídeos de rock en los que yo revelaba nuestra historia con imágenes y canciones. Viktor se sabía todas las canciones que yo había compuesto. Cuando él tenía diez años, su madre había sido iniciada en la Sangre. Verla repentinamente transformada había constituido para él una experiencia angustiosa, cosa que procuró ocultar a su madre y también a Seth y Fareed, aunque en el fondo era imposible ocultarles cosas a unos padres capaces de leerte el pensamiento. Y ellos eran sus padres, los tres. Y ahora tenía un cuarto padre. Me dijo que era feliz, que siempre había sabido que su destino era la Sangre, que a cada año que pasaba se sentía más cerca de ser como ellos, como su madre, Seth y Fareed.

Yo asentía a todo lo que decía. Lo único que quería era escuchar. Viktor tenía una actitud sencilla y directa, pero parecía mucho mayor de lo que era. De niño, había pasado muy poco tiempo con seres humanos, ya que lo habían educado directamente su madre y Fareed. Hacia los doce años había empezado a recibir clases de Historia y Arte de Seth, el cual tendía a abarcar el curso entero de la historia y le confesaba abiertamente lo que él mismo estaba tratando aún de comprender. Luego habían venido unos años dolorosos en Inglaterra, en la Universidad de Oxford, donde había demostrado ser un prodigio y había hecho lo posible para mezclarse con otros mortales, para amarlos y comprenderlos y aprender de ellos.

—A mí nunca en la vida me había asustado ningún bebedor de sangre —explicó—. Hasta que apareció ese Rhoshamandes y atravesó la pared de cristal. Yo sabía que no iba a matarme, al menos de inmediato, eso era evidente. Y Benedict ha sido tan amable como Seth o Fareed.

La Voz permanecía en silencio. Noté claramente que aquel ser estaba pendiente de cada palabra de Viktor.

—Cuando he incendiado las toallas en la ducha y por debajo de la puerta, Benedict ha aparecido de inmediato —dijo Viktor—. Ha sido un truco muy sencillo. Él estaba muerto de pánico. Digamos que no es lo que uno llamaría una persona inteligente. Desde muy pequeño, yo he sabido que los inmortales no tienen por qué ser geniales o astutos, o profundamente dotados. Sus cualidades se desarrollan con el paso de los siglos. En fin, Benedict es crédulo y simplón. Nada que ver con Fareed o con mi madre. Y eso también lo vuelve peligroso, muy peligroso. Vive sometido a las órdenes de Rhosh. Mientras me encerraba en ese baño, no paraba de asegurarme que iba a estar cómodo, que me tratarían bien, que Rhosh se lo había garantizado. Rhosh no era cruel. Rhosh me liberaría enseguida. Todo era Rhosh, Rhosh y Rhosh.

Meneó la cabeza y se encogió de hombros.

—Apagar las toallas ha sido fácil. La casa no corría peligro. De hecho, he sido yo el que ha rociado y apagado el fuego con la alcachofa de la ducha. Él se ha quedado en el umbral retorciéndose las manos. Luego ha empezado a disculparse, a suplicarme que aguantara, diciéndome que Rhoshamandes solo me estaba utilizando para presionar, que todo iba a salir bien y que me reuniría contigo antes del amanecer.

—Bueno, en eso al menos tenía razón —dije con una risa seca—. ¿Y Mekare? ¿Qué ha pasado cuando ha subido?

—Yo creía que Benedict iba a morirse allí mismo —dijo Viktor—. Si los inmortales pudieran sufrir un colapso o un fallo cardíaco, bueno, a estas horas ya estaría muerto. La puerta del baño estaba abierta y ella ha aparecido en el descansillo de la escalera y se ha acercado, mirándolo fijamente y avanzando hacia él como a cámara lenta. La verdad es que era terrorífico el modo que tenía de moverse. Pero entonces me ha visto a mí, y sus ojos se han detenido y ya no han dejado de escrutarme. Ha entrado en el baño pasando justo por su lado. Él se ha apartado de un salto. Y ella ha venido hacia mí. Como te he dicho, a mí nunca me ha asustado ningún bebedor de sangre, nunca, y ella es solo un poco mayor que Seth. Lo más llamativo de su aspecto es la blancura absoluta de su piel. Por supuesto, yo sé todo lo que hay que saber sobre ella. Sabía quién era.

Meneó la cabeza, maravillándose de nuevo de aquella experiencia. Intenté analizar su expresión. No era humildad lo que traslucía, sino más bien una pureza de corazón que le permitía tomarse las cosas tal como se presentaban, sin obsesionarse con su yo. De joven, yo no había tenido ni la mitad de las virtudes que tenía él.

—La he saludado respetuosamente —explicó—. Habría hecho lo mismo en cualquier otro momento. Y entonces ella me ha tocado con una infinita delicadeza. Tenía las manos heladas. Pero era delicada. Me ha besado. Y ahí es cuando él ha salido corriendo. Ella no lo ha advertido de inmediato. Creo que ella me ha confundido contigo. Que me ha tomado por ti y no ha cuestionado cómo era posible tal cosa. Me ha mirado como si me conociera. Solo que entonces se ha girado y ha visto que él se había ido. Así que ha dado media vuelta y se ha alejado.

»He esperado a que se marchara. He esperado hasta que ha bajado las escaleras y se ha dirigido hacia la puerta. Entonces he salido a buscar un teléfono para llamar a Fareed o a Seth. Rhoshamandes me había quitado mi móvil. He supuesto que estaría en alguna parte, pero no lo he encontrado. En la casa no había línea fija. Seguramente podría haber usado el ordenador de Benedict para contactar con Benji, pero no me he parado a pensar. Quería largarme. Temía que Benedict volviera en cualquier momento, o que volviera ella. No sabía qué hacer.

»Al final, me he largado. Y aún estaba caminando hacia la verja de entrada de la propiedad cuando ha aparecido Seth.

Asentí. Era tal como me había imaginado. Benedict había

sido la peor elección posible como cómplice. Ya lo habían dicho antes los demás. Pero ninguno de los dos, ni Rhoshamandes ni Benedict, era intrínsecamente cruel. Y es un hecho comprobado de la historia que los idiotas más mediocres y bienintencionados pueden matar a los poderosos con sorprendente eficacia, aunque exista entre ellos una disparidad tan enorme.

¿Me sentía por ello más dispuesto a perdonarlos? No. Maharet había sufrido una muerte ignominiosa, y yo aún estaba rabioso: lo estaba desde que había visto los edificios quemados del Amazonas y los restos abrasados de los cuerpos. La gran Maharet. Debía contener mi rabia por ahora.

Hubo un breve intervalo de silencio y luego la Voz me gritó que sería mejor que aprovechara esta conversación íntima con mi hijo, porque podría muy bien ser la última. Pero se le notaba desanimado. Sin verdadero entusiasmo.

Viktor quería hacerme algunas preguntas sobre lo ocurrido y, cuando empezó a hablar de nuevo, la Voz enmudeció.

Yo me sentía más bien reacio a contarle lo que había hecho, pero la propia Rose lo había presenciado, así que se lo dije.

—Todos nosotros somos humanos y sobrenaturales —dije—. No importa cuánto tiempo vivamos. Y pocos humanos resisten la visión de una mano o un brazo cortados. Ha sido la mejor manera de paralizarlo: cambiar el equilibrio de fuerzas con un par de golpes de efecto. Y, francamente, sospecho que la mayoría de bebedores de sangre no son capaces de llevar a cabo este tipo de mutilaciones a menos que sea en el calor de la batalla, cuando todos nos convertimos en carniceros y luchamos para salvar nuestra vida. Yo sabía que la situación quedaría en tablas. Era una jugada arriesgada, desde luego, pero debía correr el riesgo. Si Rhosh hubiera huido...

—Entiendo —dijo Viktor.

La Voz escuchaba con gran atención, yo lo notaba. Cómo lo notaba, no habría sabido decirlo; pero sentía la intensidad con la que nos seguía.

Viktor y yo charlamos mucho rato todavía. Me habló de sus estudios en Oxford y luego en Italia, y me contó cómo se había enamorado de Rose.

Ambos formaban una pareja ideal en cuanto a dotes y cualidades. Rose se había convertido en una joven elegante y llamativa. Su pelo negro y sus ojos azules eran solo una parte de su atractivo. Tenía una delicadeza de rasgos y una complexión que me parecían irresistibles, y su cara estaba impregnada de una expresión misteriosa que la elevaba de la simple belleza a un plano distinto e infinitamente seductor. Pero Rose tenía en sí una vulnerabilidad que impresionó a Viktor. Había sido herida de un modo que él apenas podía comprender. Y eso al parecer había agudizado la atracción que Viktor había sentido, su apasionado deseo de estar junto a ella, de protegerla y convertirla en parte de su vida.

Me parecía muy extraño que ella justamente hubiera tenido que ser la mujer mortal que Viktor acabara amando. Yo había procurado proteger a Rose de mí mismo y de mis secretos. Pero eso nunca funciona, en realidad. Y yo debería haberlo sabido de antemano. En los últimos dos años, me había mantenido alejado de ella con la mejor de las intenciones, convencido de que Rose debía enfrentarse a los problemas sin mi ayuda. El desastre se había abatido sobre ella y había estado a punto de destruirla y, sin embargo, asombrosamente, había acabado en brazos de mi propio hijo. A mí me constaba que había sucedido así, punto por punto, pero todavía seguía asombrándome.

Yo era consciente de lo que él quería, de lo que ella quería. Este Romeo y esta Julieta, tan brillantes, tan llenos de promesas humanas, soñaban con la muerte, convencidos de que en la muerte ambos renacerían.

Rose estaba ahora acurrucada junto a Viktor en el gran sillón orejero. Él la estrechaba con ternura; ella estaba lívida de agotamiento, parecía a punto de desvanecerse. Me daba cuenta de que le hacía falta descansar.

Pero aún tenía algo más que decir. ¿Por qué aplazarlo?

Me levanté y me estiré. Sentí algo así como un codazo silencioso procedente de la Voz, pero no oí ninguno de sus irritantes desvaríos. Me acerqué a la repisa de la chimenea, apoyé las manos encima y bajé la vista a las llamas del fuego a gas.

Ya casi amanecía.

Traté de pensar, honradamente, en la vida que les esperaba a estos dos jóvenes si nosotros les negábamos el Don Oscuro. Pero eso era absurdo, completamente absurdo. Yo no podría seguir viviendo tranquilo después de tomar esa decisión; y estaba seguro de que ellos no podrían sobrevivir mental o espiritualmente a semejante negativa.

Y, sin embargo, me sentí obligado a reflexionar. Y reflexioné. Sabía lo que atormentaba a Rose: se culpaba a sí misma por todas sus desgracias, cuando ninguna de ellas había sido obra suya. Y también sabía cuánto amaba a Viktor, y cuánto la amaba Viktor a ella. Ese vínculo los fortalecería a ambos a lo largo de los siglos. Y yo ya no debía pensar en nuestra tribu, en nuestra especie, como si fuera algo maldito, no, en absoluto: ya no debía pensar en una tribu sumida en el odio a sí misma, en la depravación, en una incesante lucha sin sentido. No: debía pensar en nosotros tal como estos dos jóvenes nos veían: como seres dotados de una existencia elevada de la que ellos también deseaban participar.

En resumen, mi cambio de opinión respecto a mi propia naturaleza, a la naturaleza de todos los no-muertos, tenía que empezar de verdad ahora mismo.

Me volví hacia ellos.

Rose estaba bien despierta ahora. Ambos me miraron no con desesperación, sino con una resignación confiada y silenciosa.

—Muy bien —dije—. Si deseáis aceptar la Sangre Oscura, que así sea. No me opongo. No. Lo único que pido es que quien os la dé sea un experto. Y mi elección en este punto recaería en Marius, si es que está dispuesto, pues él sabe cómo hay que transmitir repetidamente la Sangre en una y otra dirección para crear unos efectos que rozan la perfección.

Ambos experimentaron una gran transformación silenciosa al comprender la trascendencia de mis palabras. Noté que Viktor quería hacerme una infinidad de preguntas; en cambio, Rose tenía en la cara una expresión de serena dignidad que no le había visto desde mi llegada. Esa era la antigua Rose, la Rose que sabía cómo ser feliz; no aquella chica temblorosa y magullada que había sobrellevado los acontecimientos de los últimos meses con una fe frágil y desesperada.

—Me inclino por Marius por otros motivos —expliqué—. Él tiene dos mil años y una fuerza enorme. Aquí hay otros infinitamente más fuertes, cierto, pero su sangre lleva incorporado un poder casi monstruoso que se comprende mejor si se adquiere con el transcurso del tiempo. Creedme, esto lo sé por experiencia, porque he bebido la Sangre de la Madre y poseo mucho más poder de lo que me convendría. —Hice una pausa—. Que sea Marius, pues —dije—. Y luego los que son más ancianos pueden compartir su sangre con vosotros; así podréis adquirir algo de su fuerza, lo cual también constituirá un gran don.

Viktor parecía profundamente impresionado por estos pensamientos, y advertí que solo con dificultad se atrevía a interpelarme.

—Pero, padre —dijo—. Yo he amado toda mi vida a Fareed, y Fareed fue creado por el hijo de Akasha.

—Sí, Viktor —dije—. Es cierto, pero Fareed era un hombre de cuarenta años cuando recibió la sangre de Seth. Tú eres un chico y Rose, una adolescente. Acepta mi consejo, aunque no estoy completamente cerrado en este punto. Mañana podemos tomar una decisión, si quieres, y luego ya se podrá llevar a cabo en cualquier momento.

Viktor se puso de pie y Rose se levantó también, irguiéndose a su lado con aplomo.

—Gracias, padre —dijo Viktor.

—Ya casi amanece. Quiero que os encerréis en los sótanos.

—¿Por qué? ¿Por qué hemos de estar en los sótanos ahora? —preguntó Viktor. Evidentemente, no le gustaba la idea de estar encerrado en un sótano.

—Porque es lo más seguro. No tienes idea de las cosas que ha hecho la Voz.

—Eso es muy cierto —comentó la Voz dentro de mí, con una ruidosa risotada.

—Podría haber incitado a otros bebedores de sangre para que azucen a los mortales contra nosotros —dije—. Quiero que permanezcáis en el sótano hasta el crepúsculo. Esta mansión cuenta con un gran equipo de guardias mortales, lo cual está muy bien, pero debo adoptar todas las precauciones. Hacedme caso, por favor. Yo me quedaré aquí, por el momento. Eso ya estaba previsto. Y os veré muy pronto a los dos.

Antes de que salieran, los estreché entre mis brazos largamente.

La puerta tenía las típicas llavecitas historiadas de latón y un enorme cerrojo también de latón. Lo ajusté.

Estaba convencido de que la Voz empezaría a despotricar. Pero no había más que silencio; solo se oía un ruidito muy tenue y casi reconfortante: el de las llamas a gas sobre los troncos de porcelana. Tenían su propio ritmo, esas llamas a gas, y bailaban de un modo peculiar. Cuando apagué las luces, la biblioteca quedó sumida en una agradable penumbra.

Me estaba preparando para la visita de la Voz.

Entonces empezó a adueñarse de mí la inevitable parálisis. El sol se alzaba sobre Manhattan. Me quité los zapatos de un par de patadas, me tumbé en el largo diván de damasco, apoyé la cabeza en un mullido cojín bordado y cerré los ojos.

Volvió a llegarme una imagen fulgurante de las gemelas. Era como si yo estuviera allí con ellas, en aquel lugar cubierto de hierba, bajo el sol cálido. Oía los insectos que pululaban por los campos adyacentes y bajo la sombra verde de los árboles. Las gemelas sonreían, hablaban conmigo; era como si lleváramos una eternidad hablando, y entonces oí a la Voz llorando, y dije: «Pero ¿cómo quieres que te llame? ¿Cuál es tu verdadero nombre?»

Y él, con tono lloroso, respondió: «Es como ella me llamaba siempre. Ella lo sabía. Me llamo Amel.»

27

Lestat

ESPEJITO, ESPEJITO

En cuanto cayó el crepúsculo, salí a las ondas con Benji. La Voz me había susurrado palabras furibundas cuando yo había despertado, pero ahora permanecía en completo silencio.

Estábamos en el estudio del cuarto piso, lleno de micrófonos, centralitas y ordenadores, en compañía de Antoine y Sybelle. Este se ocupaba de los teléfonos.

Yo me sentía muy orgulloso de mi apuesto Antoine, orgulloso de sus composiciones, de su maestría con el piano y el violín, de su destreza con todos estos equipos modernos. Pero ahora no había tiempo para un verdadero reencuentro con él. Eso habría de esperar. Desde luego, procuraría mantenerlo cerca de mí cuando todo terminara. Era mi neófito, y pensaba responsabilizarme totalmente de él.

Pero ahora lo que tenía en la cabeza era el programa. Benji me recordó que nos estaban escuchando vampiros de todo el mundo; que incluso los neófitos que se agolpaban abajo, en la calle, podían oír el programa a través de sus teléfonos móviles, y que mis comentarios serían grabados y reproducidos una y otra vez a lo largo del día siguiente. Cuando me dio la señal, empecé a hablar en voz baja, muy por debajo de la frecuencia que los oídos mortales pueden captar.

Expliqué que Viktor, la infortunada víctima del secuestro perpetrado por un bebedor de sangre, estaba con nosotros sano y salvo, y que el orden en nuestro mundo había quedado restablecido. Les dije a los vampiros de todo el mundo quién era la Voz y les expuse varios sistemas de defenderse contra sus maquinaciones. Les expliqué que Amel era el espíritu que animaba a todos los bebedores de sangre y que ahora acababa de cobrar conciencia. Les dije que yo estaba en comunicación directa con el espíritu de la Voz y que haría todo lo posible para apaciguarlo y disuadirlo de cometer más daños. Les aseguré, finalmente, que tenía la impresión de que las Quemas habían concluido en gran parte —no habíamos recibido noticias de ninguna Quema en las dos últimas noches, según Benji— y que el espíritu de la Voz ahora estaba ocupado en otras cosas. Luego les hice una promesa. En unas pocas noches, acudiría a hablar con ellos en algún sitio donde pudiéramos reunirnos sin ser vistos. Aún no sabía dónde. Pero les comunicaría la ubicación cuando la supiera y les daría tiempo para congregarse allí.

En cuanto pronuncié estas palabras, oí clamores de aprobación procedentes de la calle: un rugido fantasma que ascendía por las paredes y llegaba hasta el estudio. Benji me miró con una sonrisa triunfal, como si yo fuese un dios.

—Por ahora, debéis hacer lo que os digo —proseguí—. Ya sabéis lo que voy a deciros. Pero debéis escucharlo de nuevo. Nada de peleas entre vosotros. Nadie, y quiero decir nadie, debe atacar a otro bebedor de sangre. ¡Eso está prohibido! Y debéis cazar a los malhechores, nunca a los inocentes. No tiene que haber excepciones. ¡Y debéis tener honor! Debéis actuar con honor. Si no sabéis qué es el honor, buscadlo en los diccionarios *online* y aprendeos la definición de memoria. Porque si no tenemos honor, estamos perdidos.

Permanecí callado unos momentos. Otra vez subían rugidos y aclamaciones desde la calle. Yo tenía la mirada perdida, estaba absorto en mis pensamientos. Sabía por las luces parpadeantes de las centralitas que estaban llegando llamadas de todo el mundo. A través de los auriculares de Antoine, oía que este saludaba a los oyentes y pulsaba el botón iluminado para dejar la llamada en espera.

La Voz no había dicho una palabra.

Yo quería explicar algo más acerca de su naturaleza. Y eso fue lo que hice. No me extendí, pero lo dije.

—Debéis comprender, Hijos de la Noche, que la Voz tal vez tenga un conocimiento que compartir con nosotros. ¡Tal vez posee dones que concedernos! El espíritu de la Voz en sí mismo bien podría convertirse en un regalo precioso para nosotros. Al fin y al cabo, la Voz es la fuente de todo lo que somos; y ahora ha empezado apenas a expresarse, a decirnos lo que quiere que sepamos. No, no hemos de dejarnos embaucar por la Voz para salir a destruirnos unos a otros. Eso nunca. Pero hemos de ser pacientes con la Voz. Debemos mostrar respeto, y lo digo totalmente en serio; debemos mostrar respeto por lo que es la Voz, por quién es la Voz.

Titubeé. Quería decir algo más.

—La Voz es un misterio —dije—, y no debemos despachar este misterio con precipitación o estúpido desprecio.

Percibí dentro de mí un silencio convulso, como si Amel estuviera reaccionando y quisiera hacerme saber que estaba reaccionando. Pero no llegó a decir nada.

Continué hablando. Hablé de muchas cosas. Hablaba en voz baja ante el micrófono, rodeado de un gran silencio. Hablé del Pequeño Sorbo, del arte de alimentarse sin quitarle la vida a nadie; hablé de la elegancia de la compasión, de cómo alimentarse sin crueldad. «Incluso los mortales siguen unas normas cuando salen de caza —dije—. ¿Acaso no somos mejores que ellos?» Hablé de territorios donde los malhechores se congregaban aún, lugares dominados por la violencia y la necesidad donde los humanos se veían empujados a la crueldad y el asesinato. Hablé de grandes comunidades desprovistas de esos malhechores desesperados, que no debían convertirse en territorio de caza de los no-muertos.

—Esto es el principio —dije—. Sobreviviremos; nos redefiniremos a nosotros mismos.

Noté que todo aquello se había arraigado en mí con una profunda convicción. O más bien lo estaba descubriendo en mi interior, porque siempre había estado allí.

—¡No nos comportaremos como seres despreciables simplemente porque somos despreciados! —dije—. Debemos emerger de esta crisis con una voluntad renovada de prosperar. —Hice una pausa. Repetí la palabra «prosperar». Y volví a repetirla, ya no podía frenarme—. El infierno no tendrá dominio sobre nosotros. El infierno no tendrá dominio sobre nosotros.

De nuevo me llegó el fragor amortiguado de los aplausos y vítores desde las calles colindantes: como un gran suspiro que se expandía y luego se iba extinguiendo lentamente.

Aparté el micrófono y salí del estudio embargado por una pasión silenciosa, mientras Benji empezaba a responder a las llamadas.

Bajé a la sala de estar del primer piso y vi que Rhoshamandes y Benedict estaban allí rodeados por Sevraine, Gregory, Seth, Fareed y otros. Estaban todos hablando entre sí. Nadie, ni siquiera los propios interesados, preguntó si ahora Rhoshamandes y Benedict iban a ser liberados.

Había mucho que hacer, muchas decisiones que tomar, muchas cosas pendientes que los bebedores de sangre de todo el mundo no podían comprender plenamente. Pero, por ahora, todo estaba en orden en aquella casa. Lo notaba. Lo sentía.

Rhoshamandes, vestido con ropas limpias, con el brazo y la mano reimplantados, les estaba contando a Eleni, Eugénie y Allesandra la vida que había llevado, siglos atrás, después de salir de Francia; Gregory lo interrumpía con preguntas pertinentes e interesantes, y todo transcurría como si no hubiéramos estado en guerra la noche anterior, como si yo no hubiera actuado monstruosamente, como el monstruo que era en realidad. Y desde luego, todo transcurría como si él no hubiera asesinado a la gran Maharet.

Cuando me vio en el umbral, Rhoshamandes se limitó a dirigirme una leve inclinación y, tras uno o dos segundos respetuosos, siguió hablando del lugar que se había construido, de ese castillo en los mares del Norte. Él parecía indiferente a mi presencia. Pero yo aborrecía en secreto la mera visión de su persona. Y no podía parar de imaginarme el momento en que Rhoshamandes había asesinado a Maharet. No podía perdonarlo. Me ofendía esta reunión tan civilizada. Me ofendía profundamente. Pero ¿qué importaba? Ahora no debía pensar solo en mí mismo, sino en nombre de todos los demás.

Quizá llegara más adelante el momento de vérmelas con él, supuse. Y era muy probable que él abrigara ahora un odio hacia mí que habría de desencadenar un enfrentamiento entre ambos mucho antes de lo que yo deseaba.

Por otro lado, tal vez el secreto de su brutalidad radicaba en una insensibilidad radical, en una indiferencia cósmica que lo volvía impasible frente a los actos que había perpetrado.

Había otro bebedor de sangre que lo miraba fríamente desde cierta distancia, y ese era Everard, el moderno y pelinegro neófito de Rhoshamandes que ahora residía en Italia. Estaba sentado en silencio en un rincón de la sala, con los ojos fijos en él. Lo miraba con gélido desprecio, pero yo capté atisbos de una mente que hervía de rabia y que no hacía el menor esfuerzo por ocultarlo. Antiguas hogueras, rituales, cantos misteriosos en latín: todo eso circulaba por su conciencia mientras miraba fijamente a Rhoshamandes. Él era consciente de mi presencia y, sin embargo, permitía que yo entreviera esos pensamientos.

Así que este neófito, me dije, odia a su hacedor. ¿Por qué? ¿Era a causa de Maharet?

Lentamente, sin volver la cabeza, Everard alzó la vista hacia mí. Su mente enmudeció durante un instante y a continuación capté que me respondía: en efecto, odiaba a Rhoshamandes, pero por más motivos de los que sería capaz de enumerar.

¿Cómo demonios podía mantener el orden un Príncipe entre seres tan poderosos? La conciencia de lo absolutamente imposible que era me abrumó de golpe.

Di media vuelta y los dejé enfrascados en su conversación.

Arriba de todo, Sybelle estaba tocando. Debía de ser en el estudio. Seguramente Benji estaba haciendo un alto en la emisión con su música. La melodía era reconfortante. La escuché poniendo en ello todo mi ser; solo se oían leves murmullos en las diversas estancias que componían la magnífica mansión.

Estaba muy cansado, espantosamente cansado. Quería ver a Rose y Viktor, pero no antes de haber hablado con Marius.

Lo encontré en una biblioteca muy diferente de aquella otra que tanto me gustaba: un sitio más polvoriento y desordenado, en el edificio central de Trinity Gate, repleto de mapas y globos terráqueos, de montones de revistas y periódicos, además de las estanterías de libros que cubrían las paredes. Marius estaba sentado ante una vieja mesa de roble desvencijada y manchada de tinta, enfrascado en un volumen enorme sobre la historia de la India y el sánscrito.

Se había puesto una de esas sotanas que solían llevar Seth y Fareed, aunque él había escogido una tela de terciopelo de un rojo vivísimo. No tenía ni idea de dónde la habría sacado, pero no podía resultar más característica de él. Llevaba su larga cabellera suelta sobre los hombros. Bajo este techo, no hacían falta disfraces ni detalles modernos para pasar desapercibido.

—Sí —dijo—, esos dos aciertan plenamente en lo que se refiere a vestimenta, no cabe duda. Por qué me habré molestado yo en llevar esas prendas bárbaras, nunca lo sabré.

Hablaba como un romano. Y con lo de «prendas bárbaras» se refería a los pantalones.

—Escúchame —dije—. Viktor y Rose deben recibir la Sangre. Y yo confío en que te encargues tú. Tengo mis motivos para pensar así, pero ¿qué te parece ser el escogido?

—Ya he hablado con ellos —dijo—. Me siento honrado y totalmente dispuesto. Y así se lo he comunicado.

Me quedé aliviado al oírlo.

Me senté en el sillón opuesto, un gran sillón estilo Renacimiento de madera tallada que tal vez habría complacido a Enrique VIII. Rechinaba, pero era confortable. Poco a poco advertí que toda la estancia era más o menos de estilo Tudor. Carecía de ventanas, pero Armand las había sustituido por grandes espejos de marco dorado colgados en cada pared. La chimenea era indudablemente Tudor, con ornamentos negros tallados y pesados morillos. El techo artesonado estaba atravesado por grandes vigas oscuras. Armand era un genio para estas cosas.

—Entonces solo queda saber cuándo —dije con un suspiro.

—Está claro que no querrás que sean iniciados hasta que se haya tomado una decisión sobre la Voz —dijo Marius—. Hemos de volver a reunirnos todos, ¿no?, cuando tú estés dispuesto.

—Como si fuéramos el Senado romano —murmuré.

—¿Por qué no está ahora en tu cabeza o la mía? —preguntó—. ¿Por qué está tan callado? Yo habría dicho que estaría castigando a Rhoshamandes y Benedict, pero no es así.

—Está en mi cabeza, Marius —dije—. Lo siento ahí. Siempre

he notado cuándo se iba o se hallaba ausente. Pero ahora también noto cuándo está ahí simplemente, aunque no diga nada. Es como si un dedo te presionara el cuero cabelludo, o la mejilla, o el lóbulo de la oreja. Está ahí.

Marius me miró exasperado, luego claramente furioso.

—Al menos ha interrumpido sus despiadadas intromisiones ahí fuera —dijo—. Eso es lo que importa. —Señaló hacia la calle, donde los jóvenes se aglomeraban, y, en general, hacia el ancho mundo que se extendía en todas direcciones.

—Supongo que sería absurdo que te escribiera ahora un mensaje en un papel —dijo Marius—, porque él puede leerlo a través de tus ojos. Pero ¿por qué no iniciar a esos dos jóvenes hasta que no estemos seguros de que esa cosa ya no va a destruir a la tribu entera?

—Él nunca ha deseado hacer tal cosa —dije—. Y no hay una solución definitiva mientras él exista. Incluso dentro del más bondadoso de los huéspedes, puede continuar maquinando, desplazándose, instigando. No veo qué manera hay de ponerle fin a todo esto. Excepto una.

—¿Cuál?

—Que ese espíritu llegue a tener una visión más amplia, un objetivo infinitamente mayor en el que ocupar su mente.

—Pero ¿él lo desea? —preguntó Marius—. ¿O es solo algo que se te ha ocurrido a ti? En el fondo eres un romántico incurable, Lestat. Sí, ya sé que te consideras un tipo duro y práctico por naturaleza. Pero en realidad eres un romántico. Siempre lo has sido. Lo que él desea seguramente es un chivo expiatorio, un bebedor de sangre perfecto, anciano y poderoso, de cuyo cerebro pueda apoderarse, anulando gradualmente su personalidad y dominándolo de un modo despiadado. Rhoshamandes era su prototipo ideal. Solo que Rhoshamandes no era lo bastante cruel o lo bastante estúpido...

—Sí, tiene sentido lo que dices —dije—. Estoy exhausto. Quiero volver a ese refugio que he encontrado en el otro edificio.

—Lo que Armand llama la biblioteca francesa.

—Exacto —dije—. No podría haber diseñado un lugar más idóneo para mí. Necesito descansar. Pensar. Pero tú puedes proceder con Viktor y Rose cuando lo desees, y yo creo que cuanto antes mejor: no esperes, no lo fíes todo a una solución que tal vez nunca llegue. Hazlo, vamos; hazlo. Tú los volverás fuertes, los dotarás de telepatía y de múltiples recursos, y les darás las mejores directrices. Lo dejo en tus manos.

—¿Y si lo hago con un poco de ceremonia? —preguntó.

—¿Por qué no? —Me vino a la memoria la descripción de la iniciación de Armand: Marius había llevado al joven Armand a una habitación de su palacio veneciano y allí, entre los murales de vivos colores que había pintado para él, le ofreció la Sangre como si fuera un sacramento con unas palabras extremadamente apropiadas. Una iniciación muy distinta de la mía, pues el despiadado Magnus, que ahora era un fantasma sabio, pero había sido en aquel entonces un ser vil y depravado, no había dejado de atormentarme mientras me daba la sangre.

Tuve que dejar de pensar en todo aquello. Estaba hecho polvo, como dicen los mortales. Me levanté para marcharme. Pero me detuve de golpe.

—Si vamos a ser una tribu ahora —dije—, si vamos a ser una verdadera hermandad, entonces podemos y tal vez debemos contar con nuestras propias ceremonias, ritos y símbolos: sería un modo de rodear de solemne entusiasmo el nacimiento de nuevos miembros de la tribu. Así que hazlo como desees y sienta incluso un precedente que pueda perdurar.

Él sonrió.

—Permíteme una innovación de entrada —dijo—: llevaré a cabo los ritos con Pandora, que es casi de mi misma edad, y muy ducha en iniciar a otros, obviamente. Compartiremos la iniciación de cada uno, de modo que mis dones se transmitirán tanto a Viktor como a Rose, y los de Pandora se transmitirán también a ambos. Porque, ¿sabes?, yo no puedo iniciar perfectamente a los dos a la vez sin contar con ayuda.

—Por supuesto, como quieras —dije—. Lo dejo en tus manos.

—Así podrá llevarse a cabo con elegancia y solemnidad la iniciación simultánea de ambos.

Asentí.

—¿Y si emergen telepáticamente sordos el uno para el otro, y también para con vosotros dos?

—Que así sea. Hay en ello una sabiduría implícita. Que tengan un silencio en el cual aprender. ¿Cuándo nos ha hecho un gran bien la telepatía, a decir verdad?

Le di mi consentimiento.

Ya estaba en la puerta, cuando me dijo algo más.

—¡Vete con cuidado con esa Voz, Lestat!

Me volví y lo miré a los ojos.

—No te dejes llevar por tu carácter impulsivo y le prestes oídos a esa cosa con excesiva compasión.

Se levantó de la mesa y me exhortó con los brazos abiertos.

—Lestat, nadie es insensible a lo que debe soportar esa cosa en el cuerpo de un ser de vista nublada y oídos inútiles, de un ser que no puede moverse, ni escribir, ni pensar, ni hablar. Lo sabemos, somos conscientes.

—¿De veras?

—Mientras esa cosa se mantenga tranquila, has de dejar que Seth y Fareed estudien la cuestión con calma.

—¿A qué te refieres? ¿A la creación de una máquina horrible?

—No, pero es posible que pueda encontrarse todavía un vehículo apropiado: algún neófito iniciado expresamente, con todos los sentidos y facultades intactos, pero con escaso intelecto o cordura precaria, y con una estructura física controlable.

—Y ese neófito permanecería encarcelado, claro.

—Inevitablemente —dijo, bajando los brazos.

En mi interior, la Voz dio un largo suspiro mortificado.

—Lestat, si está en tu mente, es que quiere apropiarse de tu mente. Tienes que llamarnos a todos y pedirnos socorro si esa cosa empieza a empujarte hacia el abismo.

—Lo sé, Marius —contesté—. Nunca me he conocido bien a mí mismo, pero lo noto cuando no soy yo mismo. Te lo aseguro.

Él esbozó una sonrisa de desesperación y meneó la cabeza.

Salí de la estancia.

Volví a la biblioteca francesa.

Alguien había estado allí, uno de esos extraños y silenciosos criados mortales de Armand, que circulaban por la casa como obedientes sonámbulos. Y este en particular había limpiado y encerado todo, y me había dejado una mullida colcha verde de seda sobre el respaldo del diván de damasco, que era de un tono verde más oscuro.

Las dos lamparillas ardían en el escritorio.

Encendí el ordenador un momento para confirmar lo que en realidad ya sabía. Benji estaba difundiendo enérgicamente las últimas noticias. Ninguna Quema en ninguna parte del planeta. Ninguna novedad sobre la Voz. Ninguna llamada procedente de alguna víctima desesperada.

Apagué el aparato.

Yo sabía que él estaba conmigo: notaba ese contacto sutil, ese roce de unos dedos invisibles en la nuca.

Me senté en el sillón orejero más grande, aquel en el que se habían acurrucado juntos Viktor y Rose la noche anterior, y alcé la vista hacia el gran espejo que había sobre la repisa de la chimenea. Estaba pensando en las alucinaciones que la Voz me había provocado en su momento ante los espejos: aquellos reflejos de mí mismo que su espíritu había generado juguetonamente en mi cerebro.

Habían sido alucinaciones, sin duda, y me pregunté hasta dónde sería capaz de llevar ese poder. Al fin y al cabo, la telepatía puede lograr muchos más efectos, aparte de invadir una mente con una secuencia de palabras.

Transcurrió un cuarto de hora durante el cual reflexioné sobre estas cosas sin ninguna precaución. Miraba como en sueños el espejo gigantesco. ¿Acaso deseaba que él se mostrara convertido en mi doble, como había hecho en el pasado? ¿Deseaba ver aquella cara pícara y astuta que no era la mía y que debía guardar cierto parecido con su intelecto o su alma?

El espejo solo reflejaba las estanterías que había a mi espalda, la madera encerada, los volúmenes de distintos tamaños y grosores.

Me fui adormilando.

De repente, algo apareció en el espejo. Parpadeé, pensando que tal vez me equivocaba, pero lo vi todavía con más claridad. Era una nube diminuta y amorfa de color rojizo.

Giraba como un torbellino, aumentaba de tamaño, se encogía y volvía a expandirse sin adquirir una forma definida, hinchándose y desvaneciéndose, creciendo de nuevo, cada vez con un color más rojo.

Empezó a aumentar de tamaño, creando la ilusión de que se acercaba, de que avanzaba sin parar hacia mí desde muy lejos, desde las profundidades del espejo.

Siguió avanzando, y ahora parecía como si nadara, como si se impulsara mediante una miríada de sinuosos tentáculos rojizos, de finísimos tentáculos transparentes que parecían moverse por el agua: como si toda ella fuera una criatura marina de innumerables brazos translúcidos.

No podía quitarle los ojos de encima. El espejo parecía solo un pedazo de vidrio transparente. Y la criatura viajaba hacia mí desde un vasto, oscuro y nebuloso mundo en el que se movía totalmente a sus anchas.

Más que cualquier otra cosa, de repente me pareció una cabeza de Medusa rojiza, pero con una cara diminuta y oscura, y con una cantidad incalculable de serpenteantes brazos rojos. No tenían cabeza de serpiente esos brazos. Y la imagen del conjunto conservaba su transparencia teñida de rojo rubí. La cara —era una cara— fue volviéndose más y más grande mientras yo miraba maravillado.

Adquirió ante mis ojos el tamaño de una antigua moneda de medio dólar. Sus innumerables tentáculos parecieron alargarse y volverse más delicados: bailaban y bailaban sinuosamente y parecían extenderse hacia el exterior del marco del espejo.

Me puse de pie.

Me acerqué a la chimenea. Miré directamente al espejo.

La cara se volvió aún más grande. Ahora ya podía distinguir unos ojitos relucientes y lo que parecía una boca: una boca redonda de forma cambiante y elástica, una boca que intentaba ser una boca. La gran masa de tentáculos teñidos de color escarlata inundaba todo el espejo hasta el marco.

La cara creció aún más, y pareció como si la boca, que era solo un garabato oscuro, se expandiera en una sonrisa. Los ojos negros centelleaban llenos de vida.

Todavía siguió aumentando de tamaño la cara, como si el ser continuara avanzando hacia mí, avanzando hacia la barrera de cristal que nos separaba; y, al final, la cara adquirió más o menos las dimensiones de la mía.

Los ojos oscuros se expandieron, adquirieron los accesorios humanos de unas cejas y unas pestañas; apareció un esbozo de nariz, la boca se dotó de labios. Ahora el espejo entero estaba inundado por el rojo cristalino de la imagen, un rojo tenue e impreciso, el color de la sangre que bañaba los tentáculos y la cara, esa cara que se iba oscureciendo lentamente.

—¡Amel! —grité, jadeante.

Los ojos oscuros desarrollaron pupilas al mirarme; los labios sonrieron tal como el hueco de la boca me había sonreído antes. En la superficie de la cara floreció una expresión: una expresión de amor indecible.

Dolor fundido con amor. Un dolor innegable. El dolor y el amor estaban tan íntimamente fundidos en su cara que apenas soportaba mirarla. De repente, sentí un inmenso dolor dentro de mí, dentro de mi corazón: un dolor que crecía imparable en mi interior, como si estuviera fuera de control y pronto hubiera de alcanzar un nivel que ya no podría soportar.

—¡Te amo! —dije—. ¡Te amo! —Y luego tendí los brazos hacia él. Extendí los brazos y le dije sin palabras que quería abrazarlo, conocerlo, que quería tomar dentro de mí su amor, su dolor. «Tomaré lo que eres dentro de mí.»

Oí el sonido de unos sollozos, solo que no era un sonido. Oí cómo se alzaba en derredor tal como se alza a veces el ruido de la lluvia al arreciar con fuerza, repiqueteando en la calle, en los tejados, en las hojas, en los arbustos.

—¡Sé lo que te ha impulsado a realizar esas cosas! —dije en voz alta. Llorando. Se me estaban llenando los ojos de sangre.

—Yo jamás le habría hecho daño a ese chico —susurró la Voz dentro de mí: solo que ahora salía de esta cara, de este rostro trágico, de estos labios, de este ser que me miraba a los ojos.

—Te creo —dije.

—Yo jamás te haré daño.

—¡Te ofreceré todo lo que sé —le dije— si tú haces otro tanto conmigo! ¡Si podemos amarnos el uno al otro! ¡Siempre, completamente! ¡No permitiré que entres en otro, salvo en mí!

—Sí —dijo él—. Tú siempre has sido mi amado. Siempre. Bailarín, cantante, oráculo, sumo sacerdote y príncipe.

Tendí los brazos hacia el espejo, mis manos chocaron con el cristal. Los ojos eran inmensos; la boca, amplia y serena, con unos labios curvados, expresivos.

—En un cuerpo —dijo la Voz—. En un cerebro. En un alma. —Salió de él un suspiro. Un largo y angustiado suspiro—. No me temas. No temas mi sufrimiento, mis gritos, mi poder frenético. Ayúdame. Ayúdame, te lo suplico. Tú eres mi redentor. Sácame de la tumba.

Me eché hacia delante con cada fibra mi ser, presionando el cristal con las manos, temblando sobre su superficie: deseaba con toda mi alma entrar en el interior del espejo, en la imagen rojo sangre, en esa cara, en la Voz.

Y entonces la imagen se desvaneció.

Me encontré sentado en la alfombra —como si me hubieran empujado o hubiera caído hacia atrás—, mirando el reluciente espejo vacío, que volvía a reflejar la pared de la biblioteca.

Sonó un golpe en la puerta.

Un reloj daba la hora en alguna parte. Tantas campanadas. ¿Sería posible?

Me puse de pie y fui a la puerta.

Era medianoche. La última campanada acababa de resonar por el pasillo.

Gregory, Seth y Sevraine estaban en el umbral. Venían también con Fareed, David, Jesse y Marius. Había otros detrás.

¿Por qué motivo habían venido ahora, justamente ahora? Yo estaba aturdido. ¿Qué podía decirles?

—Tenemos mucho de que hablar —dijo Gregory—. Ya no oímos a la Voz. Ninguno de nosotros. El mundo está en calma, o eso dice Benji desde el estudio. Pero sin duda se trata solo de un interludio. Hemos de hacer planes.

Me quedé en silencio un buen rato, con las manos entrelazadas bajo el mentón. Alcé un dedo.

—¿Soy vuestro líder? —pregunté. Me costaba enormemente hablar, formar las palabras más simples—. ¿Aceptaréis mi decisión en cuanto a la ubicación de la Voz?

Nadie respondió durante unos instantes. Yo no lograba sacudirme la languidez que me invadía. No conseguía recuperarme. Quería que me dejaran solo.

Al fin, Gregory dijo en voz baja.

—¿A qué ubicación te refieres? La Voz está dentro de Mekare. Y Mekare está tranquila ahora. La Voz también. Pero volverá a maquinar. Empezará a conspirar de nuevo.

—Esa criatura, Mekare —dijo Sevraine— es un ser viviente. Ella percibe, aunque sea de un modo simple y brutal, todas las tragedias que ha sufrido. Te aseguro que las percibe.

Me pareció que Fareed decía algo sobre la posibilidad de razonar con la Voz, pero apenas lo escuché.

Seth me preguntó si oía a la Voz.

—¿Estás en contacto con él, verdad? Te has encerrado en ti mismo y nos has dejado fuera. Estás luchando solo con la Voz.

—¿Esta es la decisión que deseáis que tome? —pregunté—. ¿Que la Voz permanezca con Mekare?

—¿Qué otra posibilidad puede haber por el momento? —dijo Sevraine—. Quien tome a la Voz dentro de sí se arriesga a acabar enloquecido por ese espíritu. ¿Y cómo podría alguien tomar a Amel sin terminar con la vida de Mekare? No nos queda otro remedio que razonar con él en su estado actual, dentro del cuerpo de Mekare.

Me erguí. Tenía que dar la impresión de estar bien despierto, en pleno dominio de mis facultades, aunque no fuera así. No me estaba comportando de un modo irracional. Simplemente necesitaba volver a recuperarme y analizar por mi cuenta toda una serie de cosas que no podía compartir con nadie.

Gregory intentaba leerme el pensamiento. Todos lo intentaban. Pero yo sabía bien cómo bloquearlos. Y en el fondo de mi corazón seguía viendo aquella cara de color rojo sangre, aquella cara sufriente. La contemplaba absolutamente maravillado.

—Abandonad vuestros temores —dije. Tenía la lengua entorpecida; no reconocía mi propia voz.

Miré a los ojos a Gregory, después a Seth y a cada uno de los que tenía ante mi vista. Incluso a Marius, que se adelantó y me cogió del brazo.

—Ahora quiero estar solo. —Aparté la mano de Marius. Me vino a la cabeza una expresión latina—. *Nolite timere* —dije, pidiendo paciencia con un gesto y empezando a cerrar la puerta.

Ellos se retiraron lentamente.

Marius se inclinó para besarme y me dijo que estarían todos en la casa hasta la mañana. Nadie iba a marcharse. Todos seguían aquí. Y añadió que cuando yo estuviera preparado para seguir hablando, vendrían de inmediato.

—Mañana por la noche, a las nueve —me dijo—, Viktor y Rose serán iniciados por Pandora y por mí.

—Ah, sí —dije—. Muy bien. —Sonreí.

Al fin, cuando la puerta estuvo cerrada, fui a sentarme en la otomana de cuero de uno de los sillones, junto al fuego.

Transcurrió un rato. Quizá media hora. De vez en cuando atraía hacia mí los ruidos de la casa y los de la gran metrópolis, más allá de sus muros; y acto seguido cortaba en seco todos esos sonidos, como si yo fuera un imán situado en el centro de una conciencia más grande que yo mismo.

Me pareció que el reloj del pasillo daba la hora. Campanadas y más campanadas. Y luego, pasado un tiempo muy prolongado, el reloj volvió a sonar. La casa estaba en silencio. Solo oía a Benji arriba, en el estudio, hablando con suavidad y paciencia a los jóvenes que estaban confinados en continentes o ciudades lejanas y que aún ansiaban el consuelo de sus palabras.

No me costaba aislarme de eso. Y el reloj seguía dando campanadas, como si fuera un instrumento que yo tocara con mis propias manos. Me gustaban los relojes, debía reconocerlo.

Entonces me llegó una visión de campos verdes y soleados. El zumbido suave y musical de los insectos y el murmullo de las hojas de los árboles. Las gemelas estaban sentadas juntas. Maharet me decía algo en la dulce lengua antigua, que yo encontraba muy divertido y reconfortante, pero las palabras se desvanecieron tan rápidamente como habían llegado.

En el pasillo, detrás de la puerta, sonaron unos pasos lentos, unos pasos pesados que hacían crujir las viejas tablas del suelo. También me llegó el sonido profundo de un poderoso corazón palpitante.

Se abrió lentamente la puerta y apareció Mekare.

Se había recuperado estupendamente desde la noche anterior. Llevaba una túnica negra de lana ribeteada de plata. Tenía su cabellera limpia, peinada y lustrosa. Alguien le había colgado del cuello un bello collar de plata y diamantes. Las mangas de su túnica eran largas y amplias, y la prenda ceñía exquisitamente su cuerpo aniñado, que ahora parecía de piedra.

Su cara se veía tremendamente blanca a la luz de la chimenea.

Sus ojos de color azul claro estaban fijos en mí, pero la piel que los rodeaba parecía tan relajada y suave como siempre. El fuego destellaba en sus cejas y sus pestañas doradas, en sus manos blancas, en su rostro de alabastro.

Se me acercó con aquellos pasos tan lentos: como si el esfuerzo provocase un dolor en su cuerpo, un dolor del que ella no era consciente, pero que ralentizaba cada uno de sus movimientos. Se situó frente a mí, con el fuego a su derecha.

—Quieres irte con tu hermana, ¿no? —pregunté.

Lentamente, sus labios rosados, tan rosados como el interior de una concha marina, se distendieron en una sonrisa. La cara rígida como una máscara pareció iluminarse levemente.

Me puse de pie. El corazón me palpitaba con violencia.

Ella alzó las dos manos, con las palmas hacia dentro, y las colocó frente a sus ojos.

Mientras mantenía la izquierda suspendida, se llevó la derecha al ojo derecho.

Di un grito ahogado, pero ya estaba hecho antes de que pudiera reaccionar. La sangre le resbalaba por la mejilla; el ojo arrancado había caído al suelo; solo quedaba la cuenca vacía y ensangrentada. Y entonces sus dedos —el pulgar y el índice— se hundieron de nuevo entre la sangre y rompieron la endeble capa de huesos del fondo de la cuenca. Oí el chasquido de la cavidad ósea al hacerse añicos.

Comprendí.

Tendió los brazos hacia mí, implorándome, y salió de ella un ronco suspiro desesperado.

Tomé su cabeza entre mis manos y apliqué los labios a la cuenca ensangrentada. Noté que me acariciaba el pelo con sus manos poderosas. Sorbí con todas mis fuerzas, aspirando la sangre más enérgicamente que nunca en mi vida, y sentí que el cerebro venía hacia mi boca, que fluía viscoso y dulce como la sangre, saliendo de su cuerpo y entrando en mí. Sentí que un gran chorro de tejido me llenaba la boca, colmándola hasta el paladar y que luego me inundaba la garganta a medida que la iba tragando.

El mundo entero se volvió negro.

Y de pronto explotó en una oleada de luz. Solo veía esa luz. Estallaban galaxias en aquella luz, la cruzaban velozmente innumerables estrellas, centelleando, desintegrándose a medida que la luz se volvía más y más brillante, más cegadora. Oí mi propio grito amortiguado, a lo lejos.

Su cuerpo había quedado flácido en mis brazos, pero yo no lo solté. La sujeté con fuerza, aspirando el torrente de tejido, succionando y succionando, oyendo cómo retumbaba el latido de su corazón hasta alcanzar un nivel ensordecedor y detenerse de golpe. Tragué una y otra vez hasta que solo quedó sangre en mi boca. Mi propio corazón explotó.

Noté que su cuerpo caía, pero yo no veía nada. Todo negro otra vez. Negro. Desastre. Y luego la luz, la luz cegadora.

Yo yacía en el suelo con los brazos y las piernas extendidos. Una gran corriente abrasadora me recorría los miembros, los órganos, las cavidades del corazón. Se difundía por cada célula de mi piel, por todo mi cuerpo, por los brazos, las piernas, la cara, la cabeza. Ardía como una corriente eléctrica a través de todos los circuitos de mi ser. La luz destellaba, relucía. Mis brazos y mis piernas se agitaban de modo incontrolable, pero las sensaciones eran orgásmicas y ahora formaban parte de mi cuerpo: huesos y tejidos repentinamente agrupados en esa cosa ingrávida y gloriosa que era yo.

Mi cuerpo se había convertido en esta luz, en esta palpitante y temblorosa luz, en esta luz que parecía a punto de estallar. Y sentía como si la luz estuviera saliendo a borbotones de los dedos de mis manos y mis pies, de mi miembro, de mi cráneo. Sentía que se generaba y regeneraba dentro de mí, en mi corazón retumbante, y que manaba fuera de mí de tal modo que yo parecía inmenso, inmenso hasta extremos inconcebibles, como si me estuviera expandiendo en un vacío de luz, de luz cegadora, de luz maravillosa, de luz perfecta.

Grité otra vez. Mejor dicho: oí que gritaba, aunque no pretendía gritar. Lo oí simplemente.

Entonces la luz destelló como si fuera a cegarme para siempre, y yo vi el techo por encima de mi cabeza, vi el círculo de la araña, el destello de los prismas de colores de la lámpara. La estancia descendió alrededor de mí como si bajara del cielo y, de repente, vi que ya no estaba en el suelo. Estaba de pie.

Nunca en toda mi existencia me había sentido tan poderoso. Ni siquiera al ascender con el Don de la Nube me había sentido tan audaz, tan ingrávido, tan imbuido de una fuerza ilimitada y absolutamente sublime. Estaba ascendiendo hacia las estrellas y, sin embargo, no había abandonado la biblioteca.

Bajé la vista hacia Mekare. Estaba muerta. Había caído de rodillas y luego se había derrumbado sobre el lado derecho, de modo que la cuenca vacía de su ojo quedaba oculta y solo se le veía el perfil izquierdo, intacto y perfecto. Tenía el ojo entreabierto, como si estuviera medio dormida. Qué hermosa parecía, qué completa. Como una flor caída en el sendero de grava de un jardín. Ineluctablemente destinada a este momento de suprema fragilidad.

El ruido del viento llenó mis oídos: viento y cánticos, como si ahora hubiera accedido al reino de los ángeles. Y luego me asaltó un coro de voces, voces que sonaban por todas partes, alzándose en oleadas, incesantes, salpicando como un oleaje. Como si alguien estuviera rociando los muros de mi universo con grandes chorros de oro fundido.

—¿Estás conmigo? —susurré.

—Estoy contigo —dijo él con toda claridad en mi cerebro.

—¿Ves lo que yo veo?

—Es magnífico.

—¿Oyes lo que yo oigo?

—Es magnífico.

—Veo como nunca había visto —dije.

—Como yo veo.

Estábamos envueltos en una espesa nube de sonido: un sonido inmenso, incesante y sinfónico.

Me miré las manos. Palpitaban de luz, como el resto de mi cuerpo, como el mundo entero. Nunca habían parecido hasta tal punto un milagro de textura y perfección.

—¿Estas son tus manos? —pregunté.

—Sí, son mías —dijo él serenamente.

Me volví hacia el espejo.

—¿Estos son tus ojos? —pregunté, mirando mis propios ojos.

—Sí, son míos.

Di un largo suspiro.

—Somos hermosos, tú y yo —dije.

Detrás de mí, detrás de mi rostro aún sobrecogido, vi en el espejo a los demás. Habían entrado todos en la biblioteca.

Me volví a mirarlos. Todos y cada uno se hallaban ahora ante mí en un semicírculo. Estaban atónitos. Me miraban fijamente. Ninguno decía nada, ninguno miraba con sorpresa u horror el cuerpo caído de Mekare.

¡Lo habían visto! ¡Lo habían visto en sus mentes! Lo habían presenciado, lo sabían. Yo no había derramado su preciosa sangre. No la había agredido. Solo había aceptado su invitación. Todos conocían lo ocurrido. Lo habían percibido, ineludiblemente, tal como yo lo percibí aquel día lejano, cuando Mekare tomó de Akasha el Germen Sagrado.

Ni ellos, ni ningún otro grupo de personas, me habían parecido tan nítidos y definidos: cada ser individual irradiando un poder sutil, cada uno marcado con el sello de una energía peculiar y definitoria, cada uno bendecido con un don único.

No podía dejar de mirarlos, de maravillarme de los rasgos de sus rostros, de las delicadas expresiones que bailaban en sus ojos y sus labios.

—Bueno, Príncipe Lestat —dijo Benji—. Ya está hecho.

—Eres nuestro Príncipe —dijo Seth.

—Ahora eres el ungido —dijo Sevraine.

—Fuiste escogido —dijo Gregory— por él y por ella: por aquel que nos anima a todos, y por aquella que fue nuestra Reina de los Condenados.

Amel se rio suavemente dentro de mí.

—Eres mi amado —susurró.

Permanecí en silencio, sintiendo un lento y sutil movimiento en el interior de mi cuerpo, como si una maraña de filamentos saliera de mi cerebro, descendiera por mi columna y se extendiera a lo largo de mis miembros. Lo sentía y lo veía: veía su sutil y dorada pulsación eléctrica.

Desde las profundidades de mi alma, de aquella alma que era la triste y agitada suma de todo lo que yo había conocido, sentí que surgía mi voz, mi propia voz, ansiando decir: «Nunca más volveré a estar solo.»

—No, nunca más —dijo la Voz—, nunca más volverás a estar solo.

Miré de nuevo a los demás, reunidos ante mí, expectantes, sobrecogidos. Capté el mudo asombro de Marius, la confianza entristecida de Louis, el pasmo pueril de Armand. Percibí sus dudas, sus sospechas, sus preguntas, todas las inquietudes encubiertas en este momento por el puro asombro. Sí, lo sabía.

¿Y cómo me las arreglaría para explicar jamás cómo había llegado hasta este momento, yo, que había nacido a la Oscuridad por una violación, que había buscado la redención en un cuerpo mortal prestado, que había seguido a espíritus todavía inexplicados a cielos inexplicables e infiernos de pesadilla, solo para volver a caer en la tierra, roto, maltrecho y derrotado? ¿Cómo explicar por qué esta audaz y terrorífica alianza me proporcionaría por sí sola la pasión necesaria para recorrer el camino de los siglos, de los milenios, de los eones, de un tiempo inexplorado e inconcebible?

—Yo no seré el Príncipe de los Condenados —dije—. ¡No le doy ningún crédito a esa poesía antigua! No. Nunca. Ahora proclamamos que la Senda del Diablo es la nuestra, y le pondremos otro nombre para nosotros, para nuestra tribu y nuestro trayecto. ¡Hemos vuelto a nacer!

—Príncipe Lestat —volvió a decir Benji, y Sybelle lo repitió, y luego Antoine, Louis, Armand, Marius, Gregory, Seth, Fareed, Rhoshamandes, Everard, Benedict, Sevraine, Bianca, Notker, todos lo repitieron, y también aquellos cuyos nombres aún no conocía.

Viktor permanecía en las sombras con Rose, y también él lo repitió, y ella igual, y Benji volvió a gritarlo, alzando las manos y apretando los puños.

—Son hermosos —dijo Amel—. Estos hijos míos, estas partes de mí, esta tribu mía.

—Sí, amado, siempre lo han sido —respondí—. Así ha sido siempre.

—Tan hermosos... —repitió—. ¿Cómo no vamos a amarlos?

—Ah, pero los amamos —dije—. Desde luego que sí.

Cuarta parte

El principado de la Oscuridad

28

Lestat

EL DISCURSO DEL PRÍNCIPE

Mi primera decisión como monarca fue que deseaba volver a mi hogar en Francia. Este monarca iba a gobernar desde el castillo de Lioncourt, enclavado en una de las mesetas montañosas más aisladas del Macizo Central, donde había nacido. También se tomó la decisión de que la lujosa mansión de Armand en Saint-Germaine-de-Prés fuese en lo sucesivo la sede parisina de la corte.

Trinity Gate sería la residencia real en Nueva York. Y en Trinity Gate habría de celebrarse a la noche siguiente, como estaba previsto, la ceremonia de iniciación de Rose y Viktor.

Una hora después de la transformación —cuando al fin me recobré— trasladamos los restos de Mekare de la biblioteca al jardín trasero, y los enterramos en un lugar rodeado de flores y expuesto al sol durante el día. Nos reunimos todos sin excepción para enterrarla, incluidos Benedict y Rhoshamandes.

El cuerpo de Mekare se había convertido en una materia parecida al plástico transparente, aunque detesto la crudeza de esta imagen. La sangre que aún le quedaba se había ido acumulando en un charco mientras yacía en el suelo, y la mayor parte de sus restos estaban completamente translúcidos cuando la llevamos a su tumba. Hasta su pelo empezaba a perder el color y a desmenuzase en una infinidad de fragmentos plateados como agujas. Sevraine, mi madre y otras mujeres la prepararon en unas andas, volvieron a colocarle el ojo en la cuenca y la cubrieron con un manto de terciopelo negro.

Permanecimos todos en silencio mientras la introducían para su eterno reposo en una tumba poco profunda pero adecuada. Las andas estaban cubiertas de pétalos de flores que algunos habíamos recogido en el jardín. Luego otros pusieron más flores alrededor. Alcé el manto de terciopelo por última vez y me agaché para besar a Mekare en la frente. Rhoshamandes y Benedict no hicieron nada. Temían, obviamente, las recriminaciones de todos si se atrevían a hacer cualquier gesto. Everard de Landen, el neófito franco-italiano de Rhoshamandes, fue el último en depositar varias rosas sobre el cadáver.

Finalmente, empezamos a llenar la tumba de tierra, y enseguida la silueta de Mekare desapareció de nuestra vista.

Se acordó que dos de los médicos vampiros que trabajaban con Seth y Fareed irían al complejo del Amazonas, exhumarían lo que quedase de Jayman y Maharet y traerían esos restos durante el mes entrante para que fueran enterrados aquí y reposaran junto a Mekare. Por supuesto, yo sabía muy bien que Fareed y Seth recogerían muestras de los restos. Seguramente ya lo habían hecho con Mekare. Aunque tal vez no, pues esta era una ocasión solemne.

David y Jesse también irían al Amazonas para recoger lo que hubiese sobrevivido de la biblioteca y los archivos de Maharet, de sus pertenencias y recuerdos, así como cualquier documento que valiera la pena preservar para su familia mortal o para la propia Jesse.

Todo lo cual me resultó absolutamente deprimente, aunque observé que los demás sin excepción parecían reconfortados por estos acuerdos. Me sentí retrotraído a aquella noche lejana en la que Akasha había muerto a manos de Mekare. Caí en la cuenta, avergonzado, de que no tenía la menor idea de lo que había sucedido con su cadáver.

No prestar atención, no hacer preguntas, no tomarse la molestia: todo eso había formado parte de nuestra antigua filosofía, de una manera de ver las cosas teñida por la vergüenza y la melancolía, en la cual yo daba por supuesto que estábamos malditos y éramos víctimas de la Sangre, del mismo modo que los mortales se consideraban culpables, víctimas culpables, del Pecado Original. Yo no creía entonces que fuéramos dignos de ceremonias de ninguna clase. Tampoco había creído en la pequeña asamblea que Armand había tratado de rescatar de aquellas noches espantosas creando la «Isla Nocturna» para que pudiéramos disfrutar del clima de Florida.

Bueno, ahora entendía el sentido de estas cosas, comprendía su inmenso valor tanto para los ancianos como para los jóvenes.

Estaba exhausto. Ya lo estaba antes de que se produjera la trascendental transformación, y ahora, aunque exultante —y la palabra hace justicia a lo que sentía—, aún estaba más exhausto y más necesitado de quedarme solo: solo con Amel.

Pero antes de retirarme durante el resto de la noche a la biblioteca francesa, sentí que debíamos reunirnos una vez más en el salón de baile alrededor de la larga mesa dorada que seguía todavía montada como en nuestra primera reunión.

El motivo principal era que todos los inmortales que se hallaban en la mansión me observaban atentamente, tratando de vislumbrar cómo me afectaba —o infectaba— Amel. Yo me daba perfecta cuenta, y decidí sin vacilar que ahora debía pasar más tiempo con ellos para que se tranquilizaran.

Así pues, volvimos a la mesa rectangular dorada. Me situé en la cabecera tal como la otra vez. Rose y Viktor permanecieron pegados a la pared con los retraídos bebedores de sangre que habían traído Notker y Sevraine a Trinity Gate, a los cuales estaba decidido a conocer antes de marcharme.

Cómo habría sido para Akasha y Mekare albergar el Germen Sagrado, no podía saberlo. Pero para mí, tener dentro a Amel multiplicaba y expandía enormemente mis sentidos y mi energía. Ahora, mientras observaba a los miembros de la asamblea, seguía viéndolos a todos y cada uno de un modo nuevo y extraordinariamente vívido.

—Creo que este salón de baile debería ser el escenario donde Rose y Viktor reciban el Don Oscuro —dije—. Habría que desmontar esta mesa y volver a colocar sus partes en la periferia. Creo que la sala debería llenarse de flores, con todas las flores de las tiendas de Manhattan que sea capaz de albergar. Los agentes mortales de Armand pueden encargarse de ello durante las horas diurnas. —Él asintió en el acto—. Y propongo que todo el mundo se encuentre durante la ceremonia bajo este techo, pero no en este salón, que hay que dejar totalmente libre para que Rose y Viktor reciban el Don de Pandora y Marius.

Nadie puso objeción.

—Una vez completada la ceremonia, otros pueden ser invitados a subir, uno a uno, para dar su sangre antigua. Vosotros, Gregory, Sevraine, Seth, acaso estéis dispuestos. Vosotros, Marius y Pandora, daréis vuestra aprobación. Vosotros, Rose y Viktor, manifestaréis vuestra disposición. Y luego yo os daré también una medida de mi sangre.

Todo el mundo estuvo de acuerdo.

—Marius y Pandora podrán llevarse entonces a los neófitos al jardín —dije— para transitar la muerte física y sus dolores. Una vez que eso haya pasado, serán vestidos con ropas nuevas y entrarán renacidos en la casa. Después, Marius y Pandora podrán acompañar a los dos jóvenes a experimentar la caza por primera vez.

De nuevo hubo un asentimiento general y entusiasta.

Rhoshamandes pidió permiso para hablar.

Se lo concedí.

Como yo había previsto, su brazo y su mano habían funcionado a la perfección desde su reimplante, sin ocasionar el menor problema. Ahora iba espléndidamente ataviado con una chaqueta de cuero gris a medida y un suéter de lana de un tono gris más claro.

Parecía sereno, sosegado, encantador: como si nunca hubiera matado a machetazos ni secuestrado a nadie, o amenazado con matar a mi hijo si no se salía con la suya.

—Lo entenderé si nadie desea que actúe aquí más que como un preso silencioso —dijo—. Pero yo daré mi sangre a la joven pareja si ellos la aceptan. Y quizás eso pueda contribuir a ganarme el perdón de esta asamblea.

Viktor y Rose aguardaron mi respuesta antes de decir nada. Y yo, después de mirar fijamente a Rhoshamandes y Benedict un buen rato, y de observar la deslumbrante ecuanimidad del primero y la deplorable y evidente desdicha del segundo, acepté su ofrecimiento si Marius y Pandora lo aprobaban y si Viktor y Rose daban su consentimiento.

A decir verdad, ni siquiera yo mismo podía creer lo que estaba haciendo, pero ahora era el Príncipe quien actuaba, ya no el príncipe malcriado.

La moción fue aprobada, por así decirlo.

—Siento un gran pesar en mi corazón —dijo Rhoshamandes con asombrosa calma—. Realmente, nunca en mi larga vida entre los no-muertos he buscado el conflicto, incluso cuando otros creían que debería haberlo hecho. Lo lamento. Perdí a mis propios neófitos y dejé que cayeran en manos de los Hijos de Satán en lugar de hacer la guerra. Le pido a la tribu que me perdone y que me acepte como a uno de los suyos.

Benji lo miraba con una expresión feroz en sus ojitos negros; Armand levantó la vista hacia mí y arqueó ligeramente las cejas; Jesse se limitó a observarlo fríamente, con los brazos cruzados. David no tenía una expresión definida, pero me pareció intuir lo que estaba pensando, pese a que yo no podía leerle el pensamiento.

«¿Qué debemos hacer con él exactamente si no lo aceptamos de nuevo en la tribu? ¿Y qué peligro puede representar si lo aceptamos?»

Bueno, desde mi punto de vista, no representaba un peligro. Si no lo aceptábamos, sí podía convertirse en un peligro, especialmente si los demás entendían que había sido «proscrito», tal como ocurrió en Roma con los enemigos del dictador Sila, que se convirtieron entonces en blanco fácil para ser asesinados por sus conciudadanos. Pero yo no era un Sila.

Escuché atentamente para oír la voz de Amel. Me interesaba mucho saber lo que tenía que decir al respecto. Entre nosotros las cosas habían cambiado tan radicalmente que él ya no seguía siendo el espectro de la antigua Voz instalado en mi mente. Pero, por si se daba el caso de que yo hubiera subestimado la complejidad del asunto, quería que me diese una pista.

En el silencio, lo oí susurrar apenas.

—Yo lo utilicé. ¿No debemos dar gracias por el hecho de que fracasara?

—Muy bien —dije, volviéndome hacia Rhoshamandes—. Yo digo que tu disculpa sea aceptada. Eres miembro de esta tribu. No veo que seas una amenaza para nadie de los presentes. Si alguien discrepa de mí, que hable ahora o calle para siempre.

Nadie alzó la voz.

Pero había lágrimas en los ojos de la regia y canosa Allesandra mientras yo pronunciaba estas palabras y Rhoshamandes se sentaba con una reverencia. No sé si nadie, aparte de mí, captó la mirada penetrante que me lanzó Everard y el disimulado gesto negativo que hizo con la cabeza.

Benedict parecía confundido, así que me dirigí a él.

—Ahora vuelves a gozar de buena reputación —dije—. Fuese lo que fuese lo que hicieras, y las razones que te movieron a hacerlo, ahora todo está olvidado.

Yo sabía, sin embargo, que eso era poco consuelo para él. Viviría durante años con el horror de lo que había hecho.

Para entonces, eran casi las cuatro de la madrugada; amanecería en poco más de dos horas.

Permanecí en silencio en la cabecera de la mesa. Sentía todos los ojos fijos en mí, y más inquisitivos que nunca. Notaba con especial intensidad el escrutinio de Seth y Fareed, aunque no sabía bien cuál era el motivo.

—Nos espera a todos mucho trabajo —dije— para establecer lo que significa, tanto para nosotros como para todos los bebedores del mundo, la idea de que ahora somos una tribu orgullosa, un orgulloso Pueblo de la Oscuridad, una raza orgullosa que aspira a prosperar en la tierra. Y como ha recaído en mí la tarea de gobernar, por invitación y selección única, quiero hacerlo desde mi hogar en Auvernia.

»Ahora vivo allí, en el castillo de mi padre, que está casi totalmente restaurado: un gran edificio de piedra con tantas habitaciones confortables como esta asombrosa mansión en la que nos hallamos reunidos. Y yo seré vuestro Príncipe.

Hice una pausa para que asimilaran la idea. Luego proseguí.

—Seré el Príncipe Lestat —dije—, que es el título que se me ha ofrecido repetidamente. Mi corte estará en mi castillo, y os invito a todos a acudir allí para contribuir a forjar la Constitución y las normas por las cuales nos regiremos. Necesitaré vuestra ayuda para multitud de cuestiones. Y delegaré en quienes se muestren receptivos diversas tareas para ayudarnos a acceder a una nueva y gloriosa existencia que, espero, todos los bebedores de sangre del mundo habrán de compartir.

Benji estaba al borde de las lágrimas.

—¡Ay, ojalá estuviéramos grabándolo todo! —suspiró. Sybelle le dijo que se callara; Armand se rio de él en voz baja y, al mismo tiempo, le indicó con gestos que se contuviera.

—Puedes reproducir exhaustivamente mis palabras cuando lo desees —dije—. Tienes mi expresa autorización.

Con gesto disimulado, él se abrió su chaqueta ultramoderna, dejando a la vista el iPhone que asomaba del bolsillo interior.

—Marius —dije, volviéndome hacia él—, te pido que nos escribas las normas con las cuales has vivido y prosperado durante siglos, pues yo nunca he conocido a nadie con más ética que tú en este sentido.

—Lo haré lo mejor que sepa —dijo Marius.

—Y a ti, Gregory —dije—, que has sobrevivido con asombroso éxito en el mundo mortal, te pido que nos ayudes a establecer un código de conducta mediante el cual los bebedores de sangre puedan relacionarse eficazmente con los mortales, preservando su secreto y su riqueza material. Ofrécenos, por favor, el fruto de todo lo que has aprendido. Yo tengo muchos conocimientos que aportar en este terreno, y lo mismo Armand, pero tú eres sin duda el maestro consumado.

—Estoy completamente dispuesto —dijo Gregory.

—A los neófitos menos avispados que hay por ahí, debemos ayudarles a obtener los documentos necesarios para moverse de un sitio a otro en el mundo físico. Debemos hacer todo lo posible para detener la proliferación de una casta de vampiros vagabundos que merodean por el mundo desesperados.

Benji estaba entusiasmado con todas estas decisiones. Pero se quedó atónito cuando me volví hacia él.

—Y tú, Benjamin, debes ser a partir de ahora nuestro ministro de Comunicación, obviamente. Y en cualquier parte del mundo donde me encuentre, me pondré en contacto contigo, aquí, en tu cuartel general, cada noche. Debemos hablar, tú y yo, sobre el programa de radio y la página web, y sobre cualquier otra cosa que podamos hacer por Internet para reunir a las ovejas descarriadas en la Sangre.

—¡Sí! —dijo con júbilo, alzándose el sombrero a modo de

saludo. Era la primera vez que veía su adorable carita redonda y su mata de pelo rizado totalmente descubiertos.

—Notker —dije—. Tú te has traído a tus músicos, a tus cantantes y tus violinistas, que se han sumado a Sybelle y Antoine y nos han brindado el extraordinario placer que solo los bebedores de sangre músicos y artistas pueden proporcionar. ¿Vendrás a Auvernia para ayudarme a crear la orquesta y el coro de mi corte? Lo deseo con toda mi alma.

—Ah, Príncipe, estoy a tu servicio —dijo Notker—. Y mi humilde feudo está en los Alpes, a solo unos minutos de tu castillo.

—Seth y Fareed —dije—, vosotros sois nuestros médicos, nuestros científicos, nuestros audaces investigadores. ¿Qué puedo hacer yo, qué podemos hacer todos para apoyaros en vuestras actuales investigaciones?

—Bueno, creo que ya lo sabes —dijo Seth—. Hay muchas cosas que podríamos aprender de ti y de... Amel. —Una manera muy discreta de decirlo. Sus ojos relucían.

—Contaréis siempre con mi plena colaboración —dije—. Y dispondréis de vuestras propias habitaciones en mi corte y de cualquier otra cosa que necesitéis o deseéis. Y yo seré franco con vosotros y os brindaré todos los conocimientos y experiencias que esté en mi mano ofreceros.

Fareed sonreía, obviamente complacido; Seth parecía satisfecho por el momento, aunque no sin serias dudas sobre lo que podría deparar el futuro.

—Nunca más volveremos, ninguno de nosotros, a vivir aislados unos de otros, recluidos en el exilio e inaccesibles. —Me detuve y miré a los ojos a todos y cada uno de los presentes—. Debemos prometerlo todos. Hemos de mantener nuestras líneas de comunicación, y hemos de mirar a ver cómo podemos beneficiarnos unos a otros como un pueblo unido. Pues eso es lo que somos ahora, no tanto Hijos de la Oscuridad como el Pueblo del Jardín Salvaje, porque como tal hemos alcanzado la mayoría de edad.

Me detuve. El Pueblo del Jardín Salvaje. No sabía si ese era el término adecuado o definitivo para nosotros. Tenía que pensarlo bien, lo del término definitivo: hacer consultas, escuchar toda la poesía inevitable que suscitaría la creación de un término para toda la tribu. Por el momento, lo había hecho lo mejor que había podido. Había tantas tareas pendientes... Pero ahora estaba cansado, totalmente exhausto.

Indiqué con un gesto que necesitaba un momento para ordenar mis pensamientos. Y me sorprendió oír unos ligeros aplausos en el salón, que enseguida incluyeron a todos, en apariencia, y que luego se extinguieron lentamente.

Tantas cosas que decir.

Me acordé de nuevo de Magnus, de aquel fantasma que se había presentado ante mí en las cuevas doradas de la ciudad de piedra de Sevraine, en la Capadocia. Me acordé de Gremt, el magnífico espíritu al que también había visto allí.

—Y ahora debemos abordar otro asunto —dije—. El asunto de la Talamasca, de lo que nos han revelado a Sevraine y a mí acerca de sus miembros.

—Y también a mí —dijo Pandora—. Como tú, yo he conocido a Gremt, el espíritu que creó la Talamasca.

—Conmigo también se han puesto en contacto —dijo Marius—. Sería beneficioso celebrar pronto una reunión con todos ellos.

De nuevo, intenté escuchar a Amel, pero no percibí sino silencio, además de la cálida y sutil presencia bajo mi piel que me decía que estaba ahí. Mantuve la vista baja. Aguardé.

—Deseo aprender, Príncipe Lestat —dijo en un débil susurro—. Aprender como nunca soñé que sería posible.

Alcé los ojos.

—Sí, nos reuniremos con ellos, en efecto, con aquellos que se han mostrado ante nosotros; y estableceremos, entre otras cosas, cómo tratar a la antigua y aún existente Orden de la Talamasca, de la cual estos espectrales padres fundadores parecen haberse separado para seguir su propio destino.

Seth estaba maravillado; obviamente, deseaba saber todo lo posible al respecto.

—Bueno, si no hay nada más —dije—, me gustaría retirarme. He convertido esa biblioteca francesa en mi guarida y creo que ya me está esperando. Tengo más necesidad de descansar quizá que en ningún otro momento de mi vida.

—Una cosa más —dijo Seth—. Tú albergas ahora el Germen. Tú eres la Fuente. La Fuente Primordial.

—¿Sí? —dije con paciencia, aguardando.

—Tu destino es nuestro destino —dijo.

—¿Sí?

—Has de prometer que nunca te escabullirás, que nunca intentarás ocultarte de nosotros, que nunca serás negligente con tu propia persona, del mismo modo que cualquier monarca terrenal de cuyo destino dependa la paz de un reino.

—Soy consciente de ello —dije, reprimiendo un ligero arranque de cólera—. Ahora soy vuestro —dije, por difícil que me resultara. Me recorrió un escalofrío, un horrible presentimiento—. Pertenezco al reino. Lo sé.

Bruscamente, Everard, el joven bebedor de sangre de Italia, tomó la palabra.

—Pero ¿esa cosa está callada ahora dentro de ti? —preguntó—. ¿Está tranquila?

Una oleada de alarma recorrió la mesa, aunque no sé bien por qué. La pregunta estaba en la mente de todos. Era inevitable.

—Sí, Amel está callado —dije—. Amel está satisfecho. Amel está en paz.

—¿O quizás está en otra parte en este mismo momento? —dijo mi madre.

—Sí —dijo Everard—, causando algún otro terrible problema.

—No —respondí.

—Pero ¿por qué? —preguntó Rhoshamandes—. ¿Por qué está contento? —Lo dijo con toda sinceridad; y por primera vez capté en su rostro un destello de auténtico dolor.

Reflexioné un momento antes de responder.

—Porque ahora ve y oye con más claridad que nunca —dije al fin—. Y eso es lo que había anhelado siempre. Es lo que siempre ha querido. Ver y oír y conocer este mundo, el mundo físico, nuestro mundo. Y ahora está mirando y aprendiendo como nunca en el pasado.

—Pero también veía y oía —dijo Zenobia, la amiga de Gregory— mientras estuvo en Akasha durante todo aquel tiempo, antes de que apareciera Mekare.

—No —dije—. No fue así. Porque en aquella época él no sabía aún cómo hacerlo.

Una larga pausa.

Las mentes tan diversas como extraordinarias que había en torno a la mesa se detuvieron a reflexionar.

En mi interior, Amel soltó por lo bajo la risa más tremendamente elocuente —tan desprovista de humor como llena de asombro— que yo había oído en mi vida.

Alcé las manos para pedir paciencia.

Necesitaba dormir. La mañana, con sus dedos ardientes y sigilosos, empezaba a dejarse notar entre los jóvenes. Y pronto me afectaría también a mí.

—Rose y Viktor —dije—, este será vuestro último día en la tierra con un sol visible para vosotros, con un sol amigo. —Sentí una punzada en el corazón. Tragué saliva, procurando controlar mi voz—. Pasad este día como queráis, pero sed prudentes, no os expongáis y volved al caer el crepúsculo... para reafirmaros en vuestra decisión.

Vi que mi hijo me dirigía una sonrisa radiante, y que Rose, a su lado, me miraba con silenciosa admiración. Sonreí a mi vez. Me llevé los dedos a los labios y le mandé un beso.

Salí a toda prisa del salón. Ya habría tiempo para abrazarlos, y para llorar, sí, para llorar estrechando sus cálidos y tiernos cuerpos mortales entre mis brazos: solo faltaban unas trece horas, y entonces la noche arrojaría una vez más su manto ineluctable sobre el gran Jardín Salvaje de nuestro mundo.

Mientras me tendía a dormir en la biblioteca francesa, hablé en voz baja con Amel.

—Estás callado —dije—, extrañamente callado, pero ya sé que sigues ahí.

—Sí, aquí estoy —dijo—. Y es tal como se lo has explicado a todos. ¿Acaso dudas de tu propia explicación? —Hubo una pausa, pero yo sabía que él iba a decir algo más—. Hace años —dijo—, cuando tú eras un joven mortal, allá en tu pueblo de Francia, tenías un amigo, un amigo al que amabas.

—Nicolas —dije.

—Y los dos hablabais.

—Sí.

—Hora tras hora, días tras día, noche tras noche...

—Sí, en esa época, cuando éramos chicos, nos pasábamos el tiempo hablando.

—¿Recuerdas cómo llamabais a ese diálogo constante?

—«Nuestra conversación» —dije, sorprendido de que él lo supiera. ¿Lo sabía porque yo lo sabía? ¿Era capaz de buscar en mi memoria incluso cuando yo no estaba recordando? Me sentía adormilado, se me cerraban los ojos—. Nuestra conversación —repetí—. Y seguía, y seguía...

—Bueno, pues ahora nosotros mantenemos «nuestra conversación», ¿no? —preguntó—. Y nuestra conversación se prolongará para siempre. No hay necesidad de apresurarse.

Sentí que me rodeaba un gran calor, como si una manta de amor me hubiera envuelto por completo.

—Sí —susurré—. Sí.

29

Lestat

POMPA Y CIRCUNSTANCIA

Al anochecer, se difundió la noticia de que iba a presentarme ante todos en una zona desierta del parque, oculta al mundo de los mortales. Y cuando ya me disponía a salir, vestido con un nuevo abrigo de terciopelo rojo, unos pantalones negros y unas botas estilosas que me llegaban a media pantorrilla (todo generosamente proporcionado por Armand), junto con un anticuado pañuelo de encaje en el cuello; cuando ya me disponía a salir, digo, vi que Seth y Gregory venían conmigo: que bajo ninguna circunstancia iban a permitir que el Príncipe se moviera entre sus súbditos sin protección. Thorne y Flavius también se sumaron sin decir palabra a la comitiva.

Lo acepté.

En el punto de reunión había tal vez setenta y cinco neófitos a las ocho de la noche, y no tuve dificultades para saludarlos uno por uno con un apretón de manos y con la promesa de que trabajaríamos juntos para prosperar. Todos habían sido iniciados siendo jóvenes mortales, y la mayoría de ellos vestía de negro: algunos con elegantes chaquetas o vestidos del romántico siglo XIX; otros con la ropa más exquisita y moderna de la época actual, y otros con prendas andrajosas y el pelo desgreñado y apelmazado. Pero todos ellos sin excepción me rodearon con el corazón abierto y con una conmovedora disposición a seguirme y a hacer lo que les pidiera. También había dos o tres bebedores de sangre mayores: tanto como Louis o yo. Pero ninguno mayor que eso.

Situándome en el centro del círculo, expliqué que ahora yo era su Príncipe y que no les fallaría. No les conté todavía que alojaba en mi interior el Germen Sagrado. No vi ningún motivo para anunciarlo de cualquier manera en semejante lugar, o para anunciarlo personalmente. Pero les aseguré que los estragos causados por la Voz habían llegado a su fin.

Reinaba un cierto silencio y la oscuridad resultaba relajante. Los lejanos edificios de Manhattan flanqueaban el parque por todos lados y las copas de los árboles nos ocultaban parcialmente. Pero era consciente de que debía apurarme. Había mortales por la zona. Y no quería interrupciones.

Les dije que podían confiar plenamente en mi mando.

—Pronto estableceré una corte a la que podréis acudir en todo momento y en la que habrá habitaciones para los viajeros. Y quiero decir para todos los viajeros. Y la voz de Benji Mahmoud no dejará de ofreceros su inestimable consejo. Ahora bien, si vamos a dejar de lado todas las batallas y las guerras entre bandas; si vamos a convivir con discreción y armonía, deben existir normas —sí, las normas por las que yo he luchado toda mi vida—, y debe existir de vuestra parte, por vuestro propio bien, la disposición a obedecerlas.

Volvió a alzarse el suave pero poderoso clamor que ya les había escuchado una noche antes frente a la mansión.

—Debéis abandonar esta ciudad —dije—. No debéis congregaros más frente a Trinity Gate. Aceptad, por favor, esta petición.

Hubo gestos de asentimiento y gritos de anuencia procedentes de todo el círculo.

—Esta ciudad —dije—, por grande que sea, no puede mantener a tantos cazadores. Debéis buscar otros terrenos de caza donde podáis alimentaros de los malhechores, dejando en paz a los inocentes. Comprendedlo. Debéis hacerlo. Sin excusas.

De nuevo se elevó un coro de asentimiento y aprobación. Parecían llenos de entusiasmo y de inocencia, cargados de una convicción colectiva.

—No hay ningún motivo bajo la luna y las estrellas —dije— para que no podamos prosperar. Y os aseguro que prosperaremos.

Sonó un rugido más fuerte. La primera fila del círculo se estrechó alrededor de mí pese a que Gregory y Seth les indicaban con gestos que se mantuvieran en su sitio.

—Dadme tiempo —dije—. Dadme la oportunidad de empezar. Esperad mis noticias y os prometo que vuestra paciencia será recompensada. Y difundid por todas partes la noticia de que yo soy ahora vuestro líder, de que podéis confiar en mí y de que, juntos, lo conseguiremos todo.

Me despedí y volví a estrechar manos a diestra y siniestra, mientras Gregory, Seth, Flavius y Thorne me escoltaban hacia la salida del parque. Pasamos por alto un diluvio de preguntas incontenibles que yo no podía responder por el momento.

Cuando entramos en la mansión, vislumbré en la sala de estar las figuras inconfundibles de Magnus y Gremt Stryker Knollys, en compañía de un imponente anciano bebedor de sangre de pelo blanco, y de otros fantasmas tan llamativos, tangibles y reales en apariencia como el propio Magnus. El fantasma radiante y jovial de Raymond Gallant se hallaba entre ellos. ¿Se habría encontrado con Marius? Así lo esperaba, desde luego. Pero no vi a Marius allí.

Armand se hallaba con ellos, también Louis y Sevraine, y todos me miraron en silencio cuando entré. A mí me alarmó la presencia de aquel anciano bebedor de sangre, sencillamente porque nunca hasta entonces se había presentado ante nosotros. Pero enseguida advertí en la actitud de todos que aquello era una reunión amigable. Y aunque Seth y Gregory no me siguieron, sino que se quedaron en el pasillo con Flavius y Thorne, no parecían inquietos en modo alguno.

Gremt y Magnus iban con túnica como la otra vez, pero el anciano bebedor de sangre, que me dijo telepáticamente que se llamaba «Tesjamen», llevaba un bonito conjunto moderno. Los demás fantasmas iban ataviados del mismo modo, salvo una mujer fantasma, que llevaba un elegante vestido largo y un abrigo negro. El grupo resultaba sencillamente asombroso.

¿Sabían Louis y Armand que eran fantasmas? ¿Sabían que ese Gremt era un espíritu? ¿Y quién era el tal Tesjamen, un bebedor de sangre que obviamente conocía a esos fantasmas, pero que no se había dado a conocer hasta ahora entre nosotros?

Tras unos instantes de vacilación, Louis abandonó la reunión y Armand se retiró a la penumbra. Sevraine le dio al bebedor de sangre un cálido abrazo y también se despidió.

El reloj estaba tocando las ocho y media. Solo me quedaban treinta minutos para estar con Rose y Viktor.

Me acerqué a Gremt. Me di cuenta de que la primera vez que había visto a ese espíritu lo había encontrado intimidante, aunque yo no lo hubiera reconocido ante mí mismo. Pero me daba cuenta ahora porque ya no le tenía ningún miedo. Al contrario: ahora me inspiró una cierta simpatía, un sentimiento caluroso, porque atisbaba en él emociones que podía comprender. No, no parecía desprovisto de emociones ahora.

—Ya sabes lo que ha ocurrido —dije. Él me miraba atentamente, y quizá, a través de mí, a través de mis ojos, miraba a Amel. Pero Amel permanecía en silencio. Amel estaba aquí, como siempre lo estaría, pero no me llegaba nada de él.

Tampoco salió una sola palabra de Gremt. Que este ser fuera, en efecto, un espíritu y no alguna especie de inmortal biológico, resultaba casi imposible de comprender. Parecía tremendamente vital, enormemente complejo y lleno de sentimientos. Ahora mismo no se sentía cómodo.

—Quiero que hablemos pronto —dije—; sentarme contigo, si lo deseas, y hablar a fondo: contigo, con Magnus y toda tu compañía. Volveré en cuanto pueda a mi hogar, al castillo de mi padre en Francia, donde nací. ¿Irás a vernos allí?

No hubo respuesta de inmediato. Luego Gremt pareció sacudirse a sí mismo, como obligándose a espabilar, se estremeció levemente y habló por fin.

—Sí —dijo—. Sí, gracias, sin la menor duda. Lo deseamos mucho. Perdónanos por molestarte sin previo aviso. Ya me doy cuenta de que te están esperando en otra parte. Simplemente es que no podíamos mantenernos al margen.

El bebedor de sangre, Tesjamen, un ser enjuto y con el pelo blanco, de considerable elegancia, dio un paso al frente. Se volvió a presentar, ahora con una voz suave y agradable:

—Sí, ya nos perdonarás, espero, por presentarnos ante ti tan inopinadamente. Pero, ya lo ves, estamos ansiosos por reunirnos contigo, y, después de lo sucedido, sencillamente no podíamos quedarnos al margen.

¿Qué sabían ellos de lo ocurrido? Aunque, pensándolo bien, claro que lo sabían. ¿Cómo no iban a saberlo? Para los espíritus y los fantasmas, ¿qué límites había en cuanto a lo que podían llegar a saber? Quizá se hallaban en la casa, invisibles, cuando yo había tomado a Amel dentro de mí.

Pero pareció que el tal Tesjamen deseaba tranquilizarme.

—Lestat —dijo con cordialidad—, nosotros somos los antiguos ancianos de la Talamasca. Eso ya te lo han explicado. Somos los fundadores de la Orden. En cierto modo, somos la verdadera, la perdurable Talamasca, aunque ya no nos hace falta la Orden mortal que todavía subsiste. Y tenemos grandes deseos de hablar contigo.

Armand observaba la escena, arrimado a la pared, sin decir ni hacer nada.

—Bueno, yo tampoco podría estar más deseoso de hablar con vosotros —dije—. Entiendo que hayáis venido. E intuyo por qué os habéis alejado de vuestros eruditos mortales. Creo intuirlo, vamos. Pero antes de reunirme con vosotros, debo preparar mi hogar de Francia. Os ruego que vayáis allí a verme. Pronto.

—Me llamo Hesketh —dijo la mujer, por su parte, adelantándose—, y ardemos en deseos de celebrar esa reunión. No puedo decirte hasta qué punto. —Su suave pelo rubio, apartado de la cara con ondas preciosas y sujeto con trocitos de perla y platina, le caía sobre los hombros al modo clásico.

Me tendió una mano enguantada, una mano cubierta de piel de cabritilla gris, y, por supuesto, parecía tan llena de vitalidad como una mano humana. Sentí incluso un falso pulso en su muñeca. ¿Por qué conseguían volverse tan perfectamente físicos? Sus ojos eran llamativos, no solo por ser de un tono gris muy oscuro, sino porque los tenía un poco más separados de lo normal, lo cual le confería cierto misterio a su rostro. Todos sus rasgos, las pestañas, las cejas, los labios suculentos, eran exquisitamente convincentes y atractivos. Me vi obligado a preguntarme cómo se explicaban estas y las otras espléndidas ilusiones que estaba viendo allí. ¿Era destreza, magnetismo, profundidad estética, genialidad? ¿Era el alma?

Los demás fantasmas permanecían discretamente en un segundo plano. Uno de ellos, un apuesto joven, más bien fornido, con la piel olivácea y el pelo negro y ensortijado, daba la impresión de haber estado llorando. No pude dejar de observar que Armand se hallaba casi justo detrás de él, y bastante cerca. Pero ahora no tenía tiempo para detenerme en estas cosas, ni menos para darles vueltas.

—¿Qué es lo que nos convierte en seres físicos? Es de todas estas cosas —dijo Gremt, respondiendo a mis pensamientos y recordándome de paso que poseía esta facultad— de las que debemos hablar. Ah, tenemos tanto, tantísimo que contarte... Iremos a verte a Francia en cuanto tú nos digas. Tenemos una casa allí, no lejos de la tuya, una casa muy antigua que se remonta a nuestros primeros tiempos juntos. —De repente, parecía alegre, casi excitado—. Hace mucho tiempo que deseamos hablar contigo. —Se detuvo, como si hubiera hablado más de la cuenta, pero su expresión no se había alterado.

El fantasma de Magnus, tan sólido como la otra vez, permanecía un poco aparte, pero en su rostro había una expresión de amor, de auténtica adoración.

Lo cual me pilló desprevenido.

—Escuchad, amigos míos —dije—. Esta noche han de suceder cosas importantes en esta casa, y no puedo invitaros a que os quedéis. Confiad en mí y en mi buena voluntad. Pronto nos reuniremos bajo mi techo, en Francia, tal como hemos acordado. —Estábamos repitiéndonos, la verdad, dando vueltas como en una danza interminable.

—Sí —dijo Gremt, pero tenía los ojos casi vidriosos, como si su cuerpo físico se hallara tan a merced de las emociones y obsesiones como el cuerpo de un ser humano.

Y, sin embargo, no se movió ni hizo ademán de despedirse. Ninguno de ellos se movió. Y de repente, lo entendí. Estaban entreteniéndose deliberadamente, prolongando esa conversación vacua y formal, porque mientras tanto me iban estudiando de cerca. Probablemente estaban registrando infinidad de aspectos de mi físico de los que yo no era consciente.

Ellos sabían que Amel estaba dentro de mí. Sabían que Amel y yo éramos uno solo. Sabían que Amel los estaba observando a su vez, tal como yo los observaba y como ellos me observaban a mí.

Algo oscuro y un tanto ominoso debió de aparecer en mi expresión o mi actitud, porque de pronto todos parecieron reaccionar, todos se prepararon y empezaron a intercambiar señales sutiles y a esperar un gesto o una palabra de Tesjamen.

—Espero que me disculpéis —dije, haciendo un esfuerzo para ser elegante—. Me están esperando. Y en una o dos noches he de salir hacia Francia y preparar mi hogar para un nuevo... —Me detuve. ¿Un nuevo, qué?

—Un nuevo reinado —dijo Magnus amablemente, con la misma sonrisa llena de adoración.

—Una «nueva era» es suficiente —dije—. No sé si deseo que se considere un «reinado».

Él sonrió, como si lo encontrase no solo impresionante, sino en cierto sentido encantador. Yo no sabía si él me inspiraba amor u odio. Bueno, odio no podía ser. Me sentía demasiado feliz, demasiado dichoso de estar vivo para eso.

Me pareció otra vez que me estaban estudiando de modos que no podía comprender, que escrutaban mi rostro y mi apariencia buscando señales de lo que había en mi interior. Y, sin embargo, Amel seguía callado. No me ayudaba frente a ellos. Estaba ahí, sí, pero en completo silencio.

Tesjamen me tomó la mano. La suya era mucho más fría que la mía; tenía la dura y gélida textura propia de los Hijos de los Milenios. Pero su rostro era cordial.

—Perdónanos por molestarte esta noche —dijo—, y tan pronto. Pero ardíamos en deseos de verte con nuestros propios ojos. Y ya nos vamos, sí. Te pido disculpas por nuestra conducta. Me parece que estamos más ansiosos y quizá más excitados de lo que puedas estarlo tú.

—Lo comprendo. Gracias, amigos míos —dije. Pero yo ya no podía reprimir mis sospechas mientras ellos se despedían, desfilaban hacia el vestíbulo y salían por la puerta principal.

Armand los acompañó, rodeando con el brazo al fantasma de pelo negro, el fantasma que había estado llorando. La puerta se cerró al fin.

Advertí que estaba solo con Louis en el pasillo desierto. Los demás se habían retirado.

—¿Sabes quiénes son? —le susurré.

—Solo lo que ellos me han contado —dijo, caminando a mi lado—. Y lo que te han dicho a ti. Los demás, obviamente, saben quiénes son y no los temen. Sin embargo, han esperado a que tú tomaras el mando, a que llegaras, los saludaras y los invitaras a tu casa de Francia. Tú eres el líder, Lestat, no cabe duda. Todo el mundo lo sabe. Y estos fantasmas y espíritus, o lo que sean, también lo saben.

Me detuve. Lo rodeé con un brazo y lo atraje hacia mí.

—Soy Lestat —le dije en voz baja—. Tu Lestat. El mismo Lestat que siempre has conocido y, por más que haya cambiado, sigo siendo el mismo.

—Ya lo sé —dijo él cariñosamente.

Lo besé. Pegué los labios a los suyos y mantuve el beso durante un largo momento. Y luego cedí a un impulso silencioso; lo tomé entre mis brazos y lo estreché con fuerza. Noté el inconfundible tacto sedoso de su piel, la suave caricia de su pelo negro. Oí el rumor palpitante de su sangre; el tiempo se disolvió y me pareció que estaba en un lugar antiguo y secreto: una cálida gruta tropical que habíamos compartido una vez, nosotros dos solos, impregnada de la dulce fragancia de los olivos en flor y del rumor de la brisa cargada de humedad.

—Te quiero —susurré.

En voz baja e íntima, él respondió:

—Mi corazón es tuyo.

Tenía ganas de llorar.

Pero no había tiempo.

En ese momento reaparecieron Gregory y Seth acompañados de Sevraine. Esta me dijo que habían revisado el salón de baile y que estaba todo listo. Marius y Pandora estaban preparados. Ya se habían encendido las velas.

—Lamento lo de nuestros imprevistos invitados —dijo Sevraine—. Los príncipes auténticos están muy solicitados, según parece. Pero ahora ve, te están esperando.

Viktor y Rose aguardaban en la biblioteca francesa.

Habían elegido unas ropas discretas para la ceremonia. Rose llevaba un vestido de manga larga de suave seda negra que le dejaba desnuda la garganta y le caía a la perfección hasta los pies. Viktor lucía un sencillo *zaub* de lana negra. La severidad de estas prendas volvía la piel de ambos más vívida y reluciente, resaltaba el rosa natural de sus labios y hacía que sus ojos ilusionados parecieran más descarnadamente inocentes y más vibrantes.

Yo quería estar con ellos, pero sentí de inmediato que iba a echarme a llorar, que no podría contenerme, y estuve a punto de huir. Esa opción, sin embargo, ya no estaba a mi alcance. Debía hacer lo más conveniente para ellos.

Los rodeé con mis brazos y les pregunté si seguían decididos a unirse a nosotros.

Por supuesto que lo estaban.

—Sé que no os vais a volver atrás ninguno de los dos —dije—. Y sé que ambos creéis estar preparados para el camino que os disponéis a tomar. Todo eso me consta. Pero tenéis que saber cuánta tristeza me da ahora mismo pensar en lo que habríais podido ser con el tiempo y ahora ya nunca seréis.

—Pero ¿por qué, padre? —dijo Viktor—. Sí, somos jóvenes, ya lo sabemos. Eso no lo discutimos. Pero ya estamos empezando a morir como todas las cosas jóvenes. ¿Por qué no puedes sentirte completamente feliz por nosotros?

—¿Empezando a morir? —dije—. Bueno, sí, es verdad. No digo que no. Pero ¿quién me puede reprochar que me pregunte lo que podríais haber sido en diez años más de vida mortal, o en veinte o en treinta? ¿Acaso es morir, para un joven, convertirse en un hombre maduro, o para una muchacha en flor, transformarse y alcanzar su apogeo?

—Nosotros queremos ser para siempre tal como somos ahora —dijo Rose, con una voz infinitamente dulce y tierna. No quería que yo sufriera. Pretendía consolarme—. Tú más que nadie debes comprenderlo —insistió.

¿Cómo podía explicárselo? ¿De qué serviría recordarles que yo no escogí la Sangre? Nunca tuve esa oportunidad. ¿Y de qué serviría ponerse sentimental y disimular el hecho de que si yo hubiera consumido mi vida como hombre mortal, si hubiera muerto en la cama a los noventa años, hasta mis huesos habrían sido tragados por la tierra a estas alturas?

Me disponía a responder cuando oí a Amel en mi interior. Me habló con un susurro casi inaudible.

—Mantén los votos que has hecho —dijo—. Ellos no van a

morir. Van a reunirse contigo para formar parte de tu corte en calidad de príncipe y princesa. Nosotros no somos la Muerte. No. Nunca lo hemos sido, ¿no es así? Somos inmortales.

Su voz, resonante a pesar del tono tan suave, me impresionó, aunque, en realidad, era el mismo tono que venía usando desde que había entrado en mí. Y al mismo tiempo era la Voz que llevaba décadas escuchando.

—Dales ánimos —susurró—. Pero te dejo estos momentos para ti solo. Ellos son realmente más tuyos que míos.

Le di las gracias para mis adentros.

Los miré a los dos: Viktor a mi izquierda, a mi misma altura, y Rose alzando los ojos, el óvalo perfecto de su cara enmarcado por su reluciente pelo negro.

—Lo sé —dije—. Lo sé. No podemos pediros que esperéis. No debemos. Tampoco nosotros podemos soportar la mera posibilidad de que nos fuerais arrebatados en el momento menos pensado por un horrible accidente. Una vez que la Sangre ha sido ofrecida, ya no hay espera ni preparación que valga.

Rose me besó en la mejilla. Viktor permaneció pacientemente a mi lado, sonriendo.

—Muy bien, criaturas —dije—. Este es un gran momento.

No pude reprimir las lágrimas. El reloj estaba a punto de dar las nueve.

Arriba, en el salón de baile, aguardaban Marius y Pandora, y habría sido egoísta por mi parte prolongar más la espera.

Toda la casa estaba impregnada de la fragancia de las flores.

—Este es el mejor de los dones —susurré, mientras las lágrimas me empañaban la vista—. Es el don que nosotros podemos conceder e implica una vida eterna.

Ellos me abrazaron con fuerza.

—Subid ya —dije—. Os están esperando. Antes de que salga el sol, habréis nacido a la Oscuridad. Pero entonces veréis la luz como jamás os la habíais imaginado. Como dijo una vez Marius: «una iluminación inagotable bajo la cual entender todas las cosas». Y cuando vuelva a veros, os daré mi sangre a modo de bendición. Y seréis realmente mis hijos.

30

Cyril

UN SILENCIO RESONANTE EN EL MUNDO ENTERO

Estaba otra vez hambriento, y frustrado por el hecho de estarlo tan pronto. Aguzó el oído; aquel enorme silencio lo asombraba. Yacía en su cueva, en medio de una soledad y una oscuridad maravillosas, y pensó: «Se han ido todos.»

Silencio en las ciudades. Silencio en los campos. Solo se oían los gritos de los pájaros y el rumor de las voces humanas.

Dejando aparte la voz de la radio, de ese bebedor de sangre de Norteamérica que sonaba por ahí, en las tierras de la región de Tokio, a través de un ordenador o un teléfono móvil.

—La Voz está ahora con nosotros. La Voz es la raíz de nuestra tribu.

¿Qué podía significar eso?

Salió sigilosamente a la noche cálida.

Ahora parecía que hablaba otro a través de la radio, y no era uno de aquellos jóvenes desesperados que llamaban llorando a Benji Mahmoud para pedirle consuelo o ayuda. No. Esta era una voz tranquila que se limitaba a hablar, a hablar del silencio que había descendido sobre «nuestro mundo».

Antes de la medianoche, Cyril había explorado el silencio de Pekín y el silencio de Hong Kong.

¿Era la sed lo que lo había despertado, o era la curiosidad? Algo había ocurrido, algo tan extraordinario como el despertar de la Reina, años atrás, o como la aparición de la Voz.

¡Los demás se habían marchado!

Siguió adelante. Pasó a Bombay, luego a Calcuta, y después a las ciudades de los dos ríos y al poderoso Nilo.

Se habían marchado todos, en cada una de esas ciudades: todos aquellos pequeños y miserables monstruos que batallaban para aferrarse a su peldaño hacia la vida eterna.

Al fin, ya entrada la madrugada, poco antes del alba, se plantó en la ciudad de Alejandría, en esa moderna metrópolis que él detestaba a causa de las ruinas y la sangre sepultadas en su subsuelo: a causa de las antiguas catacumbas donde era venerada antaño la malvada Reina por los sacerdotes que lo habían arrancado a él de la vida.

Incluso aquí seguía sonando la voz de Benji Mahmoud, pero ahora era una grabación. «Es una nueva era. Un tiempo nuevo. Somos el Pueblo de la Oscuridad, somos el Pueblo de la Vida Eterna. El Príncipe ha hablado. El Príncipe gobierna.»

¿El Príncipe? No lo entendía. ¿Quién era el Príncipe?

Caminó por una estrecha callejuela, buscando de dónde procedía aquella emisión grabada, hasta llegar a una pequeña y oscura taberna atestada de gandules y borrachos mortales con los cuales podría alimentarse fácilmente. Gentes de todas las razas y naciones. Esa música machacona y estridente que tanto detestaba. Y en un rincón, tras una cortinilla de cuentas, sobre una mesita mugrienta pegada a la pared, estaba el ordenador a través del cual Benji Mahmoud se dirigía al mundo.

Una preciosa chica mortal escuchaba a Benji Mahmoud, dando caladas a un largo cigarrillo rosa y riendo por lo bajini. Al ver a Cyril, le dijo: «Ven aquí, muchachote, verás cómo te haré feliz; ven, acércate. Hay baile del bueno en el cuarto trasero.» Tenía una gruesa capa de polvos en la piel, y los ojos pintados con *kohl*. Y una sonrisa roja de bruja infantil.

Él se sentó a su lado, en la penumbra. El hedor del local era repulsivo, pero no iba a quedarse mucho tiempo. La sangre de la chica olía de maravilla. Todas las mentiras se extinguían en la sangre. Todos los males quedaban purgados en la sangre.

—Ese tipo —dijo ella en inglés— te daría ganas de ser un vampiro de verdad, ¿sabes? —Y volvió a reírse, ahora con una risotada cínica y desagradable, alzando su bebida amarilla y derramándose un poco en la pechera de su vestido oscuro.

—No importa —dijo él, besándola.

La chica trató inútilmente de apartarlo cuando él le hundió los dientes en la garganta. «Vendido a los doce años. ¡Cariño, qué me vas a contar!» Y la sangre cantó y cantó su antigua e invariable canción.

Cyril salió de la ciudad.

Dejó atrás el aire húmedo y neblinoso del Mediterráneo para adentrarse en los eternos desiertos de arena. Dormiría aquí, en las tierras de Egipto, quizá durante años; dormiría en su tierra natal. ¿Por qué no?

Finalmente, se encontró solo bajo el enorme cielo oscuro, lejos de cualquier sonido y olor humano, con el gélido viento del desierto azotando su rostro, limpiándole la mugre de tierras extrañas que llevaba adherida a la piel.

Entonces la Voz suspiró dentro de su cabeza.

—Ay, déjame en paz —gritó Cyril—. ¡Apártate de mí! ¡No vengas a atormentarme aquí!

Pero la Voz le habló ahora con una inflexión que no le había oído otras veces, y con una resonancia completamente nueva. Preciosa. Y, sin embargo, era la Voz. Y le dijo:

—Cyril, ven a casa. Ven con la tribu. Al fin somos todos uno.

31

Rose

EL PUEBLO DE LA LUNA Y LAS ESTRELLAS

La voz de Pandora parecía llamarla desde muy lejos:

—¡Rose, bebe!

Oía la voz de Marius también. Y a Viktor, las súplicas desesperadas de Viktor.

—Rose, bebe.

Las gotas ardientes salpicaron sobre sus labios y empezaron a rezumar en su boca. Veneno. No podía moverse.

Gardner la tenía sujeta y le susurraba al oído: «¿Es que quieres defraudarme otra vez, Rose? ¿Cómo te atreves a hacerme esto a mí»? A mí, a mí, a mí. El eco se desvaneció para dar paso a la voz de la esposa del pastor, la señora Hays: «Y si no te declaras culpable de pecar gravemente, si no te declaras culpable y confiesas tu pecado, y te arrepientes de todas las cosas espantosas que has hecho, y tú sabes bien lo que has hecho, ¡nunca podrás salvarte!» Su abuela estaba hablando con ellos. Estaba en la pequeña oficina de Athens, Tejas, pero acompañada de Gardner. «No quiero a la criatura, la verdad, no sé quién es su padre.»

Gardner no la soltaba, le echaba el aliento caliente en la cara, le apretaba la garganta con los dedos. ¿Cómo podía ser si su cuerpo, el cuerpo mortal de Rose, ya no existía? Flotaba en la oscuridad, hundiéndose más y más. Las nubes oscuras ascendían hacia lo alto, densas, hinchadas, cegadoras.

Viktor gritaba, y Pandora y Marius la llamaban, pero los tres se estaban desvaneciendo.

Ay, había visto maravillas cuando Pandora la había estrechado en sus brazos. Había visto los cielos, y oído la música de las esferas. Nunca había presenciado nada tan espléndido.

Los dedos de Gardner se le clavaban en el cuello. Su corazón dio un brinco, empezó a latir más despacio. Latía muy despacio y ella sentía una debilidad tremenda, espantosa. Se moría. Sí, estaba muriéndose.

—¿No te das cuenta, Rose, no te das cuenta de lo que me has hecho? —decía Gardner—. Me has dejado en ridículo, Rose. Has destruido mi vida, mi carrera, mis sueños, mis planes. Lo has arruinado todo, Rose.

—Si supiéramos quién es el padre de la criatura —dijo la vieja con su acento arrastrado de Tejas—, pero nosotros, ¿sabe?, no teníamos contacto con nuestra hija, y la verdad, no...

«No queréis ocuparos de mí, ¿por qué habríais de querer? ¿Y quién se ocupó de mí que no cobrara por atenderme, por educarme, por cuidarme, por quererme? ¿Por qué no se ha acabado ya todo? ¿Por qué sigo hundiéndome cada vez más?»

El tío Lestan se le acercó. El tío Lestan. Radiante, caminando hacia ella, con su chaqueta roja de terciopelo y sus botas negras, acercándose, imparable, audaz, tendiéndole las manos.

—¡Rose! —gritó.

Ella lo llamó a gritos.

—¡Tío Lestan, sácame de aquí, por favor, no les dejes que...! ¡Ayúdame!

Gardner la estranguló hasta dejarla sin voz.

Pero el tío Lestan se alzó sobre ella, con el rostro reluciente a la luz de las velas, de todas aquellas velas innumerables.

—¡Ayúdame! —gritó Rose. Él se inclinó para besarla y ella sintió las agujas, esas agujas afiladas y espantosas en el cuello.

—¡No es suficiente sangre! —gritó Marius.

—La suficiente —dijo el tío Lestan— para que yo entre en ella.

La negrura tenía peso y masa, y se volvía cada vez más densa en torno de ellos. Ahora todos hablaban a la vez, Gardner, la señora Hays, su abuela.

—Se está muriendo —dijo alguien.

Era una de las chicas del colegio, de aquel horrible colegio, pero las otras chicas se rieron y se burlaron.

—¡Está fingiendo, es una mentirosa, es una guarra!

Risas y risas en la negrura. Y Gardner con su cantinela:

—Eres mía, Rose. Te perdono lo que me hiciste. Eres mía.

El tío Lestan agarró a Gardner del cuello, lo apartó de ella y se lo llevó a rastras. Gardner gruñía, gritaba, forcejeaba. Mordió al tío Lestan en la mano, pero el tío Lestan le apartó la cara de un tirón, tensándole el cuello como si fuera una media elástica —Rose jadeaba, gritaba—, y entonces la cabeza de Gardner empezó a fundirse: su boca se retorció hacia abajo, sus ojos sangraban, negros, fluidos, horrendos; y, al final, la cabeza entera quedó colgando del cuello roto y arrugado, y el cuerpo se desmoronó en un gran charco de sangre. Sangre hermosa.

—¡Rose, bebe de mí! —dijo el tío Lestan—. Yo soy la Sangre. Yo soy la vida.

—¡No hagas eso, niña! —gritó la señora Hays.

Ella alzó la mano hacia el pelo dorado del tío Lestan, alzó la mano hacia él, hacia su rostro reluciente.

Tu sangre.

¡Se le llenó la boca! Un gran gemido surgió de ella. Se convirtió en un gemido. Tragó una y otra vez. La sangre del cielo.

El cuerpo de Gardner flotaba en un río de sangre, de sangre rojo rubí y sangre negruzca, y la cara de la señora Hays se expandió, se volvió inmensa, como una blanca y reluciente máscara de ira. El tío Lestan se la arrancó, la desgarró como si fuera un frágil velo, y la voz de la mujer murió al mismo tiempo que moría su rostro, como una bandera ardiendo, y el tío Lestan la arrojó en la negruzca corriente de sangre. Su abuela, la vieja de Tejas, se deslizó también por la corriente, lívida, con los brazos extendidos, y desapareció entre el fluido rojo.

Como el río de sangre de Dante, fluyendo, borboteando: escarlata, negro, precioso.

—Y el infierno no ejercerá su dominio —dijo el tío Lestan.

—No, ningún dominio —susurró ella, y ahora ascendían hacia lo alto, se elevaban tal como se habían elevado de la isla griega, de aquella isla que se estaba haciendo pedazos a sus pies, desintegrándose entre la espuma del mar azul.

—Hija de sangre, flor de sangre, Rose de sangre —dijo el tío Lestan.

Estaba a salvo en sus brazos. Tenía los labios abiertos sobre el cuello del tío Lestan, cuya sangre, bombeando poderosamente, le recorría el cuerpo y la piel, le producía una especie de hormigueo, un cosquilleo en la piel. Rose vio el corazón del tío Lestan, su corazón rojo de sangre, palpitando, reluciendo; vio que los largos y maravillosos filamentos de esa sangre envolvían su propio corazón, lo cercaban, y parecía como si un gran fuego ardiera en uno y otro corazón, y cuando él habló, otra voz inmensa repitió como un eco sus palabras.

—La flor más bella del Jardín Salvaje —dijo—. Vida eterna.

Rose bajó la vista. Las nubes de la oscuridad se evaporaban, desaparecían. El oscuro río de sangre se había desvanecido. El mundo centelleaba bajo la niebla, como compuesto por miles y miles de lucecitas; y por encima, estaba el firmamento, en torno de ellos estaba el firmamento, y las galaxias de las canciones y las historias, y la música: la música de las esferas.

—Mi amada Rose, ahora estás con nosotros —dijo el tío Lestan. «Con ella, con nosotros», repitió la otra voz, la voz que le hacía eco.

Las palabras fluyeron en la sangre que palpitaba en sus brazos y sus piernas, ardieron en la superficie de su piel. Marius le susurró que ahora estaba con ellos y Pandora le puso los labios en la frente, y Viktor, que la había sujetado todo el rato, incluso mientras el tío Lestan la abrazaba, dijo: «Mi novia.»

—Tú siempre has sido mía —dijo Lestat—. Naciste para esto. Mi valiente Rose. Y ahora estás con nosotros, eres una de nosotros, y nosotros somos el Pueblo de la Luna y las Estrellas.

32

Louis

«SU HORA LLEGA AL FIN»

Reinaba el silencio esta noche en Trinity Gate, dejando aparte el dueto que tocaban Sybelle y Antoine en la sala de estar, y la voz de Benji, en el estudio, hablando en tono confidencial con su mejor amigo, que había resultado ser el mundo entero.

Rhoshamandes y Benedict habían ido a la ópera con Allesandra. Armand y Daniel Malloy estaban de caza, ellos dos solos, bajo la lluvia suave y cálida.

Flavius, Avicus, Zenobia y Davis habían vuelto a su hogar, en Ginebra, junto con un ansioso y desesperado bebedor de sangre llamado Killer, que se había presentado en la puerta con un atavío propio del Antiguo Oeste —un pantalón de peto y una chaqueta de ante de mangas peludas—, suplicando que lo dejasen entrar. Era amigo de Davis, el amado de Gregory, y de inmediato le dieron la bienvenida.

Jesse y David estaban en el Amazonas, en el viejo santuario de Maharet, con Seth y Fareed.

Sevraine y su familia también se habían ido a casa, y lo mismo Notker y los músicos y cantantes de los Alpes.

Marius seguía aquí, trabajando en la biblioteca Tudor sobre las normas que habría de presentarle a Lestat en su momento. Everard de Landen le hacía compañía, examinando un viejo libro de poesía isabelina e interrumpiendo a Marius de vez en cuando para preguntarle el sentido de una palabra o una frase.

Y Lestat se había ido: se había marchado con Gabrielle, con

Rose y Viktor, con Pandora y Arjun, con Bianca Solderini y Flavius, con Gregory y Chrysanthe, a su castillo de las montañas del Macizo Central, para preparar la primera gran recepción de la nueva corte, a la que todos habrían de concurrir. ¡Qué hermosos y perfectos estaban Viktor y Rose! ¡Y cómo se amaban aún el uno al otro, y con qué ilusión habían acogido su nueva visión, sus nuevos poderes, sus nuevas esperanzas! Ay, unos neófitos magníficos.

Solo caía una tenue lluvia sobre el banco del jardín trasero, cubierto como estaba bajo el roble más grande de todos. Las gotas repicaban en el follaje, pero apenas llegaban abajo.

Louis se hallaba sentado allí, apoyado en el tronco del árbol, con un ejemplar de su libro de memorias, *Entrevista con el vampiro*, el libro que había dado lugar a las Crónicas Vampíricas, abierto sobre el regazo. Llevaba su abrigo oscuro favorito, bastante raído ya, pero muy cómodo, sus pantalones de franela favoritos y una excelente camisa blanca con botones de madreperla y estrafalarios encajes, que Armand le había obligado a aceptar. Pero a él los encajes nunca le habían molestado.

Hacía un tiempo cálido impropio de septiembre. Pero le gustaba. Le gustaba la humedad del aire y la música de la lluvia, y le encantaba el fragor incesante de la ciudad, una parte integrante de ella en la misma medida que el rumor del Misisipi lo era de Nueva Orleáns. La población innumerable que lo rodeaba hacía que se sintiera a salvo en este pequeño reducto tapiado, en este jardín donde los lirios ofrecían a la lluvia sus gargantas blancas y sus lenguas amarillas cargadas de polen.

Louis leyó en el libro las palabras que él mismo le había dicho a Daniel Malloy años atrás. En aquel entonces Daniel aún era mortal, un humano entusiasta que lo escuchaba ávidamente, y el magnetófono que utilizaba parecía una novedad exótica. Ambos habían pasado horas hablando en aquella habitación polvorienta de Divisadero Street, en San Francisco, ocultos al mundo de los no-muertos.

«Yo quería el amor y la bondad en esta que es la muerte viviente. Me fue imposible desde el principio, porque no puedes tener el amor y la bondad cuando haces algo que sabes que está mal, cuando haces algo que no es correcto.»

En esa época, Louis creía en estas ideas con toda su alma; ellas habían modelado al bebedor de sangre que era entonces, y al bebedor de sangre que había seguido siendo durante muchos años.

¿Y acaso no conservaba aún en su interior esa oscura convicción, bajo el barniz de la criatura conformada con su suerte que parecía ser ahora?

No lo sabía, a decir verdad. Recordaba muy bien que entonces había hablado de perseguir «el fantasma de la bondad» en su forma humana. Bajó la vista al libro.

«Nadie, bajo la máscara que fuera, podía disuadirme de lo que yo mismo sabía que era verdad: que estaba condenado en cuerpo y alma.»

¿Qué era lo que había cambiado realmente? Después de que Lestat hubiera revolucionado el mundo de los no-muertos con sus numeritos y sus declaraciones, Louis había aprendido a vivir noche tras noche en una apariencia de felicidad, a buscar la gracia en la música de las óperas y las sinfonías, en el esplendor de la pintura clásica y moderna, en el sencillo milagro de la vitalidad humana que lo rodeaba: con Armand, Benji y Sybelle a su lado. Había aprendido que su vieja teología era inútil, y tal vez lo había sido siempre: más bien una vieja úlcera incurable que lo reconcomía por dentro, y no una chispa capaz de generar cualquier tipo de fe o de esperanza.

Pero ahora una nueva visión se había adueñado de él, convirtiéndolo en testigo de algo que ya no podía negar: de algo ante cuyas múltiples posibilidades y deslumbrante luz no podía cerrar ya su mente con terquedad.

¿Y si las viejas sensibilidades que lo habían forjado no eran las revelaciones sacrosantas que él había creído en su día? ¿Y si fuera posible impregnar cada célula de su ser de una gratitud y una aceptación capaces de aportar no la conformidad de quien se contenta con su suerte, sino una auténtica felicidad?

Parecía imposible.

Y, sin embargo, innegablemente, estaba sucediendo. Sentía un cambio general acelerado, algo tan sorprendente y nuevo para él que nadie salvo él mismo podía comprender. Pero no hacía falta que lo comprendiera nadie más. Estaba seguro.

Pues lo que él había sido, el ser que había sido, no requería confesiones ante aquellos a los que conocía y amaba; solo que los amase y los apoyara con su alma transformada. Y si él había sido antaño el alma de una época, como Armand le había dicho, bueno, que así fuera, porque él veía aquella época brillante y oscura, con sus creencias decadentes y sus rebeliones fracasadas, como un simple comienzo, como un inmenso y fértil jardín de infancia. Los términos de su lucha no habían carecido entonces de valor, pero ahora eran sin duda los fantasmas de un pasado del cual —a pesar de sí mismo— había emergido inexorablemente.

Él no había perecido. Quizás ese fuera su único logro significativo. Había sobrevivido. Sí, había sido derrotado más de una vez. Pero la fortuna se había negado a abandonarlo. Y ahora estaba aquí, aceptando totalmente este hecho, aunque, a decir verdad, no supiera por qué.

Pero lo que vislumbraba ahora ante sí eran desafíos más maravillosos y más espléndidos de lo que jamás habría imaginado. Y él ansiaba este futuro, este tiempo en el cual «el Infierno no tenía ningún dominio» y en el que la Senda del Diablo se había convertido en la Senda del Pueblo de la Oscuridad, porque ya no eran niños, ni «hijos» de la Noche o la Oscuridad.

Eso iba más allá de la felicidad y la satisfacción. Eso no era otra cosa que la paz misma.

Desde las profundidades de la mansión le llegó la música de Antoine y Sybelle: una nueva melodía, un vals furioso de Chaikovski, ah, sí, el vals de «La bella durmiente». La música fluía y fluía en los magníficos *glissandi* de Antoine y en los resonantes acordes de Sybelle.

¡Ah, de qué modo tan distinto oía ahora esta música triunfal, en comparación con el pasado! ¡Cómo se abría a ella, dando la bienvenida a sus magníficas afirmaciones!

Cerró los ojos, como si estuviera componiendo una letra para esa melodía sinuosa, como si estuviera formulando una afirmación para su alma. «Sí, quiero esto, sí, y lo tomo, y lo estrecho contra mi corazón: el deseo de conocer esta belleza para siempre, el deseo de que ella sea la luz de mi camino...»

Y ellos seguían tocando más y más rápido: el piano y el violín cantando al unísono a la alegría y al esplendor, como si hubieran sido siempre un solo instrumento.

Un ruido interrumpió sus pensamientos. Algo extraño. Atención, en guardia. La música se había detenido.

En lo alto del muro de ladrillo, a su izquierda, vio a un humano agazapado en la oscuridad. El tipo no podía verle aún como él lo veía pese a la falta de luz. Oyó que Sybelle y Anthony se acercaban con cautela al porche acristalado de la parte trasera de la mansión. Le llegó la respiración agitada del intruso.

Este, vestido con ropa negra, tocado con una gorra negra, se dejó caer sobre la hierba húmeda. Con movimientos ágiles y felinos salió de los arbustos y entró en la zona iluminada por la luz amarillenta de la casa.

Un olor a miedo, a rabia, a sangre.

El tipo vio a Louis, la figura solitaria del banco situado bajo el árbol, y se puso rígido. Sacó de su lustrosa cazadora negra un cuchillo que centelleó en la penumbra como si fuese de plata.

Lentamente se acercó. Ah, la vieja danza amenazadora.

Louis cerró el libro, pero no lo dejó. El aroma de la sangre lo sumía en un estado vagamente delirante. Miró cómo se aproximaba aquel joven más bien demacrado pero fornido. Vio su rostro maligno con mucha mayor claridad de lo que el otro, en su dura determinación, podía ver el suyo.

El intruso sudaba, respiraba entrecortadamente, enloquecido por las drogas, decidido a robar cualquier cosa con tal de hallar alivio a los retortijones de sus tripas. Esos ojos tan preciosos. Esos ojos negros. ¿Por qué había escalado este muro y no el de cualquier otro jardín? Esa pregunta no significaba nada en el esquema mental de ese joven, y antes de que Louis pudiera decirle una sola palabra, él ya se había decidido a hundirle el cuchillo en el corazón.

—La muerte —dijo Louis con la suficiente energía como para detenerlo, pese a que se hallaba solo a unos pasos—. ¿Estás preparado? ¿Realmente es eso lo que quieres?

Una risa siniestra salió del intruso. Avanzó, aplastando los lirios, los robustos lirios de agua, con sus botas.

—¡Sí, la muerte, amigo! —dijo el otro—. Estás en el lugar y el momento equivocados.

—Ay, me gustaría mucho que fuese cierto —suspiró Louis—, por tu propio bien. Pero nunca ha sido menos cierto que ahora.

Ya tenía al intruso en sus garras.

El cuchillo había caído entre las hojas húmedas. Sybelle y Antoine aguardaban entre las sombras, tras la pared de cristal.

El hombre forcejeó y pataleó con una furia endeble e inútil. A Louis siempre le había encantado la lucha, los músculos jóvenes resistiéndose, las inevitables maldiciones masculladas con voz estrangulada: le parecía como un aplauso involuntario.

Hundió los colmillos directamente en el flujo arterial. ¿Cómo traducir en términos humanos el calor y la pureza de este sencillo festín? Sal y sangre, oscuras y truncadas fantasías de victoria, todo fluyendo hacia él, saliendo de la víctima con las últimas protestas de su corazón agonizante.

Todo había concluido. El hombre yacía muerto entre los lirios. Louis se incorporó, maravillosamente satisfecho y reanimado. La noche parecía abrirse sobre él, entre las nubes luminosas. Y la música en el interior de la casa comenzó de nuevo.

Encendido por la sangre, arrebolado por esa engañosa pero seductora sensación de poder ilimitado, pensó en Lestat, que ya se hallaba al otro lado del océano. ¿Qué encantos albergaría su gran castillo?, ¿y qué clase de corte se reuniría allí, en aquellas estancias de piedra que él ya ardía en deseos de ver? No pudo por menos de sonreírse al pensar en la sencilla fanfarronería con la que Lestat había realizado los sueños colectivos de la tribu.

El camino no sería llano, no podía serlo; la facilidad nunca podía constituir la meta. El peso de la conciencia formaba parte del corazón humano de Louis, y del corazón de cualquier bebedor de sangre que él hubiese conocido, incluido Armand. Y la lucha por la bondad, por la auténtica bondad, los obsesionaría —tenía que obsesionarlos— a todos. Ese era el milagro que unía ahora a toda la tribu.

Qué maravilloso le parecía de repente que esa lucha pudiera destruir con una fuerza innegable las viejas dualidades que lo habían esclavizado durante tanto tiempo.

Pero bajó la vista al hombre que yacía muerto a sus pies, y una pena terrible se abatió sobre él.

«La muerte es la madre de la belleza.»

Era un verso de un poema de Wallace Stevens, y ahora resonó en su interior con una dolorosa ironía. La belleza para mí, tal vez; pero no la belleza para este al que he destruido.

Le entró terror, un terror que quizá nunca habría de abandonarlo: por mucho que llegase a comprender, por mucho que llegase a aprender. Terror. Terror ante la idea de que este tierno y joven mortal hubiera perdido su alma en los altares del sinsentido y de la nada; terror ante la idea de que ellos mismos, todos los bebedores y bebedoras de sangre, por poderosos, por ancianos y magníficos que fuesen, pudieran ser víctimas algún día del mismo fin brutal.

Después de todo, ¿qué fantasma o espíritu, por elocuente o habilidoso que fuese, podía afirmar que existía algún ser sensible más allá del espeso y misterioso aire que rodeaba el planeta? Volvió a pensar en el poema de Stevens.

> *¿Irá al fracaso nuestra sangre? ¿O se convertirá*
> *en la sangre, tal vez, del paraíso? ¿Semejará la tierra*
> *todo lo que del paraíso hemos de conocer?*

Se le partía el corazón por el joven que yacía allí muerto, con los ojos cerrados en un sueño definitivo. Sus restos ya estaban deteriorándose lentamente bajo la cálida lluvia. Se le partía el corazón por todos los que caían víctimas de la sed de sangre, de la guerra, de los accidentes, de la vejez, de la enfermedad y del insoportable dolor.

Pero también, por una vez, se le partía un poco el corazón por él mismo.

Y este quizás era el cambio real que se había producido en él, el cambio que había acogido con tal alegría: que ahora podía verse a sí mismo como una parte de este mundo inmenso y reluciente. Él no era una parte de una fuerza desprovista de sentido que trataba de destruir el mundo. No, él era parte del mundo. Parte de todo esto: de esta noche de dulce y suave lluvia, de este jardín rumoroso, con sus flores fragantes y sus árboles mecidos por el viento. Y era parte del fragor de la ciudad que se alzaba en torno de él, y parte de la música rutilante que venía del interior de la casa. Parte de la hierba que tenía bajo los pies, y de las diminutas y despiadadas hordas de seres alados que querían devorar al ser humano que esperaba allí, indefenso, una tumba apropiada.

Pensó de nuevo en Lestat, sonriente, seguro de sí mismo, luciendo el manto del poder con tanta soltura como había lucido siempre sus galas antiguas o modernas.

Y en voz baja, dijo:

—Amado hacedor, amado Príncipe, pronto estaré contigo.

Martes, 26 de noviembre de 2013
Palm Desert

Apéndice 1

Personajes en orden cronológico

Amel. Un espíritu que se manifestó a los humanos hace seis mil años, en el 4000 a. de C.

Akasha. La primera vampiro, creada por una fusión con el espíritu Amel hace seis mil años, en el 4000 a. de C. Conocida desde entonces como la Madre, la Fuente Sagrada o la Reina.

Enkil. El marido de Akasha y el primer vampiro, creado por ella casi de inmediato.

Jayman. El segundo vampiro creado por Akasha, pocos años después de la fusión primigenia.

Maharet y Mekare. Hechiceras gemelas nacidas hace seis mil años. Mekare fue convertida en vampira por Jayman. Maharet, por la propia Mekare. Jayman, Maharet y Mekare se convirtieron en la Primera Generación al rebelarse contra la reina Akasha y crear a otros bebedores de sangre por su propia cuenta.

Nebamun, más tarde Gregory Duff Collingsworth. Creado por Akasha en los primeros años para capitanear las tropas de los Sangre de la Reina contra la Primera Generación.

Seth. El hijo humano de Akasha, iniciado en la Sangre unos quince o veinte años después de la fusión primigenia.

Sevraine. Una mujer nórdica iniciada ilícitamente en la Sangre por Nebamun (Gregory) hace unos cinco mil años, es decir, unos mil años después de la Génesis de la Sangre. Creadora de varios vampiros todavía sin nombre.

Rhoshamandes. Un oriundo de Creta iniciado en la Sangre al mismo tiempo que Sevraine para servir entre los Sangre de la Reina. Creado directamente por Akasha.

Avicus, Cyril, Tesjamen. Bebedores de sangre iniciados por los sacerdotes del culto de Akasha mucho tiempo antes de la Era Común. Bebieron la sangre de la Madre, pero no fueron creados por ella.

Marius. Un patricio romano secuestrado por los druidas e iniciado en la Sangre poco después del nacimiento de Cristo, es decir, en los albores de la Era Común. Creado por Tesjamen, quien fue dado por muerto al poco tiempo.

Pandora. Una patricia romana llamada Lydia, iniciada en la Sangre por Marius en el siglo I.

Flavius. Un esclavo griego iniciado por Pandora en el siglo I.

Mael. Un sacerdote druida, el secuestrador de Marius, iniciado en la Sangre por Avicus y posteriormente dado por muerto.

Hesketh. Una ingeniosa mujer germánica, iniciada en la Sangre por Tesjamen en el siglo I. Asesinada en el siglo VIII.

Chrysanthe. La esposa de un mercader de la ciudad cristiana de Hira. Iniciada en la Sangre por Nebamun, quien despertó y asumió el nombre de Gregory en el siglo IV.

Zenobia. Una mujer bizantina, iniciada en la Sangre por una tal Eudoxia, ahora muerta, que había sido creada a su vez por Cyril en torno al siglo VI o VII.

Allesandra. Una princesa merovingia, hija del rey Dagoberto I, iniciada en la Sangre en el siglo VII por Rhoshamandes.

Gremt Stryker Knollys. Un espíritu que aparece en el relato en el siglo VIII (año 748).

Benedict. Un monje cristiano del siglo VIII, iniciado en la Sangre por Rhoshamandes en torno al año 800.

Thorne. Un vikingo iniciado en la Sangre por Maharet en torno al siglo IX de la Era Común.

Notker el Sabio. Un monje, músico y compositor iniciado en la Sangre por Benedict en torno al año 880. Creador a su vez de numerosos vampiros músicos todavía sin nombre.

Eleni y Eugénie de Landen. Neófitas de Rhoshamandes, creadas a principios de la Edad Media.

Everard de Landen. Un neófito de Rhoshamandes creado en la Edad Media.

Arjun. Un príncipe de la dinastía Chola de la India, iniciado en la Sangre por Pandora alrededor del año 1300.

Santino. Vampiro italiano creado durante la época de la Peste Negra. Líder durante mucho tiempo de la asamblea romana de los Hijos de Satán. Dado por muerto.

Magnus. Un anciano alquimista que le robó la Sangre a Benedict en el siglo XV. Creador de Lestat en 1780.

Armand. Un pintor de iconos ruso secuestrado en las inmediaciones de Kiev, llevado a Venecia como esclavo y convertido en vampiro por Marius alrededor de 1498.

Bianca Solderini. Una cortesana veneciana iniciada en la Sangre por Marius alrededor de 1498.

Raymond Gallant. Un erudito mortal de la Talamasca. Dado por muerto en el siglo XVI.

Lestat de Lioncourt. Séptimo vástago de un marqués francés, convertido en vampiro en 1780 por Magnus. Autor del segundo libro de las Crónicas Vampíricas, *Lestat el vampiro*.

Gabrielle de Lioncourt. Madre de Lestat, iniciada por este en la Sangre en 1780.

Nicolas de Lenfent. Amigo íntimo de Lestat, convertido por este en vampiro en 1780 y muerto hace mucho tiempo.

Louis de Pointe du Lac. Un francés de Luisiana, propietario de una plantación colonial, iniciado en la Sangre por Lestat en 1791. Louis dio comienzo en 1976 a la serie de las Crónicas Vampíricas con *Entrevista con el vampiro*.

Claudia. Una huérfana iniciada en la Sangre en torno a 1794. Muerta hace mucho tiempo.

Antoine. Un músico francés exiliado en Luisiana e iniciado en la Sangre por Lestat en 1860.

Daniel Molloy. Un americano de unos veinte años que aparece en el relato al «entrevistar» a Louis de Pointe du Lac sobre su vida de vampiro, lo que llevará a la publicación de *Entrevista con el vampiro* en 1976. Nueve años más tarde, en 1985, será iniciado en la Sangre por Armand.

Jesse Reeves. Descendiente mortal de Maharet, iniciada en la Sangre por la propia Maharet en 1985.

David Talbot. Superior General de la Talamasca, iniciado en la Sangre por Lestat en 1992. David, víctima de un cambio de cuerpo, perdió su cuerpo biológico original, el de un hombre viejo, antes de ser convertido en vampiro con el cuerpo de un hombre mucho más joven.

Killer. Un vampiro americano de origen desconocido, fundador de la Banda del Colmillo, que apareció en el relato alrededor de 1985.

Davis. Un bailarín negro de Nueva York, miembro de la Banda del Colmillo, iniciado en la Sangre por Killer poco antes de 1985.

Fareed Bhansali. Un brillante médico y cirujano anglo-indio, iniciado por Seth en torno a 1986, en Bombay.

Benjamin (Benji) Mahmoud. Un beduino palestino de doce años, iniciado en la Sangre por Marius en 1997.

Sybelle. Una joven pianista americana, de unos veinte años, iniciada en la Sangre por Marius en 1997.

Rose. Una chica americana de unos veinte años que fue rescatada, de niña, por Lestat de un terremoto ocurrido en el Mediterráneo hacia 1995. Criada bajo la tutela de Lestat.

Dra. Flannery Gilman. Una médica americana, desacreditada investigadora de los vampiros, que fue iniciada en la Sangre por Fareed a principios del siglo XXI.

Viktor. Un experimento humano llevado a cabo, bajo la dirección de Fareed Bhansali y de su hacedor, Seth, con la doctora Flannery Gilman antes de que esta fuera iniciada en la Sangre.

Neófitos, fantasmas y espíritus diversos sin nombre.

Apéndice 2

Guía informal de las Crónicas Vampíricas

1. Entrevista con el vampiro (1976). En estas primeras memorias de un vampiro de la tribu, Louis de Pointe du Lac relata la historia de su vida a un periodista al que conoce en San Francisco, Daniel Molloy. Nacido en el siglo XVIII en Luisiana, Louis, un rico propietario de una plantación, conoce al misterioso Lestat de Lioncourt, quien le ofrece la inmortalidad a través de la Sangre. Louis acepta e inicia así una larga búsqueda para averiguar quién es y en qué se ha convertido. La niña vampiro Claudia y el misterioso Armand del Théâtre des Vampires son personajes centrales de la historia.

2. Lestat el vampiro (1985). Lestat de Lioncourt ofrece aquí su autobiografía completa, relatando su vida en la Francia del siglo XVIII, primero como aristócrata de provincias sin un céntimo, luego como actor teatral parisino y, finalmente, como vampiro enfrentado a otros no-muertos, incluidos los miembros de los Hijos de Satán. Tras un largo recorrido físico y espiritual, Lestat revela los antiguos secretos de la tribu de los vampiros, que ha guardado durante más de un siglo, y se convierte en una gran estrella de rock con la intención de desatar una guerra con la humanidad que contribuya a unir a los no-muertos, pero que desemboca en una masacre de vampiros.

3. La reina de los condenados (1988). Aunque escrita por Lestat, esta historia incluye múltiples puntos de vista de mortales e inmortales de todo el planeta, a raíz de las revelaciones contenidas en los vídeos y la música rock de Lestat, que han despertado de su prolongado sueño a la Reina de los Vampiros, Akasha, nacida hace seis mil años. Este es el primer libro que abarca a la tribu entera de los no-muertos a lo largo de todo el mundo. Y aquí aparece por primera vez también la misteriosa orden secreta conocida como la Talamasca, integrada por eruditos mortales que estudian el mundo paranormal.

4. El ladrón de cuerpos (1992). Libro de memorias de Lestat en el que relata su desastroso tropiezo con un astuto y siniestro mortal llamado Raglan James, un hechicero experto en el cambio de cuerpos. Este enfrentamiento obliga a Lestat a estrechar su relación con su amigo David Talbot, el Superior General de la Orden de la Talamasca, cuyos miembros se dedican al estudio de lo paranormal.

5. Memnoch el Diablo (1995). Lestat narra una aventura personal llena de misterios y golpes demoledores, centrada en su confrontación con un poderoso espíritu llamado Memnoch, que proclama ser nada menos que el Diablo de la tradición cristiana, el Ángel Caído en persona. Memnoch invita a Lestat a emprender con él un viaje por el cielo y el infierno e intenta reclutarlo como lugarteniente.

6. Pandora (1998). Publicada dentro de la serie «Nuevas Crónicas Vampíricas», esta historia es la confesión autobiográfica de Pandora, que relata su vida en el antiguo Imperio romano durante los tiempos de Augusto y Tiberio, incluida su trágica historia de amor con el vampiro Marius. Aunque narra otros hechos posteriores, el libro se centra principalmente en el primer siglo de Pandora como vampira.

7. El vampiro Armand (1998). Aquí, Armand, una presencia enigmática en las anteriores novelas, ofrece al lector su autobiografía, narrando su larga historia desde la época del Renacimiento, cuando es secuestrado en Kiev y llevado como esclavo sexual a Venecia, donde habrá de rescatarlo el poderoso y anciano vampiro Marius. Víctima de otro secuestro, sin embargo, Armand cae en manos de los crueles y famosos Hijos de Satán, un grupo de vampiros supersticiosos que adoran al diablo. Aunque Armand concluye su historia en la actualidad e introduce nuevos personajes en la serie, la mayor parte de su relato se centra en sus primeros años.

8. Vittorio el vampiro (1999). Parte de las «Nuevas Crónicas Vampíricas», esta es la autobiografía de Vittorio de Toscana, que se convierte en miembro de los no-muertos durante el Renacimiento. Este personaje no vuelve a aparecer en las Crónicas Vampíricas, pero pertenece a la misma tribu y comparte la misma cosmología.

9. Merrick (2000). Narrada por David Talbot, esta historia se centra en Merrick, una mujer de color de una antigua familia de Nueva Orleáns y miembro de la Talamasca, que trata de convertirse en vampira durante los últimos años del siglo XX. Esta es una novela híbrida, e incluye la aparición de algunos personajes de otra serie de libros dedicada a la historia de las Brujas de Mayfair de Nueva Orleáns, con quienes Merrick está vinculada, pero el grueso del relato se centra en la relación de Merrick con los no-muertos, incluido Louis de Pointe du Lac.

10. Sangre y oro (2001). Otras memorias vampíricas, esta vez escritas por el antiguo romano Marius, que aclaran muchas cosas sobre sus dos mil años entre los no-muertos y sobre los desafíos que debió afrontar para proteger el misterio de Los Que Deben Ser Guardados, los antiguos padres de la tribu, Akasha y Enkil. Marius ofrece su propia versión de la historia de amor que tuvo con Armand y de sus enfrentamientos con otros vampiros. La novela concluye en la actualidad, pero se centra básicamente en el pasado.

11. El santuario (2002). Una novela híbrida narrada por Quinn Blackwood, que relata su historia personal y su relación con la Talamasca, con los no-muertos y con las Brujas de Mayfair de Nueva Orleáns, que protagonizan otra serie de libros. La historia se desarrolla en un breve período de tiempo, a principios del siglo XXI.

12. Cántico de sangre (2003). Una novela híbrida, narrada por Lestat, que cuenta sus aventuras con Quinn Blackwood y con las Brujas de Mayfair, protagonistas de otra serie de libros. Esta historia se centra en un breve período del siglo XXI.

13. El príncipe Lestat (2014). El regreso de Lestat tras años de silencio. Una multitud de voces y puntos de vista revela la crisis de la tribu de los no-muertos en todo el mundo.

Índice